Weitere Titel der Autorin:

Der Himmel über Darjeeling
Unter dem Safranmond
Jenseits des Nils

Titel in der Regel auch als E-Book erhältlich

Über die Autorin:

Nicole C. Vosseler, geboren 1972 in Villingen-Schwenningen, studierte Literaturwissenschaften und Psychologie in Tübingen und Konstanz. Als Autorin hat sie sich mit ihren Romanen DER HIMMEL ÜBER DAJEELING, UNTER DEM SAFRAN-MOND und JENSEITS DES NILS einen Namen gemacht. Sie lebt und arbeitet in Konstanz.

NICOLE C. VOSSELER

Sterne über Sansibar

Roman

BASTEI LÜBBE TASCHENBUCH
Band 26089

1. Auflage: Juni 2014

Dieser Titel ist auch als E-Book erschienen

Mit Illustrationen von Ulrike Aepfelbach

Vollständige Taschenbuchausgabe
der bei Lübbe Hardcover erschienenen Hardcoverausgabe

Copyright © 2010 by Bastei Lübbe AG, Köln
Agentur: Montasser Media
Textredaktion: Monika Hofko, Scripta Literatur-Studio München
Titelillustration: © shutterstock / PILart / Vilor; © huber-images.de/Cozzi Guido
Umschlaggestaltung: Kirstin Osenau
Satz: Kremerdruck GmbH, Lindlar
Gesetzt aus der Adobe Caslon Pro
Druck und Verarbeitung: CPI – Ebner & Spiegel, Ulm
Printed in Germany
ISBN 978-3-404-26089-8

Sie finden uns im Internet unter
www.luebbe.de
Bitte beachten Sie auch: www.lesejury.de

Jede Zeit hat ihre eigenen Schicksale.

SPRICHWORT AUS SANSIBAR

Der Sehnsucht meiner Mutter gewidmet

SCHAUPLÄTZE SANSIBAR

Aufbruch

Jena, Februar 1924

Wenn nun die Ebbe kommt – ist's dann nicht Zeit
Für jene in der Fremde, wieder heimwärts zu zieh'n?
Dacht' ich und konnt' nicht aufhalten den Tränenstrom,
entfesselt von Dingen, die verschlossen in meiner Brust;
So manch ein Haus, das auseinanderbrach,
und Harmonie ward gestört, die wiederkehrte unversehrt;
So die Zeit stets den Wandel bewirkt
und Menschen treibt hindurch zwischen Dürre und Regen.

DI'BIL VON AZD

Es würde ihre letzte Reise sein.

Die letzte von so vielen.

Einmal mehr ein Aufbruch ins Unbekannte. Einmal mehr alles hinter sich lassen, zerrissen zwischen dem, was zurückblieb, und dem, was auf sie wartete.

Dieses Mal würde sie mit leichtem Gepäck reisen. Nichts nahm sie mit: keinen Koffer und keine Hutschachtel, keinen Geldbeutel; keine Reue, keine Sorge und keine Furcht. Nur die Hoffnung auf ein Wiedersehen. Irgendwann.

Um ihre Kinder war ihr nicht bang. Sie konnte sie hören, unten im Haus, wo sie zusammengekommen waren, um Abschied zu nehmen. Wände und Türen dämmten ihre ohnehin behutsamen Schritte, dämpften ihre Stimmen zu einem Murmeln, dunkel vor Besorgnis und Kummer.

Schon lange bedurften sie ihrer nicht mehr. Wie die Zugvögel waren sie einst ausgeschwärmt in die Welt, ehe sie in der Liebe zu ihren eigenen Kindern starke Wurzeln geschlagen hatten. In Hamburg. In London. Hier in Jena.

Zu Hause, endlich. Zu Ende die Rastlosigkeit, die sie mit ihrer Milch aufgesogen hatten.

Nach Hause, endlich. Ihre rissigen Lippen, vom Alter unberührt, aber vom Leben mit einem wissenden, fast spöttischen Zug versehen, verbreiterten sich zu einem blinden Lächeln.

Endlich Frieden finden. Endlich heimkehren.

Sie war müde. Schon lange hatte sie sich zerschlissen gefühlt, wie ein Kleidungsstück, das zu lange am Leib getragen worden war, dem beständigen Nagen der Elemente schutzlos ausgesetzt. Ausgewaschen von der Zeit waren ihre einstmals kräftigen dunklen Farben: das Haar schon lange weiß und brüchig. Durchscheinend fast, wie von der Sonne gebleichtes Gras. Die Haut aschen und welk, die früher glänzende Iris der Augen matt.

Sie war der Kämpfe überdrüssig, an deren Ende sie sich hatte geschlagen geben müssen. Erschöpft von einem Leben, das ein so anderes gewesen, als ihr in die Wiege gelegt worden war. Nicht das gehalten hatte, was es einst versprach.

Reich war es dennoch gewesen. An Jahren. An Wendepunkten, Abschieden und Neuanfängen. Reich an Freud und Leid und reich an Liebe. Das vor allem.

Ihre Sehnsucht galt nicht mehr denen, die sie zurückließ. Sondern jenen, die vorausgegangen waren.

Ich bin bereit.

Allein, ihr Leib wollte sie nicht gehen lassen, gefangen im Spalt zwischen Leben und Tod. Derselbe Leib, der immer voller Kraft gewesen war und biegsam wie ein gesunder Baum, von keinem noch so heftigen Sturm in die Knie gezwungen. Der erst spät unter dem unerbittlich fauchenden Wind der Jahre spröde und zerbrechlich geworden war. Dem jeder Atemzug Mühe bereitete und der sich dennoch weiterhin einen nach dem anderen abrang, pfeifend und rasselnd. Für den quälenden Husten, der ihre Tage zuletzt begleitet hatte, war sie zu schwach geworden. Bitter hatte er geschmeckt; bitter wie die Enttäuschung, die dieses Land ihr bereitet hatte.

Unruhig tänzelten ihre knotigen, braun gefleckten Greisinnenhände über das Leintuch. Vertraut war ihr dieser Raum, und doch war er nicht mehr der ihre geworden. Ein geborgter

Raum. Geborgt die letzten Jahre. Ein Kredit, dessen Zinsen nun fällig wurden, in einer neuen Zeit, die sie nicht mehr verstand.

Was bleibt am Ende eines Lebens?

Schritte näherten sich, sanft und vorsichtig; Flüsterstimmen. Kamen sie zu ihr? Sie wollte sich ihnen zuwenden, wollte etwas sagen – *sorgt euch nicht, ich leide keine allzu großen Schmerzen, lebt wohl* –, doch es gelang ihr nicht mehr. Das Fieber hatte sie bereits zu weit fortgetragen, in ein Reich jenseits von Zeit und Raum.

Stimmt das, hörte sie unter dem Trappeln von Kinderschuhen ein Stimmchen rufen, kieksig vor Aufregung. *Stimmt es, was die anderen Kinder sagen?* Und ein zweites, ein drittes bat atemlos: *Erzähl, Mutter, erzähl!*

Sie hatte es ihnen erzählt, wieder und wieder, das Märchen, das ihr Leben einmal gewesen war. Wenn sie selbst es auch nie als ein Märchen empfand, bis heute nicht.

Manches davon hatte sie niedergeschrieben. Erlebtes, Empfundenes und Gedachtes. Gehörtes und Gelesenes, sich zu eigen gemacht. Niedergeschrieben für ihre Kinder, für die Welt, für sich selbst. Und doch war es längst nicht alles gewesen; so vieles, was ungesagt blieb.

Worte, nichts als Worte. Wie konnten Worte auch nur annähernd vermitteln, was hinter ihr lag? Noch dazu in einer Sprache, in der sie zwar denken und träumen gelernt hatte, die ihr aber immer fremd geblieben war. Umso mehr, als es Dinge gab in einem Menschenleben, die sich nur unvollkommen in Worte fassen ließen. In jeder Sprache.

Liebe. Einsamkeit. Der Tod geliebter Menschen. Sehnsucht. Heimweh.

Zayn z'al barr, raunte es in ihr, *schön ist dieses Land. Land der Schwarzen – Zanjbar. Sansibar.* Laute wie das Hauchen des Meeres. Wie das Rauschen des Windes, wenn er durch die

Palmwälder strich und ihre gefiederten Kronen aneinander-
rieb. *Ssschhh … ssschhh … ssschh …* Aufwallend und abebbend
und allgegenwärtig, mit jedem Atemzug. Tröstlich wie das
Flüstern ihrer Mutter. *Ssschhh.*

Unter den Klagelauten der Muezzins pulsierten die Trommeln Afrikas. *Tha-dhung-gung. Tha-dhung.* Der Herzschlag
der Insel. Ihr eigener Herzschlag. *Heimat. El-Watan. Nyum-
bani.*

Tränen rannen unter ihren geschlossenen Lidern hervor,
brannten in den Furchen der alterstrockenen Haut. *Nach
Hause …* Das Meer brandete in ihr auf und rief sie zu sich,
lockend und beschwörend.

Komm nach Hause, Salima. Komm, Salima, komm … Salima …
Ssschh, Salima.
Komm.

Erstes Buch

Salima

1851 – 1859

Ein Zweiglein am Baume

Von meinen Zweigen strömt das Nass,
dessen Name Millionen Herzen höher schlagen lässt.

AUS DEM OMAN

I

»Salima! Wirst du wohl hierbleiben! *Salima!!*«

Salimas bloße Füßchen prasselten in schnellem Lauf über den Steinboden. In ihren Armen und Beinen kribbelte es wohlig; ihr ganzer siebenjähriger Leib jauchzte vor Freude, dem Stillsitzen entronnen zu sein.

»Salima!«

Sie flitzte zwischen den verwitterten Säulen hindurch, hinein in das Gras, das noch feucht war vom morgendlichen Regenguss. Ihr Herz schlug im gleichen übersprudelnden Takt wie die Goldmünzen an den Enden der zahllosen Flechtzöpfchen, die aneinanderklimperten und munter über ihren Rücken tanzten. Leicht und hell schlug es wie die Glöckchen an den Säumen der schmalen Hosen und des knöchellangen Gewandes darüber. *Du-kriegst-mich-nicht*, sang es in ihr im Rhythmus ihres Atems, *du-kriegst-mich-nicht*.

»Salima!« Die Stimme der Lehrerin hinter ihr kippte von zorniger Strenge in eine hilflose Klage. »Metle? Ralub …«

Ein rascher Blick über die Schulter verriet ihr, dass ihre Halbschwester Metle sie auf ihren längeren Beinen schon fast eingeholt hatte, während deren Bruder Ralub auf seinen kurzen, stämmigen Beinchen Mühe hatte, mit den beiden Mädchen mitzuhalten. Unverdrossen jedoch trommelte er damit über die Erde, die kahler wurde, je weiter sie rannten, hart gebacken von der Sonne und heiß unter ihren Sohlen. Auf Salimas Gesichtchen breitete sich ein Strahlen aus, das mit der Sonne über ihr wetteiferte; aufs Köstliche mischte sich in ihr der Triumph über die Lehrerin mit überbordender Zuneigung für ihre treuen Geschwister und gipfelte in einem Gefühl der Unbesiegbarkeit.

Wir. Zusammen. Sie kann uns nichts. Keiner kann uns was!

Ein kurzer Augenblick – kaum mehr als ein Wimpernschlag –, in dem die drei Kinder sich ansahen und dann wie auf Geheiß in Gelächter ausbrachen, übermütig und voller Schabernack. Ihr Lachen sprudelte über die Ebene hinweg, flog zum blauen Himmel hinauf und verlieh ihnen Flügel.

Eine Pfauenhenne plusterte ihr braunes Gefieder auf und scheuchte mit aufgeregten Trippelschritten ihre Küken vor sich her, um ihre flaumige Brut vor den heranstürmenden, lärmenden Kindern zu schützen. Salima, Metle und Ralub jedoch rannten unbeirrt auf die Badehäuser zu, die das äußerste Ende der Palastanlage von Beit il Mtoni bildeten. Die Orangenbäume, die die aschrosa Fassaden unter ihren staubbraunen Walmdächern in dichten Reihen säumten, waren ihr Ziel.

Eingehüllt in den honigsüßen Duft der weißen Blüten und außer Atem, schlängelten sie sich zwischen den glattborkigen Stämmen hindurch, bis sie ihren Lieblingsbaum erreicht hatten: ein besonders altes, ausladendes Exemplar, dessen unterste Zweige unter ihrer goldkugeligen Last beinahe den Boden berührten. Wie üblich war es Salima, die als Erste den Fuß in die Gabelung des Stammes setzte und sich behände wie ein Äffchen im schattigen Geäst emporhangelte, dicht gefolgt von Metle, die immer wieder innehielt, um Ralub eine helfende Hand entgegenzustrecken.

»Dafür bekommen wir bestimmt doppelt Haue«, schnaufte Metle, als sie rittlings auf einem Ast zu sitzen kam.

»Nicht *wir*«, widersprach Ralub in der ihm so eigenen

Gemütsruhe. Sein rundliches Hinterteil hatte er bequem in einer Astgabel platziert; er baumelte mit den nackten Beinen unter dem bis an die Knie hochgezogenen Gewand und war schon dabei, die erste Orange zu schälen. »Nur Salima. Die Hiebe, die sie fürs Schwatzen hätte kriegen sollen, und noch welche fürs Weglaufen. Wir höchstens ein, zwei dafür, dass wir ihr nach sind.« Die Schalenstücke ließ er achtlos fallen, bohrte den Daumen in die safttriefende Frucht, um sie in grobe Stücke zu reißen, und stopfte sich den Mund voll.

»Pah«, machte Salima auf ihrem Ast, verschränkte die Arme und blies sich die Ponyfransen aus der erhitzten Stirn. »Das wagt sie nicht! Sonst sag ich's Vater!«

»Vater besteht darauf, dass wir Lehrerinnen, Erziehern und allen Dienern stets Gehorsam und Respekt zollen.« Metles Worte klangen, als zitiere sie aus einem Lehrbuch.

»Genauso wichtig findet er Gerechtigkeit – und das war einfach nicht gerecht von ihr«, sagte Salima trotzig. »Wenn mich Azina was fragt – soll ich dann so tun, als wär ich taub und stumm? Und die Lehrerin weiß doch, dass ich diese Sure auswendig kann; viermal hat sie uns die schon hersagen lassen. Mich dann trotzdem nach vorn zu befehlen und den Stock zu erheben – das ist so ungerecht! Immer hat sie's auf mich abgesehen …« Salima redete sich immer weiter in Wut, bis ihre Wangen sich röteten und ihre dunklen Augen funkelten.

Die Schule, in die sie seit dem vergangenen Jahr ging, war ihr zutiefst verhasst. Den ganzen Vormittag mit untergeschlagenen Beinen auszuharren, wie auf den weißen Bodenmatten festgewachsen, schweigend zuzuhören und nur zu reden, wenn sie dazu aufgefordert wurde, das bedeutete für Salima ungleich größere Pein als der Stock. Die paar Streiche mit dem Bambusrohr gingen schnell vorüber, doch was danach kam, versprach doppelte Folter: auf dem brennenden Hinterteil den Rest der Schulstunde weiterhin reglos abzusitzen. Und weil

Salima keine halben Sachen machte, hatte sie einmal mehr die Gelegenheit beim Schopf gepackt und einfach die Beine in die Hand genommen.

»Wenn Vater hört, dass sie uns nicht im Zaum hat, schickt er sie bestimmt zurück in den Oman.« Metles feine Züge verzogen sich kummervoll. »Dann entlässt er sie womöglich ganz aus seinen Diensten, und dann weiß sie nicht, wie sie ihr Brot verdienen soll. Und wir sind schuld.«

»Geschieht ihr recht!«, grollte Salima und pendelte zornig mit den Beinen. »Deshalb ist sie bestimmt auch so gemein. Sie hält sich für was Besseres, weil sie aus dem Oman kommt und von rein arabischem Blut ist.« Sie schnaufte wütend auf und kickte so heftig in das Blattwerk, dass sich eine Orange von ihrem Stängel löste, durch das ledrige Laub rauschte und mit einem satten *Thunk!* auf dem Boden aufschlug.

Ralubs Augen, die während dieses Wortwechsels beständig zwischen Salima und Metle hin und her gewandert waren, folgten betrübt der verschwundenen Orange, bevor er sich kurz über die klebrigen Finger leckte und dann die nächste abzupfte, wobei er sich sichtlich unwillig danach strecken musste.

»Nachher hast du wieder Bauchweh«, schalt Metle ihn, doch Ralub zuckte nur die Achseln, pellte die Frucht und schob sich den nächsten Brocken tropfenden Fruchtfleisches in den Mund. Erst dann setzte er zu einer Erwiderung an, doch Metle kam ihm zuvor.

»Ssschtt«, machte sie mit großen Augen. »Da kommt wer!«

Die drei spitzten die Ohren. Ralub vergaß für einen Augenblick sogar das Kauen. Von den Badehäusern drangen Laute herüber, vergnügtes Geplansche und Gelächter, eifriges Geschnatter und Gekicher, andächtiges Gebetsgemurmel. Bruchstücke dumpfer Trommelschläge und das dünne Schel-

lengeklingel eines Tamburins, durchwoben von einem mehr-
stimmigen Frauengesang. Satzfetzen und Wortmelodien in
Suaheli, Nubisch, Abessinisch, Türkisch, Persisch, Arabisch,
Tscherkessisch, den Sprachen des Palastes und der übrigen
Insel. Eine Vielfalt, die sich in den Gesichtern der Menschen
spiegelte, die das fein abgestufte Farbenspiel von Sahne und
Karamell über Gold- und Olivtöne, Zimt und Kaffeebraun bis
hin zum tiefsten Ebenholzschwarz zeigten. Allein wenn der
Sultan zugegen war, durfte nur Arabisch gesprochen werden;
dies verlangte die stolze Tradition seiner Ahnen.

Das befürchtete Keifen ihrer Lehrerin blieb aus; ebenso das
beharrliche Locken eines Leibdieners, vom Vater ausgeschickt,
seinen ungehorsamen Nachwuchs aufzuspüren und ihnen die
verdiente Standpauke zu halten.

»Da ist keiner«, bekundete Ralub daher auch, spuckte geräuschvoll einen Orangenkern hinab und gleich darauf
noch einen.

»He, ihr da oben!«, ertönte eine tiefe Männerstimme
unmittelbar unter ihnen.

Die Geschwister sahen sich erschrocken an und machten
sich in der Baumkrone so klein wie möglich. Es knackste und
raschelte, als kräftige Hände in die Äste griffen und sie aus-
einanderbogen. Dazwischen erschien erst ein safranfarbener
Turban, dann das flächige Gesicht eines grobknochigen, noch
sehr jungen Mannes, die Pockennarben auf seinen Wangen nur
unzureichend von einem eben erst sprießenden Bart bedeckt.
Weiß hoben sich die Zähne gegen seine nussbraune Haut ab,
als er breit grinste. »Ich dachte schon, die Stummelaffen hätten über Nacht sprechen gelernt. Wie ich jedoch sehe, sind es
nur die Kinder des Sultans, die die Schule schwänzen!«

»*Majiiid*«, quiekte Salima und konnte nicht schnell genug
aus ihrer luftigen Höhe hinabsteigen, bemerkte nicht einmal
das Aufjammern Ralubs, als sie ihm dabei unbeabsichtigt

einen Tritt versetzte. Das letzte Stück ließ sie sich einfach in die ausgebreiteten Arme ihres älteren Halbbruders fallen und umschlang ihn mit aller Kraft.

Mit einem betont heftigen Keuchen setzte Majid sie ab. »Du bist ja richtig schwer geworden! Ich könnte schwören, du bist seit letzter Woche ein ganzes Stück gewachsen.«

Salima errötete voller Stolz und reckte sich gleich noch ein wenig mehr, während Majid nach Ralubs heldenhaftem Sprung, dessen Landung etwas wacklig geriet, auch Metle Hilfestellung leistete.

»Seit letzter Woche ist noch was passiert – guck!«, rief Salima, bleckte die Zähne und entblößte dabei eine gähnende Lücke in der Mitte ihres Oberkiefers, die ihr ein überaus kesses Aussehen verlieh. Majid bewunderte den ersten ausgefallenen Zahn seiner kleinen Halbschwester gebührend.

»Hat gar nicht wehgetan«, berichtete sie freudestrahlend, legte dann den Kopf in den Nacken, riss den Mund so weit auf wie nur möglich und rubbelte aufgeregt mit der Fingerspitze über die gezackte Kante des neuen Zahns, der gerade hervorbrach. »Ungga gommtffon ger neue!«

»Das muss gefeiert werden«, verkündete Majid mit einem dem Anlass entsprechenden Ernst. »Am besten mit einem Ausritt ans Meer.«

Salima entfuhr ein Freudengeheul, und sie begann wild auf der Stelle umherzuhüpfen. Schon so lange war sie nicht mehr am Strand gewesen, mindestens ein paar Tage nicht, dabei hatten sie das Meer doch gleich vor der Tür! Das letzte Mal, dass sie mit Majid dort gewesen war, lag sogar noch viel länger zurück.

»Ans Me-heer, ans Me-heer«, singsangte sie in einer Phantasiemelodie und tanzte um Metle herum, um sie zum Mitmachen zu bewegen. Vergeblich. Metle fuhr stattdessen damit fort, Orangen von den untersten Zweigen zu pflücken und in ihrem Obergewand zu sammeln, das sie am Saum hochhielt.

»Gibt das unseren Proviant?«, wollte Salima wissen, ihre Stimme kieksig vor lauter Vorfreude.

Metle schüttelte den Kopf so heftig, dass die von Goldschmuck beschwerten Enden ihrer Zöpfchen umherflogen. »Ich komme nicht mit. Die bringe ich Mutter, sie isst sie frisch vom Baum doch so gern, und lese ihr noch etwas vor. Dann wird ihr der Tag auch nicht so lang.« Mit einem Mal wirkte Metle viel älter als ihre neun Jahre, erwachsen beinahe.

Die Mutter von Metle und Ralub war seit einer schweren Krankheit kurz nach der Geburt ihres Sohnes gelähmt. Eigens für sie war zwischen dem Palastflügel der Frauen und dem Flussufer ein Pavillon errichtet worden, wo sie auf ihrem Lager aus Dutzenden von Polstern und Kissen die langen Stunden zwischen dem frühen Morgen und dem späten Abend zubrachte und darauf wartete, dass jemand vorbeikam, der ihr die Zeit vertrieb.

Salimas Jubellaune fiel in sich zusammen, und etwas begann hässlich in der Gegend ihres Brustbeins an ihr zu nagen. Metle war immer so selbstlos, stets darauf bedacht, anderen Gutes zu tun, von Natur aus fügsam und vernünftig. *Nicht so wie ich …*

»Aber du kommst doch mit?«, wandte sich Salima an Ralub, beinahe bittend.

Den Kopf gesenkt, kämpfte er mit sich, fuhr mit dem großen Zeh über die festgetretene Erde. Es war ihm anzusehen, wie gern er sich Majid und Salima angeschlossen hätte. Doch weil Ralub und Metle unzertrennlich waren wie Zwillinge und er stets dem Beispiel seiner großen Schwester folgte, straffte er sich schließlich tapfer und schüttelte den Kopf. »Ich gehe mit Metle.«

Salima verspürte den brennenden Wunsch, es den beiden gleichzutun und großmütig auf den Ausritt zu verzichten.

Nicht um der Gesellschaft der beiden willen, nicht deshalb, weil sich die Mutter von Metle und Ralub gewiss auch über einen Besuch Salimas gefreut hätte, sondern einzig und allein, um ein gutes Mädchen zu sein. *Nur ein Mal – ein einziges Mal …*

Traurig blickte sie Majid nach, der in Richtung der Stallungen vorausgegangen war, und das Sehnen nach dem Meer, dessen Salz sie schon auf der Zunge zu schmecken glaubte, wurde zu einem Schmerz in ihrem schmalen Leib.

Morgen – morgen kann ich auch noch ein gutes Mädchen sein, durchfuhr es sie, *und morgen werd ich's auch sein! Aber heute – heute muss ich …*

»Grüßt eure Mutter lieb von mir!«, rief sie Metle und Ralub über die Schulter hinweg zu, während sie in großen Sprüngen Majid hinterhersetzte, plötzlich wieder ein Jauchzen in ihrer Brust verspürend.

»Ich will auch so ein Pferd«, murmelte Salima hingerissen, nachdem einer der Stallknechte sie in den Sattel gehoben hatte. Behutsam legte sie die Arme um den starken Hals der Stute und drückte ihr Gesicht in das braune Fell, das warm war und auch genauso warm roch.

Majid lachte, als er sich hinter ihr aufschwang und einem zweiten Knecht die Zügel abnahm. »Du hast doch eben erst einen schönen Muskatesel bekommen!«

Wiegenden Schrittes setzte sich das Reittier in Bewegung, und Salima richtete sich wieder auf.

»Ich will aber lieber ein richtiges großes Pferd haben«, beharrte sie, auch wenn sie sich dabei ein bisschen undankbar vorkam. Hatte sie vor zwei Jahren ihre Reitstunden wie alle Kinder des Palastes auf einem Pferd begonnen, das vom Reitlehrer am Zaumzeug im Kreis herumgeführt wurde, hatte sie schon bald allein auf einem lammfrommen, weil fortwährend schläfrigen Esel gesessen und dann auf einem schokoladenfarbenen langbeinigen Muskatesel. Bis ihr Vater ihr vor Kurzem einen makellos milchweißen Muskatesel geschenkt hatte, eine edle Züchtung, die mitsamt dem kostbaren Geschirr ebenso teuer kam wie ein Vollblutaraber.

»Deine Beine sind doch noch viel zu kurz«, neckte Majid sie und zwickte sie leicht in den Oberschenkel, sodass sie aufquietschte. »Wenn du noch ein Stück gewachsen und groß genug bist, schenke ich dir eine von meinen Stuten.«

Salima hielt den Atem an. »Versprochen?«

»Versprochen! Welche Farbe darf es denn für die hochwohlgeborene *Sayyida Salima* sein?«

»Schwarz«, kam es, ohne zu zögern, genüsslich von ihr. »Schwarz und nichts anderes.«

»Sehr wohl, schwarz also«, gab Majid lachend zurück. »Nie das, was alle anderen Mädchen hübsch finden. Für dich muss es immer etwas ganz Besonderes sein, nicht wahr, Salima?«

Weil Salima nicht wusste, ob das in Majids Augen nun etwas Gutes oder etwas Schlechtes war, zog sie nur verlegen eine Schulter hoch, zwirbelte die Mähne der Stute zwischen den Fingern und blieb für eine Weile still.

Im Schritttempo zogen die Gebäude des Palastes von Beit il Mtoni vorüber: teils noch neu, teils schon in einem mehr oder minder fortgeschrittenen Stadium des Verwitterns begriffen, geweißelt, hellgelb bemalt, noch oder schon wieder in ihrem ursprünglichen, rosig und bläulich überhauchten grauen Stein. Umso üppiger wirkte all das Grün, das die Mauern umwucherte: ausladende Bananenstauden und Tamarinden mit ihrem fedrigen Laub und den wächsernen rotgeäderten Blüten in Hellgelb. Hoch, so hoch wuchs der Hibiskus und stellte seine zarten Blütenteller in Scharlach, Pomeranze und Weiß zur Schau. Minarettgleiche Palmen nickten sacht auf die Walmdächer aus Schilfrohr hinab und beschatteten die weitläufigen Dachterrassen, die Pavillons und die Balkone aus Holz.

Großzügig verteilten sich die verschachtelten Häuser um die weite Freifläche in der Mitte, die mehr einem verwilderten Garten ähnelte denn einem wirklichen Innenhof. Beit il Mtoni glich einer kleinen Stadt, und genauso lebhaft ging es dort auch zu. Von der Früh bis in die Nacht mussten sich alle Hände für die Familie des Sultans regen, und so wimmelte es überall von Menschen. Arabische Tracht mischte sich mit afrikanischer; gemeinsam war ihnen die Farbenpracht: Sittichgrün und Smaragd, Koralle und Mohnrot, Dottergelb, Lilienweiß und Pfauenblau, das Rostbraun und satte Schwarz der Erde Sansibars, oftmals in Mustern, in denen die Fröhlichkeit der Menschen eingefangen schien. Hier war Salima geboren worden, und aus Beit il Mtoni und seiner unmittelbaren Umgebung bestand ihre ganze kleine Welt.

Umso aufgeregter begann sie hoch zu Ross herumzuzappeln, als Majid seine Stute nicht wie erwartet zum Strand hinlenkte, der sich vor dem Palast erstreckte und von dem aus man an klaren Tagen die hügelige Küstenlinie Afrikas sehen konnte, sondern in die entgegengesetzte Richtung, ins verwucherte Innere der Insel hinein.

Erst als sie sich neugierig umsah, bemerkte sie, dass ihnen niemand folgte. Kein Leibdiener zu Pferd, kein Sklave zu Fuß. Ganz allein ritten sie in den Wald hinein, der sie grünschattig umfing.

»Kommt denn niemand mit uns?« Ihr Erstaunen hatte ihr Stimmchen zu einem Flüstern gedämpft.

»Ich bin auch abgehauen«, erwiderte Majid ebenfalls im Flüsterton und zupfte sie an einem ihrer Zöpfchen. »Ich hab doch dich dabei, du wirst schon auf mich achtgeben!«

Salima rang sich ein schiefes Lächeln ab, halb freudiger Stolz, halb Angst. Denn Majid war krank. Sehr krank. Von

Zeit zu Zeit stürzte er besinnungslos zu Boden und wurde von heftigen Krämpfen geschüttelt, bis sich die Augen so weit verdrehten, dass nur noch das Weiße zu sehen war. Als habe ein *djinn*, ein Dämon, von ihm Besitz ergriffen, der ihn erst nach einer gewissen Spanne wieder aus seinen Fängen ließ. Wenn Majid dann zu sich kam, konnte er sich an nichts erinnern; er fühlte sich nur schwach und benommen und musste sich ausruhen. Vor allem dem Vater war dies eine große Sorge, sollte Majid ihm doch eines fernen Tages als Herrscher über Sansibar nachfolgen. Deshalb hatte er verfügt, dass Majid niemals allein gelassen werden dürfe. Wohin er auch ging, was er auch tat – mindestens ein Sklave musste Majid Tag und Nacht begleiten wie ein Schatten, um bei einem neuerlichen Anfall zur Stelle zu sein und zu verhindern, dass Majid sich den Kopf zerschlug oder an seiner eigenen Zunge erstickte. Doch was sollte sie, Salima, in diesem Falle ausrichten können, klein, wie sie war? Hier, im dichten Wald, durch den sie sich immer weiter von Beit il Mtoni entfernten?

Er musste ihren furchtsamen Blick aufgefangen haben, denn er stieß sie mit der Innenseite des Ellenbogens an und setzte hinzu: »Hab keine Angst, Salima. Ich hatte schon eine ganze Zeit keinen Anfall mehr. Mir geht es gut, ich fühle mich stark und gesund.«

Was Salima kaum beruhigte; das unbehagliche Gefühl in ihrer Magengrube blieb. Jedoch nicht lange – dazu gab es viel zu viel Spannendes zu sehen und zu entdecken. Die schwarz-weißen Stummelaffen mit ihrem roten Rücken und dem roten Käppchen turnten keifend im Geäst über ihr herum und vertrieben mit ihren lustigen Kapriolen Angst und Sorge aus Salimas Kopf. Irgendwo bearbeitete ein Vogel mit seinem Schnabel so emsig einen Stamm, dass das Klopfen weithin hallte. Ein anderer kreischte laut, und ein dritter keckerte munter vor sich hin. Salima sperrte die Augen auf, so weit sie konnte, um einen Blick auf das gefleckte Fell eines Leoparden zu erhaschen oder vielleicht auf ein Chamäleon, das geschickt getarnt im Blattwerk vor sich hin döste.

Schmal war der ansteigende Pfad durch das Dickicht aus palmenähnlichen Pandanen, Mangobäumen, wilden Kaffeestauden und Pfeffersträuchern, aus hohen Gräsern und wild emporschießendem Gestrüpp. Nur dann und wann tauchte eine einsame Hütte auf. Dem vielen Regen – zu bestimmten Zeiten im Jahr oft tagelang – und noch mehr Sonne war es zu verdanken, dass Sansibar so saftig begrünt war. Was auch immer man der Erde anvertraute, schlug sofort Wurzeln, wuchs rasch und stark und trug reichlich Früchte. Es hieß sogar, aus einem Stück gerollter und getrockneter Zimtrinde, das man in der Stadt von Sansibar in den Boden steckte, würde im Nu ein neuer Setzling.

Schon von Weitem war der strenge Geruch der Gewürznelken-Plantagen wahrzunehmen, schwer und würzig, betäubend nahezu, darunter eine holzige Schärfe. Wie dicker dunkler Samt lag er in der Luft, umso kräftiger, je weiter der Weg anstieg, wurde mit einem Mal atemberaubend, als sich vor ihnen eine breite Schneise öffnete. So weit das Auge sehen konnte, reihten sich Bäume auf, deren glänzendes Laub fast bis zur Erde reichte. Auf dreibeinigen, sich nach oben verjüngenden Holzgestellen kletterten tiefschwarze Männer herum, bis in die Wipfel hinauf; einige von ihnen winkten ihnen zu, riefen: »*Shikamoo, shikamoo*, guten Tag, guten Tag!«

Es waren die Sklaven, die die Trauben von gelbgrünen bis weißrosa Knospen von den Zweigen pflückten. In der Sonne getrocknet, wurden sie zu harten braunen Köpfchen, die in einer vierzackigen Fassung auf einem Rest Stängel saßen. Sie sahen aus wie die Nägel aus Messing, die in Beit il Mtoni die Truhen aus edlem Holz zusammenhielten und schmückten. Gewürznelken waren der Reichtum von Sansibar, und ihr kräftiges Aroma war der Duft der Insel.

Wie anders war es, mit Majid allein hierherzukommen! Abenteuerlicher. Ungezähmter. Nicht mit einem ganzen Tross aus dem Palast, begleitet von einer Schar Dienerinnen und Sklaven, die mit einem Schirm in der Hand neben den herausgeputzten Rössern der Frauen des Sultans einherliefen, damit diese vor der Sonne geschützt blieben. Nicht mit Packeseln, die Teppiche, Kissen, Fächer und Geschirr mit sich führten, damit der Hausstand von Beit il Mtoni später beim Picknick bequem und vor allem standesgemäß lagern, die vorausgeschickten feinen Speisen genießen und sich an der Kunst der indischen Musiker und Tänzer erfreuen konnte.

Überhaupt, befand Salima einmal mehr, war Majid der beste große Bruder, den sie sich wünschen könnte. Nicht so wie Barghash, mit seinen vierzehn Jahren etwas jünger als Majid, der keinen Spaß verstand und nichts anzufangen wusste mit kleinen Kindern, der schnell die Geduld verlor und dann unwirsch sein konnte. So lieb sie Metle und Ralub hatte – mit Majid verband sie etwas Besonderes. Hatten nicht schon ihre Mütter sich als Schwestern betrachtet, und das nicht nur aufgrund ihrer Herkunft? Bei Majid hatte Salima immer das Gefühl, er habe nicht vergessen, wie es war, Kind zu sein; manchmal schien es gar, als verstünde er sie ohne Worte. Ob es daran lag, dass sie beide tscherkessisches Blut in den Adern hatten?

»Gleich sind wir da«, raunte Majid in ihre Gedanken hinein. Die Plantagen hatten sie hinter sich gelassen; auf dem sanft abfallenden Grund wechselten sich gartenumsäumte Dörfchen mit Reisfeldern und Getreideäckern ab, deren Halme der Wind zärtlich durchkämmte. Die einsamen Palmen bündelten sich zu Hainen, verdichteten sich zu einer Mauer, die Majids Stute gleichwohl Zugang gewährte. Der Nelkenduft war verweht; nun tränkte das Salz des Meeres die Luft und ließ Salimas Herz höher schlagen, und auch das Pferd unter ihr schnaubte – wohlig, wie es Salima vorkam.

»Halt dich fest!«, rief Majid. Folgsam krallte Salima ihre Finger in die Mähne, während Majid mit der einen Hand die Zügel fester packte und mit dem anderen Arm den Leib seiner kleinen Schwester umschlang, sie an sich drückte und sicher barg. Salima spürte, wie die Stute unruhig ihre Muskeln anspannte. Majid schnalzte kräftig mit der Zunge, und sie brachen durch den Palmengürtel hindurch, hinaus in den hellen Sand, blendend im Sonnenlicht, das auf der türkisblauen Fläche des Meeres funkelte.

Ein Jubelschrei entfuhr Salima, ging in ein freudiges Kreischen über, als das Pferd lospreschte und in einem lang gezogenen Bogen über den Strand, dann im Galopp die bewegte, schaumgekrönte Wasserlinie hinaufjagte. Eine Schar Wasservögel flog in einer Explosion aus schwarz-weißem Flügelflattern auf und zog dann unter entrüstetem Geschrei enge Kreise über ihnen. Die Hufe des Pferdes ließen pulvrige Fontänen aufstieben, als sie schneller und immer schneller in den Sand donnerten.

Mehr, mehr, ich will mehr!

Majids rhythmische Rufe, um sein Tier noch weiter anzutreiben, bekamen ein Echo aus Salimas Kehle, bis der Wind ihr die Laute aus dem Mund rupfte und ihr den Atem raubte.

Ich kann fliegen! Ich kann wahrhaftig fliegen!

Das Bedauern, als irgendwann doch die Hufschläge langsamer wurden, gedämpfter, währte bei Salima nicht lange.

»Lass mich runter«, drängte sie, noch ehe Majid die Stute, die prustend ihren Kopf schüttelte, zum Stehen gebracht hatte. »Lass mich runter, Majid, ich will ins Wasser!« Ihre Füße zuckten; alles an ihr schien zu vibrieren. »Majid!!«

»Gemach, meine Gebieterin, gemach«, sagte Majid lachend,

sprang dann aber doch eilends ab und hob seine Schwester aus dem Sattel.

Salima rannte mit rudernden Armen los; hinein in das laue Nass, das zuerst an den Zehen leckte, dann an den Knöcheln, an den Waden kitzelte, immer mehr Widerstand bot, bis Salima sich einfach fallen lassen konnte. Gegen die Wucht der Wellen anzupaddeln oder sich von ihnen schaukeln zu lassen, das liebte Salima, seit sie als ganz kleines Mädchen am Strand vor Beit il Mtoni das erste Mal baden gewesen war.

»Delphine«, schleuderte sie Majid über die Schulter hinweg zu, »schau doch – Delphine!« Ihr ausgestreckter Finger war auf die schlanken bleigrauen Leiber mit der sichelförmigen Rückenflosse gerichtet, die glänzend aus den Fluten auftauchten und wieder hineinglitten. Salimas Entzücken war grenzenlos, und in großen Sätzen tollte sie ins Wasser hinein in der Hoffnung, nah genug hinschwimmen zu können. Ihre Augen leuchteten, ließen die Delphine nicht aus dem Blick, erfassten dann die weißen Segel mehrerer Schiffe, die sich am Horizont der weiten Fläche aus geschmolzenem Aquamarin und Lapislazuli entlangschoben.

Ein Gedanke keimte in ihr auf, trieb zu einer Frage aus. Ihre Nasenwurzel kräuselte sich in angestrengtem Überlegen, während ihre Beine unaufhörlich weitermarschierten. Doch dieser einen Frage folgten weitere, zogen mehr Gedanken nach sich und überwältigten sie schließlich in ihrer Fülle, sodass Salima aus dem Takt kam und stehenbleiben musste.

»Was ist, Salima?«, rief Majid hinter ihr, doch sie konnte nur stumm mit dem Kopf schütteln, schaffte es mit Müh und Not, einige Schritte rückwärts zu tapsen, bis sie wieder festen Grund unter dem Boden hatte, nicht nur Sandflächen, die das Meer nach und nach unter ihren Sohlen wegspülte.

Flaches zweitaktiges Rauschen in ihrem Rücken verriet ihr,

30

dass Majid seine Sandalen abgestreift hatte und zu ihr herein-
watete.

»Was hast du gesehen?« Majid ergriff die Hand, die sie ihm
entgegengestreckt hatte, ohne den Blick vom Horizont abzuwenden.

»Wo fahren die Schiffe hin?« Ihre Stimme klang tief vor
Anspannung. »Was ist auf der anderen Seite vom Meer?«

Majid schloss die Hand fester um die Kinderfinger, beugte
sich vor, sein Gesicht dicht an ihrem, und legte ihr den anderen Arm auf die Schulter, um mit seinem Zeigefinger Linien
auf Meer und Himmel zu malen. »Hier vorn, da ist Pemba, das
auch zu Sansibar gehört. Und da«, sein Finger deutete nach
links, »setzt sich die Küste Afrikas fort, die du von der anderen
Seite der Insel her kennst. Mombasa liegt dort, und ein Stück
weiter hinauf kommt dann irgendwann Abessinien.«

»Wo Barghashs Mutter herkommt und die von Metle und
Ralub?«

Majid bejahte.

»Und dahinter?«

»Liegt das Mittelmeer.«

»Und da dahinter?«

»Europa. Frankreich, Spanien, Portugal und weiter im
Norden England.«

England. Von dort stammte ein Service aus Dutzenden von
Teilen, das in Beit il Mtoni nie benutzt wurde, weil es aus
einem Silber gefertigt war, das in der Luft Sansibars beständig anlief. In Ehren gehalten wurde es gleichwohl; einer der
Haussklaven nahm es mehrmals am Tag aus dem Wandregal,
um es neu zu polieren. Es handelte sich um ein Geschenk der
Königin von England an den Sultan, ebenso wie die geschlossene Kutsche, die hinter dem Stall stand, solange Salima denken konnte, die Eisenräder rostüberkrustet, das Holz vermo-
dert und die Seide, mit der sie ausgeschlagen war, stockfleckig.

Auf Sansibar gab es nur zwei Straßen, die breit genug gewesen wären für einen solchen Wagen, und auf diesen kam man nicht sonderlich weit.

»Und da?« Salimas freie Hand tippte geradeaus in die Luft.

»Da kommt Arabien, und da liegt auch der Oman. Dahinter liegen das Osmanische Reich und Russland. Tscherkessien befindet sich auch in dieser Richtung. Und dort drüben«, Majids Finger wanderte ein gutes Stück nach rechts, »geht es dann nach Ostindien.« Aus dem Augenwinkel sah er, wie das kleine Mädchen nachdenklich auf ihrer Unterlippe kaute.

»Warst du schon einmal im Oman?«, kam es schließlich zögernd von ihr. Das Sultanat von Muscat und Oman war die Heimat ihres Vaters; von dort war er einst gekommen, um aus Sansibar das zu machen, was es heute war. Die ältesten seiner Kinder lebten noch dort, die Kinder seiner Geschwister und deren Kinder. Als Majid nickte, setzte sie hinzu: »Wie ist es dort? So wie hier?«

Majid grinste. »Kein bisschen! Nur Sand und Staub und Steine … Wie Sansibar ist es nirgendwo, das sagen alle, die schon etwas gesehen haben von der Welt.« Er hielt kurz inne, bevor er hinzufügte: »Du wirst es mit eigenen Augen sehen, in ein paar Jahren, wenn du einem deiner Vettern dort zur Frau gegeben wirst.«

Salimas Kopf bewegte sich sachte auf und ab, während sie Altbekanntes und neu Gedachtes gegeneinander abwog. Von klein auf hatte sie gehört, dass sie eines Tages in den Oman reisen würde, um dort zu heiraten. Manchmal kamen Vettern oder Basen von dort zu Besuch. Salima mochte die meisten von ihnen nicht. Es machte sie wütend, wenn sie sich mit gerümpfter Nase im Palast umsahen und sich abfällig darüber äußerten, wie »freizügig« es auf Sansibar zuging, wie »afrikanisch« hier doch vieles sei, und wenn sie sich darüber ereiferten, dass die Kinder neben Arabisch auch Suaheli im Mund führten. Doch noch nie hatte sie mit eigenen Augen gesehen, wie weit der Oman von Sansibar entfernt war.

»Aber ich komme danach doch wieder nach Hause zurück, nicht wahr?«, fragte sie ihren Bruder unsicher.

»Nein, Salima, du bleibst dann dort. Nach Sansibar wirst du nur noch zu Besuch reisen.«

Majids Hände legten sich auf ihre Schultern, und zum ersten Mal empfand sie Widerwillen gegen eine Berührung von ihm; schwer kamen ihr seine Finger vor, wie eine Last.

Frank-reich. Spa-ni-en. Por-tu-gal. Wie sieht es dort aus? Ein bisschen so wie hier? Oder ganz anders?

Ein heißes Sehnen wallte in Salima auf, nach etwas, das sie sich nicht einmal vorzustellen vermochte, und zugleich gruben sich ihre Zehen in den wasserbedeckten Sand. Als könnte sie hier Wurzeln schlagen, tief, lang und stark.

Stürmisch fuhr sie herum, schlang die Arme um Majid und vergrub ihr Gesicht an seinem Bauch.

Sehen will ich das alles. Aber nie, nie will ich für immer von Sansibar fortgehen.

Nie.

2

 Hellgoldenes Morgenlicht flutete die Frauengemächer von Beit il Mtoni. Der neue Tag roch klar und rein, nach regennassem Laub und nach dem Wasser des Flusses. Noch war er kaum beschwert von der schwülen Süße der Blüten und Gewürze, die allenthalben in der Luft lag, noch hatte die feuchte Wärme sich nicht zu dampfender, lähmender Hitze zusammengebraut.

Still war es in den hohen weiten Räumen, deren dicke Mauern die Tropenglut des Tages fernzuhalten vermochten. Nur tiefe, gleichmäßige Atemzüge waren zu hören und vereinzelt leises Schnarchen. Nebenan huschten die Sklavinnen umher, darauf bedacht, ihre Herrinnen nicht vorzeitig aus dem Schlummer zu reißen, und trafen die Vorbereitungen für die aufwändige Morgentoilette.

Es war die Stunde, in der die *sarari*, die Nebenfrauen des Sultans, und die älteren Kinder sich noch einmal schlafen gelegt hatten. Viel zu kurz waren die heißen Nächte, viel zu bald – lange vor Sonnenaufgang – erhob man sich schon wieder zu den rituellen Waschungen, um in frischer Kleidung den lang gezogenen Rufen des Muezzins Folge zu leisten. Wer nach dem Gebet weiterer Zwiesprache mit Allah bedurfte, blieb auf, bis sich die gleißende Sonnenscheibe über den Horizont geschoben hatte. Alle anderen zogen es vor, die

Spanne bis zum zweiten Aufstehen im Reich der Träume zu verbringen.

Allein Salima war wach. Zu ihren Lebensjahren fehlten ihr noch deren zwei, um mit den Großen mitzubeten, und der Hege ihrer Amme, die sie früher immer in den Schlaf zu wiegen pflegte, war sie längst entwachsen. Bestrebt, ein braves Mädchen zu sein, kniff sie die Augen zu, um noch einmal einzuschlafen. Doch ständig klappten ihre Lider wieder auf. Ganz von selbst.

Sie rollte sich auf die Seite, um die Schätze zu betrachten, die ihr der gestrige Tag beschert hatte und die sie unter schläfrigem Protest auch nicht aus den Händen hatte geben wollen, als man sie zu später Stunde in ihr Bett gesteckt hatte. Vor allem nicht diese eine Kostbarkeit, die das Schönste war, was Salima je besessen hatte: eine Puppe in einem Kleidchen aus engem Oberteil und mehreren glockenförmigen Röcken, über und über mit Rüschen und Spitze verziert, in weißen Strümpfchen und seltsamen geschlossenen Schühchen, deren Material steif war und glänzte, als sei es nass. Ein milchweißes, sich kühl anfühlendes Gesicht hatte diese Puppe, mit einem rosigen Mund, der leicht geöffnet war und je zwei Perlzähnchen oben und unten sehen ließ. Blondhaarig war sie wie Salimas viel ältere Halbschwester Sharifa. Und das Wunderbarste daran: Wenn Salima die Puppe hochnahm und wieder hinlegte, schloss diese nicht nur die meerblauen Augen mit den dichten Wimpern; aus dem weichen Leib, ungefähr da, wo die seidige Schärpe umgebunden war, kam zudem ein gedämpft krähender Laut. »Maahma«, rief die Puppe dann, und Salima wurde jedes Mal die Kehle eng vor Glückseligkeit. Ihr Vater selbst hatte ihr diese Puppe geschenkt, und Salima hatte sich gleich ein Stückchen größer gefühlt ob dieser Auszeichnung vor all den anderen Kindern.

Gewiss, ein Steckenpferd, wie Ralub es bekommen hatte,

35

wäre auch fein gewesen. Oder ein Spielzeuggewehr aus Holz oder eine Eisenbahn aus Metall … Die Puppe in ihrem Arm hatte Salima daran gehindert, sich mit der Kinderschar um den Inhalt der gut zwei Dutzend Kisten zu balgen. Sie dafür jedoch beiseitezulegen, nein, das hatte Salima nicht über sich gebracht; zu groß war ihre Furcht, die Puppe könnte im Getümmel, das im Innenhof herrschte, Schaden nehmen oder verloren gehen, und deshalb hatte sie schweren Herzens nur zugesehen.

Einmal jedes Jahr sandte der Sultan seine Schiffe aus, um Waren in die Welt hinausliefern zu lassen. An Bord befanden sich stets auch Listen dessen, was in den Palästen des Sultans an Gütern benötigt oder begehrt wurde: Stoffe vor allem und Garne. Bänder, Glasperlen, Spangen, Schließen und Knöpfe. Geschirr, Kämme, Bücher, Duftöle und Räucherwerk – und die Uhren aus England und aus Deutschland, nach denen man auf Sansibar ganz verrückt war.

»Meinen Kindern und Frauen nur das Beste!«, lautete die Anordnung des Sultans. Und wehe dem Kapitän, der sich in England, Frankreich, Ostindien oder Amerika Plunder andrehen ließ, den die Kinder mit langen Gesichtern, die *sarari* mit spitzen Fingern und gerümpfter Nase bedachten! Salima hatte bislang noch nicht herausgefunden, was genau einem Handelsfahrer drohte, der auf diese Weise bei ihrem Vater in Ungnade fiel. Es musste jedoch etwas Furchtbares sein, daran hegte sie keinen Zweifel. Denn das Wort ihres Vaters war Gesetz. Hier auf Sansibar, entlang eines schmalen Streifens an der afrikanischen Küste und im Oman.

Die Ankunft der bestellten Dinge war ein großes Ereignis, das nie ohne Geschrei, Zank und Eifersüchteleien ablief. An Ort und Stelle ließen sich die Frauen, mit Scheren bewaffnet, auf der Erde nieder, um ihren Anteil an den Stoffen von den Ballen abzutrennen, bevor jemand ihnen den streitig machen konnte, und schnitten dabei nicht selten im Eifer des Gefechts gleich mit in die Gewänder, die sie am Leib trugen. Ob jung, ob alt, ob Mann oder Frau, Herrin oder Sklavin: wenn es ums Habenwollen ging, waren sie alle gleich. Und auch bei den Kindern – denen des Sultans und denen seiner Söhne, dem Nachwuchs der Ammen, der mit im Palast lebte, und bei den Sprösslingen der Diener – ging es nicht anders zu. Jedes versuchte, sich das Schönste und Beste herauszupicken unter den Trommeln, Pfeifen und Flöten, unter den Peitschen und Kreiseln, Mundharmonikas und Trompeten; unter den für Kinderhände gemachten Angeln, an deren Schnüren kleine Magneten baumelten, mit denen man metallene, bunt bemalte Fische fangen konnte. Nur gut, dass die Kinder des Sultans sich auf die Paläste der Insel verteilten und die meisten von ihnen in Beit il Sahil lebten – das dachte Salima oft, wenn es etwas Besonderes gab, so wie gestern. Bis sich die Jungen und Mädchen von den leer geräumten Kisten entfernten, die Arme übervoll mit Spielzeug, war für Salima nur eine Ente auf Rollen übrig geblieben, die mit dem Kopf nickte, wenn man sie an einer Schnur hinter sich herzog. Und eine Spieldose, in der winzige Männlein und Weiblein um einen bändergeschmückten Baum Ringelreihen tanzten, wenn man den runden Deckel aufklappte. Eine schrille, unharmonische Melodie ertönte dabei, die Salima grässlich fand und die ihr in den Ohren wehtat. Hübsch fand sie dieses Dingelchen gleichwohl.

Aus Marseille war jenes Schiff gestern gekommen, das hatte Salima im Stimmengewirr aufgeschnappt. *Marseille …* welch ein verheißungsvoller Name! Er klang nach der lockenden Ferne und zerging auf der Zunge! Eine Stadt, die so genannt wurde, konnte nichts anderes sein als ein Hort der Pracht und Herrlichkeit! Zumal wenn es dort derart Wunderbares zu kaufen gab wie diese Puppe …

Khalid, einer ihrer erwachsenen Halbbrüder, hatte seine vom Vater übernommene Plantage mit dem festungsähnlichen Palast im Inneren der Insel sogar nach dieser Stadt benannt.

Marseille – Laute, die weich durch den Mund flossen und den Rachen hinabtroffen wie Honig. Für Salima schmeckten sie fruchtig wie die sprudelnden Säfte, die ihr Vater von dort kommen ließ und die so herrlich auf der Zunge prickelten. Und süß – *Marseille* schmeckte süß! Nach zarten Blüten und herbfrischer Minze, nach würzigem Anis und säuerlicher Bergamotte, wie die französischen Bonbons, die sich ihr Vater immer liefern ließ und die er seinen Kindern bei ihren allmorgendlichen Besuchen zuzustecken pflegte.

Unter Salimas Zunge sammelte sich Speichel, und sie musste mehrmals schlucken vor Verlangen. In den Bauch eines Handelsschiffes passte unendlich viel; bestimmt hatten sich unter der Fracht des Seglers auch solche Bonbons befunden …

Auf dem Bauch robbte sie rückwärts über die gesamte Breite des Bettes und ließ sich langsam hinabrutschen, zwischen der Kante der Matratze und den Tüllwolken des Betthimmels hindurch, bis sie den mit weißen Matten bedeckten Fußboden ertasten konnte. Noch war sie zu klein, um die auf ihren gedrechselten Beinen hochgebockten Betten, unter denen bequem noch jemand zu liegen kommen konnte, alleine zu erklimmen. Doch selbst ihre Mutter griff auf die Hilfe einer Sklavin oder auf einen Rohrstuhl zurück, um auf das ihre zu gelangen – ein Stuhl, den man umtriebigen Kindern nicht gestattete, um sicherzugehen, dass sie in ihren Betten blieben. Kindern wie Salima, die nun nicht wenig stolz war, die Erwachsenen ausgetrickst zu haben.

Dem triumphierenden Kichern, das in ihrer Kehle kribbelte, gab sie dennoch nicht nach; barfuß huschte sie durch den Raum, am Bett ihrer Mutter vorbei. Salima reckte den Hals.

Hinter dem feinmaschigen Gewebe konnte sie den hochgewachsenen, starkknochigen Leib erahnen, der sich doch so weich anfühlte, sah das Haar ihrer Mutter hervorschimmern: ein mehrere Ellen langer, armdicker Strang pechschwarzer Seide. Einen Atemzug lang rang Salima mit sich, vielleicht doch lieber unter das Netz zu schlüpfen und so lange zu schmeicheln oder zu toben, bis ihre Mutter oder eine Sklavin sie in das Bett hob. Für ein Stündchen der Seligkeit, in der sich Salima an ihre Mutter kuscheln und sie ganz für sich haben konnte. Ehe der Palastflügel der Frauen zum Leben erwachte und andere Kinder und die *sarari* sie für sich in Anspruch nahmen. Djilfidan, die Tscherkessin, war die angesehenste und beliebteste aller Frauen hier in Beit il Mtoni, das wusste Salima. Kein Tag verging, an dem ihre Mutter nicht an ein Krankenlager gerufen wurde, um aus den Büchern, die sie ihr Eigen nannte, vorzulesen und Trost und Kraft zu spenden; kein Tag, an dem nicht ihre Hilfe bei besonders kniffeligen Handarbeiten benötigt wurde, von denen sie so viel verstand wie keine Zweite, und keiner, an dem niemand ihren Rat suchte oder einfach ein Schwätzchen mit ihr halten wollte.

Die Verlockung, die von den Gedanken an die französischen Bonbons ausging, erwies sich jedoch als übermächtig – *Vielleicht bekomme ich eine ganze Handvoll? Oder gar zwei? –*, und Salima schlich sich durch die stets offen stehende Tür hinaus.

Im benachbarten Gemach waren die Sklavinnen tätig, nahezu geräuschlos in ihren geschmeidigen Bewegungen. In großen Krügen hatten sie Wasser aus dem Becken im Innenhof heraufgebracht, das Wasser des Mtoni, der mittels eines ausgeklügelten Systems die Palastanlage durchfloss. Bei den Badehäusern mit ihren riesigen Becken beginnend, wässerte der Mtoni Blumen, Sträucher und Bäume, füllte die Tränken der Tiere und die Zisternen der Menschen, bis er sich jenseits der vordersten Palastgebäude ins Meer ergoss. Salima stahl sich an den Sklavinnen vorbei, die damit beschäftigt waren, Jasminöl und Rosenessenz in die Waschkrüge zu träufeln und die Orangenblüten aus den am Abend zuvor mit Moschus beräucherten Kleidungsstücken zu zupfen, die über Nacht zwischen die bestickten Stoffe gelegt worden waren.

Eine Tür weiter sah Salima, wie Adilah, die derzeitige Amme, breitbeinig auf einem Stuhl hockte und ganz darin versunken war, ihren kleinen Sohn zu stillen, der rußbraun war wie sie selbst. Mit ihren nackten Zehen tippte sie dabei in sanftem Rhythmus an die niedrige Wiege, um Abd'ul Aziz, Salimas jüngsten Halbbruder, in den Schlaf zu schaukeln. Durch seine abessinische Mutter von kaum hellerer Hautfarbe als sein Milchbruder, lag der kleine Prinz splitternackt und mit dickem Bäuchlein auf seinen Kissen, augenscheinlich satt, höchst zufrieden und, wie an seinen schweren Lidern und dem herzhaften Gähnen abzulesen war, sehr, sehr müde.

Unbemerkt langte Salima am Ende des Flures an und hopste die Treppe hinab, mit jedem Satz eine Stufe nehmend. Denn wie alle Treppen in Beit il Mtoni war auch diese tückisch durch ihre hohen und unregelmäßigen Stufen, die noch dazu schief ausgetreten und von gefährlichen Einkerbungen und Rissen übersät waren. Salimas gespreizte Finger suchten bei jedem Sprung Halt an der rauen Wand; dem Treppengeländer – obwohl neu – traute sie nicht mehr, seit sein Vorgänger unlängst über Nacht einfach zusammengebrochen war, morsch geworden unter den Jahren in der feuchten, salzgetränkten Luft und dem Fraß von Ungeziefer, das als mahlendes Flüstern zu hören gewesen war. Sie atmete erleichtert auf, als sie unbeschadet unten angelangt war, und flitzte durch den Innenhof.

Feingliedrige Gazellen umstanden eine Raufe und zupften sich ganze Maulvoll an Gräsern und Kräutern heraus.

In buntem Durcheinander klaubten Perlhühner, Gänse und Enten die Getreidekörner auf, die eigens für sie ausgeschüttet worden waren. Hochmütig stolzierten weiße Flamingos mit schwarzen Schnäbeln auf ihren strichdünnen Beinen umher, und ein blauschillernder Pfau blickte Salima vorwurfsvoll an, während er prahlerisch seine Schleppe auffächerte. Unwillkürlich suchte Salima mit Blicken den Boden nach mehr oder weniger gut versteckten Eiern ab, wie es den Kindern eine Gewohnheit war. Denn der oberste Koch des Palastes belohnte sie mit Naschwerk, wenn sie ihm welche brachten. Vor allem bei Straußeneiern zeigte er sich großzügig, glich doch das Aufsammeln der riesigen Eier einer Mutprobe, angriffslustig, wie diese Vögel waren und leidenschaftlich mit ihren scharfen Schnäbeln auf mögliche Eierdiebe einhackten. Doch Salima war heute auf Exotischeres aus als auf süße Reiskuchen, klebrige Mandelplätzchen und Stücke weicher *halawa* aus Sesam, Zucker, Honig und Pistazien.

Sie hatte das Ende der Freifläche erreicht und stürmte in das vorderste Gebäude des Palastes hinein, das unmittelbar am Meer lag. Noch eine gefährliche Treppe hinauf, noch einen Flur entlang, ohne von Leibdienern erwischt zu werden, dann konnte Salima Atem schöpfen. Auf Zehenspitzen tippelte sie durch die Gemächer ihres Vaters, in denen allerhand fremdländisches Mobiliar stand: etwas, das »Sofa« hieß, und mannshohe Schränke mit Türen. Sogar Gemälde, auf denen Menschen abgebildet waren, hingen an den Wänden. Dabei sagte die Lehrerin immer, dass kein guter Gläubiger sich solch frevelhafte Werke je ins Haus holte ... Salima schnaubte verächtlich in sich hinein. Das zeigte doch nur einmal mehr, dass die Lehrerin von den wirklich wichtigen Dingen auf der Welt rein gar nichts verstand.

Auf der Türschwelle am Ende des letzten Gemachs blieb sie schließlich stehen.

Es gab keinen schöneren Ort als diesen hier. In ganz Beit il Mtoni nicht, auf ganz Sansibar nicht und auch sonst nirgends auf der Welt, dessen war Salima gewiss. Nichts konnte schöner sein als die *bendjle*, der gewaltige Vorbau, der weit über den Strand hinausragte, von starken Pfählen im Sand sicher gestützt. Kunstvolles, farbig angestrichenes Schnitzwerk lief um den Balkon, der genug Raum für eine ganze Festgesellschaft geboten hätte, beschattet von einem runden, zeltähnlichen Dach aus Holz, das innen mit Bordüren, Blattranken, Granatäpfeln und Blüten, groß wie Kinderköpfe, bemalt war.

Die vier Tage der Woche, die sich Sayyid Sa'id bin Sultan, Sultan von Sansibar, Muscat und Oman, nicht in seinem Stadtpalast Beit il Sahil aufhielt, war er fast immer auf der *bendjle* zu finden. Von hier aus konnte man über den Meeresarm hinweg mühelos bis nach Afrika sehen, mit dem aufgestellten Fernrohr sogar weit bis in das Land hinein. Die *il Rahmani*, das massige Kriegsschiff des Sultans, lag stets in Sichtweite und einsatzbereit vor Anker, umschwärmt von Booten und kleineren Segelschiffen. Rohrstühle für die Besucher des Sultans standen bereit, für des Sultans Hauptfrau Azza bint Sayf beispielsweise, für seine erwachsenen Kinder, mit denen er mehrmals täglich hier Kaffee trank, oder für jeden, der den Sultan um ein Gespräch ersuchte. Wie Salima an diesem Morgen.

Voller Ehrfurcht und zärtlicher Liebe ruhte ihr Blick auf dem Vater, der sie noch nicht bemerkt zu haben schien. Die Hände auf den Rücken des purpurroten Übergewandes gelegt, schritt er in Gedanken versunken auf dem Holzboden der *bendjle* auf und ab. Ein Bein zog er dabei leicht nach; eine Kugel steckte so tief im Fleisch, dass kein Wundarzt sie hatte herausholen können. Der fortwährende Schmerz, den ihm diese verursachte, stellte eine bleibende Erinnerung an

42

eine jener Schlachten dar, die er in jungen Jahren geschlagen hatte, um sein Reich vor Eindringlingen zu bewahren und seine Herrschaft gegen Rebellen zu schützen. Solange Salima zurückdenken konnte, kannte sie ihn nur mit weißem Bart, doch nichts an ihm wirkte alt oder gar gebrechlich. Groß von Statur, hatte er sich die Spannkraft eines Kriegers bewahrt und strahlte mit jedem Zoll Würde und Macht aus. Sein längliches Gesicht mit den ausgeprägten Wangenknochen und der vornehm gebogenen Nase unter dem rot-gelb gestreiften Turban verriet seine edle Abkunft, und die honigfarbene Haut war noch jugendlich prall. In den großen dunklen Augen standen Güte und Warmherzigkeit; nur wer genau hinsah, konnte die Schatten der Müdigkeit und Anstrengung darunter erkennen.

Als Sultan trug er eine große Bürde, das hatte Djilfidan ihrer Tochter einmal erklärt. Nicht nur, dass er die größten Plantagen auf der Insel besaß, knapp fünfzig an der Zahl, und eigenen Handel trieb; er kümmerte sich darum, dass Güter aus Afrika über Sansibar in die Welt hinaus geschickt wurden und andere Waren von dort zurückkamen, wofür er Zölle eintreiben ließ. Kontakte mit Vertretern fremder Länder mussten gepflegt werden, mit den indischen, arabischen und afrikanischen Händlern der Insel und mit Stammesoberhäuptern vom Kontinent. Galt es, einen Urteilsspruch zu fällen, der zu wichtig war für einen *kadi*, einen einfachen Richter, oder für einen *wali*, einen Statthalter des Sultans, saß der Vater selbst zu Gericht. Sayyid Sa'id sorgte für Recht und Ordnung, Frieden und Wohlstand, und das nicht allein in seinen Palästen und Häusern, nicht allein für seine Hauptfrau und die vielen *sarari*, für die zahlreichen Kinder im Oman und auf Sansibar, von denen Salima viele gar nicht kannte, einige auch nicht mehr kennenlernen würde, weil sie schon gestorben waren, und manche nie anders gesehen hatte als vollständig ergraut.

43

Nein, das Gedeihen der gesamten Insel und des dazugehörigen Stückchens Afrika ruhte in seinen Händen. Ebenso wie die Geschicke des Oman, wenn dort auch sein drittältester Sohn Thuwaini als *wali* des Vaters tätig war.

Zudem war das Sultanat von Muscat und Oman im Südosten der Arabischen Halbinsel ständig von den Persern bedroht. Wie schon zu Zeiten Ahmad ibn Sa'ids, der vor hundert Jahren die Dynastie der Al Bu Sa'id gründete, die Sultan Sayyid Sa'id zur höchsten Blüte geführt hatte und an deren Stammbaum Salima ein noch so junger Trieb war. Dennoch hatte der Vater für jeden Bittsteller ein offenes Ohr, für jeden, der den Rat oder den Segen des Herrschers benötigte, für arme Verwandte, die eigens aus dem Oman anreisten, um den reichen Vetter um Geld zu bitten. Und er war sich auch nicht zu fein, sich allein auf einem seiner Pferde auf die Hochzeit eines besonders verdienten Sklaven zu begeben, um dem frisch getrauten Paar seine Glückwünsche auszusprechen.

»*Aguz*«, rief er verblüfft aus, als er seine kleine Tochter wahrnahm. »Guten Morgen! Was machst du denn schon so früh hier?«

Aguz, »Alte«, das war sein Kosename für Salima, weil sie bis heute eine Vorliebe für die Suppe aus Milch, Reismehl, Zucker und Vanille besaß, die sonst nur Säuglinge als Beikost zur Muttermilch bekamen – und zahnlose Greise.

»Guten Morgen«, piepste Salima und fügte die offizielle Anrede hinzu: »*Hbabi*, Herr.« Sie strahlte ihren Vater an und zerknüllte mit vor Aufregung schweißfeuchten Fingern die Seitennähte ihres dünnen mangogelben Obergewandes, das sie über den orangeroten Beinkleidern trug.

»Na, komm schon her zu mir.« Mit der leicht geöffneten rechten Hand winkte er sie freundlich zu sich heran. Salima lief hüpfend auf ihren Vater zu, blieb dann aber verunsichert auf halbem Wege stehen, als sich seine schlohweißen Augenbrauen über der Nasenwurzel zusammenzogen. »Wie läufst du denn herum?!«

Ratlos sah Salima an sich herunter. Das Erste, was ihr ins Auge fiel, waren ihre Füße, die bis über den Spann hinauf graubraun bepudert waren von ihrem Weg über den Innenhof. Sie schob verlegen den linken Fuß über den rechten, doch ihre schmutzigen Füße waren nicht zu verbergen vor den scharfen Augen des Vaters.

»Es – es war nur so«, stotterte sie herum, »mit – mit Sandalen hätte ich zu viel Lärm gemacht und alle geweckt – und – und …«

»Das meine ich nicht«, unterbrach er sie. »Wo ist dein Schmuck?«

Salima streckte die Ärmchen vor und betrachtete die Kettchen an ihren Handgelenken, an denen winzige Anhänger gegeneinanderklimperten, betastete dann ihren Hals, um den mehrere Ketten mit Amuletten hingen: Plättchen aus Gold und Silber mit eingravierten Segenssprüchen und ein *hurs*, ein *Wächter*, ein Buch mit ausgewählten Versen des Koran im Miniaturformat, verborgen in einer Kapsel aus ziseliertem Gold mit einem eingelassenen Saphir in der Mitte. Ihre Finger wanderten weiter hinauf zu ihren Ohren und ertasteten an jedem Ohr sechs goldene Ringe, die sie trug, seit sie wenige Monate alt war. Erst als ihre Handrücken ihre Zöpfchen streifte, begriff sie: Die Goldmünzen im Haar fehlten; von all ihrem Schmuck wurden nur diese vor dem Schlafengehen abgenommen und am anderen Morgen von einer Sklavin wieder daran befestigt. Schuldbewusst sah Salima ihren Vater von unten herauf an.

»Willst du eine Prinzessin sein oder ein Bettelmädchen? Hast du keinen Stolz?« Er klang weniger zornig denn betrübt.

Salimas Kinn mit der Andeutung eines Grübchens sank auf ihre Brust hinab.

45

»Eine Prinzessin verlässt ihr Schlafgemach nie ohne vollständiges Geschmeide. Ebenso gut könnte sie ohne Kleidung herumlaufen! Merk dir das, Salima!« Auf ein Fingerschnipsen des Sultans hin eilte ein Leibdiener herbei. »Bring *Sayyida Salima* zurück in ihr Gemach!«

An der weichen Hand des Dieners verließ Salima mit hängendem Kopf die *bendjle*. Ihre Wangen brannten vor Scham, und sie wusste nicht, was schlimmer war: dass sie ohne die ersehnten Bonbons bleiben würde – oder dass sie den Vater enttäuscht hatte.

3

»Ich will aber nicht fort aus Mtoni!«

Salimas Protest verhallte ungehört. Ihre Mutter war ganz damit beschäftigt, die Sklavinnen anzuweisen, was alles herausgesucht und in Kisten verpackt werden musste: Obergewänder in leuchtenden Farben, aufwändig mit silbernen und goldenen Garnen bestickt, Beinkleider, Sandalen, Salimas Spielsachen, Geschmeide, Bücher und Silbergeschirr, an dem Djilfidan besonders hing. Seit Tagen schon drehte sich alles um den bevorstehenden Umzug, und Salimas anfängliche Begeisterung war in dem Maße abgeflaut, in dem all die Dinge, die sie Tag für Tag umgaben, in den Kisten verschwanden. Dass ihre Mutter ihr zudem keinerlei Aufmerksamkeit schenkte, ließ Salimas Verdrossenheit zu blanker Wut aufkochen.

»Ich will nicht nach Watoro!«, brüllte sie, die Fäuste geballt und mit dem Fuß aufstampfend. »Ich will hierbleiben!«

Djilfidan fuhr herum, die Wangen gerötet vor Konzentration und Aufbruchstimmung. »Wirst du wohl endlich still sein?!«, herrschte sie ihre Tochter mit blitzenden Augen an und fuhr fort, die im Flusswasser gewaschenen, an der Sonne getrockneten und mit der Hand glattgestrichenen Kleidungsstücke durchzusehen, die ihr die Sklavinnen nacheinander vorlegten.

Keine Metle mehr. Kein Ralub. Nur lauter fremde Gesichter.

Salimas Zorn ertrank in Fluten des Jammers. Ihre Augen brannten, füllten sich mit Tränen, die sie vergeblich mit den Fäusten dorthin zurückzupressen versuchte, wo sie herkamen. Erste Schluchzer entrangen sich ihr und schaukelten sich zu einem herzzerreißenden Weinen auf.

Ihre Mutter seufzte und deutete mit einem Nicken auf den Stapel Obergewänder, damit dieser sorgsam verstaut würde, nahm dann ihre Tochter beim Ellenbogen und führte sie in eine ruhigere Ecke, wo sie sich auf einem Stuhl niederließ und das sich nur halbherzig dagegen sträubende Kind auf ihren ausladenden Schoß zog.

»Salima«, begann sie energisch, aber doch voller Wärme, »freust du dich denn gar nicht, Majid künftig jeden Tag zu sehen anstatt nur ein- oder zweimal in der Woche?«

»Do-hooch«, schluchzte Salima. »Aber ich – ich will – ich will trotzdem hier nicht we-heg!«

»Schau, mein Kind, es ist doch ein großes Glück für Majid, dass unser aller Herr, der Sultan, ihn vorzeitig für mündig erklärt und ihm Beit il Watoro zu treuen Händen übergeben hat. Und wir müssen uns geehrt fühlen, dass er uns gebeten hat, dorthin überzusiedeln.« Salimas Schluchzen war in einen Schluckauf übergegangen, der sie daran hinderte, weitere Widerworte zu geben, und so fuhr Djilfidan fort: »Mir fällt es auch nicht leicht, von hier fortzugehen. Hier in Mtoni habe ich die meiste Zeit meines Lebens verbracht, es ist das einzige Zuhause, das ich kenne.«

Salima löste hicksend die Hände von ihrem glühenden Gesicht und sah ihre Mutter an. Sie erkannte in deren Augen, die ihren eigenen so sehr glichen, denselben Kummer. Als fühlte sich Djilfidan dabei ertappt, legte sie den Kopf des Kindes in ihre Halsbeuge und wiegte ihre Tochter in den Armen.

»Du weißt doch, dass ich Sara vor vielen Jahren geschworen habe, ich würde, wenn sie sterben sollte, für Majid und Khaduj sorgen, als wären sie meine eigenen Kinder. So wie sie geschworen hat, es bei dir zu tun, sollte ich diejenige sein, die früher abberufen wird. Nun lebt Sara schon zwei Jahre nicht mehr, und ich konnte so wenig tun für Majid, seit er in Beit il Sahil weilt. Es ist an der Zeit, meinen Schwur in die Tat umzusetzen, ehe Majid eine eigene Familie gründet. Das verstehst du doch, nicht wahr?« Zögernd nickte Salima und schniefte leise. Die Mutter strich Salima über die tränennasse Wange, über den Ansatz ihrer Zöpfchen, so wohltuend, so tröstend.

»Zudem hat dein Vater, der Sultan, beschlossen, dass Majids Wunsch stattgegeben werden soll. Dem müssen wir uns fügen. So wie wir uns auch Allahs Willen fügen müssen, das habt ihr doch bestimmt in der Schule gelernt?« Als Salima wieder nickte, fuhr ihre Mutter fort: »Alles ist vorherbestimmt. Der Weg, den wir unter den Füßen haben, und jede Biegung, die dieser nehmen wird. Nie dürfen wir an dem zweifeln, was Allah für uns ausersehen hat, und nie dürfen wir damit hadern.« Ihre Hände schlossen sich um Salimas Gesicht, und sie sah ihr eindringlich in die Augen. »Versprich mir, dass du immer daran denken wirst, was auch geschieht.«

Salima spürte, wie wichtig es ihrer Mutter war, dass sie das verstand, aber sie spürte auch eine unbestimmte Furcht dabei, einen Anflug von Aufbegehren.

»Es wird dir gefallen in Beit il Watoro«, sagte Djilfidan dann in lockendem Tonfall. »Es ist ein prächtiger Palast, viel schöner als Mtoni! Und die Stadt erst! Weißt du noch, wie wir einmal in der Stadt waren? Du warst noch recht klein.«

Salimas Schultern hoben und senkten sich unschlüssig. Dunkel erinnerte sie sich an enge Gassen und viele Menschen; mehr war ihr nicht im Gedächtnis haften geblieben. »Und dort lernst du endlich deine anderen Geschwister kennen, sie freuen sich bestimmt schon sehr auf dich …«

Djilfidans fröhliches Geplauder verfehlte seine Wirkung nicht: Salimas Tränen trockneten schnell und wichen einer aufgeregten Vorfreude auf ihr neues Zuhause, auf die neuen Spielkameraden.

Bittersüß war der Abschied.

Zuckerig wie das Konfekt aus Datteln und Honig, aus Feigen, Zimt und Ingwer, aus Sirup und Blüten, aus Mandeln und Kokosnuss, das der Sultan seiner Tochter auf der *bendjle* darbieten ließ; köstlich wie das *sherbet*, das kalte Getränk aus dem gepressten Saft von Früchten, Rosenblüten und Gewürzen, das dazu gereicht wurde. Eine liebevolle Geste des Vaters, Salima den Umzug buchstäblich zu versüßen, aber auch ein überaus kluger Schachzug. Denn solange Salimas Schleckermäulchen beschäftigt war, war dem Monsunguss aus Fragen, mit dem sie den Sultan bestürmt hatte – *Wieweitistesbisnach Watoroundwiekommenwirdorthin? WievieleGeschwisterhabichinderStadtundgibt'sdortauchTiere?* –, Einhalt geboten. Und Sultan Sayyid Sa'id war eine gewisse Spanne ungestörter Unterhaltung mit Djilfidan vergönnt.

Bitter und salzig war der Abschied, wie die Tränen der Frauen. Sie strömten reichlich in den letzten Tagen, als Scharen von *sarari* und Dienerinnen, von Freundinnen und Nachbarinnen in und um Mtoni zu den Gemächern Djilfidans gepilgert waren, um Bedauern und Kummer auszudrücken, um Lebewohl zu sagen, Glück zu wünschen und kleine Geschenke zu überreichen.

Und herrlich, so herrlich war es, zum letzten Mal Sayyida Azza bint Sayf, der obersten Herrin von Mtoni, die Aufwartung zu machen. Obschon klein von Gestalt, hielt die Erste Frau des Sultans sich stets so gerade, dass sie selbst im Sitzen auf einen herabzuschauen schien, wenn sie huldvoll die Ehrenbezeugungen entgegennahm, die jedermann ihr täglich

50

schuldete. Das große Gefolge, mit dem sie sich auf Schritt und Tritt umgab, damit ihr, der gebürtigen Prinzessin aus dem Oman, nur ja niemand Geringeres zu nahe kam, die ständig missbilligend zusammengezogenen Brauen und die verächtlich abwärts gebogenen Mundwinkel ließen keinen Zweifel daran, wo sie sich selbst sah: gleich unter dem Propheten höchstselbst. Danach kam einige Zeit niemand, dann der Sultan und dann sehr, sehr lange gar nichts.

Djilfidan war nie müde geworden, um Verständnis für Sayyida Azza zu bitten – war es dieser doch versagt geblieben, dem Sultan Kinder zu schenken. Salima mochte sie trotzdem nicht; sie fürchtete deren spitze Zunge ebenso wie ihre fortwährend schlechte Laune. Wie jeder in Beit il Mtoni. Auch der Sultan.

Umso entzückender war es, dass Sayyida Azza sich von ihren Kissen erhob und sie im Stehen empfing, um sich die winzige, zarte Hand küssen zu lassen. Kein herzlicher Abschied, jedoch einer, bei dem Azza bint Sayf zum ersten Mal einen Anflug von Wertschätzung erkennen ließ.

Ein letztes Mal wurden Hände gedrückt, letzte Wangenküsse ausgetauscht; als die Sonne untergegangen war, wurde das letzte Abendgebet verrichtet, und vor dem festlich erleuchteten Palast bestieg Djilfidan über eine ausgelegte Planke das Boot, von beiden Seiten durch Leibdiener des Sultans gestützt, die durch das flache Wasser wateten.

Durchbrochene Messinglaternen beleuchteten die Prunkbarke des Sultans, warfen zitternd bunte Lichtflecken auf die Seidenkissen und auf die beiden schmucklosen Flaggen an Bug und Heck. Rot waren sie, wie das Blut, das für die Gründung und den Erhalt der Dynastie vergossen worden war. Von einem Leibdiener hinübergetragen und sanft unter den Baldachin gebettet, fühlte Salima sich wahrhaftig wie eine Prinzessin. Eingehüllt in die Wärme der Nachtluft und in die

Wärme der Mutter dicht neben ihr, kam sie sich behütet vor wie ein kostbarer Schatz. Doch ihr Magen ballte sich schmerzlich zusammen unter dem herzergreifenden Weinen der Frauen, unter der klagenden Melodie des *weda, weda, leb wohl, leb wohl*, das eins war mit dem Rauschen der Wellen und dem rhythmischen Schlagen der Ruder. Ihr Herz jedoch dehnte sich aus, wurde groß und weit, um den wehmütigen Gesang der Fährmänner zur Gänze in sich aufzunehmen. Um den Silberglanz der Sterne auszutrinken, die hier, auf dem Wasser, so viel näher waren als von einem der Fenster aus oder auf der Dachterrasse. Als steuerte die Barke himmelwärts, geradewegs in die Gestirne hinein, und wiegte Salima, deren Bauch zum Bersten voll war mit Zuckerzeug, deren Sinne durchtränkt waren mit Bildern, Worten und Klängen, in tiefen Schlaf.

An der Hand ihres großen Bruders durchstreifte Salima am anderen Morgen das Haus von Beit il Watoro. Noch etwas unsicher stolperte sie auf ihren hohen Sandalen neben ihm her; sie war gerade erst dabei, auf den hölzernen Sohlen mit den Klötzen darunter gehen zu lernen, die nur von bemalten und mit Perlen, Troddeln und Ornamenten geschmückten Lederriemen am Fuß gehalten wurden. Die vertrauten weichen Lederpantoffeln wären ihr lieber gewesen, doch diese schlummerten noch in irgendeiner der Kisten. Salima war überzeugt, dass die Holzsandalen nur deshalb *qubqab* hießen, weil sie auf Steinböden ein entsprechendes Geklapper veranstalteten: *kubkab, kubkab, kub-kubkab.*

»… und das hier werden meine Gemächer.«

In Majids Augen stand funkelnd die Selbstsicherheit, dass er von nun an sein eigener Herr in seinem eigenen Hause war. Ein Haus, in dem es so geschäftig zuging wie in einem Bienenstock, damit es nach den Wünschen seines neuen Besitzers hergerichtet wurde. Betten, Truhen und Kisten, Stühle und hohe und niedrige Tische wurden umhergeschleppt und wieder verschoben; farbenprächtige persische Teppiche und frische weiße Matten auf den gefegten Böden ausgerollt. Die in den Wandnischen übereinander angebrachten grün gestrichenen Holzbretter stellten geschliffenes Glas und bemaltes Porzellan zur Schau, ziseliertes Silber und kunstvolle Uhren. Die Wände wurden mit Spiegeln und Wandteppichen bedeckt und in Majids Räumen mit Prunkschwertern, Schmuckdolchen und Gewehren geschmückt sowie mit Fellen und ausgestopften Köpfen von wilden Tieren.

»Gefällt dir das Haus?«

Der Besitzerstolz leuchtete aus Majids Zügen, und Salima fühlte sich elend wegen der Enttäuschung, die sich mit jedem Raum, mit jedem Korridor in ihr ausgebreitet hatte. In einer Reihe mit anderen Häusern der Sultansfamilie unmittelbar am Meer gelegen, war Watoro zweifellos gut geschnitten und in tadellosem Zustand. Verglichen mit der Weitläufigkeit von Beit il Mtoni kam es Salima jedoch eng und bedrückend vor, und der Lärm, der aus der dahintergelegenen Stadt und aus dem nahen Hafen hereindrang, war ohrenbetäubend. Hier sollte sie von nun an leben?

Majids Glück schien jedoch so vollkommen, dass sie es nicht über sich brachte, es auch nur im Geringsten zu trüben, und so rang sie sich ein kleines Nicken ab.

»Gehen wir jetzt zu den anderen Kindern?« Ein Hoffnungsschimmer, der die Vorfreude auf das neue Zuhause wieder zum Leben erweckte.

»Die sitzen alle brav zu Beit il Sahil im Unterricht«, erklärte Majid lachend.

Natürlich. Ein Chor aus Kinderstimmen hatte ihren Namen gerufen, als die Barke das Ufer ansteuerte, auf die Anlegestelle vor Beit il Sahil zu. Schlaftrunken hatte Salima sich die Augen gerieben, zu den beleuchteten Fenstern emporgeblickt, an denen sich unzählige Köpfe aneinanderdrängten, große und kleine. Stürmisch war dann die Begrüßung der Geschwister gewesen, neckend und ein bisschen unbeholfen-ruppig, wie es unter Buben nun einmal zuging, und doch hätte nichts Salima seliger machen können als diese gesammelte Aufmerksamkeit ihrer Halbbrüder. Viel zu schnell hatte ihre Mutter wieder zum Aufbruch gedrängt, um Khaduj nicht länger in Watoro warten zu lassen, mit der tröstlichen Aussicht, bald wieder nach Beit il Sahil zu kommen.

»Bringst du mich dann nachher hin?«

»Das geht nicht, Salima, ich hab hier alle Hände voll zu tun. Aber du wirst bald mit deiner Mutter hinübergehen, das verspreche ich dir.«

Bald. Für die Erwachsenen ein so kleines, dahingesagtes Wort; für ein Kind jedoch ein Wort, das eine viel zu lange Zeitspanne umfasst. Salima nickte wieder, tapfer dieses Mal, doch sie ließ den Kopf hängen.

»Sei nicht traurig, Salima. Komm mit, ich zeig dir was, das dich aufmuntern wird.«

Folgsam trippelte Salima an Majids Seite einher, mehrere Treppen – viel besser zu gehen als die zu Mtoni – hinab, bis sie in einen Innenhof gelangten.

»Oooohhh«, hauchte Salima, als sie die weißen Fellknäuel erblickte, die träge herumhoppelten oder vor sich hin mümmelten. »Kaniiinchen!«

»Geh und such dir eins aus«, ermunterte Majid sie und sah schmunzelnd zu, wie seine kleine Schwester vorsichtig zwischen den Nagern herumstelzte, sich schließlich bückte und eines vom Boden aufhob. Strahlend hielt sie ihm mit ausgestreckten Händen das Kaninchen um den Brustkorb gepackt entgegen, worauf es sogleich mit den Hinterläufen zu paddeln begann und nicht sonderlich glücklich wirkte. Majid lachte.

»Schau, so musst du es halten.« Er bettete das Tier in Salimas Armbeuge um. »Sonst tust du ihm weh.«

Salima rieb die Wange an dem weichen Fell, das nach getrocknetem Gras roch, und seufzte voller Wonne. »Danke, Majid! Das muss ich gleich *umma* zeigen!«

Ihre kostbare Last an sich gedrückt, klapperte Salima davon, zurück ins Haus, auf der Suche nach ihrer Mutter.

»*Umma, umma! Mama, Mama!*«, war ihr Stimmchen bald in allen Winkeln zu hören, wo man das Kind stets mit liebevoller Strenge davonscheuchte, damit es beim Auspacken, Möbelrücken und Einräumen nicht im Weg war.

»*Umma*, guck mal, was Majid mir geschenkt hat!«

Djilfidan, ganz erfahrene Herrin, wies gerade zwei Dienerinnen an, in welchen der geräumigen Truhen sie die Kleidungsstücke zu verwahren hatten.

»*Umma*, so guck doch!!«

»Später, mein Kind«, murmelte Djilfidan vor sich hin und strich ihrer Tochter geistesabwesend über den Kopf. »Khaduj braucht meine Hilfe.«

»*Umm-*«, konnte Salima noch machen, dann war ihre Mutter schon aus dem Gemach geeilt. Betrübt sah sie ihr nach. »Dann spielen wir beide eben allein«, flüsterte sie dem Kaninchen in eines seiner langen Ohren. Vorsichtig setzte sie das Plüschknäuel auf dem Boden ab und hüpfte ihm auf einem Bein hinterher, als es davonhoppelte, dabei eine Spur brauner Kügelchen auf den frischen Matten hinterlassend. »Nicht da drunter!«, rief Salima, als sich das Kaninchen unter eine Truhe mit Füßen quetschte. »Nicht! Komm da wieder raus!«

Sie warf sich vor dem Möbelstück auf die Knie und angelte darunter, ohne mehr als ein Büschel Pelz zu fassen zu kriegen. Sosehr sie auch schimpfte und lockte – das Kaninchen dachte gar nicht daran, sich wieder hervorzuwagen. Bis Salima sich geschlagen geben musste und langsam aufstand, ein seltsames Ziehen in der Magengegend.

Mit hängenden Schultern strich sie zwischen den Beinen der Diener herum, ohne dass jemand Notiz von ihr nahm. Verloren fühlte sie sich, überflüssig und fehl am Platz. Schließlich fand sie Zuflucht in einer Wandnische, wo sie sich unter dem tiefsten Bord, das mit Silber und Porzellan vollgestellt war, verkroch, die Knie angezogen und den Kopf in den verschränkten Armen vergraben. Ein Gefühl der Leere überkam sie, wurde mit jedem Herzschlag mächtiger. Ein Gefühl, dem sie erst viele Jahre später einen Namen würde geben können.

Einsamkeit.

4

Die Nacht hatte sich über Beit il Watoro gesenkt und den geräuschvollen Atem der Stadt zu einem Flüstern gedämpft. Blasser Sternenschimmer ergoss sich vom Himmel, und durch das Fenster sah Djilfidan die von silbernem Glanz überzogenen Silhouetten des Minaretts und der Moscheenkuppel. Über einen Stuhl stieg sie in das breite Doppelbett aus geschnitztem hellroten Holz, das, obwohl alt, noch immer seinen trockenen rosenähnlichen Duft verströmte. Behutsam ließ sie die Tüllbahn wieder hinter sich zurückgleiten und streckte sich neben ihrer Tochter aus.

Das Beste, was das Leben ihr geschenkt hatte.

Salimas kleine Hände umklammerten fest ein Schiffchen aus Holz. Eines der Schiffchen, die sie heute unbedingt hatte schwimmen lassen wollen. Doch zu ihrem Verdruss gab es in Watoro keine geeigneten Wasserbecken dafür und auch keinen Flusslauf wie den Mtoni. Djilfidans gut gemeinter Vorschlag, die Schiffchen doch an Metle, Ralub und die anderen Kinder in Mtoni zu verschenken, hatten lautstarken Protest und eine Tränenflut heraufbeschworen, die erst verebbte, als das Kind einschlief. Salimas Unglücklichsein offenbarte sich in Tränen, von denen sie derzeit so viele vergoss – sie, die sonst so selten weinte, nicht einmal, wenn sie hinfiel und sich die Knie aufschlug.

Das dottergelbe Licht der Öllampen beleuchtete das Kindergesicht. Djilfidans Finger strichen ihrer Tochter sanft über die Stirn. Selbst jetzt noch, im Schlaf, waren die Brauenbögen finster zusammengezogen, und die Kerben um die Mundwinkel, die sich sonst zu einem solch zauberhaften Lächeln vertiefen konnten, waren zusammengekniffen.

Fleisch von ihrem Fleisch; ein Leib, der in ihrem Leib entstanden und geformt worden war. Ein verkleinertes Abbild ihrer selbst; dennoch ein eigenständiges Wesen. So wenig, was der Sultan dazu beigetragen hatte, und doch hatte er seinen Abdruck darauf hinterlassen – in der Schlankheit der Glieder, in der lang gezogenen Schnecke der Ohrmuscheln; im sanften Schnitt der Augen und in der Unausgewogenheit der Lippen: oben fein und schmal, unten von sinnlicher Fülle und sich oft in energischer Bestimmtheit vorschiebend.

Mit diesem Antlitz, das rund und flach war wie der volle Mond, und mit der etwas zu langen, an der Spitze ein wenig plumpen Nase würde Salima nie eine vollendete Schönheit darstellen wie ihre Halbschwester Sharifa. Oder wie Chole, die von solch berückendem Äußeren war, dass »schön wie die Sayyida Chole« schon längst ein geflügeltes Wort auf Sansibar war und man sie oft einfach nur *najm al-subh*, »Stern des Morgens«, nannte. Doch Chole litt noch immer unter den Hänseleien, mit denen man sie bedachte, seit sie sich einmal verbotenerweise unmaskiert an einem Fenster Beit il Sahils gezeigt hatte, um einem Wettkampf zu Ehren des Sultans beizuwohnen. Ein Krieger aus dem Oman hatte ihr verführerisches Antlitz erblickt und alles um sich herum vergessen, sodass er sich die Spitze seiner Lanze in den Fuß bohrte, ohne dass er dessen gewahr wurde, bis man ihn unter spöttischen Bemerkungen und Gelächter auf seine Verwundung aufmerksam machte.

Der Sultan liebte schöne Frauen, und von allen seinen

Töchtern waren ihm deshalb Sharifa und Chole am nächsten; sie bedachte er mit besonders kostbarem Geschmeide, betraute sie mit wichtigen Aufgaben und zog sie bei manchen seiner Entscheidungen zurate. Missgunst und Hass waren der Lohn für Sharifa und Chole der besonderen Stellung wegen, die sie innehatten; nichts, was Djilfidan, die stets nach Harmonie und allumfassender Liebe strebte, ihrer Tochter wünschte. Dieses Los würde Salima erspart bleiben; niemand würde sie je verächtlich »Katze« rufen, weil er ihr den sahneweißen Hautton neidete oder grüne, blaue oder graue Augen und einen blonden oder rötlichen Schopf. Und nie würde Salima sich weniger wert fühlen müssen für schwarze Haut und krauses Haar.

»Allah sei Dank«, murmelte Djilfidan, »dass er mein Kind genau richtig geschaffen hat.«

Allein Salimas Wesen gab ihr immer wieder Anlass zur Sorge. Von wem das Kind nur seinen Eigensinn hatte? Von ihr bestimmt nicht … Wild war es und unbeugsam; anstatt wie andere Mädchen ihres Alters brav Handarbeiten zu erlernen, sprang Salima schon nach kurzer Zeit wieder auf und lief davon, die Fäden der Klöppelarbeit oder der Stickerei schmutzig und heillos verheddert zurücklassend. Vorgestern war sie während eines Ausflugs auf eine der nahegelegenen Plantagen entwischt und ohne Sicherungsseil auf eine Palme geklettert. Hoch oben am Stamm festgeklammert wie ein Stummelaffe, hatte sie jedem, der vorüberging, einen Gruß zugerufen. Djilfidans Herz hatte für einen Moment ausgesetzt, als sie ihr Mädchen in schwindelerregender Höhe erblickt hatte, und sie hatte ihr allerlei Herrlichkeiten versprochen, wenn sie vorsichtig wieder herabstieg. Das Glück, Salima unversehrt in die Arme schließen zu können, war stärker gewesen als das Bedürfnis, sie zur Strafe zu züchtigen.

»Vergib mir, dass ich so wenig für dich da sein kann«, flüsterte Djilfidan ihr zu. Die Kehle wurde ihr eng, als Salima sich im Schlaf regte, mit dem Kopf ruckte und die Stirn runzelte. Sie wusste um die Einsamkeit ihrer Tochter hier in Watoro; wusste, wie sehr sie darunter litt, hier keine Spielgefährten zu haben und obendrein eine Mutter, die von der Früh bis zum späten Abend beschäftigt war, mehr noch als in Mtoni. Majids Schwester Khaduj tat sich schwer, mit einem Mal Herrin über ein solch großes Haus zu sein, und benötigte dauernd Djilfidans Rat, Anleitung und Hilfe.

»Glaub mir, ich weiß, was du fühlst, meine Kleine.«

Es war die gleiche Einsamkeit, die Djilfidan einst erlebt hatte, in ihren ersten Tagen in Mtoni. Damals, als sie kaum älter gewesen war als Salima jetzt. An viel erinnerte sie sich nicht mehr – nur daran, dass sie in Mtoni ihren ersten Zahn verloren hatte. So wie Salima.

Was davor gewesen war, war längst von den Gezeiten der Jahre ausgewaschen, tauchte nicht einmal mehr in Djilfidans Träumen auf. Hohe Berge und Schnee, breite Ströme und große Seen. Winter, die kalt waren, so kalt. Unheimliche dunkle Wälder, bunte Wildblumen und sonnenüberglänzte Wiesen in einem solchen Grün, wie es sich selbst auf Sansibar nirgendwo fand. Erinnerungen, die kaum mehr als der Atemhauch eines Gefühls waren. Mutter, Vater. Bruder, Schwester. Gesichter verblasst, Stimmen verweht.

Es hatte Krieg geherrscht, und marodierende Banden waren durch das Land gezogen. Der Vater, der sie auf dem Gehöft in Sicherheit brachte, in einem Raum unter der Erde – das tscherkessische Wort dafür hatte Djilfidan längst vergessen, nie eines auf Arabisch oder Suaheli dafür gelernt, weil es solche Räume auf Sansibar nicht gab.

Sie hatten sie trotzdem gefunden, hatten unter Stiefelgepolter und Gebrüll die Säbel geschwungen, bis Vater und Mutter am Boden lagen und sich nicht mehr regten. Die Kinder geraubt, zu Pferd durch die Wälder gesprengt. An der ersten

Biegung verschwand ein Reiter mit dem Bruder, an der zweiten einer mit der kleinen Schwester, die unaufhörlich schrie, bis auch dies verklang.

Ein weiter Weg zu Pferd. Eine große Stadt, größer als alles, was Djilfidan bis dahin gesehen hatte. Gutes Essen, ein Bad, schöne Kleider und viele andere Mädchen und junge Frauen. Männer, die bei Kaffee und Tee, *sherbet* und Konfekt saßen, und einer, der sie mitnahm über das Meer.

»Mein Herz. Mein Augenstern«, wisperte Djilfidan, als das Schiffchen endlich aus Salimas Fingern glitt und sie sich herüberrollte, in den Arm ihrer Mutter hinein, und den Kopf an ihrem Busen vergrub.

Und dann: Mtoni. Fremde Menschen, fremde Sprachen. Aber bald gab es Sara, die nicht nur ihre Muttersprache teilte, sondern auch das gleiche Schicksal. Und Zayana, eine Tochter des Sultans, die Djilfidan Arabisch lehrte und Suaheli und mit der sie zur Schule ging.

Auch die Tage von Salimas Einsamkeit waren gezählt. Nur für Watoro und Salima allein würde keine Lehrerin aus dem Oman anreisen. Nach dem Willen des Sultans sollte Salima künftig jeden Tag nach Beit il Sahil zum Unterricht gebracht und abends wieder abgeholt werden. Noch nie waren Mutter und Tochter so viele Stunden lang getrennt gewesen, und Djilfidans Herz wurde schwer.

Was sollte aus Salima werden unter lauter lärmenden Knaben? Außerdem konnte Salima doch bereits flüssig lesen, gut ein Drittel der Heiligen Schrift des Koran frei rezitieren – wozu noch mehr lernen? Zu viel Wissen konnte nicht gut sein für ein Mädchen; nicht solange es einen solchen Mangel an weiblichen Tugenden und Fertigkeiten aufwies. Am Ende stachelte dieses Ungleichgewicht Salima zu noch mehr Ungehorsam an!

Doch des Sultans Entscheidung stand unverrückbar fest, und Djilfidan hatte sich gefügt. Wie sie sich immer gefügt hatte. In der Gewissheit, dass alles Teil der Vorsehung war. So wie es Allahs Wille gewesen war, sie zur Nebenfrau des Sultans zu machen, der ihr immer ein guter Herr gewesen war, voller Güte und gerecht und nie grob. So wie es Allahs Wille gewesen war, ihr die erste Tochter viel zu früh zu nehmen und sie dann mit Salima so reich zu beschenken.

Und obwohl Djilfidan fest daran glaubte, dass alles vorherbestimmt war, betete sie manches Mal, dass ihr Kind es einmal besser haben möge. Nie sollte Salima große Angst kennenlernen und fern ihrer Wurzeln leben, die man ihr gewaltsam gekappt hatte. Einen guten Mann sollte sie bekommen und viele gesunde Kinder.

So wenig, was sie selbst dazu beitragen konnte. Außer zu beten. Und ihre Tochter all das zu lehren, was sie für ein solches Leben benötigen würde.

Alles andere lag allein in der Hand Allahs.

Wildwuchs

Mach schneller die Schritte im Tanz;
wenn der Djinn kommt – mach schneller
die Schritte im Tanz.

VOLKSLIED AUS SANSIBAR

5

»Aber die dort oben erwischst du nicht – wetten?!«
Salimas eine Augenbraue zog sich spöttisch nach oben. Statt der Ponyfransen und der dünnen Zöpfchen trug sie die Stirn nun frei und das Haar in dicken Tressen bis zur Taille; dem ersten ausgefallenen Milchzahn waren weitere gefolgt, allesamt durch kräftigere ersetzt. Groß war sie geworden – sogar recht groß für ihre zwölf Jahre, und der hohe Wuchs der Mutter schlug ebenso durch wie der des Vaters. Salima war schlank und sehnig wie der Sultan, doch ihre Arme waren noch etwas schlaksig und die Beine staksig wie die eines Füllens.

Sie überprüfte noch einmal das nachgeladene Gewehr, legte es an und stellte sich in Position, wie Majid es ihr beigebracht hatte. Und Majid war ein guter Lehrer gewesen, nicht nur was die Handhabung von Büchsen und Pistolen anbelangte, sondern auch in der Kunst des Kampfes mit Lanze, Dolch und Säbel. Ein Auge zugekniffen, den Finger am Abzug, zielte Salima mit der Büchse in die Baumkrone. Sie nahm sich Zeit, wartete auf den einen Moment, in dem ihr Kopf sich von jeglichem Gedanken frei gemacht hatte und sie in ihrem Bauch etwas wahrnahm wie das satte Zuschnappen eines Truhenschlosses. Dann drückte sie ab. Der Schuss hallte weithin durch den Wald, und durch den Rauchschleier sah Salima mit höchster Zufriedenheit, wie der schnurähnliche nackte Zweig riss. Die Mango sauste senkrecht herab, traf mit einem schmatzenden Geräusch auf dem Boden auf, mitten zwischen andere herabgeschossene Mangos, vom Aufprall zu sonnengelbem Fruchtmus zerplatzt.

Salima ließ die Büchse sinken und wandte sich mit einem triumphierenden Lächeln zu ihrem fast gleichaltrigen Halbbruder Hamdan um. Der kratzte sich nachdenklich am Kopf, bis ihm der Turban beinahe vom Schädel rutschte, der blank geschoren war, wie es dem Brauch für Jungen und für erwachsene Männer entsprach.

»Nicht schlecht«, brummelte er dann, hörbar bemüht, seine Stimme gleichmäßig tief zu halten und am Hinüberkippen in höhere Lagen zu hindern, und fügte dann mit einem Grinsen hinzu: »Für ein Mädchen.«

Wer ist stärker, schneller, geschickter? – darum ging es immer bei Salima und Hamdan. Darum war es von Anfang an gegangen, in einem blinden, ausgelassenen Wetteifern. Und Allah musste besonders gut seine Hand über sie halten, damit keinem von beiden ein Leid geschah. Sei es am Stamm einer krumm gewachsenen Palme, der auf Augenhöhe den Pfad überspannte und den Salima erst im letzten Moment sah, worauf ihr nichts anderes übrig blieb, als sich in vollem Ritt aus dem Sattel fallen zu lassen. Sei es durch einen Pfeil, den Hamdan – *»ich wollt doch nur mal gucken, wie tief der reingeht!«* – ihr einmal zwischen die Rippen geschossen hatte. Waren die Kinder des Sultans ohnehin eine kaum im Zaum zu haltende Rasselbande, trieben es Salima und Hamdan besonders bunt.

Salimas Augen wurden schmal, und ihre Mundwinkel kräuselten sich geringschätzig. Rasch drehte sie den Kopf wieder in Richtung des wilden Mangobaumes und deutete auf eine Frucht, die ungefähr in der gleichen Höhe hing wie diejenige, die sie soeben geschossen hatte. »Das ist deine nächste.«

»Kinderspiel«, bemerkte Hamdan mit blasierter Miene und legte sein Gewehr an.

Eine abessinische Dienerin namens Kyalamboka hatte die erste Einsamkeit einzudämmen vermocht. Was auch immer sie im Haus an Arbeit zu erledigen gehabt hatte, stets hatte sie dabei das kleine Mädchen neben sich geduldet, in ihrer eigenen Sprache erklärt, was sie da gerade tat, und als Salima dann ein bisschen Abessinisch gelernt hatte, hatte sie ihr Märchen aus ihrer Heimat erzählt, von Elefanten und Löwen und bösen Hexen, die Salima wohlig schaudern machten. Wann immer Majid Zeit erübrigen konnte, verbrachte er sie mit Salima. Die Kaninchen blieben nicht die einzigen Tiere in Beit il Watoro. Bunte Hähne in Käfigen hielten Einzug. Keine gewöhnlichen Hähne, sondern aus der ganzen Welt herbeigeschaffte und eigens für den Kampf gezüchtete Hähne, von denen Salima bald eine ganze Zahl ihr Eigen nennen und gegen diejenigen Majids antreten lassen konnte. Gemeinsam unternahmen Bruder und Schwester Ausritte, und Majid unterwies Salima in der Kunst des Kampfes und der Jagd. Zum großen Entsetzen Djilfidans.

Ein Knall zerriss die Stille des Waldes, und oben am Baum explodierte eine Mango in grüne Schalenstücke, Saftspritzer, Fruchtfetzen und Kernsplitter.

»Knapp verfehlt«, kommentierte Salima den Schuss ihres Bruders.

»Nein, das war ein Volltreffer. Genau das hatte ich beabsichtigt«, widersprach Hamdan, sich angelegentlich mit der Mechanik seiner Büchse beschäftigend; dabei wusste er doch zu gut, dass allein zählte, die langen Stiele mit der Kugel zu durchtrennen und die Früchte so herabzuholen.

»Sei's drum! Ich hab gewonnen«, verkündete Salima lachend,

hängte sich ihre Büchse im Gehen um und machte die Zügel ihrer schwarzen Stute los, die sie in einiger Entfernung neben Hamdans Braunem um einen Ast geschlungen hatte.

»Pah, du willst nur vermeiden, dass ich dich doch noch schlage«, rief Hamdan, folgte ihr aber.

»Irrtum!« Salima schwang sich immer noch lachend in den Sattel. »Ich will dir die Schande ersparen, im Wettstreit gegen mich gänzlich unterzugehen. Gegen ein *Mädchen*«, setzte sie neckend hinzu.

»Haha«, machte Hamdan bissig, doch dann zwinkerte er ihr zu und stieg ebenfalls auf.

Sie lenkten ihre Pferde fort von der kleinen Lichtung, hinein ins Grün, unter herabhängenden Zweigen und zwischen ausladendem Gesträuch hindurch.

Mit Händen und Füßen hatte Salima sich gegen den weiteren Besuch der Schule in Beit il Sahil gewehrt. Als hätte sie geahnt, dass die ersten Tage dort ihre bisherige Sicht mancher Dinge auf den Kopf stellen würden. Hatte sie in Mtoni mit ihrer Keckheit der Lehrerin gegenüber den unumstrittenen, bewunderten Mittelpunkt der Schüler gebildet, war das Interesse der Buben von Beit il Sahil an ihrem neuen Schwesterchen schnell erlahmt. Von ihrer Halbschwester Shawana, die auch dort lebte, sah Salima nicht viel, da diese die Schule bereits beendet hatte, obwohl sie gerade einmal ein Jahr älter war. Und um Nunu, die blind geboren worden war und die jedem, der sehen konnte, diese Fähigkeit bis aufs Blut neidete, machte sie lieber einen großen Bogen.

Doch während Salima bis auf den Freitag, den Feiertag, die ganze Woche mit verschränkten Armen und trotzig vorgeschobener Unterlippe auf der Galerie von Beit il Sahil saß, ereignete sich etwas Erstaunliches. Sie vergaß die Qual des Stillsitzens, die Folter des Schweigens und hörte wie gebannt der Lehrerin zu, die es verstand, gleichermaßen spannend wie

lustig zu unterrichten. Nicht lange, und Salima war ihrem
Zauber gänzlich erlegen, umschmeichelte die Lehrerin wie ein
Hündchen und war bemüht, sich durch Fleiß und Klugheit
hervorzutun. Die Gleichgültigkeit der Brüder schlug um in
Gehässigkeit, und mehr als einmal trieben sie, angeführt von
Hamdan, nicht nur böse Scherze mit Salima, sondern ließen
sie auch ihre Fäuste spüren. Bis in Salima einmal ein solcher
Zorn aufsiedete, dass sie herumfuhr und sich auf den verblüff-
ten Hamdan stürzte, auf ihn eindrosch, ihn kratzte und biss.
Leibdiener eilten herbei und hatten alle Mühe, die ineinander verkeilten Kinder zu trennen. Und Hamdan begann zu
lachen, lachte aus vollem Hals und zwinkerte mit blutender
Nase der wutschnaubenden Salima übermütig zu – einer jener
magischen Momente, in denen Freundschaften geschmiedet
werden.

»Wetten, ich bin vor dir in der Stadt, Schwesterchen?«,
hörte Salima ihren Bruder hinter sich, ebenso lockend wie
herausfordernd. Der Pfad war schmal, an manchen Stellen
kaum breit genug für einen Menschen, geschweige denn für
ein kräftiges Araberpferd, und das niedrige Geäst bedeutete
eine große Gefahr für einen schnellen Reiter.

»Versuchs doch«, gab Salima über die Schulter leichthin
zurück, drückte ihre Waden in die Flanken des Pferdes, und
gleich darauf jagten die beiden Halbwüchsigen mit Geschrei
auf ihren Rössern durch das Unterholz, durch Laubdickicht,
das ihnen ins Gesicht peitschte.

»Wart nur, jetzt krieg ich dich!«, brüllte Hamdan, als der
Pfad in hüfthohem Gras verschwand und das Dickicht in
locker verstreute Palmen zerfaserte.

Salima lachte nur und trieb ihre Stute weiter an, durch die
shambas, die Plantagen, hindurch, auf einen breiten Weg zu: die
Straße, die von Mtoni herkam und in die Stadt führte. Seite an
Seite donnerten sie über die platt gerittene, festgetretene Erde,

unbekümmert darum, dass die Hufe ihrer Pferde aus manch tiefer Pfütze schmutzigbraunes Wasser aufspritzen ließen.

»Erster«, keuchte Salima und zügelte ihr Pferd, als sie dicht vor den ersten Häusern der Stadt angelangt waren, unmittelbar neben einem einzelnen mächtigen Baum. In die dicke Rinde waren Nägel geschlagen, so hoch, wie ein Mensch hinauflangen konnte, um böse Geister dort festzunageln und von den Ansiedelungen fernzuhalten. Bananen und eine Handvoll Eier lagen zwischen den Wurzeln. Ein kleiner Tontopf zum Abbrennen von Räucherwerk stand daneben, und in Rissen im Stamm stecken kleine Zettelchen oder aufgefädelte bunte Tonperlen. Alles Teil eines mächtigen Zaubers, um Unheil abzuwenden.

Mit einem atemlosen, triumphierenden Lächeln führte Salima ihren schnaubenden Rappstute im Schritt um den auf der Stelle tänzelnden Braunen herum, bereit, sich mit Hamdan darum zu streiten, wer von ihnen nun als Sieger aus dem Rennen hervorgegangen war.

»Salima«, schnaufte Hamdan mit unvermitteltem Ernst und deutete auf seine erhitzten Wangen.

Salima verstand und brachte ihr Pferd zum Stehen. Aus dem quer umgehängten Lederbeutel, in dem sie ihre Patronen verwahrte, holte sie ein schwarzes Stoffknäuel hervor, in dem es metallisch aufblitzte. Sie zerrte ungeduldig daran, bis sie es entwirrt hatte und wieder über den Kopf streifen konnte: zwei miteinander verbundene Streifen von schwerer, glänzender Atlasseide, mit Bordüren aus geklöppelter Silberspitze besetzt, von denen der obere die Stirn, der untere Nasenrücken und Wangenknochen verdeckte, Augen, Nasenspitze und Mund und Kinn aber frei ließ. Die daran befestigten Ketten wand sich Salima mehrmals um den Kopf, damit die Maske, die sie seit ihrem neunten Lebensjahr außerhalb des Hauses trug, nicht verrutschte. Danach zog sie die *schele* aus dem Beutel, ein großflächiges Tuch aus schwarzer Seide, das es in verschiedenen Qualitäten von hauchfein bis dick und steif gab, ebenfalls mit Spitzen aus Gold- und Silberfäden geschmückt, und breitete es über Scheitel und Schultern, von wo es bis auf ihre Knöchel in den langen Hosen hinunterfloss. Damit ihr die *schele* beim Reiten nicht davonflog, warf sie einen Zipfel in einer koketten Bewegung über die eine Schulter und rollte die Augen, worauf Hamdan lachte und sie ihren Weg fortsetzten.

In gemächlichem Schritt ritten sie durch das Viertel der Stadt, das am weitesten vom Hafen entfernt lag – die Lehmstadt. So genannt, weil die niedrigen aneinandergedrängten Hütten, deren Dächer aus Palmblättern bestanden, aus Flechtwerk und getrocknetem Lehm gebaut waren. Ausgemergelte Frauen in zerschlissenen, zu faden Pastelltönen ausgeblichenen Wickelröcken kochten vor den Hütten Reis. Nackte Kinder, bei denen man die Rippen zählen konnte, warteten mit riesigen Augen im spitzen Gesicht schon sehnsüchtig darauf. Und die Kühe, die stumpfsinnig herumstanden, sahen nicht so aus, als könnte ihr knochiger Leib auch nur einen Tropfen Milch hervorbringen. Besser genährte Männer, die dunkle Haut in der Sonne glänzend, saßen in Gruppen zusammen und kauten Betel.

Hier in der Lehmstadt war auch bei genauem Hinsehen nicht zu unterscheiden, wer sich seinen Lebensunterhalt mehr schlecht als recht als Lastenträger und Handlanger im Hafen verdiente, wer Sklave eines Plantagenbesitzers oder Händlers war, der nicht gut für seine Leute sorgte, oder wer einfach keine Lust hatte, einen Finger zu rühren, obwohl es drüben in der Steinstadt reichlich Arbeit gab. Jedes Mal, wenn Salima hier war, durchzog sie eine Mischung aus Wut und Mitleid, aus Verzweiflung und Hilflosigkeit, die sie schaudern machte und aufatmen ließ, sobald sie das Ende der Lehmstadt erreicht hatten.

Ein schmaler Meeresarm – bei Ebbe fast trocken genug, dass man hinüberlaufen konnte, bei Flut eine stille Lagune bräunlichen Wassers – trennte die Insel von einem Brocken aus Korallengestein, auf dem sich die eigentliche Stadt von Sansibar auftürmte. Ein natürlicher Damm aus dem Gestein der Insel führte durch die Furt, bot einen leidlich bequemen Übergang, auf dem Salima und Hamdan hinüberritten und in die Steinstadt von Sansibar eintauchten.

6

 Geformt wie eine breite, stumpfe Speerspitze, die auf ihrem Flug gen Westen, nach Afrika, im Meer gelandet war, schlug auf diesem vorgelagerten Inselchen das Herz Sansibars. Ein Herz, das rasch und kräftig pumpte, Schiffe, Waren und Menschen hinein und wieder hinaus, und so den Kreislauf des Handels in Gang hielt.

Auf ihren Streifzügen – früher an Majids Seite, später mit ihren Halbbrüdern Jamshid oder Hamdan – hatte Salima viel von der Stadt gesehen. Angefangen im Norden, im Stadtteil von Malindi, der von einem Ableger der Lehmstadt gesäumt wurde. Hier lebten die Inder: Hindus aus Bengalen, Muslime aus Bombay und Kutch. Salima konnte sich nicht sattsehen an den Hausfassaden aus durchbrochenem Stein, fein und kunstvoll wie Klöppelspitze; an den Farben der Wände, die selbst dann noch berückend waren in ihrer Kraft, wenn sie von Sonne und Monsun ausgewaschen und in der Hitze abgeblättert waren: rubinrot, perlmuttrosa und currygelb wie die kurzen Sonnenuntergänge; türkis und lichtblau wie das Wasser, das Sansibar umgab. Einen richtigen indischen Basar gab es hier, auf dem mannigfach gehämmerter Silberschmuck angeboten wurde, ziselierte Dolche und grellfarbige Stoffballen, und unweit davon, auf dem *suq*, dem Markt, hatten die Schlachter ihre Stände. Die Grabstätten der Hindus befanden sich am entgegengesetzten Ende des Inselchens, im Süden, im Viertel von Mmazi Mmoja, ebenfalls in enger Nachbarschaft zu Lehmhütten, die sich ein Stück weit die Lagune hinauf zu einem schmutzstarrenden Knäuel aus fauligen Dächern, bröckelnden Wänden, Unrat und Ruinen verdichteten.

In der Nähe der bei Flut schiffbaren Lagune war der Sklavenmarkt mit den dazugehörigen Unterkünften für die zukünftigen Arbeitskräfte angesiedelt. Dort ging es inzwischen weitaus weniger betriebsam zu, seit Sultan Sayyid Sa'id auf Druck der Engländer nur noch in einem eingegrenzten Bereich seiner afrikanischen Besitzungen den Handel erlauben durfte und nicht mehr nach der Arabischen Halbinsel und ins Osmanische Reich, in den Indischen Ozean, nach Westindien und Südamerika. Und obwohl die Engländer die Küsten streng überwachten, blühten der Schmuggel und das Geschäft unter der Hand.

Die Gassen, die sich zwischen den hohen Häusern hindurchwanden, hielten die Hitze und die der Steinstadt eigenen Gerüche fest wie ein Schwamm. Die gärende Süße verfaulender Früchte, von der See tüchtig gesalzen, die allgegenwärtige erstickende Decke der Spezereien. Unbestimmbarer Gestank, der von schwarz schillernden oder grünlichen Lachen aufstieg; scharfe und schwere Ausdünstungen von Menschen, von Tieren: von bläkenden Ziegen, Eseln, den allgegenwärtigen Ratten und ihren Widersachern, den maunzenden Katzen; von kreischenden Hühnern und gurrenden Tauben in Käfigen aus Rohr und gleichmütig vor sich hin trottenden Kühen. Herrenlose, halb verhungerte Hunde, das räudige Fell voller Flöhe, geiferten nach Abfall oder prügelten sich unter Gekläff und Geknurr um die verwesenden Überreste eines Kätzchens. Auch die Häuser verströmten ihren ganz eigenen Geruch, modrig und sauer, nach feuchtem Putz, nach graugrünem Algenbewuchs. Von Feuchtigkeit aufgequollen waren die schweren Türen, über und über mit Schnitzereien verziert, mit Ornamenten oder mit Versen aus der Heiligen Schrift, dem Koran, und mit Mustern aus unzähligen Messingnägeln. Hier, im Zentrum, befand sich der Suq Muhogo, auf dem Fisch und Dung feilgeboten wurden, die ihren Teil zu dem Geruchsteppich der Stadt beitrugen; aber auch Brotfladen, ungeschälter Reis und Getreide, Baumwollstoffe und durch Wässern oder Raspeln, Auspressen und Rösten genießbar gemachter Maniok. Bettler mit leeren Augenhöhlen oder verstümmelten Gliedmaßen kauerten an den Ecken. Wenn sich eine Frau, die die Gasse hinabging, anmutig ihre *schele* tiefer ins maskierte Gesicht zog, konnte man auf ihrer Hand zuweilen die zarten rotbraunen Muster aus Henna erkennen, die noch vom letzten Fest übrig geblieben waren.

Salima war stets aufs Neue gleichermaßen abgestoßen wie gebannt von der Mischung aus Gestank und Wohlgerüchen, aus leuchtender Schönheit und schmutziger Hässlichkeit. Eigentlich hätte sie gar nicht hier sein dürfen, und sie war froh um die Gesichtsmaske, die sie zusammen mit ihrer Kleidung und dem Schmuck zwar als Tochter aus gutem Hause auswies, nicht jedoch zwingend als eine Tochter des Sultans. Es geziemte sich nicht für *Sayyidas* in Salimas Alter und für Frauen edler Abkunft, das Haus zu verlassen, außer um einer Einladung zum Tee nachzukommen, erkrankten Freunden und Verwandten einen Besuch abzustatten oder eine wichtige Angelegenheit bei Gericht vorzutragen. Es war nicht grundsätzlich verboten, es gehörte sich einfach nicht, und wer auf sich hielt, pflegte vornehmen Müßiggang innerhalb des Hauses und ließ so viel wie möglich durch Sklaven erledigen und besorgen. Doch seit der Sultan in den Oman gereist war, wurde manches nicht mehr so streng gehandhabt. Hatte anfangs, dem Brauch entsprechend, Khalid, von allen noch lebenden Söhnen auf Sansibar der älteste, die Zügel des

Inselreiches in seine Hände genommen und straff angezogen, war er nur zu bald seinem quälenden Husten erlegen. Nicht allzu überraschend, hatte ihn dieser doch in den letzten Jahren zunehmend ausgezehrt. Majid, der ihm nachgefolgt war, war ein sanftmütiger Stellvertreter, der vor allem seiner Lieblingsschwester Salima keine Steine in den Weg legte. Und Chole, der die Aufsicht über die Frauen in den Häusern übertragen worden war, war überfordert mit der Fülle der damit verbundenen Aufgaben – vor allem der Schlichtung nicht enden wollender Eifersüchteleien und Zänkereien.

»Was der Vater uns wohl alles aus dem Oman mitbringt?«, ließ sich Hamdan hinter ihr vernehmen. »Hoffentlich hat er an das verzierte Gewehr gedacht, das ich mir gewünscht habe.«

»Gewiss hat er das«, erwiderte Salima.

Gestern hatte sich die Nachricht aus dem Hafen wie ein Lauffeuer in den Häusern der Sultansfamilie verbreitet: Des Sultans Hauptschiff, die *Kitorie*, nach Königin Victoria von England benannt, war in See gestochen und würde Sayyid Sa'id nach Sansibar zurückbringen.

Drei Jahre war der Sultan fort gewesen. Während dieser Zeit waren die Begleitschiffe der *Kitorie* regelmäßig zwischen dem Oman und Sansibar hin und her gependelt, hatten nicht nur Kuriere an Bord gehabt, die Botschaften des Sultans bei sich trugen und für ihn bestimmte wieder mitnahmen, sondern auch allerlei Schönes für die Frauen und Kinder. Die besten Geschenke jedoch hob sich der Sultan immer für die eigene Rückkehr nach Sansibar auf, um sie selbst zu überreichen.

Alle drei bis vier Jahre reiste der Vater in den Oman, um sich mit eigenen Augen davon zu überzeugen, dass Thuwaini als sein Vertreter in seinem Sinne und zum Wohle des Sultanats handelte. Doch diese Reise Sayyid Sa'ids hatte noch andere Gründe gehabt. Die Perser waren einmal mehr in das

Reich des Sultans eingefallen, in der Nähe des reichen Hafens von Bandar Abbas, einer omanischen Exklave am Rande Persiens, jenseits der Straße von Hormus. Unbedeutende Scharmützel, doch dem Sultan lag viel daran, die Wogen zu glätten, ließ sich doch von Bandar aus die Durchfahrt in den Persischen Golf überwachen. Und noch eine Angelegenheit musste im Oman in Angriff genommen werden: für Salima einen passenden Gemahl zu finden. Ein Unterfangen, das der Sultan zusammen mit Barghash, der ihn begleitete, in diesen drei Jahren zu seiner vollsten Zufriedenheit hatte abschließen können. Ein Vetter zweiten Grades, »dreiundzwanzig Jahre alt, von edlem Blut und noblem Charakter, ansprechendem Äußeren, einnehmendem Wesen und wohlhabend«, wie Sayyid Sa'id hatte übermitteln lassen. Sobald der Vater wieder die Amtsgeschäfte auf Sansibar in die eigenen Hände genommen hätte, würde mit den Vorbereitungen begonnen werden, Salima in den Oman zu bringen und dort zu vermählen.

Unwillkürlich packte Salima die Zügel fester und biss die Zähne zusammen, um die Wehmut zu unterdrücken, dass ihre unbeschwerten Kindertage nun gezählt waren. Noch schlimmer: ihre Tage auf Sansibar. Und Furcht erfüllte sie. Nicht so sehr vor dem unbekannten zukünftigen Gemahl, sondern vor ihrer gestrengen Verwandtschaft im Oman. Der Wind, der im Sultanat auf der anderen Seite des Meeres für Salima wehte, würde ein harscher sein.

Je weiter Salima und Hamdan in Richtung des Wassers ritten, desto lockerer wurde das Gassengeflecht. Handelskompanien aus Hamburg, Marseille und aus dem amerikanischen Salem hatten hier ihre Niederlassungen mit Kontoren und Lagerräumen und Wohnungen für die Angestellten. Dicht am Meer, wo die salzige Brise für Frische und etwas Kühlung sorgte, waren die Konsulate von England, Frankreich und Amerika in geräumigen Häusern untergebracht, allesamt von reichen arabischen Kaufleuten an die Ausländer vermietet.

Ganz in der Nähe erhob sich trutzig das alte Fort. Dicke Mauern und eckige Türme umfassten eine Befestigungsanlage, in dem sich sowohl die Garnison als auch das einzige Gefängnis Sansibars befand. Von den Portugiesen einst errichtet, als sie noch die Herren der Insel gewesen waren, stellte es die Keimzelle dar, aus der die Steinstadt mit Ankunft der Omanis gewachsen war. Daneben fand der größte Markt Sansibars statt, *Sokokuu* oder auch »Salzmarkt« genannt. In Körben, die sie auf den Köpfen balancierten, brachten die Verkäufer ihre Waren auf den offenen Platz, um sie auf der nackten Erde auszubreiten und aufzutürmen und dann unter ohrenbetäubenden Rufen feilzubieten: Orangen und Kokosnüsse; Zuckerrohr, Bananen und Süßkartoffeln; Mangos und Ananas.

Neben der Befestigungsanlage stand der frühere Sultanspalast, längst dem Verfall preisgegeben, und zur Uferböschung hin reckte sich der hohe Steinturm für das Leuchtfeuer in den Himmel, der in den langen Tropennächten den Schiffen den Weg wies. Über dem irisierend blaugrünen Meer, das von Schiffen und von kleinen arabischen *dhaus* mit ihren dreieckigen Segeln wimmelte, erstreckte sich der Palastkomplex des Sultans. Der lang gezogene weiße Bau von Beit il Sahil, der »Palast an der Küste«, stand am Anfang der Häuserreihe: drei Stockwerke hinter einer schmucklosen Fassade, mit einem Dach aus roten und grünen Ziegeln. Lindgrün waren auch die hölzernen Läden zum Schutz gegen die Sonnenglut. Den einzigen Zierrat des Gebäudes stellte die lange Veranda dar, in deren Schatten der Sultan bis zu dreimal täglich Audienz abzuhalten pflegte. Eine hohe Mauer schützte den Palast vor den Launen der See, und dazwischen gediehen prächtige Granatapfelbäume, die in ihrer tiefroten Blüte aussahen, als stünden sie in Flammen. Davor zeugte auf einer Plattform eine

Reihe von Geschützen von dem Willen, den Palast jederzeit zu verteidigen.

Wand an Wand neben Beit il Sahil, zierlich und luftig und anmutig verschnörkelt, stand Beit il Hukm, der »Palast des Urteils«, in dem die Frauengemächer untergebracht waren, an den sich ein dreistöckiges Wirtschaftsgebäude anschloss, dem Zweck entsprechend nüchtern gebaut. Dann folgte Beit il Watoro, in Sichtweite des Zollgebäudes, wo die Händler fünf Hundertstel des Wertes ihrer ein- und ausgeführten Waren zu entrichten hatten.

Die beiden Geschwister ritten auf die Rückseite Beit il Sahils zu, vorbei an dem weißen Kuppelbau, der die Grabmale der Familie barg, und vorbei an einer noch frischen Ruine: ein Haus, von Sultan Sayyid Sa'id für künftige Audienzen und Lustbarkeiten geplant, das kurz vor der Fertigstellung eingestürzt war. Mehrere Dutzend Steinmetze waren dabei in den Tod gerissen worden, und seither flüsterte man in der Stadt von einem schlechten Omen für den Sultan und seine Nachkommen.

So glatt die Seeseite Beit il Sahils sich präsentierte, so verschachtelt war jene zur Stadt hin. Diverse Außenhäuser für Diener und Lagerräume erwuchsen aus den Grundmauern des Palastes, ein Gebetshaus und die großzügigen Stallungen. Hier übergaben Salima und Hamdan ihre Pferde den Knechten, und nach einer kurzen, nichtsdestoweniger herzlichen Verabschiedung ging jeder seiner Wege.

Salima hatte es eilig – bestimmt war sie wieder zu spät dran –, und sie musste an sich halten, um nicht zu rennen. Es fiel ihr schwer, gemessenen Schrittes den Innenhof zu durchqueren; für den langsam-feierlichen Trippelschritt, der sich geziemt hätte, hatte sie noch nie die Geduld aufgebracht. Aber in Beit il Sahil herrschte immer so viel Trubel, dass sie nicht weiter auffiel.

In einer Ecke des Hofes wurden gerade Ziegen, Enten und Hühner für die Mittagsmahlzeit geschlachtet, gehäutet und dann fachmännisch ausgeweidet und zerteilt. Am Fuße einer der gewaltigen Säulen, die zwischen Erde und Dachgeschoss den Hof in Reih und Glied umliefen, drang Rauch aus der Küche, der einen verlockenden Duft nach gesottenem Gemüse und scharfem Gewürz verströmte. Es klatschte, und der darauffolgende Wortschwall verriet, dass die Oberköchin einen ihrer Gehilfen geohrfeigt hatte und ihm vorhielt, was er wieder alles falsch gemacht hatte. Zwei Sklaven schleppten zusammen einen riesigen Fisch mit noch glänzendem Schuppenleib in Richtung der Küche, und eine Handvoll anderer Sklaven stapelte die vielen Körbe mit Mangos, Granatäpfeln, frischen Datteln und Feigen so nachlässig aufeinander, dass schon jetzt zu sehen war, wie braunfleckig das Obst in ein paar Stunden sein würde. Die Säcke mit Mehl, Reis und Zucker und die Tonkrüge, die die flüssige Butter von der Insel Sokotra – im Norden, am Horn von Afrika gelegen – enthielten, hatten sie bereits abgeladen. Ein paar Pfauen stolzierten unbeeindruckt dazwischen herum – gut möglich, dass einer von ihnen derjenige war, der einmal mit vorgerecktem Kopf auf Jamshid zugeschossen gekommen war, um nach dessen Waden zu hacken; worauf die Kinderschar von Beit il Sahil mit vereinten Kräften den Vogel niedergerungen und ihm zur Strafe all seine prächtigen Schwanzfedern ausgerissen hatte.

Wasserträger, die ihre Fracht in Krügen von außerhalb der Stadt hergebracht hatten, lagen für eine kurze Rast, die nicht selten in ein längeres Nickerchen überging, in einem schattigen Winkel, und unweit davon ließen sich ein paar der Diener vom Barbier ihren Kopf rasieren. Gegenüber war eine ganze Reihe von Kinderfrauen mit ihren Schützlingen beschäftigt – Salimas jüngste Halbbrüder und Nachwuchs der Dienerinnen –, wiegten und herzten die Kleinen oder machten sie aufmerksam einem Märchen lauschen. Eine von ihnen sang mit einigen Kindern ein Lied und ließ sie mit ihren pummeligen Händchen noch etwas unbeholfen den Takt dazu klatschen.

Salima hatte dieses Lied selbst unzählige Male gesungen, als sie noch klein gewesen war, und leise die Melodie aus Kindertagen summend, sprang sie eine der beiden Freitreppen hinauf, sich dabei geschickt durch Träger, Diener und Boten hindurchschlängelnd. Sie nahm den kürzesten Weg über die breite Galerie und bog in einen Korridor ab. Durch einen einfachen Durchlass gelangte sie auf eine Hängebrücke. Sich an den Seilen zu beiden Seiten entlanghangelnd, eilte Salima über die schwankenden Holzplanken. Unter ihr lagen Mauerreste und Steintrümmer herum, von Gras und Flechten halb überwuchert – die Überreste eines türkischen Bades. Am Ende der Brücke schritt sie durch eine weitere Türöffnung, und Salima war in Beit il Tani.

Salima liebte Beit il Tani, das seit zwei Jahren ihr neues Zuhause war. Nur ein kleines Haus, von dessen einstiger Pracht nicht allzu viel übrig geblieben war – gerade so viel, dass Salima sich ausmalen konnte, wie herrlich es einst gewesen sein musste, ehe die Farben verblasst, die Stoffe abgenutzt und die Böden ausgetreten waren. Vor allem mochte sie die Geschichte, die sich um dieses Haus rankte. Neben Azza bint Sayf hatte der Sultan noch eine zweite Hauptfrau gehabt – Shazada, eine Perserin. Ein Name wie das Rascheln von Seide, eine Frau von außergewöhnlicher Schönheit und Willenskraft. Sie ging reiten und jagen, begleitet von den einhundertfünfzig persischen Kriegern, die in den Häusern neben und gegenüber von Beit il Tani lebten. Shazada trug nur persische Gewänder, mit echten Perlen bestickt, und schenkte die Perlen, die sich vom Stoff lösten und zu Boden fielen, voller Großmut ihren Dienerinnen. Doch eine solch freiheitsliebende und nach sansibari-

80

schen Maßstäben sittenlose Frau war keine Gefährtin für den Sultan – zumal eines Tages ans Licht kam, dass sie diese Ehe nur wegen Rang und Vermögen des Sultans eingegangen war. Ihr Herz gehörte einem anderen, dem sie sich auf einem Jagdausflug hinzugeben gedachte, was verhindert und dem Sultan zugetragen wurde von einem seiner treuen Leibdiener. Sayyid Sa'id trennte sich von Shazada und schickte sie umgehend in ihre Heimat zurück. Wie auch ihre Nachfolgerin, ebenfalls aus Persien, mit einem ganz ähnlich klingenden Namen und aus demselben Grund.

Salima schlüpfte aus ihren Ledersandalen und schlich sich auf verschlungenen Wegen durch das Haus, sich ständig umschauend, ob ihr auch niemand folgte.

Eine gescheiterte Ehe war auch der Anlass gewesen für Salimas und Djilfidans Umzug von Watoro nach Beit il Tani. Nicht lange nach des Sultans Ankunft im Oman hatte er Majid von dort eine Braut geschickt – Aisha, eine entfernte Base; ein liebreizendes Waisenkind, das von ebensolcher Sanftmut war wie Majid. Groß und prächtig war die Vermählung, und kleingeistig und niederträchtig war Khadujs Verhalten danach. Endlich fest im Sattel als Hausherrin von Watoro, dachte sie nicht daran, die Zügel an Aisha abzugeben. Einige Monate dauerte dieses Tauziehen an, bis Djilfidan schließlich für sich und ihre Tochter bei Chole in Tani um Asyl bat – und es auch bekam. Und die zarte, gazellenäugige Aisha nahm all ihre Kraft zusammen, sprach Majid gegenüber die Scheidung aus, packte ihre Sachen und kehrte zu ihrer Tante nach Muscat zurück, noch ehe diese Ehe Früchte getragen hatte. Majid war untröstlich seither, und Salima litt mit ihm.

Auf Zehenspitzen huschte sie durch einen Gang, der fast immer verlassen dalag. Hier im Erdgeschoss hielt sich niemand gerne auf; es war feucht, Wände und Decken verströmten einen Moderdunst, der immer stärker wurde, je näher man dem letzten Raum kam. An einem ihrer ersten Tage in Beit il Tani hatte sie sich einmal heillos verlaufen und war auf ihrem Irrweg schließlich hier unten gelandet. Neugierig hatte sie die Nase in alle Räume gesteckt und in diesem einen schließlich eine Entdeckung gemacht, die ihr die Tür zu einer neuen Welt geöffnet hatte.

»*As-salamu aleikum*«, grüßte sie an der Türschwelle, atemlos noch vom Reiten und vom Laufen, vor kribbelnder Aufregung.

Der weißbärtige, verwitterte alte Mann, gebeugt von der Last der Jahre, die Schultern vom langen krummen Sitzen hochgezogen, klappte das Buch zu, in dessen vor Feuchtigkeit welligen Seiten er gelesen hatte, und verneigte sich leicht. »*Wa aleikum as-salam,* Sayyida Salima.«

Ein feines Lächeln erschien auf seinen zerknitterten Zügen, als er das Buch in die Truhe zurücklegte, wo es aufbewahrt wurde. »War Euch eine erfolgreiche Jagd vergönnt?«

Salima lachte, als sie die Sandalen abstellte, Gewehrgurt und Beutel abstreifte und beides auf den Boden legte. »Sehr. Eine ganze Herde Mangos konnte ich erlegen! – Verzeiht, dass ich Euch warten ließ, Adnan.«

Der so Angeredete wiegte leicht den Kopf. »Geduld ist eine der höchsten Tugenden, Sayyida, und die Gelehrsamkeit hat alle Zeit der Welt.«

»Ich aber nicht«, gab sie scherzhaft zurück und entledigte sich der *schele* und der Maske. Was sie und Adnan, einen altgedienten Schreiber ihres Vaters, verband, war verboten genug; da kam es auf diesen Verzicht auf förmliche Sittsamkeit schon lange nicht mehr an. Mit gekreuzten Beinen ließ sie sich auf einem der beiden bereitliegenden Polster nieder und rückte sich das Rohrgestell zurecht, das davor auf dem Boden stand, strich zärtlich über das Papier, das darauf bereitlag, und tunkte die Spitze des aus Bambus zurechtgeschnittenen Federhalters in das tönerne Fässchen, gefüllt mit einer klebrigen, klumpenden Mixtur aus Ruß und Gummiarabikum. »Ich bin bereit!«

Ächzend ließ sich Adnan neben ihr nieder und begann, alte arabische Verse aus dem Gedächtnis zu zitieren. Seine leicht kurzsichtigen Äuglein hatte er zusammengekniffen, den Oberkörper leicht vorgebeugt, um darüber zu wachen, was Salima niederschrieb.

Von Anfang an hatte Salima nicht verstanden, warum die Buben in der Schule mittels eines vom Kamel stammenden gebleichten Schulterblatts und mit Tinte die Verse des Koran schreiben lernten und die Mädchen nicht. Auf ihr beharrliches Nachfragen hatte sie stets die gleichen barschen Antworten erhalten: »Das ist eben so!« oder »Das gehört sich für Mädchen nicht!« Manchmal auch: »Der Prophet hat es so verfügt!« oder gar: »Das ist Allah ein Gräuel!«

Irgendwann hatte Salima nicht mehr gefragt. Verstanden hatte sie es nicht. Und ungerecht fand sie es obendrein.

An jenem einen Tag jedoch, während sie in diesem Raum die Truhen durchstöberte, persische und arabische Bücher durchblätterte, schließlich einen Koran, dessen Seiten mürbe waren vom Alter und von Feuchtigkeit, und die vertrauten Zeilen las, hatte sie eine Eingebung. Wenn sie doch die Zeichen erkennen und zu Worten, zu Sätzen zusammenfügen konnte – konnte sie sie dann nicht auch einfach abmalen?

Mit der Ausrede, sie hätte so ein Schulterblatt gern für ihre Puppe, und mit der Tinte und der Feder wollte sie gern ein Bild zeichnen, hatte sie Hamdan die Utensilien abgeschwatzt und an ihren neuen Zufluchtsort, die vergessene Bibliothek von Beit il Tani, gebracht. Stunden konnte sie hier verbringen, die Zungenspitze angestrengt auf die Oberlippe geheftet, die Finger ungelenk um die Feder gekrampft, mühselig und sehr, sehr krakelig die Schleifen, Schnörkel und Punkte von den Koranseiten auf die glatte Knochenfläche übertragend.

Auf der Suche nach einem bestimmten Buch, das er zuletzt vor zwanzig Jahren hier gesehen hatte, hatte Adnan sie bei ihren Schreibübungen ertappt und sich voller Rührung über den Eifer des Mädchens und nach langem Betteln Salimas dazu erweichen lassen, sie heimlich zu unterrichten.

Es war nicht so sehr die Lust am Lernen, die Salima dabei antrieb. Vielmehr spornte der Gedanke sie an, etwas zu können, das kein anderes Mädchen, keine Frau sonst konnte. In etwas viel, viel besser zu sein als ihre Brüder, denen es genügte, wenn sie am Ende ihrer Schulzeit in der Lage waren, ein kurzes Schriftstück mehr schlecht als recht zu verfassen. Die Kunst des Schreibens wurde nicht besonders gepflegt auf Sansibar. Botschaften teilte man lieber mündlich einem Laufburschen mit, der diese dann dem Empfänger gegenüber wiedergab, oder man beauftragte einen Berufsschreiber. Selbst der Sultan ließ Briefe nur dann schreiben, wenn es unumgänglich war, und schriftliche Verträge schloss er nur mit Ausländern; unter Arabern und Afrikanern bevorzugte man eine Absprache von Angesicht zu Angesicht, die mit einem Handschlag besiegelt wurde.

»*Wenn dem Dufthauch von Jasmin und Rose*«, diktierte Adnan gerade, »*aus einem verborgnen Garten ich auf meinem Weg –*«

»Salima!«

Erschrocken fuhr sie auf und starrte mit geweiteten Augen zur Tür.

»*Umma* … Was machst du denn hier?«, kam es kleinlaut von Salima.

Djilfidan blickte voll Entsetzen zuerst auf Salima, dann auf Adnan, danach auf die achtlos auf den Boden geworfene Maske und auf die *schele*, schließlich auf das Schreibwerkzeug in der Hand ihrer Tochter. Es war nicht klar, was für sie den größten Frevel darstellte: dass Salima sich allein in der Gegenwart eines Mannes befand, der kein enger Verwandter war und auch kein Eunuch wie die Leibdiener des Sultans, und dass Salima zudem noch unverschleiert war – oder dass sie heimlich schreiben lernte. Wie eine Furie ging Djilfidan auf ihre Tochter los, verpasste ihr links und rechts eine Ohrfeige, dass Salima die Feder fallen ließ und sich feine Tintenspritzer überall verteilten.

»Ich hab dich überall gesucht«, rief sie vorwurfsvoll, als sie das Mädchen am Arm packte, hochzerrte und aus dem Raum führte. »Und was muss ich sehen?! Du lässt dir das Schreiben beibringen! Kein Mann wird dich mehr nehmen, wenn er davon erfährt! Keiner! Willst du lieber unverheiratet bleiben? Was wird unser Herr, der Sultan, dazu sagen?! Du machst ihm Schande! Uns allen!«

An Salima perlte die Schelte ab wie Wasser vom Gefieder einer Ente. Stumm und scheinbar ungerührt nahm sie zur Kenntnis, dass Adnan gegen eine hübsche Summe Geld gebeten wurde, Beit il Tani nicht mehr zu betreten, und dass die Kisten mit den Büchern und das Schreibgerät aus dem Haus verschwanden.

Inwendig wiederholte Salima immer wieder dieselben Worte. Wie ein Gebet.

Was ich kann, kann ich. Das nimmt mir keiner mehr.

7

Tag um Tag wartete man in Beit il Sahil und in den anderen Häusern auf die Ankunft der Flotte des Sultans. Tage, die sich erst lose aneinanderreihten, sich dann zu der ersten Woche sammelten, zu nächsten und übernächsten. Die freudige Erwartung wich banger Anspannung, schließlich Besorgnis und Furcht. Obwohl die Zeit der starken Winde von Südwest gerade zu Ende war und die der Winde von Nordosten noch nicht angebrochen, ließ ein Sturm das Meer aufkochen, zerfetzte die schmeichelnde blaue Seide des Meeres und durchpflügte sie brutal. Das Tosen der Wellen, die auf die vorgelagerten Korallenbänke krachten, war bis in den Palast zu hören.

»Ich sehe das Schiff des Sultans«, säuselte ein Stimmchen. Krächzig klang es, unterlegt von einem dumpfen Knurren. »Ein stolzes Schiff, umgeben von anderen Schiffen.«

Ein Raunen ging durch die Frauen, die eng aneinandergedrängt auf ihren Polstern saßen, in gebührendem Abstand zu der Wahrsagerin in ihrer Mitte, der man ehrfurchtsvoll einen Rohrstuhl mit dicken Kissen angeboten hatte. Breitbeinig hockte das alte Weib darauf, sich mit dem Oberkörper vor und zurück wiegend und die klauenartigen Finger auf ihren angeschwollenen Leib gepresst, in dem seit Jahr und Tag ihr ungeborenes Kind lebte. Ein allwissendes Kind, das seinen Geist in die Lüfte erheben und von allem berichten konnte, was sich auf der Welt zutrug, selbst »auf dem höchsten aller Berge und auf dem Grund des tiefsten Ozeans«, wie die Wahrsagerin verkündet hatte.

»Ich lasse mich auf dem Mast mit den roten Flaggen nieder«, kam es weiter aus dem Bauch der Alten, und ihr vogelartiger Kopf unter dem bunten gewickelten und geknoteten Tuch nickte zustimmend, die runzligen Lippen fest zusammengekniffen, »und schaue von oben auf das Deck hinab. Da ist er, unser aller Herr, wie er aufrecht steht und der Heimat entgegenblickt, die ihn so lange entbehren musste …«

Die Frauen des Palastes seufzten erleichtert auf, drückten einander die Hände; einige von ihnen schluchzten.

Salima in ihrem Winkel neben der Tür war wie gebannt und angewidert zugleich. Die Wahrsagerin stieß sie ab, noch mehr die Vorstellung, dass diese wirklich seit Jahren ein Menschlein in ihrem Bauch leben hat, und doch konnte sie das alles nicht als reines Ammenmärchen abtun. Dieses grässliche Weib, das nach ranziger Butter roch, war bislang die letzte einer ganzen Reihe von weisen Alten und zauberkundigen Frauen, die gegen klingende Münze in den Palast gebeten worden waren, um Gewissheit über das Schicksal von Sultan Sayyid Sa'id zu erlangen. Allah war zwar allmächtig und gütig, doch die an ihn gerichteten Gebete um einen Fingerzeig waren bislang nicht erhört worden.

Als ein Blitz das Dämmerlicht des Raumes zerriss, hatte Salima genug. Sie sprang auf und flüchtete in ein leeres Gemach, von dessen Fenster aus sie auf das Meer blicken konnte.

Düstere Wolkenwände hingen über den aufkochenden Wellen, und der Sturm ließ die Schiffe im Hafen an ihren Leinen tanzen wie Spielzeug in der Hand von groben Jungen. Wie schrecklich, jetzt auf offener See zu sein! In Salima ballte sich alles kalt und hart zusammen vor Angst um den Vater, und sie begann leise zu beten, in das Wüten des Wetters hinein, und als ihr die Worte ausgingen, fing sie wieder von vorn an. In der festen Überzeugung, den Vater vor aller Unbill bewahren zu können, wenn sie ihr ganzes Herz, ihre ganze Seele in diese Gebete legte.

Blitze zuckten durch die Wolkenmassen. Dann rollte ein Donnerschlag heran und verklang nur zögerlich unter dröhnendem Nachhall. Regen setzte ein, strömend und klatschend, schoss in Wasserfällen von den Dächern, spülte den Staub von den Häusern, gurgelte in Sturzbächen die Gassen entlang, in denen Schmutz, Unrat und Abfälle durcheinanderwirbelten. Die Fäulnisgerüche der Stadt, der Gestank der Abwässer wurden weggewaschen, bis nur noch die salzige Frische der See in der Luft lag.

Als würde die ganze Stadt ins Meer gespült werden.

Es machte Salima nichts aus, dass der Sturm den Regen durchs offene Fenster blies und sie durchnässte – vielleicht konnte sie Allah und alle Geister von Himmel, Meer und Erde bewegen, den Vater zu verschonen, wenn sie sich aufopferte und das Los der Schiffe draußen so gut zu teilen versuchte wie möglich.

In das abebbende Krachen des Donners hinein drangen laute, aufgeregte Stimmen, durchsetzt von Schluchzern. Salima schluckte, fuhr herum und jagte durch Gemächer und Flure, die Treppen hinab, bis sie auf Chole stieß, die ihr entgegenrannte.

»Salima, wo steckst du denn«, rief sie ihr lachend zu. Die Angst entließ Salima aus ihrem Griff, und sie atmete auf. Die Art, wie Chole strahlte, konnte nur Gutes verheißen: Die Freude, die Chole versprühte, ließ sie noch schöner aussehen. Ihre großen braunen, leicht mandelförmigen Augen schimmerten, ihre makellose helle Haut war rosig überhaucht, und sogar ihr kaffeedunkles Haar schien aus sich heraus zu leuchten. Salima spürte die samtweiche Haut, die seidigen Stoffe und nahm Choles unverwechselbaren Duft aus Rosen und Frangipani auf, als die Schwester sie umarmte. »Sie sind in Sicht! Die Schiffe des Vaters sind in Sicht«, jubelte Chole. »Ein Fischer hat sie draußen gesehen, konnte aber nicht näher an sie herankommen wegen des Sturmes. Zwei bis drei Stunden brauchen sie wohl noch bis in den Hafen – nicht länger! Ach, es gibt noch so viel zu tun bis dahin«, rief sie und war auch gleich davongeeilt.

Nun ist alles gut. Salima stand noch einige Herzschläge lang wie betäubt da, dann breitete sich ein Lächeln auf ihrem Gesicht aus.

Ja, nun war alles gut. *Al-ḥamdu li-llah*, Allah sei Dank.

Es war längst dunkel, doch noch immer war die Flotte nicht eingelaufen. Wieder flackerte die Angst auf, in Beit il Sahil, Beit il Hukm und vor allem auch in Beit il Watoro. Denn jetzt galt die Sorge nicht mehr nur dem Vater, sondern auch Majid, der sich mit zwei Nussschalen in diesen Sturm hinausgewagt hatte, um dem Sultan entgegenzufahren.

»Sie sind untergegangen, mit Mann und Maus«, flüsterte einer. »Der Sturm verzögert nur das Einlaufen«, widersprach ein anderer. »Aber es ist wahrhaftig nichts in Sicht, nicht ein einziges Schiff!«, warf ein Dritter ein. Dann rief jemand angstvoll: »Soldaten! Wir sind von Soldaten umzingelt und eingeschlossen!«

»Undenkbar!«, hielten einige dagegen.

»So seht doch selbst! Eine ganze Armee hält uns gefangen!«

Im Palast hob nun ebenfalls ein Orkan an, kaum weniger heftig als jener draußen vor den Mauern. Salima, die sich mit ihrer Mutter in Beit il Hukm aufhielt, stürmte mit der Menge an die Fenster, und sie rissen die Läden auf. Ein gespenstischer Anblick bot sich ihr: eine Nacht, wie sie finsterer nicht sein konnte, kein Mond, keine Sterne, nur der Wind – und so weit das Auge blickte, die rötlichen Lichtpünktchen der schussbereit glühenden Lunten an den Gewehren.

Salimas Magen zog sich zusammen, und ihr wurde übel vor Angst. In der Dunkelheit war nicht auszumachen, ob fremde Soldaten den Palast umstellt hatten oder ob es die Armee des Sultans war, die sich vor den Mauern zusammengezogen hatte. Bisher hatte Salima sich durch die Allgegenwart der *askaris*, der Soldaten – zumeist Söldner aus dem fernen Belutschistan – immer behütet gefühlt. Doch nun war diese Gewissheit ins Wanken geraten. Suchte jemand einen Vorteil aus des Sultans Abwesenheit zu ziehen und hatte die Armee auf seine Seite gebracht? Oder drohte der Insel große Gefahr, und die Soldaten machten sich bereit, den Palast zu verteidigen?

Das erste Kleinkind begann zu greinen, ein zweites folgte sogleich, bis eines nach dem anderen aus vollem Hals brüllte. Frauen weinten, flüsterten sich gegenseitig Mutmaßungen zu oder schickten Gebete in die Nacht hinaus.

»Warte hier, mein Kind«, hörte sie ihre Mutter hinter sich flüstern; sie spürte, wie der Druck von Djilfidans Fingern auf ihren Schultern sich löste, und sie wandte den Kopf. »Ich geh nachsehen.«

»*Umma*, bleib hier!«, schrie Salima gellend, doch Djilfidan war schon hinausgelaufen, gefolgt von ein, zwei anderen mutigen Frauen. Salima war umgeben von Stiefmüttern und Dienerinnen, Halbgeschwistern und anderen Kindern, und doch fühlte sie sich allein.

Kurz darauf waren unten Stimmen zu hören – das Kreischen von Frauen und Zornesgebrüll der Soldaten. Dann war es wieder still. Grauenvoll still, doch zumindest war kein einziger Schuss gefallen. Ein Fünkchen Hoffnung glomm auf, alles möge nur ein Missverständnis gewesen sein, eine Prüfung Allahs. Ein Funke, den Salima zu fangen und für sich zu einem Licht in dieser finsteren, stürmischen Nacht zu nähren suchte. Der zu einer hellen Flamme emporzüngelte, als Djilfidan und ihre Begleiterinnen unversehrt zurückkehrten.

»*Umma!*« Mit einem Aufschluchzen umschlang Salima ihre Mutter, presste sich so fest an sie, wie sie nur konnte.

»Hab keine Angst«, flüsterte Djilfidan. »Bis morgen früh wird sich alles aufgeklärt haben.«

Doch Salima hatte gesehen, wie wächsern das Gesicht ihrer Mutter aussah, und mit halbem Ohr hörte sie, was die Frauen, die mit ihr nach unten gegangen waren, den anderen zuraunten: »… und wenn wir uns nicht ruhig verhielten, würden sie uns niederschießen.«

Es war eine bange Nacht. Niemand vermochte zu schlafen außer den Kindern, die sich an den Rand der Erschöpfung geweint hatten, und auch Salima döste irgendwann im Arm ihrer Mutter ein.

Als der Morgen graute, war der Wind zu einem sanften Flüstern abgeflaut, der behutsam die Wolken auseinandertrieb und nach und nach einen blauen Himmel freigab. Doch was sich den ersten zaghaften Blicken aus den Fenstern des Palastes darbot, war vielleicht sogar noch entsetzlicher als das, was die letzte Nacht an Schrecken gebracht hatte. Die Flotte des Sultans lag zwar in Sichtweite vor Anker, unbeschadet, ohne dass auch nur ein einziger Mast gebrochen war.

Doch keine blutroten Flaggen flatterten in der Morgenluft. Sondern pechschwarze.

Der Sultan war tot.

8

 Schwarz war die Trauer auf Sansibar.

Schwarz wie die Flaggen, die an allen Fahnenmasten gehisst wurden. Schwarz wie die groben Baumwollstoffe, aus denen die Trauergewänder geschneidert waren, und auch der stechend-staubige Geruch des Indigofarbstoffs, der nicht mit Parfüm oder Räucherwerk, ja nicht einmal mit einem Hauch von Rosenwasser überdeckt werden durfte, hing schwarz und schwer in der Luft.

Finster waren die verdunkelten Räume, in denen sich des Sultans Witwen aufhielten, um ihren Herrn zu betrauern, und schwarz waren die dichten Schleier, die sie sich überwarfen, wenn sie doch einmal aus dem Haus mussten. Schwarz wie die schmucklosen Masken, deren raue Struktur empfindliche Wangen zerkratzte und deren Fasern derart von Indigo durchtränkt waren, dass sie Spuren auf dem Gesicht hinterließen. Vor allem, wenn man weinte. Und geweint wurde viel auf Sansibar in diesen Tagen und Wochen.

Klar und deutlich erinnerte sich Salima daran, wie alles in banger Vorahnung nach unten geströmt war, wie die Tore sich öffneten und Majid und Barghash vor die Bewohner des Palastes traten. Seite an Seite die beiden ungleichen Brüder – von goldbraunem Hautton und sanftem Auftreten der eine, dunkel und mit verbissener Entschlossenheit der andere –, deren versteinerte Mienen sich im Ausdruck doch so ähnlich waren. Es hätte keiner Worte mehr bedurft, um die leidvolle Nachricht zu überbringen.

Alles an Salima war wie taub, und sie selbst war wie eingehüllt in eine schwarze Wolke, die kaum etwas zu ihr durchdringen ließ und die ihre Seele verdunkelte.

Die Kugel im Bein, die Sayyid Sa'id schon vor vielen Jahren hätte töten sollen, der es damals jedoch nicht gelungen war und die ihm dafür elendige Pein verursacht hatte, hatte seinem Leben nun doch ein Ende bereitet. Langsam und qualvoll, mit hohem Fieber und rasch schwindenden Sinnen. Barghash war sein Wächter gewesen am Krankenlager auf der *Kitorie*, das zum schwankenden Totenbett wurde. Und Barghash war es auch gewesen, der noch in der Nacht dem Orkan die Stirn bot und den Vater in einem Beiboot auf die Insel überführte, um ihn in aller Stille im Familiengrab beizusetzen – anstatt seinen Leichnam dem Meer zu übergeben, wie es der Glaube für Todesfälle auf See vorschrieb.

»Es war des Sultans Wunsch und Wille«, hatte Barghash aufrechten Hauptes verkündet, eiserne Härte in der Stimme und jeder Zoll ein Sultanssohn, »in unserer Mitte seine letzte Ruhe zu finden. All seine Gedanken in den letzten Stunden galten Euch, seinen Frauen und seinen Kindern, die er schutzlos zurückgelassen hatte. Auf seinen Befehl hin ließ ich den Palast unter Bewachung stellen, damit sich keine umstürzlerischen Kräfte sammeln und sich Eurer bemächtigen konnten, um so die Herrschaft an sich zu reißen. Nichts anderes hat mich zu diesem Schritt bewogen als meines Vaters Wort und die Sorge um Euer Wohlergehen. Allah war mein Zeuge!«

Vier Monate währte das strenge Zeremoniell der schwarzen Trauer, nach deren Ablauf Muhammad, der zweite omanische Sohn des verstorbenen Sultans, aufgrund seiner Frömmigkeit und Weisheit noch zu Lebzeiten vom Vater zum Nachlassverwalter bestimmt, die Aufteilung des Erbes überwachte und sich dann beeilte, das entsetzlich sittenlose Sansibar wieder zu verlassen. Alle *sarari* bekamen die Freiheit geschenkt, die Erlaubnis zur Wiederverheiratung und ein kleines Erbe – die kinderlosen ein wenig mehr, weil diese von nun an ganz auf sich gestellt waren, ohne Söhne und ohne Töchter, die für sie sorgen würden. Die Plantagen Sayyid Sa'ids und dessen Vermögen wurden zu gleichen Teilen unter seinen Kindern aufgeteilt, wobei die Söhne doppelt so viel erhielten wie ihre Schwestern: Güter zur Gründung einer eigenen Familie für die männliche Linie, Nadelgeld für die weibliche, wie es das Gesetz wollte.

Es wurde still im Palast. Still und leer.

Salima blieb, obwohl vorzeitig für mündig erklärt und mit einer Plantage nebst Wohnhaus und etwas mehr als fünftausend englischen Pfund als Erbe bedacht. Anders als Ralub, anders als Metle, als Hamdan oder Jamshid, die keine Zeit verloren, ihren jeweils eigenen Hausstand zu gründen. Salima blieb Djilfidan zuliebe, die einen weiteren Umzug fürchtete und sich in ihrer aufrichtigen Trauer um den Sultan an Chole und an Khaduj klammerte.

Doch vor allem blieb Salima, weil sie selbst Angst vor der Zukunft hatte. Mündig zu sein, für sich und für ihre Mutter zu sorgen, für ein ganzes Haus nebst Sklaven, für eine ganze Plantage nebst Arbeitern – wie hätte sie das mit ihren zwölf Jahren bewältigen sollen? Wo sie doch gesehen hatte, wie die erwachsene Khaduj an den Aufgaben in Beit il Watoro beinahe gescheitert wäre oder Chole an den Anforderungen in Beit il Sahil? Mehr und mehr begriff Salima in den folgenden Monaten, dass mit dem Tod des Vaters eine Epoche zu Ende gegangen war. Die fünf Dekaden umspannende Ära, die Sayyid Sa'id mit seiner Thronbesteigung eingeläutet und in der er das Reich der Dynastie zu so großer Ausdehnung gebracht hatte, war vorbei. Statt einer einzigen Familie, die auf zwei große Häuser verteilt war, gab es nun Geschwister und Stiefmütter, die über die ganze Insel verstreut lebten. Und anstatt sich aus der unerschöpflichen Schatulle des Sultans zu bedienen, aus der alles bezahlt wurde, was man brauchte oder was man begehrte, musste jeder mit seiner eigenen Barschaft haushalten, die zwar nicht gering war, aber nichtsdestoweniger beschränkt. Die Salimas ebenso wie die ihrer Mutter, die Choles ebenso wie die Khadujs. Die Welt, wie Salima sie gekannt hatte, lag in Trümmern.

Nach dem Gesetz war Salima eine erwachsene Frau, und auch ihr Körper schien es plötzlich eilig zu haben, die Kinderzeit hinter sich zu lassen. Scheinbar über Nacht bildeten sich Andeutungen von Rundungen, die gestern noch nicht da gewesen waren, und in ihrem Bauch zwickte es manchmal unangenehm, noch ehe ihre monatliche Blutung eingesetzt hatte. Anfälle von grundlos schlechter Laune und zielloser Wut wechselten sich mit Augenblicken ab, in denen sie alles so lustig fand, dass sie nicht mehr aufhören konnte zu kichern. Hilflos taumelte Salima an der Schwelle zwischen Mädchen und Frau entlang und war sich selbst eine Fremde geworden.

Und sosehr sie sich auch bemühte, nichts auf das Gerede zu geben, das in der Stadt herumschwirrte, so schnappte sie doch das eine oder andere davon auf. Thuwaini, der im Oman seinem Vater als Herrscher nachgefolgt war, giere nach dem reicheren Sansibar. Seine Flotte an Kriegsschiffen, brüderlich zwischen ihm und Majid gegen Auszahlung aller anderen Geschwister aufgeteilt, liege schon vor Muscat bereit. Majid sei ein schwacher Herrscher, zu krank für die schwere Bürde seines Amtes, umgeben von machthungrigen und bestechlichen Ratgebern, bedrängt von ausländischen Mächten, die ihren Teil vom fetten sansibarischen Kuchen abhaben wollten. Und obwohl Majid sich an jenem Morgen nach der Sturmnacht vor den Toren des Palastes als ältester Sohn des hiesigen Familienzweigs und als *wali* des verblichenen Sayyid Sa'id zum rechtmäßigen Herrscher von Sansibar ausgerufen hatte, beharre auch Barghash nach wie vor auf seinem Anspruch auf den Thron, unterstützt von einflussreichen arabischen Händlern auf der Insel.

Je mehr Zeit nach des Sultans Tod verstrich, desto klarer trat hervor, dass Majid zwar die Amtsgeschäfte des Vaters übernommen hatte, sich in aller Form *Sultan Sayyid Majid bin Sa'id* betiteln ließ, dass Sansibar jedoch einem prunkvoll ausgestatteten Schiff glich, das auf hoher See vor sich hintrieb und dabei prächtig anzusehen war, dessen Ruder, Masten und Segel aber einem schweren Sturm womöglich nicht standzuhalten vermochten.

Ganz ähnlich fühlte Salima sich in dieser Zeit – schwankend und unsicher, wie ein Blatt im Wind. Beit il Tani stellte ihren sicheren Hafen dar, und Chole und Djilfidan waren ihr starker Anker. Als Salima dreizehn war und das Fleckfieber sie auf das Krankenlager warf, als sie tagelang besinnungslos war und man in der Not sogar einen englischen Arzt holte und nur eine glückliche Fügung Salima ins Leben zurückholte. Mit vierzehn, als sie unglücklich vom Pferd fiel, sich den Arm brach und die Knochen lange nicht wieder zusammenwachsen wollten. Und auch mit fünfzehn Jahren noch, als sie ein rotseidenes Gewand geschenkt bekam, das die Haut jucken und brennen und ihren Leib anschwellen ließ.

Wie die Wasserzungen des Ozeans über die Strände der Insel strichen, wusch auch die Zeit über Sansibar hinweg und nahm mit sich den Schmerz um den Vater.

Mit jeder Welle ein kleines bisschen mehr.

9

 Sansibar glühte.

Des Tags knallte die Sonne auf die Insel herab und wurde noch greller von den Dachterrassen und von den Hausmauern zurückgeworfen, steigerte die leuchtenden Farben bis ins Schmerzhafte. Eine scharfe Linie, wie mit dem Stichel eingeritzt, trennte Licht und Schatten, von dem es viel zu wenig gab und in dessen vermeintlichem Schutz man vergeblich auf eine Spur von Kühle wartete. Das Leben auf Sansibar erlahmte gänzlich. Jeder Schritt, jede Regung schien zu viel, und selbst der flachste Atemzug ließ Schweiß aus allen Poren hervorbrechen. In den Nächten war es kaum besser. Unter dem silberbestickten Himmelssamt stand die Luft dick und schwül, und kein Palmfächer, von Sklavenhand bewegt, vermochte sie auch nur einen Fingerbreit in Bewegung zu versetzen. Selbst die Ratten schienen zu träge für emsiges Getrippel durch die Gassen der Stadt.

Mit der heißen Jahreszeit war der Gestank gekommen. Der Gluthauch der Sonne verdampfte Abwässer zu brechreizerregenden Dunstwolken, die sich auch mit den stärksten Duftessenzen nicht übertünchen ließen. Selbst das Wasser der Zisternen schmeckte brackig und metallisch, und das Meer roch fischig und verwest. Aus dem Unrat, der überall herumlag, stiegen faulige Gase auf, die in jeden Winkel waberten und zusammen mit dem Aroma der Gewürznelken Kehle und Lunge wie mit einem Pelz überzogen.

Und mit Hitze und Gestank kam die Cholera über Sansibar. Wer heute noch munter war, konnte sich morgen schon unter Leibeskrämpfen winden und krümmen, gurgelnd den Mageninhalt ausspeien, bis nur noch Galle kam und Wasser. Der Stuhl konnte nicht mehr gehalten werden und schoss flockig wie Reiswasser heraus. Viele starben schnell, innerhalb weniger Stunden. Andere jedoch lagen tagelang lallend und verwirrt in den Häusern, Höfen und Gassen, starr oder unter Zuckungen, ausgemergelt und mit eingefallenen Zügen, bis auch sie von ihren Leiden erlöst waren und sich Schwärme von schwarzen Fliegen und anderem Ungeziefer über sie hermachten. Überall wurden Gebete inbrünstig zum Himmel emporgerufen: Allah möge sich ihrer erbarmen und den Fluch der Seuche von ihnen nehmen, wie er es schon mehrmals getan hatte. Gebete und Sätze aus der Heiligen Schrift wurden auf Papierfetzen geschrieben und an den Türen der Häuser befestigt, um die Cholera abzuwehren. Die Sprüchlein der zauberkundigen Frauen, ihre Gesänge zur Abwehr des Bösen wehten gespenstisch durch die Gassen der Stadt.

Doch nichts davon half. Leichengeruch mischte sich unter den Gestank, denn die Zahl der Toten ging in die Hunderte, dann in die Tausende. Und selbst hinter den Palastmauern waren bald erste Opfer zu beklagen.

Salima fuhr auf, horchte in die Dunkelheit und öffnete die schlafverklebten Augen. Sie zuckte zusammen, als sie spürte, wie sich zu ihren Füßen etwas regte. Jemand lag dort, hörbar bemüht, keinen Laut von sich zu geben, und doch hörte sie das unterdrückte Stöhnen.

»*Umma*, bist du das?«, flüsterte Salima.

»Sal…imm…«, kam es vom Fußende, und hastig kroch

Salima an das Ende der Matte, die ihr eine Sklavin auf den Boden gebreitet hatte, weil es dort kühler war.

»*Umma!*«, rief sie und rüttelte ihre Mutter sanft an der Schulter. »Was ist mit dir? Geht es dir nicht gut?«

»Sali…ma… Kind«, brachte Djilfidan mühsam hervor.

»Hilfe!«, schrie Salima in das stille Haus, riss es aus leichtem Schlaf. »Helft meiner Mutter! So helft doch!«

Zwei Tage dauerte es, dann starb Djilfidan. Zwei Tage, in denen Salima um sich schlug und trat, wenn jemand sie vom Krankenlager wegzerren wollte, damit sie sich nicht auch noch ansteckte. Grausam war es, mitansehen zu müssen, wie ihre Mutter sich wieder und wieder übergab und wie sie von Sklavinnen gewaschen und gewickelt wurde wie ein hilfloses Kind, weil sie nichts bei sich behielt, weil sie alles sofort erbrach und ausschied. Salima ekelte sich vor dem, was sie sah, was sie roch und hörte; vor dieser völlig fremden Frau, vor dem sterbenden, namenlosen Leib.

Und gleich darauf schämte sie sich, dass sie so empfand, und ekelte sich vor sich selbst. Sie betete ohne Unterlass, bot Allah alles an, sogar ihr eigenes Leben, wenn er im Gegenzug nur ihre Mutter verschonte. Bei jedem Aufbäumen, bei jedem Blinzeln Djilfidans krallte sie sich daran fest, dass es noch Hoffnung gab. Dass es noch Hoffnung geben musste.

Bitte, Allah, lass meine Mutter am Leben!

Salima wurde Zeuge, wie ihre Mutter in kurzer Zeit zu einer Greisin alterte: ein Skelett in vertrockneter Leibeshülle, die Nase spitz, die Wangen hohl, die Augen tief in den Höhlen und ein schwarzes eingefallenes Loch der Mund. Hände wie Klauen, und kalt, so kalt, die Salima in ihren jungen warmen Händen hielt. Stunde um Stunde.

Bis es vorbei war.

Salima presste sich an den toten Körper, der rasch auskühlte, klammerte sich daran wie ein Schiffbrüchiger an ein Stück Treibholz. Als könnte sie die Zeit zurückdrehen und in den Mutterleib zurückkriechen, als sei es möglich, dem Leib, der sie geboren hatte, ihr eigenes Leben einzuhauchen. Ihre Tränen galten nicht nur der toten Mutter, nicht nur ihrem eigenen ungeheuren Schmerz – es waren auch heiße Zornestränen, dass Allah ihren Gebeten kein Gehör geschenkt hatte. In ihrem Zorn forderte sie das Schicksal heraus, legte es darauf an, den gleichen Weg zu gehen wie Djilfidan.

Doch das Schicksal wollte es anders und verschonte Salima. Wie es auch nach und nach die Cholera auf Sansibar abflauen ließ.

Salima war fünfzehn, als sie zur Waise wurde. Die Tür zu ihrer Kindheit war hinter ihr zugeschlagen und für immer verschlossen. Der einzige Trost, den sie fand, war die Gewissheit, dass sie im engmaschigen Netz ihrer Geschwister wohl geborgen war.

Nicht ahnend, wie sehr das Geäst der Familie bereits von der Gier nach Gold und Macht, von Missgunst und von Gegnerschaft durchdrungen und vergiftet war.

Der Ast gabelt sich

Ein trügerischer Ort,
an dem nichts so ist, wie es scheint.

DAVID LIVINGSTONE ÜBER SANSIBAR

10

»*As-salamu aleikum!* Seid willkommen, Exzellenz«, schallte die Stimme von Sayyid Majid bin Sa'id, dem Sultan von Sansibar, über die lang gestreckte Veranda von Beit il Sahil. Fest und würdevoll klang seine Begrüßung und war doch von aufrichtiger Herzlichkeit erfüllt.

Der Gast blieb stumm, während er dem Sultan entgegenmarschierte. Kostbare Teppiche mit verschlungenen Mustern dämpften den Klang seiner entschlossenen Schritte. Sein strammer Gang wirkte umso härter inmitten der farbenfrohen Seidenbahnen, die zwischen den Pfeilern der Längsseiten von der Decke herabfielen, sich sacht in der Meeresbrise bauschten und so zusätzlich für Kühle sorgten. Erst als er einige Schritte vor dem Sultan stehen blieb, die Hacken zusammenschlug und sich zackig verbeugte, erwiderte er: »*Wa aleikum as-salam*, Hoheit.«

Es war nicht der erste Besuch, den Leutnant Christopher Palmer Rigby dem noch jungen Herrscher abstattete, seit er vor gut einem dreiviertel Jahr, im vergangenen Juli, das Amt des britischen Konsuls auf Sansibar angetreten hatte. Die Ernennung Rigbys auf diesen Posten schloss die Lücke, die der Tod seines Vorgängers Major Atkins Hamerton gerissen und die ein ganzes Jahr in den Beziehungen der beiden Länder geklafft hatte. Von Rigby, der die vierzig noch nicht erreicht hatte, wurde viel erwartet – sowohl vonseiten Englands als auch von Sultan Majid selbst. Was Rigby als Konsul auch erreichen würde – es würde stets an den Errungenschaften Hamertons gemessen werden, auch wenn sich die Prioritäten der englischen Krone seither etwas verändert hatten.

»So nehmt doch Platz, Exzellenz«, lud Sayyid Majid ihn mit einer Geste zu den Rohrstühlen hin ein.

»Habt Dank, Hoheit.« Eine erneute knappe Verbeugung, ehe der Konsul dieser Einladung nachkam und sich auf der vordersten Kante des bestickten Seidenpolsters niederließ.

Auch nach all den Jahren, die Rigby im Dienste der Krone auf dem indischen Subkontinent verbracht hatte, hatte er seine angeborene englische Steifheit nicht abgelegt, eine Eigenschaft, die zwischen all dem ziselierten Silber und dem bunten Glas und den schmeichlerischen Stoffen überdeutlich hervortrat.

Ein Vorteil im Umgang mit Menschen anderer Kulturen, wie Rigby selbst fand. Ihm war daran gelegen, stets eine respektvolle Distanz zu wahren. Er war keineswegs darauf aus, dem Sultan von Sansibar so nahezustehen, wie Hamerton es getan hatte. Es hieß, der verstorbene Sultan Sayyid Sa'id habe Hamerton als seinen »Bruder« bezeichnet und gar auf dem Sterbebett noch nach ihm verlangt. Wohin es führen konnte, wenn man Einheimischen zu sehr vertraute, hatte die blutige Rebellion in Indien vor fast zwei Jahren schließlich überdeutlich gezeigt. Ein Schock, der noch immer tief saß in der britischen Seele. Ein Fehler, der sich niemals wiederholen durfte.

Auf ein Händeklatschen des Sultans hin servierte ein Leibdiener Tee, Kaffee und *sherbet*, bevor er sich so unauffällig neben einen der Stützbalken der Überdachung zurückzog, dass er beinahe unsichtbar wurde. Rigby wäre etwas Hochprozentiges lieber gewesen, doch darum hätte er im Herrscherhaus von Sansibar vergeblich gebeten. Nicht der einzige Unterschied zwischen dieser Insel und Indien, und Rigby war schon dankbar dafür, dass der Tee nicht allzu stark gezuckert war. Wenn es schon keine Sahne oder wenigstens Milch dazu gab.

Sultan Majid und Konsul Rigby begannen ihre Unterredung den Gepflogenheiten entsprechend mit Erkundigungen über das Wohlbefinden des jeweils anderen, wobei Sayyid Majid einmal mehr das vorzügliche Arabisch des Konsuls lobte. Es gab nur wenige Männer mit englischem Pass, die so versiert in den orientalischen Sprachen waren wie Rigby. Außer vielleicht Richard Francis Burton, der einmal Soldat in Indien gewesen war und der nun sowohl mit seinem exzentrischen, unmoralischen Lebenswandel als auch mit seinen Forschungsreisen ins Innere Afrikas und mit den Berichten, die er darüber schrieb, Furore machte. Doch wenn Rigby an Burton dachte, bekam er sofort schlechte Laune. In Indien waren sie einander schon nicht wohlgesinnt gewesen. Mehrmals hatte Burton Rigby in den Sprachprüfungen der Armee auf den undankbaren zweiten Platz verwiesen, und Burtons Hang zu vertrautem Umgang mit Eingeborenen war Rigbys Auffassung nach mehr als geschmacklos. Mit seinen polternden Beschwerden über mangelnde Unterstützung seiner jüngsten Expedition zu den großen Seen im Inneren Afrikas hatte Burton es sich mit Rigby mittlerweile vollkommen verscherzt; dabei waren diese in die Interimszeit zwischen Hamerton und Rigby gefallen, und somit war ein solches Versäumnis nicht ihm, Rigby, anzulasten gewesen.

Ganz Diplomat, schwenkte Rigby deshalb rasch auf oberflächliche Plaudereien um. Wie etwa über das Wetter – das auf Sansibar entweder nur sonnig heiß oder verregnet war. Und über die Jagd und über die Geschäfte kam Rigby dann auf den eigentlichen Grund seines Besuchs zu sprechen.

»Mich erreichte heute die Nachricht, dass unsere Flotte vor dem Hafen von Muscat die Kriegsschiffe Eures Bruders, Hoheit Thuwaini, vom Auslaufen gen Sansibar abhalten konnte. Die geplante Invasion ist vorerst abgewendet, Hoheit. Ihr könnt daher Eure *Truppen*«, unwillkürlich schlich sich ein verächtlicher Unterton ein, als Rigby an den eilig zusammengewürfelten Haufen dachte, der sowohl aus den regulären Söldnern aus Belutschistan wie auch aus afrikanischen Stammesangehörigen bestand, von denen viele noch mit Pfeil und Bogen ausgestattet waren, »beruhigt wieder von der Inselküste abziehen lassen.«

»Mein Dank sowie der meiner Untertanen ist Euch und Eurer Armee gewiss«, erwiderte Sayyid Majid.

Wie einst schon sein Vater setzte Majid auf den Schutz durch die Engländer. Zwischen Hamertons Tod und Rigbys Amtsantritt hatte er zwar einige Gespräche mit Abgesandten Frankreichs geführt; die Engländer mit ihrer militärischen Übermacht schienen ihm jedoch eindeutig die besseren Verbündeten zur Festigung seiner Herrschaft zu sein.

Rigby nippte an seinem Tee. »Wir erkennen Euren Anspruch auf den Thron zweifellos an, Hoheit. Doch müssen wir auch den Anspruch Eures Bruders im Oman achten. So hat es Seine Hoheit Sayyid Sa'id in einem Schreiben an den seligen Major Hamerton verfügt. Tatkräftige Hilfe bei dem Vorhaben, Euch des Sultanats von Muscat und Oman zu bemächtigen, könnt Ihr von England nicht erwarten.«

Vor allem aber hatten die Briten seit der Stationierung eigener Truppen in Aden, im Südwesten der Arabischen Halbinsel, kein Interesse mehr am Oman. Mit Aden verfügten sie nun über einen eigenen Stützpunkt, der den Seeweg nach Indien sicherte. Außerdem war im Oman auch finanziell nichts zu holen. Durch Sultan Sayyid Sa'ids Entscheidung, vor gut zwanzig Jahren den Mittelpunkt seines Reiches vom Oman nach Sansibar zu verlegen, waren die Karten neu gemischt worden. Sansibar war das östliche Tor nach Afrika, und wo bislang der Handel im Vordergrund gestanden hatte, zeichneten sich mehr und mehr neue Interessen ab: die Erforschung eines noch geheimnisvollen Kontinents, vielleicht die Eroberung neuer Gebiete für die britische Krone und die verdienstvolle Zivilisierung und Christianisierung der Eingeborenen. Und wie Livingstone, wie Burton und Speke es mit ihren Expeditionen vorgemacht hatten, war Sansibar der Schlüssel zum Schwarzen Kontinent. Nicht Frankreich, der ewige Erzrivale, und auch nicht die abtrünnigen Kolonien Englands – mittlerweile die Vereinigten Staaten von Amerika – sollten diesen Schlüssel in Händen halten. Vor allem nicht Amerika, in dessen Südstaaten Millionen von Sklaven unter menschenunwürdigen Bedingungen auf den Baumwollfeldern schufteten.

Was Rigby zum nächsten Punkt brachte – der wichtigste auf seiner ganz persönlichen Agenda.

»Wie Ihr gewiss nachvollziehen könnt, wünschen wir uns ein Entgegenkommen Eurerseits, Hoheit. Noch immer werden trotz der vertraglichen Vereinbarungen zwischen unseren beiden Ländern Tausende von Sklaven aus dem Inneren Afrikas über Sansibar nach Arabien und Persien gehandelt.« Seine Mundwinkel verzogen sich voller Abscheu über diese unsägliche Praxis.

Sultan Majid setzte eine betrübte Miene auf. »Mir liegt es am Herzen, dem Beispiel meines Vaters zu folgen und Euch im Kampf um die Abschaffung der Sklaverei weiterhin nach Leibeskräften zu unterstützen. Doch es gibt mächtige Sippen sowohl hier auf der Insel als auch an der Küste, die damit ein Vermögen machen. Nähme ich ihnen diese Einnahmen mit Gewalt, erhielte mein Bruder Sayyid Barghash weiteren Zulauf, der – wie Ihr zweifellos wisst – den Sklavenhandel nach wie vor gutheißt.«

Obwohl Konsul Rigby ahnte, dass Sayyid Majid Barghash und die Briten über die Sklavenfrage gegeneinander auszuspielen gedachte, hegte er keinen Zweifel daran, dass die Worte des Sultans die tatsächliche Lage widerspiegelten. Während Majid sich durch Großbritannien Rückendeckung zu holen suchte, war Barghash zu stolz, um ebenfalls um deren Unterstützung zu buhlen. Er hielt es mehr mit den Franzosen, vor allem aber mit den auf uneingeschränkten Sklavenhandel pochenden arabischen Stämmen. Was ihn wiederum für die Engländer zu einem unliebsamen Thronkandidaten machte.

Militärischer Schutz der Herrschaft gegen zunehmende Einschränkung der Sklaverei – das war der Handel, den einst schon Hamerton und Sultan Sayyid Sa'id eingegangen waren. Und nichts sprach dagegen, dass Rigby und Sayyid Majid diesen eingeschlagenen Weg nicht würden fortsetzen können. Ganz zu schweigen von all dem Geld, das sich mit Gewürznelken und Elfenbein machen ließ.

»Eine Einmischung in Eure Familienstreitigkeiten liegt uns fern«, begann Rigby erneut. »Doch noch ferner liegt uns ein Sansibar im Kriegszustand. Lasst daher bitte Vorsicht walten, was Sayyid Barghash betrifft – nicht, dass er noch einmal einen gedungenen Mörder auf Euch ansetzt.«

Es war ihm ein Rätsel, weshalb Sayyid Majid jenen Mann, der zu Beginn des Jahres ein missglücktes Attentat auf ihn verübt hatte, ungeschoren davonkommen ließ. Ebenso wie seinen Bruder, der den Mord in Auftrag gegeben hatte.

Sultan Majid lächelte. »Sayyid Barghash ist und bleibt mein Bruder. Wie man bei uns sagt: Das ganze Weltmeer reicht nicht aus, um eine Blutsverwandtschaft wegzuwaschen.«

Konsul Rigby erwiderte das Lächeln des Sultans, doch es geriet ihm säuerlich. Krieg, Mord und geschickte Eheschließung – darauf beruhte die Dynastie der Al Bu Sa'id. So wie seinerzeit Majids Vater seinen Vetter ermorden ließ, der sich als Regent für den noch halbwüchsigen Sayyid Sa'id des Thrones bemächtigt hatte und durch die Heirat mit Azza bint Sayf, der Tochter von Sayyid Sa'ids Großtante, auch noch seinen Bruder und Mitverschwörer ausbootete. Die orientalische Wesensart, dass man sich unter Brüdern herzlich umarmte und dem anderen dabei gleichzeitig einen Dolch in den Rücken stieß, war Rigby zutiefst zuwider.

Sultan Majid wurde weithin für seinen Großmut und seine Großherzigkeit gerühmt. »*Selbst an den Ufern des Tanganjika-Sees, sechshundert Meilen im Landesinneren, dichten die Eingeborenen Loblieder auf Majid, den gerechten Häuptling an der Meeresküste*«, hatte Burton von seiner Reise berichtet – Burton, der hier, auf dieser Veranda, von Sultan Majid empfangen worden war, bevor er zu seiner Suche nach den Quellen des Nils aufgebrochen war. *Zu* großmütig und großherzig vielleicht – das war seine große Stärke ebenso wie seine Schwäche.

Rigby fiel ein, was Hamerton einmal über Sultan Sayyid Sa'id gesagt hatte: »*Für ihn wird es notwendig sein, die Dinge anders zu handhaben als bisher. Die Wahrheit ist, dass er mehr zu tun hat als er bewältigen kann.*« Wenn schon der für seine Willensstärke gerühmte Sultan Sayyid Sa'id Anlass für eine solche Einschätzung gegeben hatte – wie viel mehr mochte diese erst für seinen Sohn gelten?

Doch für Englands Interessen in Sansibar war Majid der beste Kandidat, um die Insel zu regieren.

»In jedem Fall könnt Ihr auf unseren Beistand hoffen, sollte dieser je nötig sein«, versicherte Konsul Rigby.

11

 Chole seufzte. Ein tiefes Ein- und Ausatmen, in das sich eine schwermütige Tonfolge geschlichen hatte, die wohl selbst ein steinernes Herz zu Butter geschmolzen hätte. Den Kopf in Choles Schoß, von deren zarten Händen in einen seligen Dämmerzustand gestreichelt, öffnete Salima die Lider und sah zu ihrer älteren Halbschwester auf. Choles Blick ging ins Leere. In ihren Augen stand ein grüblerischer Glanz, der sie heller wirken ließ, durchscheinend fast wie geschliffener Topas, und ihre Alabasterstirn war halb in Kümmernis, halb in Gedankenversunkenheit zerfurcht.

»Was hast du? Bedrückt dich etwas?«

Chole richtete ihren Blick auf Salima, und ihre Züge wurden weich. »Nichts, was auch dir eine Last sein müsste«, erwiderte sie mit zitternder Stimme und strich Salima beruhigend über die Stirn. Hastig setzte sich Salima auf und nahm Choles Hand.

»Bitte, sag es mir! Mir kannst du es doch erzählen!«

Ein halbes Jahr nach Djilfidans Tod klaffte in Beit il Tani noch immer eine spürbare Lücke. Vor allem jedoch in Salimas Leben – und in ihrer Seele. Ein gähnendes Loch wie der Durchschuss eines Geschützes. Der alles durchdringende Schmerz um ihre Mutter war leise geworden, flackerte nur dann und wann noch einmal auf wie ein Messerstich. Er traf

Salima zumeist unerwartet und nahm ihr in seiner Heftigkeit, seiner Schärfe für einen Augenblick den Atem. Unverändert war jedoch das Gefühl der Leere. Eines Nicht-mehr-Seins, wo einmal so viel gewesen war.

Chole überschüttete Salima mit Zärtlichkeit und Zuneigung, tat alles, um ihr die fehlende Mutter zu ersetzen. Ein gut gemeintes Vorhaben, das von vornherein zum Scheitern verurteilt gewesen war, und doch gab es niemanden, der Salima näherstand als Chole. Nicht einmal mehr Majid, der ohnehin gänzlich in Anspruch genommen wurde von seinen Pflichten als Sultan und den sie jetzt nur noch selten sah. Wo Chole auch hinging, was Chole auch unternahm – Salima war immer an ihrer Seite. Wie ein Schatten. Sie liebte ihre Schwester mit fast schon schmerzhafter Intensität, und es fiel ihr schwer, sie mit dem kleinen Abd'ul Aziz zu teilen, der – mit gerade neun Jahren ebenfalls mutterlos – von Chole an Kindes statt angenommen worden war.

Und wie ein Schatten kam sie sich auch vor neben ihrer liebreizenden Schwester, schemengleich in Choles strahlendem Glanz, dunkel und konturlos, verglichen mit Choles leuchtenden Farben. Umso enger schloss Salima sich ihr an, so als könnte Choles Schönheit irgendwann auf sie abfärben, wenn sie sich nur oft genug in ihrer Nähe aufhielte. Sie ahmte Choles Mimik und deren Bewegungen nach, um sich eines Tages durch ebensolche Grazie auszuzeichnen. Doch noch fühlte sie sich kantig neben Choles sanfter Anmut, als wäre sie aus Palisanderholz geschnitzt. Schlank zwar, aber von jener plumpen Robustheit, die man mit fünfzehn Jahren zuweilen hat, wenn der Leib schon zur Frau gereift ist, Seele und Geist jedoch noch in die neue, üppigere Körperlichkeit hineinwachsen müssen.

»Ich frage mich die ganze Zeit«, flüsterte Chole heiser, »wie lange wir unsere Tage wohl noch so friedlich gemeinsam verbringen können.« Eine Träne rann aus ihrem Augenwinkel und tropfte heiß auf Salimas Handrücken.

»Ist etwas geschehen?« Als Chole nicht antwortete und nur still vor sich hin weinte, als hätten die Worte ihrer Schwester einen Damm zum Bersten gebracht, der viel zu lange viel zu viel aufgestaut hatte, bekam Salima es mit der Angst zu tun. »So sag doch!«

»Sie werden uns alles nehmen«, flüsterte Chole rau. »Unser Hab und Gut. Unser Zuhause. Unseren Glauben und unsere Ehre. Am Ende gar unser Leben.«

»Wer, Chole?!«

»Nichts von dem, was unser Vater geschaffen hat, wird noch Bestand haben. Sansibar, wie wir es kennen, wird untergehen.«

Die Erinnerung an die Wahrsagerin, die an jenem sturmdurchpeitschten Tag die glückliche Heimkehr des Sultans verheißen hatte, streifte Salima. Etwas in Choles Tonfall, in ihrer Haltung und in der Art, wie sie mehr zu sich selbst zu sprechen schien denn zu ihrer Schwester, gemahnte daran und ließ ein flaues Gefühl in Salima aufsteigen. Ein Eindruck, der sich sogleich verflüchtigte, als Chole sich ihr zuwandte und die Hände um Salimas Gesicht legte.

»Um mich selbst ist mir nicht bang«, wisperte sie zärtlich. »Nur um dich, kleine Schwester. Du bist doch noch so jung, du hast doch dein ganzes Leben noch vor dir.«

Salima umklammerte Choles Handgelenke. »Bitte, Chole, sag mir, wen du meinst!«

Choles heftige Atemzüge verrieten, welcher Aufruhr in ihr tobte. »Die Engländer«, sagte sie schließlich tonlos, doch gleich darauf bekam ihre Rede einen verächtlichen Unterton. »Die Engländer, in deren Hände Majid sich begibt, um seine Macht zu festigen. Stück für Stück werden sie erst ihm alles nehmen und dann uns. Sie werden uns zu Knechten ihrer

Herrschaft machen. Sansibar wird das gleiche Schicksal erleiden wie Indien.«

Salima wusste nichts über die englische Herrschaft auf dem fernen indischen Subkontinent. Doch dass der süße Müßiggang, die wohlige Faulheit dieses Nachmittags nur Fassade war, genauso wie gestern und wie all die vergangenen Wochen, das wusste sie sehr wohl. Ein tägliches Atemschöpfen vor der nächsten unruhigen Nacht, ein Nachholen versäumten Schlafes, der in der Hitze gleichwohl meist nicht mehr war als ein leichtes Dösen.

Sobald die Dunkelheit ihre tintenschwarzen Flügel über der Insel ausbreitete, schwärmten die Schatten aus: Späher und Lauscher, Kundschafter und Zuträger. Wer von den über Sansibar verstreut lebenden Geschwistern ein Auge auf ein besonders prächtiges Ross geworfen hatte, um fruchtbares Land feilschte oder prunkvolles Geschmeide erworben hatte – die Spitzel, die als vermummte Schemen Einlass begehrten, wussten es aus zuverlässiger Quelle und ließen sich gut dafür entlohnen. Mit französischen Louisdoren, alten englischen Guineen und neuen Sovereigns, mit silbernen Maria-Theresien-Talern und amerikanischen Gold-Eagles aus den Schatullen und Geldsäcken, die der verblichene Sultan seinen Nachkommen hinterlassen hatte. Noch höher im Preis gehandelt wurden Zeugnisse von Zusammenkünften unter den Geschwistern: wer sich in welchem Wortlaut abfällig oder bewundernd über Majid oder Barghash geäußert hatte und wer Beziehungen zu den Ausländern unterhielt oder gar ihre Lebensart nachzuahmen versuchte. Und sehr viel Geld wurde darauf verwendet, Geschwister in einem sich anbahnenden Geschäft auszustechen und mit dem Kauf noch kostbarerer Rösser, noch herrlicheren Geschmeides, noch feinerer Stoffe zu übertrumpfen. Immer mehr Gold und Silber floss durch die Risse im Flechtwerk der Blutsbande, dehnte sie zu Gräben aus, in denen es bereits geraume Zeit gärte.

Steht es wahrhaftig schon so schlimm? Salimas Inneres schnürte sich zusammen, bis sie kaum mehr atmen konnte. Als reines Spiel, das die Trägheit der Tage aufpeitschte, hatte sie die nächtlichen Umtriebe in Beit il Tani betrachtet. Die Heimlichkeit, mit der die Spitzel im Schutz der Dunkelheit ein und aus gingen, war ihr ein Abglanz ungezügelter Kinderstreiche gewesen; die aufgeregte Erwartung dessen, was die Zuträger zu berichten hatten, ein Nachhall der wilden Ausritte und der Wettkämpfe gegen Hamdan. Es war jedoch kein Spiel gewesen, wie Salima nun zu ahnen begann. Kein Abenteuer, das den zuckrigen Brei eines satten Daseins würzte.

Sondern bitterer Ernst.

»Majid sieht nicht, welches Unheil er heraufbeschwört«, hörte sie ihre Schwester sagen. »Welchen Verrat er an seiner Familie und an Sansibar begeht.«

Salima schmiegte ihre Wange tiefer in Choles weiche Handfläche. »Ich vermag das nicht zu glauben«, murmelte sie. »Doch nicht Majid – der gute Majid! Nicht unser Bruder!« Hilfe suchend sah sie ihre ältere Schwester an. Diese lächelte nachsichtig und streichelte Salima über das Haar und über das Gesicht.

»Ja, der gute Majid … Ich zweifle nicht an seinen hehren Absichten. Doch er steht unter dem Einfluss schlechter Ratgeber, und er ist zu schwach, um sich dem Locken und Drängen der machthungrigen Engländer zu widersetzen. Meine Sorge gilt auch ihm. Was, wenn sein Leib ihm den Dienst versagt? Was, wenn er Hilals Schicksal erleidet?«

Salima kaute nachdenklich auf ihrer Unterlippe. Hilal, einer ihrer ältesten Halbbrüder, war von Jugend an fasziniert gewesen von den Sitten und Bräuchen der Engländer und der Franzosen auf Sansibar. In ihren Häusern hatte er berauschende Getränke kennengelernt, von denen er bald nicht mehr lassen konnte und denen er schließlich gänzlich verfiel. Vom

Vater enterbt, schließlich in die Verbannung geschickt, war er in seinem Exil in Aden vor der Zeit verstorben, vom Gift des Rausches zu einer lallenden, geistig verwirrten Leibesruine zerfressen. Salima war damals zu klein gewesen, um sich an Hilal zu erinnern, doch seine Geschichte wurde auf Sansibar bis heute erzählt – als Mahnung, im Umgang mit den Ausländern stets Vorsicht walten zu lassen. Und selbst mit viel gutem Willen ließ sich nicht darüber hinwegsehen, dass die jahrelangen Attacken der Fallsucht ihren Tribut von Majid einzufordern begannen.

»Hast du die Schatten unter seinen Augen nicht bemerkt?« Choles Stimme drang behutsam in Salimas Gedanken. »Wie seine Hautfarbe ins Grau spielt und wie schleppend er spricht?«

Salima nickte zögernd, und Angst um den geliebten Bruder überfiel sie. *Ich will nicht auch noch Majid verlieren.*

»Aber was können wir tun?« Zäh vor Ratlosigkeit kamen die Worte aus Salimas Mund.

»Er braucht unsere Hilfe, Salima«, flüsterte Chole. »Er sieht nicht, wie er sich zugrunde richtet. Majid ist vollkommen geblendet von seinen Pflichten als Sultan und vergisst darüber, für sich selbst Sorge zu tragen.«

Sachte, aber doch bestimmt löste Salima die Hände der Schwester von ihrem Gesicht und schickte sich an aufzustehen. »Ich gehe zu ihm und rede mit ihm.«

»Nein! Bleib!«

Salima zuckte zusammen unter der Schärfe dieses Ausrufs, unter der Heftigkeit, mit der Chole sie zurückhielt, sie zurück auf die Kissen zwang. »Tu das nicht, Salima! Er wird es dir nicht danken. Genauso wenig wie er es mir gedankt hat …«

Um Choles vollen, geschwungenen Mund bildete sich ein bitterer Zug, und über Salimas Gesicht glitt ein Anflug von Verstehen.

»Ging es darum bei eurem Zerwürfnis?«

Choles Lider senkten sich, und eine feine Röte zeichnete sich auf ihren nassen Wangen ab. Schließlich nickte sie mit bekümmertem Gesicht.

Dass zwischen Chole und Majid nicht alles zum Besten stand, das hatte Salima schon eine Weile gespürt. Wenn auch keiner von beiden je ein Wort darüber verloren hatte.

Wieder rannen Tränen aus Choles Augen. »Nur um seines Wohlergehens willen habe ich meine Stimme erhoben. Und mit solch hässlichen Worten hat er es mir vergolten!«

Salimas Herz quoll über vor Liebe zu ihrer schönen, gutherzigen Schwester und zog sich gleichzeitig zusammen vor Zorn über Majids Ungerechtigkeit. Vor Sorge um den Bruder.

»Dennoch kann ich nicht einfach tatenlos zusehen, wie er sich ins Unglück stürzt. Und noch weniger, wie er uns alle mit hineinzieht«, fügte Chole schniefend hinzu.

»Was kann ich tun?«, flüsterte Salima.

Ihre Schwester schüttelte den Kopf und wischte sich die Tränen weg. »Nein, Salima, das kann ich nicht von dir verlangen.«

»Bitte, Chole, was auch immer du vorhast – ich will das Meine dazu beitragen!« Salima ergriff Choles Hände und hielt sie fest. »Für Majid und für Sansibar«, setzte sie feierlich hinzu.

12

»... so Ihr uns Eure Unterstützung gewährt und Uns unverbrüchliche Treue schwört.«

Salima saß mit untergeschlagenen Beinen auf einem Polster, ein Schreibgestell vor sich, und übertrug mit Bambusfeder und Tinte die Worte in die Schlangenlinien, Schnörkel und Punkte der arabischen Schrift.

»Dies gegeben«, fuhr er fort, *»soll Euer Einsatz nicht ohne Lohn bleiben. Möge Allah Unserer Unternehmung wohlgesinnt sein. Unterzeichnet – Sayyid Barghash.«*

Salima legte die Feder beiseite und wartete einige Herzschläge lang mit gesenkten Lidern, bis die Tinte notdürftig getrocknet war. Dann nahm sie das Blatt und reichte es zu Barghash hinauf, der neben sie getreten war, wobei sie es vermied, ihm in die Augen zu blicken.

»Die Bestellungen?«

Sie griff sich den Packen zusammengefalteter Blätter am Fuß des Rohrgestells, die sie zuvor nach Barghashs Vorgaben beschrieben hatte, und übergab sie ihm ebenfalls. *Briefe, die den Tod bringen werden,* schoss es ihr durch den Kopf, und sie unterdrückte ein Schaudern.

Barghashs dunkle, fleischige Hand legte sich für einen Moment auf ihr Haupt, die Unterseite der schweren Ringe unangenehm hart auf ihrem Scheitel. »Gutes Kind.«

Unbeweglich blieb Salima sitzen. Das Geräusch von Barghashs Pantoffelschritten, als er den Raum verließ, um die Briefe mitsamt klingender Münze den unten im Haus wartenden Boten zu übergeben, begann in ihren Ohren immer heftiger zu dröhnen, je weiter es sich entfernte: ihr eigener, angstvoll beschleunigter und überlauter Herzschlag.

Die Ellenbogen auf die Innenseite der Knie gestützt, vergrub sie das Gesicht in den tintenfleckigen Händen. Als sie noch ein ganz kleines Mädchen gewesen war, hatte sie geglaubt, niemand sähe sie mehr, wenn auch sie nichts mehr sah. Diese tröstliche Illusion noch einmal zu haben, sei es auch nur für wenige Augenblicke, das sehnte sie jetzt herbei. Einfach zu verschwinden, eine leere Stelle zu hinterlassen in dem unentwirrbaren Knäuel aus Schwierigkeiten, Schuld und Scham, zu dem ihr Leben in so kurzer Zeit geworden war.

Ganz harmlos hatten sich die Anfangsfäden entsponnen. Ein paar Briefe, die zu schreiben Chole sie bat; Höflichkeitsbekundungen an die Oberhäupter der anderen arabischen Familien auf der Insel; Einladungen, Sayyid Barghash doch einmal in seinem neuen Wohnsitz unmittelbar neben Beit il Tani zu besuchen. Salima war sogar ein klein wenig enttäuscht gewesen, dass es für sie nicht mehr zu tun gab, als diese Belanglosigkeiten zu verfassen. Doch schon bald verwoben sich in die blumigen Wendungen, die Barghash ihr diktierte, schärfere Töne. Zusammen mit dem, was die Nachtgestalten der Spitzel berichteten, konnte Salima nach und nach die einzelnen Stücke eines Mosaiks zusammensetzen. Nach wie vor war Majid auf Sansibar sehr beliebt, und doch war seine Herrschaft, sosehr sie auch glänzte, keine goldene. Sein Gesundheitszustand war sichtlich angegriffen. Man fürchtete seinen baldigen Tod, der Unruhen nach sich ziehen könnte. Denn Majid hatte sich zwar wieder vermählt, konnte aber bislang nur eine Tochter vorweisen, keinen männlichen Nachkommen. Oftmals mussten seine Minister den unpässlichen Sultan vertreten, und die Mischung aus Willkür, Eigennutz und Habgier, mit der sie dies taten, schuf Majid beinahe täglich neue Feinde. Feinde, die sich daraufhin Barghash zuwandten, der sie mit überschwänglichen Versprechungen von hohen Ämtern, großer Macht und noch größerem Reichtum an sich zu binden wusste. Eine Kluft hatte sich aufgetan auf Sansibar und riss jeden Tag und vor allem jede Nacht ein wenig mehr auf. Es war nur eine Frage der Zeit, bis die Insel endgültig auseinanderbrechen würde.

Und seit heute, seit Salima eigenhändig die Briefe geschrieben hatte, in denen Gewehre geordert wurden, Schießpulver und Munition, in solchen Mengen, dass es wohl für eine ganze Armee gereicht hätte, ahnte sie, dass diese Bruchstelle mit Blut überspült sein würde.

Ich habe diese Briefe geschrieben. Briefe, durch die Unschuldige ums Leben kommen werden, Männer, Frauen und Kinder.

Das Gefühl der Schuld, die sie damit auf sich geladen hatte, drückte Salima nieder. Umso mehr, als sie nicht den Mut aufgebracht hatte, Barghash die Stirn zu bieten und die Feder niederzulegen. Weil Barghashs Zorn flammend sein konnte wie eine Feuersbrunst und jegliche Widerworte zu Rauch und Asche werden ließ.

Salima begann zu zittern, löste die Hände von ihrem Gesicht und schlang die Arme um ihren Leib, als fürchtete sie, in tausend Stücke gehen zu müssen unter der Wucht ihrer Untat und den drohenden Folgen.

»Salima!«

Nur ein Flüstern, aber in seiner herzlichen Dringlichkeit in Salimas Ohren wie ein Kanonenschlag.

»Sadaf!«

Sie sprang auf und warf sich in die Arme ihrer Stiefmutter, der leiblichen Schwester von Majids Mutter und wie diese und Djilfidan von tscherkessischem Blut. Köstliche Momente in einer mütterlichen Umarmung, die Kummer und Elend einfach wegwischte.

»Geht es dir gut, mein Kind? Lass dich ansehen … Ganz blass bist du! Und schwarz gesprenkelt – warte …« Sadaf benetzte einen Zipfel ihrer *schele* mit Speichel und begann Salima die Tintenflecke aus dem unmaskierten Gesicht zu reiben. Diese bog sogleich mit einem Auflachen den Kopf zurück. Heute konnte sie darüber lachen, doch früher, als kleines Mädchen, hatte sie zornig um sich geschlagen, wenn ihre Mutter oder eine andere Frau dasselbe bei ihr versucht hatte, weil sie den bittersüßen, klebrigen Geruch auf ihrer Haut hasste.

»Setz dich doch bitte, Sadaf, ich lasse sogleich Tee holen und …«

»Nein, Salima.« Ihre Stiefmutter hielt sie am Arm zurück. »Dafür ist keine Zeit.« Sie senkte die Stimme zu einem Raunen. »Majid schickt mich zu dir.« Salimas Atem stockte einen Wimpernschlag lang. »Er weiß um die Umtriebe, die Barghash eingefädelt hat.«

»Weiß er auch …« Salimas Stimme versagte.

»Ja, Salima, er weiß, dass du daran beteiligt bist und in welchem Umfang. Er weiß aber auch, dass du ohne böse Absicht in diese Intrigen hineingeraten bist. Aus Liebe zu Chole, von ihr dazu verführt, und aus Angst vor Barghash.«

Der großmütige Majid – er denkt immer noch so gut über mich.

Salima wurde glutrot vor Scham über ihre eigene Schlechtigkeit.

»Er schickt mich, dich zu bitten, dass du dich aus den Plänen Barghashs und Choles heraushältst. Die beiden sind von Grund auf schlecht, und sie werden dir deine Hilfe bei dieser Sache nicht danken. Wer schlecht ist und Schlechtes ersinnt, der wird auch Schlechtes zu erwarten haben. Noch ist es nicht zu spät, noch kannst du umkehren, Salima!«

»Ich weiß nicht, wie ich da mit heiler Haut wieder herauskommen soll, Sadaf!«

»Dann mit Schrammen, aber zumindest lebend. Wenn es zum Äußersten kommt – und das wird es ohne jeden Zweifel –, wenn geschossen wird, dann wird Majid keine Rücksicht nehmen können, ob du dich in Sicherheit befindest oder mitten im Kugelhagel.«

»Ihr werdet sehen, was ihr davon habt. Ihr werdet sehen, was euch blüht«, hallten die Worte in Salima wider, die Meje ein ums andere Mal im Mund geführt hatte wie eine Beschwörungsformel. Meje, Barghashs Schwester, die sich redlich bemüht hatte, ihren Bruder von seinen Plänen abzubringen, und die sich damit Choles Hass zugezogen hatte. Chole, die sich von einer samtpfotigen Katze zu einer Tigerin gewandelt hatte, die Reißzähne zeigte und die verletzende Krallen ausfuhr, wenn jemand es wagte, an Barghash und dessen Verhalten Kritik zu üben.

Salima spürte ein Würgen im Hals. Sie fürchtete, dass sie sich sogleich übergeben musste. Es könnte so leicht sein, Sadafs Hand zu nehmen und mit ihr das Haus zu verlassen, zu Majid zu gehen, der sie mit offenen Armen empfangen würde. Doch was, wenn Barghashs Absichten von Erfolg gekrönt sein sollten – wie würde er ihr dann einen solchen Verrat vergelten? In diesem Moment hatte sie das Gefühl, zwischen zwei der turmhohen Häuser auf Sansibar eingeklemmt zu sein, die sich anschickten, sie zu zermalmen.

»Welch unverhoffter Besuch, Sadaf«, kam es schneidend von der Tür her. Chole stand da, ein hasserfülltes Glosen in den Augen. »Wenn du unangemeldet kommst und nach Salima fragst, kann das nur bedeuten, dass Majid dich entsandt hat, um sie uns zu entfremden.«

»Schämt ihr euch nicht«, erwiderte Sadaf langsam und mit überdeutlicher Betonung, »Salima für eure hinterlistigen Zwecke zu missbrauchen, du und Barghash? Ihr seid erwachsen, ihr mögt wissen, was ihr da Schändliches treibt. Salima ist jedoch noch ein halbes Kind!«

Chole sah Salima an, die ihren Blick erwiderte, und sie führten einen stummen Dialog mit ihren Augen.

Chole, du hast mich in eine Falle gelockt.

Wäge weise ab, Salima, was du als Nächstes sagst oder tust.

Weil ich schreiben kann, Chole, habt ihr mich in eure Pläne mit hineingezogen.

Überleg dir gut, wem du die Treue hältst, Salima.

Salima senkte die Lider, sie ertrug die Verletztheit, die lockende Zuneigung und die zornige Drohung in Choles Blick nicht mehr.

»Immerhin ist Salima alt genug gewesen, um sowohl Barghash als auch mir ihr Wort zu geben, uns treu zur Seite zu stehen. Und eine Sayyida bricht niemals ihr Wort, nicht wahr, Salima?!«

Salima sank in sich zusammen. *Gleichgültig, wofür oder wogegen ich mich entscheide – ich habe nichts Gutes mehr zu erwarten. Entweder wird Majid mich hassen oder Barghash und Chole. Und deren Hass wird ungleich fürchterlicher sein, als ich es mir bei Majid je vorstellen könnte.*

Die Enttäuschung, die sie bei Chole wahrzunehmen glaubte, schob sich als schmutzig graue Wolke auf sie zu, presste sich unnachgiebig gegen ihre Brust, bis sie nach Atem rang und das Gleichgewicht zu verlieren drohte. Wie konnte sie Chole enttäuschen, die seit Djilfidans Tod immer um sie gewesen, die alles mit ihr geteilt hatte? Schwestern nur von halbem Blut, und doch schienen sich in den vergangenen Monaten ihre Seelen enger verbunden zu haben als die von Menschenkindern, die zur selben Zeit im selben Mutterleib herangewachsen waren.

Den Blick auf den Boden zu ihren Füßen geheftet, nickte Salima schließlich.

»Siehst du, Sadaf?«, kam es geschmeidig von Chole. »Salima hat sich für uns entschieden. Das kluge Mädchen ...« Unvermittelt bekam ihre Stimme etwas Metallisches, kippte dann in ein Keifen. »Und nun hinaus mit dir, du alte Vettel! Sieh zu, dass du fortkommst, und lass dich hier nie wieder blicken! Raus! Raus, hab ich gesagt!«

»Allah schütze dich, mein Kind«, murmelte Sadaf, küsste Salima zärtlich auf die Stirn und machte, dass sie hinauskam.

Salima glaubte, den Boden unter sich beben zu spüren, bis sie gewahr wurde, dass sie selbst es war, die am ganzen Leib zitterte.

Nun gibt es kein Zurück mehr. Nur Allah weiß, was mir bevorstehen mag.

Uns allen.

13

»Lange könnt Ihr dem Treiben Eures Bruders nicht mehr tatenlos zusehen, Hoheit!« Sulayman bin Ali, einer von Sultan Majids Ministern, klang erregt. »Jeder Tag, der verstreicht, könnte das Zünglein an der Waage sein, das über Krieg oder Frieden entscheidet.«

Majid lächelte milde. »Der Vorkehrungen sind genug getroffen worden, um einen Umsturz durch meinen Bruder zu verhindern.«

»Mitnichten, Hoheit!«, meldete sich ein zweiter Minister zu Wort. »Zwar habt Ihr Söldner aus Belutschistan zur Beobachtung der drei Häuser abgestellt. Doch scheinen diese zu schwanken, wem sie die Treue halten wollen: Euch oder Euren Geschwistern. Uns wurde berichtet, dass Eure Schwestern und Eure Brüder weiterhin ungehindert ein und aus gehen können, um ihrem verschwörerischen Treiben nachzugehen. Und auch die Horden vermummter Getreuer Eures Bruders verharren unbehelligt vor seinem Haus.«

»Dennoch konnten etliche Mitverschwörer dingfest gemacht und im Fort hinter Gitter gebracht werden«, entgegnete der Sultan ruhig, beinahe heiter.

Sulayman bin Ali schnaubte. »Kleine Lichter! Willige Diener von geringem Verstand, die allenfalls dazu taugten, die Botengänge zu erledigen, bei denen wir sie aufgegriffen haben!«

»Wir wissen, dass Vorräte in großen Mengen herbeige-
schafft und in Beit il Tani gehortet werden«, berichtete ein
dritter. »Es wurde bereits so viel Dauergebäck hergestellt und
in die Festung von Marseille gebracht, dass die halbe Stadt
einige Wochen lang ernährt werden könnte.«

Marseille, das Haus der gleichnamigen Plantage von
Majids älterem Bruder Khalid, die bei dessen Tod an seine
Töchter Shambu'a und Farshu gefallen war. Mit seinen dicken
Mauern und den Wehranlagen vermochte es einem Angriff
wohl ebenso gut standzuhalten wie das alte Fort hier in der
Stadt.

»Nach Marseille?«

Die Minister tauschten erleichterte Blicke, als des Sultans
Lächeln flackerte und ein Schatten der Beunruhigung über
seine Miene zuckte.

Es war nicht das erste Mal, dass sich die Berater um Sultan
Majid versammelt hatten und drohende Folgen von des Sultans sanftmütigem Gebaren in den düstersten Schattierungen
ausmalten. Ihnen war viel daran gelegen, dass Sayyid Majid
ihrer aller Sultan blieb. Denn solange er über Sansibar herrschte, waren ihnen ihre Ämter sicher. Ämter, die ihnen nicht nur
Macht verliehen, sondern auch ihr Vermögen mehrten.

Ihre Geduld begann sich zu erschöpfen. Jeden Tag konnte
Sayyid Barghash als Erster zum Schlag ausholen.

»Mein Bruder ist nicht derart verblendet, dass er nicht ein-
zusehen in der Lage wäre, auf welchem Irrweg er sich befindet«,
ließ sich der Sultan nun vernehmen. »Ich bin überzeugt, dass
er mit der Zeit erkennen wird, wie zwecklos seine Umtriebe
gegen mich sind, und dass er schließlich davon ablassen wird.«

Sulayman bin Ali unterdrückte ein Stöhnen. »Dass er –
entgegen der Vorschrift für alle Brüder Eurer Hoheit – den
Audienzen fernbleibt, müsste Euch doch deutlich zu verstehen geben, wie ernst es ihm ist«, sagte er betont langsam, als

erklärte er einem Kind einen besonders schwierigen Sachverhalt. »Seht Ihr denn nicht: Er macht sich nicht einmal mehr die Mühe, Eurer Hoheit noch länger Treue und Ergebenheit vorzuspiegeln.«

»Schon längst hättet Ihr unserem Rat folgen und sämtliche Anhänger Sayyid Barghashs festnehmen und einkerkern lassen sollen!«, rief ein vierter Minister aus. »Oder noch besser: sie alle gleich von Sansibar wegverschiffen!«

»Ich kann doch nicht meinen eigenen Bruder …«, wollte Sultan Majid zaghaft einwenden, doch Sulayman bin Ali fiel ihm, alle Regeln der Höflichkeit missachtend, rüde ins Wort: »Euer eigener Bruder, verehrte Hoheit, wird nicht zögern, Beit il Sahil mit Kanonen zu beschießen, bis es in Trümmern liegt, und Euch höchstselbst einen Dolch mitten ins Herz zu stoßen!«

Sultan Majid wich den bohrenden Blicken seines Ministers aus und begann, nervös seinen Diamantring am Finger zu drehen. Etliche Herzschläge verstrichen, in denen einige der Minister fragende, hoffnungsvolle oder gar zweifelnde Blicke tauschten.

»Was schlagt Ihr nun vor?«, kam es schließlich Hilfe suchend von Sultan Majid.

»Lasst die drei Häuser von Truppen belagern«, riet Sulayman bin Ali. »Vorräte und Wasser werden nicht ewig reichen, und derweil haben die Verschwörer Zeit, sich eines Besseren zu besinnen. Falls das nichts hilft, können wir sie auch ausräuchern.«

»Gebt Eure Zustimmung, Euer Hoheit!«

»Wenn Ihr jetzt nicht handelt, werdet Ihr es sehr bald bereuen!«

Eine fahle Blässe breitete sich auf den Zügen des Sultans aus, und unwillkürlich duckte er sich unter dem einsetzenden Stimmengewitter seiner Minister.

»Nicht umsonst sagt man: *Güte lockt die Schlange aus dem Loch heraus.*«

»Greift jetzt durch, dann erspart Ihr Sansibar das schlimmste Blutvergießen!«

»Ich stimme meinen Vorrednern voll und ganz zu, Hoheit!«

Sie verstummten augenblicklich, als Majid eine zitternde Hand hob.

»So vertraue ich Eurem Ratschluss«, verkündete er mit schwacher Stimme, räusperte sich und fügte mit mehr Überzeugungskraft hinzu: »Unter einer Bedingung: Allein das Haus meines Bruders wird umstellt. Beit il Tani soll unbehelligt bleiben, um meine Schwestern nicht unnötig in Gefahr zu bringen.«

14

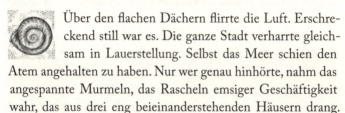 Über den flachen Dächern flirrte die Luft. Erschreckend still war es. Die ganze Stadt verharrte gleichsam in Lauerstellung. Selbst das Meer schien den Atem angehalten zu haben. Nur wer genau hinhörte, nahm das angespannte Murmeln, das Rascheln emsiger Geschäftigkeit wahr, das aus drei eng beieinanderstehenden Häusern drang.

»... keiner kommt hinein oder heraus«, flüsterte Barghash über die kaum mehr als zwei Armlängen breite Gasse herüber.

Shambu'a und Farshu, deren Stadthaus über Eck mit dem von Barghash und Beit il Tani stand, lehnten sich gleichzeitig aus der Fensteröffnung und spähten zwischen den Mauern hindurch.

»Wie viele das wohl sein mögen ...«, murmelte Shambu'a, als sie die Soldaten sah, die das der Seeseite zugewandte Portal von Barghashs Haus umstellt hielten. Wie gewöhnlich vollendete ihre fast gleichaltrige Halbschwester Farshu den Gedanken: »... Hunderte ganz gewiss!« Beide sogen scharf die Luft ein.

»Habt ihr genug Nahrung?«, erkundigte sich Chole leise. Beim Aufmarsch der Soldaten hatten alle vor dem Haus versammelten Anhänger Barghashs Einlass begehrt, und er war ihnen gewährt worden. Da Männer der Sitte gemäß keinen

Zutritt zu den Frauengemächern hatten, herrschte im Rest des Hauses drangvolle Enge.

»Wenn wir sparsam wirtschaften, genug für einige Wochen«, flüsterte Barghash. »Allein das Wasser wird uns knapp, und was wir haben, ist bereits brackig, taugt nur noch zum Waschen und zum Kochen.«

Beklommen dachte Salima, die neben Chole am Fenster von Beit il Tani stand, an ihren kleinen Halbbruder Abd'ul Aziz, der sich bei Barghash aufgehalten hatte, als die Soldaten vor dem Haus Stellung bezogen hatten, und nun mit eingeschlossen war.

»Vielleicht«, gab sie vorsichtig zu bedenken, »wäre es in der Tat besser, wir würden aufgeben, bevor – «

»Niemals!« Barghashs Stimme trug ein gefährliches Schwingen in sich, wie das Sirren einer Klinge. Und wie um seiner Entschlossenheit noch stärkeren Nachdruck zu verleihen, trat er von der Fensteröffnung zurück und verschwand im Inneren des belagerten Hauses.

»Wir müssen sehen, dass wir Wasser hinüberschaffen«, erklärte Chole mit zerfurchter Stirn. »Am besten wäre gleich ein ganz neues Quartier für Barghash und seine Männer.«

»Marseille?«, schlug Salima halbherzig vor.

Choles Miene hellte sich auf. Sie umfasste das Gesicht ihrer Schwester mit beiden Händen und drückte ihr einen schmatzenden Kuss auf die Stirn. »Mein kluges Schwesterchen! Komm gleich mit mir, Briefe schreiben! Wir müssen die Oberhäupter der anderen Sippen verständigen, Munition und Pulver nach Marseille bringen lassen und noch mehr Vorräte, und …«

In aller Eile wurde Segeltuch besorgt, in Bahnen zugeschnitten und von Dutzenden emsiger Frauenhände in Windeseile zu einem langen Schlauch vernäht. Im Schutz der Dunkelheit vom Dach Beit il Tanis auf das gegenüberliegende Dach geworfen, leitete es krugweise das kostbare Nass hinüber, füllte dort Töpfe und Becken. Säcke mit Reis und Mehl, Butterkrüge und Körbe voller Dörrobst, schließlich Schwarzpulver, Patronen und Gewehre wurden in der Nacht heimlich nach Marseille geschafft. Jeder Schritt, jeder Handgriff glich einem Gang über Messers Schneide, denn jeden Augenblick konnten die Soldaten des Sultans etwas bemerken und von ihren Waffen Gebrauch machen.

»Nun muss Barghash nur einen Weg finden, sich aus dem Haus zu stehlen«, murmelte Chole und unterdrückte ein Gähnen, ließ sich ermattet neben ihrer jüngeren Schwester auf die Polster fallen. »Sonst war all die Mühe der letzten Wochen vergebens.«

Die letzte Ladung an Gütern war soeben auf den Weg gebracht worden – sogar das Gewehr, das Salima für alle Fälle im Haus hatte behalten wollen. Die Lagerräume Beit il Tanis standen leer, und Marseille war mit allem ausgestattet, um selbst einer längeren Belagerung standhalten zu können. Alles war bereit.

Salima stützte die Ellenbogen auf die angezogenen Knie und ließ müde die Stirn in den Handflächen ruhen. Die Anspannung der letzten Tage, die heimlichen Tätigkeiten bei Nacht hatten ihnen kaum Zeit gelassen zum Schlafen oder zum Essen. Ihr Kopf fühlte sich leicht an, leicht und leer, sodass ihr beinahe schwindelte. Und doch … und doch …

»Chole«, sagte sie langsam, löste die Hände vom Gesicht und richtete sich auf. »Chole, ich glaube, ich weiß, wie wir das bewerkstelligen können …«

Es war ein gespenstischer Anblick, den die Gasse vor dem belagerten Haus bot, nachdem es dunkel geworden war. Von beiden Seiten, von Beit il Tani und von dem Haus der anderen

Schwestern her, näherte sich je ein Zug von Gestalten. Chole und Salima von rechts, Shambu'a und Farshu von links, jedes Schwesternpaar gefolgt von Frauen aus ihren Häusern, allesamt mit ihren Gesichtsmasken und mit ihrer *schele* verhüllt. Eine geballte Schwärze, finsterer noch als die junge Nacht, von mitgeführten Laternen geisterhaft beleuchtet.

Nicht weniger gespenstisch war das, was sie vor dem Portal erwartete: fackelbeschienene Soldaten, die Gewehre im Anschlag, die Bajonette ihnen entgegengereckt und die Säbel gezückt.

»Zurück!« – »Verschwindet!« – »Ihr habt hier nichts verloren!«, hallte es ihnen entgegen.

»Lass uns umkehren«, flüsterte Chole und hielt Salima am Ärmel fest. »Gegen die können wir nichts ausrichten.«

Salima roch förmlich die Angst ihrer Schwester, und auch ihr selbst war bang zumute. Was würden die Soldaten höher halten: den Gehorsam gegenüber dem Sultan oder die Achtung vor wehrlosen Frauen? Was hätte sie in diesem Augenblick gegeben für ein Gewehr, verborgen unter ihrer *schele*. Kaum mehr als ein Tropfen auf einen heißen Stein wäre es gewesen angesichts der schwerbewaffneten Soldaten, und dennoch hätte sie sich damit bedeutend sicherer gefühlt. Doch wenn sogar Chole Angst bekam, dann musste sie selbst eben doppelt stark sein.

»Nein, das werden wir nicht«, zischte sie ihrer Schwester zu. »Heda, Soldat«, rief sie laut. »Hol deinen Oberst! «

»Was hast du vor?«, wisperte Chole an ihrem Ohr.

»Wenn sie erst wissen, wen sie vor sich haben, werden sie uns hineinlassen.«

»Aber wie willst du …« Chole verstummte, während die versammelten Frauen entsetzt aufkeuchten.

Salima, die Jüngste von ihnen, trat hoch erhobenen Hauptes auf den ranghöchsten Soldaten zu und schob sich die Maske über die Stirn hinauf. Etwas so Unerhörtes, Unsittliches hatte noch keine Sultanstochter je gewagt. Und auch die Soldaten wussten nicht, wo sie hinschauen, was sie tun sollten, und ließen ihre Waffen hilflos sinken.

»Erkennt Ihr mich? Sayyida Salima.« Sie drehte sich halb um und deutete auf ihre Schwester und ihre Nichten. »Sayyida Chole. Sayyida Shambu'a und Sayyida Farshu.«

Sogleich folgte Chole dem Beispiel ihrer Schwester und enthüllte ebenfalls ihr Gesicht. »Wir verlangen Einlass in dieses Haus! Ihr mögt auf den Befehl von Sayyid Majid handeln, aber wir sind ebenso *seine* Schwestern wie die Sayyid Barghashs.«

Der Oberst blickte Hilfe suchend umher. Zwar hatte er weder Sayyida Salima noch Sayyida Chole je unverhüllt gesehen; dennoch zweifelte er keinen Wimpernschlag lang daran, dass er ebendiese vor sich hatte. Denn welche Frauen besäßen den Mut und die Dreistigkeit, sich ihm so zu zeigen, jegliche Gebote der Schicklichkeit derart selbstsicher missachtend, außer den beiden Töchtern des großen und tapferen Sultans Sayyid Sa'id?

»Ihr könnt uns den Zutritt nicht verwehren ...«, sagte Shambu'a, die ebenfalls ihre Maske abgenommen hatte, und auch Farshu legte ihre Züge frei und fügte hinzu: »... dazu habt Ihr kein Recht!«

»Gewiss, Sayyida Salima.« Der Oberst hatte sich wieder einigermaßen gefangen. »Verzeiht, Sayyida Chole. Mein Fehler, dass ich Euch nicht erkannte, Sayyida Shambu'a. Gegen eine Stunde im Haus ist selbstredend nichts einzuwenden, Sayyida Farshu.« Und er öffnete eigenhändig das Portal für die Prinzessinnen und deren Gefolge, die Augen verlegen auf den Boden geheftet.

Barghash schäumte vor Wut.

»Bist du von Sinnen?!«, wetterte er, riss Salima die *schele* und die Maske aus der Hand, die sie unter ihrem Gewand ins Haus geschmuggelt hatte, und schleuderte sie zu Boden. »Niemals werde ich mir das überwerfen! Ein Mann in Frauenkleidern – gibt es einen schändlicheren Frevel?!«

Der kleine Abd'ul Aziz versteckte sich ängstlich hinter Meje, ehe Barghashs Zorn ihn aus Versehen treffen konnte.

»Ssshhtt«, kam es von Chole, »mach mit deinem Gebrüll nicht die Soldaten auf unseren Plan aufmerksam!«

»Hast du den Verstand verloren?!« Barghash holte drohend aus, doch Salima zuckte nicht einmal zusammen. Zorn brandete in ihr auf, dass Barghash aus Mannesstolz und aus unangebrachtem Anstand ihren schlauen Einfall so leichthin zu verwerfen gedachte.

»Dann kannst du von mir aus hier verrotten«, gab sie zurück, erschrak nicht einmal über die Giftigkeit ihrer Worte. »Einen anderen Weg hinaus wird es nämlich so bald nicht geben.«

»Wir halten das für einen sehr klugen Plan …«, warf Shambu'a ein, und Farshu setzte hinzu: »… den unsere Salima sich da ausgedacht hat.«

»Sie haben recht, Barghash«, meldete sich nun auch Meje zu Wort und strich Abd'ul Aziz beruhigend über den Kopf, der sich an ihr Obergewand klammerte. »Das ist schlau eingefädelt, und der Zweck heiligt schließlich jedes Mittel!«

»Viel Zeit bleibt dir nicht, dich zu entscheiden«, drang Chole weiter in ihren Bruder. »Eine Stunde hat uns der Oberst gegeben – nicht mehr.«

Auf den Stundenschlag genau begaben die Frauen sich durch das Portal wieder hinaus, dicht beieinander, sittsam verhüllt, begleitet von Grußworten und Segenswünschen der Soldaten, die sie mit zwitschernden Dankesformeln erwiderten, bevor sie mit ihren wartenden Dienerinnen die Gasse hinaufgingen und hinter der nächsten Hausecke verschwanden.

Ihre Schritte wurden schneller und immer schneller, der Atem gehetzt und keuchend, als die Frauen durch das Labyrinth der Stadt liefen, unter den silbernen Sternen, nachdem die Laternen gelöscht waren. Die Säume ihrer schwarzen Überwürfe flatterten hinter ihnen her. Der steife Stoff gab ein Rauschen von sich wie Vogelschwingen, und Schmuck klingelte aneinander. Nur die weichen Pantoffeln machten kein Geräusch. Nach und nach löste sich der Zusammenhalt auf, lockerte sich der Schwarm, zog sich in die Länge, als sie den Damm über die Lagune überquerten, hinüber zur Lehmstadt.

»Wie weit ist es noch?«, grollte eine tiefe Stimme an der Spitze des Zuges, kaum dass sie an den letzten Hütten vorübergehastet waren, und die dazugehörigen Hände zerrten ungehalten an der *schele*.

»Noch ein gutes Stück«, keuchte Salima. »Der Treffpunkt ist weit draußen, im Grünen.«

Sie biss die Zähne zusammen, als sie auf einen Stein trat, dessen scharfe Kanten ihr schmerzhaft in die Sohle schnitten, und sie strauchelte, als er unter ihrem Tritt wegrollte. Sie fing sich jedoch gleich wieder und rannte unbeirrt weiter.

»Herrin!«, rief es von vorn, atemlos. Es war der Diener, der sie an der ersten Hausecke hinter dem belagerten Haus erwartet hatte, dann vorausgelaufen war, um ihren geglückten Aufbruch zu melden, und der ihnen nun wieder entgegengehastet kam. »Es ist alles bereit!«

Ein erleichtertes Seufzen entfuhr Salima.

Geräusche krochen durch die tiefe Nacht: das Rascheln und Scharren von Füßen, verstohlenes Hüsteln und erwartungsvolles Räuspern. Irgendwo schrie ein wildes Tier, heiser und spitz. Dann eine Stimme, verhalten hoffnungsvoll: »Seid Ihr das, Eure Hoheit?«

»Sayyid Barghash höchstselbst«, ließ sich dessen Bass vernehmen, »und kein Geringerer.«

»*Al-ḥamdu li-llah*, Allah sei Dank«, kam es zehnfach, hundertfach aus der Dunkelheit.

»Lebt wohl.« Barghash warf die *schele* von sich, packte seinen kleinen Halbbruder Abd'ul Aziz und mischte sich unter die Schar seiner Getreuen, deren Marschtritte leiser wurden und leiser, bis sie in der Nacht verklangen.

15

 Mit einem Ruck setzte Salima sich auf. Ihr Herz raste. Das dünne Obergewand ihrer Schlafkleidung klebte an ihrem feuchten Rücken. Jeder Zoll ihres Körpers schmerzte, die wundgelaufenen Füße mit den Blasen noch mehr, und stöhnend ließ sie sich in die Kissen zurückfallen. Ein Gewaltmarsch war es gewesen letzte Nacht, aus der Wildnis zurück in die Steinstadt, wo sich die Frauen getrennt hatten und auf verschlungenen Wegen in ihre beiden Häuser zurückgekehrt waren.

Doch die Stimmen, die Laute, die sie hörte, waren nicht der Nachhall des bösen Traumes, der sie gepeinigt hatte; sie waren Wirklichkeit, drangen immer lauter in Salimas schlafvernebeltes Bewusstsein. Hastig sprang sie aus dem Bett und lief in die Richtung, aus der der Aufruhr kam.

In Choles Gemach, das zum Meer hinausging, drängten sich die Frauen an den Fenstern. Salima schob sich zwischen ihnen hindurch und lehnte sich dann ebenfalls weit über die Brüstung.

Soldaten, überall Soldaten, Hunderte und Aberhunderte, die durch die Gassen marschierten. Und als Salima hinausschaute, über das Dach von Barghashs Haus hinweg, an den Mauern von Beit il Sahil vorbei, sah sie die ersten Kriegsschiffe ablegen, voll bemannt und mit Kanonen an Bord.

»Ein Soldat muss uns unterwegs gesehen und Barghash trotz seiner Verkleidung erkannt haben«, flüsterte Chole neben ihr, ohne sie anzusehen. »So erzählt man es sich überall. Er glaubte wohl, Barghash beabsichtige, von der Insel zu fliehen, und wollte uns Frauen auch nicht bloßstellen. Zahlreiche Araber sind heute in aller Frühe offenbar aus der Stadt aufgebrochen, um sich Barghash in Marseille anzuschließen, und als das die Runde machte, hat jener Soldat wohl eins und eins zusammengezählt und Majid Bericht erstattet.« Choles Augen richteten sich auf Salima. »Majid zieht gegen Marseille in den Krieg.«

Endlos zog sich der Tag in die Länge, ließ die Frauen von Beit il Tani zwischen Hoffen und Bangen, Erwartung und Zweifel schwanken. Am Nachmittag dann war Donnergrollen zu hören, obwohl der Himmel klarblau und sonnenüberglänzt war, glatt wie kostbare Fayence: der Nachhall des Kanonenfeuers und des Geschützknallens, der Gewehrschüsse, die auf Marseille niedergingen. Die Schwestern hielten sich bei den Händen, saßen beieinander und lauschten dem Echo des Kampfes im Inneren der Insel, der nebelhaft und ungreifbar blieb und sie in entsetzlicher Ungewissheit ließ.

Und dann, gegen Abend: Stille.

Eine ganze unvorstellbar zähe, schreckliche Nacht lang Stille.

Der Morgen brach unschuldig an in seinen Farben von Blau und Gold, doch auch er hüllte sich zunächst in bleiernes Schweigen. Nichts drang durch nach Beit il Tani, keine Nachricht, weder gut noch schlecht.

Erst die Stimme eines Boten, der über die Schwelle des Hauses stolperte, füllte die Leere mit Worten, atemlos und abgehackt, lieferte Antworten auf all die Fragen in den Köpfen und auf den Lippen der Frauen. »Sayyid Barghash hat eine

Niederlage erlitten! Er ist zurück in seinem Haus! Marseille wurde beschossen, es besteht nur mehr aus Ruinen! Hunderte von Toten und Verwundeten sind zu beklagen! Sayyid Barghash lehnt Verhandlungen ab. Er will keinesfalls aufgeben!«

Marseille – zerstört? Wie betäubt nahm Salima diese Nachricht auf. Vor ihrem inneren Auge erschienen Bilder: Wände voller Spiegel, in denen das Licht der üppigen Kristalllüster glänzte und schimmerte. Böden aus Marmor in Schwarz und Weiß und kunstvoll bemalte Decken. Wunderwerke aus Europa wie eine Uhr, aus der beim Stundenschlag Figuren hervortraten, die zu einer feinen Melodie auf Instrumenten spielten und umeinander herumtanzten. Rosenstöcke im Garten, dazwischen spiegelnde Silberkugeln, auf Stäben in die Erde gesteckt, und üppig sprudelnde Brunnen. Marseille war ihr immer vorgekommen wie ein Märchenland – unvorstellbar, dass es nun nicht mehr existieren sollte.

»Salima! Komm schnell! Schnell, Salima, wo steckst du?!«

Choles Schrei zerriss Salimas Gedankengang, und sie rannte in das Gemach der Schwester, das die beste Aussicht auf Häuser, Hafen und Palast bot. Choles Blick war auf das Meer gerichtet.

»Was ist das für ein Schiff?«

»Bist du mit Blindheit geschlagen, Salima? Erkennst du die Flagge nicht?«

Im Wind flatterte der blau-rot-weiße Union Jack der Engländer, und der gewaltige Segler schob sich gerade in Stellung: mit der Flanke so dicht an den von englischen Soldaten bevölkerten Kai heran wie nur möglich und doch weit genug von Beit il Sahil entfernt, um es nicht in Gefahr zu bringen. Denn auf ein hier oben unhörbares Kommando hin fuhren gleichzeitig sämtliche Geschütze an Bord aus und richteten ihre Mündung auf Barghashs Haus. Und damit auf Beit il Tani, das leicht versetzt dahinterstand.

»Dieser Feigling«, zischte Chole neben ihr voller Verachtung. »Wie sehr muss Majid Barghash fürchten, dass er die Engländer zu Hilfe holt?!«

Salimas Knie zitterten, ihr Magen ballte sich zusammen, dehnte sich unvermittelt wieder aus, und ein saurer Geschmack stieg ihr in die Kehle.

»Wir müssen Barghash dazu bringen, dass er sich ergibt«, flüsterte sie. »Sonst werden wir für diese Revolte alle mit dem Leben bezahlen.«

Chole wandte sich ihr ruckartig zu. »Was redest du da?«

»Es wäre nie so weit gekommen, wenn ihr rechtzeitig von euren Plänen abgelassen hättet, du und Barghash«, erwiderte Salima, im Angesicht der Bedrohung mit einem Mal erstaunlich gefasst. »Euer Unterfangen war von der ersten Stunde an zum Scheitern verurteilt.« In ihr herrschte eine Klarheit, wie sie sie seit Monaten nicht gekannt hatte. Als hätte sie erst in diesem Augenblick gelernt zu sehen.

Choles Augen wurden schmal wie die einer Katze, die zum Angriff ansetzt. »Von Anfang an hast du uns nicht nach Kräften unterstützt. Hättest du uns mehr geholfen, würden wir jetzt schon den sicheren Sieg in Händen halten!«

Salimas Lider flatterten. »Ich? Ich habe doch immer alles getan, was ihr von mir verlangt habt! Ohne Zögern, ohne Widerworte.«

Das schöne Gesicht ihrer Schwester verzog sich zu einer hasserfüllten Fratze. »Du bist eine ebenso treulose Seele wie Majid. Es muss euer tscherkessisches Blut sein, das euch zu geborenen Speichelleckern und Verrätern macht.«

Unwillkürlich wich Salima zurück. »Du bist ungerecht, Chole. Ungerecht und anmaßend. Du hast mich gegen Majid aufgehetzt. Benutzt hast du mich, und jetzt, da ich es wage, die Dinge zu sehen, wie sie nun einmal sind, wendest du dich gegen mich.«

Ohne etwas zu erwidern, fuhr Chole herum, griff sich *schele* und Maske vom Bett und stürzte hinaus. Salima rannte ihr nach. »Wo willst du hin?!«

»Zum englischen Konsul! Er muss sein Schiff zurückbeordern!«

»Chole, nicht!« Salima klammerte sich an das Treppengeländer und schrie ihrer Schwester hinterher, die die Stufen hinabpolterte. »Komm zurück, das ist zu gefährlich! Chole, bleib hier!«

Ein dutzendfaches Knallen und Knattern lenkte sie ab. Noch bevor sie wieder in das Gemach zurückkehren konnte, um nachzusehen, was draußen vor sich gehen mochte, sauste eine Kugel durch eines der Fenster herein und schlug dicht neben ihr in die Wand ein.

Unten im Haus hob Geschrei an, und wie ein Echo konnte Salima aus dem Haus gegenüber, in dem Barghash sich verschanzt hielt, ähnliche Laute hören, als der Beschuss aus den Gewehren der Engländer heftiger wurde.

Das ist das Ende.

Ein Augenblick der Erstarrung. Dann fiel ihr Blick auf ein kleines Mädchen, das ebenfalls oben an der Treppe stand. Im Tumult hatte es wohl seine Mutter verloren und weinte herzzerreißend. Salima packte es und warf sich mit ihm auf den Boden.

Den Kopf eingezogen, das kleine Mädchen an sich gepresst, murmelte Salima abwechselnd Gebete und beruhigende Koseworte. Hielt sich ebenso an dem warmen Kinderkörper fest, wie dieser sich an sie klammerte, während im Haus wild umhergelaufen und geschrien wurde und laute Gebete ertönten, hastiges Rumoren und Räumen, das verriet, dass kaltblütige Gemüter noch Wertsachen zusammenrafften. Und unaufhörlich pfiffen die Kugeln vorbei in ihrem tödlichen Flug, prasselten in die Wände und Mauern.

Wenn ich jetzt sterbe, ist das die gerechte Strafe für meine Vergehen. Allah, vergib mir, ich hatte nichts Böses im Sinn. Ich war nur jung und dumm.

Sie spannte jeden Muskel an, um das Schlottern ihrer Glieder zu unterdrücken. Um das Mädchen nicht ihre eigene Todesangst spüren zu lassen. Um nicht unterzugehen in Furcht und Schrecken.

»*Amiiiinn! Amiiiinn!* Friieede! Friieede!«

Ein einzelner Ruf aus dem Haus gegenüber, der sich mit jedem Herzschlag vervielfachte, aufbrandete wie Wellen an einem Korallenriff. »*Amiiiinn! Amiiiinn!*«

Das Krachen der Gewehrschüsse geriet ins Stottern, tröpfelte aus, verstummte schließlich ganz, als die Soldaten der Krone das Feuer einstellten. Salimas Pulsschlag drohte ihr in seiner Härte die Adern platzen zu lassen, als sie angstvoll wartete, was als Nächstes geschehen mochte.

Wenn ich noch einmal die Wahl hätte, ich würde nie wieder blinden Gehorsam leisten. Von heute an habe ich keine andere Herrin mehr als mich selbst.

Zweites Buch

Bibi Salmé

1864 – 1866

Verpflanzt

Das Feuer hinterlässt Asche.

SPRICHWORT AUS SANSIBAR

16

Die Sonne glänzte auf dem nassen Laub der Bäume und ließ das dunkle Grün noch saftiger wirken. Einzelne Tropfen zitterten auf den Blütentellern des Hibiskus, rollten dann durch die weichen Rillen über den gewellten Rand hinab und plitschten in die Pfützen, die bereits zu verdunsten begannen. Stramm spannte sich der lichtblaue Himmel über der Insel, vom Regen der letzten zwei Tage gründlich sauber gewaschen und blank poliert von den letzten Wolkenfetzchen, die darüberzogen. Es versprach ein guter Tag zu werden auf Kisimbani.

»*Habari za asubuhi*, *Bibi* Salmé – Guten Morgen, Frau Salmé«, schallte es vielstimmig durch den großzügigen Innenhof des Hauses, untermalt von Gelächter, verflochten mit dem vergnügten Quietschen und Kichern von Kindern. In leuchtend bunten *kangas*, den großen Tüchern, die geschickt zu Kleidern oder Röcken und Leibchen, zu schulterbedeckenden Überwürfen und Turbanen gewickelt und geknotet waren, schritt eine Schar Frauen durch den Torbogen, größere Kinder an der Hand, kleinere auf der Hüfte sitzend und die allerkleinsten in einer *kanga* auf den Rücken gebunden.

»*Habari za asubuhi*«, entgegnete Salima fröhlich. »*Hamjambo*, wie geht's euch?«, rief sie den Frauen und deren Kindern entgegen.

»*Hatujambo, hatujambo*, uns geht's gut, uns geht's gut«, kam es von den Frauen, ihr Lächeln hell im dunklen Gesicht. Die ersten Kinder rissen sich von ihren Müttern los und rannten auf eine der Sklavinnen zu, die sie in Empfang nahm. Eine zweite bettete die Säuglinge auf eine weiche Unterlage in einem schattigen Winkel des Hofes, während die dritte damit beschäftigt war, Wasser aus dem Ziehbrunnen heraufzuholen und in flache Becken umzuschütten, die auf dem Boden standen.

Die Frauen bedienten sich aus den Körben, die an der Hauswand aufgereiht standen, an Bananen, Mangos und Feigen, bevor sie schwatzend wieder zum Tor hinausgingen, um die Felder zu bestellen. Von den Süßkartoffeln und Yamswurzeln, die dort angebaut wurden, war das meiste ohnehin für sie und ihre Familien bestimmt. Salima konnte die Mengen, die geerntet wurden, gar nicht allein aufbrauchen, bevor sie verdarben, und mit Grundnahrungsmitteln zu handeln galt auf Sansibar als anstößig, wenn man dem Sultanshaus entstammte. Die Gewürznelken, die gerade von den Männern der Arbeiterinnen aus den Baumkronen gepflückt wurden, und die Kokosnüsse brachten im Verkauf mehr als genug ein, um ihr einen gewissen Wohlstand zu sichern.

Eine der Sklavinnen hatte Waschnüsse aufgebrochen, die getrockneten gelblich roten bis rostbraunen Früchte eines Baumes, die Salima in großen Mengen aus Indien kommen ließ, hatte dann die kleinen Kerne entfernt und das wachsartige Fleisch in einer Schale zerstoßen. Zerrieben und mit Wasser vermengt, bildete es einen weichen Schaum, mit dem sie das erste Kind, das eine Sklavin unter liebevollen Neckereien entkleidet hatte, einzureiben begann. Auf Sansibar *rhassil* genannt, galt diese Seife als besonders wirksamer Schutz vor den Krankheiten und dem Ungeziefer, die auf der Insel in jedem Winkel eines Hauses lauerten, auch wenn es noch so sauber war. Salima war nicht wenig stolz darauf, dass die Kinder von Kisimbani seltener Fieber bekamen oder gar starben, seit sie die Leitung der Plantage in die Hand genommen hatte. Auch dass die Feldarbeiterinnen ihre Kinder tagsüber hier abgeben konnten, anstatt sie den ganzen Tag der Sonnenglut auszusetzen, war ihre Idee gewesen. Nach dem morgendlichen Bad bekamen die Jüngsten Milchsuppe, die Größeren einen süßen Reisbrei und Obst, mittags Fisch und gestampfte Süßkartoffeln, und die Sklavinnen kümmerten sich um sie, spielten und sangen mit ihnen, erzählten ihnen Märchen und hatten ein Auge auf sie, wenn sie wild im Hof und im Garten umhertollten oder einen Mittagsschlaf hielten. Und Salima dachte bereits darüber nach, die Älteren bald auch im Lesen und Schreiben zu unterweisen.

Bis es an ihm war, der morgendlichen Wäsche unterzogen zu werden, jagte ein Knirps von etwas über zwei Jahren auf seinen strammen Beinchen den Enten hinterher. Quakend stoben sie allesamt vor ihm davon, und während er ihnen nachsetzte, schlug er der Länge nach hin. Er rappelte sich zwar schnell auf, doch kaum stand er wieder auf den Füßen, schob sich seine Unterlippe vor, krümmten sich seine Mundwinkel abwärts; das Köpfchen in den Nacken gelegt, plärrte er gleich darauf lauthals sein Unglück heraus, unterstrichen von dicken Tränen, die ihm über die Wangen kullerten.

»Hast du dir wehgetan?« Salima hob ihn hoch. »Nicht weinen, kleiner Mann, ist doch halb so schlimm.« Beruhigend schaukelte sie den Jungen auf ihrem Arm, murmelte ihm Koseworte und Tröstungen zu, dass seine Schluchzer abebbten und er sein tränennasses, rotznasiges Gesicht an ihre Schulter schmiegte. Den kleinen Leib an sich gedrückt, blinzelte Salima in die Sonne und schloss für einen Augenblick die Lider. Das Planschen der Kinder und ihre lebhaften, glücklichen Laute mischten sich mit dem Schnattern der Enten und

Gänse und dem Gurren der Tauben in ihrem Schlag. Auf der anderen Seite des Hauses meckerten die Ziegen, die Salima eigenhändig zu melken pflegte, prusteten und schnoberten die Pferde, und aus dem Inneren des Gebäudes schnarrte Louis, der Papagei, während seine Artgenossen Bella und Tipsy sich anhörten, als führten sie krächzend ein Streitgespräch miteinander. Salima war beinahe glücklich.

Vater wäre stolz auf mich. Und Mutter ... Mutter gewiss auch.

Fast fünf Jahre war es her, dass Barghash versucht hatte, Majid zu entmachten, und vernichtend geschlagen worden war. Dem Sturm, der sich über Monate hinweg auf der Insel zusammengebraut und in nur wenigen Tagen entladen hatte, war Stille gefolgt. Majids Urteil gegen die Verschwörer war milde ausgefallen. Auf Wunsch des britischen Konsuls war Barghash nach Bombay verbannt worden, und Abd'ul Aziz, der seinen viel älteren Halbbruder seit der Revolte regelrecht vergötterte, war aus freien Stücken mit ihm gegangen. Seine Schwestern und Nichten hatte Majid, gegen den Rat Rigbys, ungeachtet der Forderungen seiner Minister und trotz des Drängens der Bevölkerung unbehelligt gelassen.

Sie waren gestraft genug. Von einem Tag auf den anderen wurde Beit il Tani von jedermann gemieden, als würden dort Pest und Cholera wüten. Nicht einmal die aufdringlichen indischen Händler, die sonst die Türschwelle belagert hatten, um den Frauen Stoffe, Silberschmuck und allerlei Tand aufzuschwatzen, ließen sich mehr blicken. Dennoch beobachtete die ganze Stadt genau, was Chole und Salima fürderhin treiben mochten. *Die Verräterinnen. Die Heuchlerinnen. Doppelzüngig wie die Schlangen.*

Salima wusste sehr wohl, was über sie geredet wurde, in der Stadt und auch auf der übrigen Insel. *Seltsam, wie laut und vernehmlich gerade das sein kann, was hinter vorgehaltener Hand geflüstert wird.* Salima hatte es nur wenige Tage lang ertragen können, dann hatte sie ihr Geschmeide und ein paar Kleidungsstücke packen, einen Muskatesel satteln lassen und war ins Innere der Insel, nach der zweieinhalb Stunden entfernten, von ihrer Mutter geerbten Plantage Kisimbani geflohen. Allein.

Chole hatte es etwas länger ausgehalten, war dann aber auch bald aufs Land hinausgezogen. Ebenso wie Meje und wie die immer noch unzertrennlichen Schwestern Shambu'a und Farshu. Die Zerstörung Marseilles trugen sie mit Fassung. Sie besaßen noch andere Plantagen nebst Häusern und ein beträchtliches Vermögen aus dem Erbe ihres Vaters. »Ist doch nicht der Rede wert! Was bedeutet schon ein noch so prächtiges Haus und noch so viel Geld …«, hatte Shambu'a verkündet, und Farshu hatte ergänzt: »… wenn so viele unserer treuen Sklaven ihr Leben lassen mussten oder für immer verkrüppelt bleiben werden!«

Die Schuld, die sie auf sich geladen hatten, war allgegenwärtig: Männer, von denen sie wussten, dass sie ihre Frauen oder ihre Kinder im Beschuss Marseilles verloren hatten; Kinder, die ohne Vater aufwachsen mussten, viele Witwen. Sklaven, die nicht mehr arbeiten konnten, weil einer Kugel der Wundbrand gefolgt war und ihnen einen Arm, ein Bein genommen hatte, die nur noch ein Auge hatten oder zerschossene Glieder. Wiedergutmachung gab es dafür keine, und doch war Salima bestrebt, die Verantwortung dafür zu übernehmen. Gab Geld und reichlich von der Ernte ihrer Felder, vergaß auch die Alten und Kranken nicht, die im Umkreis lebten und aus der Küche Kisimbanis mit versorgt wurden. Nur selten kam ein Bote mit Nachricht von Shambu'a und Farshu und nie von Chole. Auch nicht von Majid oder Meje, und obwohl Barghash vor drei Jahren aus seinem Exil zurückkehren durfte, nachdem er seine Vergehen bereut und Majid ewige Treue geschworen hatte, hatte Salima nichts mehr von ihm gehört.

Salima öffnete die Augen, als es auf ihrem Arm zappelte.

»Alles wieder gut?« Der kleine Junge nickte und zog geräuschvoll die Nase hoch. Salima ließ ihn hinab und sah zu, wie er munter davonsprang, um gebadet zu werden. Ein Räuspern in ihrem Rücken ließ sie lächeln. Ohne dass sie hinsah, wusste sie, dass halb hinter dem Türrahmen verborgen ihr *nakora*, ihr Verwalter, mit abgewandtem Kopf stand und unauffällig auf sich aufmerksam machte.

»Ich komme, Murjan!«, rief sie, drehte sich aber erst um, als die betont lauten Schritte im Haus verschwanden. Murjan, ihre rechte Hand auf Kisimbani, war äußerst bemüht, die arabischen Umgangsformen einzuhalten, die Salima hier auf dem Land so sträflich vernachlässigte. Das Leben auf Kisimbani war deutlich afrikanisch geprägt; bezeichnend, dass man sie hier nur mit *Bibi* betitelte, »Herrin« oder einfach »Frau«, nicht mit *Sayyida*, »Prinzessin«, und dass man sie ausschließlich mit *Salmé* ansprach, einer runderen Version ihres Namens, die das Suaheli aus den arabischen Lauten schliff.

In Haus und Hof, unter Frauen und Kindern, ließ sie *schele* und Maske einfach weg und begnügte sich, mehr zum Schutz gegen die Sonne denn aus Sittsamkeit, mit einer *kanga*, unter der sie ihr Haar verbarg. Nur wenn sich Besuch ankündigte – Kisimbani lag genau am Knotenpunkt der beiden kurzen Hauptstraßen der Insel und bot daher einen beliebten Zwischenhalt auf Reisen – oder wenn sie über die Plantagen ritt, verbarg sie ihr Gesicht, wie es der Brauch gebot. Und wenn sie mit Murjan Geschäftliches durchzugehen hatte.

So wie jetzt, als sie raschen Schrittes den Innenhof durchquerte und Maske und *schele*, die auf einem Stuhl neben der Tür lagen, aufsammelte und sich überstreifte, ehe sie ins Haus trat und ihr Kontor aufsuchte.

17

»Hier, Bibi Salmé.« Murjan, der groß gewachsene, hagere Abessinier mit einem Gesicht wie aus gegerbtem Leder in der Farbe von starkem Tee, breitete eine Reihe mit Zahlen beschriebener Papiere vor seiner Herrin aus. »Die Aufstellungen Eurer anderen beiden *shambas* sind gekommen.«

Interessiert beugte sich Salima darüber und studierte sie genau: wie die Ernte an Gewürznelken und Kokosnüssen im vergangenen Monat ausgefallen und welche Summen aus dem Verkauf dafür erzielt worden waren. Dass die Verwalter ihrer drei Plantagen – eine vom Vater, die anderen beiden von ihrer Mutter geerbt – ihr regelmäßig und in kurzen Abständen schriftlich Bericht über die Vorgänge auf den Besitzungen erstatteten, über Erträge, Einnahmen und Ausgaben Rechenschaft ablegten und dass keine wichtige Entscheidung ohne Salimas Zustimmung getroffen wurde, waren ebenfalls Neuerungen, die Salima eingeführt hatte. Sie wusste es zu schätzen, dass keiner der Männer offen oder Dritten gegenüber sein Missfallen darüber geäußert hatte, dass sie – als Frau – sich der Leitung der Plantagen gründlicher widmete als mancher Mann. Und dass sie wesentlich sorgfältiger mit ihren Besitzungen umging als alle anderen Frauen auf der Insel. Des Schreibens immer, des Lesens oft unkundig, verließen diese sich blind auf die mündlichen Angaben ihrer Verwalter, auf manchmal phantasievoll erdichtete Abrechnungen – Hauptsache, am Ende des Jahres kamen ein paar tausend Maria-Theresien-Taler ins Haus. Anders Salima: Die Plantagen so gut wie möglich zu führen, immer ihr Augenmerk darauf zu richten, was sich verbessern ließ, die Erträge weiter zu steigern machte ihr Freude und füllte ihre Tage mit Sinn.

»Was ist hiermit?« Ihr Zeigefinger tippte auf eines der Blätter, das etwas niedrigere Zahlen verzeichnete als die übrigen, weniger, als sie es aus dem vorangegangenen Monat im Gedächtnis hatte.

»Darauf wollte ich gerade zu sprechen kommen, Herrin.« Murjans dunkles Gesicht verzog sich kummervoll, als trüge er die Schuld an den schlechten Nachrichten, die er zu überbringen hatte. »Hassan bin Ali hat ein Schreiben beigefügt. Gut drei Dutzend Bäume im Osten der Plantage haben kaum Knospen ausgetrieben. Er vermutet, dass ihre ertragreichen Jahre vorüber sind.«

Nachdenklich an ihrer Unterlippe kauend, las sie den Brief, den Murjan ihr gereicht hatte. Frühestens nach fünf, sechs Jahren war ein Nelkenbaum so weit, dass seine Knospen zum Trocknen geerntet werden konnten. Auf Sansibar ließ man ihm in der Regel neun Jahre Zeit. Bis zum zwölften Jahr war der Ertrag am reichsten, steckte in den Knospen das stärkste Aroma. Danach waren die Bäume erschöpft und mussten geschlagen werden.

Wie lange es schon Gewürznelken auf Sansibar gab, wusste niemand mit Sicherheit zu sagen. Einige erzählten, französische Sklavenhändler seien es gewesen, die heimlich Samen von den Molukken geschmuggelt hätten, um den Holländern, die das Monopol auf Anbau und Handel des kostbaren Gewürzes innehatten, ein Schnippchen zu schlagen. Auf der damals noch französisch besetzten Insel Mauritius ausgesät und vermehrt, sollen sie danach, gegen Ende des vorigen Jahrhunderts, nach Sansibar gebracht worden sein. Nach anderen Überlieferungen war es ein reicher arabischer Händler gewesen, der zu Beginn dieses Jahrhunderts auf seinen Besitzungen Mtoni und Kisimbani die ersten Gewürznelkenbäume Sansibars setzen ließ. Welcher dieser Berichte auch zutraf: In jedem Fall war es Salimas Vater, der Sultan, gewesen, der nicht nur Mtoni und Kisimbani erworben, sondern der auch erkannt hatte, welch ein Reichtum in den Bäumen schlummerte, und der ihren groß angelegten Anbau in die Wege leitete.

Salima unterdrückte ein Seufzen. Wie viel leichter wäre es jetzt, auf der Stelle das Abholzen der Bäume zu veranlassen, wenn sich jemand die Mühe gemacht hätte, schriftlich festzuhalten, wann welche Bäume gepflanzt worden waren. Es konnte ja auch sein, dass sie nicht fachgerecht zurückgeschnitten worden waren oder dass eine andere Ursache zugrunde lag.

»Ich werde nachher gleich hinüberreiten und es mir selbst ansehen«, sagte sie deshalb und beschloss, künftig genaue Verzeichnisse über neu ausgebrachte Jungpflanzen führen zu lassen.

»Sehr wohl, Bibi Salmé. Ich lasse für Euch satteln.«

Die Augen von Herrin und Verwalter trafen sich für einen Moment. Sie tauschten einen zufriedenen Blick. Neben mangelnden Fertigkeiten stand der Führung einer Plantage durch eine Frau vor allem eines entgegen: das Verbot, dass sich eine Frau und ein nicht eng blutsverwandter, freier Mann jemals allein in einem Raum aufhalten durften. Als Salima nach Kisimbani gekommen war, das bis dahin Hassan bin Ali für sie verwaltet hatte, musste Salima sich auf diese Tatsache einstellen, was der Plantage mehr schadete als nützte. Salima hatte nur zwei Möglichkeiten gesehen: entweder die Aufsicht über Kisimbani allein in Hassans Händen zu belassen oder aber Hassan eine andere Aufgabe zuzuweisen. Sie hatte sich für Letzteres entschieden, und sowohl Hassan, der nun auf einer weit größeren Plantage schalten und walten durfte, als auch dessen Nachfolger, der unfreie Murjan, schienen rundum zufrieden mit dieser Regelung ihrer *Bibi*.

»Verzeiht, Bibi Salmé.« Salim, ihr Hausdiener, erschien im Türrahmen und verbeugte sich tief. »Der *dillal*, der Makler, den Ihr beauftragt habt, ist soeben vorbeigekommen.«

Salima unterdrückte den Drang, aufzuspringen und hinauszulaufen, um selbst mit dem Makler zu sprechen, doch auch hier verlangte die Sitte, dass der Kontakt schriftlich vor sich ging oder dass Mitteilungen über einen Sklaven weitergegeben wurden. »Was wusste er zu berichten?«

»Er bedauert zutiefst, noch immer kein Land gefunden zu haben, das Euren Wünschen entspräche, Bibi Salmé. Er schwört jedoch, nicht eher zu ruhen, als bis er etwas Passendes für Euch gefunden hat.«

»Ist gut, hab vielen Dank«, erwiderte sie freundlich trotz ihrer Enttäuschung.

»Zudem erwartet Euch Besuch, Bibi Salmé«, fügte der Diener hinzu. »Sayyida Zamzam ist nach Kisimbani gekommen.«

»Zamzam!« – »Salima!«

Herzlich umarmten sich die beiden Frauen, die vom Blute her Halbschwestern waren und an Lebensjahren auch nicht weit auseinanderlagen, in ihrem Verhältnis jedoch eher wie Tante und Nichte zueinander standen. Denn Zamzams Mutter war auch die Mutter jener Zayana gewesen, die einst die kleine Djilfidan in Beit il Mtoni aufgenommen hatte wie eine neue Schwester.

»Du hast dich rar gemacht«, rügte Salima lachend ihre Besucherin.

Zamzams Augen im schwarzen Rahmen der Maske verengten sich zu einem Lächeln. »Der Stand der Ehe ist ein betriebsamer, wie du gewiss auch noch feststellen wirst.«

Eine neckende Bemerkung, zweifellos leicht dahingesagt und ohne kränkende Absicht, und doch versetzte sie Salima einen feinen Stich.

»Also bist du glücklich?«, fragte Salima dessen ungeachtet voller Wärme.

Die Vermählung Zamzams mit einem entfernten Vetter vor nicht allzu langer Zeit wurde von allen Verwandten kritisch beäugt. Humayd galt nicht nur als nachgerade unanständig geizig, er war auch bereits mehrmals durch sein ungehobeltes Verhalten unangenehm aufgefallen. Als der alte Sultan und sein Sohn Khalid noch lebten, hatte er Khalid mitten in der Moschee – und damit höchst unpassend – um die Hand Shambu'as gebeten, und als Khalid diesen Antrag empört ausschlug, hatte Humayd nur auf dessen Tod gewartet, um auf nicht weniger ungalante Weise um Farshu zu werben. Ein Einfaltspinsel, wer nicht vermutete, dass das üppige Erbe der beiden Schwestern eine nicht unwichtige Rolle dabei spielte, obwohl Humayd selbst durchaus ebenfalls mit Reichtum gesegnet war.

»Sehr, Salima«, lautete Zamzams Antwort, die jubilierend klang und ihre Augen leuchten machte. »Im Hause meines Gemahls habe ich meine Erfüllung gefunden.«

Humayd hatte nicht viel Geduld aufbieten müssen, um Zamzam für sich zu gewinnen. Sie war schon fast dreißig und, obwohl sie mit einem anziehenden Äußeren gesegnet war, ohne ernsthafte Bewerber geblieben. Offenbar hatte weder Humayds Knauserigkeit sie geschreckt noch seine schon beinahe übertriebene Frömmigkeit, während doch jedermann wusste, dass er Sklaven und sonstige Untergebene zu misshandeln pflegte.

Lieber gar keine Ehe als eine mit einem solchen Ungeheuer, schoss es Salima durch den Kopf, doch sogleich schämte sie sich für diesen Gedanken angesichts der Zufriedenheit, die Zamzam wie mit einem Goldschimmer umgab.

Zamzam missdeutete Salimas gedankenvolles Schweigen. »Verzeih, dass ich unangemeldet erschienen bin. Ich habe dich bestimmt gestört. Hast ja gewiss viele Pflichten im Haus und mit den Ländereien …«

Salima wehrte lächelnd ab. »Da ist nichts, was nicht bis morgen warten könnte.« Sie wollte schon um Tee und Gebäck schicken, zögerte dann und fügte hinzu: »Es sei denn, du möchtest mich begleiten, auf einen kurzen Ausritt, ein paar Nelkenbäume begutachten.«

»Nichts lieber als das!«, rief Zamzam aus und klatschte begeistert in die Hände.

Seite an Seite ritten die beiden Frauen über die schmalen Pfade im Inneren der Insel, dicht umsäumt von Gesträuch und von Bäumen. Begleitet wurden sie von bewaffneten Sklaven, deren Pistolen und Dolche mit ihrer reichen Verzierung aus Perlmutt und Edelstein, Gold und Silber mehr Status und Reichtum zu verteidigen wussten denn im Ernstfall Leib und Leben. Belustigt lauschte Salima Zamzams Geplauder. Die zählte begeistert auf, was an teurem Mobiliar und an Zierrat sie unlängst angeschafft, wie sie Zayanas kostbare Klöppelarbeiten zur Zierde im Haus verteilt hatte, und schwärmte von ihrem neuen Rezept für Hammelbraten mit Ingwer und Koriander. Zamzam hatte eine große Begabung für Haus und Küche, aber auch für den Garten und für die Plantagen. Zamzam war es gewesen, die Salima vor fünf Jahren als ihre neue Gutsnachbarin in alles Wichtige eingewiesen hatte, was es beim Anbau von Gewürznelken zu wissen gab.

»Weißt du noch«, warf Salima ein, »als ich damals hier

ankam und du stundenlang mit mir durch die Pflanzungen geritten bist, um mir alles zu zeigen und mir manchen Kniff beizubringen?«

Zamzam nickte. »Und ob ich das noch weiß! Dass du von Natur aus verständig bist, war mir sehr wohl bewusst, aber du hattest ja niemanden, der dir das entsprechende Wissen über die Nelken vermittelt.« Sie lachte auf. »Ich erinnere mich noch gut an deinen gekränkten Blick, als ich eines Tages deinem *nakora* sagte, er müsse geduldig sein und besondere Sorgfalt walten lassen, weil du noch ein Kind seist und gar nichts verstündest von alledem.«

Salima stimmte in ihr Lachen ein. »Oh ja, das bedeutete einen herben Schlag für meine Eitelkeit! Wie überhaupt jede Zurechtweisung, die du mir im Lauf der Zeit erteilt hast.«

»Das glaube ich dir gern«, antwortete Zamzam vergnügt. »Aber schau, Salima, die weiblichen Tugenden sind dir nicht in die Wiege gelegt worden. Du musst dich mehr darum bemühen als andere. Umso mehr freut es mich zu sehen, welch großes Geschick du mit deinen Pflanzungen beweist. Man hört nur Gutes über deine Ernten.«

»Es macht mir einfach Freude«, wehrte Salima voller Bescheidenheit ab, und doch klang der Stolz durch, den sie empfand.

Zamzam wiegte bedächtig das Haupt unter ihrer *schele*. »Es ist ein Jammer, dass weder deine gute Mutter noch Zayana das noch miterleben konnten. Es wäre ihnen ein großes Glück gewesen zu sehen, was für eine prächtige junge Frau aus dir geworden ist.«

Salima errötete unter ihrer Maske und spürte gleich darauf Zamzams prüfenden Blick auf sich.

»Du hast mich vorhin gefragt, ob ich glücklich bin. Bist du es denn?«

Salima schwieg. *Glücklich* … Ein einfaches Wort im Grunde, doch beileibe kein kleines. Wann war sie das letzte Mal von ganzem Herzen glücklich gewesen? Das musste geraume Zeit zurückliegen. Bevor sie sich von Chole gegen Majid hatte einnehmen lassen. Bevor sie ihre Mutter verloren hatte. Nicht mehr, seit ihr Vater gestorben war. Davor, ja, da war sie glücklich gewesen, auf eine unbekümmerte, weltumarmende Weise.

»Fehlt dir denn etwas zu deinem Glück, Salima?«, hakte Zamzam behutsam nach.

Außer dem Bedürfnis, die Kinder von Kisimbani zu hegen und gut aufgehoben zu wissen, gab es noch einen weiteren Grund, weshalb sie sie Tag für Tag im Innenhof versammelte: Sie wünschte sich, die im Hof umherspringenden Sprösslinge wären ihre eigenen. Das Leben auf Kisimbani behagte ihr. Es war ein gutes Leben, doch eine eigene Familie hätte es vollkommen gemacht.

Manchmal, wenn Metle – inzwischen verheiratet – sie besuchte, brachte sie die Zwillinge mit, mit denen sie vor Kurzem niedergekommen war. Magere Winzlinge zu Anfang, waren die beiden zu kräftigen Buben mit sonnigem Wesen herangewachsen, und jedes Mal, wenn Salima einen davon auf dem Arm hielt, wenn sie dieses junge, so zerbrechliche und doch unbändige Leben spürte und den Geruch nach Milch und Honig und Vanille einatmete, nagte die Sehnsucht nach eigenen Kindern an ihr. Doch einen Mann zu finden, das schien in unerreichbare Ferne gerückt.

Salimas Ruf als Verräterin war auf der Insel noch immer nicht verklungen, und selbst ihr kleines Vermögen, das fruchtbare Land, das sie besaß, wog nicht die Gefahr auf, es sich möglicherweise mit Sultan Majid zu verderben, wenn man um die Hand seiner abtrünnigen Schwester anhielt. Es hätte Majid als Familienoberhaupt oblegen, einen Gemahl für sie zu bestimmen. Doch obwohl er ansonsten Milde hatte walten lassen, schien er nichts zu unternehmen, um seine Schwester zu vermählen. Der Tod des Vaters hatte Salimas Verheiratung in den Oman aufgeschoben, die Querelen ihrer Brüder hatten sie ausgesetzt und die erschlichene Treue zu Barghash schließlich zu Staub zerfallen lassen. Salima war jetzt knapp zwanzig; die besten Jahre zum Heiraten waren bereits verstrichen, und die nächstbesten rieselten ihr bereits durch die Finger.

Die Erfüllung ihres Herzenswunsches lag allein in der Hand Allahs, daran versuchte sie sich selbst zu erinnern. Das einzige jedoch, was sie sonst noch ersehnte, dasjenige, wozu sie ihren eigenen Teil beitragen konnte, schien ihr ebenfalls nicht vergönnt zu sein.

»Ich vermisse das Meer«, sagte sie schließlich leise. »Ich kann mich einfach nicht daran gewöhnen, dass ich es nicht mehr vor meinem Fenster habe.« In wenigen Sätzen schilderte sie ihre Bemühungen um Grundbesitz an der Küste, die bislang nicht von Erfolg gekrönt gewesen waren. »Dabei habe ich doch den besten *dillal* weit und breit damit beauftragt«, schloss sie, fast schon verzweifelt.

Zamzam schnalzte abfällig mit der Zunge. »So etwas bekommt man auch nicht über einen Makler, Salima! Solcher Besitz geht immer unter der Hand weg. Wenn man jemanden kennt, der wiederum jemanden kennt, dessen Freund oder Neffe oder Vetter lieber Gold als Boden sein Eigen nennt oder der die Stadt dem Land vorzieht. Ich bin mit einer Menge Leute hier in der Gegend gut bekannt – lass mich nur machen …«

18

»Der Vetter meines Gemahls hält sich meistens in der Stadt auf«, flüsterte Zamzam entschuldigend, als der Diener das Portal aufschloss und sie eintreten ließ. Vom Äußeren des Hauses war wenig zu sehen gewesen. Wo einstmals wohl ein gepflegter Garten gewesen sein musste, war unter der Sonne und dem Regen Sansibars ein Dschungel emporgeschossen, dessen Palmen und Baumriesen voller Mangos und Feigen, dessen unbeschnittene Gewürznelkenbäume und die in kraftvollen Farben blühenden Sträucher das Gebäude umspannen wie ein üppiger Kokon.

Salima sah sich aufmerksam um, während der Diener die Fensterläden zur Landseite hin öffnete und aus den schmalen Rippen fahlen Lichts helle Sonnenflächen schuf. Zwar nahm sie wahr, dass das spärliche Mobiliar von der salzigen Luft morsch geworden war, sah den abblätternden Putz, die ausgetretenen Steinböden und die Schleier von Spinnweben, doch vor allem bemerkte sie die starken Mauern des frei stehenden geräumigen Hauses und seine großzügigen Räume mit den hohen Decken.

»Hier entlang geht es in den Innenhof«, verkündete der Diener mit einer entsprechenden Handbewegung. »Wenn die hochwohlgeborenen Damen mir folgen wollen ...«

Von der Halle aus traten sie durch ein Seitenportal in den

ummauerten Hof, dessen dem Haus gegenüberliegende Seite ein kleinerer Wirtschaftsbau einnahm: die Unterkünfte für die Dienstboten und die Küchen- und Vorratsräume, wie Salima und Zamzam erfuhren.

Salima schenkte dem wenig Beachtung. Ihre Aufmerksamkeit galt allein dem Flüsschen, das durch eine Maueröffnung am Boden hineinplätscherte, sich zwischen den wild austreibenden Sträuchern und hüfthohen Grasbüscheln hindurchschlängelte und auf der gegenüberliegenden Seite durch ein Loch in der Steinwand wieder verschwand. Ihre Mundwinkel verzogen sich zu einem verstohlenen Lächeln.

Ein kleiner Fluss im Hof – genau wie in Mtoni …

»Bitte wieder hier entlang, die Damen«, sagte der Diener und führte sie zurück ins Haus, die Treppe hinauf in das obere Stockwerk. Schattengesprenkeltes Licht flutete die Räume, als die Läden einer nach dem anderen aufgeklappt wurden. Frischer Laubgeruch und Blütenduft strömten herein, durchzogen von prickelnder Meeresluft. Das gleichmäßige Hauchen, das unter dem Blätterrascheln kaum zu hören gewesen war, schwoll allmählich zu einem satten Rauschen an.

»Und von hier aus dürfte man den besten Blick haben.«

Die Fensterläden schwangen auf, und Salima stockte der Atem. Wie von Menschenhand geschaffen, bildeten die gebogenen Stämme der Palmen unter ihren fedrigen Kronen einen schmückenden Rahmen um ein Stück tiefblauen Meeres, so blau, dass Salima es beinahe körperlich spüren konnte, wie ein Kitzeln im Magen. Grell leuchteten die weißen Segel der vorüberziehenden Schiffe im Sonnenlicht, und kleine Fischerboote schaukelten auf der Dünung.

»Leider steigt bei Flut das Wasser oft so hoch, dass die Wellen bis an die Hauswand hinaufspritzen«, erläuterte der Diener bedauernd und wies auf den hellen Sandstrand, der das Wasser von den Ausläufern des verwilderten Gartens trennte.

Leider? Beinah hätte Salima laut herausgelacht. Sie stellte es sich herrlich vor, mit bloßen Füßen aus der Tür an den Strand zu treten und geradewegs ins Wasser hinein.

»Was hältst du davon?«, erkundigte sich Zamzam, als der Diener sich respektvoll in einen schattigen Winkel zurückgezogen hatte, damit die beiden Damen sich beratschlagen konnten.

Salima konnte ihren Blick nicht von dem Bild vor dem Fenster lösen. Das Haus von Bububu war wie geschaffen für sie.

»Frag Humayds Vetter, was er dafür haben will. Gleich, wie hoch der Preis auch sein mag, ich werde ihn bezahlen.«

Silberfeines Grillengezirp belebte die träge Nacht. In traumverlorener Zufriedenheit leckten die nassen Zungen des Meeres über den Strand, murmelten sachte die immer gleiche Strophe ihres jahrtausendealten Liedes und liebkosten den Sand, der weich, weiß und pudrig war wie Staubzucker.

»Erinnert ihr euch an die beiden Tscherkessinnen, die unser Vater ins Haus holte, als wir noch recht klein waren?« Über den Rand seines Silberbechers hinweg sah Hamdan abwechselnd Salima und seine beiden Halbbrüder Jamshid und Abd il Wahab an. Die Laternen aus buntem Glas, die halb im Sand vergraben waren, schickten bewegtes getöntes Licht über ihre Gesichter, das die Verschiedenartigkeit ihrer Züge aufweichte und sie einander ähnlicher wirken ließ. Eine Widerspiegelung der jüngsten Zeit, als nach Jahren losen Umgangs die Bande wieder fester geknüpft worden waren.

»Von denen die eine uns Kinder entweder keines Blickes würdigte oder hochnäsig herumscheuchte, was uns furchtbar erboste?« Salima biss in ein Stück Marzipan. »Und ob!«

Die vier sahen sich an, als sie sich in Erinnerung riefen, mit welch frechen Streichen sie sich gerächt hatten. Salima

gluckste, konnte das Lachen, das in ihrer Kehle emporspru-
delte, nicht mehr unterdrücken, und gleich darauf stimmten
ihre Brüder in das Lachen ein.

»Und der Pfau«, gackerte Hamdan, der gerade die auf der
ausgebreiteten Seidendecke verteilten Spielkarten einsammel-
te, mit denen die Geschwister sich den Nachmittag über vergnügt hatten. »Der Pfau mit seinem nackten Bürzel, nachdem
wir ihn gerupft hatten!«

»Zum Glück war unser Vater da gerade nicht in der Nähe,
und die Sklaven haben das arme Tier versteckt, bis die Federn
nachgewachsen waren«, kam es johlend von Abd il Wahab.
»Sonst hätten wir allesamt die nächsten Tage nicht mehr sitzen können!«

»Du liebe Zeit«, keuchte Jamshid, dessen blonder Bart
aussah wie aus Gold gegossen, und wischte sich die Lachträ-
nen aus den Augen, »was waren wir doch für ein verwöhntes,
ungezogenes Pack!«

»Ihr vielleicht«, kicherte Salima. »Ich nicht! Ich hab als
jüngstes der Mädchen nur immer brav alles getan, was Shawana mir befohlen hat!«

»Ha, hört sie euch an!«, rief Hamdan, packte Salima mit liebevoller Grobheit im Genick und schüttelte sie leicht, sodass
sie aufkiekste und instinktiv die Schultern hochzog. »Wer hat
sich immer heimlich aus dem Haus gestohlen, um auf dem
Land Jagd auf unschuldige Mangos zu machen?«

»Lasst gut sein, ich kann nicht mehr!« Abd il Wahab lag
auf dem Rücken, halb noch auf der ausgebreiteten bestickten
Decke, halb schon im Sand, und hielt sich den vor Lachen
schmerzenden Bauch, der obendrein noch übervoll war mit
Tee, *sherbet* und den scharf gewürzten Häppchen und Süßigkeiten, die Salima hier am Strand hatte servieren lassen.

Nur langsam, nach und nach, ebbte das Lachen ab, wich
die überschäumende Ausgelassenheit der reichen Stille, die

mit dem Zauber einer Tropennacht einhergeht. Wie Samt und Seide umschmeichelten die warme Luft und der frische Meereshauch die vier, hüllten sie ein in schummriges Zwielicht aus Lampenschein und Sternenglanz. Salima stieß einen tiefen Seufzer der Seligkeit aus.

Der Vetter von Zamzams Gemahl hatte sich zunächst etwas geziert. Zwar hatte er freimütig bekannt, für das Landgut von Bububu keinerlei Verwendung zu haben, da er es vorzog, in der geschäftigen Stadt zu leben. Dessen ungeachtet wollte er sich nicht leichtfertig von diesem hübschen Fleckchen Erde trennen. Salima war hartnäckig geblieben, hatte ihn mit geschickt formulierten Briefen bedrängt, und auch Zamzam war in die Verhandlungen mit eingestiegen, deren Argumente sie dann und wann mit köstlichem Gebäck oder einem speziell zubereiteten Braten unterstrich. Wochenlang dauerte das Tauziehen um den Besitz, dann wurde man sich einig: Salima mietete Haus und Grund auf unbestimmte Zeit gegen eine jährliche Summe. Bububu war ihres.

Und so wie die Wellen einmal am Tag und einmal in der Nacht an die Grundmauern des Hauses strömten, fanden auch Salimas Gefährten der Kinder- und Jugendzeit wieder den Weg zu ihr, täglich fast und meist ohne förmliche Vorankündigung. Ganz so, als hätten sie auf ihrem Lebensweg eine Schleife zurück genommen, zurück zu unbeschwerteren Tagen, bar der strengen Regeln und der Last des Erwachsenseins.

»Eingedenk der wahrhaft fürstlich zu nennenden Gastfreundschaft unserer lieben Schwester«, ergriff nach einer Weile Jamshid in betont blumigen Wendungen wieder das Wort, »will ich mich mit einer kleinen Gabe erkenntlich zeigen.«

Auf ein Fingerschnipsen von ihm lösten sich seine Sklaven aus der Finsternis außerhalb des Lichtkreises, hoben große Körbe aus den Booten, mit denen die Brüder aus der Stadt gekommen waren, und machten sich im Sand daran zu schaffen. Salima konnte Fünkchen aufglimmen sehen, die sich zu kleinen Flammen entzündeten und Lunten in Brand steckten. Es zischte, Lichter schossen auf und zerplatzten oben am Himmel unter grellem Knallen zu rot leuchtenden, blau sprühenden und grellgrünen Sträußen.

Er hat es nicht vergessen, dachte Salima. *Er hat nicht vergessen, wie sehr ich Feuerwerk liebe.*

Den Kopf in den Nacken gelegt und mit angehaltenem Atem, starrte sie hinauf zu den silbernen und goldenen Sternensplittern, die langsam, langsam herabregneten und leuchtende Spuren auf das schwarzblaue Himmelstuch malten.

Das ist es, das Glück. Hier in Bububu, mit meinen Brüdern. In solchen Nächten und an solchen Tagen, fern von den Schatten der letzten Jahre. Hier bin ich endlich angekommen. Hab Dank, o Allah, für diesen Segen.

19

 Nach dem Vorbild ihres Vaters hatte Salima sich ein Fernrohr gekauft und im oberen Stockwerk ans Fenster stellen lassen. Sie schaute hindurch und sah, wie Abd il Wahab mit einer Handvoll Leibdiener den Strand ansteuerte. Während sie die Treppen hinuntereilte, um ihn zu empfangen, scheuchte sie ihre Dienerinnen auf, um so schnell wie möglich alles für den Besuch herzurichten.

»Abd il Wahab«, rief sie freudig, als sie ihm durch den Sand entgegenging, »schön, dich zu sehen! Wo hast du unsere anderen beiden Brüder denn gelassen?« Noch während sie sprach, wurde sie seiner betrübten Miene gewahr – so frohgemut, wie ihr Bruder sich sonst stets gab, konnte das nichts Gutes verheißen. »Ist etwas geschehen? Ist jemand krank – oder ... oder gar Schlimmeres?« Ihre Stimme war bei den letzten Worten immer leiser geworden, bis sie nur mehr flüsterte.

Ihr Bruder schüttelte den Kopf. »Nein, keine Sorge, das ist es nicht. Gehen wir trotzdem hinein. Es ist besser, wenn du dich hinsetzt ...«

Es waren bange Augenblicke voller Unruhe, bis sie in dem von der Meeresbrise durchzogenen Raum Platz genommen hatten und der Kaffee serviert war.

»Also«, begann Salima schließlich voller Ungeduld, »was für schlechte Nachrichten bringst du mir?«

»Ich bin nicht aus eigenem Willen hier«, sagte Abd il Wahab nach einer kleinen Pause, in der er sichtlich mit sich gerungen hatte, wie er anfangen sollte. »Man hat mich mit einer Bitte zu dir geschickt. Und ich weiß, dass sie dir nicht behagen wird. Kannst du erraten, von wem sie stammt?«

»Nein«, kam es sogleich von Salima, mit einer gewissen Schärfe im Ton. »Deshalb wäre ich dir auch dankbar, wenn du nicht wie eine Katze um den heißen Brei schleichen, sondern freiheraus sagen würdest, wer dich schickt und warum.«

Abd il Wahab nippte an seinem Kaffee, räusperte sich und trank einen Schluck. »Bestimmt hast du gehört, dass die Engländer einen neuen Konsul hier auf Sansibar eingesetzt haben«, fuhr er dann fort.

Salima zuckte mit den Achseln. Der starke Kaffee hatte mit einem Mal einen Nachgeschmack bekommen wie von Eisen – beinahe wie Blut. Seit sie damals in die Mündungsöffnungen der Geschütze geblickt hatte, seit englische Kugeln an ihr vorübergepfiffen waren, hatte sie nicht mehr viel übrig für die Fremden auf der Insel.

»Was gehen mich die Engländer an oder ihr Konsul?«, gab sie deshalb schroff zurück. »Gleich, ob es Rigby ist oder ein anderer!«

Abd il Wahab sah sie verblüfft an, dann lachte er. »Rigby ist schon lange fort! Das Klima hier war seiner Gesundheit abträglich, wie es hieß, aber wahrscheinlicher ist, dass die Kämpfe mit Majid ihn zermürbt haben.«

Salima zuckte erneut gleichgültig mit den Schultern, doch ihr Bruder erzählte weiter. »Majid trug es Rigby nach, dass er so lange Druck auf ihn ausübte, bis er Barghash aus dem Exil zurückkehren ließ. Offenbar war der britischen Verwaltung Barghashs Anwesenheit in Bombay unangenehm, und sie wollten ihn auf elegante Weise loswerden. Obendrein ist Majid bis heute nicht damit einverstanden, dass das Sultanat unseres Vaters geteilt wurde und dass nun Thuwaini Sultan im Oman und damit Majid hier auf Sansibar gleichgestellt ist und dass Majid ihm jedes Jahr eine bestimmte Summe zahlen muss, als Ausgleich des reicheren Sansibar an den ärmeren Oman. Letztlich entzweit haben sich Rigby und Majid aber, als Rigby die indischen Händler als Untertanen der Königin von England zwang, ihre Sklaven freizulassen. Auf Rigby folgte ein gewisser Pelly, dann ein gewisser Captain Playfair, der zuvor in der Verwaltung von Aden tätig war. Und nun eben …« Er unterbrach sich und sah seine Schwester prüfend an, dann fügte er leise hinzu: »Du magst dich mit den Geschehnissen auf der Insel nicht befassen, nicht wahr?«

»Warum auch?« Salima sah ihn durchdringend an. »Ich habe das einmal getan, und daraus ist nichts Gutes erwachsen. Weder für mich noch für andere. Und glaub mir, es vergeht kein Tag, an dem ich das nicht bitter bereue.«

Ihr Bruder nickte bedächtig. »Was nur zu verständlich ist. Doch wie die Dinge nun liegen, wirst du dich damit befassen *müssen*.«

»Hat dich etwa der neue Konsul geschickt?!« Salimas Augen wurden schmal.

Als Abd il Wahab verneinte, bohrte Salima nach. »Wer dann? Abd il Wahab, ich bitte dich, sag schon! Spann mich doch nicht länger auf die Folter!« Ihre flache Hand knallte unbeherrscht auf den Tisch, sodass das Kaffeegeschirr leise klirrte.

Ihr Gegenüber wurde rot. »Bitte sei mir nicht gram, dass ich der Überbringer der schlechten Nachricht bin.«

Salima seufzte. »Gewiss nicht! Sofern du jetzt endlich sagst, wer dich geschickt hat und weshalb!«

»Ich komme auf Geheiß von Majid …«

Majid. Salima wollte ihren Ohren nicht trauen, und als sie begriff, dass sie sich nicht verhört hatte, schlug ihre Stimmung jäh um. Hoffnung stieg auf in ihr und eine unbezähmbare Freude.

Er hat mir vergeben. Nach all den Jahren hat er mir mein törichtes Tun verziehen und reicht mir die Hand zur Versöhnung. Ich wusste! Ich wusste es, dass Bububu mir Glück bringen würde!

»… ob du ihm Bububu überlassen könntest.«

»Was hast du gesagt?« Salimas Stimme versagte.

Abd il Wahabs Gesichtsfarbe vertiefte sich. »Während einer Bootsfahrt hat der neue Konsul wohl ein begehrliches Auge auf dieses Haus geworfen, und er fragte Majid, ob es zu bekommen sei. Was Majid bejahte. Und er hat mich entsandt, dir diese Bitte zu übermitteln.«

Seine Schwester vergrub das Gesicht in den Händen. Sie zitterte. Zorn durchflutete sie, dann überkam sie Verzweiflung. *Alles – alles, nur nicht Bububu!*

Des Sultans Wunsch und Wille war Gesetz. So war es von jeher gewesen auf Sansibar. Doch selbst wenn Salima sich trotzig über diesen Brauch hätte hinwegsetzen wollen – ihrer Untreue wegen und angesichts der Milde, die Majid hatte walten lassen, stand sie in seiner Schuld. Ehre und Anstand verlangten, dass sie seiner Bitte nachkam, um damit wenigstens einen Teil dieser Schuld zu begleichen, das wusste sie. Und Majid wusste es ebenfalls, das las sie aus seinem Ansinnen heraus. Und auch dass der eigentliche Besitzer von Bububu offenbar bereits in Kenntnis gesetzt und damit wohl auch einverstanden gewesen war.

»Ich kann das nicht sofort entscheiden«, murmelte sie durch ihre Finger hindurch. »Ich möchte wenigstens eine Nacht darüber nachdenken.«

»Ich bedaure, Salima«, konnte sie Abd il Wahabs zittrige Stimme hören. »Majid hat verlangt, dass ich noch heute mit deiner Antwort zu ihm zurückkehre.«

Wie kann er das von mir verlangen?

Ihr Bruder holte tief Luft. »Seinetwegen kannst du gerne nach Mtoni zurückkehren, aber sollte dir danach nicht der Sinn stehen, soll ich dafür sorgen, dass du eine angemessene Behausung in der Stadt findest.«

Salima hob den Kopf. »Darf ich mir dann zumindest für *diese* Entscheidung etwas Zeit nehmen?« Wehrhaft hatte sie klingen wollen und ein wenig bissig. Stattdessen kamen die Worte schleppend über ihre Lippen.

»Aber ja, gewiss«, antwortete Abd il Wahab eifrig.

… das Haus von Bububu binnen acht Tagen zu räumen und meinem Bruder, dem geschätzten Sayyid Majid, dem Sultan von Sansibar, zu übergeben, damit er nach seinem Belieben damit verfahre …

Salimas Hand, die die Bambusfeder führte, hielt inne. Kein Brief, den sie in ihrem Leben geschrieben hatte, tat ihr derart in der Seele weh wie dieser, in dem sie noch einmal schriftlich auf Bububu verzichtete. Mit Bububu verband sie eine Liebe auf den ersten Blick, und in den wenigen Monaten, die sie hier verbracht hatte, war sie mit diesem Fleckchen Erde verwachsen. Sich davon trennen zu müssen kam ihr entsetzlich grausam vor. Bububu zu verlassen würde eine große Wunde reißen in ihr.

Sie zwang sich, den Brief zu beenden und ihn einem Boten zu übergeben, damit er ihn Abd il Wahab bringe. Schwer fielen ihr die Schritte, als sie sich daranmachte, ihre Lieblingsplätze im Haus noch einmal abzugehen. Das Fernrohr im oberen Stock, durch dessen Linsen sie sich Träume von fernen Küsten ins Haus geholt hatte. Das Gemach, dessen Fenster auf die Kronen dicht belaubter Bäume hinausging, die abzuholzen Salima nicht übers Herz gebracht hatte, sodass man sich dort fühlte wie in einem Baumhaus, umgeben von den trillernden

Melodien der Vögel. Der kleine Salon, den sie sich unten eingerichtet hatte und wo sie sich fast vorkam wie an Deck eines
Segelschiffs, wenn die Meereswellen außen an seine Mauern
stießen.

Lange stand sie am Strand, im Schatten der Palmen, barfuß, die Zehen tief im pulvrigen Sand vergraben, und sah hinaus auf den breiten Meeresarm, auf dem die Sonne glitzerte,
verfolgte die Schiffe mit ihren Blicken.

Alle, alle haben sie ein Ziel. Nur ich nicht …

Nach Beit il Mtoni zurückzukehren, wieder dort zu leben,
wo sie geboren worden war und ihre ersten Jahre verbracht
hatte, klang zwar verlockend und übte einen eigentümlichen
Sog auf sie aus. Und doch spürte sie, dass sie dort nicht mehr
glücklich sein konnte. Azza bint Sayf und die anderen Frau-
en würden ein wachsames Auge auf sie haben – darauf, was
sie trug, was sie sagte, wie sie sich benahm. Sie würde sich
unterordnen müssen, wieder eingliedern in ein engmaschiges
Netz von Rangordnungen, Verbindungen und Feindschaften,
von Regeln und Verboten. Auf Kisimbani und hier in Bububu hatte Salima die Freiheit gekostet, den Geschmack eines
selbstbestimmten Lebens. Zu köstlich, um es wieder aufzugeben. *Von heute an habe ich keine andere Herrin mehr als mich
selbst*, hallten ihre eigenen Gedanken in ihr wider.

Die Stadt reizte sie ebenfalls nicht. Auch nach bald sechs
Jahren war die Erinnerung an Barghashs gescheiterten Aufstand noch zu frisch in ihrem eigenen Gedächtnis. Wenn sie
an die Steinstadt dachte, erinnerte sie sich nur an drangvoll
enge Gassen, an Lärm und Gestank. Blieb nur Kisimbani –
fernab vom Meer, aber besser als alles andere.

*Warum darf ich nicht auf Dauer glücklich sein? Warum wird
mir alles sofort wieder genommen?*

»Heda, Schwesterlein!«

Salima blickte auf. Ein Boot war gerade dabei anzulegen,

darin ihre drei Halbbrüder. Sie winkte ihnen zu und bemühte sich um ein Lächeln, doch es misslang ihr.

»So traurig?« Jamshids helle Augen blitzten aufmunternd, als er zu ihr getreten war und sie zärtlich in die Wange kniff.

»Hast du dich schon entschieden, wo du hingehen wirst?«, fragte Abd il Wahab.

»Ah – nichts sagen«, drängte sich Hamdan mit erhobenem Zeigefinger dazwischen. »Lass mich raten …« Der Finger richtete sich in wissender Geste auf seine Schwester. »Kisimbani?«

Noch ehe Salima genickt hatte, hob Protestgeschrei an.

»Nichts da!« – »Keinesfalls wirst du dich auf dem Land verkriechen!« – »Du kommst mit uns in die Stadt!«, riefen die drei durcheinander.

20

»... ich jedenfalls freue mich, dich nach der ganzen Zeit wiederzusehen – und dann gleich noch als Nachbarin!«

Salima lachte und stützte die Ellenbogen auf die Brüstung der Dachterrasse. »Wer hätte das gedacht, nicht wahr?«

»Wie ich immer sage«, bemerkte Zahira, eine etwa gleichaltrige Araberin, die früher oft in Beit il Tani zu Gast gewesen war. »Ein jedes Ding hat auch seine guten Seiten.«

»Das ist wohl wahr«, erwiderte Salima und ließ unwillkürlich ihre Augen über die Dächer der Stadt schweifen. Es war bereits dunkel, und die erleuchteten Fenster ließen nur mehr die Umrisse erkennen. Jetzt, bei Nacht, war der Ausblick über die Stadt beinahe reizvoll zu nennen. Bei Tag jedoch, im gnadenlosen Sonnenlicht, das wie unter einem Brennglas schadhaften Putz und rissigen Stein sichtbar machte, Unrat und Schmutz, das Ausdünstungen und Gerüche aufkochte, gefiel es ihr hier gar nicht. Dabei handelte es sich um eine gute Adresse, die Abd il Wahab für sie gefunden hatte, im Viertel der Händler, in dem neben Arabern und den wenigen Indern, die den Aufstieg geschafft hatten, Engländer lebten, Deutsche, Amerikaner und Franzosen, die alle großen Wert auf ansprechende Bauten und auf Bequemlichkeit legten. Doch im Vergleich zu Kisimbani und Bububu wirkte alles hier hässlich auf Salima. Trostlos und doch schmerzhaft grell, laut und umtriebig. Vor allem viel zu weit entfernt vom Meer, von dem sie durch einige Straßenzüge getrennt war. Nur manchmal ließ es sich hier oben auf dem Dach erahnen.

»Verzeiht, Bibi Salmé.« Salim war hinter sie getreten. »Ihr habt Besuch.«

»Entschuldige mich, Zahira«, rief Salima hinüber, doch diese winkte ab. »Kein Grund, dich zu entschuldigen! Wir sehen uns jetzt ja öfter. Und ich muss auch nach den Kindern sehen. Gute Nacht, Salima!«

»Gute Nacht! – Wer ist es denn?«, fügte sie, an Salim gewandt, hinzu.

Salims Augen waren geweitet vor Erstaunen, als er ehrfürchtig flüsterte: »Sayyida Chole, Bibi Salmé.«

»Chole!« Mit ausgebreiteten Armen eilte Salima auf ihre Schwester zu, ein Leuchten auf dem Gesicht.

Also hat sie meinen Brief erhalten …

Doch das Leuchten erlosch, als Chole keine Regung zeigte, sondern mit verschränkten Armen stehen blieb.

»Nun zeigst du also dein wahres Gesicht, Salima«, kam es von ihr anstelle einer Begrüßung. »Dein Ansehen ist bei mir ohnehin schon gering gewesen seit damals, aber erst jetzt beginne ich zu begreifen, wie verdorben du im Grunde deines Wesens doch bist.«

Salima sah sie verwundert an. »*As-salamu aleikum*, Chole«, hieß sie ihre Schwester dennoch unverändert freundlich willkommen. »So nimm doch Platz und erzähl, weshalb du mir zürnst.«

Chole ruckte abwehrend mit dem Kopf, ließ sich dann aber doch auf den Polstern nieder, sichtlich widerstrebend und doch gönnerhaft. »Das fragst du noch?«, begann sie erneut. »Du, die du dich bei Majid und bei den Ungläubigen lieb Kind machst, indem du ihnen Bububu überlässt?«

Salima lachte verständnislos auf. »Aber ich habe dir doch geschrieben, wie sich dies zugetragen hat. Dass mir Majid keine andere Wahl ließ. – Abgesehen davon«, setzte sie spitz hinzu, »ist das allein meine Sache.«

»Dass du eine Verräterin bist und bleibst? Ja, das mag wohl sein, dass das allein deine Sache ist.« Unwillig wedelte Chole mit der Hand, um der Dienerin zu bedeuten, dass sie nichts von dem hereingebrachten Kaffee angeboten zu bekommen wünschte.

»Chole, so sei doch vernünftig.« Salima bemühte sich, die Zorneswogen bei ihrer Schwester zu glätten. »Wie ich dir bereits geschrieben habe: Ich hatte keine andere Wahl!«

»Und deshalb haust du jetzt auch hier, anstatt nach Beit il Tani zurückzukehren? In *unserem* Haus? Hat dich Majid auch dazu gezwungen?«

»Nein, Chole. Mich hat niemand gezwungen. Abd il Wahab, Jamshid und Hamdan haben mich gebeten, in ihre Nähe zu ziehen und nicht nach Kisimbani zurückzukehren. Ihnen zuliebe habe ich diese Entscheidung getroffen.« Trotz des unguten Gefühls, das sich in ihr regte, blieb Salima ruhig.

Choles Blick wandelte sich von flammendem Zorn zu kalter Verachtung. »Also ist es wahr, was man über dich erzählt: dass du dich den Knechten Englands andienst. Pfui, Salima!«

»Aber ich habe nicht –«

»Was habe ich nur über Jahre hinweg für eine Natter an meinem Busen genährt!«

Chole! Der Ruf blieb Salima in der Kehle stecken, als ihre Schwester aufsprang und mit Pantoffelgeklapper und Umhanggeflatter hinausstürmte, und machte sie würgen.

Müde schlich sie sich zurück aufs Dach, blickte lange auf die Stadt hinab, lauschte den Stimmen, den Schritten und vereinzelten Klängen von Musik. Obwohl die Nacht warm war, begann Salima zu frösteln und wickelte sich tiefer in ihre *schele*. Sie legte den Kopf zurück und sah hinauf in den Himmel, der seine endlose funkelnde Pracht über ihr ausbreitete. So weit das Auge reichte, geschmeidige Schwärze und Sternensaat. Und Salima fühlte sich entsetzlich allein und verlassen, gleich einem Sandkorn, das verloren gegangen war in der Unendlichkeit.

Doch sie war nicht gänzlich allein. Ein Augenpaar ruhte auf ihr, zusammengekniffen zum Schutz gegen den beißenden Qualm einer Zigarre und doch in aufmerksamer Beobachtung, verborgen im schwarzen Viereck eines unbeleuchteten Fensters unterhalb von ihr, im Haus gegenüber.

Nicht zum ersten Mal stand er dort, und nicht zum ersten Mal erregte die neue Nachbarin seine Aufmerksamkeit. Er hätte nicht zu sagen vermocht, was es an ihr war, das seine Neugierde weckte. Auf den ersten Blick war sie nur eine von vielen arabischen Frauen Sansibars, gesichtslos hinter der Maske, verborgen unter dem schwarzen Stoffzelt des Überwurfs, unter dem sie, wenn er sich im Wind bauschte und flappte, trotz der farbenfrohen Kleidung darunter allesamt aussahen wie die Nachtfalter, die er aus seiner Heimat kannte. Oder wie die Fledermäuse, die manchmal in der kurzen Dämmerung als Schattenvögel über die Dächer der Stadt segelten.

Es war vielleicht die Art, wie sie sich hielt, aufrechter als andere, als wollte sie der ganzen Welt die Stirn bieten und wortlos verkünden: *Seht, ich beuge mich nicht!* Vielleicht auch, dass ihrer Gestalt das Heitere, Sorglose der orientalischen Lebensart fehlte. Stattdessen verströmte sie eine Schwere, eine grüblerische Traurigkeit, die den Sansibaris sonst so fernlag und die ihn auf eigentümliche Art faszinierte.

Doch auch heute ließ er die Zeit ungenutzt verstreichen, bis die gerollten Tabakblätter fast zur Gänze in Rauch aufgegangen waren, er den Stumpen ausdrückte und im Inneren des Hauses verschwand.

Ein Garten aus Gewürznelken und Rosen

Wenn dem Dufthauch von Jasmin oder Rose
Aus einem verborgnen Garten ich auf meinem Weg begegne
Bleib ich verwundert stehen, dreh mich um und schau
Ob irgendwo dein Weg vielleicht sich mit dem meinen kreuze.

MALIK BIN ASMA

21

Unsicher stand Salima vor Majid, ihrem Bruder, der ihr einst so nahegestanden und den sie so lange nicht mehr gesehen hatte. Mit einem großen Gefolge aus Leibdienern und Sklavinnen, wie es einem Sultan gebührte, war er zu ihr gekommen.

Seine seit frühester Jugend durch Pockennarben gezeichnete Gesichtshaut war fahlgelblich mit einem grauen Unterton und spannte sich straff über den hohlen Wangen. Die matten Augen waren von tiefen Schatten umgeben, an den Schläfen und in seinem Bart zeigte sich bereits der erste Silberschimmer. Der feine Stoff seines hellen Gewandes und des dunklen mantelähnlichen Überwurfs, mit Bordüren in aufwändiger Stickerei verziert, betonte noch sein ohnehin kränkliches Aussehen. Und die schweren Ringe saßen locker an den Fingern, die durch ihre Magerkeit überlang wirkten.

»*As-salamu aleikum*«, murmelte Salima verlegen; sie fühlte sich mit einem Mal wieder wie ein kleines Mädchen.

»*Wa aleikum as-salam*«, erwiderte Majid ihre Begrüßung. »Obschon der Ältere von uns beiden, habe ich mich doch als Erster aufgemacht, um dich wieder in der Stadt zu begrüßen.«

Obwohl freundlich gesprochen und gewiss auch so gemeint, kamen ihr seine Worte doch vor wie eine Ohrfeige, die Salimas Wangen brennen ließ. In der Tat – als die Jüngere, als die Rangniedrigere wäre es Salima zugefallen, Majid als Erste aufzusuchen. Dass er sich dazu herabließ, den ersten Schritt auf sie zu zu machen, bewies seine Großmut, aber es bewies auch, dass er sich ihrer Schuld nach wie vor bewusst war.

»Mein Dank ist dir gewiss«, fuhr er fort, »dass du die Güte besaßest, den Besitz von Bububu abzutreten, und du somit mein Gesicht vor dem Konsul der Engländer gewahrt hast.«

Der Schmerz über den Verlust von Bububu, die Sehnsucht nach dem Haus, dem verwilderten Garten und dem Stück Meer davor mischte sich mit dem Zorn gegen Majid, dass er ihr das alles genommen hatte, und zusammen mit der Erleichterung, dass eine Versöhnung zum Greifen nah schien, verschlug es ihr die Sprache. Sie musste mehrmals ansetzen, bis sie ein leises, ein wenig ausweichendes »Dafür braucht es keinen Dank« hervorbrachte.

Majid lobte den servierten Kaffee, erkundigte sich nach Salimas Wohlbefinden, nach dem Gedeihen ihrer Plantagen und nahm ihr das Versprechen ab, dass sie in den nächsten Tagen den Besuch in Beit il Sahil erwidern sollte, bei ihm, Khaduj und ihrer gemeinsamen Tante Aisha.

Als er sich nach einer Stunde erhob, um sich zu verabschieden, sah er seine Schwester lange an.

»Was gestern war, soll vergeben und vergessen sein. Nur das Heute zählt und das Morgen. So wollen wir es von nun an halten, nicht wahr, Salima?«

Sie hätte erleichtert sein müssen, doch sie war es nicht. Zu Recht, wie sich innerhalb von Tagen herausstellte. Denn die prunkvolle Ankunft des Sultans in ihrem Haus war nicht unbemerkt geblieben, und was zwischen ihnen gesprochen worden war, drang nur zu bald über die Mauern hinaus in die Stadt, erreichte bald auch Barghash und Chole, die Gift und Galle spuckte und dafür sorgte, dass es Salima zu Ohren kam.

Es nimmt einfach kein Ende, dachte diese oft. *Immer wieder holt es mich ein. Der Graben, der durch unsere Familie verläuft, wird sich nie wieder schließen, und ich werde immer auf den beiden Kanten mein Gleichgewicht suchen müssen.*

Oberflächlich hatten Majid und sie sich versöhnt; die geschwisterliche Nähe früherer Tage wollte sich indes nicht wieder einstellen. Fremd waren sie einander geworden, so wie Salima sich immer mehr als Fremde in ihrem eigenen Land empfand. Ihr Leben in der Stadt war kein einsames. Sie kam mit Majid und Khaduj in Beit il Sahil zusammen und auch mit ihrer Tante. Freundinnen von früher besuchten sie, und als zwei Basen von ihr sich mit zwei Brüdern verheirateten, versammelte sich ein Großteil der Nachkommen von Sultan Sayyid Sa'id auf dem rauschenden Fest. Doch Salima fühlte sich stets beobachtet, sie gab beständig acht, was sie sagte und wie sie sich verhielt, um nicht wieder Misstrauen gegen sich zu säen. Und selbst in ihr Verhältnis zum Dreigestirn Jamshid, Hamdan und Abd il Wahab drang das Gift der übergroßen Vorsicht und verdarb die Ungezwungenheit. Als ob diese hier in der Steinstadt nicht gedeihen konnte, fern des sandigen, meerbespülten Bodens von Bububu.

Nein, es war kein einsames Leben, das Salima in diesen Wochen führte, und dennoch fand sie keinen Halt mehr im vielschichtigen Geflecht aus Brüdern und Schwestern, Basen und Vettern, aus Freunden und Bekannten, ohne dass sie das wachsende Gefühl der Entfremdung an etwas hätte festmachen können. Wie ein Stück Treibholz auf offener See, willenlos von den Wellen umhergeschaukelt, kam sie sich vor und gleichzeitig wie ein Fels, fest gegründet im Meeresboden, an dem das Wasser aufbrandete, über den es hinwegspülte, ohne ihn je in Bewegung zu versetzen. Die Tage und Abende, die mit Einladungen und Gegeneinladungen dahintröpfelten, erschienen ihr öde und leer.

Umringt von den Mauern des Hauses, in denen der Gluthauch der Stadt dick und lastend stand und die sich bei Regen mit schwülwarmem Dampf füllten, glaubte Salima zu ersticken. Die Sehnsucht nach Bububu, nach der herrlichen Meeresluft, verursachte ihr körperliche Pein. Die einzige Zuflucht, die sich ihr bot, war die offene Fläche des Daches. Halbe Nächte verbrachte sie hier oben unter dem Sternenhimmel, mit gekreuzten Beinen auf einem Polster sitzend und über Dinge nachsinnend, die ihr gleich darauf wieder entglitten, nur in Gesellschaft der blütenweißen Katze, die ein Vetter ihr von seiner Pilgerfahrt nach Mekka mitgebracht hatte und die Chole ihr bitter neidete, wie ihr zugetragen worden war. Zuweilen stand sie auch einfach an der Brüstung und sah auf die Stadt hinaus oder wanderte ruhelos wie ein Geist dort umher, gleichsam in gespannter Erwartung von Ereignissen, von denen sie nicht einmal eine vage Vorstellung besaß. Manchmal war sie ganz mutig, löschte die Lampen, die eine fürsorgliche Dienerin entzündet hatte, und legte Maske und *schele* ab. In der Tarnung der Dunkelheit hielt sie ihr bloßes Gesicht in die Richtung, in der das Meer lag, und seufzte selig, wenn sich ein salziger Lufthauch herüber verirrte.

Es war ein solcher Abend, den Salima auf dem dunklen Dach verbrachte, die Nachtluft schmeichlerisch und tröstend auf Stirn und Wangen, als Stimmen, Gelächter und feines Klirren wie von Silber und Porzellan ihre Aufmerksamkeit erregten. Sie kamen aus dem Haus gegenüber, das von dem ihren nur durch eine schmale Gasse getrennt war. Salima trat an die Brüstung und sah neugierig zu den erleuchteten Fenstern hinab.

Eine Abendgesellschaft war dort versammelt – eine rein europäische Zusammenkunft. Salima schnappte englische Wortfetzen auf und französische und solche, die viel gröber klangen und von denen sie annahm, dass es sich um Deutsch handeln musste. Auf die sonst übliche helle, orientalisch anmutende Tropenkleidung hatten die allesamt bärtigen Herren verzichtet und sich stattdessen in streng wirkende Anzüge in dunklen Farben und in blendend weiße Hemden mit hohem Kragen gekleidet. Uhrketten liefen über ihren Bauch, und an den Handgelenken blitzten Manschettenknöpfe auf. Die wenigen anwesenden Damen trugen Kleider mit überschmaler Taille und mit ausladend weiten Röcken, die Salima an die Puppe erinnerten, die sie als kleines Mädchen besessen hatte und die dann irgendwann in Beit il Watoro verschwunden war. Salima glaubte ein oder zwei der Damen zu erkennen, die vor Jahren ab und zu nach Beit il Tani gekommen waren, um ihr und Chole ihre Aufwartung zu machen. Sie hatten kleine Geschenke ausgetauscht: spitzenumrandete Tüchlein aus Batist und kleine Porzellanfiguren, Silberzeug und bestickte Decken und Kissen. Ein paar Mal hatten die beiden Schwestern auch Einladungen in deren Häuser angenommen, die ganz ähnlich eingerichtet waren wie die Gemächer ihres Vaters in Mtoni früher und wie das Haus von Marseille. Salima hatte es dort gefallen, wenn sie es auch als eine Unsitte empfunden hatte, dass man in europäischen Häusern die Straßenschuhe anbehielt, anstatt diese an der Türschwelle zurückzulassen und in bereitgestellte leichte Hauspantoffeln aus verziertem Leder zu schlüpfen. Im Sande verlaufen waren diese Kontakte schließlich in Ermangelung von Verständigungsmöglichkeiten: Die Europäerinnen schienen nicht fähig oder willens, mehr Arabisch oder Suaheli zu lernen als das, was vonnöten war um die Dienstboten zu befehligen, und konnten deshalb auch Choles und Salimas mageren Brocken der fremden Sprachen nichts Nützliches hinzufügen.

Alle Köpfe wandten sich dem Herrn zu, dessen Platz sich am Kopfende der Tafel befand – vermutlich der Gastgeber und Hausherr. Ein noch recht junger Mann, etwas älter als Salima vielleicht, Ende zwanzig, höchstens dreißig. Er stand auf, hob sein Glas und begann mit einer Ansprache, von der Salima kein Wort verstand. Doch seine Stimme gefiel ihr, sie war tief und volltönend und klang trotz der harten Laute weich in Salimas Ohren, angenehm und doch bestimmt. Im Kerzenlicht schimmerten sein seitlich gescheiteltes Haar und der Bart in einem dunklen Goldton irgendwo zwischen Messing und gealterter Bronze. Er hatte ein eher längliches Gesicht, das in seiner Ausgewogenheit offen wirkte. Wie er sich hielt – aufrecht, ohne steif zu wirken –, wie er sprach, wie seine Gäste ihm aufmerksam und lächelnd lauschten, das alles erweckte bei Salima einen Eindruck von Selbstsicherheit, die bar jeglicher Herrschsucht war. Als ob er in sich ruhte, in seinem Leib, der etwas Kraftvolles, Robustes besaß. *Wie ein Löwe*, ging es Salima durch den Kopf, und ihr Mund zog sich zu einem Lächeln in die Breite. *Ja, er hat etwas von einem Löwen.*

Ihr Blick verlor sich in den buttergelb leuchtenden Fensteröffnungen, als ihr Geist sich einmal mehr mit ihrem eigenen Schicksal beschäftigte.

Hier kann ich nicht bleiben. Hier verwelke ich langsam. Ich muss fort von hier. Ich muss zurück nach Kisimbani.

Geraume Zeit hatte sie wohl so in stummer Zwiesprache mit sich selbst verbracht, damit, sich selbst Mut zuzusprechen und sich in ihrem Entschluss zu bestärken. Denn als sie wieder hinübersah, waren einige Gäste bereits aufgebrochen; die übrigen verabschiedeten sich gerade, verschwanden dann nach und nach aus Salimas Blickfeld. Die Diener begannen Gläser und Servietten einzusammeln und die Spuren des Festmahles zu beseitigen.

Salima blinzelte, wie aus einem schönen Traum erwacht.

Aus dem Augenwinkel sah sie an einem dunklen Fenster gegenüber einen roten Lichtpunkt aufglimmen.

»*Masalkheri, jirani* – Guten Abend, Nachbarin!«

Der Löwenmann von gerade eben, sie hatte seine unverwechselbare Stimme sogleich erkannt.

Ein Herzzucken des Erschreckens bei Salima, und in einem Reflex ließ sie sich einfach auf die Knie fallen, duckte sich tief hinter die Brüstung. Von gegenüber konnte sie ein Lachen hören, nicht hämisch, sondern vielmehr freundlich-belustigt, und dennoch schoss ihr das Blut ins Gesicht. Vor Zorn über dieses Lachen, über die Dreistigkeit, mit der dieser Mann sie einfach so angeredet hatte; vor allem aber vor Scham, dass sie nicht überlegener gehandelt hatte, dass sie sich versteckte wie ein ungeschicktes kleines Mädchen. Sie schnitt eine Grimasse und vergrub ihr nacktes, glühendes Gesicht in den Händen. So verharrte sie in ihrer kauernden Stellung.

Drüben blieb es still. Nur dann und wann hörte sie von dort einen tiefen Atemzug, untermalt von den Geräuschen der Stadt. Dann, irgendwann, kam es von der anderen Seite: »*Nakutakia usiku mwema, jirani* – Gute Nacht, Nachbarin.« Gefolgt von Schritten, die rasch verklangen.

Ihr Herz klopfte noch immer heftig, und ein zittriges, aufgeregtes Lächeln huschte über Salimas Gesicht.

Ein wenig kann der Umzug nach Kisimbani wohl noch warten …

22

 Den ganzen nächsten Tag über hatte Salima sich geschworen, nach Einbruch der Dunkelheit nicht aufs Dach hinaufzugehen, wenigstens ein oder zwei Nächte verstreichen zu lassen, damit der Löwenmann nicht denken sollte, sie sei seinetwegen dort hinaufgekommen. Doch als die Sonne unterging und das entsprechende Gebet verrichtet war, hielt es sie nicht länger im Haus. Heiß war ihr, unerträglich heiß, und sie gestand sich widerstrebend ein, dass dies nur zu einem Teil von der stundenlang aufgeheizten Luft herrührte. Sobald der Himmel rasch verblaute, sich verfinsterte und sobald die ersten Sterne aufglommen, machte sie es sich oben mit dicken Sitzpolstern, Tee und einer Schale voller Früchte und Konfekt bequem. Doch immer wieder sprang sie auf und spähte zu dem anderen Haus hinüber. Dessen Fenster blieben unverändert dunkel.

Unten in der Gasse gingen zwei Männer vorüber und unterhielten sich unter Gelächter auf Suaheli über ein einträgliches Geschäft. Irgendwo in den Gassen maunzte eine Katze, jammervoll und herzzerreißend. Es klang, als ob ein Säugling greinte. Ihre eigene Katze, ein heller Lichtfleck auf einem der Sitzpolster, so hell, dass das Fell beinahe geisterhaft schimmerte, spitzte die Ohren, erhob sich dann majestätisch und strich jammernd an der Innenseite der Brüstung entlang.

Laute, die Salima unter die Haut gingen, weil sie ein hörbares Echo dessen waren, was sie selbst empfand.

Als die blasse Sichel des Mondes höher und höher stieg, wandte Salima sich mit unter ihrer *schele* verschränkten Armen zur Meeresseite hin. Sie schluckte schwer, und gleichzeitig schalt sie sich eine Närrin. Was hatte sie denn erwartet?

»*Masalkheri, jirani* – Guten Abend, Nachbarin!«

Ihr Herz machte einen taumelnden Satz. Salima zählte bis drei, dann richtete sie sich zu ihrer ganzen Größe auf, straffte die Schultern und drehte sich betont langsam um. Gemessenen Schrittes trat sie an die Brüstung.

»*Masalkheri, jirani* – Guten Abend, Nachbar!«, gab sie hinter dem Schutzwall der Brüstung würdevoll zurück.

»Ich bitte um Verzeihung, dass ich Euch gestern derart erschreckt habe«, kam es in fließendem, nahezu akzentfreiem Suaheli von dem rötlichen Glutfleckchen im dunklen Fenster unter ihr. »Ich wollte Euch lediglich als neue Nachbarin willkommen heißen.«

Ihr habt mich nicht erschreckt, ich bin mit dem Fuß umgeknickt und gestürzt, lag Salima schon als hochmütige Ausrede auf der Zunge, doch noch ehe sie die Stimme erhoben hatte, wurde ihr bewusst, wie lächerlich das geklungen hätte.

»Findet Ihr es nicht unhöflich, mit mir ein Gespräch zu führen, wenn ich Euer Gesicht nicht sehen kann?«, fragte sie ungehalten, um ihre Verlegenheit zu überspielen.

»Ich kann das Eure doch auch nicht sehen!«, antwortete es prompt von gegenüber.

Salimas Finger tasteten unwillkürlich nach ihrer Maske. Sie hatte schon Luft geholt, um ihn für diese Frechheit scharf zurechtzuweisen, als er ihr mit einem Lachen den Wind aus den Segeln nahm.

»Das ist hier Brauch, ich weiß! Wartet einen Augenblick …« Ein Flämmchen glomm auf und entzündete eine größere Flamme an einer Öllampe, bevor es gleich darauf erstarb. Die Öllampe brannte hell und dottergelb und tauchte vom Fenstersims aus den Löwenmann in ein weiches Licht. Er lächelte vergnügt zu ihr herauf. »Besser?«

Salima blieb stumm, hob eine der Glaslaternen vom Boden auf und stellte sie ihrerseits auf die Brüstung. Über seine Schulter hinweg rief der Löwenmann etwas ins Haus, es klang wie Suaheli, doch bei Salima kamen nur unverständliche Bruchstücke an.

»Mein Diener bringt Euch gleich etwas hinüber!«

Salima stellte sich auf die Zehenspitzen und schaute hinunter. Wenig später rannte tatsächlich ein Mann um die Hausecke, das Gesicht über dem hellen Hemd vor den kalkweißen Fassaden kohlschwarz. Er hielt etwas an sich gepresst und strebte auf den Eingang ihres eigenen Hauses zu. Unten konnte sie Stimmen hören, und kurz darauf kam eine ihrer Dienerinnen die Treppe heraufgeeilt. »Hier, Bibi, das wurde soeben für Euch abgegeben.«

Verwundert nahm Salima den kleinen runden Korb entgegen.

»Hab Dank.«

Als das Mädchen keine Anstalten machte, sich vom Fleck zu rühren, nur das weiße Tuch anstarrte, mit dem der Inhalt des Korbes zugedeckt war, wiederholte Salima mit Nachdruck: »Hab Dank!«

Schmollend trollte sich die Dienerin, und Salima ging zur Brüstung zurück. Sie schlug das Tuch zurück, betrachtete stirnrunzelnd das Brot, das darin lag, zog dann das Leinensäckchen daneben auf, stippte mit dem Finger in den weißen körnigen Inhalt, roch erst daran, bevor sie vorsichtig an einer Prise davon leckte. »Brot und *Salz*?«

»Brot und Salz«, kam von der anderen Seite die Bestätigung. »Wo ich herkomme, ist das ein Brauch. Man schenkt es zum Einzug in ein neues Haus. Es soll den Bewohnern Glück bringen.«

»Solch armselige Gaben?!«, rutschte es Salima heraus, und sogleich hätte sie sich am liebsten die Zunge abgebissen.

Der Löwenmann lachte. »Der Brauch stammt aus früheren Zeiten, als Salz noch kostbar war. Und das Brot soll den Wunsch versinnbildlichen, dass die Nahrung im neuen Hause nie knapp wird.«

Salima nickte und zupfte mit gesenktem Blick an einem Zipfel des weißen Tuches.

»Habt Dank für diese freundliche Geste«, gab sie gepresst zur Antwort. Und bemüht, die ausgeteilte Kränkung ein wenig zu mildern, fügte sie hinzu: »Ihr sprecht hervorragend Suaheli.«

»Habt *Ihr* vielen Dank für dieses Lob«, erwiderte ihr Nachbar mit einer Neigung des Kopfes. Die Beine lässig gekreuzt, eine Hand in der Hosentasche seines dunklen Anzugs vergraben, in der anderen die glimmende Zigarre, lehnte er mit der Schulter am Fensterrahmen. »Ich lebe auch schon einige Zeit auf Sansibar. Fast acht Jahre, um genau zu sein.«

»Ihr seid gewiss ein Händler?«

Der Löwenmann nickte. »Ich bin als Agent für Hansing & Co. tätig. – Seid Ihr innerhalb der Stadt umgezogen oder kommt Ihr von weiter her?«

»Ich bin vom Land hierhergezogen«, erwiderte Salima vorsichtig, unsicher, was sie über sich preisgeben wollte oder durfte. »Aber ich habe schon einmal einige Jahre hier gelebt. – Wo kommt Ihr her?«, setzte sie hastig hinzu. »Woher stammt dieser«, sie hob den Korb leicht an und hielt ihn umklammert wie einen kostbaren Schatz, »dieser Brauch?«

»Aus Deutschland. Aus Hamburg.«

Deutsch-land. Ham-burch, wie ihr Nachbar es ausgesprochen hatte. Angehauchte Laute wie im Arabischen und die

188

doch ganz anders klangen. Härter und trockener, viel zu knapp, als dass sie für Salima etwas in sich hätten tragen können. Keine Bilder, keine Gerüche oder auch nur Ahnungen. Nur dass Hamburg eine Handelsstadt war, das wusste sie. Umso größer war die Neugierde, die sie als prickelnden Schauder ihren Rücken hinabjagen spürte. Doch noch ehe sie nachfragen konnte, kam es von der anderen Seite: »Wie ist Euer Name, werte Nachbarin?«

Salima zögerte einen Wimpernschlag lang, dann sagte sie: »Nennt mich Salmé – Bibi Salmé.«

»Salmé …« Er schien zu überlegen.

»Suaheli für das arabische *Salima*«, begann sie zu erklären, plötzlich völlig aufgekratzt. »Im Grunde passt der Name gar nicht zu mir. Es bedeutet *friedlich, makellos* und *fehlerlos.*«

»Und das seid Ihr nicht?« Er klang belustigt.

Was sollte sie darauf nur antworten? »Es bedeutet auch *sicher* und *gesund*«, fügte sie hilflos hinzu.

»Das sind zweifellos Dinge, die ich Euch von ganzem Herzen wünsche. Nicht allein in Eurem neuen Haus, sondern auf jedem Eurer Wege.«

Salima horchte auf. Der Unterton seiner Worte versetzte etwas in ihr in Schwingung wie die Saite eines Instrumentes. Ganz schwach nur und doch deutlich wahrnehmbar.

»Wie lautet denn Euer Name?«

»Heinrich. Heinrich Ruete. Eigentlich getauft auf die Namen Rudolph Heinrich, aber Rudolph mag ich noch weniger leiden als Heinrich.«

Hein-rich. Hein-richhh. Salima sagte sich seinen Namen im Geiste vor. Ein abrupter Anfang, gefolgt von einem Fauchen, das in ein sanftes, fast zärtliches Flüstern auslief. *Hein-richhh.*

Die Saite in Salima wurde erneut angeschlagen, mit einem längeren Nachhall dieses Mal. Und nun wusste sie auch das Gefühl zu benennen, das darin mitklang: Sehnsucht. Eine viel größere als die nach Bububu, eine viel ältere, die weit, weit zurückreichte, bis in ihre Kindheit.

Sie umschlang den Korb mit beiden Armen und presste ihn fest vor ihre Brust. »Wie ist es in Deutschland? In Hamburg? Erzählt Ihr mir davon?«

Heinrich Ruete blies geräuschvoll den Rauch aus und lächelte.

»Nichts lieber als das, Bibi Salmé.«

23

Nacht für Nacht spann sich der Gesprächsfaden zwischen den beiden Häusern hin und her. Waren die Nächte heiß und trocken, saßen Salima und Heinrich jeder auf einem Stuhl auf dem Dach, ein Tischchen mit Tee oder Kaffee neben sich, und verplauderten die dunklen, sternenüberglänzten Stunden. Verschluckten massige Wolken Mond und Sterne, standen sie am Fenster, ihre Stimmen durchwoben vom Prasseln des Regens auf den Dächern, dem Gurgeln, wenn er von dort hinabtroff und auf die Gasse platschte.

Obwohl Heinrich stets betonte, wie verschieden Hamburg von Sansibar sei, ließen seine Worte auf Suaheli doch ein ganz ähnliches Bild vor Salimas Augen entstehen. Eine große Stadt, dicht bevölkert, mit kleinen dunklen Gassen, aber auch durchzogen von breiten Straßen, auf denen Pferdewagen fuhren und an denen entlang sich prächtige Häuser reihten. Und Hamburg versprach noch viel prächtiger zu werden, wenn es aus seinen Ruinen wieder vollständig auferstanden sein würde. Obwohl er damals erst drei Jahre alt gewesen war, erinnerte Heinrich sich noch gut an jenen Monat Mai, als die Stadt brannte. Vier Tage und Nächte glühte der Himmel rotorange, und Rauchwolken verdunkelten die Sonne und die Sterne. An die Schreie erinnerte er sich, an Angst und Panik und an die Donnerschläge, wenn Häuser gesprengt wurden, um dem Feuer die Nahrung zu entziehen. Doch vergeblich: Ein Drittel der Stadt war ein Raub der Flammen geworden und in Asche, verkohltes Holz und Trümmer zerfallen. Noch war nicht alles neu aufgebaut, aber Heinrich hatte vor seiner Abreise bereits die neu eröffneten Arkaden am Jungfernstieg gesehen, die den Bauten in Venedig nachempfunden waren, so wie auch die vielen künstlichen Wasserwege, die *Fleete*, an die Lagunenstadt gemahnten. Salima besaß keine Vorstellung von Venedig, doch Heinrichs Beschreibungen beschworen eine Ahnung von Eleganz und Herrlichkeit in ihr herauf.

Vor allem aber war Hamburg eine Hafenstadt, ganz genauso wie die Stadt von Sansibar. Nicht am Meer, das nicht, sondern an den Ufern zweier Ströme erbaut. Die nahe See war jedoch allenthalben spürbar: in der Klarheit des Lichts und im Wind, der beständig über die Stadt hinwegstrich. Im Hafen lagen Schiffe vor Anker, deren Masten und Spieren, Taue und Segel ein lockeres Gewebe schufen, das in sich das Salz der Weltmeere trug, und die rauchenden Schornsteine der ersten Dampfer kündeten vom Anbruch einer modernen Zeit. Es war die Stadt der Seeleute aus aller Herren Länder, der Matrosen und Kapitäne, die von Hamburg aus die Weltmeere befuhren; die Stadt der Hafen- und Lagerarbeiter, deren emsige Hände Schiffsverkehr und Warenverladung in Schwung hielten. Hamburg war die Stadt der kleinen Händler, die selbst noch mit anpackten, und derjenigen, die wohlsituiert in ihren plüschigen Kontoren saßen, von denen aus sie Kaffee und Tee orderten, Baumwolle, Gewürze und Tabak, und von denen aus sie Porzellan und Glas, Maschinen und Werkzeuge, Stoffe und Papier zu verschiffen in Auftrag gaben.

In Salimas Vorstellung war Hamburg ein Sansibar des Nordens, weltoffen, wohlhabend und stolz, mit angenehm kühlem Klima gesegnet, eingebettet in eine Landschaft, die ebenso grün war wie die Landschaft Sansibars, ein Grün, das nur heller war und leichter. Hamburg mochte das Tor zur Welt sein – für Salima eröffnete diese Stadt selbst eine ganz eigene Welt, verheißungsvoll und märchenhaft. Nach und nach erhielt der Name *Hamburg* einen Geschmack nach Freiheit und Abenteuer, wie Minze und Pfeffer und Anis zugleich.

Heinrich, der diesen Geschmack auf der Zunge gehabt haben musste, kaum dass er laufen gelernt hatte, war dem Ruf der Ferne gefolgt, als er gerade sechzehn Jahre zählte. Gegen den Willen seines Vaters, eines Gelehrten, der es lieber gesehen hätte, wenn sein ältester Sohn in seine Fußstapfen getreten wäre, anstatt eine Lehre in einem Handelshaus zu beginnen und sich gleich ins südwestliche Arabien, nach Aden, versetzen zu lassen. Mittlerweile hatte sich Ruete senior nicht nur mit der Berufswahl Heinrichs versöhnt, nein, er war nachgerade stolz, dass sein Sohn nicht nur für eine namhafte Handelscompagnie tätig war, sondern dass er sogar im Begriff war, eine eigene Gesellschaft aufzubauen, wie Heinrich zufrieden berichtete. Der gute Ruf, den Heinrich auf Sansibar und in der Handelswelt genoss, das kleine Vermögen, dass er sich hier erworben hatte, machten dem altehrwürdigen und guten Namen seiner Familie, der sich bis weit ins sechzehnte Jahrhundert zurückverfolgen ließ, alle Ehre.

Salima sog das alles auf wie ein Schwamm. Heinrichs Schilderungen lockten ihren Geist in eine fremde Welt, die sie bezauberte und betörte. Jedes noch so kleine Detail schloss sie tief in sich ein mit der Absicht, nichts davon jemals wieder zu vergessen. Nahm sogar den Hunger in Kauf, das alles selbst einmal sehen, selbst erleben zu wollen, einen Hunger, der mit jeder Nacht größer und beißender wurde.

Die Tage verstrichen quälend langsam für Salima. Sie wartete sehnsüchtig auf den Sonnenuntergang, auf die Dunkelheit, denn erst dann begann sie richtig zu leben.

Es waren diese späten Stunden, die Stunden mit Heinrich, in denen Salima aufblühte wie die blassen Rispen des Nachtjasmins.

»Warum erzählst du so wenig von dir selbst, Salmé?«, fragte Heinrich eines Abends oben auf dem Dach. Die Zeit, die seit ihrer ersten Begegnung verstrichen war, hatte die Förmlichkeit abgeschliffen und eine Vertrautheit geschaffen, fast wie eine in langen Jahren nach und nach gewachsene Freundschaft.

Salima schwieg. Es entsprach der Wahrheit, dass sie nur wenig über sich preisgegeben hatte in diesen Wochen. Manchmal, wenn Heinrich von den Streichen erzählte, die er als Junge ausgeheckt hatte, hatte sie in sein Lachen eingestimmt und ihrerseits geschildert, was sie und ihre Geschwister angestellt hatten. Dass ihre Mutter an der Cholera gestorben war, hatte sie mit ihm geteilt – ein Schicksalsschlag, der sie beide verband. Auch Heinrich hatte seine Mutter früh verloren, noch sehr viel früher als Salima, mit gerade einmal vier Jahren, und als Heinrich neun gewesen war, hatte auch in Hamburg die Cholera gewütet. Er sprach nur gut über seine Stiefmutter, und doch wurde Salima das Gefühl nicht los, dass in der Wiederverheiratung seines Vaters und in der Geburt zweier Halbbrüder ein weiterer Grund für Heinrichs frühzeitigen Aufbruch in die weite Welt zu suchen war. Auch das war etwas, worin sie sich ihm nahe fühlte, auch wenn sie spürte, dass die Bande ihrer eigenen Familie weitaus fester gewebt waren, im Guten wie im Schlechten. Doch sie schob den Gedanken beiseite, wann immer er sich ihr aufdrängte.

»Vielleicht gibt es über mich nicht sonderlich viel zu wissen«, entgegnete sie schließlich leise und wand den bortengeschmückten Saum ihrer *schele* um die Finger.

»Das glaube ich dir nicht, Salmé. Als Tochter der Sultansfamilie hast du gewiss viel gesehen und erlebt.«

Salimas Kopf ruckte hoch, und Verblüffung malte sich auf ihrem Gesicht unter der Maske.

»Du weißt es?«

Heinrich lachte leise. »Diese Stadt ist keine, die Geheimnisse gut bewahren kann.« Er zögerte und fügte dann behutsam hinzu: »Ändert das etwas zwischen uns?«

Ein Lächeln huschte über Salimas Züge. »Nein. – Für dich etwa?«, kam es nach einer kleinen Atempause von ihr, ängstlich beinahe, so als fürchtete sie, das, was zwischen ihnen entstanden war, könnte mit jedem weiteren Wort zersplittern wie dünnes Glas.

»Ich wüsste nicht, weshalb«, lautete Heinrichs Antwort, und bei der aufrichtigen Zärtlichkeit darin wurde es Salima warm ums Herz. Dessen Schlag gleich darauf für einen Augenblick aussetzte, als er fortfuhr: »Nur …«

Sie konnte hören, wie er tief durchatmete, sah im Sternenlicht die fahrige Geste, mit der er sich über den Nacken rieb. »Ich möchte dich gern einmal ohne diesen Graben«, er wies auf die Gasse unter ihnen, mit einer Handbewegung, die die Brüstung ihrer beiden Dachterrassen mit einschloss, »zwischen uns sehen. Es – es wäre mir eine Ehre, dich als Gast in meinem Hause begrüßen zu dürfen. Bei einer meiner Gesellschaften vielleicht …«

Salimas Herz schlug schneller, verlangsamte sich dann, schien nur noch mühsam zu pumpen unter der Last der Traurigkeit, die sie mit einem Mal überfiel, und sie schüttelte den Kopf. »Sosehr ich mir das auch wünschte – ich fürchte, das wird nicht möglich sein.«

Nicht, wenn ich meinen Ruf nicht gänzlich aufs Spiel setzen will.

Heinrich gab einen Laut von sich, der Enttäuschung ebenso wie Verständnis bedeuten mochte. »Das dachte ich mir.«

Sie sah, wie er den Kopf in den Nacken legte und zum

Himmel blickte, an dem sich bereits die Dämmerung ankündigte, dann erhob er sich. »So sei bitte in Gedanken mein Gast. Jeden Abend, an dem ich eine meiner Gesellschaften gebe, solltest du hinüberschauen. Stell dir vor, alles, was bei mir für einen solchen Anlass angerichtet ist, ist allein für dich bestimmt.«

Im Hause von Heinrich Ruete fanden in der Tat viele Gesellschaften statt. Zumeist Männerrunden, an denen oft auch der britische Konsul Henry Adrian Churchill teilnahm sowie sein Stellvertreter, der Militärarzt Dr. John Kirk, und dessen Stellvertreter Dr. Seward, wie Heinrich ihr erzählt hatte.

Es gab jedoch auch Abende, an denen Gattinnen und Schwestern eingeladen waren. Dann sehnte Salima sich besonders danach, mit am Tisch sitzen zu können. Doch selbst an einer gemischten Tafel zugegen zu sein, schien ihr ein zu großes Wagnis angesichts dessen, dass ihr Ansehen in der Stadt in den wenigen Monaten, die sie hier nun lebte, wieder gestiegen war. Die Schatten, die ihr Verrat an Majid auf sie geworfen hatte, waren gerade erst verblasst. Sie verspürte nicht das geringste Bedürfnis, neue aufziehen zu lassen, mochte der Anlass dafür auch noch so gering sein.

Dennoch spürte Salima genau, dass es nicht mehr lange so weitergehen konnte. Eines nicht allzu fernen Tages würde sie sich entscheiden müssen, ein solches Wagnis einzugehen oder aber die Verbindung zu Heinrich abzubrechen. Bevor es sie innerlich endgültig zerriss.

Das Schicksal schließlich war es, das ihr diese Entscheidung aufnötigte, und es betrat Salimas Haus in Gestalt ihrer alten Bekannten und neuen Nachbarin Zahira, die endlich Salimas immer wieder ausgesprochener Einladung auf einen Kaffee nachkam. Zahira bewunderte Salimas Einrichtung gebührend – die Maserung des Holzes von Truhen und Tischchen, die Kunstfertigkeit der Tischler, die diese angefertigt hatten. Sie zeigte sich entzückt von der Stickerei auf den dicken Sitzpolstern, lobte das Gebäck der Köchin und erzählte von ihren beiden Kindern, gefolgt von allerlei Klatsch und Tratsch aus der Stadt, an deren Quelle sie als Händlersgattin saß. Nachdem sie alle Neuigkeiten ausgetauscht hatten, druckste Zahira sichtlich herum, bevor sie zögerlich begann:

»Es geht mich zwar im Grunde nichts an … Aber du liegst mir sehr am Herzen, Salima, und deshalb – deshalb halte ich es für meine Pflicht, dir zu sagen, dass in der Stadt über dich geredet wird.« Auf Salimas fragenden Blick hin fuhr sie fort: »Dein Umgang mit dem Deutschen von gegenüber stößt auf viel Missfallen.«

Salimas Stirn legte sich in Falten. »Ich wüsste nicht, was daran Anstoß erregen könnte. Wir reden doch nur.«

Ihr Gast seufzte. »Du weißt, wie die Leute sind: Sie denken, mit Reden fängt es an – und dann …« Ihre Augenbrauen hoben sich vielsagend.

Salima kaute auf der Innenseite ihrer Unterlippe herum und starrte in ihren Kaffee. Sie spürte, wie zähe Wut in ihr emporkroch. Sie hätte wissen müssen, dass die Stadt von Sansibar tausend Augen hatte und mindestens ebenso viele gespitzte Ohren.

Zahira seufzte erneut. »Bitte sei vernünftig, Salima. Du bist kein Kind mehr, du bist einundzwanzig und noch immer unverheiratet. Dein guter Ruf ist das Wertvollste, was du besitzt. Nicht, dass du es eines Tages bitter bereust.«

Salima nippte an ihrem Kaffee und schwieg.

24

»Ich habe viel zu wenig von der Insel gesehen in den Jahren, die ich hier nun schon lebe«, murmelte Heinrich, als er neben Salima einherritt. Ein heller Hut beschattete sein leicht gebräuntes Gesicht, und die weiße, einreihig geknöpfte Jacke mit dem kleinen Stehkragen, die weißen Hosen, die in hohen Reitstiefeln steckten, warfen so grell das Sonnenlicht zurück, wie Salimas *schele* und Maske es in ihrer Schwärze verschluckten. Zu beiden Seiten ihres Weges reihten sich die Gewürznelkenbäume auf, Zwerge nur vor den Riesen der Kokosnusspalmen im Hintergrund. Und noch winziger wirkten die Männer, die die schlanken rauen Stämme hinaufkletterten, um mit langen Messern die glatten blassgrünen und mehr als kopfgroßen Früchte zu schlagen, die in ihrem Inneren die braunfaserige Nuss mit ihrem wertvollen Fleisch und der kostbaren Milch bargen.

Heinrich sah aus, als wollte er noch etwas sagen, doch er schwieg und ließ weiter seine Augen umherschweifen, während Salima einen kurzen Blick über ihre Schulter warf. In gebührendem Abstand – groß genug, dass er Respekt bezeugte, nah genug, dass die Schicklichkeit gewahrt blieb – folgte ihnen Murjan, ebenfalls zu Pferd, der jedoch geflissentlich dem Flug der Vögel mehr Aufmerksamkeit schenkte denn dem Gespräch seiner Herrin mit dem ausländischen Besucher.

Und hinter Murjan ritt eine Schar Diener und Dienerinnen auf Muskateseln und führten mit Geschirr, Essenskörben, Decken und Polstern für ein Picknick bepackte Lastesel am Zaumzeug neben sich her. Dies waren in doppeltem Sinne ihre Leute; in ihrer Gegenwart fühlte Salima sich sicher, beschützt vor argwöhnischen Blicken und vor übler Nachrede.

Sicher genug, um Heinrich für einen Tag hierher einzuladen, fernab all der Augen an den Fenstern, den Lauschern an Türen und auf Dächern der Stadt. Auf Kisimbani war sie ihre eigene Herrin; hier konnte sie leben, wie es ihr gefiel.

Sie ritten über eine freie Fläche, auf der der warm-würzige Duft der Nelken die Luft sättigte. Myriaden der rötlichen Knospen waren auf Matten aus geflochtenen Palmwedeln ausgebreitet und trockneten in der Sonne.

»Diese Insel ist wie ein Garten Eden«, ergriff Heinrich wenig später wieder das Wort. »Alles wächst und gedeiht fast von selbst. Aus Sansibar könnte man eine wahrhaftige Gewürzinsel machen, die weitaus Mannigfaltigeres hervorbringt als nur Nelken und Kokosnüsse.«

»Mein Vater hat wohl versucht, Zimt und Muskat hier anzubauen, lange bevor ich geboren wurde. Die Erträge fielen aber zu gering aus, und er ließ seine Pläne für derartige Plantagen wieder fallen. Die Bäume vermehrten sich wild weiter und werden nur noch nebenbei abgeerntet, allein für den Handel innerhalb Sansibars.«

»Dennoch«, widersprach Heinrich mit nachdenklicher Miene, »mit entsprechenden Kenntnissen und Methoden ließen sich hier gewiss auch andere Gewürze gewinnträchtig anbauen. Die Nachfrage nach Gewürzen wird auch nie sinken – im Gegenteil, sie wird eher noch zunehmen. Der Handel wird nach und nach die ganze Welt zu einem dichten Geflecht aus Geschäftsbeziehungen zusammenwachsen lassen.«

So wie wir immer weiter zusammenwachsen?, fragte sich

Salima. Sie fand keine Worte für das, was sie und Heinrich zueinander hinzog und immer enger aneinanderband. Eine Freundschaft, das war es gewiss, und doch war es mehr als nur das. In einer Welt aufgewachsen, in der Freunde beiderlei Geschlechts irgendwann als Wahlgeschwister betrachtet werden, hätte sie Heinrich auch ohne Weiteres als Bruder bezeichnet, so nah, wie sie sich ihm mittlerweile fühlte. Wären da nicht solch ungeschwisterliche Empfindungen gewesen wie das Herzklopfen, das ihr manchmal den Atem nahm und das sie um Worte verlegen machte, oder wie die Hitze, die sich in ihrem Magen entzündete, wenn er längere Zeit seine Augen auf ihr ruhen ließ; eine Hitze, die weiter in ihr aufstieg und ihre Wangen glühen ließ. Wie die Sehnsucht, ihn zu berühren, einfach auch nur seine Hand zu nehmen. Und schließlich gab es da noch die Angst, dass Heinrich womöglich längst einer anderen gehörte, dass er zu Hause, in Hamburg, vielleicht Frau und Kinder hatte, die er bislang taktvoll oder aus einer Nachlässigkeit heraus verschwiegen hatte.

Als Heinrich heute Vormittag in den Hof von Kisimbani geritten war, waren die Kinder auf ihn, den hellhäutigen blonden Fremden, zugestürmt gekommen, kaum dass er abgestiegen war. Lachend war er in die Hocke gegangen, hatte die hervorgesprudelten Fragen – *»Woherkommstdu? Wieheißtdu? Hastduunswasmitgebracht?«* – geduldig beantwortet und neckende Gegenfragen gestellt. Ein besonders vorwitziges kleines Mädchen, den Kopf voll mit stramm geflochtenen Zöpfchen wie Reihen von Kornähren, hatte er mit dem Finger in der Seite gekitzelt, dass sie unter vergnügtem Quietschen den Oberkörper zurückbog, sich dabei unter glückseligem Strahlen aber noch enger an den Fremden schmiegte, bis Heinrich sie auf seinen Arm genommen hatte, als er sich erhob, um Salima entgegenzugehen und zu begrüßen. Ihr wurde jetzt noch warm ums Herz, wenn sie daran dachte, und sie nahm all ihren Mut zusammen.

»Wirst du irgendwann zurückgehen – nach Hamburg?«

Heinrich ließ sich Zeit mit seiner Antwort.

Im Grunde eine harmlose Frage, die ihm seine Begleiterin soeben gestellt hatte. Doch hinter dieser scheinbar nebensächlichen Erkundigung dehnte sich etwas Tiefergehendes aus, das Heinrich nicht verborgen blieb. Eine Spur von Unsicherheit, die Salimas Stimme durchzogen hatte, begleitet von einer keineswegs vagen Hoffnung und unzähligen weiteren Fragen, die unausgesprochen blieben, sich aber in ihren dunklen Augen widerspiegelten, in denen er lesen konnte wie in einem aufgeschlagenen Buch. Dass er selbst seinen Blick abwandte, war der Furcht geschuldet, sie könnte in seinen Augen ebenso lesen, was in ihm vorging.

Eine einfache Frage war es gewesen, die sich ebenso einfach beantworten ließe, mit einem Wort nur. Doch einfach war schon lange nichts mehr zwischen ihm und Bibi Salmé. Was vor etlichen Wochen als launiges Geplänkel von Dach zu Dach seinen Anfang genommen hatte, gewann zunehmend an Tiefe und Ernsthaftigkeit. In dem, was Salima von sich preisgab in diesen Nächten, fand er das wieder, was ihn an Sansibar begeisterte: die kräftigen Farben der Insel, ihr halb arabischer, halb afrikanischer und doch ganz eigener Zauber. Und in ihrer Neugierde auf die Mannigfaltigkeit der Welt, in dem Drang, vorwärtszustreben, etwas anderes zu sehen, Neues zu lernen, nie stehenzubleiben, erkannte er sich selbst wieder. Darin waren sie einander gleich.

Von Maske und *schele*, von Finsternis und Lampenschatten verhüllt, war sie ihm lange vorgekommen wie das leibhaftige Rätsel Frau, entrückt und nicht greifbar. Nur ihre Stimme war ihm nah gewesen, die dunkel war für eine Frau und doch in ein silberhelles, sprudelndes Lachen übergehen konnte, das ihn über die Gasse, die ihrer beider Häuser trennte, hinweg betörte. Näher, als er sich anfangs hätte vorstellen können, und doch längst nicht nahe genug. Immer stärker wurde sein Wunsch, den Schleier, der Salima umgab, zu lüften und dahinterzublicken, sie ganz zu sehen und zu erfahren.

Er wusste, er spielte mit dem Feuer, und doch konnte er es nicht lassen. Als habe ihm längst jemand die Zügel abgenommen und er jage im gestreckten Galopp durch eine weite Ebene, Augen geschlossen, Arme ausgebreitet und das Gesicht im Wind. Herrlich, so frei zu sein, herrlich, sich so aufgehoben zu fühlen.

Noch zögerte er. Wann tat man den einen Schritt, mit dem es kein Zurück mehr geben würde? Wann ging Mut in Leichtsinn über, für den man später teuer bezahlen würde?

Seine Blicke wanderten hierhin und dorthin, über das glänzende Laub der Bäume, hin zu den Arbeitern, die dem Tross ihrer Bibi Salmé zuwinkten und ihr freundliche Worte zuriefen. Mit Daumen und Zeigefinger strich er sich über den Bart, bevor er die Zügel wieder in beide Hände nahm.

»Warum sollte ich?«, sagte er schließlich leise. »Alles, was mir etwas bedeutet, ist hier auf Sansibar.«

Kisimbani wurde ihnen zu einem sicheren Hort. Zu einem kleinen Paradies, das ganz ihr Eigen war, wann immer Heinrich es einrichten konnte, seinem Kontor und den mit seinen Geschäften verbundenen gesellschaftlichen Verpflichtungen fernzubleiben. Und ihre Ausritte zwischen Palmen und Gewürznelkenbäumen hindurch, ihre Spaziergänge durch den blühenden und Früchte tragenden Garten, die Stunden, die sie im Schatten eines Blätterdaches saßen, überlagerten die Erinnerungen an Djilfidan, die Salima mit bestimmten Orten auf Kisimbani verband, schufen neue, die Salima und Heinrich gehörten und nur ihnen allein.

So sicher fühlte Salima sich auf Kisimbani, dass sie Murjan immer öfter zurück an seine Arbeit schickte, wenn Heinrich von der Stadt herübergeritten kam, dann die erste Dienerin, die zweite, die dritte, bis es nur noch sie beide gab. Und mutiger wurden sie, wagten sich immer öfter über Kisimbani hinaus. Hinunter ans Meer zog es sie, wo sie durch den weißen Sand ritten, die tiefblaue gekräuselte Fläche zur einen Seite, während sich auf der anderen Palmen und hoch aufwucherndes Gebüsch mit den graubraunen Stämmen der Eisenhölzer mischten, deren dünnfingriges Grün mit Blüten wie granatapfelroten Federbällchen und kleinen runden Zapfen durchsetzt war. Es waren leichte, unbeschwerte Tage für Salima, frei von Sorge oder Furcht, voller Freiheit und Freude. Als gäbe es auf dieser Insel niemanden sonst außer ihnen, und sie sah es Heinrich an, dass er es ebenso empfand.

Es war an einem dieser Tage, dass sie nebeneinander durch den Sand stapften, ihre Pferde am Rande eines Wäldchens angebunden, das in smaragdgrüne Mangrovenriesen auslief, deren frei liegendes Wurzelwerk sich bis hinaus ins Wasser reckte. Der Wind spielte mit dem Saum von Salimas Obergewand über den langen Beinkleidern, mit der *schele*, zerzauste Heinrich das Haar, bis es tatsächlich einer Löwenmähne ähnelte. Schweigsam waren sie beide heute. Ihr sonstiges Geplauder über Sansibar, über Hamburg und über Heinrichs Zeit in Aden, über ihrer beider Leben, ehe sie sich begegnet waren, war ihnen mehr und mehr unwichtig geworden. Klein und unbedeutend gegenüber der Wucht dessen, was unausgesprochen blieb. Woran keiner von beiden zu rühren wagte.

In das Brausen des Windes, das Glucksen und Raunen der Wellen hinein lachte Heinrich unvermittelt auf. Salima löste ihren Blick vom Meer und sah ihn an.

»Lass mich mitlachen«, forderte sie ihn auf in diesem neckenden Tonfall, der ihr bei ihm so leichtfiel, als kennten

sie einander schon ihr ganzes Leben lang und nicht erst wenige Monate.

Heinrich schüttelte mit belustigter Miene den Kopf wie
über einen besonders abwegigen Gedanken. »Es ist eigentlich
nicht zum Lachen – und doch …« Er lachte wieder und sah auf
seinen Hut hinab, den er in den Händen drehte. »Ich dachte
gerade, wie unsinnig im Grunde eure Sitte ist, den Frauen vor-
zuschreiben, das Gesicht mit diesen Masken zu verhüllen.«

»Weshalb?« Salima blieb stehen, und Heinrich tat es ihr
gleich, den Blick über ihre Schulter hinweg auf das Meer
geheftet, bevor er sie eindringlich ansah, ein Funkeln in den
Augen.

»Wisst ihr denn nicht«, fuhr er sachte fort, »dass ein Paar
schöner Augen, ein Mund mindestens ebenso verführerisch
sein können wie ein gänzlich bloßes Gesicht?«

Salima stand da wie vom Donner gerührt, ehe sie verstand
und bis unter die Haarwurzeln errötete. Ihre Blicke huschten
unruhig über den menschenleeren Strand, während sie einen
inneren Kampf ausfocht. Dann schob sie mit beiden Händen
die Maske hoch, hinauf auf ihren Scheitel. Ein kurzer Augenblick der Unsicherheit, der ihre Lider flattern machte, dann
erwiderte sie standhaft Heinrichs forschenden Blick.

Seine Augen tasteten sich über ihre Züge, zeichneten ihre
Konturen nach. Einen winzigen, schrecklichen Moment lang
fürchtete Salima, er könnte enttäuscht sein und ihr Äußeres
vermöchte dem Bild, das über die Zeit in ihm gereift war,
nicht standzuhalten. Auch wenn sie wusste, dass er den breiten Mund mit der schmalen Oberlippe bereits kannte, ebenso
wie die verhangen wirkenden Augen, die am äußeren Winkel
leicht abfielen, und auch die etwas zu lange Nase.

Doch dann breitete sich auf Heinrichs Gesicht ein Lächeln
aus, und er nickte. »Ja, so … ganz genau *so* hast du in meiner
Vorstellung immer ausgesehen. So habe ich mir dein Gesicht

ausgemalt.« Er legte seine Hand sacht, ganz sacht auf ihren Kopf mit den festen schwarzen Stoffstreifen.

Seine Hand glitt herab, legte sich auf ihre Wange, und Salima zerfloss unter dieser Berührung. Sie ließ es geschehen, dass er sich vorbeugte und sein Mund den ihren streifte. Salima hielt den Atem an, als die flüchtige Liebkosung in einen richtigen Kuss überging, der sie mitriss und davontrug. Heinrich schloss sie in seine Arme und presste sie an sich, und sie konnte die Wärme seines Körpers spüren.

»Salmé«, murmelte er zwischen zwei Atemzügen, und sein Bart kitzelte auf ihrer Haut, »meine Bibi Salmé.«

Salima ertrank in dieser Wonne, diesem vollkommenen Glück. Die Zeit stand still, und selbst die Wellen schienen sich gegenseitig wispernd zu ermahnen, die Liebenden nicht zu stören. Ein Gedanke jedoch kroch in Salimas Bewusstsein empor, lästig und nicht abzuschütteln wie eine schwarze Fliege. Und als das Begreifen einsetzte, war es, als würde jemand einen Stein auf ihren Hinterkopf niedersausen lassen.

»Nicht«, keuchte sie, stieß Heinrich von sich und taumelte einige Schritte zurück. »Nicht! Das dürfen wir nicht!« Schwer atmend stand sie da, eine Hand auf die Lippen gepresst, und wusste selbst nicht, ob es eine Geste des Entsetzens war oder der Versuch, die Küsse sogleich wieder ungeschehen zu machen. Schließlich ließ sie die Hand wieder sinken. »Weißt du nicht, welche Strafe uns beiden für dergleichen droht?«

Aus dem Oman hatte Salimas Vater auch den Glauben seiner Vorfahren mitgebracht. Diese bildeten einen eigenen Zweig innerhalb des Islam, von dem es hieß, er sei einer der ältesten. Die Angehörigen dieses Zweigs, die sich Ibaditen nannten nach dem Begründer der entsprechenden Rechtsschule, waren gehalten, Ungläubigen und Sündern ohne Feindseligkeit zu begegnen, aber auch, sich nicht mit ihnen gemein zu machen. Freundschaften in einem gewissen Rahmen waren gestattet, aber nichts, was darüber hinausging. Vor allem nichts, was noch intimer war als Freundschaft, nichts vor allem, was nicht durch eine Eheschließung geheiligt war. Im schlimmsten Fall stand darauf nichts Geringeres als der Tod.

Heinrich war blass geworden unter seiner Sonnenbräune. »Ich lebe schon zu lange auf Sansibar, um mir dessen nicht bewusst zu sein.« Er wirkte hilflos, und doch zeichnete sich auf seinem Gesicht grimmige Entschlossenheit ab. »Aber ich kann nicht anders, Salmé.« Er schluckte und fügte so leise hinzu, dass der Wind seine Worte beinah zerpflückte: »Ich wünschte, ich könnte es. Ich wünschte, ich könnte es achselzuckend als Liebelei abtun, als Abenteuer, und einfach weitermachen wie bisher. Doch dafür scheint es mir bereits zu spät zu sein.« Durchdringend und fast bittend sah er sie an. »Kannst du es denn?«

Salima schlang die Arme um ihren Oberkörper. Sie zitterte. Und sie schwankte. Doch kein Wort kam über ihre Lippen. Kein einziges.

Heinrichs Augenbrauen zogen sich zusammen, als litte er einen heftigen Schmerz. Er wandte sich um und marschierte durch den Sand zurück, hin zu ihren Pferden.

Allah, hilf mir! Salimas Augen füllten sich mit Tränen. Heinrichs Gestalt entfernte sich immer weiter von ihr und verschwamm ebenso wie das Meer. Zu dem sie immer wieder hinsah, als könnte sie von der weiten Bläue Hilfe erwarten.

Ich kann nicht ... Ich kann das nicht. Und ich will es nicht. Niemand darf das von mir verlangen – niemand!

»Heinrich!«

Er blieb stehen und drehte sich um. Salima rannte zu ihm hin durch den schweren Sand, geriet ins Straucheln, fing sich wieder; rannte weiter, auf ihn zu, fiel ihm um den Hals, bedeckte sein Gesicht mit Küssen, die er so heftig erwiderte, dass es beinahe wehtat.

»Ich muss zurück in die Stadt«, murmelte er schließlich mit einer Stimme, die erschöpft klang, aber auch satt vor Glück. Sanft befreite er sich aus ihrer Umarmung, hielt ihre Hände, auf die er abwechselnd seinen Mund drückte.

Salima zögerte. Einen Wimpernschlag lang und noch einen. Krallte dann ihre Finger in den Stoff seiner hellen Jacke. »Bitte bleib. Bleib heute Nacht auf Kisimbani.«

Sie sah, wie es in ihm arbeitete; konnte fühlen, wie sich seine Muskeln anspannten, wieder lockerten. Wie er unter ihren Händen weich zu werden begann und doch um Widerstand rang.

»Willst du das wirklich?«, kam es rau von ihm.

Wer wie Salima in den Frauengemächern aufgewachsen war und neugierig die Ohren gespitzt hatte, wenn zwei der *sarari* miteinander flüsterten; wer als Kind oft beim Versteckspielen in verborgenen Winkeln gehockt und die lockeren Reden und derben Scherze der Sklaven aufgeschnappt hatte, bekam eine ungefähre Vorstellung von den Dingen, die zwischen Männern und Frauen geschahen.

Wenn ich Ja sage, wird es kein Zurück mehr geben. Dann setzen wir beide endgültig unser Leben aufs Spiel.

25

 Ein flackerndes, rußendes Öllicht warf zuckende Schatten an die Wände, die sich in den zarten Stoffbahnen des Baldachins fingen und über das Bett mit seinen Kissen und Laken sprangen.

Wie Dämonen, dachte Salima. *Wie Djinns. Die einen irren Freudentanz aufführen, weil sie unsere Seele gefangen genommen haben. Wir müssen besessen sein, wahnsinnig, wie wir sind.*

Ihre Wange an Heinrichs Schulter geschmiegt, bog sie den Kopf zurück, um zu ihm hochzusehen. Er fing ihren Blick auf, rückte seinen Kopf auf den Kissen zurecht und durchkämmte mit den Fingern das glatte schwarze Haar, das sie von ihrer Mutter geerbt hatte. Sie tauschten ein Lächeln, und Salima legte ihr Gesicht auf Heinrichs feste Brust, die noch immer glühte, atmete seinen Geruch, der sie an frisch geschlagenes Holz und an Flusswasser erinnerte und der ihr fast so vertraut war, als wäre es ihr eigener.

Es war nicht bei dieser einen Nacht geblieben, die auf jenen Tag am Strand gefolgt war. Viele Nächte waren es inzwischen gewesen, die Heinrich auf Kisimbani verbracht hatte. Mit Salima. Ihr Gemach, das ganze Haus versprachen, ihrer beider Geheimnis gut zu hüten, und Murjan und die Diener stellten sich blind und taub.

Wenn das wahrhaftig Wahnsinn ist, dann will ich nie wieder bei klarem Verstande sein.

Es war zumindest wie ein Rausch, sobald Heinrich in den Hof ritt, und er ließ erst wieder nach, wenn er sich am Morgen darauf in den Sattel schwang, um in die Stadt zurückzukehren, wo seine Geschäfte schon auf ihn warteten. Ein Rausch, der jedoch nichts Betäubendes hatte, sondern vielmehr eine gesteigerte Lebendigkeit aller Sinne, die manchmal fast schmerzhaft war. Nichts, was Salima bisher in ihrem Leben erfahren hatte, ließ sich mit dem vergleichen, was sie in diesen Nächten mit Heinrich erfuhr. Manchmal dachte sie voller Trotz, dass eine solche Seligkeit zweifellos den Tod wert sein müsse – und krallte sich im nächsten Moment umso fester an das Leben, dass es ihr noch so eine Nacht schenken sollte und noch eine, bis in alle Ewigkeit.

Sie sah auf, als Heinrich sich auf die Seite drehte, den Kopf aufstützte und ihr mit der anderen Hand über Stirn und Wangen strich.

Heinrich hatte nie daran geglaubt, dass es so etwas gab wie Schicksal, welches die Dinge, die einem im Leben widerfuhren, die Menschen, die einem begegneten, vorherbestimmte. Ein jeder war seines Glückes Schmied, das war die Überzeugung, die in Hamburg den Nährboden dargestellt hatte, auf dem er groß geworden war und die sein ganzes Sein durchzog. Und nun musste er erleben, wie diese Überzeugung unter der afrikanischen Sonne verblich und fadenscheinig wurde, wie sie unter den Sternen Sansibars ihr sicheres Fundament einbüßte. Was das Zusammensein mit Salima in ihm aufwühlte, in paradiesische Unordnung brachte, konnte nichts anderes sein als eine höhere Macht, die ihm ihren Willen aufzwang. Und er, er ließ es geschehen, genoss es mit jedem Atemzug.

»*Ninakupenda*, Bibi Salmé«, flüsterte er.

»*Ninakupenda*, Heinrich«, flüsterte sie zurück. Ein keckes

Lächeln stahl sich auf ihr Gesicht, und sie stupste ihn mit dem Zeigefinger vor das Schlüsselbein. »Und was heißt das in Eurer Sprache, Herr Ruete?«

»*Ich – liebe – dich*«, antwortete er langsam und mit deutlicher Betonung.

»*Ichhh … lib-lieb-e …*«, versuchte es Salima.

»*… dich*«, ergänzte Heinrich.

»*Ichh … lie-be … dichhh*«, sprach Salima ihm nach.

»Mhm, genau«, murmelte Heinrich und küsste sie auf die Stirn. »Sogar *ninakupenda sana na sana tena. – Ich liebe dich sehr und noch mal so sehr.*«

Salima versuchte sich an dem längeren Satz in der fremden Sprache, geriet ins Stottern und fing noch einmal von vorne an, unterstützt von Heinrich, bis beide in Lachen ausbrachen, das in langen Küssen endete.

Heinrich war kein Träumer, er war jemand, der klare Vorstellungen hatte von seinem Leben. Und er hatte noch nicht ernsthaft in Erwägung gezogen, sich zu binden. Irgendwann einmal, wenn er fest im geschäftlichen Sattel saß, wollte er nach einer passenden Frau Ausschau halten, nach einer Frau, mit der es ihm denkbar erschien, den Rest seiner Tage zu verbringen, und mit der er eine Familie gründen würde. Offenbar war das Leben damit schneller bei der Hand gewesen, als er gedacht hatte.

Seine Hände schlossen sich um ihr Gesicht, und er fuhr mit den Daumen die Konturen ihrer Wangen und Schläfen nach, die ihm so lange verborgen gewesen waren.

»Ich will mein Leben mit dir verbringen, Bibi Salmé.«

Salimas Atem stockte. Jeden Gedanken an die Zukunft hatte sie sich selbst verboten, auch um Heinrichs willen, und nun war er selbst es, der sie ins Auge fasste.

Nie würde Majid dulden, dass eine seiner Schwestern sich mit einem Ungläubigen vermählte. Mit einem Fremden. Wäre er in seiner naturgegebenen Milde vielleicht auch bereit, die Glaubensregeln der Ibaditen, die er als Nachfolger des Vaters auf Sansibar weiterzutragen hatte, ihr zuliebe ein einziges Mal großzügig auszulegen oder zu missachten – die Araber Sansibars würden es nicht zulassen. Salima konnte sich vorstellen, welchen Sturm der Entrüstung eine solche Entscheidung Majids heraufbeschwören würde, unter seinen Ministern wie unter den Angehörigen der mächtigen arabischen Familien. Ein Sultan, der derartig die Auslegung des Glaubens zu beugen versuchte, wäre nicht länger Sultan. Selbst wenn Heinrich sich entschlösse, ihren Glauben anzunehmen, dadurch womöglich sein eigenes Unternehmen ruinierte, weil kein Christ mehr Geschäfte mit einem zum Islam übergetretenen Deutschen mehr machen wollte – er bliebe ein Mann von fremdem Blut. Ein Ausländer, der nicht einmal für eine in Ungnade gefallene *Sayyida* gut genug war.

»Das tust du doch schon«, hauchte sie ausweichend, und bevor Heinrich zu Widerworten ansetzen konnte, bedeckte sie seine Nacktheit mit Küssen, die das Feuer neu entfachten, das schließlich in die Erfüllung aller irdischen Begehren mündete.

Als der Morgen anbrach, stand Salima am Fenster ihres Schlafgemachs und sah zu, wie sich die Umrisse der Gewürznelkenbäume aus der Dämmerung schälten, das ununterscheidbare Grau der kurzen Spanne zwischen Nacht und Tag allmählich Tiefe bekam, dann einen Hauch von Farbe. Zwischen diesen Bäumen waren die Hufschläge von Heinrichs Pferd verklungen; gerade eben erst, sodass Salima glaubte, ihren Nachhall wenn auch nicht mehr zu hören, so doch noch als feine Schwingung in der Luft zu spüren.

So wie auch die vergangene Nacht noch in ihr nachklang. In ihren Gliedern, die sich geschmeidig anfühlten wie die einer Katze, in einer wohligen, wie traumverlorenen Trägheit von Leib und Seele. Aber auch in Fragen, die ihr unbequem waren und eine Rastlosigkeit des Geistes mit sich brachten. Wie lange konnte es wohl noch so weitergehen? Wie lange würde ihre Liebe noch unentdeckt bleiben? Was würde morgen sein oder nächsten Monat oder nächstes Jahr? Was mochte das Schicksal in der Zukunft für sie bereithalten?

Fragen, die ihr Angst machten, weil es keine Antworten gab.

Nicht morgen, Salima, versuchte sie ihre sorgenvollen Gedanken selbst zu zerstreuen. *Du lebst heute – und nur heute. Es ist so lange gut gegangen – es wird auch weiterhin gut gehen.*

Entwurzelt

Liebe ist wie ein Husten – sie kann nicht
verheimlicht werden.

SPRICHWORT AUS SANSIBAR

26

»Ihr müsst diesem unsittlichen Treiben endlich Einhalt gebieten, Hoheit!«

Mehrere der Minister des Sultans, die auf der Veranda von Beit il Sahil zusammengekommen waren, brummten zustimmend.

Die Augenbrauen von Sultan Majid hoben sich. »Haltet Eure Zunge im Zaum, werter Minister! Ich werde es nicht dulden, dass Ihr eine meiner Schwestern ungerechtfertigt anstößigen Verhaltens bezichtigt!«

Sulayman bin Ali schnaubte. »*Ungerechtfertigt*, Hoheit? Ich habe Euch doch berichtet, wie Sayyida Salima nächtelang von Dach zu Dach mit dem Deutschen tuschelt und flüstert. Dutzende und Aberdutzende von Zeugen haben es bestätigt!«

»Der freundschaftliche Umgang mit Andersgläubigen ist eine alte Sitte unserer Familie. So hat es mein Vater gehalten, so wurden wir als seine Kinder erzogen, und so setzen wir die Tradition auch fort!« In der Stimme des Sultans lag eine ungewohnte Schärfe.

»Nun, Hoheit«, erwiderte Sulayman bin Ali hämisch, »wie weit dürfte der *freundschaftliche Umgang* einer Sayyida mit einem Manne in Euren Augen gehen? Mit einem Ungläubigen gar? Etwa so weit, dass sie keine Scham kennt, in sichtlicher Vertrautheit allein mit ihm auf dem Land oder am Strand spazieren zu gehen?«

Schweißperlen traten auf Majids Stirn. »Das kann sich nie und nimmer so zugetragen haben!«

»Aber ja, Hoheit.« Zufriedenheit zeigte sich auf der Miene seines obersten Ministers. »Auch dafür gibt es Zeugen – für mehr als nur eine Zusammenkunft der beiden unter vier Augen. Genauso wie dafür«, fuhr er fort, »dass besagter Ungläubiger mehr als eine Nacht auf dem Landgut verbracht hat.«

Der Sultan erhob sich und trat an die Balustrade. Unruhig nestelten seine dürren Hände an dem Krummdolch, den er in der Taillenschärpe seines Gewandes stecken hatte. »Infame Lügen«, murmelte er. »Nichts als Intrigen und üble Nachrede schändlicher Personen, die meiner Schwester und damit mir zu schaden trachten.« Doch er war kalkweiß geworden unter seiner ohnehin schon aschenen Hauttönung.

Sulayman bin Ali straffte sich. »Vergesst nicht, Hoheit: Schon einmal hat Sayyida Salima Verrat an Euch begangen. Was liegt näher, als dass sie ihren Weg der Verderbnis fortsetzt?«

»Genug!«, brüllte Majid und hieb auf das Geländer der Veranda, eine Geste, die eher verzweifelt wirkte denn zornig.

Doch es war noch nicht genug. Es war noch nicht alles gesagt. Nicht für Sulayman bin Ali, dem Frauenzimmer von lockerem Lebenswandel ein Gräuel waren, auch und gerade wenn es sich um eine Schwester seines Sultans handelte. Wie er überhaupt befand, dass Sultan Majid die Zügel auf Sansibar ruhig strammer anziehen könnte, was Sittenstrenge und Frömmigkeit betraf. »Es heißt, Sayyida Salima trage bereits das Kind des Deutschen unter ihrem Herzen.«

Der Sultan wandte sich langsam um, und seine Augen funkelten vor Hass.

215

»Ich will aus ihrem Munde hören, was sie dazu zu sagen hat. Sie soll sich in die Stadt begeben! Auf der Stelle!«

Salima lag zusammengerollt auf ihrem Bett und blickte aus dem Fenster, hinauf in den Nachthimmel. In vollkommene Schwärze, von einzelnen Blitzen brutal zerschnitten. Sie lauschte in den Regen, der herabrauschte, immer wieder übertönt vom Krachen des Donners.

Als ob die Welt unterginge … Meine Welt.

Majids Aufforderung, unverzüglich von Kisimbani in die Stadt zurückzukehren, war nicht als Bitte eines Bruders an seine Schwester zu verstehen gewesen. Es war der Befehl des Sultans an seinen Untertanen, und Salima hatte gehorcht. Drei Tage war sie nun schon wieder hier, in diesem hässlichen Haus, doch noch immer hatte Majid sie weder aufgesucht noch sie zu sich gebeten. Was Salima als kein gutes Zeichen wertete. Nicht, nachdem sie unter Getuschel und vielsagenden Blicken hier eingetroffen war. Sie zwang die Übelkeit hinunter, die in ihr aufwallte und von der sie wusste, dass sie allein von ihrer Angst herrührte. Von nichts sonst. Sie kannte den Unterschied mittlerweile.

Ihre weiße Katze, die sich in ihrem Schoß zu einem Fellball zusammengerollt hatte, streckte sich behaglich und begann mit einer Pfote auf Salimas Ärmel zu tapsen. Die ausgefahrenen Krallen verhakten sich in dem feinen Stoff und lösten sich unter leisem Knistern und leichtem Rucken wieder.

»Nicht, Liebchen«, murmelte Salima matt. »Ich mag jetzt nicht spielen. Ich bin müde.«

Mit Müdigkeit hatte es begonnen, doch Salima hatte auch alle anderen Zeichen sehr schnell zu deuten gewusst. Noch ehe eine Schwerfälligkeit ihre Glieder erfasst hatte und sie dazu zwang, sich vorsichtiger zu bewegen, ihr Leib ein Gefäß für ein kostbares Gut.

Salima trug ihr eigenes Todesurteil in sich.

Das Köpfchen der Katze fuhr auf. Sie schien zu lauschen, ins Haus hinein. Mit einem Satz war sie vom Bett herunter und um den Türrahmen herum im Dunkeln verschwunden. Jetzt konnte Salima auch die Stimmen unten hören, verzerrt durch die Geräusche des Regens und des Donnergrollens. Erschöpft vom Warten, müde von der Last der Hoffnungslosigkeit, setzte sie sich langsam auf und horchte auf die Schritte, die schwer die Treppe heraufkamen.

Gnadenlos leuchtete ein Blitz in den Raum, gerade lang genug, dass Salima einen Blick auf Heinrich erhaschen konnte, der im Türrahmen stand, barhäuptig und bis auf die Haut durchnässt.

»Ich war gerade erst in die Stadt zurückgekehrt und bin sofort nach Kisimbani hinausgeritten«, hörte sie ihn tonlos sagen. »Dort sagte man mir, du seist hier.« Er schien um Fassung zu ringen. »Ist es wahr? Ist es wahr, was wie ein Lauffeuer durch die Stadt geht?«

Salima zog die Knie an die Brust und umschlang sie fest. Ihr Schweigen war lauter als ein Donnerhall; beredter vor allem.

Schwer atmend ließ Heinrich sich auf der Bettkante neben ihr nieder. »Wann ist es so weit?«

Salima musste nicht erst nachrechnen. »In etwas über fünf Monaten.« *Noch ein paar Wochen, dann lässt es sich nicht mehr verbergen. Dann wird aus dem Gerücht allzu sichtbare Wahrheit.*

Heinrich nickte. Die Unterarme auf die Oberschenkel gestützt, spielte er mit seinem Hut, von dem es auf den Boden tropfte. »Warum … Warum hast du mir nichts gesagt?«

Weil Salima gehofft hatte, dass ihm geringere Schuld angelastet würde, wenn sie ihn so weit wie möglich heraushielte, und dass er vielleicht unbehelligt bliebe. Weil sie nicht wollte, dass er ihretwegen alles verlor, was er sich in diesen Jahren auf Sansibar eigenhändig aufgebaut hatte. Weil sie plötzlich Zweifel hatte, ob es ihm wahrhaftig ernst war mit *»Ich liebe dich«* und *»Ich will mein Leben mit dir verbringen«*, und sie ihn nicht gegen seinen Willen mit dem Kind an sich ketten wollte.

Noch bevor sie ein Wort über die Lippen gebracht hatte, legte Heinrich den Arm um sie, zog sie mit dem anderen Arm an sich und hielt sie fest. Sein Atmen wurde zu einem verhaltenen Schluchzen, und er bedeckte ihr Gesicht mit Küssen. »Ich wende mich an O'Swald«, murmelte er. »Dort wird man uns helfen.«

O'Swald & Co., in Hamburg gegründet, war die zweite deutsche Handelsgesellschaft gewesen, die sich auf Sansibar niedergelassen hatte, drei Jahre nach Salimas Geburt, und seit sieben Jahren stellte sie den Konsul der Hansestädte Hamburg, Lübeck und Bremen auf der Insel.

»Wir lassen uns trauen, sobald es geht. Als meine Frau werden sie dir nichts mehr anhaben können.«

Salimas Finger krallten sich in seinen triefend nassen Jackenärmel. »Heinrich, du musst mich nicht …«

»Ich will es aber«, fiel er ihr ins Wort, legte seine Stirn an die ihre. »Unser Kind ist nicht der alleinige Grund. Doch es zwingt uns, das zu tun, was wir schon längst hätten tun sollen.« Er schluckte. »Willst … Willst du denn meine Frau werden?«

»Ja, Heinrich.« Ohne Zaudern, ohne Zagen kam ihre Antwort.

Er küsste sie, drückte sie an sich, spürbar vorsichtig, als fürchtete er, dem Ungeborenen Schaden zuzufügen, geriete seine Umarmung zu fest.

»Ich bring dich in Sicherheit, Bibi Salmé.«

27

 Die Pendeluhr hinter Glas tickte bedächtig, so als müsste auch sie Für und Wider abwägen, doch dann begann sie die Stille zu zerhacken, die sich im Kontor der Firma O'Swald ausbreitete, nachdem Heinrich Ruete dort sein Anliegen vorgebracht hatte.

Während er auf eine Antwort seines Gegenübers wartete, ließ Heinrich seine Blicke unauffällig durch den Raum wandern, dessen gediegenes Mobiliar geradewegs aus Hamburg zu kommen schien. Wäre die schweißtreibende Hitze nicht gewesen, die zum Schneiden dick im Raum stand und aus dem Kontor einen Backofen machte, wären die Wände nicht so nackt und weiß gewesen und nur mit einzelnen gerahmten Landkarten und Seestücken in Öl behängt und hätte es Tapeten, Teppiche und Vorhänge gegeben, dann hätte er fast glauben können, sich in seiner Heimatstadt zu befinden und nicht an der ostafrikanischen Küste. Er musste sich zwingen, ruhig sitzen zu bleiben, und mit jedem *Ticktack, Ticktack*, das in seiner Monotonie und in der lauernden Unendlichkeit das Schweigen noch bedrückender machte, schwand seine Zuversicht. Man hatte ihn im Hause O'Swald spürbar unwillig empfangen und nach einer unhöflich langen Wartezeit in das Kontor eines der Bevollmächtigten geleitet, der gleichzeitig das Amt des Konsuls innehatte.

»Nun, Herr Ruete«, begann John Witt schließlich, richtete einige beschriebene Bögen vor sich auf dem Schreibtisch genau parallel zueinander aus, räusperte sich und begann erneut: »Erlauben Sie mir die Bemerkung, dass mir Ihr Ansinnen, mit dem Sie heute hier vorstellig geworden sind, doch recht befremdlich erscheint.«

Heinrich war sich wohl bewusst, dass er sich in einer denkbar schlechten Verhandlungsposition befand. Er saß vor dem massiven Schreibtisch, der Würde und Handelsmacht demonstrierte und sie auf den Mann auf der anderen Seite übertrug, der augenscheinlich deutlich jünger war als er selbst, und kam sich vor wie ein demütiger Bittsteller. Wie ein Schuljunge, der etwas ausgefressen hatte und nun vor den gestrengen Rektor zitiert wurde. Ein Gefälle der Autorität entstand, das dadurch, dass Heinrich der Ältere war und über größere Erfahrung hier in Afrika verfügte, merkwürdig schief wirkte, und daran hatte er, der gewiefte Kaufmann, schwer zu schlucken.

»Nichts anderes hatte ich erwartet, Herr Witt«, erwiderte er trotzdem wahrheitsgemäß. Nicht auf Milde hoffte er, nicht auf Vergebung, nur auf Hilfe. Nicht durch Worte, sondern durch Taten. »Dessen ungeachtet bin ich hierhergekommen und habe mich Ihnen anvertraut.«

John Witt lehnte sich in seinem Stuhl zurück, sodass das von der feuchten Meeresluft nachgegerbte Leder überlaut knarzte. »Ausgerechnet unserem Hause, Herr Ruete. Dem Sie erst unlängst mehrere fähige Agenten für Hansing & Co. abgeworben haben.«

»Geschäft ist Geschäft, Herr Witt«, entgegnete Heinrich, ohne eine Miene zu verziehen. »Und heute bin ich privat hier, in meiner Eigenschaft als gebürtiger Hamburger, der Schutz und Hilfe der hanseatischen Vertretung auf Sansibar benötigt.«

Die hellen Augen seines Gegenübers verengten sich. »Gehe ich recht in der Annahme, dass die besagte Person, um die es

Ihnen hier geht, erst vor einigen Tagen meine Gattin aufgesucht und bei dieser Gelegenheit eine ähnliche Bitte vorgebracht hat?«

John Witt hatte sich zunächst nichts dabei gedacht, als seine »kleine Frau«, wie er sie durchaus auch in Briefen an die Firmenführung zu bezeichnen pflegte, ihm eines späten Abends aufgeregt berichtet hatte, dass ihr eine Schwester des Sultans höchstselbst einen Höflichkeitsbesuch abgestattet hatte. Er hatte sich sogar aufrichtig gefreut für seine Gattin, dass sie einen solchen Glanzpunkt in ihrem ewig gleichen Tagesablauf bekommen hatte. Eine Abwechslung zwischen den Partien Whist mit anderen Kaufmannsgattinnen, mit denen sie sich die Langeweile vertrieben und sich von der Hitze ablenkten. Erst die ungeschickten Versuche seiner Ehefrau, ihn schmeichlerisch um den Finger zu wickeln, damit der »bedauernswerten Person« in ihrer bedauerlichen Notlage beigestanden würde, ließen Witt hellhörig werden, und da zudem die Gerüchteküche der Stadt brodelte, zählte er schließlich eins und eins zusammen.

»Das ist in der Tat der Fall, Herr Witt. Worauf Ihre verehrte Gattin empfahl, Sie um Hilfe zu ersuchen. Was ich hiermit noch einmal nachdrücklich tue.«

John Witt gab ein flaches Auflachen von sich und zog dabei einen Mundwinkel in die Höhe. »Bei allem Respekt, Herr Ruete, Ihre Bitte ist nicht anders als anmaßend und obendrein als unklug zu bezeichnen. Wenn Sie einen Rat von mir wollen, so empfehle ich Ihnen, mit Ihrem kleinen Techtelmechtel anderweitig zurande zu kommen. Mit Geld beispielsweise, woran es Ihnen gewiss nicht mangeln dürfte. Araber wie Schwarze hier sind doch allesamt käuflich. Zahlen Sie dem Sultan eine gewisse Summe, Ihrer – Ihrer Geliebten ebenfalls, und Sie sind fein raus.«

»*Meiner Verlobten*«, berichtigte Heinrich, wofür er von John

Witt einen fassungslosen Blick erntete. Doch Heinrich fuhr fort: »Ich bitte nicht um Hilfe für mich noch um Hilfe für die Schwester des Sultans. Sondern allein um Hilfe für meine zukünftige Gattin. Gewähren Sie ihr und ihren Habseligkeiten eine Passage auf dem nächsten Ihrer Schiffe, das sie außer Landes bringen kann.«

»Sind Sie denn von allen guten Geistern verlassen, Mann!«, entfuhr es John Witt. Er schob seinen Stuhl zurück und stand auf, tat ein paar Schritte durch den Raum. »Ist Ihnen nicht klar, wie sich eine solche Fluchthilfe durch uns auf die Beziehungen zwischen dem Sultan und den Europäern auswirken könnte? Für uns Händler insbesondere?«

»Niemand braucht je davon zu erfahren, Herr Witt. Niemand *darf* davon erfahren.«

Während Heinrich den Weg des O'Swald'schen Agenten durch das Kontor verfolgte, witterte er mit seinen geschulten Sinnen, dass ein Geschäft in der Luft lag. »Ich würde Sie nicht darum ersuchen, wenn es nicht um Leben und Tod ginge«, sagte er eindringlich. »Ihr würdet damit ein Leben vor dem sicheren Tod retten.«

Zwei sogar – das von Bibi Salmé und das unseres ungeborenen Kindes.

Er hielt es für ratsam, Salimas Schwangerschaft nicht zu erwähnen, obwohl er annehmen musste, dass man im Hause O'Swald bereits darüber im Bilde war. Schließlich griff er zu dem Argument, das stets das gewichtigste war für Männer vom Schlage eines John Witt: »Eine Passage für meine Verlobte und für zwei Dienerinnen und etwas Gepäck, die ich der Firma O'Swald & Co. gut bezahlen würde. Das ist alles, worum ich Sie bitte.«

John Witt fuhr sich mit dem angewinkelten Zeigefinger nachdenklich über die Unterlippe. »Und was wird aus Ihnen, Ruete?«

Heinrich senkte den Blick auf seinen Hut, den er in den Händen hielt. Der Schwachpunkt seines Plans, an den John Witt noch zusätzlich gerührt hatte durch die nur halb formelle Anrede, die etwas Vertrauliches, aber auch Herablassendes hatte. »Erst muss meine Verlobte in Sicherheit sein«, entgegnete er ausweichend.

28

Noch ehe John Witt ein Schiff aufgetan hatte, auf dem Salima die Insel verlassen konnte, erhielt sie endlich die gleichermaßen befürchtete wie erhoffte Nachricht: Majid befahl sie für den nächsten Tag zu sich nach Beit il Sahil.

In der Nacht davor fand Salima keinen Schlaf. Wieder und wieder ging sie im Geiste durch, wie sie vor ihren Bruder treten sollte – aufrecht und stolz oder lieber demütig – und wie sie ihre Worte wählen sollte, um ihren Bruder milde zu stimmen.

Indes, Salimas Gedankenspiele, das Einstudieren von Haltung, Gestik und Mimik, ihre sorgsam zurechtgelegte Rede, die vorbereiteten Antworten auf mögliche Fragen waren umsonst gewesen. Majid hatte sich in seiner launischen Art anders besonnen und seine Schwester Khaduj vorgeschickt.

Schweigend musterten sich die Halbschwestern. Khaduj, von einer Anzahl Leibdiener und Sklavinnen umringt, ihr ovales Gesicht mit den vollen Lippen ein feminineres Abbild des Bruders und, wie alle Sultanskinder tscherkessischer Abstammung, großgewachsen, starrte Salima unverhohlen hasserfüllt an, während ihre viel jüngere Halbschwester zwischen Hoffen und Bangen schwankte, unsicher, was Khadujs Besuch für sie bedeuten mochte.

»Schön, dich zu sehen, Schwester«, begann Salima schließlich zögerlich. »Ich wollte heute ohnehin zu euch nach Beit il Sahil kommen, auf Geheiß von Majid.«

»Dich hätte dort niemand Geringeres erwartet als dein Henker«, kam es ohne Umschweife von Khaduj. »Um auf Befehl unseres Bruders deinem sündhaften Leben das wohlverdiente Ende zu setzen.«

»Das ist nicht wahr!«, rief Salima, weiß um Mund und Nase. »Majid würde mir so etwas niemals antun – niemals!«

Khadujs volle Lippen krümmten sich zu einem gehässigen Lächeln. »Eigens für dich hat er einen *Kulfah* von der Küste kommen lassen, der sein Handwerk versteht.«

Salima glaubte, der Steinboden gäbe für einen Augenblick unter ihr nach. Die Männer vom Stamme der Kulfah waren Riesen, an die sechseinhalb Fuß groß, muskelbepackt und bekannt dafür, dass sie geschickt waren im Umgang mit dem Schwert. Es hieß, die Klinge eines Kulfah vermochte den Hals eines Menschen so mühelos zu durchtrennen, als wäre er ein Grashalm.

»Dein Glück, dass dies den Witwen unseres Vaters nicht verborgen geblieben ist«, fuhr Khaduj fort. »Sie haben sich bei Majid für dich verwendet und ihn gebeten, deine Hinrichtung auszusetzen, bis deine Schuld zweifelsfrei bewiesen sei.«

Salima ließ ihre Augen über die Sklavinnen schweifen, die Khaduj mitgebracht hatte, die Leibdiener, die Dolch und Schwert bei sich trugen, dann über ihre eigenen Dienstboten. Sie wusste, was ihnen bevorstand: Unter Androhung der Folter würde jeder Mann, jede Frau im Haushalt gezwungen werden auszusagen, was sie über den Zustand ihrer Herrin wussten, und sie selbst würde von Khadujs Begleiterinnen entkleidet und untersucht werden, notfalls unter Zwang. Ihre Lider schlossen sich kurz, als der Raum um sie zu kreisen begann, doch sie zwang sich, aufrecht stehen zu bleiben, wartete, bis der Schwindel sich legte, und sah Khaduj schließlich offen an.

»Ihr braucht euch nicht um Beweise zu bemühen, Khaduj. Es ist wahr, was euch in Beit il Sahil zu Ohren gekommen ist: Ich trage ein Kind in mir.«

»Erwarte keine Milde allein dafür, dass du dich zu deiner Schuld bekennst«, fuhr Khaduj sie barsch an und zog aus den Falten ihres Gewandes einen Brief hervor. Salima nahm ihn entgegen und entfaltete ihn. »Unser Bruder in seiner Weisheit und Güte gab mir diesen Brief hier für dich mit, für den Fall, dass all die Gerüchte sich nicht als Verleumdungen erweisen.«

»Er will mich nach Mekka schicken?«, entfuhr es Salima rau, als sie das Blatt wieder sinken ließ.

»Eine Pilgerfahrt zum Zeichen, dass du deine Sünden aufrichtig bereust und Allah um Vergebung bittest«, bestätigte Khaduj. »Für die Zeit der Vorbereitungen bis zu deinem Aufbruch hat er mich zu deiner Hüterin in diesem Hause bestellt.«

Salimas Muskeln verkrampften sich, als sie versuchte, das Zittern zu unterdrücken, das in ihr emporkroch. Sie hatte Geschichten gehört, von Frauen und Mädchen wie ihr, die in Sünde empfangen hatten und die ebenfalls auf Pilgerfahrt an die heilige Stätte ihres Glaubens, an den Geburtsort des Propheten, geschickt worden waren. Keine, so erzählte man sich, sei je dort angelangt, geschweige denn wieder von dort zurückgekehrt. Was bislang eine unbestimmte Bedrohung gewesen war, hatte nun greifbare Gestalt angenommen, und Salima glaubte schon die kalte Klinge an ihrer Kehle zu spüren. Ihre Finger krallten sich in das Papier und zerknüllten es, schleuderten es zornig durch den Raum.

»Was ist das für eine Welt, in der eine Liebe mit dem Tod bestraft wird?« Sie schrie jetzt fast. »Ich habe niemanden getötet, und ich habe niemanden bestohlen. Ich habe immer aus tiefster Seele meine Gebete verrichtet und alle Gebote unserer Heiligen Schrift geachtet. Es war Allahs Wille, dass ich diesem Mann begegnet bin, dass wir einander gefunden haben. Und darauf soll der Tod stehen?!« Schwer atmend funkelte sie ihre Halbschwester an. »Ihr könnt mir viel erzählen, du und Majid, aber nicht, dass euer Gewissen unbefleckt bleiben wird, wenn ihr mich in den Tod schickt. Eure eigene Schwester!«

Sie sah, wie sich unter Maske und *schele* etwas in Khadujs Gesicht anspannte. Dann bedeutete diese ihrem Gefolge mit einem Rucken des Kopfes, sich zu entfernen. Die fragenden Blicke ihrer eigenen Dienerinnen beantwortete Salima mit einem Nicken, und gleich darauf waren die beiden Schwestern allein.

»So warst du schon immer«, ließ Khaduj sich nach einer Weile leise vernehmen, während sie an das Fenster trat. »Eigensinnig und unbeugsam. Ich habe immer befürchtet, dass es mit dir einmal ein böses Ende nehmen wird.« Sie seufzte. »Bereust du deinen Frevel wenigstens?«

Salima zögerte. Vermochte eine Lüge sie womöglich zu retten? Eine vorgeschobene Bußfertigkeit, eine falsche Demut? »Ich bedaure, dass daraus nun so Schreckliches erwächst«, erklärte sie, als sie sich neben ihre Schwester an das Fenster stellte. »Aber ich bedaure nicht, was ich getan habe. Das nicht.«

Um Khadujs Mundwinkel zuckte es. »Bedeutet dir dieser Mann wahrhaftig mehr als deine Familie? Mehr als unsere Traditionen und Glaubensregeln?«

Auch Salimas Lippen kräuselten sich und verzogen sich unschlüssig, dann sagte sie: »Lasst ihr mir denn eine andere Wahl? Er hat mich nie zu etwas gezwungen, er hat nie etwas gefordert, und er hat mich nie bedroht, er ist mir stets mit Achtung und Zuneigung begegnet. Und ihr? Was tut ihr?«

Khaduj schlug die Augen nieder. Salima stellte fest, wie wenig sie doch über ihre Schwester wusste, obwohl sie lange Zeit unter einem Dach gewohnt, später einander besucht und so viel miteinander geteilt hatten. Khaduj schien immer vollauf zufrieden gewesen zu sein mit ihrem Los, erst als Erste Frau in Beit il Watoro, dann als Schwester des Sultans. Doch was Khaduj insgeheim dachte, was sie ersehnte, begehrte, wünschte, das war immer im Verborgenen geblieben.

»Du hättest Sansibar schon vor langer Zeit verlassen sollen«, bemerkte Khaduj sanft, und etwas in ihrem Tonfall ließ Salima aufhorchen. »Da ist etwas in dir, das dich nicht in deinen Grenzen hält, etwas, das dich geradezu in die Fremde drängt.«

»Hilf mir, Khaduj«, wisperte Salima in den Riss hinein, der sich in der harten Fassade ihrer Schwester gezeigt hatte und der sich langsam ausbreitete. »Ich bitte dich, hilf mir und meinem Kind.«

Obwohl Khaduj regungslos auf der Stelle stand, vermeinte Salima wahrzunehmen, wie diese innerlich in Bewegung geriet. Als brächen mit jedem Atemzug weitere Sprünge und Spalten in ihrem Panzer auf, der dick und verhornt war wie bei einer Schildkröte und hinter dem sich ihre Menschlichkeit verbarg.

»Ich beneide dich, Salima«, flüsterte Khaduj. »Um deine Unerschrockenheit. Um deinen Mut, allen die Stirn zu bieten. Und um das Leben, das noch vor dir liegt.«

Die Freiheit schien für Salima zum Greifen nahe. Eine Freiheit, die sie in dieser Form nie ersehnt hatte und die sie nun doch mit jeder Faser ihres Seins herbeiwünschte. Ein wenig mehr mit jedem Tag, der aus ihrem Leben in der Steinstadt ein Gefängnis machte. Keine Wachen vor der Tür waren dazu notwendig; es genügten die abweisenden, zuweilen gar hasserfüllten Blicke der Menschen, das feindselige Getuschel, das die Luft vibrieren ließ, bedrohlich aufgeladen wie kurz vor einem schweren Gewitter. Es waren Tage, in denen jedes Geräusch sie auffahren ließ, weil es bedeuten mochte, dass die Soldaten des Sultans im Anmarsch waren, um sie abzuholen. Wahnhafte Vorstellungen von gedungenen Mördern, von Gift in Speis und Trank und von ihrer eigenen Hinrichtung beherrschten ihr Dasein, und es kostete sie große Anstrengung, bei klarem Verstand zu bleiben.

Es war Heinrich, der ihr dabei half, nicht verrückt zu werden in diesem Gespinst aus Angst und Bedrohung, aus quälenden Gedanken und Ahnungen, das sich wie ein Netz enger und immer enger um ihr Haus zusammenzuziehen begann. Heinrich, der kühl und nüchtern blieb, der plante und vorbereitete, innerhalb des geschützten Raumes, den Khaduj durch ihre Anwesenheit im Hause schuf – als Tugendwächterin und Gefängnisaufseherin von Majid hierher entsandt, aus freiem Willen und Mitgefühl zur Verbündeten des jungen Paares geworden. Und nur ganz langsam sickerte in Salimas Bewusstsein hinein, was zu tun sie im Begriff war.

»Ist das denn wirklich nötig?« Mit dem Nagel des Zeigefingers kratzte sie an ihrem Daumen herum und starrte auf die Papiere, die Heinrich vor ihr ausgebreitet hatte.

»Nun, wenn du verhindern willst, dass du die *shambas* oder ihren entsprechenden Gegenwert verlierst«, kam Heinrichs trockene Antwort. »Ich halte es für wahrscheinlich, dass du deine Rechte daran verlierst, sobald du Sansibar verlassen hast.«

Sobald du Sansibar verlassen hast …, hallte es in ihr wider, und sie ballte die Hände zu Fäusten. *Nie, nie will ich für immer von Sansibar fortgehen*, hatte sie als Kind einmal beschlossen, und nun war sie dennoch bereit, ihrer Heimat den Rücken zu kehren.

»Vielleicht kann ich Majid doch noch gnädig stimmen«, murmelte sie, mehr zu sich selbst denn zu Heinrich. Und dabei wusste sie doch, dass es nicht an Majid allein hing. Selbst

Hamdan, Jamshid und Abd il Wahab hatten nichts mehr von sich hören lassen, seit ihre Untat ruchbar geworden war. Die Stimmung auf der Insel war gegen sie; der Name Bibi Salmé stand für eine Schuld, die keine Vergebung erhoffen durfte.

»Vielleicht«, erwiderte er und berührte sie sanft an der Schulter. »Dennoch sollten wir vorbereitet sein und vor allem keine kostbare Zeit verschwenden.«

Salimas Blicke wanderten zur Tür hin, an der gerade zwei Sklaven vorbeigingen, eine schwere Kiste geschultert. Im ganzen Haus herrschte großes Räumen und Packen. Bis auf Salimas Geschmeide wurde unter dem Vorwand, die notwendige Barschaft für die Pilgerfahrt nach Mekka zusammenzubekommen, alles verkauft, was sich zu Geld machen ließ: Spiegel und silberne Leuchter, Teppiche und kostbare Truhen, Uhren und Geschirr. Eine ungewöhnliche Betriebsamkeit wurde dabei an den Tag gelegt, denn mit jeder Stunde, die verstrich, wuchs die Gefahr, dass Majid ihre Täuschung durchschaute und ihren Plan vereitelte.

Und nun auch noch meine Plantagen … Auch Kisimbani. Wo wir so glücklich waren. Noch vor ein paar Wochen. Und doch eine scheinbare Ewigkeit her …

Sie senkte ihren Blick wieder auf die Papiere vor sich, deren Schrift durch einen Tränenschleier hindurch verschwamm.

»Nur für eine gewisse Zeit, Bibi Salmé«, hörte sie Heinrich neben sich flüstern. »Bis die Wogen sich geglättet haben.«

Die ersten Kisten mit Gold, der größte Teil von Salimas Schmuck und ihre geliebte weiße Katze befanden sich schon an Bord der O'Swald'schen *Mathilde*, die im Hafen vor Anker lag, bereit, gen Hamburg auszulaufen – mit einem Zwischenhalt vor Bububu, wo Salima mit zwei ihrer Dienerinnen zusteigen würde, die noch nichts von ihrem zweifelhaften Glück ahnten.

»Es ist der einzige Weg für uns, nicht wahr?«

Heinrichs Stirn zerfurchte sich, glättete sich dann wieder. »Ich fürchte, ja.«

Salima nickte und blinzelte die Tränen tapfer fort.

Nur für eine gewisse Zeit, sagte sie sich selbst vor, als sie die Bambusfeder in die Tinte tunkte, um *Herrn Rudolph Heinrich Ruete* ihre Besitzungen zu überschreiben. Doch noch ehe sie die Spitze auf das Papier gesetzt hatte, hielt sie inne. Wenn Heinrich ihre Plantagen übernahm, dann konnte das nur bedeuten, dass …

»Du kommst nicht mit?« Ihr Tonfall schwankte zwischen entsetzter Feststellung und auf Widerspruch hoffender Frage.

Heinrich wich ihrem Blick aus und schüttelte schließlich den Kopf. »Nein. Ich bleibe hier.«

»Für wie lange?« Salima erstickte beinahe an ihren eigenen Worten, und auch Heinrichs Stimme klang belegt, als er antwortete: »Ich weiß es noch nicht. Einige Wochen gewiss, vielleicht auch länger.«

Einen schrecklichen Moment lang durchzuckte Salima der Gedanke, einem Betrüger aufgesessen zu sein, der sie fortschickte, einem ungewissen Schicksal entgegen, um sich an ihrem Besitz zu bereichern. Doch ungleich schrecklicher war die Gewissheit, die sich daran anschloss: dass Heinrich nichts zu gewinnen hatte, wenn er hierblieb, dass er hingegen alles verlieren konnte.

Er schien ihre Gedanken erraten zu haben, denn seine Arme schlossen sich um sie, tröstend und aufmunternd. »Sie werden mir nichts tun. Das werden sie nicht wagen, keiner von ihnen«, versuchte er sie zu beruhigen, doch fehlte es seinen Worten an der Kraft, sie restlos zu überzeugen. »Ich muss hierbleiben, weil ich trotz allem noch Verpflichtungen gegenüber Hansing & Co. habe. Das wenigstens bin ich der Handelsgesellschaft schuldig, wenn ich ihren Ruf schon derart beschädigt habe.« Die Bitterkeit des letzten Satzes ging in eine stolze Zärtlichkeit über. »Und ich bleibe auch aufrechten Hauptes, um aller Welt zu zeigen, dass unsere Liebe nichts ist, wofür ich mich schämen und feige das Weite suchen muss.«

In Salima rangen Einsicht und Widerstand miteinander. Schließlich sagte sie: »Ich will nicht ohne dich gehen.«

»Du musst, Salmé«, sagte er eindringlich. »Ich weiß, unter den gegebenen Umständen ist es schwer. Aber versuch dennoch, mir zu vertrauen.«

Sie nickte langsam, als müsste sie sich ebendieses Vertrauen in Heinrich und in das Schicksal mühsam einbläuen; dann griff sie erneut zur Feder und unterschrieb die Papiere. Sie hatte ihren letzten Namenszug kaum daruntergesetzt und die Schreiben Heinrich überreicht, damit er die Besitzungen im Sekretariat auf sich registrieren ließe, als sie auch schon nach einem leeren Blatt griff und in aller Eile eine Liste erstellte, die sie Heinrich ebenfalls hinhielt.

»Würdest – würdest du bitte die entsprechenden Dokumente aufsetzen lassen, dass jeder seine Freiheit erhält?«

Heinrich überflog die Aufstellung. So weit er die arabischen Zeichen entziffern konnte, handelte es sich um Namen, die ihm von seinen Besuchen hier bekannt vorkamen. Aufgrund der Anzahl schätzte er, dass sämtliche Sklaven dieses Hauses aufgeführt waren. Er sah Salima über den Rand des Blattes hinweg überrascht an. Dass die Sklaven auf ihren Plantagen mit der Überschreibung an ihn, den Deutschen, der keine Sklaven besitzen durfte, ihre Freiheit erhielten, schien Salima in Kauf genommen zu haben. Doch offenbar hatte sie sich ihre eigenen Gedanken gemacht und schenkte ihren Leuten dieselbe Freiheit, die sie für sich selbst beanspruchte.

»Dass ich mich damit in der Stadt unbeliebt machen werde, spielt nun auch keine Rolle mehr«, hörte er sie, wie zu ihrer Rechtfertigung, heiser flüstern.

»Ich bringe dir die Papiere morgen zur Unterschrift vorbei«, versprach er, küsste sie auf die Wange und erhob sich.

»Heinrich.« In der Tür stehend, drehte er sich noch einmal um. »Übermorgen also?«

Er nickte. »Übermorgen Nacht.«

Salimas Inneres ballte sich zu einem harten, schmerzenden Klumpen zusammen, und unbewusst legte sie die Hand auf ihren gewölbten Bauch, wie um ihr Kind vor diesem inneren Aufruhr zu schützen. *Übermorgen.* Nach dem Kalender der Christen der 9. August des Jahres 1866.

»Ich hole dich gegen zehn Uhr am Abend ab und bringe dich nach Bububu.«

29

John Witt hastete durch die nächtlichen Gassen der Stadt. Ein Schauer prasselte hernieder, trommelte auf seinen Hut, den er tief ins Gesicht gezogen hatte, durchtränkte Anzugjacke und Hosenbeine. Bei jedem Schritt spritzte das schlammige Wasser von seinen Hacken die Waden hinauf, und er fluchte vor sich hin.

»Aufmachen!« Seine Faust hämmerte gegen das starke Portal des Hauses. »Aufmachen! Es ist dringend!«

Ein Türflügel schob sich vorsichtig auf, geöffnet von einem Diener, der verschüchtert um das Türblatt herumlinste, die Tür dann aufriss und sich tief verbeugte. Keuchend vom schnellen Gehen marschierte John Witt über die Schwelle, riss sich den tropfnassen Hut vom Kopf und schüttelte ihn aus.

»Guten Abend, Herr Witt.« Aus einem angrenzenden Raum trat Heinrich Ruete mit einer Miene der Verblüffung, die sich jedoch rasch verdüsterte. »Was ist passiert?«

»Ihr grandioser Plan ist soeben auch grandios gescheitert«, bellte sein Besucher, ohne sich lange mit Begrüßungsfloskeln aufzuhalten, und seine freie Hand gestikulierte wild in Richtung des O'Swald'schen Handelshauses. »Vor kaum einer halben Stunde sind zwei Männer des Sultans in mein Kontor geschneit und haben mich in rasend schnellem Suaheli und mit Händen und Füßen beschworen, dass Ihre Bibi Salmé nicht an Bord unseres Schiffes dürfe, was diese ja wohl zu tun beabsichtige. Der Sultan lasse deren Haus zwar bewachen, dennoch müsse ich unter allen Umständen dafür Sorge tragen, dass unser Segler ohne Ihre verehrte Braut in See sticht.«

»Dann müssen wir –«, begann Heinrich, doch John Witt fiel ihm ins Wort.

»Wir müssen gar nichts! Vor allem ich nicht!« Er hielt inne, als sei ihm soeben etwas eingefallen. »Hatten Sie schon alles an Gepäck an Bord bringen lassen?«

»Ein paar Kisten fehlen noch.«

John Witt überlegte kurz. »Gut. Dann lasse ich dem Kapitän eine Nachricht zukommen, dass er im Norden, vor Kokotoni, noch ein paar Stunden ankert. Wenn Sie wollen, können Sie dort noch etwas aufs Schiff bringen lassen. Alles – außer Ihrer ... Ihrer *Verlobten*.«

»Herr Witt, ich –«

»Nein und abermals nein!« Seine Handkante schnitt in Abwehr durch die Luft. »Gepäck, so viel Sie wollen, Ruete, deklariert als Frachtgut – aber keine Personen! Ich hatte Ihnen angekündigt, dass unsere Abmachung hinfällig sei, sollte der Sultan Wind davon bekommen, und das ist hiermit eingetreten. Ich riskiere mit dieser Fracht schon genug für meine Firma – mehr kann ich nicht für Sie tun. Suchen Sie sich jemand anderen, der für Sie die Kohlen aus dem Feuer holt. Viel Glück!«

Salima kauerte in einer Ecke und ließ ihren Tränen freien Lauf. So nah war sie der Freiheit gewesen, doch noch ehe sie davon hatte kosten können, war sie ihr auch schon entglitten. Und nun war alles noch schlimmer als zuvor: Soldaten hielten Tag und Nacht Wache vor dem Portal, ließen sie nicht hinaus und ließen auch Heinrich nicht ein. Hoffnungslosigkeit hatte sich über das Haus gelegt wie ein Vogel mit düsteren Schwingen, und es wirkte mit seinen leeren Räumen noch trostloser, ohne Möbel und Zierrat, verlassen von den Dienern, die mit ihrer Urkunde der Freilassung und einem kleinen Geldbetrag gegangen waren. Nur zwei Dienstmädchen waren ihr geblieben – und Khaduj, die sich nun neben sie hockte und sie in ihre Arme nahm.

»Schhhh, nicht weinen«, murmelte sie Salima ins Ohr. »Alles wird gut.«

»Ich wüsste nicht, wie«, schluchzte Salima. »Ich sitze hier in der Falle! Ohne Heinrich. Ohne die Möglichkeit, hier wieder herauszukommen. Irgendwann wird Majid ungeduldig werden und mich drängen, zur Pilgerfahrt aufzubrechen. Viel länger werde ich ihn nicht mehr hinhalten können.«

Khaduj wiegte sie tröstend. »Noch glaubt Majid, dass ich ihm treu ergeben bin; er ahnt nichts davon, dass ich euch bei euren Fluchtplänen helfe. Das ist unser großer Vorteil.«

»Aber jemand muss hinter unsere Pläne gekommen sein und sie verraten haben«, schniefte Salima und wischte sich über die Wangen. In unvermittelt aufblitzendem Misstrauen versteifte sie sich in Khadujs Umarmung, versuchte sich von ihr zu lösen, doch diese hielt sie nur umso fester.

»Ich kann es dir nicht verdenken, Salima.« Khadujs Kinn rieb sanft über Salimas Schulter. »Selbstredend musst du zweifeln, ob ich nicht ein doppeltes Spiel spiele. Dass ich noch hier bei dir bin und dich nicht einfach Majid überlasse, müsste dir jedoch zeigen, dass ich ganz auf deiner Seite stehe.«

»Ich reiße dich womöglich auch noch mit in den Abgrund«, brach es aus Salima hervor. »Wenn Majid erfährt, dass du …«

»Das lass allein meine Sorge sein.«

»Nun, Mr Ruete.« Emily Seward, die Gattin des stellvertretenden britischen Konsulatsarztes, setzte behutsam ihre Teetasse ab. »Sie werden gewiss Verständnis dafür haben, wenn ich sage, dass Ihr Anliegen ein recht heikles ist, was die Beziehungen zwischen Großbritannien und dem Sultan von Sansibar betrifft.«

»Dessen bin ich mir wohl bewusst, Mrs Seward.« Er hob in höflicher Ablehnung die Hand, als seine Gastgeberin den Teller mit dem Gebäck auffordernd ein Stückchen näher zu ihm hinschob. »Ich hätte mich auch nicht an Sie gewandt, wenn die Angelegenheit nicht derart dringlich und von höchster Wichtigkeit wäre. Wie ich annehme, ist auch Ihr Herr Gatte weitestgehend über die Notlage informiert, in der sich Bibi Salmé befindet.«

»Eine Notlage, an der Sie nicht ganz unschuldig sind, Mr Ruete«, bemerkte Mrs Seward. Doch dabei lächelte sie belustigt; ein Lächeln, das ihr frisches, rosiges Gesicht – unberührt von der Hitze Sansibars und britisch, wie es britischer nicht sein konnte – noch anziehender machte.

Heinrichs Augenbrauen hoben sich, als er halb schmunzelte, halb zerknirscht dreinblickte. »Auch das ist mir bewusst. Eine Schuld, die ich nur zu gerne auf mich nehme und für die ich voll und ganz geradestehen möchte. Wenn man mich nur ließe.«

Emily Seward lehnte sich ein wenig zurück und verschränkte die Hände im Schoß ihrer weiten, von Petticoats und einer Krinoline gebauschten Röcke aus zartem Musselin. Sie mochte Heinrich Ruete, der nur wenig jünger war als sie selbst. Bei den gesellschaftlichen Zusammenkünften sowohl in seinem Hause wie im britischen Konsulat hatte sie ihn als angenehmen Gentleman kennengelernt: charmant, ohne dass er leichtfertig oder gar oberflächlich wäre; mehrsprachig, mit herausragenden Fähigkeiten und mit vielversprechenden Zukunftsaussichten. Zumindest, bevor er durch diese unglückselige Liebschaft mit der Schwester des Sultans seinen bislang tadellosen gesellschaftlichen Leumund zerstört hatte. Die

Gerüchte um ihn und Bibi Salmé waren auch durch das Tor des Konsulats hereingebrochen wie eine Feuerwalze.

Eine kleine stürmische Affäre wäre ihm in den Augen der Gesellschaft durchaus noch nachzusehen gewesen – man wusste schließlich, wie es sein konnte, wenn man jung war, unverheiratet und in der Fremde. Noch dazu auf Sansibar, wo alles derart üppig im Saft stand, dass eine für englische Verhältnisse schon beinahe unanständige Sinnlichkeit in der Luft lag. Doch nun hatte dieses Verhältnis Folgen gehabt. Was nie schön war und was immer Verwicklungen nach sich zog, die meist zulasten der betreffenden Dame gingen. Dieser besondere Fall jedoch konnte die europäischen Nationen leicht ihren einträglichen Kontakt zum Sultanshaus kosten; eine leichtfertige Liaison, die dabei war, zum Politikum zu werden. Abgesehen davon war Emily Seward weiß Gott nicht derart puritanisch eingestellt, dass sie einer Frau, die eine schwache Stunde gehabt hatte, zur Strafe für ihre Sünden den Tod wünschte; dafür war sie zu jung und selbst zu lebenslustig.

»Es ehrt Sie über alle Maßen, dass Sie sich Ihrer Verantwortung stellen wollen, Mr Ruete«, bekundete sie deshalb respektvoll.

Heinrich lachte auf, ein angenehmes, tiefes Lachen, das seine Gastgeberin noch mehr für ihn einnahm, und legte endlich den Silberlöffel auf die Untertasse, mit dem er während ihres Gespräches herumgespielt hatte. »Damit tun Sie mir eindeutig zu viel der Ehre an, verehrte Mrs Seward. Gewiss spielt es eine Rolle, dass ich die Verantwortung für mein Handeln und die Konsequenzen selbstredend übernehmen will, ebenso wie für die Gefahr, in der Bibi Salmé sich befindet. Aber das ist nicht der einzige Grund.«

»Sondern?« Emily Seward nahm ihre Tasse wieder auf.

Heinrich zögerte. Seine Gefühle zu zeigen oder sie zu äußern lag ihm nicht; so war er nicht aufgewachsen, so war er nicht erzogen worden. Seine Welt war die der Vernunft, rational und nüchtern und berechenbar. Zumindest war sie das gewesen bis vor einem Jahr. Salima hatte alles verändert. Sie hatte *ihn* verändert. Als hätte sie ihm mit ihren Küssen, mit ihrem Lachen, das ihre Augen glänzen ließ wie meerbespülte dunkle Kiesel, die Sonnenglut und die gewürzschwangere Luft Sansibars eingeflößt, die nun durch seine Adern strömten und ihn immer wieder zu ihr hinzogen. Ohne Salima in seiner Nähe war ihm sogar im heißen Sansibar kalt.

»Ich kann mir ein Leben ohne sie nicht mehr vorstellen«, sagte er schlicht.

»Haben Sie sich das mit der Heirat auch gut überlegt?«, gab sie dessen ungeachtet zu bedenken. »Sie wird es schwer haben in Hamburg.«

Emily Seward wusste, wovon sie sprach, wusste, wie es war, in der Fremde zu leben. Kaum dass sie ihrem George das Jawort gegeben hatte, war sie dem frischgebackenen Doktor der Medizin vom grausteinigen, regnerischen Edinburgh nach Indien gefolgt. Die ersten Jahre dort waren hart für sie gewesen, blutjung, wie sie damals war, und rasch überfordert mit ihren Aufgaben als Ehefrau und bald auch Mutter. In einem Land voller Hitze und Staub, dessen reiche Ströme während der Glutmonate zu tröpfelnden Rinnsalen verdunsteten. Noch dazu in der Garnisonsstadt von Baroda, in der das Leben sich nach dem Rhythmus des Soldatenlebens richtete und Wünsche und Bedürfnisse der Frauen nur eine untergeordnete Bedeutung hatten. Im Vergleich dazu war Sansibar das reinste Paradies.

Heinrich atmete tief durch. »Es soll nur vorübergehend sein. Damit sie und unser Kind in Sicherheit sind. Bis ich meine eigene Gesellschaft aufgebaut habe, die uns ernähren kann. Die Welt ist groß, und ich bin bereit, mit ihr überallhin zu gehen.«

Emily Seward sah ihn aufmerksam über den Rand ihrer Tasse hinweg an. Auch sie schätzte hoch aufwallende Emotionen und überschwängliche Gefühlsäußerungen nicht sonderlich, aber sie war romantischen Empfindungen gegenüber durchaus aufgeschlossen, wovon auch die überall in ihrem Salon liebevoll verteilten Spitzendeckchen Zeugnis ablegten. Und die Geschichte von Heinrich Ruete und Bibi Salmé, dem deutschen Kaufmann und der Prinzessin von Sansibar, die einander gefunden hatten und allen Widerständen zum Trotz zueinanderstanden, die gar ein Kind ihrer Liebe erwarteten und miteinander fliehen wollten, um gemeinsam ein neues Leben zu beginnen – das war das Romantischste, was sie je gehört hatte. Ein Märchen, wie es ein Dichter nicht zauberhafter und anrührender hätte ersinnen können.

Eines, dem nur noch das glückliche Ende fehlte.

30

Rhythmisch in die Hände klatschend, zogen die Menschen durch die Stadt, uralte Volkslieder zum Nachthimmel schmetternd, die um Glück und Segen baten, das Leben und die Liebe priesen. Zu Turbanen gewickelte *kangas* der Afrikanerinnen wechselten sich mit den finsteren Überwürfen der arabischen Frauen ab. Kinder, die Augen riesengroß vor Staunen, wurden durch die Menge mitgezogen oder auf der Hüfte sitzend mitgeschleppt. Männer waren nur wenige unter den Scharen, die durch das Labyrinth der Stadt wogten, flackernd beleuchtet von mitgeführten Öllichtern und Laternen.

Heute Nacht weichten die Grenzen auf zwischen Herren und Sklaven, lösten sich die Araberinnen aus den Beschränkungen, die die Tradition ihnen auferlegte. Es war die Nacht vor dem Feiertag, an dem auf allen Feuern der Insel von den Frauen Reis gekocht werden würde, während die Männer Maniokblätter mit Kokosnussmilch und Nüssen zubereiteten, Maniokwurzeln mit Bohnen oder Fisch, alles kräftig und scharf gewürzt, genug, dass jeder, der des Weges kam, sich sattessen konnte. Sobald das Festmahl beendet wäre, würde das Feuer sofort mit Wasser gelöscht, der Aschebrei abgeschöpft und an Kreuzwegen ausgebracht, ins Meer gegossen oder an die Rückwand von Hütten oder Häusern geschüttet.

Heute Nacht galt es, Abschied zu nehmen, Abschied von Sünden und Zwietracht und Hader; ab morgen würde alles besser werden. Heute Nacht war ein *muongo* zu Ende gegangen, eine Spanne, die zehn Tage umfasste. Der sechsunddreißigste *muongo* von sechsunddreißig, und ab morgen würden die Tage wieder von vorn abgezählt werden.

Morgen war *siku ya mwaka*, Neujahr. Und heute war die Nacht, in der sich Sayyida Salima bint Sa'id aufmachen würde, viel mehr hinter sich zu lassen als nur das alte Jahr. Dreizehn endlose Tage hatte sie auf diese eine Nacht gewartet.

»Geh jetzt.« Sie drückte Khaduj so fest an sich, als wollte sie sie niemals mehr loslassen. »Geh hinüber nach Beit il Sahil wie verabredet.«

Khaduj lachte leise, ein Lachen, das von Schluchzern erstickt wurde. »Der arme Majid … Er wird nicht wissen, wie ihm geschieht, wenn ich ihn ausschelte, dass er dir erlaubt hat, bis morgen Abend das neue Jahr bei deiner Freundin zu feiern.«

Ja, der »arme« Majid, dachte Salima bitter. *Der mich bis gestern hat warten lassen, um erst dann gnädig meine Bettelbriefe um ein sorgloses Neujahrsfest mit seinem huldvollen Einverständnis zu beantworten. Mein letztes Neujahrsfest auf Sansibar, ehe in drei Tagen die Segel des Schiffes gehisst werden, das mich nach Mekka bringen soll.*

Nur widerstrebend lösten sich die beiden Frauen voneinander.

»Ich stehe tief in deiner Schuld, Khaduj«, flüsterte Salima, das Gesicht der Schwester mit ihren Händen umschließend. Der Gedanke, dass Khaduj den Tod durch das Henkersschwert erleiden würde, sollte Majid je erfahren, welche Rolle sie bei Salimas Fluchtplänen gespielt hatte, brach ihr das Herz.

Um Khadujs geschwungenen Mund zuckte es. »Für niemanden sonst hätte ich das getan. Nur für dich, Salima bint Sa'id – die mit dem unbezwingbaren Herzen. Schwöre mir …«

Ihr Atem ging stoßweise, als bräche ihr die Stimme unter zu großer Seelenlast. »Schwöre mir nur, dass du dein Leben bis zur letzten Neige auskosten wirst. Gleich, welche Prüfungen Allah dir auch auferlegen mag.«

»Ich schwöre«, flüsterte Salima, und Ingrimm drängte sich in ihre Stimme. »Bei Allah – ich schwöre!«

Khaduj strich Salima zart über das Gesicht, über die *schele*, die ihr Haupt bedeckte. »Der Herr des Weltalls beschütze dich, Schwester.« Mit einem Ruck wandte sie sich um und lief aus dem Gemach.

Salima lauschte in die Nacht hinaus, und ihr heftiger Pulsschlag, der ihr selbst in den Ohren dröhnte, bildete den Rhythmus zu den kräftigen Stimmen unten auf der Gasse, wurde eins mit den Trommeln der vorbeiziehenden Musiker. *Tha-dhung-gung. Tha-dhung. Tha-dhung-gung. Tha-dhung.*

»Wollt Ihr nicht langsam aufbrechen, Bibi Salmé?« Das eine ihrer beiden Dienstmädchen, die ihr noch geblieben waren, war eingetreten.

Vergebt mir, dass ich euch so grausam belüge.

Salima setzte ihr breitestes Lächeln auf. »Aber ja!«

Die *askaris*, die Soldaten des Sultans, schenkten ihr ein karges Kopfnicken, als sie mit ihren beiden Dienerinnen über die Schwelle trat und ihnen scheinbar fröhlich ein gutes neues Jahr wünschte. Sie ließen die drei Frauen sich unter die Menschenmenge mischen, die sich durch die Gasse schob. Salima spürte förmlich, wie sich die verächtlichen Blicke der *askaris* in ihren Rücken bohrten.

»*Pumbavu likipumbaa p'umbe*«, sang Salima aus voller Kehle mit, »*fit'u usilo nadhari n'gombe.* Wenn der Narr ganz närrisch wird, ist er ein großer Narr, dumm gar wie ein Ochs'.« Die altvertrauten Verse lösten ihre Anspannung. »*Wat'u hawendi tena P'emba – kuna nyama mla-wat'u simba.* Wir werden nicht mehr nach Pemba geh'n; dort hat's ein Geschöpf, das Menschen frisst: ein Löwe!«

Mir jedoch bringt mein Löwe die Freiheit! Salima war so leicht zumute, dass sie den Kopf zurückwarf und lachte, ihren Dienerinnen zuzwinkerte. Da gewahrte sie einen Mann, halb in den Schatten einer Hauswand verborgen, der mit zusammengekniffenen Augen herüberstarrte. In seiner Hand blinkte etwas metallisch auf. Salima blinzelte und wandte den Blick rasch ab. Das Lied war ihr auf den Lippen erstorben, und nackte Angst umklammerte ihren Magen.

War das ein Dolch gewesen?

Möglich, dass es Halunken gab, die den Trubel auf den Gassen nutzen wollten, um zwielichtige Pläne in die Tat umzusetzen. Vor allem jedoch fürchtete Salima mit einem Mal, dass Majids Erlaubnis, sie dürfe für das Fest das Haus verlassen, weder Gutgläubigkeit noch Güte geschuldet gewesen war. Sondern einer List, um sich seiner Schwester, die solche Schande über die Familie gebracht hatte, im Tumult, der jetzt, nach Mitternacht, unweigerlich durch die Stadt toben würde, ein für alle Mal zu entledigen.

Fester als nötig hakte sie sich bei ihren Dienerinnen unter und schritt hastig aus, drängte sich zwischen die anderen Menschen; je mehr Leiber sie umgaben, in umso größerer Sicherheit befand sie sich. Sie hoffte, mit ihrer *schele* unterzugehen inmitten all der anderen Frauen.

»*Wat'u hawendi tena P'emba*«, stimmte sie erneut mit ein, sang, so kräftig sie konnte, sang gegen Verfolgungswahn an und gegen Todesangst. »*Kuna nyama mla-wat'u simba.*«

Das Gassengeflecht löste sich auf, und damit lockerte sich der Menschenpulk, teilte sich in Grüppchen und in einzelne Personen, die vorwärtsströmten, hin zum Meer, um bekleidet hineinzuwaten, unterzutauchen und Sünde und Ungemach des alten Jahres abzuwaschen, wie es Brauch war. Der rötliche

Schein der am Ufer entzündeten Freudenfeuer ließ Himmel und Hauswände glosen.

»Wo gehen wir denn hin?«, wollte eines der Dienstmädchen wissen.

»Wir sind gleich da«, gab Salima zurück und hielt auf die letzte Häuserreihe zu. Auf ein erleuchtetes Fenster im linken der beiden lang gestreckten Gebäude vor ihnen. Das vorletzte Stück auf ihrem Weg in die Freiheit und das gefährlichste: durch die breite Furt zwischen den Häusern, die kaum Schutz bot. Salima marschierte vorwärts, vermied es, sich umzudrehen, um nicht einem möglichen Verfolger zu zeigen, dass sie Grund hatte, ängstlich zu sein.

Ein Schatten glitt aus der Dunkelheit auf sie zu, eine Frau in den reichen Fältelungen geschickt gewickelter *kangas*, groß und stattlich wie eine afrikanische Königin. »Ein gutes neues Jahr, teure Freundin!«, rief sie ihnen entgegen. Eine Stimme, die Salima in den vergangenen zwei Wochen vertraut geworden war. Ihr Magen entspannte sich mit einem Schlag.

»Dir auch ein gutes neues Jahr!« Erleichtert fiel sie Zafrani um den Hals, der Amme im britischen Konsulat, die bei den Besuchen Mrs Sewards in Salimas Haus vom Englischen ins Suaheli übersetzt hatte und umgekehrt, wenn es nötig war. Zafrani, die ihnen auch als Botin gedient hatte, um Salima auf dem Laufenden zu halten, spielte ihre Rolle perfekt. Sie legte ihren Arm um Salimas Schulter und erkundigte sich in einem einzigen plätschernden Wortschwall, ob sie einen schönen letzten Tag des Jahres gehabt und gut hergefunden hätten, zählte auf, was es nachher und morgen alles an Köstlichkeiten zum Naschen geben würde und wer aus der Nachbarschaft noch alles eingeladen sei. Drohend fast bauten sich die beiden Häuser vor ihnen auf, je näher sie kamen, der schmale Durchgang dazwischen einem Schlund ähnlich, und doch wusste Salima, dass dies der Weg in die Freiheit war.

Lampenschein am Ende des Durchgangs. Salima hörte Röcke rascheln, eine weibliche Stimme rief etwas in einer fremden Sprache, die sie nicht verstand, obwohl der Klang ihr wohlbekannt war. Im nächsten Moment fühlte sie sich an Mrs Sewards Brust gedrückt, mit liebkosenden Worten überschüttet, deren Tonfall ihr sagte: *Du bist in Sicherheit. Alles ist gut. Du hast es geschafft.*

Ihre Lider flatterten, und sie entdeckte über die Schulter der Engländerin hinweg eine Silhouette, die auf sie zulief.

»Heinrich.« Salima schluchzte auf, als er sie in die Arme schloss, ihr Gesicht mit Küssen bedeckte, die hart waren und viel zu fest und die sie doch so sehr genoss. Dann nahm er sie beim Arm und führte sie mit sich, hin zum Wasser.

Meine letzten Schritte auf dem Boden von Sansibar.

»Gib mir dein Taschentuch.«

»Wie bitte?«

»Gib mir dein Taschentuch!«

»Wozu brauchst du …«

»Gib es mir einfach!«

Als er es ihr reichte, wand sie sich aus seinem Griff und kniete sich hin, kratzte etwas von der dünnen Sandschicht zusammen, die den Fels der Insel bedeckte, und ließ es mit beiden Händen in das Tuch rieseln.

»Dafür ist jetzt keine Zeit, Salmé!«

»Gleich!«

Heinrich packte sie am Oberarm. Sie schaffte es gerade noch, aus dem dünnen Stoff ein Bündel zu knoten, das sie an die Brust presste, ehe er sie in die Höhe zog und weiterzerrte. Die Flut hatte ihren Scheitelpunkt beinahe erreicht, und am Rand der unregelmäßig gezackten Felskante schaukelte ein Boot, aus dem zwei Männer in dunklen Jacken sprangen; eine dritte Gestalt saß noch im Boot.

Hinter Salima und Heinrich schrie eine Frau, gellend, als

jagte eine Klinge in sie hinein. Erschrocken fuhren sie herum. Es war eine der beiden Dienerinnen, die erkannt hatte, was hier vor sich ging, und die davonrannte, als ginge es um ihr Leben. Heinrichs Hand zuckte, als wollte er ihr nachsetzen; umso unerbittlicher jedoch zog er Salima vorwärts. Über ihre Schulter hinweg sah sie noch, wie Mrs Seward und Zafira das Mädchen aufhalten wollten. Wie die zweite Dienerin ebenfalls zu flüchten suchte, von einem der Matrosen aber gepackt und zum Boot geschleift wurde. Ihre Hilferufe erstarben gurgelnd hinter der Hand des Seemanns, die ihr den Mund verschloss.

»Nicht«, entfuhr es Salima, »lasst sie gehen!«

»Es muss sein«, presste Heinrich zwischen zusammengebissenen Zähnen hervor. »Du kannst nicht allein fahren.«

Nur ein Schritt trennte Salima noch von dem Boot. Der Seemann, der dort geblieben war, war aufgestanden und streckte ihr seine Hand entgegen.

Nur ein Schritt noch bis zur Freiheit.

Ein Schritt, und sie würde ohne Heinrich sein, auf ungewisse Zeit.

»Gib auf dich acht«, murmelte er. »Auf dich und auf das Kind.« Salima konnte nur nicken. Es zerriss ihr das Herz, als er sie an sich drückte, sie noch einmal küsste.

»Ich komme nach, sobald ich kann.«

»*Ich liebe dich*«, flüsterte sie den einzigen deutschen Satz, den sie kannte.

»*Roho jangu*«, war seine Antwort auf Suaheli. Seine Stimme war brüchig, wie wundgescheuert von zu heftigen, widerstreitenden Gefühlen. »Mein Atem. Meine Seele. Mein Leben.«

»*Ya kuonana* – auf bald.«

»*Ya kuonana.*«

Mit sanfter Gewalt schob er sie einem der Matrosen in die Arme, der sie in das Boot hob und danach selbst einstieg.

Sogleich stießen die Seeleute die Nussschale vom Ufer ab

und ruderten los. Salima behielt Heinrich fest im Blick, blinzelte die Tränen fort. Seine Gestalt, die verwackelte unter dem Schaukeln des Bootes auf den Wellen, die kleiner wurde und sich zu einem Schattenriss verflachte, während sich die winkende Silhouette von Mrs Seward und Zafira im Schatten des Hauses verlor.

Dann war er nicht mehr zu sehen, aufgegangen in der Uferlinie aus Schemen und glühenden, tanzenden Lichtflecken. Johlen und freudige Rufe, Lachen und Gesang klangen von den Badenden herüber, die das alte Jahr von sich abwuschen; Trommelschläge, *tha-tha-dhung, tha-tha-dhung*. Das Meer rauschte, plätscherte gegen den hölzernen Rumpf des Bootes, gegen die Ruder, die schmatzend eintauchten und wieder herausglitten.

Ihre Dienerin hatte erschöpft alle Gegenwehr aufgegeben und hing in den Armen des Matrosen; hinter seinen Fingern drang gedämpftes Schluchzen hervor.

»Es tut mir sehr leid«, sagte Salima zu ihr. Ihre eigene Stimme klang ihr fremd in den Ohren, schleppend und flach. »Sobald wir am Ziel sind, kannst du zurückfahren.«

Und ich? Werde ich je zurückkehren? Ihre Augen erfassten Beit il Sahil, ein heller Klotz vor dem Widerschein der Freudenfeuer. *Beit il Sahil. Beit il Hukm. Beit il Tani.* Mit ihrem Blick fuhr sie zärtlich über die Stätten ihres bisherigen Lebens. *Beit il Wataro. Irgendwo weiter drüben Bububu. Beit il Mtoni. Und dahinter Kisimbani.*

Die Sehnen ihrer Hand machten sich bemerkbar, sie schmerzten vom krampfhaften Festhalten des sandgefüllten Taschentuchs, und ihre Finger wurden taub. Aber loszulassen, das vermochte sie nicht.

Mehr Sansibar als das bisschen konnte ich nicht mitnehmen.

Finsternis hüllte das Boot ein, und Salima legte den Kopf in den Nacken. So nah schienen die Sterne, als ob der Himmel hier tiefer wäre, eins gar mit dem dunklen, ölig schwappenden Wasser.

Ich werde sie vermissen, die Sterne über Sansibar. Ich werde alles vermissen.

In ihrem gewölbten Bauch regte sich etwas, so sacht und so leicht wie das Flattern eines Falters. Salimas Mundwinkel zuckten. Ihre andere Hand, die den Beutel mit ihrem Geschmeide unter dem Obergewand festgehalten hatte, legte sich sanft darauf.

Ich habe es gespürt. Heinrich, ich habe unser Kind gespürt. Wir werden leben. Das Kind und ich, wir dürfen leben.

Sie zwang sich, den Kopf zur anderen Seite zu drehen. Weg von Sansibar. Hin zu dem Schiff, das im tiefen Wasser vor Anker lag. Hell entfalteten sich die Segelflächen der drei Masten über einem Rumpf, der so dunkel war, dass er in der Nacht aufging und die vereinzelten Lichter darin in der Luft zu schweben schienen. Ein Kriegsschiff, hatte Mrs Seward gesagt. Vielleicht gar das Schiff, das damals seine Geschütze ausgefahren hatte, bereit, Barghashs Haus und Beit il Tani zu bombardieren – und das sie nun in Sicherheit bringen würde.

Ein letzter Blick zurück. *Ich komme wieder, Sansibar. Ganz bestimmt. Ich komme wieder. Eines Tages.*

Niemandsland

1866 – 1867

31

Sansibar, Anfang September 1866

Emily Sewards Fingerknöchel pochten sacht an die geschlossene Tür. Sie hielt den Atem an und lauschte, doch kein Laut drang dahinter hervor. *Die Sansibaris wissen schon, warum sie innerhalb der Häuser keine Türen haben*, dachte sie mit einem Seufzen. *So müssen sie sich keine Gedanken machen, ob sie gerade stören oder nicht.* Vorsichtig drehte sie den Knauf der nach englischem Vorbild nachträglich eingebauten Tür, drückte sie behutsam auf und spähte in den Raum hinein.

Von einer Lampe golden angehaucht, saß ihr Gatte an seinem Schreibtisch. Seine in angestrengten Grübeleien verzogene Miene und die unruhige Bewegung, mit der er den Federhalter zwischen Zeigefinger und Mittelfinger schnell hin und her pendeln ließ, verrieten, wie angespannt er war.

»George.« Sie hatte nur geflüstert, und doch fuhr er zusammen, als hätte sie überlaut gerufen. »Der Kleine hat sich beruhigt. Ich gehe jetzt auch zu Bett.«

»Ist gut.« Es klang wie ein Stöhnen. Er setzte sich auf, stützte die Ellenbogen auf den Schreibtisch und legte das Gesicht in die Hände.

»Arbeite nicht mehr so lange, Liebster.«

Der Druck seiner Handflächen schob seine Wangen nach

oben, und der Blick, mit dem er sie von unten herauf ansah, erinnerte sie an Jacky, die Bulldogge, den ständigen Begleiter ihres Vaters, als sie noch ein kleines Mädchen gewesen war. Unwillkürlich lachte sie auf.

»Du hast gut lachen«, brummte ihr Ehemann. Mit einem tiefen Ausatmen hob er den Kopf und ließ sich wieder in den Stuhl zurückfallen. »Ich müsste nicht noch hier sitzen, wenn meine geschätzte Gattin mich nicht derart in die Bredouille gebracht hätte.«

Emily Seward kicherte und trat ein. Leise schloss sie die Tür hinter sich, damit die Kinder oben nicht wach wurden, und ging um den Schreibtisch herum. »Macht dir der Sultan immer noch die Hölle heiß?«

»Und wie!«, brummte ihr Gatte. »Und Konsul Churchill nicht minder … Du schmiedest wilde Intrigen hinter meinem Rücken, und ich kann dann sehen, wie ich die Wogen wieder glätte. Glückwunsch, Madam, allerherzlichsten Glückwunsch!«

Sie trat hinter ihn, legte einen Arm um seine Brust und schmiegte ihre Wange in die Kuhle an seinem Hals. »Ich weiß gar nicht, was du hast. Du bist doch fein raus, kannst mit Fug und Recht behaupten, nichts davon gewusst zu haben. Das ist die Wahrheit und nichts als die Wahrheit.«

George Edwin Seward schnaubte, streichelte aber mit den Fingerkuppen über die Hand seiner Frau. »Der Sultan tut sich schwer damit, ebendiese Wahrheit zu akzeptieren. Er ist überzeugt davon, dass eine gute englische Ehefrau nur das tut, was ihr Gatte ihr aufträgt.«

Emily gluckste. »Dann wird dir wohl nichts anderes übrig bleiben, als sein Weltbild zu berichtigen!«

»Das ist nicht lustig!« Der lebhafte Unterton seiner Rüge verriet, dass er an sich halten musste, um nicht auch zu lachen. »Du weißt doch, wie wichtig es in diesen Breiten ist, das

Gesicht zu wahren. Und nun muss mich der Sultan entweder für einen Schwachkopf halten, für einen doppelzüngigen Verräter oder aber für einen Pantoffelhelden!«

»Armer George«, schnurrte Emily an seinem Hals.

»Ja bitte, bedaure mich ausgiebig, das ist das Mindeste, was du tun kannst, um diese Scharte wieder auszuwetzen«, brummelte Dr. Seward zufrieden. »Meine eigene Frau übergeht mich und wendet sich an meinen unmittelbaren Vorgesetzten – hat man so was schon gehört?«

»Ach, der gute Dr. Kirk«, seufzte Emily versonnen. »Ohne ihn hätten wir das niemals geschafft.«

Ein belustigter Seitenblick ihres Mannes streifte sie. »Meinst du, weil er sich im Krimkrieg verdient gemacht und mit Livingstone ins Innere Afrikas gereist ist, hatte er genug Mumm in den Knochen, sich mit dem Sultan anzulegen und dessen Schwester von der Insel zu schleusen?«

»Zumindest hat es keiner großen Überredungskunst bedurft, ihn davon zu überzeugen, uns zu unterstützen.« Emily klang triumphierend.

»Das kann ich mir vorstellen. Vermutlich hast du dem liebreizender Weiblichkeit gegenüber hilflosen Junggesellen mit deinem Charme und deinen flatternden Wimpern den Kopf verdreht …«

Seine Frau lachte und drückte ihm einen Kuss auf die Schläfe.

Er schüttelte den Kopf. »Aber gleich die *Highflyer* dafür abzustellen! Wer weiß, was Captain Pasley blüht, wenn er von seiner Fahrt zurückkehrt … Der Sultan tobt in seinem Palast, so wird berichtet, und die übrige Familie ist wohl ebenfalls erbost. Ich habe heute Mittag Mr Witt von O'Swald & Co. getroffen, der geschäftlich auf der *shamba* von Sayyid Barghash zu tun hatte. Laut Witt betrachtet Sayyid Barghash die Bibi Salmé als für die Familie verloren; sie sei nicht mehr seine

Schwester, hat Witt ihn zitiert. Er habe sich über die Schande beklagt, die nun auf die ganze Sippe falle.« Er atmete tief durch. »Ihr habt da ganz schön in die Sitten der arabischen Welt eingegriffen, mein geliebtes Weib, und vermutlich böses Blut geschaffen bis weit über Sansibar hinaus.«

»Ich muss oft an eine Bemerkung denken, die Zafira einmal in diesem Zusammenhang fallen ließ«, warf seine Gattin leise ein. »*Wer liebt, kennt keine Gewissensbisse*, so sagt man wohl hier auf Sansibar. – Wir haben ihr und ihrem Ungeborenen das Leben gerettet, George. Sie war in höchster Gefahr. Ihr nicht zur Flucht zu verhelfen – wie hätten wir das mit unserem Gewissen als Christenmenschen vereinbaren können? Mich packt ein solch unheiliger Zorn, wenn ich daran denke, was der Sultan der armen Frau antun wollte. Seiner eigenen Schwester!«

Nachdenklich strichen Dr. Sewards Finger über den Arm seiner Frau. »Ich bin mir nicht sicher, ob Sultan Majid wirklich vorgehabt hatte, ihr etwas anzutun.«

»Wie kommst du darauf?« Ihre Stimme verriet aufrichtige Verblüffung.

Nachdenklich neigte Dr. Seward den Kopf. »Wenn er es wirklich gewollt hätte, hätte er sie schon längst töten oder mit Gewalt gefangen nehmen lassen können.«

»Du glaubst doch nicht im Ernst, das sei nur Tarnung gewesen? Eine Maskerade?«

Er nahm ihren Arm, führte sie um den Stuhl herum und setzte sich so hin, dass er sie auf seinen Schoß ziehen konnte, die Arme um ihre noch immer schlanke Taille gelegt. »Das könnte ich mir durchaus vorstellen. Sultan Majid steht zwar sehr unter dem Einfluss seiner Minister, ist kränklich und obendrein als wankelmütig bekannt, aber er ist nicht dumm. Er hält die Macht in Händen, und da sollte es ihm nicht gelingen, die Genugtuung zu erlangen, die er fordert?« Er deutete mit dem Kinn in Richtung des Schreibtisches, der mit Papieren übersät war. »Goodfellow hat mir aus Aden geschrieben. Der Sultan hat sich an Resident Merewether gewandt: Die Bibi dürfe nach Sansibar zurückkehren, wenn sie ihm Zugeständnisse macht.«

»Dieser Lump!«, entfuhr es seiner Frau zornig, und sie boxte mit der Faust gegen seine Schulter. »Das riecht doch nach einer Falle!«

»Brich nicht gleich den Stab über ihn, Liebes. Churchill hat mir erzählt, dass die Bibi immer die Lieblingsschwester des Sultans war. Womöglich schlingert er auch ganz hilflos hin und her zwischen dem, was er tun möchte, und dem, was er innerhalb der Sitten und Bräuche tun *kann*.«

»Ich bin jedenfalls froh, sie in Sicherheit zu wissen«, bekräftigte Emily Seward und schlang die Arme um den Hals ihres Mannes. »In Aden wird sie endlich zur Ruhe kommen. Kann dort in Sicherheit auf die Niederkunft ihres Kindes warten – und auf die Ankunft ihres Verlobten.«

»Mhm«, machte Dr. Seward und sah seine Gattin aufmerksam an. »Hast du dir auch Gedanken darüber gemacht, was aus Ruete werden soll? Die Gefahr für ihn ist noch nicht völlig gebannt.«

»Er ist Ausländer, so wie wir, allesamt wichtig für den Handel – uns geschieht so schnell kein Leid. Das waren stets deine Worte, lieber George!«

»Mhm«, machte ihr Mann wieder. »Aber keiner von uns hat bislang eine Schwester des Sultans erst entehrt und dann entführt.« Als sie zur Widerrede ansetzte, fuhr er bestimmt fort: »Doch, Emily, genau so wird es ihm ausgelegt werden! Wenn der Sultan auch davon Abstand genommen hat, Ruete auszuweisen, wovon zunächst die Rede war. Witt gegenüber hat er wohl geäußert, Ruete werde sich eine blutige Nase holen. Offenbar hat er die Geschäftsbeziehungen zu Hansing

& Co. abgebrochen. Witt macht sich deshalb Sorgen um die eigenen Geschäfte. Er hat vor, O'Swald in Hamburg zu bitten, Sultan Majid und Sayyid Barghash Geschenke zu schicken, um die beiden milde zu stimmen.« Als Emily schwieg, setzte er hinzu: »Für Ruete wird die Luft hier sehr dünn werden, wenn auch die Deutschen von ihm abrücken. Offenbar will schon jetzt niemand mehr etwas mit ihm zu tun haben. Witt hält es für unverantwortlich, dass er sich nach wie vor hier aufhält, und ist überzeugt davon, dass er schon längst nicht mehr am Leben wäre, wenn Sayyid Barghash auf dem Thron säße anstelle von Sayyid Majid.«

»Immer wieder dieser Witt«, murrte seine Gattin. »Dieser kleingeistige Erbsenzähler, dessen Horizont nicht über seine Geschäftsbücher hinausreicht …« Sie kaute nachdenklich auf ihrer Unterlippe und sah dabei einen Augenblick lang nicht aus wie die selbstsichere, zupackende Arztgattin und Mutter, die sie inzwischen geworden war, sondern wie das linkische junge Mädchen, in das er sich dreizehn Jahre zuvor Hals über Kopf verliebt hatte.

»Meinst du, ich soll zu Ruete gehen und mit ihm sprechen?«, fragte sie.

»Ich weiß nicht, ob er Argumenten gegenüber zugänglich ist … Aber ich wäre froh, du würdest es wenigstens versuchen, ja«, erwiderte er. »Vielleicht gelingt es dir, ihn davon zu überzeugen, die Insel so bald wie möglich zu verlassen.«

»Dann tue ich das. Gleich morgen«, kam es fröhlich von ihr, unterstrichen von einem Wangenkuss für ihren Gatten. Dessen Blick verlor sich im Halbdunkel.

»Glaubst du, es wird gut gehen?«, fragte er nach einer kleinen Pause leise. »Zwei Menschen – aus so verschiedenen Welten?«

»Vielleicht ist Liebe manchmal nicht alles«, flüsterte Emily zurück. »Aber sie erträgt viel und macht vieles leichter. Und die beiden lieben einander so sehr, dass ich überzeugt bin, sie werden ihren Weg gehen. Gemeinsam.«

Einen Moment lang sahen sie sich an, und jeder wusste, was der andere dachte. *Gelobt sei der Herr, dass uns ein gänzlich ungetrübtes Glück vergönnt ist.*

Zärtlich küsste sie ihren Mann auf den Mund. »Mach nicht mehr so lange, Liebster.« Sanft löste sie sich aus seiner Umarmung und erhob sich, strich sich die Röcke glatt und ging zur Tür.

»Emily.« Sie drehte sich um, sah zu ihrem Mann hinüber, der vom Lampenschein eingehüllt war wie von einer weichen Aureole. »Du hast damit ein gutes Werk getan und bist außerdem sehr klug und geschickt vorgegangen dabei. Meine Hochachtung.«

Ein Strahlen breitete sich auf ihrem Gesicht aus, und sie deutete einen koketten, mädchenhaften Knicks an. »Haben Sie vielen Dank, Herr Doktor. Das wollte ich von Ihnen hören!« Sie warf ihm eine Kusshand zu und ließ ihn allein.

32

 Emily Seward hielt Wort und suchte Heinrich gleich am nächsten Vormittag auf. Ein dunkelhäutiger Bediensteter geleitete sie in das Kontor, wo ein zweiter Angestellter gerade einen Stapel Briefe von Heinrich entgegennahm, der wie immer tadellos gekleidet war, und sich mit einem höflichen Gruß an die englische Lady entfernte. Von draußen drangen die lockenden Rufe eines Obsthändlers und Kinderlachen herein.

»Guten Morgen, Mrs Seward!«, rief Heinrich aus und kam um den Schreibtisch herum auf sie zu, nahm ihre behandschuhte Rechte und beugte sich in einem angedeuteten Handkuss galant darüber. »Verzeihen Sie, dass Sefu Sie hierhergebracht hat. Er glaubte wohl, Sie seien geschäftlich hier. Lassen Sie uns hinauf in den Salon gehen.« Blass sah er aus unter seiner leichten Bräune. Um die Augenwinkel lagen bläuliche Schatten, als hätte er mehrere Nächte nicht geschlafen.

»Machen Sie sich keine Umstände, Mr Ruete. In gewisser Weise ist seine Annahme durchaus zutreffend. Darf ich?« Sie deutete auf den Rohrstuhl vor dem von hohen Papierstapeln belagerten Schreibtisch.

»Ich bitte darum.« Heinrich machte eine einladende Geste und ließ sich auf seiner Seite des Tisches nieder. »Was darf ich bringen lassen – Kaffee, Tee oder lieber *sherbet*?«

»Nichts, haben Sie vielen Dank«, antwortete Emily Seward mit einem Lächeln, stellte ihren Pompadourbeutel im Schoß ihrer Röcke ab und schälte die gehäkelten Handschuhe von den Fingern. »Ich werde Sie auch nicht lange aufhalten.« Ihre Augen, blau wie die Kornblumen ihrer Heimat, ruhten einen Moment auf den Papieren, die ihr einen geschickten Aufhänger für den Grund ihres Besuches boten. »Gehen die Geschäfte gut?«, erkundigte sie sich in möglichst unbedarftem, unverbindlichem Tonfall. Doch ein Blick genügte, um festzustellen, dass sie Heinrich nichts vormachen konnte. Sein kleiner, energischer Mund zuckte unter dem Bart, dann zog er ironisch einen Mundwinkel hoch.

»Dafür, dass ich beim Sultan in Ungnade gefallen bin und mir nun der Ruf eines Schwerenöters vorauseilt, vor dem man seine Schwestern und Töchter besser wegsperrt? Ja, erstaunlich gut.«

Emily Seward lachte leise, doch der ätzende Unterton seiner Worte schnitt ihr ins Herz.

»Von Hansing werde ich einstweilen keine Aufträge mehr zu erwarten haben«, fuhr er nüchtern fort. »Aber es gibt offensichtlich noch Händler, denen mein Privatleben gleichgültig ist, wenn es um gutes Geld und um gute Ware geht.«

»Sehen Sie, Mr Ruete, mir ist ebenfalls allerhand zu Ohren gekommen, was über Sie in der Stadt und vor allem im Sultanspalast geredet wird. So angespannt, wie die Stimmung derzeit ist – halten Sie es nicht für klüger, Sansibar so schnell als möglich zu verlassen? In Ihrem eigenen Interesse?«

Heinrichs Augenbrauen zogen sich zusammen. »Ist das die Empfehlung des britischen Konsulats? Zur Vermeidung diplomatischer Verwicklungen?«

Seine Besucherin ließ sich von der Schärfe in seiner Stimme nicht einschüchtern. »Nein, Mr Ruete. Ich bin aus eigenem Antrieb hier, und mein Vorschlag an Sie, in Bälde von Sansibar wegzugehen, ist der gut gemeinte Ratschlag einer Freundin.«

Er schwieg einen Augenblick. »Ich fürchte, ich kann nicht. Meine Geschäfte muss ich auf jeden Fall noch zu Ende bringen.«

»Ah«, machte Emily mit einem vielsagenden Lächeln. »Die viel gepriesene deutsche Ordnung und Gründlichkeit!«

Heinrich schmunzelte verhalten. »Eher der Ehrenkodex unter Geschäftsleuten. Ich will nicht auch noch meinen geschäftlichen Ruf ruinieren und in dieser Ecke der Welt verbrannte Erde zurücklassen, wenn ich meiner Verlobten irgendwann nachreise. Außerdem«, er atmete tief durch und faltete die Hände, die Ellenbogen auf die Armlehnen gestützt, »zwingt mich die materielle Notwendigkeit dazu. Die Geschäfte als Agent Hansings waren einträglich, aber mein Ziel war immer eine eigene Gesellschaft. Aufgrund meiner …«, er suchte nach den richtigen Worten, und es brauchte ein paar Augenblicke, bis er sie gefunden hatte, »… meiner Verbindung zu Bibi Salmé und den Reaktionen darauf ist Mr Koll, mein Partner bei Koll & Ruete, aus unserer gemeinsamen Compagnie ausgestiegen. Was für mich einen erheblichen finanziellen Verlust bedeutet, den ich erst wieder wettmachen muss. Ich …«, ein Lächeln flog über sein Gesicht, »… habe ja nun bald Frau und Kind zu ernähren.«

Emily Seward nickte. »Ich verstehe.«

Heinrich lehnte sich in seinem Stuhl zurück. Er hatte die Unterarme auf die Lehne gelegt und rieb seine locker zusammengelegten Fingerspitzen aneinander, während er seinen Blick aus dem Fenster schweifen ließ, hin zu dem Haus gegenüber, das ihm zum Schicksal geworden war.

»Ich kann jetzt einfach nicht gehen«, kam es nach einer Weile leise von ihm. »So gern ich das auch möchte.«

Wie gern er Sansibar lieber heute als morgen verlassen wollte, das sah Emily Seward ihm an, als er sich ihr wieder zuwandte. Heinrich Ruete wirkte, als fehlte ihm etwas. Als hätte Bibi Salmé bei ihrer Flucht von der Insel ein Stück von ihm mit sich genommen.

33

 Aden/südwestliches Arabien, zwei Tage später

»Was haltet Ihr davon?«

Salima schwieg und wandte ihren Blick ab. Sie nahm sich Zeit zu überdenken, was Colonel G. R. Goodfellow, Stellvertreter des britischen Residenten in Aden, ihr soeben im Auftrag von Sultan Majid in aller Ausführlichkeit dargelegt hatte. Obwohl sie ihre Antwort darauf bereits kannte.

Gemäß islamischem Recht nach wie vor ihr Vormund, hatte Majid ihr durch Goodfellow angeboten, nach Sansibar zurückzukehren. Allerdings nur unter der Bedingung, dass sie in ein eigenes Haus umziehen müsse, das er ihr zur Verfügung zu stellen gedenke, fort von dem spanischen Ehepaar, das sie so herzlich bei sich aufgenommen hatte. Sie müsse aufhören, sich in ihrem gegenwärtigen Zustand in der Öffentlichkeit zu zeigen und sich mit den Europäern Adens gemein zu machen, dieser britischen Enklave an der Küste der Arabischen Halbinsel, die schon längst von zahlreichen Sprachen und verschiedenen Kulturen geprägt war.

»Er verlangt wahrhaftig von mir, meine Beziehungen hier abzubrechen und auf keinen Fall neue zu knüpfen?«, kam es nach einiger Zeit leise von ihr.

»Kein gesellschaftlicher Umgang mit Engländern oder

Deutschen«, bestätigte Colonel Goodfellow in dem umständlichen, durch seinen englischen Akzent sperrigen Arabisch, das er sich für seinen Regierungsposten hier angeeignet hatte. »Auch ein Briefwechsel mit selbigen soll Euch nicht gestattet sein.«

Salimas Mund kräuselte sich zu einem spöttischen Lächeln.

Die eine Hand reicht er mir zur Versöhnung, mit der anderen jedoch holt er zum Schlag aus.

»Stattdessen«, beeilte Goodfellow sich hinzuzufügen, »soll Euch eine Aufnahme in die angesehensten arabischen Familien vor Ort gewiss sein. Ich habe bereits –«

»Ja«, fiel Salima ihm ins Wort. »Ich habe ihre Grußworte und Ehrbezeugungen erhalten, um die Ihr sie im Namen meines Bruders gebeten habt. Sehr blumig, sehr salbungsvoll allesamt.«

Colonel Goodfellow fuhr sich durch den Bart. Er fühlte sich sichtlich unwohl in seiner Haut, da er den Tonfall seines Gegenübers nicht einzuordnen wusste – wie ihm auch die ihm von seinem Vorgesetzten übertragene Aufgabe unangenehm war.

»Ich teile die Ansicht Eures Bruders, des geschätzten Sultans von Sansibar, dass Ihr unter Euresgleichen besser aufgehoben seid, verehrte Bibi Salmé.«

Erneut zeigte sich das spöttische Lächeln. »Das sehe ich anders. Vor allem ist es nicht das, was ich will.«

»Bedenkt, was Ihr aufgebt«, sagte er eindringlich. »Nicht nur den Halt, den allein eine Familie zu geben imstande ist. Ihr seid dabei, die Wurzeln Eurer Herkunft zu durchtrennen – unwiderruflich. Ihr verliert Eure Sprache, Eure Kultur und nicht zuletzt Euren Glauben.«

Salimas Lider zuckten kurz, als hätte sie einen Schlag mit der flachen Hand abbekommen oder müsste einen solchen fürchten.

Meine Wurzeln ... meine Wurzeln hat Majid längst durchtrennt.

Ihr Blick tastete sich durch den Raum, dessen weiße Kahlheit die Hausherrin Señora Teresa Macías mit schweren dunklen Möbeln, mit Nippes aus Porzellan, mit Teppichen und Portieren, mit Überwürfen und dicken Kissen vollgestopft hatte, die in der feuchten, salzhaltigen Luft muffig rochen. In einer Ecke des Raumes fand er Halt, heftete sich an eine Statue auf einer Wandkonsole: eine hellhäutige Frau mit rosigen Wangen in einem Gewand, das so rot leuchtete wie der Hibiskus auf Sansibar, Haupt und Schultern bedeckt von einem Überwurf, einer schmucklosen *schele* nicht unähnlich, jedoch in der Farbe eines wolkenlosen tropischen Himmels. *Die Jungfrau María*, hatte Señora Macías ihr erklärt, und das nackte, speckfaltige Kleinkind auf dem Arm der Statue stellte *Jesús* dar, den Sohn Gottes. Als ihre Gastgeberin – angestachelt durch Salimas neugierige Fragen – weitererzählte, hatte Salima begriffen, dass diese *María* dieselbe *Maryam bint Imran* war, der sie in einer Sure des Koran, die sogar ihren Namen trug, begegnet war, und *Jesús* war *Isa bin Maryam*, einer der Propheten Allahs. Namen und Geschichten, die sie als Mädchen einmal gelesen und auswendig gelernt hatte. Doch erst jetzt, hier in Aden, begann sie, Zusammenhänge zwischen dem Islam und dem Christentum zu erkennen und zu verstehen. Ebenso wie die Unterschiede, die ihr so gegensätzlich vorkamen wie Tag und Nacht, nur durch einen schmalen Streifen Dämmerung miteinander verbunden. Einen Streifen, den sie würde überschreiten müssen – denn nur als Christin würde sie Heinrichs Frau werden können.

Immer mehr Schulden, die ich aufhäufe; immer mehr Sünden, die ich begehe. Ich kann nur hoffen und beten, dass ich die Fingerzeige des Schicksals verstanden und den richtigen Weg gewählt habe. Auch wenn ich nicht mehr weiß, an wen ich meine Gebete

*richten soll – noch an Allah oder schon an den Gott der Christen.
Wer von beiden wacht über mich von nun an?*

»Seid unbesorgt«, wandte sie sich an den Colonel, »meinen Glauben werde ich nicht verlieren. Aber Ihr versteht gewiss, dass mich nur noch wenig an die Traditionen bindet, die meinen Tod verlangt haben. Glauben werde ich weiterhin, jedoch in einem anderen Gewand als bisher.«

Unwillkürlich wanderten Colonel Goodfellows Blicke über die weiten Röcke Salimas, huschten rasch über den gewölbten Leib, der von einem breiten Schal nur unzureichend verdeckt war, über das enge Oberteil mit den langen Ärmeln hinauf und verweilten dann auf dem in der Mitte gescheitelten und am Hinterkopf aufgesteckten Haar. Ein verlegenes Lächeln erschien auf dem unverhüllten Gesicht der jungen Frau, als hätte sie erst jetzt die Doppeldeutigkeit ihrer eben gesprochenen Worte erfasst.

»Nachdem ich nun die Kleidung der Europäer trage und mich rasch daran gewöhnt habe, kann ich nicht einfach wieder in arabische Gewänder schlüpfen.«

Wie eine Häutung war es ihr vorgekommen, die schmalen Beinkleider und die langen Obergewänder abzulegen, einzutauschen gegen allerlei Unterzeug aus dünnem Batist und gegen glockenförmige Röcke. Sie mochte es, wie sich die Stoffwolken um ihre Beine bauschten, wie sie beim Gehen gegeneinander raschelten und wie die Säume hörbar über den Boden schleiften. Die schmale Taille und die mit Fischbeinstäben verstärkten, eng anliegenden Oberteile zwangen sie zu einer aufrechten Haltung, in der sie sich fast einen Kopf größer fühlte, und schufen Abstand zwischen ihr und der Welt, sodass sie sich weniger angreifbar, weniger verletzlich fühlte. Nur mit der Krinoline, einem Gebilde aus Stahlreifen, die an festen Bändern hingen und die Rockbahnen versteiften, hatte sie sich noch nicht anzufreunden vermocht.

»Vor allem bin ich nicht willens, das Haus der Macías' zu verlassen.«

Goodfellow überlegte, ob es angeraten war, der Schwester des Sultans von Sansibar, die ihm hier am Tisch gegenübersaß und das Kinn mit der Andeutung eines Grübchens derart herausfordernd emporgereckt hielt, einen Vortrag über unbotmäßigen Stolz und dessen Folgen zu halten, entschied sich jedoch dagegen. Die Erziehung junger Damen, die gedankenlos oder mit voller Absicht über die Stränge schlugen, gehörte gewiss nicht in seinen Aufgabenbereich.

»Ich sollte Euch zudem nicht verschweigen«, verkündete er stattdessen, »dass ich von Eurem Bruder, dem hochverehrten Sultan, angehalten wurde, Euch unter keinen Umständen die Abreise nach Hamburg zu gestatten.«

Die dunklen Augen seines Gegenübers wurden schmal; Goodfellow glaubte fast, Funken sprühen zu sehen. »Werdet Ihr versuchen, mich daran zu hindern?«

Der Colonel hakte seine Finger ineinander und betrachtete sie angelegentlich, dann musterte er Salima lange. »Mir scheint, Ihr seid in der Tat nicht willens, Euren Schritt, Eurem früheren Leben zu entsagen und Euch gänzlich der europäischen Lebensart anzupassen, noch einmal zu überdenken. Geschweige denn, eine Umkehr in Erwägung zu ziehen.«

»So ist es«, lautete Salimas schlichte Antwort.

34

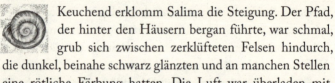Keuchend erklomm Salima die Steigung. Der Pfad, der hinter den Häusern bergan führte, war schmal, grub sich zwischen zerklüfteten Felsen hindurch, die dunkel, beinahe schwarz glänzten und an manchen Stellen eine rötliche Färbung hatten. Die Luft war überladen mit Hitze und ebenso schwer wie Salimas Leib. Glühende Winde fegten immer wieder über sie hinweg und ließen ihr den Schweiß nur noch stärker aus allen Poren brechen. Der Sand, den sie mitbrachten, kratzte im Gesicht und biss in den Augen. Es war ein Gewaltmarsch, auch schon für jemanden, der nicht noch zusätzliches Gewicht mit sich herumschleppte und eine immer größere Trägheit in den Gliedern verspürte, wie Salima es tat. Noch dazu im September, einem der heißesten Monate hier in Aden, wo jede Bewegung einen Willensakt erforderte. Und doch genoss Salima jeden Augenblick dieser körperlichen Anstrengung nach all den Wochen und Monaten, die sie an ihr Haus in der Steinstadt von Sansibar gefesselt gewesen war.

Je höher sie kam, desto leiser wurde der Lärm der Stadt, all die unzähligen Stimmen, das Klappern der Hufe und das Knirschen der Räder. Als hielte sich das Gewühl und das Gemenge dort unten selbst dazu an, den Wanderer am Berge behutsam in die Stille zu entlassen. Immer wieder machte sie Rast, um

Atem zu holen, um ihren Muskeln ein wenig Erholung zu gönnen, aber auch, um auf die Stadt hinunterzublicken.

Aden war eine neue Stadt, zum größten Teil erst in den letzten Jahren aus dem trockenen Boden gestampft. Eine von Mauern gesäumte, breite Schneise, auf der Pferdewagen und Eselskarren entlangbollerten, zerteilte die Stadt in zwei Hälften. Diesseits der doppelten Mauer schlug das bunte, laute Herz Adens, dessen Gesichter mannigfaltig waren: kaffeedunkle Somalis in groß gemusterten Wickeltüchern, rußschwarze Menschen aus dem Inneren Afrikas und kleingewachsene tiefbraune Araber aus dem Hinterland. Schlanke, langbeinige Beduinen mit einer Haut wie aus Lehm und Sand; bronzeglänzend die Gesichter der Inder; betörend bunt wie Schmetterlinge die *saris* ihrer Frauen. Anders als in Sansibar ging es in Aden schnell und hektisch zu. Auf den farbenfrohen Märkten und in den zur Straße hin offenen Läden, an denen schwer bepackte Kamele vorbeistolzierten. Vor den arabischen Häusern aus weißem oder rötlich bemaltem Kalkstein, deren Erker aus fein durchbrochenem Holz auf die breiten Straßen hinaussahen; vor den Häusern der Inder, die gleichermaßen trutzig wie verspielt-luftig wirkten. Die Kuppeln der Synagogen und Moscheen, die zierlichen Aufbauten indischer Tempel lockerten die Strenge der Straßenzüge auf, und die Minarette reckten sich wie mahnende Zeigefinger aus dem steinernen Meer empor.

Die Häuser hier kamen Salima seltsam niedrig vor, was ihr zusammen mit den großzügig angelegten Straßen einen Eindruck von Weite und Unendlichkeit vermittelte. In krassem Gegensatz dazu stand, dass Aden doch ringsum durch eine karstige schwarze Felswand begrenzt war, »Krater« genannt, die die Stadt in ihrer überwältigenden, hoch aufragenden und unbeweglichen Umarmung einschloss. Jenseits der sich dahinschlängelnden Mauern und vor der wie von der Hand eines

Riesen in den Krater geschlagenen Kerbe, durch die man ein vorgelagertes nacktes Inselchen im schillernden Meer sehen konnte, erstreckte sich der andere Teil der Stadt. Schnurgerade Straßen trafen im rechten Winkel aufeinander, in deren Gittermuster Bungalows angeordnet waren, einander gleichend wie ein Ei dem anderen. Größere, in der Sonne blendend weiße Häuser mit Säulen und Rundbögen reihten sich aneinander, auf schnörkellose Art prächtig vor den Baracken, deren strohgedeckte Walmdächer auf Wänden aus Holz und Stein ruhten und die die Ställe, Lagerräume und Stauräume beherbergten. Dies war das *Camp* der Briten, wie es noch immer genannt wurde, obwohl seine Gründung schon lange zurücklag und es sich zu einer wahrhaftigen Garnison entwickelt hatte, über der der blau-rot-weiße Union Jack flatterte. Eine gleichförmige Ansammlung zweckmäßiger Bauten, auf die ein alter Turm hinabsah, der einmal ein Minarett gewesen sein mochte oder für Leuchtfeuer genutzt worden war. Die Soldaten der Krone versprachen Salima den Schutz, dessen sie so dringend bedurfte. Majid streckte zwar seine Hände nach ihr aus, gleichermaßen lockend wie drohend, doch hier in Aden würde er sie nicht zu fassen bekommen.

Der steile Weg bergan kroch durch eine Umfriedung hindurch, und Salima war am Ziel: ein runder Turm, niedrig und plump, ohne Fenster und mit einem türlosen Eingang, der kaum mehr war als eine Aussparung im Mauerwerk. Stöhnend schlüpfte Salima aus den Schuhen, löste die Bänder ihres Sonnenhutes und nahm ihn ab. Am Fuß des Turmes ließ sie sich niedersinken, breitbeinig und mit unter den weiten Röcken angezogenen Knien, so wie es ihr gewölbter Bauch zuließ. Den Rücken an den sonnendurchwärmten Stein gelehnt, wartete sie, bis ihr Herzschlag und ihr Atem sich beruhigt hatten.

Turm des Schweigens oder *Turm der Stille* wurde dieses Bauwerk genannt, das von der Stadt aus nur als heller Fleck im dunklen Gestein wahrzunehmen war, unscheinbar und wenig augenfällig. Schaudernd hatte Señora Macías ihr erzählt, dass die Parsen Adens ihre Toten hierherbrachten, damit Sonne und Wind und die schwarzen Vögel, die oben am Himmel ihre Kreise zogen, sie dem ewigen Kreislauf des Lebens zurückgaben. Salima konnte den Abscheu ihrer spanischen Gastgeberin nicht nachvollziehen. Trotzige Neugierde war es, die sie das erste Mal hier hinaufgetrieben hatte; der Reiz herauszufinden, wie weit sie es wohl schaffen würde mit ihrem angeschwollenen Leib. Gefunden hatte sie einen Ort, der ihr heilig zu sein schien, durchtränkt von der Zeit, von Herzens-regungen und von einer flüchtigen Ahnung der Ewigkeit.

Salimas Finger, die sich zu beiden Seiten durch die rauen Grashalme kämmten, über den festgebackenen steinigen Boden wanderten, ertasteten etwas Kleines, Hartes, Ovales, das halb in der mageren Erde steckte, und zogen es heraus: ein Metallplättchen, nicht größer als ein Fingernagel, mit einer winzigen Öse; vermutlich aus Silber, von den Elementen matt geschliffen, geschwärzt und vernarbt. Salima drehte es in den Fingern, dann übergab sie es behutsam wieder dem Boden.

Sie schloss die Augen und ließ den Kopf an der Mauer ruhen, genoss Sonne und Wind auf ihrem bloßen Gesicht. Dies war ein Platz, der viel gesehen und viel erlebt hatte und doch stets derselbe geblieben war; Salima hatte das untrüg-liche Gefühl, als sei sie nicht die Erste, die hierherkam, um Stille zu finden und bei sich selbst zu sein.

Träumerisch strich sie sich über den vorgewölbten Bauch. Mehr und mehr konnte sie das Kind spüren, wie es sich in ihr regte und wie es zappelte, trat, boxte und kitzelte. Manch-mal, so wie jetzt, wenn niemand sonst zugegen war, hielt sie flüsternd Zwiesprache mit ihrem Ungeborenen. Erzählte ihm, mit wie viel Liebe es empfangen worden war und mit wie viel Sehnsucht es erwartet wurde. Erzählte ihm von seinem

Vater, der bald kommen würde, um sie abzuholen und in seine Heimat zu bringen, von der sie ihrem Kind weitergab, was sie davon wusste und wie sie sich ihre Zukunft dort ausmalte. Dann und wann verlangte es sie, auch von Sansibar zu erzählen, der üppig grünen, meerumspülten Insel. Von seinem Großvater, dem Sultan, und von seiner Großmutter, der Tscherkessin. Doch allein der Gedanke an Sansibar, an die Todesangst und an die Schrecken, die sie dort erlebt hatte, schnürte ihr die Kehle zu. *Wenn es donnert, verdirbt das Ei*, hieß es auf Sansibar, und ihr Kind sollte behütet und sicher in ihr heranreifen.

»Irgendwann«, murmelte sie. »Irgendwann werd ich es dir erzählen.«

Wenn die Erinnerung nicht mehr so wehtut.

Sie dankte dem Schicksal, dass es sie hierhergebracht hatte, dankte im Stillen wieder und wieder all den guten Menschen, die das Ihre dazu beigetragen hatten. Khaduj. Mrs Seward und Zafira. Dr. Kirk. Captain Pasley, der in einer Mischung aus männlicher Scheu vor dem werdenden Leben in ihr und raubeiniger Herzlichkeit mit Argusaugen darüber gewacht hatte, dass sie sich an Bord auch wohlfühlte. Dem sie ihre Dienerin anvertraute, damit er sie unversehrt nach Sansibar zurückbringe.

Und nun Teresa Macías, eine flüchtige Bekannte aus der Zeit, als das spanische Ehepaar im Sultanshaus von Sansibar noch wohlgelitten gewesen war. Bevor das Verbot des Sklavenhandels für Europäer sie hart getroffen und Geschäfte unter der Hand Bonaventura Macías um ein Haar ins Gefängnis gebracht hätten. Im letzten Augenblick mit ihrer Barschaft und ein paar Habseligkeiten von der Insel geflohen, waren sie hier in Aden gestrandet, um sich eine neue Existenz aufzubauen. An Land gespült wie Salima, in diesen Winkel der Welt, der nicht wirklich britisch war, aber auch nicht ganz arabisch, der ein bisschen Indien und Afrika in sich trug, der von allem etwas hatte und doch nichts Eigenes daraus machte. Aden war ein Niemandsland. So wie Salima arabischen Ursprungs war, dem sie aus freiem Willen entsagt hatte, ohne einen neuen Boden zu haben, in dem sie wurzeln konnte. So wie sie nicht mehr Jungfrau war, aber noch nicht verheiratet, zwar empfangen hatte, aber noch nicht geboren, und Kleider trug, die geliehen und doch auf ihre Maße abgeändert waren.

Sie setzte sich auf und ließ ihre Augen über die Schrunden des Kraters von Aden schweifen. Sie konnte Teresa Macías' in schnellem Zungenschlag vorgebrachte Klagen verstehen, wie bedrückend ihr diese Felswand vorkam. Wie entsetzlich sie das Tor fand, durch das sich die Straße, die vom Hafen in die Stadt führte, zwischen aufragenden Steilhängen hindurchschob, *einem aufgerissenen Schlund gleich.*

Wenn Salima Aden auch ganz anders empfand. Vom ersten Moment an, als die *Highflyer* in den Hafen eingelaufen war, in dem emsig Hotels und Gasthäuser für die Reisenden gebaut oder verschönert wurden, und ein Diener der Macías sie in einem Wagen erwartet hatte, um sie in das Haus ihrer Gastgeber zu bringen, hatte sie sich in Aden geborgen gefühlt. Die Kargheit, die wenig mehr hervorbrachte als vertrocknetes Gestrüpp, dürres Gras und verhungertes Gesträuch, bildete einen wohltuenden Gegensatz zur wuchernden Lebendigkeit Sansibars, der sie nicht mit schmerzlichen Erinnerungen quälte. Und der Kranz aus faltigem, narbigem, krustigem Stein, der die Stadt umschloss, ließ sie sich fühlen wie im Schoß einer Erdmutter, die sie bewachte und sicher barg.

Tausend Meilen von Sansibar entfernt und an derselben Küste gelegen wie die Heimat ihres Vaters, der Oman, war Aden für Salima ein guter Ort, um sich auszuruhen. Ein Zwischenreich am Schnittpunkt ihres alten, vergangenen Lebens und des neuen Lebens, das jetzt vor ihr lag. Ein guter Ort, um auf die Geburt ihres Kindes zu warten.

Und darauf, dass Heinrich kam.

35

 Salimas nahezu unstillbarer Hunger, sich im Freien aufzuhalten, unter einem speckig glänzenden Himmel, der in Aden so viel ferner schien als auf Sansibar; ihre Gier, mit ausgreifenden Schritten so weite Strecken wie möglich abzumarschieren, als könnte sie mit jedem Schritt ihre Vergangenheit weiter hinter sich bringen, als könnte sie so Heinrich näher kommen, das alles ließ allmählich nach. Teils, weil die Monate Oktober und November einen heftigen, klatschenden Regen brachten, der die Zisternen oben auf dem Krater und unten in der Stadt füllte; teils, weil das Kind in ihrem Leib wuchs. Zu einer Last, an der sie schwer trug und die sie dennoch mit Seligkeit erfüllte.

Ihre Unrast war einer stillen Zufriedenheit gewichen, mit der sie die Tage im Hause der Macías verbrachte, rund und breit in einem der klobigen Sessel lagernd, die geschwollenen Füße auf einen gepolsterten Hocker gebettet. Sie, die nie die Geduld noch die Fingerfertigkeit für Handarbeiten besessen hatte, nähte und häkelte unter Teresas kundiger Anleitung Hemdchen, Mützchen und Schühchen nach europäischer Manier. Und ein Säckchen aus mohnroter Seide nähte sie, das sie mit bunten Garnen in sansibarischen Mustern bestickte und in das sie den Sand von Sansibar umschüttete, den sie in Heinrichs Taschentuch mitgebracht hatte. Teresa erklärte ihr auf Suaheli das Wesen des christlichen Glaubens, las ihr die Briefe vor, die Heinrich aus Sansibar ebenfalls auf Suaheli schrieb, und sorgte dafür, dass Salimas arabische Antworten – von denen sie hoffte, Heinrich würde sie entziffern können – auf die weite Reise gingen. Sie lehrte Salima die ersten Worte auf Englisch und die dazugehörigen lateinischen Buchstaben, mit denen Salima sich abmühte und an denen sie beinahe verzweifelte.

All diese kleinen Tätigkeiten, wie mühselig sie auch waren, verkürzten ihr das Warten.

»Teresa.« Salima trommelte mit einer Hand hastig an die geschlossene Tür, während sie die andere Hand in die Seite stützte. »Teres…« Ihre Stimme versagte, als sie unter der nächsten Wehe nach Luft schnappte. Salima keuchte und lehnte die schweißnasse Stirn gegen den Türrahmen. »Teresa«, wimmerte sie.

Die Tür ging ein Stück weit auf. Die sonst munter funkelnden runden Augen der Spanierin waren verschlafen zu Schlitzen zusammengekniffen, und ein paar grau gesträhnte Locken ringelten sich unter dem Rüschensaum der Schlafhaube hervor. Teresa Macías blinzelte, riss dann die Augen weit auf, im Nu hellwach.

»*Madre de Dios!* Salima, hast du Wehen? Kind, warum hast du keine Dienerin geweckt?«

Salima zog eine Schulter hoch, setzte zu einer Erklärung an – *sie sind mir fremd, aber zu dir hab ich Zutrauen* – und schluchzte sogleich unter der nächsten Woge von Schmerz auf.

»*Vamos, vamos!* Zurück in dein Zimmer, ab ins Bett!«, befahl die Spanierin und stützte Salima. Mit einer Wendung des Kopfes schickte sie eine schnatternde Wortkanonade hinter sich in das Schlafgemach, die Bonaventura Macías' Bass

mit einer grunzenden, gleichförmigen Abfolge von »*Sí. Sí. Sí.*«
bejahte.

Salima ging in ihrem Gemach auf und ab, stöhnte kehlig tief
aus dem Bauch, der ihr vorkam wie ein tiefer Brunnen, ebenso
hart gemauert und abgründig. Und voll, übervoll mit dem Kind,
das sich Zeit ließ auf seinem Weg in die Welt. Sie jammerte
und klagte ihren Schmerz hinaus, weinte heiße Tränen und
begrüßte doch jeden dornigen Schritt auf diesem Weg. Ungehalten wehrte sie Teresas Hände ab, die sie ins Bett zwingen
wollten. Bis ihre Beine zitternd nachgaben, bis sie keine Kraft
mehr hatte und sich willenlos auf die Matratze drücken ließ.
Das ist der Preis, schoss es ihr durch den Kopf, als Welle um
Welle der Pein durch sie hindurchzog; ein Schmerz wie Feuer,
der keinem Schmerz glich, den sie in ihrem Leben je erfahren
hatte. *Das ist der Preis für die Erfüllung meines Begehrens. Für
all die Seligkeit.*
   Sie schrie – nach Heinrich, nach ihrer Mutter, nach ihrem
Vater, sogar nach Majid und nach Chole. Sie betete wortlos
und bat um Erlösung. Aber niemand, niemand kam. Teresa
und die einzige Hebamme Adens, der schließlich herbeige-
holte Arzt waren für Salima eins mit den unbelebten Gegen-
ständen im Raum: nutzlos und fern. Allein und verloren, wie
sie war, gefangen in der Zeit, während es vor dem Fenster hell
wurde und der neue Tag voranschritt. Es gab kein Zurück
mehr und kein Vorwärts. Nur ein schmaler Durchlass irgendwo dazwischen, der Salima schließlich in Stücke riss.

Ihre bleischweren Lider hoben und senkten sich, hoben sich
wieder. Schemen, verschwommen nur, die sich zögerlich auf-
klarten. Teresa girrte und purrte, verteilte schmatzende Küsschen und summte ein paar Takte einer weichen, zärtlichen
Melodie. Legte ihr ein Stoffbündel in den kraftlosen Arm,

und Salima musste es sehr lange ansehen, bis sie erkannte, dass es ein Neugeborenes war, runzlig noch und zerknittert. Die Augen hinter dicken Falten verborgen und ein Mündchen, das sich zu einer Schnute vorschob, dann aufging zu einem vollkommenen runden »O«, als wollte es seiner Verwunderung Ausdruck verleihen.

Ein hoher, dünner Laut entfuhr Salima, vor Ungläubigkeit und Erstaunen ebenso wie vor Entzücken. Sie verstummte, überwältigt von dem vollkommenen Glück.

Kein Preis war zu hoch dafür.

Vorsichtig drückte sie dieses Menschlein an sich, dieses Leben, das so jung war und so zerbrechlich.

Nichts, was ich getan, nichts, was ich aufgegeben und erlitten habe, nichts war mir je so kostbar wie dieses kleine Wesen.

Ihr Kind. Das Kind von ihr und von Heinrich.

36

Ein Wunder war geschehen, wie Salima oftmals dachte, wenn sie ihren Sohn in den Armen hielt. Ein Wunder.

Ein Wunder, das sie mit Ehrfurcht erfüllte. Ein Wunder, das ihr zunächst nicht ganz geheuer war. Wie konnte ihr Leib etwas hervorgebracht haben, das aus ihr und Heinrich entstanden und das dennoch ein ganz eigenes, von ihr getrenntes Geschöpf war? Mit eigenem Willen, eigener Sprache, Gestik und Mimik, die sie nicht verstand und die sie erst lernen musste.

So viele Kinder hatte sie aufwachsen sehen. In Mtoni, in Beit il Sahil, auf Kisimbani. Salima hatte geglaubt, das nötige Wissen zu besitzen, sie glaubte, sie habe sich bei all den Müttern und Ammen genug abgeschaut. Und nun begriff sie, dass einem das eigene Kind eine Zeit lang fremd blieb und dass man es sich erst vertraut machen musste. Salima hatte ihren Sohn zwar zur Welt gebracht, aber zu seiner Mutter wurde sie erst nach und nach. Tag für Tag, Nacht für Nacht wob sie emsig an dem Band zwischen ihr und dem Kleinen. Und oft verspürte sie eine nagende Eifersucht, wenn ihr Sohn an der Brust seiner indischen Amme lag, die Teresa ausgewählt hatte. Doch bis Salima den Mut aufgebracht hatte, sich gegen die Sitte zu stellen und ihren Sohn selbst zu stillen, war ihre Milch bereits versiegt.

Ihr Sohn war der Sinn in diesem Leben auf Abruf, das sie hier in Aden führte.

Den ganzen Dezember hindurch und den Januar. Während Salimas und Heinrichs Sohn wuchs und schwerer wurde, weinte oder ihr ein selig machendes Lächeln schenkte, erst quietschte, kiekste, gurgelte, später lallte und brabbelte; während seine Züge, seine Vorlieben und Abneigungen sich laufend veränderten, als sei er aus dem Stoff des Ozeans geschaffen und ebenso wandelbar.

Im Februar, als ein Brief von Heinrich sie erreichte, in dem er ihr schrieb, dass er sich auf die in britischer Hand befindlichen Seychellen, östlich von Sansibar gelegen, aufmachte, um für seine eigene Handelscompagnie Ruete & Co. Kaurimuscheln zu erwerben. Dort in Massen vorhanden und nahezu umsonst zu haben, waren die eiförmigen, weißen bis strohgelben und porzellanähnlichen Häuser der Kaurischnecke im Westen Afrikas selten. So selten, dass sie dort begehrt waren wie das erlesenste Geschmeide und somit ein geschätztes Zahlungsmittel, das sich gegen andere Waren eintauschen ließ. Für Händler, die Kauris von den Seychellen nach Afrika brachten, ein einträgliches Geschäft, das Heinrich sich nicht entgehen lassen wollte. Er schrieb nicht, wann genau sie mit seiner Ankunft rechnen konnte, nur, dass er so schnell wie möglich käme.

Es war nicht so, dass Salima sich allein fühlte; in der bunt gemischten Gesellschaft Adens reihte sie sich mit ihrem halb arabischen, halb tscherkessischen Gesicht, mit ihrer europäischen Kleidung nahtlos ein, schloss dank ihrer offenen, unverstellten Art schnell Bekanntschaften, und ihr süßer kleiner Sohn, der viel lachte und selten fremdelte, trug das Seine dazu bei.

Doch erst in Aden verstand Salima, was Heinrich und sie miteinander verband. Wie tief es ging und wie stark es war.

Hatte sie auf Kisimbani die Stunden abzählen können, bis er sie wieder in die Arme schloss; hatte sie ihn in ihrem Haus in der Steinstadt von Sansibar zumindest im Haus gegenüber gewusst, nahm sie hier in Aden überdeutlich die Leere wahr, die seine Abwesenheit schuf. In den Nächten, wenn ihr Leib sich nach dem seinen verzehrte, als litte jede Faser in ihr Hunger und Durst zugleich. An den Tagen, wenn sie sich nach seiner Stimme, nach seinem Lachen sehnte und sich mit Erinnerungen begnügen musste.

Es war mehr als eine Leidenschaft der Sinne. Ohne Heinrich gab es in jeder kleinen Freude, jedem Glücksmoment eine Lücke, die von Sehnsucht eingefasst war. Und dennoch war ein bisschen von Heinrich immer bei ihr – in ihrer beider Sohn.

Auf Sansibar wäre der Kleine unmittelbar nach der Geburt gewaschen und, mit duftendem Puder bestäubt, in ein Hemdchen gesteckt und dann in eine Stoffbahn fest eingewickelt worden, die nur den Kopf frei ließ und die nur abgenommen würde, um ihn zweimal am Tag zu baden und ihm die Windeln zu wechseln, und das vierzig Tage lang, damit ein gerader Wuchs gewährleistet sei. Vierzig Tage, in denen nur Mutter und Vater, Amme und vertraute Sklaven, vielleicht noch enge Freundinnen der Mutter das Kind sehen durften, damit es vor dem bösen Blick geschützt war. Am vierzigsten Tag würde der Kleine aus seinen Bandagen befreit, vom obersten der Eunuchen kahl rasiert und mit einem seidenen Hemdchen, einer Mütze aus golddurchwirktem Stoff und allerlei Schmuck bekleidet.

Nicht so Salimas Sohn. Teils, weil Teresa von derlei Aberglauben nichts wissen wollte und ihr versicherte, der Kleine würde auch ohne die stramme Umwicklung nicht krumm und buckelig geraten; teils, weil Salima fest entschlossen war, die alten sansibarischen Zöpfe abzuschneiden, wo es nur ging.

Auch die Zeremonie, in der Kinder, die schon allein sitzen konnten, in einen mit Decken und Kissen ausgeschlagenen Wagen platziert und mit Puffmais und Silbermünzen überschüttet wurden, damit eine Kinderschar sich an Knabberei und Kostbarkeit bereichern und auf diese Weise diesen großen Schritt in der Entwicklung des Kleinen feiern konnte, würde es für ihren Sohn nicht geben.

Ihr Sohn, der im März noch immer namenlos war und ungetauft.

Sonntags, nach dem Gottesdienst, kam der Kaplan der Briten von seiner erst vor gut drei Jahren erbauten und vor zwei Jahren geweihten Kirche in das Haus der Macías und wischte nahezu alles, was Salima an Glaubensdingen von Teresa gelernt hatte, beiseite. Denn die Macías waren Katholiken; Kaplan Lummins, der sie taufen sollte, Anglikaner. Obwohl Lummins Teresa und Bonaventura Macías schätzte, war er auf deren Glauben nicht gut zu sprechen.

Salima war ihm eine eifrige Sonntagsschülerin, wenn sie auch vieles in der Heiligen Schrift grausam und brutal fand und ihr nicht alles nachvollziehbar erschien. Doch es war Heinrichs Glaube, der Glaube, in dem ihr Sohn aufwachsen sollte, und Salima war willens, diesen anzunehmen.

Über dem Taufbecken der Christ Church von Aden taufte Kaplan Lummins am 1. April 1867 schließlich im Beisein der Paten Teresa und Bonaventura Macías den Sohn von Heinrich Ruete und Prinzessin Salmé bint Sa'id, geboren zu Aden den 7. Dezember 1866, auf den Namen Heinrich.

»Schau mal, was ich da habe … Was ist das? Das ist ein *Ball*.«

Salima versetzte der Kugel aus rotem Gummi, etwas größer als eine Männerfaust, einen Schubs, dass sie über den Teppich kullerte, dem kleinen Heinrich zwischen die nackten speckrolligen Beinchen.

»Babbwabb«, machte er und tatschte auf dem Ball herum. »Hööh-hh«, schnaufte er dann und rutschte auf dem dicken Windelpolster unter dem losen Gewand ein Stückchen vorwärts.

Salima, wie immer im Inneren des Hauses barfuß, raffte ihre Röcke und kniete sich hin, kitzelte ihren Sohn in der pummeligen Kniekehle, rollte den Ball mit der hohlen Hand wieder zu sich heran und ließ ihn erneut mit einem aufmunternden Laut zu dem Kleinen hinüberkullern. Der schenkte ihr dafür ein hinreißendes Lächeln, das sein pausbäckiges Gesicht in die Breite zog. Die Hitze des späten Mai schien ihn nicht weiter zu stören.

»Gefällt dir das? Gefällt dir der Ball? Ja?«, lockte sie ihn, was klein Heinrich mit einem ohrenbetäubenden Kreischen beantwortete, das alle anderen Geräusche in und um das Haus der Macías einfach hinfortfegte. Der kleine Junge berauschte sich an seiner eigenen Stimme, hielt nur inne, um nach Luft zu schnappen, mit den wie auf die dicken Ärmchen aufgeschraubt wirkenden Händchen wedelnd.

»Bibi.«

Ein flüchtiger Blick zur Tür hin, und Salima versteinerte mitten in der Bewegung. Das Lachen blieb ihr in der Kehle stecken.

Einen entsetzlich langen Moment wusste sie nicht, was sie mit ihren Armen und Beinen anstellen musste, um in die Höhe zu kommen. Salima sah nur Heinrich, verschwitzt und sonnengebräunt, Haar und Bart zu Rotgold gebleicht, sein heller Anzug staubig und grauschlierig vom Dunst des schwarzen Gesteins, der hier in Aden allenthalben in der Luft lag.

Einen Wimpernschlag lang hielt die Welt ihren Atem an. Sogar der kleine Junge war verstummt.

»Hein…«, würgte sie hervor, als sie irgendwie vom Boden aufstand, zwei unsichere Schritte tat. Sie flog ihm entgegen, und er fing sie auf.

»Du bist da – du bist endlich da.« Salima lachte und weinte zugleich, bedeckte Heinrich mit Küssen, badete in den seinen.

»Meine Bibi«, presste er hervor. »Endlich. Meine Bibi.« Seine Hände strichen ihr fahrig über das Gesicht. »Es tut mir so leid, dass ich nicht eher kommen konnte. Geht es dir gut?«

»Ja. Oh ja. Jetzt ist alles gut«, sagte sie bewegt, ihre Stimme gedämpft von einer überwältigenden Flut an Glück und Freude.

Sie bemerkte, wie Heinrich an ihr vorbeisah, zu ihrer beider Sohn. Und sie trat einen Schritt beiseite, wischte sich mit beiden Händen über die nassen Wangen und umklammerte die Ellenbogen ihrer verschränkten Arme.

Zögernd ging Heinrich auf den Kleinen zu, hockte sich dicht vor ihn hin. Der Bub schob die Unterlippe vor, wich den forschenden Blicken aus, tatschte verlegen auf den Ball und richtete seine braunen Augen doch immer wieder voller Neugierde auf den Fremden.

Erstaunlich geschickt für einen Mann und doch ein wenig unbeholfen schob Heinrich die Hände unter die Achseln seines Sohnes und stand mit ihm zusammen auf; die Kinderfüßchen krümmten sich, und die Beinchen zogen sich in der Luft an. Er hielt ihn eine halbe Armeslänge von sich weg, besah ihn sich genau: das runde Gesicht, das er von seiner Mutter geerbt hatte, das seidige Haar, das sein Köpfchen bedeckte wie gesponnenes, noch halb flüssiges Karamell. Die schmalen Augen, die er selbst, Heinrich, ihm vermacht hatte. Und Heinrich junior schaute furchtlos zurück, warf dann aber doch einen fragenden Blick zu Salima hinüber.

»Hallo, mein Sohn«, flüsterte Heinrich, und wie seine Stimme dabei zitterte, als er den Jungen an sich drückte, die samtweichen Pausbacken mit dem Mund und mit seiner bärtigen Wange berührte, ließ Salimas Herz überquellen.

Heinrich nahm ihr gemeinsames Kind mit einem Arm und streckte die andere Hand nach Salima aus. Sie schmiegte sich an ihn, umfasste ihrerseits die kleinen Schultern ihres gemeinsamen Sohnes, endlich vollkommen und restlos glücklich. Endlich vereint.

»Lass uns heiraten, Bibi. So schnell es geht.«

Neun Monate, um ein Kind zur Welt zu bringen, dachte Salima, als sie in einem leichten, hellen Musselinkleid vor dem Taufbecken des kleinen Kirchleins stand, hoch oben auf einer Kuppe in der Steilwand des Kraters gelegen und ohne Turm gebaut. Sie kniete nieder.

Und neun Monate hier in Aden, um selbst neu geboren zu werden.

»… empfange das Zeichen des Kreuzes«, hallte die Stimme von Kaplan Lummins von den steinernen Wänden wider. Kühl waren seine Fingerspitzen auf Salimas Stirn, als er in einer fließenden Bewegung mit dem heiligen Wasser das Kreuz darauf malte.

»… so taufe ich dich im Namen des Vaters und des Sohnes und des Heiligen Geistes auf den Namen Emily.«

Ihre Wahl. Emily wollte sie von nun an heißen, nach Emily Seward, ihrer Retterin, ihr damit vergeltend, dass sie sie von der Insel in Sicherheit gebracht hatte. Die ihr ein zweites Leben geschenkt hatte, damit sie ihrem Sohn das Leben schenken und Heinrichs Frau werden konnte. Emily, weil dieser Name nach den blühenden Wiesen klang, von denen Heinrich ihr erzählt hatte.

»… frage ich dich, Rudolph Heinrich Ruete, willst du die hier anwesende Emily …«

In Anwesenheit des britischen Residenten Major W. L. Merewether, dem vormaligen britischen Konsul auf Sansibar und baldigen Generalkonsul von Algerien, Major Robert Lambert Playfair, von Bonaventura Macías, der sich verstohlen eine Träne aus dem Augenwinkel tupfte, und seiner Gattin Teresa, die den krähenden Heinrich junior auf den Knien schaukelte, gelobte Heinrich Ruete der frisch getauften Emily, sie zu lieben, zu achten und zu ehren, bis dass der Tod sie scheide. Emilys Englisch war bei Weitem noch nicht gut genug, um all die Formeln und Wendungen zu verstehen. Als Kaplan Lummins das Wort an sie richtete, wartete sie einfach, bis er geendet hatte und sie fragend ansah. Dann sagte sie mit fester Stimme: »*Yes!*«

Und der Kaplan erklärte Heinrich und sie zu Mann und Frau.

Drittes Buch

Emily

1867 – 1872

Neuland

Mir scheint, einer der glücklichsten Momente
im Leben eines Menschen ist der Aufbruch
zu einer weiten Reise in unbekannte Länder.

RICHARD FRANCIS BURTON

37

 Rotes Meer, Juni 1867

Ein neuer Name. Ein neues Leben.

Die junge Frau, die vor bald dreiundzwanzig Jahren auf Sansibar als Sayyida Salima bint Sa'id zur Welt gekommen war, die man auf der ganzen Insel und mittlerweile darüber hinaus als Bibi Salmé kannte, getaufte Emily, verheiratete Frau Ruete, stand an der Reling des Dampfers. Allein.

Die Sonne brannte vom gläsernen Himmel herab, drohte beinahe Holz und Eisen des Schiffes zu schmelzen. Selbst die großflächigen Segeltücher, die man über das Deck gespannt hatte, boten keinen Schutz vor dieser grellen Glut. Der Schattenfleck darunter war blass, und es war trotz des Fahrtwinds stickig. Wie ein aus Hitze gemeißelter gräulicher Block, der das Atmen erschwerte und der einem, auch wenn man sich nicht bewegte, den Schweiß aus den Poren strömen ließ. Deshalb verbrachten die Passagiere die Stunden ab der Mittagszeit unten im Salon, durch dessen geöffnete Fenster und Luken wenigstens ein Hauch von Kühle über sie hinwegstrich.

Sogar Emily Ruete, die das heiße, dampfende Klima ihrer Heimat von Kindheit an gewohnt war, fühlte sich unwohl. Dennoch hatte es sie aus dem Salon hierhergezogen, vor allem, weil ihr Unwohlsein nicht allein von der drückenden, verbrauchten Luft im Inneren des Dampfers herrührte.

Während unter ihr am Kiel des Dampfers das Meer zischend aufschäumte, das trotz seines Namens kein bisschen rot war, sondern wie ein besonders prächtiger Samt in leuchtendem Blau und Türkis schimmerte, vergaß sie ihr Gefühl des Unwohlseins und betrachtete staunend die Küste Afrikas, die vorüberglitt, sandig, felsig in Rostrot, in staubigem Ocker und in warmem Grau. Derselbe Kontinent, den sie von der *bendjle* Beit il Mtonis aus gesehen hatte und durch ihr Fernrohr auf Bububu – und doch schien sich mit jeder Meile, die das Schiff seinem Ziel entgegenstampfte, eine ganz neue Welt vor Emily aufzutun, die als Salima nie über Sansibar hinausgekommen war. Doch Salima gab es nicht mehr, und Emily Ruete stand nun die gesamte Welt offen.

»Da bist du ja.« Sie drehte sich um, als sie Heinrichs Stimme hörte, und sein Anblick genügte, um ein Lächeln auf ihr Gesicht zu schicken. »Ist dir nicht zu heiß hier oben?« Er küsste sie sanft auf die Stirn.

Emily zuckte leicht mit den Achseln.

»Die Reise bekommt dir nicht sonderlich, nicht wahr?«, hakte Heinrich behutsam nach. »Du siehst blass aus – du nimmst ja auch so wenig zu dir. Schmeckt dir das Essen nicht?«

Dies wäre ein Moment gewesen, Heinrich zu erzählen, wie unangenehm es ihr war, gemeinsam mit fremden Frauen und vor allem mit fremden Männern an einem Tisch im Salon zu sitzen und die Mahlzeiten einzunehmen. Dass während der Mahlzeiten auch etwas getrunken wurde anstatt erst danach, wie auf Sansibar üblich – das konnte sie als fremden Brauch hinnehmen; doch es fiel ihr schwer, sich daran zu gewöhnen, dass zuvor begonnene Gespräche während des Essens einfach fortgesetzt wurden und nie abbrachen. Das fortwährende viel-

stimmige Geplauder, das zu einem beständigen Hintergrund-
rauschen wurde, störte sie, die während des Essens Schweigen
gewohnt gewesen war, später, in Aden, allenfalls den Mezzo-
sopran Teresas und Bonaventuras Bass. Obwohl sie sich im
Hause der Macías im Gebrauch von Messer und Gabel geübt
und obwohl Teresa ihr mehrmals versichert hatte, niemandem
würde auffallen, dass Besteck in den Häusern und Palästen des
Sultans nur hervorgeholt und benutzt worden war, wenn sich
europäischer Besuch ankündigte, fürchtete Emily, sich durch
ungeschickten Umgang damit zu verraten und für unzivilisiert
gehalten zu werden.

Wesentlich schwerer wog für sie jedoch, *was* ihnen morgens, mittags und abends im Salon vorgesetzt wurde. Es roch
zwar gut und schmeckte bestimmt auch so, doch wie konnte
sie sicher sein, dass das Fleisch, das Fett, in dem das Gemüse
gesotten war, nicht vom Schwein stammte? Als frisch getaufte
Christin sollte sie das zwar nicht kümmern; trotzdem schwapp-
te allein bei dem Gedanken daran Ekel in ihr hoch. Würde
Heinrich denn verstehen können, wie widerwärtig ihr diese
Vorstellung war? Er, der in einem Glauben aufgewachsen war,
der keine Unterscheidung kannte zwischen reinen Speisen
und unreinen? Auch dafür schämte Emily sich: dass sie sich
als derart heikel erwies und sich an eine unbedenkliche Kost
aus Eiern, Keksen, Obst und Tee hielt – und dass sie Heinrich,
dem Mann, den sie liebte, dem sie in sein Land folgte, dem
Vater ihres Kindes, all dies nicht anvertrauen mochte.

»Ich habe keinen Appetit«, entgegnete sie daher nur; ihre
Ausrede, wenn sich jemand nach den Gründen für ihre kärg-
liche und eingeschränkte Kost erkundigte.

»Dich bedrückt doch etwas.«

»Ich muss nach dem Kleinen sehen«, entgegnete Emily ausweichend und wandte sich um in dem Versuch, sich dadurch
Heinrichs beharrlichen Nachfragen zu entziehen.

»Dem geht es gut«, erwiderte dieser und hielt sie am Arm zurück. »Bei Teresa und Mrs Evans ist er in den besten Händen.«

Obwohl selbst kinderlos, besaß Teresa Macías durch zahllose Neffen und Nichten, von denen sie manche eigenhändig großgezogen hatte, einen reichen Erfahrungsschatz, was Kinder betraf. Sie war ganz vernarrt in den kleinen Heinrich, den sie seit seinem ersten quäkenden Atemzug liebte wie ein leibliches Enkelkind. Ebenso wie ihr und ihrem Mann Emily und Heinrich lieb geworden waren wie eigene Kinder und sie sich deshalb entschlossen hatten, das junge Paar auf der Überfahrt nach Frankreich zu begleiten, wo die Macías ein Haus besaßen. Und Mrs Evans, eine englische Bekannte der Macías, sollte Emily die erste Zeit in ihrer neuen Heimat als Zofe, Gesellschafterin und Kindermädchen für klein Heinrich zur Hand gehen.

»Wirklich«, bekräftigte Heinrich, als er Emilys misstrauischen Blick auffing. »Als ich ging, um dich zu suchen, strampelte er gerade pudelnackt auf einem Leintuch herum und quiekte vor Vergnügen.«

Emilys Mundwinkel kräuselten sich bei dieser Vorstellung. Diese Andeutung eines Lächelns sprang auf Heinrich über, dann wurde er wieder ernst. »Es geht um das Versprechen, das dir Madame Colbert abgenommen hat, nicht wahr?«

Ihre dunklen Augen wichen den seinen aus, und angespannt kaute sie auf ihrer Unterlippe. Aufgrund der stickigen und unerträglich heißen Luft in den Kabinen war der luftige Salon seit einigen Nächten zum Schlafsaal in Form eines Matratzenlagers umgestaltet worden. Männer, Frauen und Kinder der ersten Klasse schliefen in einem bunten Durcheinander gemeinsam in diesem einen Raum: die Herren in Nachthemden und langen Unterhosen; die Damen in knö-

chellangen Hemden und in einem Unterrock. In Emily hatte
sich alles dagegen gesträubt, sich ebenfalls in solch dünnen
Stoffen vor Fremden zu zeigen, wie sie auch ob der Scham-
losigkeit des Aufzugs ihrer Mitpassagiere rote Wangen bekam.
Keiner schien sich etwas dabei zu denken – nur sie, Emily,
wusste nicht, wo hinsehen vor Verlegenheit.

»Es tut mir leid, wenn du dich von mir verraten fühlst, weil
ich Madame Colbert um Rat gebeten habe.«

Madame Colbert, eine elegante, feingliedrige Französin,
die schon lange auf Mauritius lebte und ihrer alten Heimat
einen Besuch abstattete, hatte so lange auf Emily eingeredet,
ihr versprochen, stets neben ihr zu liegen und sie dadurch ein
wenig von den anderen Mitreisenden abzuschirmen, bis Emily
schließlich nachgegeben und eingewilligt hatte.

Sie setzte zur Widerrede an, aber Heinrich fuhr unbeirrt
fort: »Ich wusste mir nicht mehr anders zu helfen. Du kannst
bei dieser Hitze nicht unten schlafen. Nicht in dieser Luft.«
Als Emily in widerstrebender Einsicht nickte, legte sich seine
Hand um ihr Kinn, und sein Daumen fuhr über das Grübchen.
»Auch wenn ich zugeben muss, dass der Anblick von Mr Jen-
nings' Stachelbeerbeinen und den mächtigen weißen Waden
von Madame Villefranche für mich ebenfalls gewöhnungsbe-
dürftig zu nennen ist.«

In Emily stieg ein Lachen auf, das hell aus ihrem Mund
perlte und all ihren Kummer vertrieb.

»Ich weiß, das ist alles neu und schwer für dich«, flüsterte
er, als er sie an sich zog. »Wenn es etwas gibt, was ich tun kann,
um es dir leichter zu machen, sag es mir. Was auch immer es
ist – ich werd's versuchen.«

Emily schloss die Augen, erwiderte Heinrichs Umarmung,
so fest sie konnte.

Es genügte, dass er da war. Was auch immer ihr neues Leben
an Ungewöhnlichem, an Befremdlichem oder gar Beängstigen-

dem bereithalten mochte – solange Heinrich bei ihr war, würde sie alles ertragen können.

Es wird besser werden und leichter, beschwor sie sich selbst. *Die Zeit wird's richten.*

Tut sie das nicht immer?

38

In Suez gingen sie an Land, wo sie einen Blick auf die riesige Baustelle erhaschen konnten, an der eine breite Furche in die Erde gegraben wurde: ein Kanal, der den Schiffen schon bald eine Durchfahrt ermöglichen, somit Reisen zwischen Europa und dem Orient nicht nur verkürzen, sondern auch erheblich erleichtern würde. Doch noch wurden sie in Suez von Pferdewagen erwartet, die sie aus der Hafenstadt hinaus in eine Einöde schaukelten, die nichts weiter zu bieten hatte als Sonnenglut und Staub, ein paar Berggipfel und ein paar einfache Häuser, die in der Hitze einsam vor sich hin rösteten und über denen schlaff ein verblichener Union Jack baumelte.

Von dieser Fahrt ordentlich durchgerüttelt, suchten sie in Cairo Erholung. Eine Metropole, die sich jedoch als zu quirlig erwies, um dort nur die Füße hochzulegen, wenn auch in ihrer Ausdehnung und Vielschichtigkeit zu groß und zu mannigfaltig, als dass die wenigen Tage, die sie zur Verfügung hatten, dafür ausgereicht hätten. Einer der Basare lockte zum Bummel zwischen Seidenstoffen in schreienden Farben und aus dünnem Silber und Gold gehämmertem Schmuck hindurch, über denen sich ein flauschiger Teppich aus dem Duft von Zimt und Kardamom, von Gewürznelken, Pfeffer und Schwarzkümmel ausbreitete. Emilys feuchte Augen verunsicherten Heinrich, weil er nicht ausmachen konnte, ob sie von glückseligen Erinnerungen oder von schmerzlicher Sehnsucht sprachen. Teresa hatte in ihrem Quartier, dem orientalisch ausgestatteten und westlich noblen, bis weit über die Grenzen Cairos hinaus bekannten Shepheards' Hotel den Hinweis erhalten, dass im Viertel von Bab Zuweila eine verwitwete Engländerin lebte, die Bücher schrieb und übersetzte und die hervorragend Arabisch sprach. Mit einem Ausflug dorthin gedachte Teresa Emily eine Freude zu machen, da diese gewiss lange Zeit keine Gelegenheit mehr haben würde, sich in ihrer ersten Muttersprache zu unterhalten.

Doch als sie an dem schmalen, hohen Haus anlangten, das sich zwischen ganz ähnlich unscheinbaren Häusern einreihte, fanden sie es mit verschlossenen Läden und verlassen vor. Es wirkte keineswegs wie das offene Haus, in dem Besuch jederzeit willkommen sei, wie man Teresa erzählt hatte. Eine freundliche Nachbarin klärte sie dahingehend auf, dass Maya Greenwood Garrett verreist sei, in ihre Heimat England, wo sie jedes Jahr die heißen Sommermonate verbrachte. Und so mussten Teresa, Emily und Heinrich unverrichteter Dinge wieder den Weg zurück ins Hotel antreten.

Doch auch so gab es in Cairo genug zu sehen und zu entdecken. Kaffeehäuser und Parks, Prachtstraßen und Plätze, deren prächtige Häuser des Nachts glitzerten. Enge, lärmdurchflutete Gassen; Moscheen und Minarette, Kirchen und Überreste der Antike. Eine Stadt am Schnittpunkt zwischen Orient und Okzident und Afrika, die in allen Farben und Schattierungen der Kulturen schillerte, die über sie hinweggezogen waren und ihre Fingerabdrücke darauf hinterlassen hatten.

»Wo führst du mich denn hin?« Die Röcke gerafft, keuchte Emily neben Heinrich den Berg hinauf, der von jedem Punkt der Stadt aus zu sehen war.

»Auf die Zitadelle«, gab Heinrich vergnügt zurück. »Dort wartet eine Überraschung auf dich!«

Ein gewaltiger Festungsbau war es, der sie erwartete: die Zitadelle von Cairo, von trutzigen Mauern umgeben und mit Kuppeln und Fialen durchsetzt. Die Aussicht auf die Stadt, die sich zu ihren Füßen erstreckte, war atemberaubend – ein Meer aus Dächern und Türmen, über dem das Licht flimmerte und wogte und dessen Wellenrauschen der Lärm und die Klänge aus den Gassen und Straßen waren. Nicht minder überwältigend war, was sich hinter diesem Labyrinth aus Mauern, zwischen den in der Sonne glänzenden Kuppeln verbarg.

»Die Muhammad-Ali-Moschee«, flüsterte Heinrich ihr zu, als sie mit staunend geöffnetem Mund vor dem Bau stand und jede Einzelheit mit ihren geweiteten Augen in sich aufsog. »Magst du hineingehen?«

»Ja«, hauchte Emily selig, und ihre Finger umklammerten aufgeregt die Hand ihres Mannes.

Waren die Moscheen auf Sansibar ohne Zierrat, so zeigte sich die Moschee, die über Cairo wachte, glanzvoll, ohne überladen zu wirken. Kolossal thronte sie auf ihrem Hügel über der Stadt, hell in sandfarbenem Kalkstein und Alabaster. Mit dem glatt polierten Alabaster, der aus sich heraus zu leuchten schien, war auch der Innenhof gepflastert, und ein steinerner, gleichwohl zierlicher Pavillon beschattete das Becken mit dem Wasser für die rituellen Waschungen. Emily bewunderte all die Säulen und Bogen, legte den Kopf in den Nacken, um die gewaltige Kuppel bestaunen zu können, umgeben von ihren etwas kleineren, nichtsdestoweniger beeindruckenden Schwestern und flankiert von zwei pfeilergleichen Minaretten, deren Spitzen den Himmel ritzten. Nun verstand Emily, weshalb Heinrich sie gebeten hatte, einen Schal mitzunehmen, und sittsam verhüllte sie damit ihr aufgestecktes Haar und ihr Gesicht.

Am Eingang wurden sie von einem Wächter erwartet, der sie freundlich begrüßte, bis Emily – der alten Gewohnheit folgend – aus den Schuhen schlüpfen wollte.

»*Nonono, forbidden* – neinneinnein, verboten«, radebrechte er in rollendem Englisch und fuchtelte abwehrend mit den Händen. Er deutete auf eine Ansammlung grauer Filzpantoffeln und erklärte in ausgreifender Pantomime, dass diese über die Schuhe gezogen werden müssten. Gehorsam stiegen Emily und Heinrich jeweils in ein Paar dieser Überschuhe, schlappten und schlitterten darin über den glatten Boden.

»Verzeiht«, wandte sich Salima auf Arabisch an den Wächter. »Wozu dienen diese Pantoffeln? Dieser Brauch war mir bislang unbekannt.«

Die struppigen Augenbrauen des Fremdenführers hoben sich, dann kniff er die Augen zusammen und musterte Emily streng über seine markante Nase hinweg. Verlegen zupfte sie an ihrem Schal herum für den Fall, dass ihr Gesicht nicht der Sitte entsprechend verhüllt wäre und sie damit sein Missfallen erregt hätte.

»Allen Besuchern der Moschee«, erklärte er würdevoll in seinem abgeschliffenen ägyptischen Arabisch, »die nicht unseres Glaubens sind, ist es strengstens untersagt, ohne diese Pantoffeln einzutreten. – Bitte, hier entlang.« Sein ausgestreckter Arm wies ihnen die Richtung, in der sie ihm folgen sollten.

Emily war wie betäubt.

Gewiss, sie war getauft, dem Namen nach eine Christin, aber erst jetzt, in diesem Augenblick, hatte sie wahrhaftig begriffen, welches Opfer sie gebracht hatte. Für Heinrich. Für ihren Sohn. Für ihre Liebe und für ihre Freiheit. Dem Islam nicht mehr zugehörig, hatte sie im Christentum noch lange keine neue Heimat – sofern sie das überhaupt je haben würde. Nicht Majid hatte ihre Wurzeln gekappt – sie selbst hatte es getan. Als sie sich ohne große Gewissensbisse einem fremden Gott anvertraut hatte, von dem sie nicht allzu viel wusste und für den sie noch weniger ein Gefühl besaß. Die dicken roten Teppiche, über die sie an Heinrichs Seite ging, nahm sie ebenso wenig wahr wie die kurzen Erläuterungen ihres Fremdenführers oder das intensive Smaragdgrün im Inneren, die Goldverzierungen, die im Schein der Öllampen glänzten. All der Schimmer, die mächtige, bewegende Schönheit zur Lobpreisung Allahs glitten an ihr ab.

»Hat es dir nicht gefallen?«

Heinrichs Stimme schreckte sie aus ihren Gedanken auf, als sie nach der Besichtigung wieder den Hügel hinabschritten. Die hörbare Enttäuschung darin beschämte sie.

»Doch.« Sie zerrte den Schal herunter und ließ ihn immer wieder durch ihre Hände gleiten.

Er sah sie zweifelnd an, während sie weiterwanderten, mit dem Knirschen von trockener Erde, Sand und Steinen unter ihren Sohlen und dem Klacken der Absätze und dem Rascheln von Emilys Röcken als einzigem Geräusch.

»Fehlt dir etwas?«, ergriff er nach einer Weile erneut das Wort.

»Nein. Nichts.«

»Warte.« Er nahm sie vorsichtig beim Arm, zwang sie so, mit ihm zusammen stehen zu bleiben. »Ich kenn dich doch, Bibi Salmé. Mit dir ist doch etwas?« Seinen letzten Satz hatte er als behutsame, besorgte Frage gestellt.

Emily biss sich auf die Lippen und konnte es dennoch nicht verhindern, dass ihr Tränen in die Augen schossen.

Wie hätte sie ihm erklären können, was in ihr vorging? Ihm, der wohlbehütet und sicher war in dem Glauben, in dem er auch aufgewachsen war. Ein Glaube, der für Emilys Begriffe sein Leben bei Weitem nicht derart durchdrang, wie es der Islam mit ihrem bisherigen getan hatte.

Zum ersten Mal, seit sie Heinrich kannte, spürte sie, dass

etwas sie trennte. Etwas, das breiter war und das tiefer ging als die Gasse, die ihre Häuser in der Steinstadt von Sansibar voneinander getrennt hatte. Ja, Heinrich kannte sie, und sie kannte Heinrich und wusste, er würde sich schuldig fühlen, wenn sie ihm anvertraute, was sie empfand, was in ihrem Kopf vorging. Schuldig, weil er das Seine dazu beigetragen hatte, dass sie zum Christentum übergetreten war.

»Hast du – *Heimweh*?« Eine Frage, die auf Suaheli begann und auf Deutsch endete.

Heim-weh. Emily blinzelte verwirrt ob dieses fremden Wortes. »Was bedeutet das?«

»Sehnsucht nach Sansibar?«, erläuterte er. »Nach allem, was du zurückgelassen hast? Tut dir der Gedanke daran weh?«

Es war keine ganz treffende Antwort darauf, was ihr fehlte, aber auch keine grundfalsche; eine, mit der sie beide gewiss leben konnten. Sie nickte, und die Tränen lösten sich, rannen über ihre Wangen.

Heimweh.

Nach *Ich liebe dich* der zweite Ausdruck, den Emily auf Deutsch lernte.

39

Marseille. Auch nach all den Jahren hatte dieser Name nichts von seiner Zauberkraft verloren. Nichts von seinem verlockenden, weichen Geschmack, den Emily als kleines Mädchen dabei im Mund gehabt hatte.

Wenn auch ihre Ankunft dort wenig Zauberhaftes besaß. Nach der Fahrt mit der Eisenbahn – das erste Mal, dass Emily ein solches Wunderwerk der Technik sah – von Cairo nach Alexandria und der Überquerung des dunkelblauen Mittelmeeres an Bord eines weiteren Dampfers betrat Emily im Hafen französischen Boden. Und obwohl es Sommer war und die Sonne vom Himmel auf den vor Menschen wimmelnden Kai, auf das Gedränge von Booten, Segelschiffen und Dampfern herunterbrannte, fror sie entsetzlich in ihrem Kleid aus dünnem Musselin, auch noch, als Madame Colbert so freundlich war, ihr ein wollenes Umschlagtuch über die Schultern zu legen.

Im Zollhaus wartete die nächste unangenehme Überraschung auf sie. Während Emily, ihren in eine Decke gewickelten Sohn auf dem Arm, mit Teresa zwischen anderen weiblichen Reisenden wartete, hießen uniformierte Beamte Heinrich und Bonaventura die Koffer öffnen und durchwühlten mit groben Händen die Habseligkeiten, die sie aus Sansibar und aus Aden mitgebracht hatten. An Bonaventura Macías'

Gepäck gab es nichts zu beanstanden; er durfte die Schlösser seiner Koffer wieder zuschnappen lassen und sie einem der bereitstehenden Träger übergeben. In einem von Heinrichs Koffern befand sich jedoch etwas, das die Zollbeamten ihre Stimmen erheben, sie aufgeregte Gesten machen ließ. Emily sah, dass Heinrich erst ruhig und bestimmt, dann ebenfalls mit zunehmender Heftigkeit eine Diskussion mit den Uniformierten führte.

»Kannst du den Kleinen kurz nehmen?«, wandte sie sich an Teresa, die dem Kind sofort eifrig die Hände entgegenstreckte und Mrs Evans' ebenfalls helfend angebotene Hand mit dem Ellenbogen rüde beiseiteschob. »Ich will nur eben nachsehen, was dort vor sich geht.«

Sie drängte sich zwischen den anderen Reisenden hindurch, hinüber zu Heinrich. »Gibt es Schwierigkeiten?«

»Es geht um deinen Schmuck«, gab er gepresst zur Antwort. Emily hörte heraus, wie er sich um einen ruhigen Tonfall ihr gegenüber bemühte, und doch konnte er seine Verärgerung nicht verbergen. Jetzt erst sah sie, dass der Stoffbeutel, in dem sie ihr Geschmeide von Sansibar mitgebracht hatte, aufgezogen im aufgeklappten Koffer zwischen ihrer Wäsche lag und wie einer der Zollbeamten hineingriff, um die Ohrgehänge, die Ketten und Armreifen zu befingern.

»Sie wollen nicht glauben, dass das alles dein Eigentum sein soll, sie sind überzeugt, dass wir solche Mengen davon mit uns führen, um sie hier in Frankreich mit Gewinn zu verkaufen.«

Beinahe hätte Emily laut herausgelacht, denn was sie in jener Nacht von der Insel gebracht hatte, war bei Weitem nicht alles gewesen, was sie besaß. Das meiste davon war schon längst in Hamburg angekommen. Doch vor allem war sie besorgt, fühlte sich hilflos, wie ausgesetzt in diesem fremden Land, von dessen Sprache sie keine Silbe verstand. Heinrich jedoch beherrschte das Französische, sehr gut sogar. Die Arme verschränkt, um ihr Frösteln zu unterdrücken, lauschte Emily gebannt, als er sich wieder den Beamten zuwandte und mit energischer Stimme weitersprach. Und sie zuckte zusammen, als sie ihn ihren alten Namen erwähnen hörte: »… Sayyida Salima. *Princesse de Zanzibar.*«

Sie wurde rot, als die Widerworte der Uniformierten augenblicklich erstarben und diese sie schweigend und unverhohlen neugierig anstarrten, bevor sie sich ehrerbietig verbeugten. Was einige der Reisenden, die in der Schlange für die Zollabfertigung warteten, auf sie aufmerksam machte, woraufhin sie sie ebenfalls interessiert musterten und zu tuscheln begannen.

So unangenehm Emily diese unerwartete Aufmerksamkeit auch war – sie erfüllte ihren Zweck: Der Schmuck konnte wieder eingepackt werden, und sie passierten ungehindert die Zollkontrolle, um auf direktem Weg ins Hotel zu fahren, wo sich eine vor Müdigkeit, gelöster Anspannung und vor Kälte bibbernde Emily augenblicklich ins Bett verkroch.

Sonnenüberglänzt schmiegte sich die Hafenstadt in eine Bucht, deren Wasser schillernd blau war wie das Gefieder eines Pfaus, von einer Gruppe karger Inselchen durchsetzt und überwölbt von einem Himmel, der nur einen Hauch heller war. Raue Felsen umschlossen die Stadt von der Landseite her, bildeten einen Gegensatz, aber keinen Widerspruch zu der Leichtigkeit, die hier in Marseille zu Hause war. In einem Licht, das die weißen und gelben Fassaden der Häuser und ihre mattroten Dächer weichzeichnete, das den Booten schmeichelte, die im Hafen auf und nieder schaukelten, während ihre Masten sachte von einer Seite zur anderen schwangen.

Rau wie die Felsen waren auch die Gesichter Marseilles, die der Fischer, der Marktfrauen und der alten Männer, die ihre Tage vor den Cafés zubrachten, karstig vom Leben und braun von der Sonne. Die Augen blitzend vor Temperament und Lebensfreude, mit der ihnen ihre Worte über die Lippen sprudelten, das verschnörkelte, zwitschernde Französisch und seine herbere Schwester, das Okzitanische.

Marseille schmeckte nicht fruchtig, wie Emily als kleines Mädchen geglaubt hatte, nicht süß und nach Anis und nach Bergamotte wie die Bonbons, die sie so geliebt hatte. Marseille schmeckte erdig wie Oliven, säuerlich und krautig wie Tomaten und nach frischem Fisch. Vor allem nach dem Salz des Mittelmeeres, das ein anderes Salz war als das Sansibars, als das Adens, reiner und klarer.

Süß war das Leben in Marseille gleichwohl. Ob in dem luxuriösen Hotel, in dem Emily und Heinrich mit ihrem Sohn untergebracht waren, oder in der entzückenden Villa der Macías, in deren Garten dickstämmige, niedrigkronige Palmen standen, wo der Oleander seine duftenden weißen und rosafarbenen Sterne ausbreitete und wo Bougainvillen in violetten und fuchsiafarbenen Flämmchen standen. Mit Mrs Evans, Teresa und deren Nichte María, die ihre Kinderjahre ebenfalls auf Sansibar verbracht und noch einen reichen Wortschatz auf Suaheli im Gedächtnis behalten hatte, flanierte Emily durch die Straßen und Gassen der Stadt, bestellte sich eine wärmere Garderobe für die nördlichen Breiten, suchte hübsche Sachen für ihren Sohn aus und schnupperte sich durch fremdartige Seifen und Wässerchen, die nach Lavendel rochen, nach Jasmin und nach wilden Rosen.

Trotzdem fühlte sich Emily hier nicht wohl. Angst hatte sie umzutreiben begonnen, eine unerklärliche Angst, die mit jedem der acht Tage, die sie hier in Marseille verbrachten, größer wurde. Eine Angst, die sie zu verbergen suchte. Vor Heinrich, der voller Vorfreude der Reise in seine Heimat entgegensah, der Emily von Paris vorschwärmte, das sie zuvor noch besuchen würden; Paris, die funkelnde Metropole, apart und mondän, Paris, *die Stadt der Liebe*. Vor den Macías, die sich solche Mühe gaben, damit Emily sich in Marseille wohlfühlte, und die stets beklagten, wie sehr sie ihnen fehlen würde. Allein mit der Furcht vor dem Unbekannten ließ sich Emilys Angst nicht erklären, und da sie diese Angst an nichts festmachen, da sie sie selbst nicht greifen konnte, schwieg sie und zeigte stets ein lächelndes Gesicht.

Eine Pferdekutsche brachte sie zum Bahnhof von Saint-Charles, der auf einem Hügel über der Stadt thronte und der in der reliefgeschmückten Weiße seiner Grundmauern eher einem Tempel ähnelte denn einem profanen Zweckbau, sein metallgerahmtes Glasdach wie eine Rampe direkt in den leuchtenden Himmel weisend.

Die Macías hatten sich in einem Brief entschuldigt, dass sie sie nicht persönlich zum Zug brachten; sie fürchteten einen allzu schmerzlichen, zu tränenreichen Abschied auf dem Bahnsteig, den sie sich und Emily und Heinrich ersparen wollten. Etwas, das Emily nur zu gut nachvollziehen konnte. Denn von nun an blieb ihr allein Heinrich, der ihre Sprache, das Suaheli, teilte. Wenigstens würde ihr Mrs Evans erhalten bleiben, mit der sie sich nicht nur auf Englisch unterhalten konnte. Wie sich durch einen Zufall herausstellte, hatte diese einige Jahre in Indien verbracht und sich dort gute Kenntnisse des Hindustani angeeignet, mit denen sie Emilys über die Jahre verschüttete Erinnerungen an die Sprache der Inder Sansibars nach und nach wieder freizulegen vermochte.

Dampfschwaden zogen an den Gleisen entlang, stiegen hinauf in das Flechtwerk aus Eisen, und der Ruß aus den Schornsteinen bepuderte düster die unzähligen Scheiben. Rufe hallten durch den Bahnhof, das Stakkato von Absätzen, wenn jemand vorbeirannte, um seinen Zug noch zu erwischen.

Die Lokomotive schnaufte und zischte und kam Emily vor wie ein finsteres Ungetüm, von dem nichts Gutes zu erwarten war.

»Kommst du?« Heinrich stand mit einem Bein schon in der geöffneten Tür des Wagens, hinter sich auf dem Boden den großen geflochtenen Korb, in dem ihr Sohn schlummerte, die Hand nach ihr ausgestreckt, um ihr hineinzuhelfen.

Emilys Hände ballten sich zu Fäusten. In ihr schrie es, ein stummer Schrei, gefangen in ihrem Schädel, als wollte er ihn auseinandersprengen. Ein Bild schob sich ihr vor die Augen: die schmucklose geweißelte Fassade von Beit il Tani, an dessen Fenstern sich *schele* an *schele* drängte, zahllose schwarz maskierte Frauen, die kreischten und weinten und flehten. *Geh nicht weiter, Salima! Kehr um! Komm zurück!*

»Bibi?«

Ohne dass sie ihre Muskeln willentlich befehligt hatte, ergriff Emily mechanisch Heinrichs Hand und stieg die Stufen empor, nahm auf dem gepolsterten Sitz neben ihrem Mann Platz, zu ihren Füßen sicher verstaut der gepolsterte Korb mit dem Kleinen, der den Aufbruch einfach verschlief.

Ein schriller Pfiff gellte. Die Lokomotive fauchte, als die Türen zuschlugen, und mit einem Rucken setzte sich der Zug in Bewegung. Nach Norden, ins Innere Frankreichs hinein.

Erst allmählich entspannte sich Emily, vermochte sie ihre Angst abzuschütteln. Gebannt verfolgte sie die Bilder, die jenseits der Glasscheibe an ihr vorüberzogen. Das azurblaue Panorama der Bucht, gesäumt von Häuschen und Bäumen, deren Laub und Nadeln staubig aussahen. Eine Wasserfläche, beinahe so dunkel wie Tinte, von Vogelschwärmen hell gesprenkelt. Graugrüne Felder und Felsformationen, deren Stein bläulich schimmerte und mit Splittern von Gelb und Lila durchsetzt war. Städtchen, deren Häuser sich krumm und

schief unter ihren buckligen Dächern aus rotem Ton aneinan-
derdrängelten.

»Was ist das?« Emilys Atem stockte, als am Nachmittag
weite Felder auftauchten, deren Salbeigrün sich an den Spitzen blauviolett zu färben begann. So weit das Auge reichte.

»Das ist Lavendel. Er wird hier angebaut.«

Lavendel. Emily schluckte den Speichel hinunter, der sich
beim Klang dieses Wortes in ihrem Mund gebildet hatte.
Mehrere Päckchen der französischen Bonbons befanden sich
in ihrem Koffer im Gepäckraum, in einer kleinen Confiserie
in Marseille erworben. Der Geschmack ihrer Kindheit, den
sie mitnahm nach Hamburg.

»Ha-chaaach«, kam es triumphierend vom kleinen Heinrich, der mittlerweile wach geworden und auf Emilys Schoß
gehoben worden war. Begeistert klatschte er mit den Händchen gegen die Scheibe, hinterließ kleine feuchte Flecke, die
sofort auftrockneten wie Gespensterküsse.

Emily zog ihn fester an sich und drückte ihren Mund auf
seine Wange, betrachtete ihn gleich darauf beunruhigt. »Er
hat ganz rote heiße Backen.«

»Ist ja auch aufregend«, gab Heinrich lachend zurück und
fuhr zärtlich durch den dichten Schopf seines Sohnes. »Mit
dem Zug fahren und so viel Neues sehen.«

»Echiii«, machte der Bub vergnügt, wollte die pummeligen
Händchen zusammenschlagen, gähnte dann aber herzhaft
und spreizte die kleinen Finger.

»Bist du schon wieder müde? Ja?« Als er wieder gähnte,
stand Emily mit ihm auf, ging auf die Knie und bettete ihn
zurück auf die Polster und Kissen des Korbes, den sie für diese
Reise gekauft hatten. Zärtlich deckte sie ihn zu, sodass Mrs
Evans auf dem Sitz gegenüber kurz mit einem Schmunzeln
von ihrem Buch aufsah, bevor sie sich mit ihren kurzsichtigen
Augen wieder bis zur Nasenspitze darin vertiefte. Die Englän-

derin versprach auch in der Eisenbahn eine angenehme Reise-
gesellschaft zu sein. Zwar verstand sie das Suaheli nicht, das
Heinrich und Emily miteinander sprachen; offenbar jedoch
nahm sie ihre Stellung sehr ernst und schien bemüht, sich
nahezu unsichtbar zu machen, wenn ihre Hilfe gerade nicht
benötigt wurde.

»Er liegt in diesem Korb wie der Laib Brot, den du mir
damals zum Einzug geschenkt hast«, bemerkte Emily mit
einem Auflachen.

»Wie Moses im Schilfrohr«, sagte Heinrich belustigt und
streckte die Hand nach ihr aus.

Emily ließ sich wieder auf ihrem Sitz nieder und schmiegte
sich in den Arm ihres Mannes. Einige Herzschläge lang ver-
sanken sie im Blick des anderen.

»Wir haben das Richtige getan«, murmelte Heinrich.

Sie ließ seine Worte auf sich wirken, die in ihr hinab-
schwebten wie etwas, das ins Meer geworfen wurde und langsam, langsam auf den Grund zutrieb. »Ja.«

»Nichts kann uns mehr trennen, Bibi Salmé«, hörte sie ihn
flüstern. »Nichts und niemand. Das lasse ich nicht zu. Du und
der kleine Heinrich, ihr gehört für immer zu mir.«

Die Umarmung ihres Mannes, seine Stimme ließen Emily
sich das erste Mal seit Wochen wieder behaglich und sicher
fühlen. Aneinandergekuschelt und stumm, im Wissen, dass
sie einem neuen Leben entgegenrollten, sahen sie hinaus auf
den Süden Frankreichs, über den der Abend heraufzog.

Das monotone Rattern und Prusten der Eisenbahn ließ
Emilys Lider schwer werden. Sie nahm noch wahr, wie Heinrich sich regte, eine Decke über sie breitete, dann schlief sie
ein.

Ein Streifen fahles Morgenlicht weckte sie. Emily gähnte
und setzte sich auf, unterdrückte einen Jammerlaut, als ein

stechender Schmerz ihr durch Arme, Beine und Rücken fuhr. Heinrich schlief noch tief und fest, den Kopf zurückgelehnt und vollkommen entspannt, unter gleichmäßigen, ruhigen Atemzügen, ebenso wie Mrs Evans gegenüber, in wie gewohnt tadelloser Haltung, die Hände auf dem zugeklappten Buch im Schoß gefaltet.

Im Korb würde es nicht mehr so lange still bleiben; jeden Augenblick konnte der Kleine aufwachen und den gewaltigen Radau veranstalten, der sein Morgenritual darstellte. Emily beschloss, sich draußen auf dem Gang ein bisschen mit ihrem Sohn auf dem Arm die Beine zu vertreten, in der Hoffnung, Heinrich und Mrs Evans dadurch noch einige Zeit ungestörten Schlafes zu verschaffen.

Möglichst leise glitt sie aus ihrem Sitz und langte nach ihrem Kind.

Das runde Gesichtchen mit den geschlossenen Muschellidern schimmerte wachsbleich, fühlte sich kühl und glatt an. Kein Atem hob und senkte das Bäuchlein. Kein Herz schlug mehr unter dem Hemdchen.

Ein Klagelaut, der in einen Schrei überging, als Emily ihren leblosen Sohn an sich presste. Ein Geheul wie von tausend verlorenen Seelen. Die Welt zerbrach, riss auf in Höllenschlund und Folterland.

Menschenstimmen. Türen. Ein Schluchzen. Ein entsetztes Einatmen. Heinrich.

Mein Sohn. Mein Kind.

Das Kreischen und Brüllen einer Furie, die Gott verflucht und Allah, das Schicksal, diese Herren über Leben und Tod. Die kratzt und um sich schlägt, mit Händen, Armen, die plötzlich leer sind.

Ein Verstand, der ersäuft in Wahnsinn.

Und dann: nichts. Schwärzer als eine mondlose Nacht auf stürmischer See. Nichts.

Nur ein Herz, zerfetzt von den Klauen eines wilden Scheu-
sals. Eines, das nie wieder heilen würde, das für immer vernarbt bliebe.

Dem immer ein Stück fehlen sollte. Das Stück, das ihr
Sohn mit sich nahm in den Tod.

Irgendwo im Süden Frankreichs, auf dem Weg zwischen
Marseille und Paris.

In der Fremde

Wenn auch ferne Orte, so doch nah im Herzen.

SPRICHWORT AUS SANSIBAR

40

Hamburg, Ende Juni 1867

Die Droschke ratterte über das Pflaster, das gesäumt war von Menschen, die schnellen Schrittes voranhasteten. Menschen, die es wahrscheinlich nach Hause zog oder an einen Platz, an dem sie den Sommerabend genießen würden. Kupfernes Licht stieß mit rauchigem Vergissmeinnichtblau zusammen, und Dachfirste glühten brandrot über langen Schatten.

»Schau mal da, Bibi!«

Heinrich hatte seinen Arm um sie gelegt, und Emily sah auf, als er sie leicht an der Schulter berührte und sein Zeigefinger ihr die Richtung wies. Eine stämmige Person marschierte die Straße entlang, dass bei jedem ihrer energischen Schritte die Rüschen ihres Unterrocks unter dem Saum ihres dunkelgrauen, fast schwarzen Kleides hervorblitzten. Die Ärmel, die nicht einmal bis zum Ellenbogen reichten, umspannten die kräftigen Oberarme, während die Hände in Handschuhen, die bis zur Mitte des Unterarms reichten, etwas umfasst hielten, das sie mit einem Tuch bedeckt unter dem Arm trug. Als weißer Block hob sich die Schürze vom düsteren Hintergrund des Kleides ab, und weiß war auch die Haube, die topfartig das Hinterhaupt bedeckte. Die daran befestigten Bänder flatterten hinterher, und Rüschen mit Lochstickerei umrahmten das rotbackige Gesicht.

Fragend sah Emily ihren Mann an.

»Das ist ein Dienstmädchen. Fast alle hier in Hamburg tragen die gleiche Tracht.«

Emily nickte und blinzelte auf die Straße hinaus. Nur langsam löste sich die finstere Wolke auf, die sie seit ihrer Fahrt durch Frankreich umfangen gehalten hatte und nichts zu ihr durchdringen ließ.

Schlägt das Schicksal zu, zertrümmert es ein Menschenherz, so wie ein hinterhältiger Bengel mit einem Felsbrocken in der Faust ein Insekt zerschmettert, stirbt man nicht. Wenn man auch nicht weiß, wie man weiterleben soll. Nimmt einem der Tod das Liebste, tritt man ein in ein Schattenreich zwischen den Verstorbenen und den Lebenden. Man ist leibhaftiger als ein Geist und doch ebenso nebelhaft, ausgewaschen von zu vielen Tränen. Man wandelt zwischen den anderen Menschen, sieht aus wie sie und gehört doch nicht mehr zu ihnen, die Sinne abgestumpft, die Seele bloßgescheuert von der Qual, die mit jedem Atemzug aufs Neue beginnt.

Vielleicht ist das Schicksal gnädig und nimmt einem die Erinnerung an die erste Zeit danach. In der Hoffnung, dass Stärke irgendwann den Schmerz überwinde und eine Rückkehr ins Leben ermögliche. In eine Welt, die trotzdem nie wieder dieselbe sein würde.

So war es auch mit Emily, die keinerlei Erinnerung daran besaß, wie sie hierher, nach Hamburg, gelangt war. Lyon, wo die Rhône und die Saône zusammenflossen, hatte ebenso wenig Spuren in ihr hinterlassen wie Dijon und die Weinberge Burgunds oder wie Paris, das nur ein Name geblieben war. Seit jenem Morgen im Zug schien ihr Gedächtnis wie leergefegt. Nichts, was darin Halt zu finden vermochte, kein Bild, kein Geräusch, kein Geruch. Leer wie ihre Arme, die kein Kind mehr zu halten hatten. Emily bemühte sich auch nicht um Erinnerung, fragte nie Heinrich danach.

Woran sie sich noch erinnerte, wog schwer genug. Ebenso schwer wie die Vorwürfe, die sie sich machte, wie die Gedanken an Schuld, von denen sie gequält wurde. Gedanken an Strafe für all ihre begangenen Sünden. Nie würde ein Wort davon über ihre Lippen kommen, nie würde es in Tintenzeichen auf Papier gebannt werden, und nie mehr würde sie einen Fuß nach Frankreich setzen. Tief in ihr würde es eingeschlossen bleiben. Eine Bürde, an der sie ihr Leben lang trug. Die niemand ihr abnehmen konnte. Aber eine Bürde, die Heinrich mit ihr schulterte.

Nur ganz allmählich öffnete Emily ihre Sinne für die Stadt, durch die sie fuhren. Zu lange waren diese wie betäubt gewesen, und zu überwältigend war die Flut dessen, was über sie hereinbrach.

Dabei schien Hamburg bemüht, es ihr leicht zu machen, kleidete es sich doch in gedämpfte Farben, die nicht grell ins Auge stachen: das stumpfe Rostrot und Zinnober der Klinkerfassaden, ihr dunkles Braun; ein Ton, der getrockneten Gewürznelken ähnelte, durchbrochen von weißen Sprossenfenstern. Kalkhelle Häuser gab es, mit glatten Säulen und allerlei Schnörkeln aus Stuck. Manche davon waren bereits leicht vergilbt oder hatten durch den Ruß in der Luft einen Grauschleier übergeworfen bekommen, und die Dächer waren mit steingrauen, manchmal auch rötlichen Schindeln gedeckt. Und Glas – überall Glas! In allen Fenstern, oft auch in einem kleinen rhombenförmigen Ausschnitt in die Haustüren eingelassen. So viel Glas, das sich in den Schatten verdunkelte oder in dem sich die Abendsonne spiegelte. Die Farben der Häuser nahm die Kleidung der Menschen auf – mausgrau, flohbraun, leberfarben und schieferdunkel; braun wie Holz oder wie unbehandeltes Leder, wie Tierfell; grau wie Asche

316

und wie die Dämmerung. Kleider, dem Gefieder der tschilpenden Sperlinge ähnlich, die auf dem Pflaster umherhüpften oder als Flaumbälle durch die Luft schossen. Und Schwarz, überall Schwarz, vor allem bei den Herren, als trügen sie alle Trauer. Weiße Akzente verliehen der Hamburger Garderobe etwas Feierliches, und manchmal nahm ein wenig Beige ihr die Strenge. Ein finsteres Grün, ein Pflaumenblau oder ein tiefes Violett stellten schon Farbtupfer dar, sodass man unwillkürlich hinsah.

So ordentlich, wie die Häuser sich entlang den Straßen aufreihten, ging es auch unter den Menschen zu. Kaum einer ihrer Wege kreuzte sich mit dem anderen, als hätte jeder seine eigene Bahn, die ihm allein gehörte und die ihm auch keiner streitig machte. Emily hatte noch nie so viele hellhäutige, hellhaarige Menschen auf einmal gesehen. Gesichter wie aus Milch oder Sahne, wie das weiche Innere von hellem Brot, mit Wangen wie Rosenblüten. Haare wie Butter, wie Stroh und wie Bast, wie Sand und wie Maismehl.

Emily schöpfte Hoffnung, als sie sah, wie fröhlich die Menschen wirkten; wie liebenswürdig die Herren an die Krempe ihres Zylinderhutes oder ihrer Mütze tippten, ihre Kopfbedeckung kurz lüfteten, um jemanden zu grüßen. Wie die Damen gut gelaunt zurücknickten, einen heiteren Zug auf dem Gesicht. Hamburg versprach eine freundliche, eine offene Stadt zu sein; eine, in der sich gut leben ließ.

»Wie vergnügt sie alle sind«, murmelte Emily erstaunt. Sie verspürte einen neidvollen Stich ob ihrer eigenen Trauer, und doch bescherten ihr diese Straßenszenen einen Silberstreif am Horizont: dass diese Heiterkeit bald auch in ihr ihre Wirkung tun mochte. Dass sie in Hamburg wieder das Lachen lernen könnte.

»Wie kommst du darauf?«, entgegnete Heinrich in ehrlicher Verblüffung.

»Sieh doch«, erwiderte Emily, nicht weniger verblüfft darüber, dass Heinrich nachfragte. »Alle lächeln oder lachen! Ihr Deutschen müsst eine durch und durch vergnügte Nation sein.«

Heinrich blieb ihr eine Erwiderung schuldig. Es würde noch Zeit genug sein, sie dahingehend aufzuklären, dass das andauernde Lächeln auf den Mienen reine Höflichkeit war und keine Rückschlüsse auf die Empfindungen der Menschen zuließ, allzu oft nichts anderes war als eine Fassade – da musste er ihr diese Illusion nicht schon am ersten Tag nehmen.

Das Straßenbild lockerte auf, wurde ländlicher und von viel Grün durchsetzt. Wo die Häuser zuvor in nahtlosen Reihen und Blöcken verbunden gewesen waren, standen sie hier allein, wenn auch recht dicht, umgeben von gepflegten Gärtchen, Rasenteppichen und Bäumen.

»Wohnen hier Fürsten und andere hohe Würdenträger?«, wollte Emily wissen und deutete auf die zartgelben und blendend weißen Fassaden, die bläulich überhaucht waren vom Abendlicht. Mit ihren Zinnen, Säulen und Treppen sahen sie aus wie Burgen oder Schlösser, was noch betont wurde durch Türme, über denen schwarz-weiß-schwarze oder rot-weiß-rote Fahnen flatterten. Auch Mrs Evans, die die gegenüberliegende Sitzbank gleich hinter dem Kutschbock einnahm, sah sich interessiert um.

»Zumindest Leute, die sich eines dieser neuen Häuser leisten können. Vielleicht nicht die beste Adresse, aber eine sehr gute. Wer hier auf der Uhlenhorst wohnt, hat es zu etwas gebracht.«

Etwas an der Art, wie er seine Äußerung betont hatte, ließ Emily aufhorchen.

»Heißt das ...«

»Ja, Bibi. In diesem Teil Hamburgs werden wir wohnen.«

Er klang höchst zufrieden. »Zwar ist das Haus fürs Erste nur gemietet, aber sehr komfortabel und auch hübsch gelegen. Wir kaufen uns ein Haus, sobald ich geschäftlich fester im Sattel sitze.«

Der Wagen rollte durch Straßen, an denen alles neu und sauber wirkte. Hier waren die Häuser weniger protzig, dafür von einer schlichten, lichten Eleganz, die Emily gefiel. Sie stieß einen Laut des Entzückens aus, als sie am Ende der Straße Wasser sah, und am letzten Haus vor dem Uferweg, der von Gras, schlanken Pappeln und noch jungen Eichen gesäumt war, hielt die Droschke.

»Ist das unseres? So nah am Wasser?!« Zum ersten Mal klang Emily wieder lebendig.

»Ja«, gab Heinrich mit einem Lachen zur Antwort. »Das ist es. Diese Straße trägt ihren Namen zu Recht: *Schöne Aussicht.*«

Hamburg, Uhlenhorst, an der Schönen Aussicht Nr. 29.

Ihr neues Heim.

41

Die ersten Wochen in Hamburg glichen einem Rausch.

Fast wie in einem Traum, dachte Emily oft. *Meine Augen, meine Ohren reichen nicht aus, um alles in mich aufzunehmen. Zehn Augen, zehn Ohren bräuchte ich!*

Gänzlich begeistert war sie davon, dass in einem Raum des Hauses, neben dem Schlafgemach gelegen, beim Drehen eines Knaufs Wasser aus den Rohren kam und in das darunterliegende Becken floss, ohne sich je zu erschöpfen, so lange Emily es auch herausströmen ließ. Und wie Zauberei kam es ihr vor, dass bei Einbruch der Dunkelheit in der Stadt die Gaslaternen auf den Straßen ganz von selbst angingen. Sie bestaunte die mannigfaltigen Gerätschaften in der Küche des Hauses aus Kupfer, Eisen, Holz und Keramik, deren Verwendungszweck ihr rätselhaft erschien, und dass nur die Köchin Lene darin werkelte, während auf Sansibar ein ganzes Heer von dienstbaren Geistern mit ungleich weniger und einfacheren Mitteln die Mahlzeiten zubereitet hatte, und das für Hunderte und Aberhunderte von Menschen, nicht nur für das Ehepaar Ruete und für Mrs Evans. Und sie staunte über die Läden, die sie mit Heinrich aufsuchte, um die Lücken in ihrem provisorischen Hausstand zu schließen. Besonders gut gefielen ihr die Wäschemangel, mit der man ein Bettlaken so glatt bekam wie ein Blatt Papier, und das Plätteisen für Kleidungsstücke.

Hamburg erschien ihr wie eine Welt voller Wunder, mit Phantasie und mit Kunstfertigkeit allesamt von Menschen bewirkt. Oftmals wusste sie jedoch nicht, ob sie im Paradies gelandet war oder in einem nicht enden wollenden Albtraum.

Die Kunde, dass ein Sohn dieser Stadt aus der Fremde zurückgekehrt war und eine exotische Frau von dort mitgebracht hatte – die romantische Geschichte seiner Liebe zur Prinzessin von Sansibar und ihre abenteuerliche Flucht von der Insel, wie ein Märchen aus Tausendundeiner Nacht, war längst auch schon nach Hamburg gedrungen und hier in aller Munde. Demzufolge riss man sich um die Gesellschaft des jungen Paares; jeden Tag flatterten neue Einladungen zu Diners, Soupers und Déjeuners in das Haus an der *Schönen Aussicht*. Die Anwesenheit der Ruetes garantierte strahlenden Glanz für jeden Gastgeber.

Die Abende glichen einem Wirbel aus festlichen Roben, glitzerndem Geschmeide, Gesprächsfetzen und Musik, Farben, Formen, Geräuschen, Menschen, sodass Emily oft alles nur verschwommen, in farbigen Schlieren und verzerrten Tönen wahrnahm. Die Gesichter schienen ihr ununterscheidbar eintönig in ihren hellen Nuancen, den gleichförmigen Gesichtszügen; die Namen derart unaussprechlich, dass sie bereits in dem Moment vergessen waren, in dem sie bei der Vorstellung der betreffenden Personen fallen gelassen wurden.

Das Deutsche klingt wie das Gezwitscher der Vögel, die uns früh am Morgen wecken. Dieser auf und ab steigende Singsang, ständig diese Laute von S, Sch, T, Tz, die mich ganz verwirren.

Gleichermaßen herrlich wie befremdlich war es, wenn sie auf einem Stuhl am Rande eines Ballsaals saß, weil sie die Tanzschritte nicht kannte. Die Musik der Streicher klang ihr zunächst schief und falsch in den Ohren, bis ihr Gehör Muster und Abfolgen darin erkennen und Emily einen gewissen Genuss daraus ziehen konnte. Den umherhüpfenden und umeinander kreiselnden Paaren zuzusehen ließ sie, unbeweglich, wie sie auf ihren Platz ausharrte, auf einem schmalen Grat zwischen wohligem Taumel und heftigem Schwindel wandeln.

»Tanzt man bei Ihnen auf Sansibar denn auch?«, ließ eine junge Dame, die sich – nach einer Reihe von flotten Tänzen außer Atem – in den Stuhl neben Emily hatte fallen lassen, Heinrich vom Deutschen ins Suaheli übersetzen.

»Wir tanzen nicht selbst, wir lassen uns von eigens dafür ausgebildeten Tänzern vortanzen«, erklärte Emily liebenswürdig.

»Ach so«, sagte die junge Dame, als sie Heinrichs Übersetzung vernahm, bevor sie hinter dem Fächer, mit dem sie sich das glühende Gesicht kühlte, in Kichern ausbrach, das sich durch die Umstehenden fortpflanzte, die Zeuge dieses Gesprächs geworden waren.

»Wissen Sie, dass wir alle Sie uns ganz anders vorgestellt haben?«, wurde sie an einem anderen Abend bei Tisch gefragt. Wenn Deutsch auch die vorherrschende Sprache war, so gab es in Hamburg doch genügend Leute, die auch des Englischen mächtig waren, und einige, die sich aufgrund ihrer Geschäftsbeziehungen mit Indien sogar leidlich auf Hindustani zu verständigen wussten. Manchmal war das Glück Emily besonders hold und sorgte dafür, dass auf einer dieser Gesellschaften jemand zugegen war, der Ostafrika bereist hatte und ein paar Brocken Suaheli beherrschte, was Emily jedes Mal aufblühen ließ.

»Wahrhaftig?« Emily versuchte sich an einem höflichen Lächeln, bemüht, nicht auf das Dekolleté der nicht mehr ganz jungen Engländerin zu starren, die in die feine Gesellschaft Hamburgs eingeheiratet hatte. Die Mode, abends derart viel

Haut zur Schau zu stellen, wohingegen man sich des Tags bis an den Hals zugeknöpft gab, mutete sie seltsam an und brachte sie stets aufs Neue in Verlegenheit. Bei der Garderobe, die sie für sich selbst anfertigen ließ, achtete sie darauf, dass ihr Halsausschnitt und ihre Arme immer bedeckt blieben.

»Oh ja«, bekräftigte diese Frau Ehrenwerte Sowieso nun mit einem solch tiefen Atemzug, dass ihr ausladender Busen, kaum vom tiefen Ausschnitt ihrer Robe gebändigt, bebte wie der Milchpudding, der zum Dessert serviert worden war. »Mir wurde berichtet, Sie seien so dick wie ein Fass!«

Salima biss sich fest auf die Unterlippe, um nicht in Gelächter auszubrechen. Während sie selbst unter fortwährender Appetitlosigkeit litt – was in Hamburg auf den Teller kam, sah für sie schwammig aus und bleich und schmeckte entsetzlich fade – und fast nur noch Haut und Knochen war, drohte ihre Tischnachbarin jeden Augenblick ihr lilaseidenes Abendkleid zu sprengen.

»Andere gingen davon aus«, fuhr diese sogleich fort, »Sie seien schwarz wie die Nacht, mit platt gedrückter Nase, Kraushaar und Wulstlippen. Schließlich kommen Sie ja aus dem Herzen Afrikas.«

»Mich war ganz erleichtert«, warf eine andere Dame von gegenüber in fehlerhaftem Englisch ein, »als ich gesehen, dass Sie laufen können! Wurde gehört, Ihre Füße sind verkrüppelt wie die von Chinesinnen!« Sie nickte Emily über all das im Kerzenschimmer funkelnde und blinkende Silber und Kristall hinweg aufmunternd zu. Hilfe suchend blickte Emily hinüber zu Heinrich, doch der war in ein angeregtes Gespräch mit seinem Tischnachbarn vertieft.

Ihr Bedürfnis, über all diese haarsträubenden Gerüchte zu lachen, schwand. Sie richtete ihre ganze Aufmerksamkeit auf das halbe Dutzend Gläser, das neben ihrem Teller aufgebaut und mit verschiedenen Flüssigkeiten gefüllt war, um sich zu erinnern, in welchem sich das Wasser befand und nicht Wein oder Champagner. Sie fühlte sich wie ein Allgemeingut, über das jeder frei verfügen durfte. Ein bestaunenswertes Kabinettstück, über das man hemmungslos Mutmaßungen anstellen, sich zum Zeitvertreib das Mundwerk zerreißen konnte, und ihr war elend zumute.

»Du fandest es schrecklich heute Abend, nicht wahr?«, fragte Heinrich später in der Nacht, im schwachen Schein der halb heruntergedrehten Lampe, der über das breite Bett im oberen Stockwerk des Hauses fiel. Es war schon fast gegen Morgen, denn manche der Gesellschaften zogen sich bis weit nach Mitternacht hin, weitaus länger, als Emily dies von Sansibar her kannte. Er hatte geflüstert, unsicher, ob Emily in seiner Armbeuge bereits schlief.

»Ja«, kam es schließlich leise von ihr. »Es war grauenhaft. Wie all die Male zuvor.« Heiße Tränen rannen unter ihren Lidern hervor. »Überall werde ich angestarrt, überall wird getuschelt. Wie die eine Frau, die die Frechheit besaß, mir auf dem Kopf herumzutatschen, weil sie wissen wollte, wie sich afrikanisches Haar anfühlt. Oder die beiden in der Kutsche, als wir am Sonntag spazieren gingen.«

»Die auf dem Sitz knieten und einen langen Hals machten?« Heinrich lachte sanft. »Lass sie doch schauen«, riet er ihr zärtlich. »Du bist hier in Hamburg eben eine Sensation – so etwas wie dich kennt man hier einfach nicht.«

»Ich will das aber nicht!«, entfuhr es ihr mit einem Schluchzen; ihre Augenbrauen zogen sich zusammen, gruben über ihrer Nasenwurzel eine steile Falte ein. »Ich finde es furchtbar. Ich finde alles hier furchtbar!« Sie löste sich aus seiner Umarmung und setzte sich auf, verfing sich dabei in dem weiten langen Nachthemd. Sie zerrte und riss daraufhin an dem weißen Batist, als sei er allein Schuld an ihrem Unglück.

»Als ich klein war, besuchte uns manchmal ein französisches Mädchen«, rief sie und wischte sich Tränen von den Wangen. »Claire hieß sie. Und wenn sie bei uns auf der Plantage übernachtete, trug sie immer so ein Hemd, worüber wir uns immer lustig machten, weil es komisch aussah. Nun trage *ich* solche Hemden, und *ich* bin es, die so komisch aussieht, dass die ganze Stadt über mich lacht!« In verzweifelter Wut kickte sie gegen die ausladende, mit Federn gefüllte Zudecke, die ihr noch immer Beklemmungen verursachte.

»Nein, Bibi.« Auch Heinrich richtete sich auf und strich ihr das dunkle Haar zurück, das ihr in das nasse, glühende Gesicht gefallen war. »Niemand lacht über dich! Sie sind alle nur neugierig und wissen nichts von dir. Wissen nichts von Sansibar. Das wird sich geben – mit der Zeit.« Als Emily nichts sagte, einfach nur vor sich hin weinte, setzte er zögernd hinzu: »Es tut mir leid, dass ich dir vorgeschlagen habe, dein Gesicht mit dem roten Schal zu verhüllen, als wir neulich ins Konzert gingen. Ich dachte, so könntest du dich vor allzu aufdringlichen Blicken schützen. Dabei hätte ich wissen müssen, dass das die Neugierde der Leute erst recht schüren würde. Und«, er atmete tief durch, »es tut mir auch leid, dass ich dich gebeten habe, ins Theater das bestickte Obergewand anzuziehen, in dem du mir so gefällst. Das war dumm von mir.«

Emily schnaubte tränenfeucht. »Diese Oper war dumm! Dieser – dieser Meyer… Meyerbeer hat bestimmt aus seinem Musikerhimmel auf mich heruntergesehen und gedacht, was bildet sich diese ungebildete Afrikanerin ein, meine Kunst so wenig zu würdigen. Hat er doch mit seiner blühenden Phantasie ein Afrika erschaffen, von dem die gewöhnliche Afrikanerin nichts versteht!«

Heinrich gab Laute von sich, die verrieten, wie sehr er mit sich rang, um ein Lachen zu unterdrücken. Was derart komisch klang, dass nun auch Emily nicht anders konnte, als über ihre Verärgerung an jenem Abend zu schmunzeln, die sie bewogen hatte, bereits um neun Uhr die Oper zu verlassen.

»Was sind wir nur für ein seltsames Paar, Bibi«, sagte Heinrich lachend und zog sie an sich.

»Oh ja, und wie«, schniefte sie, halb schluchzend, halb in sich hinein glucksend.

»Vergib mir«, murmelte er in ihr Haar, in jäh umgeschlagener Stimmung. »Vergib mir, dass ich dich hierhergebracht habe. Vergib mir, wenn ich Fehler mache und dir damit wehtue. Nichts liegt mir ferner, und dennoch werde ich es nicht immer verhindern können.« Als sie nickte, fügte er hinzu: »Wir müssen nicht mehr zu solchen Anlässen gehen, wenn du nicht willst.«

Emily zögerte. So verlockend war es, darauf einzugehen. Hätte sie nicht gesehen, wie er mit leuchtenden Augen ganz in den Gesprächen bei Tisch aufging. Wie eifrig er Hände schüttelte und wie so manche Visitenkarte von seiner Westentasche in eine andere wanderte.

»Für dich sind diese Leute aber wichtig, nicht?«

Heinrich schwieg. Um sie nicht zu beunruhigen, hatte er ihr nichts davon erzählt, dass er seines Heimatrechtes *durch auswärtige Verheiratung* verlustig gegangen war, wie es in dem Schreiben von Amts wegen geheißen hatte. Sie waren beide nicht Bürger dieser Stadt, sondern in Hamburg nur mehr geduldet. Je mehr Kontakte er knüpfte, je enger er diese knüpfte, umso größer war die Chance, einflussreiche Fürsprecher zu gewinnen, die ihnen zur Seite standen, was auch kommen mochte.

Seine Bibi Salmé war auch gänzlich ahnungslos, dass die Nachricht von ihrer beider Heirat und vor allem von Emilys Taufe auf Sansibar noch höhere Wellen geschlagen hatte als ihre Flucht von der Insel. Heinrich hatte Sansibar kaum in Richtung Aden verlassen, als Sultan Majid an John Witt schrieb, Heinrich Ruete solle sich tunlichst nicht mehr blicken lassen auf Sansibar. Und doch war Heinrich entschlossen, genau das zu tun. Weil er sich selbst geschworen hatte, dass Emilys Besitzungen, die sie ihm vertrauensvoll überschrieben hatte, nicht brach liegen, dass sie diese nie verlieren sollte, allein weil sie in seinen Händen lagen. Schon gar nicht Kisimbani, wo sie beide so glücklich gewesen waren.

Vor allem jedoch, weil er in den letzten Tagen verstanden hatte, dass er Emily aus Deutschland wieder fortbringen musste. Ihm war nicht verborgen geblieben, wie unglücklich sie hier war. Wie sehr sie fror, sodass sie trotz des warmen Sommers im Haus stets eine Flanelldecke übergeworfen hatte. Wie schwer sie sich in dieser ihr so fremden Welt tat.

Heinrich wusste, was Heimweh war. Er hatte selbst eine Zeit lang darunter gelitten, bevor er sich in Sansibar verliebte, lange bevor er Emily begegnet war. Die Sehnsucht nach der fernen Insel verband sie beide. Im Geheimen plante er ihre Rückkehr, und für ihn bedeutete dies, als Erster vorangehen zu müssen, um den Weg für die Heimkehr Bibi Salmés zu bereiten.

»Ja, sie sind wichtig für mich«, gab er schließlich zur Antwort. »Leider. Auf einer einsamen, menschenleeren Insel kann man leider keine Geschäfte machen.«

Emily focht einen kurzen, aber heftigen Kampf mit sich selbst aus. »Ich werd versuchen, tapfer zu sein«, flüsterte sie und küsste ihn.

Die Zeit wird's richten, dachte sie, als Heinrich den Arm ausstreckte, um das Licht zu löschen. Als sie sich gemeinsam in das Land begaben, das ihnen beiden vertraut war, so wie sie im Leib des anderen heimisch geworden waren. In dem es nur eine Sprache ohne Worte gab, die sie beide blind beherrschten; dieselbe Sprache, in der sich Männer und Frauen von Anbeginn der Zeiten an begegnen und die doch ganz allein die ihre war.

Solange Heinrich bei mir ist, werd ich wohl alles ertragen können.

42

 Die Regeln der Höflichkeit verlangten, dass die Ruetes bald Gegeneinladungen aussprachen, und die bevorstehende erste Gesellschaft im Haus an der *Schönen Aussicht* versetzte Emily in hektische Aufregung. So vieles, was es zu bedenken gab, zu planen und zu beschaffen, so vieles, was sie nicht wusste, und so vieles, was sie falsch machen und womit sie sich und vor allem Heinrich blamieren konnte. Im Hafen hatte Heinrich eine Suppenschildkröte aufgetan, die wie eigens für sie bestellt aus Sansibar angeliefert worden war. Lebend. Die zwei Wochen bis zu dem großen Abend wurde sie in der mit Wasser gefüllten Badewanne gehalten, aus der die Dienstmädchen das zentnerschwere Tier jedes Mal mit vereinten Kräften herausheben und in einen Zuber umquartieren mussten, wenn Heinrich oder Emily ein Bad nehmen wollten. Oft kniete Emily vor der Wanne und leistete der Schildkröte Gesellschaft.

»Da sitzen wir nun«, flüsterte sie. »Tausende von Meilen von unserer Heimat entfernt. Manchmal glaube ich, ich werde genauso wenig zurückkehren wie du.«

Die Schildkröte blinzelte.

»Du verstehst mich, nicht wahr? Du weißt auch, wie es ist, entwurzelt zu sein und fern der Heimat.«

Der schuppige Hals der Schildkröte schob sich einen Zoll

weit vor, zog sich dann wieder ein Stückchen in den braun-weiß gefleckten Panzer zurück.

»Du hast ja recht – es nützt nichts, zu hadern. Die Dinge sind so, wie sie nun einmal sind.«

Ausdruckslos erwiderte das Reptil Emilys schimmernden Blick.

»Ich bin froh, dass du da bist. Mit dir im Haus fühle ich mich ein bisschen weniger einsam.«

Eigens für den festlichen Anlass wurde eine Wanderkö-chin eingestellt, berühmt für ihre Schildkrötensuppe, die gera-de nach englischem Vorbild *à la mode* war. Die Hände in den Schoß zu legen entsprach Emily nicht. Sie packte in der Küche beim Gemüseputzen mit an, beim Polieren von Gläsern und Tellern und beim Tischdecken an der Seite der beiden Lohn-diener. Und da einige der zu erwartenden Gäste den Orient bereist hatten, bereitete Emily ein Curry zu, das die Wander-köchin beim Kosten nach Luft schnappen und nach einem Glas Wasser rufen ließ.

Die Gäste jedoch lobten Curry, Schildkrötensuppe – die Emily nicht anrührte; sie zog die ebenfalls servierte Bouillon vor – und überhaupt die tüchtige *Hausfrau*, die Heinrich Ruete mit nach Hamburg gebracht hatte. Der Abend war gelungen, und Emily benötigte drei Tage, um sich von der Anspannung und der Aufregung zu erholen.

Die späten Stunden glichen einem Strudel wilden, unbe-kannten Lebens, der Emily mit sich riss, ob sie wollte oder nicht, und der sie in der tiefen Nacht oft erschöpft und über-reizt wieder ausspie.

Ihre Tage jedoch waren öd und leer.

Zwischen neun und halb zehn verließ Heinrich das Haus, um mit einem der Dampfschiffe, die auf der Außenalster ver-kehrten, in die Stadt hineinzufahren, von wo er erst am späten

Nachmittag wieder zurückkehrte. Lange, viel zu lange Stunden, in denen Emily sich selbst überlassen blieb. In einem Haus voller Dienstboten, deren Sprache sie ebenso wenig sprach wie diese die ihre. Wünsche und Fragen mussten warten, bis der Hausherr wieder anwesend war und als Übersetzer dienen konnte. Solange Mrs Evans, die für Emily eine aufgeräumt auf Hindustani und Englisch plaudernde Gesellschaft darstellte, noch in Hamburg weilte, war es erträglich. Doch ihr in Aden aufgesetzter Vertrag war allzu bald ausgelaufen, und die Engländerin war weder durch Bitten noch mit einem großzügigen Angebot dazu zu bewegen hierzubleiben. Die Sehnsucht nach ihrem Ehemann, der in Aden stationiert war, erwies sich als übermächtig – etwas, das Emily, die neun Monate auf Heinrich hatte warten müssen, nur zu gut verstand. Mit Mrs Evans' Abreise verlor Emily nicht nur eine Freundin; sie verstummte für die Zeit vom Morgen bis zum Nachmittag.

Anstatt aus der Stille Balsam für Leib und Seele zu schöpfen, darin Erholung zu finden, bemächtigte sich Emilys eine gereizte Unrast. Ruhelos wanderte sie im Haus mit den vielen Zimmern umher, die ihr klein und niedrig vorkamen. Zumal sie bis zum Bersten vollgestellt waren mit massigen Kanapees und Sesseln, Tischen und Stühlen, Schränken, Kommoden und Konsolen, sodass Emily sich ständig einen Ellenbogen stieß, mit der Hüfte gegen eine Ecke prallte oder mit ihren ausladenden Röcken irgendwo hängen blieb. Erstickend war es im Inneren des Hauses, vor allem an regnerischen Tagen, wenn die Fenster geschlossen blieben und die dicken Ripsgardinen die Atemluft zu verzehren schienen. An solchen Tagen litt Emily unter Kopfschmerzen, und sie hatte das Gefühl, als läge eine Schlinge um ihren Hals, die sich langsam zuzog.

Die deutsche Sitte, alle Türen im Haus ständig geschlossen zu halten, verstärkte noch Emilys Empfindung bedrückender Enge. Jedes Mal, wenn sie durch eine der Türen hindurchging auf ihren ziellosen Wanderungen durch die Zimmer, Flure und Stockwerke, ließ sie diese offen stehen – um sie wenig später wieder zugeschlagen vorzufinden. Als trieben Geister ihr Unwesen. Tatsächlich waren es nur die Dienstmädchen auf ihrem Rundgang mit Staubwedel, Teppichklopfer und Besen, Lappen und Politur, Scheuerbürste und Eimern voller Seifenlauge. Obwohl Emily keinen Schmutz, nicht das kleinste Stäubchen entdecken konnte, wurde von Montag bis Samstag im Haus alles bis in den letzten Winkel gekehrt, gewienert, geschrubbt. Wobei die Mienen der Dienstboten keinen Zweifel aufkommen ließen, wie lästig es ihnen fiel, dauernd um ihre stumme fremdländische Herrin herumzuputzen, die den ganzen Tag in Müßiggang verbrachte.

Die arabischen Bücher, die Heinrich ihr aus Alexandria hatte kommen lassen, vermochten ihr nicht lange Ablenkung zu verschaffen. Zu schnell hatte sie sie in ihrer Gier verschlungen, in kürzester Zeit so oft gelesen, dass sie sie fast auswendig kannte. Sogar um eine früher so verhasste Aufgabe wie das Stopfen von Strümpfen wäre sie dankbar gewesen, doch alle Strümpfe in den Schubladen waren neu und würden noch lange nicht durchgewetzt sein. Ihre einzige Gesellschaft war ihre verspielte Katze, die ihre eigene Sprache hatte aus Herumrollen, Pfotenstupsern, Maunzen, Miauen und Schnurren. Und das einzig Vertraute befand sich in der Kiste, in der sie ihre sansibarischen Habseligkeiten aufbewahrte, Beinkleider und Obergewänder, *schele* und Maske, den roten, golddurchwirkten Schal, den Majid ihr einmal aus Indien mitgebracht hatte, ihren Schmuck. Manchmal nahm sie all diese Dinge heraus, sog ihren Geruch ein, den Geruch nach Salz und Sand und Gewürznelken, nach Jasmin und Weihrauch, der sich jedoch erschreckend schnell zu verflüchtigen begann, verteilte sie im ganzen Zimmer, um ein Stückchen Heimat vor Augen zu haben.

Immer öfter wurde sie von einer unergründlichen panikartigen Angst überfallen, sobald Heinrich aus dem Haus war.

Wenn ihm etwas zustößt in dieser großen, überwältigenden Stadt ... Wenn er nun nicht mehr nach Hause kommt? Was soll dann aus mir werden? Wenn Diebe oder Räuber hier eindringen, weil sie wissen, dass nur wehrlose Frauen anwesend sind?

Herzrasen und Atemnot gingen über in ein Zittern, das sie nicht unterdrücken konnte, dann in haltloses Weinen, das Stunden andauern konnte. Bis die Uhr kurz vor drei anzeigte. Dann kühlte sie ihre geschwollenen Augen mit Wasser und harrte Schlag drei hinter der Haustür aus, obwohl sie wusste, dass Heinrich nie vor vier eintraf. Erst mit seiner Rückkehr lebte sie wieder auf, überschüttete ihn mit den Wortkaskaden, die sich in den Stunden des Schweigens in ihr aufgestaut hatten, und die Sonntage, an denen sie ihn ganz für sich hatte, waren Festtage für sie.

Salima bint Sa'id, die auf Sansibar als kleines Mädchen unerschrocken in Palmen hinaufgeklettert und geritten war wie der Teufel, die mit einem Säbel ebenso gut umzugehen wusste wie ein Mann und besser mit einem Gewehr traf als ihre Brüder, gab es nicht mehr.

Nicht hier in Hamburg.

Das bin nicht mehr ich, dachte sie oft. *Diese verzagte Frau, die sich ängstlich an ihren Mann klammert – das bin nicht ich. Was ist nur aus mir geworden?*

Es war der Garten, der sie rettete. Der Garten und das, was dahinterlag.

Nachdem der August manchen kühlgrauen Regentag gebracht hatte, zeigte sich der September unter einem betörend blauen Himmel in dunkles Gold getaucht. Die Sonne verströmte so viel Kraft, als müsste sie alles davon über Hamburg verteilen, ehe der Herbst kam. In einer Üppigkeit, in einer Intensität, die an den Süden gemahnte und die die Wasservorräte des Mutterbodens aufbrauchte. Was Emily mit dem geschulten Blick einer ehemaligen Plantagenbesitzerin bemerkte, und da noch kein Gärtner eingestellt war, stapfte sie selbst in den Garten hinaus, schnitt mit einer Papierschere vertrocknete Zweige und verwelkte Blüten ab, schloss eigenhändig den im Gras zu einer schlaffen Schlange zusammengerollten Gartenschlauch an und sprengte die Erde unter den Bäumen, die Blumenbeete und Sträucher. Seit langer Zeit wieder mit einem echten Lächeln auf ihrem breiten Mund.

Stimmen und Kinderlachen drangen vom Ufer zu ihr herüber, mischten sich mit dem satten Tuten der Dampfer auf der Außenalster, dem zu einem kleinen See aufgestauten Flussteil, und weckten Emilys Neugier. Sie drehte den Hahn zu, bückte sich nach ihrem Schultertuch, das sie, erhitzt von der Sonne und der Bewegung im Garten, achtlos auf den Boden hatte fallen lassen, wickelte sich zum Schutz gegen den frischen Wind, der hier in Hamburg ständig blies, darin ein und ging hinunter ans Wasser.

Obwohl es ein Werktag war, hatte das Prachtwetter zahlreiche Spaziergänger an die Alster gelockt. Wenige Herren in der Tat, und fast alle waren bereits recht betagt, wie an Haltung und Gang unschwer zu erkennen. Die meisten Ausflügler, die den warmen Tag genossen und die malerische Aussicht zwischen den Bäumen hindurch über das Wasser, hinüber zu der am anderen Ufer ausgebreiteten Silhouette Hamburgs, waren Damen. Großmütter und Tanten, Mütter und Kinderfrauen mit ihren Schützlingen: kleine Jungen in blau-weißen Matrosenanzügen, die einen Ball vor sich hertraten oder einen Reifen mit einem Stöckchen neben sich hertrieben; kleine Mädchen in rüschenumwölkten weißen Kleidchen mit riesigen Schleifen im Haar, die in ihren Lackschühchen artig an Frauenhänden einhertrippelten.

Es versetzte Emily einen schmerzhaften Stich, und doch breitete sich kribbelnde Freude in ihrem Inneren aus. Unwillkürlich strich ihre Hand über die Stelle, an der der versteifte Stoff des Mieders in Rockfalten aufsprang. Ein neues Leben wuchs in ihr heran; in Marseille gezeugt, sofern sie richtig gerechnet hatte. Heinrich wusste noch nichts davon. Sie wollte erst ganz sicher sein, bevor sie es ihm sagte. Vor allem wollte sie mit sich selbst im Reinen sein. Ihre Vorfreude war getrübt von der Angst, noch einmal ein Kind zu verlieren. Von der Angst, ihr zweites Kind würde immer ein Ersatz für den toten Bruder bleiben. Von der Angst, ein neues Kind würde jeden Tag, jede Stunde an dem alten, immerwährenden Schmerz rühren.

»Bitte, lieber Gott«, schickte sie murmelnd ein Gebet zum Himmel, »lass es ein Mädchen werden. Eine Tochter macht es mir vielleicht leichter, damit zu leben.«

In ihre Gedanken versunken, ihre widerstreitenden Empfindungen ordnend, ging sie den Uferweg entlang, ohne dessen gewahr zu sein. Erst ein Grußwort schreckte sie auf, ein ihr unbekannter Herr, der mit der Fingerspitze den Rand seines Zylinders lüftete und ihr dabei zunickte. Emily wurde glutrot, stammelte etwas Unverständliches und sah sich hastig um. Niemand sonst schien Notiz von ihr zu nehmen, nicht einmal davon, dass sie nur ein einfaches Wolltuch umhatte, dass ihr Rocksaum erdverkrustet und dass sie ohne Hut und ohne Handschuhe unterwegs war.

Ein unsicheres Lächeln flatterte um ihre Mundwinkel und wurde zu einem seligen Strahlen. In immer größeren, schnelleren Schritten setzte Emily ihren Weg fort, die Alster hinauf. Ihr ganzer Leib jubilierte in der Bewegung, und sie sog tief die Luft ein, die sich zwar kühl anfühlte, aber nach Freiheit roch und schmeckte.

Bis eine Kirchturmuhr die dritte Stunde des Nachmittags

in die Hamburger Luft zählte und Emily buchstäblich nach
Hause flog, um rechtzeitig zu Heinrichs Ankunft wieder da
zu sein.

Am nächsten Tag ging sie etwas früher los, am übernächsten
noch früher, bis sie irgendwann dazu überging, gleichzeitig mit
Heinrich das Haus zu verlassen. Wobei er ihr manchmal nach-
lief, einen Schal, Handschuhe oder einen Hut in den Händen,
die Emily in ihrer Ungeduld vergessen hatte und deren Sinn
sich ihr nicht erschloss, angesichts der vielen Kleidungsstücke,
die sie ohnehin schon am Leib trug – bis sie im Hamburger
Wind wieder erbärmlich fror. Und während Heinrich in seinem Kontor Waren orderte und wieder verkaufte, neue Kun-
den gewann und die bestehenden zufriedenstellte, erwanderte
sich Emily seine Heimatstadt und deren Umgebung.

In flottem Schritt marschierte sie das Ufer der Außenalster
entlang, an dem sich Pappeln wie strammstehende Zinnsol-
daten aufreihten, durch Grünflächen und Baumgruppen hindurch am Ferdinandstor vorbei und über die Lombardsbrücke, die Außen- und Binnenalster voneinander trennte und
die einen großartigen Blick auf Hamburg bot. Sie ließ die
Windmühle am Ende der Brücke hinter sich und spazierte
wie andere Flaneure durch die Allee der Esplanade mit ihren
gleichförmigen, edel wirkenden Häuserzeilen dahinter. Am
Theater vorbei und über den Gänsemarkt, wo stets ein ver-
führerischer Duft nach frischem Brot in der Luft lag und auf
dem vor Weihnachten der »Dom« stattfand, ein Volksfest mit
allerlei Buden und Vorführungen. Zurück ging es den neuen
Jungfernstieg hinauf, oder sie wählte den Weg über den alten
Jungfernstieg, in dessen Alsterpavillon sie und Heinrich sonntags manchmal Tee tranken und Kuchen aßen. Kaffee stand
zwar auch auf der Karte, doch Emily verschmähte das im Vergleich zur kräftigen, stark gesüßten arabischen Variante wäss-

rige Gebräu, das man in Hamburg als »Kaffee« zu bezeichnen pflegte. Die Alsterarkaden mit ihren elegant dekorierten Schaufenstern blieben einem sonntäglichen Bummel mit Heinrich vorbehalten. Oft begutachtete Emily die Fortschritte an den zahlreichen Baustellen der Stadt, während sich an der Lücke, die das alte Rathaus hinterlassen hatte, nachdem es beim großen Brand rund fünfundzwanzig Jahre zuvor ein Raub der Flammen geworden war, weiterhin nichts tat. Doch die Börse dahinter, die vorschont geblieben war, stellte auch für sich genommen schon ein Schmuckstück dar.

In Hamburg war vieles prächtig, vieles bezauberte Emily. Vor allem die vielen Wasserläufe, die die Stadt durchzogen. Doch nichts betörte sie so sehr wie die Elbe, ein Strom, der schon fast etwas an sich hatte von einem Meer, so wenig zahm, wie er war. Im Hafen hielt Emily sich am liebsten auf. Hier glaubte sie das Salz der Weltmeere zu riechen und ein bisschen von den Gewürznelken Sansibars, wenn sie das Gesicht in den kräftigen Wind hielt und in die Masten der Segler sah. Ihr Herz schlug schneller, wenn ihr Blick auf dunkelhäutige Matrosen fiel, die geradewegs aus ihrer Heimat gekommen zu sein schienen. Emily verspürte dann brennendes Heimweh und die wimpernschlaglange Erfüllung ihrer Sehnsucht. Ein bittersüßer Schmerz, den sie willkommen hieß.

Eines Tages werde ich Sansibar wiedersehen, das weiß ich. Eines Tages – ganz bestimmt …

Hamburg hatte indes noch ein zweites Gesicht, eines, das finster war und schmutzig, als sammelte sich an bestimmten Orten der Stadt der Ruß, den die unzähligen Schornsteine in die Luft schickten. Hier waren die Gassen schmierig und schlüpfrig und selbst an einem sonnigen Tag nebelverhangen unter einem Himmel, der bleiern war von Rauch und schwarzem Dunst, schlimmer noch als in Aden.

Schmutzig waren auch die Menschen hier, abgerissen, vor

der Zeit verbraucht und mit leeren Augen. Emilys Hände ballten sich zu Fäusten, als sie sah, wie Kinder, deren Schulterblätter unter den Joppen hervorstachen wie beschnittene Engelsflügel, Backsteine schleppten. Mehrmals war sie auf den Abendgesellschaften auf die Sklaverei angesprochen worden, so als säße man zu Gericht über Emily. Niemand wollte glauben, dass ihr der Name »Bagamoyo« nicht mehr sagte, als dass es sich um einen Ort an der afrikanischen Küste handelte. Niemand konnte sich vorstellen, dass Emily nie die halb toten, zerschundenen Gerippe gesehen hatte, als die die aus dem Inneren des Kontinentes verschleppten Menschen dort ankamen, während jeder, der sich in Hamburg nur ein wenig für dieses Thema interessierte, ausführliche Berichte darüber kannte.

Emily stiegen Tränen in die Augen, als sie an die wohlgenährten, fröhlichen Kinder ihrer Sklaven auf Kisimbani dachte, an ihre lebhaften Spielgefährten in Mtoni und Beit il Sahil, deren Mütter den *sarari* des Sultans, ihr und ihren Geschwistern gedient hatten. Keines dieser Sklavenkinder hatte in diesem Alter je so hart arbeiten müssen, und keines war je so abgemagert gewesen wie diese Hamburger Kinder, deren Gesichter bereits greisenhafte Züge hatten. Deren Blick stumpf war, ohne diesen unbändigen Funken eines jungen Lebens, das noch nichts wusste von den Kümmernissen der Welt.

Oh ja, gewiss, sie sind frei, dachte Salima voller Ingrimm, während sie zornig ausschritt und in Gedanken eine stumme Rede an die vor ihrem inneren Auge versammelten Bürger Hamburgs hielt, die mit einer Verurteilung sansibarischer Gepflogenheiten so schnell bei der Hand gewesen waren. *Frei, um sich krank und halb tot zu schuften. Frei, um nicht genug zu essen zu haben und doch gerade so viel, dass sie nicht einfach tot umfallen. Wie viel ist Freiheit wert mit einem leeren Magen? Wie frei ist jemand, der sich von Kindesbeinen an derart abrackern muss, ohne dass sein Dienstherr für ihn sorgt? Jemand, dem es wohl nie gelingen wird, das Joch aus Schinderei, wenig Lohn und Hunger abzuschütteln – solch ein Mensch soll frei sein?*

Emily sah viel von Hamburg in den Jahren, die sie hier verbringen sollte. Im Frühjahr und im Sommer, im Herbst und sogar in den kältesten Wintern, bei Sonne und Regen und Schnee. Oft begleitet von ihrem Pudel und dem schlankgliedrigen Windspiel – die beiden Hunde, die Heinrich ihr geschenkt hatte, nachdem ihre weiße Katze von einem Streifzug durch die Nachbarschaft nicht wieder zurückgekehrt war. Bis hinaus nach Reinbek zog es sie, idyllisch am Flüsschen Bille gelegen, zu einem verwunschen wirkenden Teich aufgestaut; lieblich mit seinen Wiesen und Wäldern, seinem Schlösschen und der steinernen Brücke, die daran erinnerte, dass das Königreich von Dänemark einmal bis hierher gereicht hatte. Die Bille war es auch, die Emily von Reinbek nach Bergedorf führte, mit seinem rotsteinigen Schloss am Wasser und seinem italienischen Viertel, in dessen Restaurants sie manchmal zu Mittag aß.

Diese Märsche bewahrten ihren klaren Verstand, linderten Heimweh und Einsamkeit.

Diese Stadt hatte etwas Eigentümliches: Aus einer gewissen Entfernung, vom Ufer der Außenalster etwa oder von der Lombardsbrücke aus gesehen, wirkte Hamburg filigran, fast putzig. All die Türmchen und Spitzen und grauen oder grünen Dachflecken, die Fensterchen und Türchen und der feine Zierrat, den die Bürger dieser Stadt so schätzten – aus einer gewissen Entfernung betrachtet, ähnelte Hamburg einer Ansammlung von Puppenhäusern, für zerbrechliche kleine Wesen gemacht.

Ein trügerischer Eindruck, wie Emily mehr als einmal feststellte, wenn sie sich inmitten der Straßenzüge und Gassen heillos verlief und erst nach stundenlangem Umherirren wieder eine bekannte Ecke, ein vertrautes Bauwerk fand, das ihr den Heimweg zeigte.

Es war an einem solchen Tag, noch in ihrem ersten Spätsommer in Hamburg, dass sie in ihrer Not einen Laden betrat, in dessen Schaufenster zierliche Pumps und blanke Stiefel ausgestellt waren.

Die Glocke über ihr bimmelte heftig, als Emily die Tür aufriss und hineinging.

Über seine Brillengläser hinweg sah der Schuhmacher sie freundlich an, ein verhutzeltes Männlein mit einem Gesicht wie eine getrocknete Dattel, die Ärmel seines blau-weiß gestreiften Hemdes hochgerollt und eine Lederschürze umgebunden.

»*Moin*«, begrüßte er sie mit einem der wenigen Ausdrücke, die Emily von der fremden Sprache verstand. Er legte den Schuh, an dem er gerade mit seiner Ahle herumgestichelt hatte, auf den hölzernen Ladentisch und erhob sich. Der nächste Satz, den er von sich gab, blieb Emily rätselhaft, aber aus seiner Miene schloss sie, dass er eine Frage an sie gerichtet hatte.

In ihrer Aufregung vergaß sie, den Gruß zu erwidern, und stieß in überdeutlicher Betonung hervor: »*Uh-len-hor-stt?*«

Die struppigen Augenbrauen des Schuhmachers zogen sich zusammen.

»*Uh-len-hor-stt?*«, versuchte Emily es noch einmal und tippte sich einige Male mit dem Zeigefinger gegen das Brustbein. »*Show me*, zeigen Sie es mir«, setzte sie auf Englisch hinzu. Der Schuhmacher hob hilflos die schwieligen Hände und zog die Schultern hoch.

»*Show me*«, wiederholte Emily, der Verzweiflung nah. Zum

besseren Verständnis spreizte sie dabei leicht Zeige- und Mittelfinger und ließ sie zwei Beinen gleich über den Ladentisch spazieren. »*Uh-len-hor-stt! Show me!*«

»Ah-haaaa«, machte der Mann und strahlte über das ganze Gesicht. Er drückte die verdutzte Emily auf einen Stuhl, schob ihr einen Hocker hin und legte einen ihrer Füße darauf, zog ihr flugs den Schuh aus und holte aus seiner ausgebeulten Hosentasche ein Maßband, das er sogleich anlegte.

»*No!*«, rief Emily, hochrot im Gesicht, zog ihren Fuß rasch zurück, packte ihren Schuh und sprang auf. »*Uh-len-hor-stt!*«

Der Schuhmacher sah sie verwirrt an, reckte den Zeigefinger mahnend vor sich in die Luft und rannte dann aus seinem Laden, um gleich darauf mit einem zweiten Mann, der einen Anzug trug, zurückzukehren. Dessen englisches »Guten Tag, Madam – kann ich Ihnen helfen?« ließ sie vor Erleichterung beinah in Tränen ausbrechen. Sein Lachen jedoch, als er erklärte, ihr *show* hätte geklungen wie das englische Wort für Schuh, *shoe*, daraus hätte sich dieses Missverständnis ergeben, beschämte Emily zutiefst.

Der Herr im Anzug brachte sie bis zur übernächsten Ecke, ab der sie sich wieder auskannte. Die Wangen brennend vor Scham und eine brodelnde Wut im Bauch, eilte Emily nach Hause.

An diesem Abend schickte sie ihre Köchin Lene mit unzweifelhafter Gestik früher in den Feierabend. Alleinige Herrin über die Küche, schob Emily die Ärmel hoch und begann energisch unter viel Geklapper und Geschepper darin herumzuhantieren. Mit dem messinggelben Currypulver und einer Reihe anderer exotischer Gewürze, die Heinrich ihr aus einem Kolonialwarenladen in der Stadt mitgebracht hatte, rührte und brutzelte und schmurgelte sie in Töpfen und Pfannen, bis das ganze Haus roch wie eine Garküche in Bombay. Ein indi-

sches Curry aus Gemüse und Obst, höllisch scharf, und *pilaw*
aus Reis, Zwiebeln und Huhn kochte Emily sich immer dann,
wenn sie schlechte Laune hatte – weil diese von den Indern
nach Sansibar gebrachten Rezepte tröstlich nach ihrer Heimat schmeckten und ihre Seele mindestens ebenso nährten
wie den Leib. Und weil es die einzigen Gerichte waren, die
sich mit den in Hamburg erhältlichen Zutaten auch nur annähernd nachkochen ließen.

Wortlos rauschte sie ins Speisezimmer, in dem Heinrich
bereits über seinem aufgeschlagenen Abendblatt am Tisch saß,
da er nie wagte, Emily in der Küche zu stören, wenn sie sich
in einer Curry-und-*pilaw*-Laune befand. Aufmerksam sah er
zu, wie sie erst heftig den Topf mit dem *pilaw* absetzte, dann
auf dem Absatz kehrtmachte, um das Curry zu holen, das sie
ebenfalls unsanft auf dem Tisch platzierte. Sie richtete sich zu
ihrer vollen Größe auf, stemmte eine Hand in die Hüfte und
blies sich eine lose Haarsträhne aus dem Gesicht.

»Heinrich«, verkündete sie bestimmt, »ich will Deutsch
lernen!«

43

»Das ist eine Uhr, Frau Ruete. Eine Uhr. *Uhhhrrrrr.*«
»*Uhhhh*«, ahmte Emily die Laute nach, die ihr klobig im Mund lagen.

»*Uhhh-rrrr*«, wiederholte Frau Semmeling mit Nachdruck.

»*Uhhh-rrr*«, sprach ihre Schülerin nach und tippte mit dem Finger auf die Glasglocke, unter der der Zeitmesser vor sich hin tickte, und machte ein fragendes Gesicht.

»Das ist Glas, Frau Ruete. Glas wie die Scheiben der Fenster. Verstehen Sie?« Die ausgebildete Deutschlehrerin ging zum Fenstersims, schob die Gardine beiseite und klopfte mit dem Fingerknöchel an die Scheibe. »Glas. *Glaaassss.*«

Helene Semmeling verfügte über eine wahre Engelsgeduld. Nie wurde sie müde, mit Emily durchs Haus zu wandern, vom Souterrain über die Küche und die gute Stube bis hinauf zum Dachboden, um jedes Ding zu benennen, auf das Emily deutete.

Emily nickte strahlend. Ja, das hatte sie verstanden. »*Glaaassss*«, kam es ihr spielend über die Lippen, mit einem vollkommenen Zischeln am Ende, wie das Fauchen einer Kobra.

Auch ihre Lehrerin, die durch ihre hagere Gestalt, den strammen, grau gesträhnten Haarknoten und das lange Gesicht, in dem vierzig Lebensjahre deutliche Spuren hinterlassen hatten, strenger aussah, als sie tatsächlich war, schien zufrieden. »Sehr schön, Frau Ruete. Nun schreiben Sie.«

Auf eine Geste von Frau Semmeling hin setzte sich Emily an den Tisch, tauchte die Feder in das Tintenfässchen und setzte die Spitze in der rechten oberen Ecke des Blattes an.

»Halt, Frau Ruete!«

Emily sah erschrocken auf, dann begriff sie und führte die Feder seufzend auf die andere Seite, bevor sie begann, die Laute, die sie soeben gelernt hatte, in Buchstaben zu fassen. Wobei sie sich bemühte, nicht zu der Fibel hinzuschielen, die vor ihr auf dem Tisch lag und ihr das Alphabet zeigte. Dass man in Europa von links nach rechts schrieb statt wie im Arabischen von rechts nach links, war nur eine der Schwierigkeiten, mit denen Emily in ihrem Unterricht zu kämpfen hatte. An manchen Tagen fühlte ihr Gehirn sich an, als sei darin das Oberste zuunterst gekehrt.

»Glas ist ein Gegenstand, ein Ding, Frau Ruete. Etwas, das man anfassen kann.«

Emily starrte ratlos auf die Buchstaben vor sich. Von Frau Semmelings Satz hatte sie nur die Hälfte verstanden, doch dass sie einen Fehler gemacht haben musste, hatte sie klar herausgehört. Schließlich erhellte sich ihre Miene; sie strich *glas* durch und schrieb *Glas* darunter. Wenn sie auch nicht wirklich einsah, wozu manche Wörter Großbuchstaben am Anfang benötigten – man hätte doch auch so gewusst, was sie bezeichneten! Die Buchstaben erschienen ihr sperrig und feindselig mit ihren Ecken und Kanten, in ihrer Abgeschlossenheit, und als es später an die Grammatik ging, war Emily manches Mal den Tränen nah, weil sie an den unzähligen Regeln und den zahllosen Ausnahmen verzweifelte.

Jeden Tag, außer sonntags, betrat Helene Semmeling Punkt ein Uhr die gute Stube der Ruetes und brachte Emily in den folgenden zwei Stunden die deutsche Sprache bei. Auf ihren vormittäglichen Spaziergängen durch die Stadt begegnete Emily dann auf Schritt und Tritt dem deutschen Alphabet. Oft blieb sie vor einem Schild oder vor einem Plakat stehen und buchstabierte sich murmelnd durch die Aufschriften hindurch. Manches erkannte sie wieder, anderes konnte sie sich zusammenreimen, aber hin und wieder musste sie Papier und Bleistift aus ihrer Manteltasche ziehen und die Zeichen abmalen, damit sie am Nachmittag Frau Semmeling nach deren Bedeutung fragen konnte.

Der Herbst kam und tauchte die Blätter der Bäume in Gold und Kupfer, entzündete Leuchtfeuer von Orangerot, Zinnober und Scharlach, sodass Emily aus dem Staunen nicht mehr herauskam. Ihre Freude an diesem Zauber des Nordens endete jedoch bald, als die Farben erloschen und das Laub braun wurde und welk, zu Boden segelte in Sturm und Regen und dort matschige Haufen bildete. Als stürbe die Natur um sie herum einen langsamen Tod.

Die einzigen Jahreszeiten, die es auf Sansibar gab, waren Regen und Hitze. Die Insel war immergrün, und Tag und Nacht waren beständig gleich lang.

Nicht so in Hamburg, wo die Tage merklich kürzer wurden, die Dunkelheit früher einsetzte und später wich. Mit jedem Tag entblätterten Bäume und Sträucher sich weiter, bis sie nur mehr als kahle Gerippe herumstanden. Wie knochige Klauen, vom Nebel zu gruseligen Schemen verwaschen und sich in einen düsteren Himmel krallend, der bleiern über der Stadt hing.

Totenfinger, ging es Emily oft schaudernd durch den Sinn. *Wie die ausgezehrten Finger von Menschen, die der Cholera erlegen sind, Finger, im Todeskampf erstarrt.*

Der späte Herbst und der beginnende, noch nackte Winter des Nordens war eine Zeit, die an Vergänglichkeit und an den Tod gemahnte. Grau und lichtlos, bar jeder Hoffnung, dass

Sonne und Farbe je zurückkehren würden. Selbst dick eingepackt und am flackernden Kamin, am bullernden Kohleofen bibberte Emily vor Kälte, und doch riss sie immer wieder die Fenster auf, um genügend Luft zu bekommen, sodass es in der Nachbarschaft bald amüsiert hieß, Frau Ruete heize halb Uhlenhorst mit.

Es war an einem Nachmittag im Dezember, als Emily in eine Wolldecke gehüllt am offenen Fenster stand und tief einatmete, obwohl die kalte Luft ihr in den Lungen brannte und sie husten machte. Wie so oft in den letzten Wochen. Sie dachte schon, ihr sei schwindelig, weil sie helle Pünktchen vor den Augen tanzen sah, doch dann bemerkte sie, dass diese vom Himmel herabkamen. Zarte weiße Flöckchen wie Wattefetzchen oder wie Schaumbläschen, die durch die Luft taumelten und zu Boden sanken, wo sie dann spurlos verschwanden. So vertieft war sie in dieses Schauspiel, dass sie nicht einmal hörte, wie Heinrich nach Hause kam. Erst als sich die Tür hinter ihr öffnete, wandte sie den Kopf.

»Ah, wieder sansibarisch-hamburgisches Wetter heute im Hause Ruete«, lachte er, als er die Tür hinter sich schloss und zu ihr ging. »Am Ofen heiß, am offenen Fenster eisig.« Er küsste sie auf die Wange.

»Was ist das da draußen?« Ihre Stimme war heiser vor Aufregung.

»Das ist Schnee, Bibi. Es schneit.«

»*Schnee?*«

»Wenn es im Winter kalt ist«, erklärte er, »wird der Regen noch in den Wolken zu Kristallen und kommt als Schneeflocken herab.« Prüfend blickte er zum sich verdunkelnden Himmel. »Über Nacht bleibt er bestimmt liegen. Dann ist morgen früh alles weiß. – Komm ins Warme, Bibi, nicht dass du dich erkältest.«

Am anderen Morgen wachte Emily vor der Zeit auf. Es war ungewöhnlich hell im Schlafzimmer, anders als an den finsteren Morgen zuvor. Ein helles bläuliches Licht. Und es war still, so still. Stiller als sonst, als wäre die ganze Welt in Watte gepackt, die jegliches Geräusch verschluckte. Neugierig schlug Emily die dichte Daunendecke zurück und stieg mit ihrem gewölbten Leib schwerfällig aus dem Bett, zog sich ihren Morgenmantel über und tapste in den zwei Paar übereinandergezogenen Strümpfen, die sie des Nachts der Kälte wegen trug, zum Fenster.

»Ooohh«, hauchte sie, als sie die Vorhänge beiseitezog. Draußen war wahrhaftig alles weiß, wie Heinrich vorausgesagt hatte. Ein dicker weicher Teppich bedeckte den Boden, und die kahlen Bäume und Sträucher hatten weiße Hauben übergezogen. Unablässig fielen neue Flocken vom Himmel, als schüttelte jemand oben am Himmel einen Sack Flaumfedern aus.

Emily kleidete sich an, so schnell es ihr mit ihren klammen Fingern möglich war.

»Bibi?« Schlaftrunken hatte sich Heinrich im Bett aufgesetzt. »Was machst du?«

»*Schnee*, Heinrich«, rief sie begeistert das neu gelernte deutsche Wort aus. »*Schnee!* Ganz viel! Ich muss hinaus und ihn mir ansehen!«

Stöhnend warf sich Heinrich wieder in die Kissen, bevor er sich einen Ruck gab, ebenfalls aufstand und sich ähnlich hastig anzog wie seine Frau, die gerade in ihre neu gekauften Stiefeletten stieg.

»Halt, Bibi, hier!« Er reichte ihr einen Schal. »Den hast du vergessen. «

»Den hab ich nicht vergessen – ich mag ihn nicht!« Sie stampfte auf wie ein ungezogenes Kind. »Der ist wie eine Schlinge um meinen Hals!«

Er hielt sie am Arm zurück, als sie schon losstürmen wollte, und hielt ihr den Schal auffordernd hin.

»Anziehen, Bibi Salmé! Sonst wirst du krank – und unser Kind gleich mit! Und die auch!« Emily entriss ihm die Handschuhe und lief los, polterte die Treppen hinab und durch die Eingangshalle, wo sie die massive Tür entriegelte und über die Schwelle setzte.

Bis über die Knöchel versank sie im Schnee, der zu leuchten schien und die dämmernde Morgenstunde erhellte. Verwirrt sah sie, wie sich vor ihrem Mund bei jedem Ausatmen ein Wölkchen bildete, als zöge sie an einer Zigarre, wie Heinrich es manchmal tat. Wie ein Flamingo stapfte sie darin herum, die Säume ihrer Röcke durch die weiche Masse schleifend, blieb dann stehen und breitete die Arme aus, den Kopf in den Nacken gelegt. Bei jedem kalten Tupfer, der sie auf Wangen, Nase und Kinn traf, zuckte sie zusammen und freute sich doch daran. Sie öffnete den Mund und streckte die Zunge heraus, fing die Flocken damit auf, verblüfft darüber, dass sie aussahen wie Zuckerzeug und doch nach nichts schmeckten.

»He, Bibi!«

Sie drehte sich um, sah einen faustgroßen weißen Ball auf sich zufliegen, der sie an der Schulter traf, teils zu Pulver zerplatzte, teils als schneeige Kruste an ihrer Mantelschulter kleben blieb. Ihr Mund formte ein empörtes »Oh«, während um seine Ränder ein Lächeln kribbelte.

Heinrich schaufelte erneut Schnee in seine behandschuhten Hände, knetete und formte ihn zu einer weiteren unregelmäßigen Kugel, und Emily bückte sich, um es ihm gleichzutun.

Ihre übermütigen Rufe füllten die morgendliche Stille, das Knirschen des Schnees unter ihren Sohlen, das satte *Fumpp*, wenn ein Schneeball den jeweils anderen traf, bis sie mit eisigen Händen und Füßen innehielten. Schneereste hafteten an

Emilys Röcken und Heinrichs Hosenbeinen, an Mänteln und Schals, hingen in harten Klümpchen an den Handschuhen. In Emilys dunklen Wimpern und auf ihrem Haar funkelten Kristalle; ihre Wangen waren rot vor Kälte, von der Bewegung und von der Freude, die ihre Augen blitzen ließ. Atemlos sahen sie und Heinrich einander an, bevor sie in Lachen ausbrachen, das weit hinausdrang in das noch schlafende Uhlenhorst.

Heinrich und Hamburg hatten Emily das Lachen wiedergeschenkt.

Wenn es auch nicht mehr ihr altes war.

44

Der Dezember brachte nicht nur Schnee, sondern auch eine solche Kälte, dass die Alster zufror. Vom Garten des Hauses aus bestaunte Emily die spiegelnde Fläche, halb opak, halb durchscheinend glänzend wie dicker Zuckerguss auf einem Kuchen. Nicht minder fasziniert war sie von den Hunderten von Menschen, die sich darauf tummelten und scheinbar schwerelos über das Eis glitten, als hätten sie unsichtbare Flügel. Tatsächlich waren es stählerne Kufen, unter die Sohlen der Winterstiefel geschraubt, die ihnen dieses Dahinfliegen ermöglichten, sodass die Enden ihrer Wollschals hinter ihnen herflatterten wie Wimpel und die Röcke der Mädchen und Frauen sich blähten wie die Segel einer Fregatte im Wind. Emily betrachtete das Treiben gebannt und vergaß dabei sogar den bellenden Husten, der sie seit Längerem quälte.

Rote Backen und blitzende Augen, vergnügtes Gelächter und Gejohle verhießen einen Heidenspaß und verlockten Emily, sich ebenfalls auf den rutschigen Untergrund zu wagen, warm eingepackt und Heinrichs eine Hand umklammert, während er den anderen Arm um ihre Taille gelegt hatte, um ihrem rundlichen Leib Halt und Stütze zu bieten.

Was jedoch so einfach aussah, sogar kleinen Jungen, die auf einem Bein und rückwärts in halsbrecherischer Geschwindigkeit an ihr vorübersausten, so leichtfiel, erwies sich für Emily als ungeheuer schwierig: Ihre Füße in den mit Kufen versehenen Stiefeln führten auf dem Eis ein Eigenleben, drifteten fortwährend in verschiedene Richtungen oder stießen wie starke Magnete an den Spitzen zusammen und bremsten sie aus. Mehr als ein paar kurze, wackelige Vorwärtsruckler schaffte sie nie, so verbissen sie auch übte, in diesem Winter und denen, die noch folgen sollten. Als sei ihr Leib von Geburt an zwar dazu geschaffen, waghalsig auf dem Rücken eines Pferdes zu reiten, zu jagen und im Meer zu schwimmen, aber nicht dazu, über gefrorenes Wasser zu gleiten. Und der Duft, den die hölzernen Buden verströmten, die am Rand der Eisfläche aufgebaut waren und an denen es neben heißem Kakao vor allem Glühwein zu kaufen gab, verursachte ihr mit seinen würzigen Noten von Zimt, Sternanis und Gewürznelken Heimweh, während die stechende Süße vergorenen Obstes, die dem erhitzten Rebensaft entströmte, ihr Übelkeit erregte.

Je weiter der Monat voranschritt, umso hektischer wurde das Leben in Hamburg. Die sorgsame Ordnung, in der sich die Bürger sonst durch ihre Stadt zu bewegen pflegten, geriet aus den Fugen. Getrieben erschienen sie, reizbar und unruhig wie Jagdhunde, die Fährte aufgenommen hatten, und das Lächeln auf ihren Gesichtern wich übellauniger – oder wie man in Hamburg sagte: *muckscher* – Verkniffenheit. Umso verwunderlicher für Emily, als sich die Straßen, die Fenster und Türen, die Auslagen der Geschäfte mit jedem Tag mehr in ein festliches Gewand kleideten, mit Tannenzweigen und zu Schleifen gebundenen Seidenbändern, mit Ketten aus buntem Papier, mit Strohsternen, goldenen Walnüssen und Engelsfiguren in weißen Kleidchen. Der trübe Winter des Nordens erhielt Glanz, einen festlichen Anstrich, und doch schien jedermann blind dafür, ganz darauf erpicht, Besorgungen zu machen und verschnürte Pakete aus den Läden nach Hause zu schleppen. Auch Heinrich nahm sich einen Nachmittag frei, um mit seiner Frau durch die Alsterarkaden zu bummeln, in denen großes Gedränge herrschte, als gäbe es Handschuhe, Hüte, Schmuck und Porzellan derzeit zu Schleuderpreisen oder gar umsonst.

»Das wäre doch etwas für Anna, meinst du nicht auch?« Fragend sah Heinrich sie an und hielt ihr einen Schal hin, der ein Muster aus Schnörkeln und Ranken in Veilchenblau und Blassgrau zeigte.

Unschlüssig zog Emily eine Schulter hoch. Sie besaß keine Vorstellung davon, was Johanna Ruete, Heinrichs Stiefmutter, gefallen mochte. Obwohl das junge Paar jeden Sonntag mit Heinrichs Familie zusammenkam – abwechselnd in deren Haus und in ihrem eigenen, zum Mittagessen und zum Kaffee –, war auch nach einem guten halben Jahr für Emily noch kein Gefühl der Nähe oder gar Vertrautheit entstanden. *Familie* – für Emily war das etwas anderes. Jede Begegnung war wie die allererste: eine Mischung aus neugieriger Faszination für die Exotin und steifer Befangenheit gegenüber der Prinzessin aus einem fremden Land, nur unzureichend verborgen hinter dem Versuch, einen Anschein familiärer Normalität herzustellen. Emily konnte es ihnen nicht verdenken. Zweifellos hatten sie bereits allerhand Abenteuerliches und Wundersames über diese Frau vernommen, die Heinrich in der Fremde unter ebenso märchenhaften wie skandalösen Umständen geheiratet hatte und die er ihnen als *fait accompli* präsentierte, kaum dass die Koffer der frischgebackenen Eheleute ausgepackt waren. Heinrichs Halbbrüder, der neunzehnjährige Johann und der zwei Jahre jüngere Andreas, fanden sich als Erste in diese für hanseatische Verhältnisse bestürzend ungewöhnliche Situation. Mit einer Anpassungsfähigkeit, wie nur ganz junge

Menschen sie besitzen, legten sie rasch ihr stummes, großäugiges Staunen ab und gingen zu einer leichtherzigen Gleichgültigkeit über, die sie gewiss auch dann gezeigt hätten, wäre ihre neue Schwägerin eine waschechte Hamburger Deern gewesen.

Am meisten verunsichert fühlte Emily sich von ihrem Schwiegervater. Dr. phil. Hermann Ruete, der Schulmeister, war kein Mann vieler Worte und noch weniger ein Mann gefühlsbetonter Äußerungen und Taten, und er begegnete auch seinen Söhnen eher mit distanzierter Höflichkeit denn mit väterlicher Zuneigung.

Allein die blauen Augen Johannas, die sie manchmal mit einem Ausdruck zaghafter Zärtlichkeit auf sich ruhen spürte, waren ein Hoffnungsschimmer für sie, dass mit der Zeit engere Bande zu Heinrichs Verwandten entstehen könnten. Und es war der Gedanke an ebendiese Augen, der sie nun sagen ließ: »Der Schal ist hübsch und passt zur Farbe ihrer Augen. – Hat sie denn Geburtstag?«, setzte sie arglos hinzu.

»Nein, Bibi, aber bald ist doch Weihnachten.«

Weihnachten – das Fest, mit dem die Christen der Geburt Jesu gedachten. Emily hatte Bilder davon gesehen, vom Neugeborenen in einer Krippe, umgeben von Maria und Josef, einem Ochsen und einem Esel, bewacht von Engeln und besucht von drei Orientalen. Heinrich musste ihr angesehen haben, dass sie sich vergeblich bemühte, das Christfest und einen Schal für Johanna Ruete miteinander zu vereinbaren, denn er fuhr erklärend fort: »Und an Weihnachten macht man einander Geschenke.«

»Jeder? Du und ich auch?«

»Nun, jeder schenkt denjenigen etwas, die ihm lieb sind«, erwiderte Heinrich schmunzelnd. »Was wünschst du dir denn zu Weihnachten?«

Emily ging im Geiste die Schrankfächer und Schubladen

ihres Hauses durch, die mehr als reichlich gefüllt waren mit vielfältigen Kleidungsstücken, Tisch- und Bettwäsche, Silber und Porzellan, all den kleinen und großen Dingen, die das tägliche Leben erforderte, die es schöner machten oder die zumindest dazugehörten, wenn man sich in gewissen Kreisen bewegte. Das Ehepaar Ruete war das, was man als gut situiert bezeichnete, und Heinrich legte großen Wert darauf, dass es Emily an nichts fehlte. Schließlich schüttelte sie den Kopf.

»Nichts. Ich habe doch alles, was ich brauche.«

»Dann werde ich mir etwas einfallen lassen müssen«, kam es vielsagend von Heinrich.

An Heiligabend verteilten sie Päckchen unter den Dienstboten – ein Paar feiner Handschuhe für Lene, einen Stapel spitzenumrandeter Taschentücher für Else, eine Schachtel Konfekt für Lisbeth und für Emma, ein Säckchen duftendes Badesalz für Gerda –, ehe sie ihnen für den Rest des Tages freigaben und eine Droschke mit unzähligen großen und kleinen Paketen beladen ließen. Heute schien besonders große Unrast zu herrschen, wie Emily hinter dem Fenster des Wagenschlags feststellte. Ganz Hamburg war auf den Beinen, um offenbar den Abend bei Verwandten oder bei Freunden zu verbringen. Besonders bemerkenswert fand sie die Gestalt eines Mannes, der eine unverpackte Pendeluhr mit sich schleppte und damit alle anderen Passanten beiseitedrängte.

Das Haus der Familie Ruete in der Neustadt, ganz in der Nähe des liebevoll »Michel« genannten Kirchturms von Sankt Michaelis gelegen, war hell erleuchtet, und aus einem geöffneten Fenster im oberen Stockwerk schauten Johann und Andreas heraus.

»Sie sind da!«, schallte es zu Emily und Heinrich herunter, als diese ausstiegen. Die Silhouetten der beiden jungen Männer verschwanden aus dem goldgelben Rechteck. Den mahnenden Ruf ihres Vaters ignorierend, sprangen sie polternd die Treppen hinunter, rissen die Haustür auf und stürmten mit ihren langen Beinen in den Festtagshosen über die Schwelle, um beim Hineintragen der Geschenke zur Hand zu gehen.

»Herzlich willkommen. Kommt schnell rein ins Warme!« – »Frohes Fest!«, klang es Emily und Heinrich entgegen, und gemeinsam mit Hermann und Johanna, begleitet von einem Dienstmädchen, gingen sie in den Salon hinauf.

»Du wartest bitte hier, bis wir dich rufen«, erklärte Johanna Ruete ihrer Schwiegertochter und drückte sie sanft in einen Stuhl, bevor sie mit ihrem Gatten und mit Heinrich verschwand. Aus der Richtung, in der das Esszimmer lag, hörte Emily emsiges Rascheln, verschwörerisches Flüstern und leises Lachen. Geheimnisvolle Aufregung lag in der Luft. Neugierde kribbelte in ihrem Bauch, sodass sie ungeduldig auf ihrem Platz herumrutschte. Über den Rand der Tasse mit Tee hinweg, die ihr inzwischen gereicht worden war, warf sie einen verstohlenen Blick zu Johann und Andreas hinüber, die sich spielerisch neckten und balgten, ohne auf ihren feinen Anzug und auf ihre gescheitelten, pomadisierten Haare zu achten. Erst das Bimmeln einer Glocke ließ sie auseinanderfahren. Johanna rief: »Ihr könnt kommen!«, und ihre Söhne rannten jubelnd los.

Vorsichtig erhob sich auch Emily und folgte den anderen ins Esszimmer hinüber.

Die Gesichter von Hermann, Johanna und Heinrich waren ihr in strahlender Vorfreude zugewandt, während Johann und Andreas von einem Bein aufs andere traten. Doch sobald Emily über die Schwelle getreten war, wurde ihr Blick von etwas anderem gefangen genommen. Sie sah nur noch den Baum – eine zimmerhohe Tanne, in deren Zweigen unzählige Kerzlein brannten und in denen Zuckerstangen hingen, goldene Walnüsse und glänzende rote Äpfel; Schaukelpferde, Sterne und Engelspüppchen, die aussahen wie aus Teig gebacken oder aus einer süßen Masse modelliert. Dergleichen hatte Emily noch nie gesehen, und sie verlor sich gänzlich in der Betrachtung dieser fremdartigen Herrlichkeit, nahm kaum wahr, wie sich Heinrichs Halbbrüder auf die ersten Pakete stürzten, Bänder mit ihren Taschenmessern durchtrennten und Einwickelpapier ratschend zerrissen, Jauchzer und zufriedenes Brummen von sich gaben.

»Bibi.« Sie schrak auf, als Heinrich sie sanft am Arm berührte und auf den Tisch vor ihnen wies, der sich unter der Last von Paketen förmlich zu biegen schien. »Da ist auch etwas für dich mit bei.«

Mit fragendem Blick streckte sie die Hand nach einer kleineren, länglichen Schachtel aus, die zuoberst lag, und als Heinrich bestätigend nickte, nestelte sie behutsam den Knoten des Schleifenbandes auf, schlug das Seidenpapier zurück und hob den Deckel. Es waren dick gefütterte Handschuhe, die sie wahrlich gut gebrauchen konnte in diesem kalten Winter. Nach und nach öffnete sie die für sie bestimmten Geschenke, bedankte sich bei Hermann und Johanna und den beiden Jungen, die einen Teil ihres Taschengeldes zusammengelegt hatten, um ihr Eintrittskarten für den Circus Renz zu schenken, der berühmt war für seine Pferdeschau.

»Hier ist noch etwas für dich«, warf Heinrich ein. »Mein Geschenk für dich – das sich leider als zu umfangreich erwies, als dass es sich hätte einpacken lassen. Fröhliche Weihnachten, Bibi!«

Emily besah sich das weiche Bündel, das er ihr zuschob, entfaltete es langsam und mit gerunzelter Stirn. Ein Mantel aus dickem Samt, durch und durch mit Pelz gefüttert und am Kragen, an den Säumen und an den Ärmeln mit einer breiten Pelzborte besetzt, die noch feiner und anschmiegsamer war als selbst der Samtstoff.

»Gefällt er dir?«

Emilys Miene spiegelte zuerst Ratlosigkeit wider, zeigte dann völlige Fassungslosigkeit. »Ausgerechnet du schenkst mir so etwas?«, sagte sie leise auf Suaheli zu ihrem Mann. Schnell ließ sie den Mantel los, als wäre er schmutzig. »Den kann ich doch unmöglich tragen! Etwas so – so Armseliges!«

Man trug keine Tierfelle auf Sansibar. Nur die wilden Völker im Inneren Afrikas kleideten sich in die Häute von Gazelle und Löwe, Leopard und Zebra; jene Menschen, die sich keine Stoffe zur Bedeckung ihrer Blöße leisten konnten, die nie die Kunst gelernt hatten, Fasern zu spinnen und Garn zu weben. Die sich damit begnügten, sich in das zu kleiden, was sie an Getier in der Savanne erlegen konnten.

»Bitte, Bibi«, gab Heinrich ebenso leise zurück. »Bei uns ist das etwas sehr Kostbares. Das ist Hermelin«, seine Finger streichelten über den Besatz, »der in Europa von alters her nur von Fürsten getragen wird.«

»Von Fürsten?« Emilys Augen wurden groß und rund. »Können die sich nichts Besseres leisten?«

Heinrich lachte. »Es gibt nicht viel Besseres als Hermelin. Er ist selten und entsprechend teuer. In früheren Zeiten durften sich allein Adelige damit kleiden.«

Emily kaute unglücklich auf ihrer Unterlippe. Heinrichs Ausführungen leuchteten ihr ein, und seine Absicht, ihr etwas Besonderes zu schenken, etwas, das in seinen Augen nicht nur wertvoll war, sondern das sie auch wärmen konnte, rührte sie an. Doch dies änderte nichts daran, dass ihr dieser Hermelin ungefähr so kostbar vorkam wie das Fell einer Katze oder eines Karnickels. So wie der Arzt ihr gegen ihren hartnäckigen Husten Austern empfohlen hatte, die hier als schick und als erlesene Speise galten, die auf Sansibar jedoch ein Essen für die Ärmsten der Armen waren. Europa erschien ihr mehr und mehr nicht nur wie eine fremde, sondern wie eine nachgerade verkehrte Welt, in allem das genaue Gegenteil von jener Welt, aus der sie gekommen war.

Wird mir immer nur die Wahl bleiben, mich entweder zu verstellen oder Heinrich wehzutun, weil ich gänzlich anders denke und empfinde als die Menschen hier? So vieles, was ich nicht verstehe, so vieles, was ich noch lernen muss. Deutschland macht mich wieder zu einem Kinde, unwissend und dumm.

Die Enttäuschung, die in Heinrichs Augen aufflackerte, stach ihr ins Herz, und so rang sie sich schließlich mit aufgesetztem Lächeln ein »Danke« ab. Und sie war froh, als sich die allgemeine Aufmerksamkeit auf die goldene Taschenuhr richtete, die mitsamt dazu passenden Berlocken aus Gold, Elfenbein und Tigerauge ihr Geschenk an Heinrich war. Als Ersatz für seine bisherige, vom Alter, von Sand und Meeressalz seiner weiten Reisen recht mitgenommene Uhr gedacht, hatte Emily sie mittels ihrer noch spärlichen deutschen Sprachkenntnisse auf reichlich abenteuerliche Weise bei einem Uhrmacher am Jungfernstieg erworben – eine Anekdote, die sie teils auf Englisch, teils mithilfe von Heinrich als Dolmetscher und mit lebhafter Pantomime der Familie erzählte, was für große Erheiterung sorgte. Heinrichs Freude über dieses Geschenk, ihr Stolz, den Kauf von Uhr und Schmuckanhängseln ganz allein und eigenständig bewältigt zu haben, ließen ihre gemischten Gefühle über den Mantel verblassen.

Am nächsten Morgen stand Emily schon früh auf, obwohl sie erst spät in der Nacht von ihrem Besuch bei den Ruetes zurückgekehrt waren, und verwandte ungewöhnlich viel Zeit auf ihre Toilette, bevor sie zum Frühstück hinunterging.

»Himmel, Bibi!«, rief Heinrich, der gerade aus dem Speisezimmer kam, um nachzusehen, wo sie blieb, ihr mit einem Ausdruck höchster Verblüffung im Gesicht entgegen. »Was hast du vor? Wo willst du denn hin in diesem Aufzug?!«

Emily zog eine Augenbraue hoch und schritt erhobenen Hauptes weiter die Stufen hinab, sich ihrer Eleganz in der raschelnden schokoladenbraunen Seidenrobe mit den durch eine weite Krinoline versteiften Röcken, der langen Schleppe und den prächtigen Ohrgehängen vollkommen bewusst. Erst als sie vor Heinrich stand, öffnete sie den Mund.

»Mein lieber Gatte, hast du mir nicht selbst gesagt, dass heute und morgen bei euch Festtage seien?«

»Schon, aber …«

»Siehst du«, gab sie zurück und reckte ihr Kinn herausfordernd hoch. »Deshalb habe ich mich auch so herausgeputzt.«

Sein Blick wurde weich. »Auf Sansibar wäre das auch zweifellos angemessen. Hier tut man so etwas nicht. Schon gar nicht«, er zog seine neue Uhr aus der Westentasche hervor, ließ den Deckel aufschnappen und sah auf das Zifferblatt, »schon gar nicht um zehn Uhr morgens.«

Emily zuckte mit den Achseln, drehte sich auf dem Absatz um und ging die Treppe wieder hinauf. Mit hängenden Schultern, weil sie einmal mehr etwas falsch gemacht hatte, obwohl sie sich doch stets solche Mühe gab.

Welch ein sonderbares Volk!, dachte sie bei sich. *Begehen ein wichtiges Fest mit besonderen Speisen, besonderem Backwerk, schmücken Heim und Hof, geben große Summen aus für Geschenke, aber sich selbst wollen sie sich nicht in ihren besten Staat kleiden.*

Den restlichen Tag verbrachte sie in dumpfen Grübeleien über das Wesen der Weihnacht. Die Geburt Christi wurde gefeiert, und doch spielte diese bei den Festlichkeiten eine solch geringe Rolle, schien mehr bloße Dekoration zu sein denn tatsächlicher Anlass. Offenbar ging es allein um das Beisammensein mit Freunden und Verwandten, um gutes Essen und besonders um die Geschenke. Emily empfand so etwas wie Enttäuschung ob der Art, wie in Hamburg das Christfest begangen wurde. Sie hätte sich weniger Geschenke und dafür eine religiöse Feier gewünscht.

Auf ihren sonntäglichen Ausflügen mit Heinrich an die Elbe, die sie so sehr liebte, weil diese sie an das Meer erinnerte, hatte sie die Gläubigen gesehen, die mit ihrem Gesangbuch unter dem Arm zum Gottesdienst gingen oder von dort kamen, und den Wunsch verspürt, selbst in die Kirche zu gehen. Um dem Gott der Christen zumindest räumlich nah zu sein, wenn sie sich schon gewaltsam abgewöhnt hatte, die altvertrauten Gebete zu Allah zu sprechen, dem sie mit ihrer Taufe entsagt hatte.

Eine Bitte, der Heinrich nur zu gerne nachkam, und Emily brachte es nicht über sich, an der Pforte gleich wieder umzukehren, als eine unerklärliche Scheu sie überkam. Die Rituale des Aufstehens und Hinsetzens, der Gebete und Lieder waren ihr fremd, die Predigt verstand sie nicht, und die vielen Abbildungen von Jesus und von den Heiligen waren ihr nicht nur rätselhaft, sie fand sie auch störend in ihrem Bemühen, sich in eine Andacht zu versenken. Sie fühlte sich von allen Seiten beobachtet. Dass mitten im Gottesdienst Geld gesammelt wurde, berührte sie peinlich, und dass sich niemand zu Gottes Ehren niederwarf, kam ihr hochmütig vor. Das Christentum hier im Norden schien ihr kühl und oberflächlich; ein Glaube ohne rechte Form und vor allem leer, gänzlich ohne Gefühl.

Als vollkommene Araberin und gute Mohammedanerin hab ich meine Heimat verlassen. Und was bin ich heute? Eine schlechte Christin und etwas mehr als eine halbe Deutsche.

45

Den letzten Tag des Jahres verbrachten sie zu Hause, zusammen mit Heinrichs Familie. Gemäß einer alten Tradition im Hause Ruete würzte Heinrich Rotwein mit Gewürznelken, Zimt, Sternanis, Zitronen- und Orangenschalen und zündete einen mit Rum getränkten Zuckerhut an, den er mit der Feuerzange aus dem Kamin darüberhielt, bis der Zucker flüssig geworden und in den Punsch getropft war. Emily nippte vorsichtig an dieser Mixtur. Entschlossen, die deutsche Lebensart so gut wie möglich anzunehmen, hatte sie sich schon an Schweinefleisch gewagt und probierte nun nach Wein und Champagner auch dieses alkoholische Getränk, das ihr jedoch in seiner beißenden Schärfe auf der Zunge so gar nicht mundete. Als Emily kurz nach Mitternacht im Garten stand, in den ihr so verhassten Mantel eingehüllt, Heinrichs Arm um ihre Schultern gelegt, und den Farbexplosionen am Himmel zusah, den Funkenfontänen, die die Dächer und Turmspitzen der Stadt in goldene und silberne, blaue, rote und grüne Schlieren aus Licht tauchten und die Alster mit verbrannt riechenden Rauchschwaden überzogen, war Emily sicher, dass das neue Jahr 1868 ein gutes werden würde.

Wenn der Winter zunächst auch endlos schien. Sobald nach Dreikönig all der weihnachtliche Zierrat von Wänden, Schränken und Fenstern abgenommen und verstaut war, trat die Stadt dahinter umso nackter und trister hervor. Unter Schnee und Reifkrusten, mit Eisblumen an den Fenstern und funkelnden Zapfen an den Dachrinnen und Baumzweigen war Hamburg zwar hübsch anzusehen, aber unerträglich kalt; wurde es wärmer, fühlte Emily sich zwar einen Deut behaglicher, litt aber unter der grauen Trübseligkeit, die das Schmelzen der winterlichen Pracht hinterließ.

An manchen Tagen glaubte sie, ihr würde nie wieder wirklich warm werden und nie würde der Winter ein Ende nehmen, nie würde die Natur aus ihrem Todesschlaf wiederauferstehen. Die ersten Schneeglöckchen im Garten, die Blüten zwar farblos, Stängel und Blätter jedoch in umso kräftigerem Grün, begrüßte Emily überschwänglich wie Freunde, die sie jahrelang nicht mehr gesehen und die sie schmerzlich vermisst hatte.

Irgendwann bekam die Sonne wieder Farbe, gewann an Kraft, lockte und schmeichelte so lange, bis Bäume und Sträucher zögerlich ihren Saft aus den Wurzeln aufsteigen ließen und erstes schwaches Laub zeigten. Die Krokusse in Gelb und Violett leuchteten aus dem endlich wieder glänzenden Rasen, und schlagartig hielt der Frühling Einzug, überzog die Stadt großzügig mit Buntheit, sodass sie schimmerte wie ein pastellig eingefärbter Seidenstoff. Emilys Herz jubelte wie die Vögel in den Baumkronen, die die leichtere Jahreszeit priesen, während sie mit ihrem angeschwollenen Leib schwerfällig durch die Gegend watschelte.

Im März erblickte Antonie Thawka Ruete das Licht der Welt. Gott hatte Emilys Bitten erhört und ihnen eine Tochter geschenkt. Tony, wie sie bald genannt wurde, war ein großes, ein kräftiges Kind mit einem runden, pausbäckigen Gesicht und dicken Speckfalten an Ärmchen und Beinchen, robust und leicht zufriedenzustellen. Ihre Amme konnte Stunden

damit zubringen, mit einem weichen Bürstchen Tonys pech-
schwarzes seidiges Haar zu striegeln, das ihr bis weit über die
Schläfen reichte. Mit Tony zog in das Haus endlich das Leben
ein, das Emily sich ersehnt hatte. Und auch wenn Heinrich
seine eigene Art gehabt hatte, um ihren gemeinsamen Sohn
zu trauern, indem er seine Gefühle und Gedanken tief in sich
verschloss, lebte er mit der Geburt seiner Tochter sichtlich
auf.

Nur manchmal, wenn ihr Blick auf die weißen Kleidchen
fiel, die ihr Kind deutscher Sitte gemäß trug, wurde es Emily
kalt ums Herz. *Wie ein kleiner Geist*, dachte sie dann und musste sich zwingen, keine Erinnerung an das Kind zuzulassen, das
sie geboren hatte und das sie so früh begraben musste.

»Ich bin zu Hause, Bibi!«

Bei Heinrichs Ruf, dem Zuklappen der Eingangstür, das
im Gebell und Gewinsel der beiden Hunde unterging, die
den Herrn des Hauses stürmisch begrüßten, sprang Emily
leichtfüßig die Treppen hinab. Auch ihren zweiten Sommer
in Hamburg empfand sie als viel zu kühl, seine Farben als zu
blass, wie ausgewaschen, aber es war die Jahreszeit, in der sie
sich immer noch am wohlsten fühlte. Und sie fürchtete schon
den nächsten Winter, dessen Kommen der September mit seinen Tönen von Kupfer und Messing bereits androhte. Doch
noch waren die Tage hell und freundlich; zumal Emily seit
ein paar Tagen die freudige Vermutung hegte, dass sie – ein
knappes halbes Jahr nach Tonys Geburt – erneut guter Hoffnung war.

Mit ausgebreiteten Armen stand Heinrich in der Halle
und rief ihr entgegen: »Rate, was ich mitgebracht habe!«

Emily legte den Kopf in den Nacken und lachte, als sie die
letzte Stufe hinabhüpfte. Jeden Nachmittag das gleiche Spiel,
und auch wenn sie sah, dass seine rechte Anzugtasche deutlich

ausgebeult war, hielt sie sich an die Regeln. Zuerst legte sie die Stirn grüblerisch in Falten, stützte das Kinn nachdenklich auf die Hand und machte »Hm«, während sie Heinrich eindringlich musterte.

»Es ist keine Ananas«, schloss sie, denn eine solche pflegte Heinrich mit beiden Händen hinter dem Rücken zu verbergen.

Heinrich grinste. Es war seine Idee gewesen, jeden Tag auf dem Rückweg von seiner Arbeit im Kontor einen Umweg über den Hafen zu machen und nach exotischen Früchten Ausschau zu halten, um seiner Frau den Geruch und den Geschmack ihrer Heimat mitzubringen: Ananas und Bananen; eine Mango, wenn diese Hamburg auch nie in der saftigen orangegoldenen Reife erreichten, wie Emily sie aus Sansibar kannte; noch frische gelbgrüne Feigen, die lieblicher schmeckten als die hiesigen Äpfel, ein bisschen wie der Geruch nach frisch gemähtem Gras, oder saftige Datteln.

Mit gespielt ernster Miene, die Hände hinter dem Rücken verschränkt, schlenderte Emily gemächlich und mit pendelnden Röcken einmal um Heinrich herum.

»Hm«, machte sie erneut und blieb vor ihm stehen. »Sie gestatten?« Sie tastete das Jackett ab, Heinrichs vergnügten Blick unverwandt mit dem ihren festhaltend. Die Zungenspitze zwischen den Lippen, fasste sie schließlich in die rechte Tasche des Jacketts und zog eine nicht ganz runde, harte und glatte Kugel hervor.

»Ein Granatapfel!«, rief sie entzückt aus und roch an der roten Frucht, bemüht, so viel wie möglich von deren schwachem, blumigem Duft einzuatmen. Sie musste sich beherrschen, damit sie nicht sogleich die Zähne in die feste Schale schlug, um so schnell wie möglich an die saftig ummantelten Kerne zu gelangen, die so herrlich im Mund knusperten. Es war der erste Granatapfel, den sie seit Sansibar in den Händen hielt, und Tränen schossen ihr in die Augen, als sie an die

Granatapfelbäume an der Meeresseite von Beit il Sahil dachte. Wie die Blüten vor der hellen Palastmauer tiefrot loderten und wie die Meeresbrise über sie hinwegstrich, in einer Luft, die satt war von Sonne und Salz und vom Duft der Gewürznelken. In der der Ruf des Muezzins erschallte und für einen Augenblick in uferlosem, raumfüllendem Klang zum Stillstand kam, ehe er zitternd erstarb.

»Heimweh?«, fragte Heinrich behutsam und zog sie in seine Arme.

Emily konnte nur nicken; es weinte haltlos aus ihr heraus.

Heinrichs Bemühungen, ihre Rückkehr nach Sansibar voranzutreiben, waren zumindest teilweise von Erfolg gekrönt gewesen. Im April hatte er den Bürgereid der Freien und Hansestadt Hamburg geleistet, damit seine vollen Bürgerrechte zurückerlangt und vor allem den konsularischen Schutz, dessen er dringend bedurfte. Denn weder Sultan Majid noch der hanseatische Konsul Witt oder dessen britischer Amtskollege Churchill zeigten sich erbaut über Heinrich Ruetes Pläne.

Majids monatelanges Schweigen zur Flucht und zur Heirat seiner Schwester war mitnichten als Gleichgültigkeit oder gar als Nachsicht zu werten gewesen, wie Heinrich inzwischen wusste. Er war im Bilde über den regen Briefwechsel, der sich in der Folge ergeben hatte, nachdem die Firma Hansing, die ihn trotz des Skandals gerne wieder als Agent nach Sansibar geschickt hätte, vorsichtig bei Konsul Churchill anfragte, welches Wagnis Herr Ruete mit einer Reise nach Sansibar eingehe.

Die Antwort des britischen Konsuls war eindeutig ausgefallen: Für Heinrich Ruete hätte das Betreten sansibarischen Bodens Lebensgefahr bedeutet und in der Folge womöglich ebenso für andere Europäer, die sich auf Sansibar aufhielten. Heinrichs anfängliche Vergehen wogen durch Emilys nachfolgenden Übertritt zum Christentum noch schwerer als zuvor. In seiner Sorge sowohl um Heinrich Ruete als auch um die britischen Beziehungen zum Sultan wandte sich Churchill gar mit der Bitte an sein Außenministerium, unter allen Umständen Position für Majid zu beziehen und auch das Auswärtige Amt des im vergangenen Sommer neu gegründeten Norddeutschen Bundes auf den *Fall Ruete* aufmerksam zu machen. Der Bund, dem neben Hamburg und einer Handvoll Fürsten-, Herzog- und Großherzogtümern des Nordens die Hansestädte Lübeck und Bremen und die Königreiche Sachsen und Preußen angehörten, reagierte wie erwartet: Auf jede zulässige Weise sei darauf hinzuwirken, Heinrich Ruete von der Reise nach Sansibar abzuhalten, lautete der Kommentar. Ansonsten verlöre er den gerade erst erworbenen konsularischen Schutz Hamburgs wie auch den Schutz als Bürger des Norddeutschen Bundes.

Auch Konsul Witt, an den sich Majid heftig protestierend gewandt hatte, empfahl dem Hamburger Senat, Ruete dürfe auf keinen Fall nach Sansibar reisen. Gemäß den eigentümlichen Verhältnissen im Sultanat könne man das Verlangen des Sultans nur unterstützen, Ruete die Rückkehr zu verweigern, da die Entrüstung der Bevölkerung darüber, dass Ruete die Schwester des Sultans verführt und dass diese ihren Glauben gewechselt hatte, noch immer ungebrochen sei. Einmal mehr stellte das Privatleben von Emily und Heinrich ein Politikum dar, mit dem sich gleich drei Nationen beschäftigten.

»Dazu haben sie kein Recht«, erklärte er mit zusammengebissenen Zähnen. »Sie strafen mich, ohne dass ich je straffällig geworden wäre. Wenigstens nicht nach den Maßstäben aufgeklärter und christlicher Nationen. Ich habe meine Steuern für die Sansibar-Geschäfte bezahlt, und ich will diese Geschäfte weiterführen. Ich lasse nicht zu, dass andere das Feld abernten, das ich bestellt habe.«

Lange hatte er seinen Vorsatz, Emily nicht in seine Pläne einzuweihen, nicht durchgehalten. Er wusste, dass sie die Hoffnung, ihre Heimat eines Tages wiederzusehen, brauchte wie die Luft zum Atmen. Sansibar könnte vielleicht die Wunden heilen, die das Leben ihr geschlagen hatte.

Was sonst, wenn nicht der Zauber dieser Insel?

Die Sehnsucht nach Sansibar hatte Emily auszuhöhlen begonnen. Er sah es an Schatten, die zuweilen über ihr Gesicht huschten, an den Tränen in den Augen, die mit schmerzlicher Verträumtheit ins Leere wanderten, wenn sie sich unbeobachtet glaubte. Ein Verlangen, das sich vor allem in den Nächten den Weg an die Oberfläche bahnte, wenn Emily von Sansibar träumte und wenn sie halb auf Arabisch, halb in Suaheli vor sich hin murmelte.

»Willst du heute so früh nach Sansibar reisen?«, pflegte er sie zu necken, wenn sie sich anschickte, vor ihrer üblichen Zeit zu Bett zu gehen. »Grüß mir unsere Freunde dort!« Und doch nahm er ihre Sehnsucht ernst, weil er sie nicht nur verstand, sondern weil er sie bis zu einem gewissen Grad sogar teilte.

Er sah Emily fest in die tränenfeuchten Augen. »Wenn wir über den Handel den Anfang machen, bekommen wir einen Fuß in die Tür. Und wenn ich erst einmal dort bin, kann ich dich und Tony nachholen.«

Im Abgrund

Eine Hand allein kann kein Kind großziehen.

SPRICHWORT AUS SANSIBAR

46

Hamburg, Ende Mai 1870

»Du kannst mich hier nicht allein lassen!«

Emily ballte die Hände zu Fäusten, um ihr Zittern zu unterdrücken.

»Es ist doch nur für ein paar Wochen.« Heinrich wirkte ratlos; augenscheinlich hatte er nicht mit einer solch heftigen Reaktion seiner Frau gerechnet, als er ihr nach dem Abendessen eröffnete, dass er in dringenden Angelegenheiten nach England reisen müsse.

»Nimm mich mit!«

Emily hörte selbst, wie schrill ihre Stimme klang, aber sie war zu aufgewühlt, um sich zu beherrschen. Sie schämte sich nicht einmal, derart die Fassung zu verlieren, eine erwachsene Frau von fünfundzwanzig Jahren und Mutter von mittlerweile drei Kindern, die einst auf Sansibar selbständig drei Plantagen geführt hatte.

»Aber, Bibi, wie soll das denn gehen?« Heinrich stand auf, kniete sich neben Emily und nahm ihre noch immer unnachgiebig verkrampften Finger in die Hände und strich sanft darüber. »Ich werde dort alle paar Tage von Stadt zu Stadt reisen müssen. Das wird zu aufwändig und zu anstrengend sein für die Kinder. Vor allem für Rosa. Sie ist doch noch viel zu klein für eine solche Reise. Und hierlassen wirst du sie nicht wollen. Hast du vergessen«, seine Stimme senkte sich zu einem Flüstern, »wie es dir letztes Jahr in Kopenhagen ergangen ist?«

Nein, Emily hatte es nicht vergessen, jene Reise nach Kopenhagen im letzten Sommer. Erstaunt hatte sie zur Kenntnis genommen, dass wer immer es sich leisten konnte, im Sommer seine Koffer packte und aus der Stadt floh, um sich an der See oder in den Bergen zu erholen. Lange hatte sie sich gesträubt, diese Mode mitzumachen – sie, die ihr Leben lang vom Reisen geträumt, sich fremde Orte in den schillerndsten Farben ausgemalt hatte.

Doch nur wer im Mutterboden fest verwurzelt ist, vermag Freude daran zu empfinden, sein Zuhause für gewisse Zeit zu verlassen und noch unbekannte Flecken der Welt für sich zu entdecken. Der Hamburger Boden war für Emily zwar keine Heimat, aber er war doch zumindest vertraut.

Dennoch hatte sie letzten Juli Heinrichs Bitten nachgegeben, mit ihm zu verreisen. Erholung hatte er ihr versprochen, sich eine Zeit zu zweit gewünscht, ohne Tony und ohne Said, ihren Sohn, der ein Jahr und knapp drei Wochen nach seiner Schwester zur Welt gekommen war. Er hatte sie damit gelockt, dass Kopenhagen am Wasser lag, dass das Meer – die Ostsee – ganz in der Nähe und dass Kopenhagen überhaupt eine sehr hübsche und sehenswerte Stadt sei.

Der Abschied von ihren Kindern war tränenreich ausgefallen und die Reise in zu dieser Jahreszeit, während der Schulferien, heillos überfüllten Eisenbahncoupés eine Tortur gewesen. Emily hatte sich bemüht, Gefallen an Kopenhagen zu finden, das durch seine Wasserläufe und Brücken eine gewisse Ähnlichkeit mit Hamburg besaß, aber kleiner und heimeliger wirkte. Doch weder das Museum, in dem sie Statuen und Büsten von der Hand des berühmten Bildhauers Bertel Thorvaldsen besichtigten, noch das königliche

Jagdschlösschen von Klampenborg, in dem sie ein Konzert in Anwesenheit des Königs von Dänemark besuchten, vermochte sie zu berühren. Die Landschaft um das zu Emilys Enttäuschung turmlose Schloss, das kaum mehr war als eine schlichte Hamburger Villa, war ihr zu braun, zu karg, und von den Hirschen, die es dort geben sollte, bekam sie keinen einzigen zu Gesicht.

Vor allem setzte ihr die Trennung von Tony und Said zu. Sie fühlte sich, als hätte sie einen Arm und ein Bein zu Hause in Hamburg gelassen, und fragte sich ständig, was sie gerade machten, wie es ihnen ging und ob das Kindermädchen auch wirklich gut für sie sorgte. Bis Heinrich schließlich aufgab und sie zu Emilys großer Erleichterung bereits nach acht Tagen die Heimreise antraten, eine Woche früher als beabsichtigt. Mit einem Mitbringsel ganz besonderer Art im Gepäck. Denn in den Sommernächten Kopenhagens war ihr drittes Kind gezeugt worden, ihre Tochter Rosalie Ghuza, die nun knapp sechs Wochen alt war.

In Kopenhagen hatte Emily sich geschworen, ihre Kinder nie wieder allein zu lassen. Doch sie wollte auch nicht ohne Heinrich sein, nicht einen einzigen Tag. Seine scherzhafte Bemerkung in Kopenhagen, sie liebe ihre Kinder wohl mehr als ihn, hatte sie als ungerechten Vorwurf empfunden.

Wie sollte sie ihm begreiflich machen, dass Angst sie überfiel bei dem Gedanken, ihn so weit fort zu wissen? Dass sie in der beständigen Furcht lebte, ihm oder den Kindern könnte etwas zustoßen, waren sie nicht in ihrer Nähe? Tief in ihrem Innern wusste Emily zwar, dass ihre Ängstlichkeit übertrieben war. Und doch stellte sie ein allzu wirkliches Schreckgespenst dar.

»Geht es um Valparaíso?«, brach sie schließlich ihr Schweigen.

»Auch«, bestätigte Heinrich. »Aber nicht nur.«

Emily nickte. Der Name Valparaíso löste in ihr ein unbehagliches Gefühl aus. An der Pazifikküste Südamerikas gelegen, war die Stadt ein bedeutender Handelshafen, ein Schmelztiegel von Einheimischen – seit Generationen ansässigen Spaniern, Indios und den Nachkommen beider Völker – und von Einwanderern aus Frankreich, Deutschland, England und der Schweiz. Eine Stadt, von der es hieß, sie mache ihrem Namen »Paradiestal« alle Ehre.

»Ich weiß sehr wohl, dass Valparaíso nicht Sansibar ist«, fuhr Heinrich behutsam fort. »Doch dort hättest du es wärmer als hier, und die dortige Lebensart würde dir bestimmt ebenfalls besser liegen als unser steifes Hanseatentum.«

Emily nickte wieder, erwiderte Heinrichs Lächeln jedoch nicht. So recht er mit seinen Argumenten auch hatte, so gut seine Auswanderungspläne auch sein mochten – obwohl sie in Hamburg nicht so recht glücklich sein konnte, graute ihr bei dem Gedanken, hier alles zusammenzupacken und in einem fremden Land einen Neuanfang zu wagen. Noch einmal eine fremde Sprache zu erlernen, nachdem ihre wenigen von den Macías aufgeschnappten Kenntnisse des Spanischen längst eingerostet waren; sich noch einmal in einer fremden Gesellschaft, einer fremden Kultur zurechtzufinden. Noch einmal zu versuchen, in einem fremden Land heimisch zu werden.

»Ich gebe trotzdem nicht auf, uns nach Sansibar zurückzubringen«, sagte er in ihre Gedanken hinein. »Ich werde hartnäckig bleiben. Irgendwann werden sich all diese Mühen auszahlen.«

Emily versuchte ein Lächeln, doch es misslang.

Majid hatte sich aufgrund einer inständigen Bitte Heinrichs an den Hamburger Senat, übermittelt durch den neuen Konsul Theodor Schultz, überreden lassen, der Ankunft eines Herrn Rehhoff in Sansibar zuzustimmen, der als Heinrich Ruetes Agent dessen geschäftliche Interessen auf der Insel und im ostafrikanischen Raum wahrnehmen sollte, und er war sogar damit einverstanden gewesen, dass seine abtrünnige Schwester über Heinrich und Rehhoff Zugriff auf den Ertrag ihrer Besitzungen bekommen sollte.

Was zunächst ausgesehen hatte wie ein hoffnungsvoller Beginn, war jedoch rasch von einem Rückschlag nach dem anderen zunichte gemacht worden. Rehhoff hatte sich eigenmächtig mit einem anderen deutschen Agenten namens Carl C. Schriever zusammengetan und begonnen, Heinrichs Geschäfte unter seinem eigenen Namen abzuwickeln. Heinrich ahnte Böses, vor allem finanziellen Verlust, aber möglicherweise auch eine Beschädigung seines Namens als vertrauenswürdiger Geschäftsmann und sah sich nun auch aus eigenem wirtschaftlichem Interesse gezwungen, so schnell wie möglich nach Sansibar zu reisen, um sich vor Ort um alles zu kümmern. In seiner Bedrängnis wandte sich Heinrich an niemand Geringeren als den Kanzler des Deutschen Bundes, Otto von Bismarck. Sultan Majid überschreite die Grenzen des Statthaften, wenn er ihm nicht einmal erlaube, als Empfänger sansibarischer oder als Lieferant deutscher Produkte aufzutreten, wie er ihm schrieb, wobei er sich auf den Handelsvertrag von 1859 zwischen Hamburg und Sansibar berief, der es jedem Hamburger Bürger gestattete, auf der Insel Handel zu treiben – demnach also auch dem Hamburger Bürger Rudolph Heinrich Ruete.

Majid indes war anderer Auffassung. Für ihn standen sowohl Herr Ruete als auch Herr Rehhoff außerhalb des Gesetzes, wie er durch den britischen Konsul Churchill mitteilen ließ. Zumindest, was die Regierung der Hansestadt und auch die des Bundes in Berlin anbetraf, wusste Heinrich diese nun auf seiner Seite. Sein Pochen auf den Handelsvertrag hatte sich als äußerst kluger Schachzug erwiesen, und der Konsul des Norddeutschen Bundes war gehalten, Heinrichs Anliegen beim Sultan zur Sprache zu bringen und auch in geeigneter Weise zu unterstützen – wie das auch immer aussehen mochte. Nun konnten Heinrich und Emily nichts weiter tun, als abzuwarten, wie dieses Tauziehen letztlich ausgehen würde – und vor allem, wie lange es noch andauern mochte.

Emily sah ihren Mann an, auf dessen Gesicht sich Hoffnung und Aufmunterung abzeichneten. Den Mann, für den sie alles aufgegeben hatte – ihre Heimat, ihre Familienbande, sogar ihren Glauben. Der sie immer auffing, wenn sie zu fallen glaubte. Der immer zuversichtlich blieb, wenn sie verzweifelte.

Hätte ich ihn nicht, wäre ich noch auf Sansibar. Aber was wäre mir Sansibar ohne ihn?

Emily löste ihre Finger aus den seinen und legte die Arme um seinen Hals, schmiegte sich an ihn und küsste ihn zärtlich auf die Wange.

»Komm nur gesund wieder nach Hause«, flüsterte sie.

Endlos waren die drei Wochen, in denen Heinrich in England weilte. Obwohl Emily sich so gut zu beschäftigen suchte wie nur möglich: In dem Kinderwagen, der eigens für die Ruete-Kinder gebaut worden war, geräumig genug, dass alle drei bequem darin Platz hatten, schob sie ihren Nachwuchs durch halb Hamburg. Mit ihrer aus Unruhe geborener Energie werkelte sie im Garten, goss und pflanzte, jätete Unkraut und schnitt verwelkte Triebe ab, während die Ziege, die Heinrich ihr zuliebe angeschafft hatte, rings um den Pflock, an dem sie angebunden war, den Rasen stutzte. An einem Tisch im Garten erledigte sie die Stopfarbeiten und sah zu, wie Tony auf ihren kräftigen Beinen umherstapfte und die Welt entdeckte, während ihr kleiner Bruder noch unsicher hinter ihr her tapste. Said war nach seinem Großvater benannt worden und geriet äußerlich ganz nach diesem: dunkel in Teint und Augenfarbe,

375

schmal und feingliedrig, dabei aber vielmehr zäh denn zart. Und so willensstark, dass er brüllen konnte, bis sein Gesicht purpurrot anlief, wenn ihm etwas nicht passte. Rosa hingegen versprach ein echter Sonnenschein zu werden, die einen jeden sofort anstrahlte, der sich über den Rand des Körbchens beugte, das im Schatten unter dem Fliederbaum stand.

Eigentlich waren es schöne Tage in diesem Juni, und doch vermochte Emily sie nicht zu genießen. Nicht ohne Heinrich. Auch nicht, obwohl sie nun guten Gewissens den Dienstmädchen und der Kinderfrau bei der Arbeit zur Hand gehen konnte, ohne dass Heinrich sie sanft schalt, sich nicht so abzumühen, schließlich hätten sie genau dafür ja das Personal eingestellt.

Noch nie war sie so lange von Heinrich getrennt gewesen, nicht mehr seit dem Tag, als er sie in Aden abgeholt hatte.

Als die Droschke vorfuhr, die ihn von seiner Reise nach Hause brachte, stürmte Emily ihm entgegen, schneller, als Tony und Said auf ihren Füßchen hinter ihr hertrappeln konnten, lauthals »Papa! Papa!« kieksend.

Sie fiel ihm um den Hals, kaum dass er richtig aus dem Wagen geklettert war.

»Lass mich nie wieder so lang allein«, schluchzte sie.

»Das verspreche ich dir, Bibi«, erwiderte er lachend. »Das verspreche ich dir.«

47

 Es versprach ein glücklicher Sommer zu werden in diesem Jahr. Heinrich war aus England zurück und hatte seine Pläne aufgegeben, nach Valparaíso auszuwandern, Emily zuliebe wie auch aus geschäftlichen Erwägungen. Und die berechtigte Hoffnung, es möge bald ein Wiedersehen mit Sansibar geben, verlieh dem Juni und dem Juli besonders leuchtende Farben.

Diese Hoffnung wurde allzu bald von den dunklen Wolken verdüstert, die über Deutschland heraufzogen: Die Schatten des Krieges begannen sich über den Sommer zu legen.

Schon lange hatte es Spannungen zwischen den Königreichen Frankreich und Preußen gegeben, und schließlich gipfelten sie in einem Streit um den Nachfolger der zwei Jahre zuvor in einer Revolution entmachteten spanischen Königin. Als Kandidat für die Königswahl stellte sich ein Prinz aus einer Nebenlinie der Fürsten von Hohenzollern zur Verfügung. Frankreich fürchtete, durch eine Wahl Prinz Leopolds zum spanischen König sowohl im Westen als auch durch den Norddeutschen Bund, in dem Preußen den Ton angab, im Osten in die Zange genommen zu werden, und äußerte lautstarken Protest. Obwohl Prinz Leopolds Vater und der preußische König Wilhelm I. die Kandidatur auf ausländischen Druck hin zurückzogen, entzündete sich an der Veröffentlichung der

Depesche eines Beraters Wilhelms I. an Kanzler Bismarck Frankreichs Empörung, und am 19. Juli erklärte Frankreich Preußen den Krieg. Der Norddeutsche Bund, unterstützt vom Großherzogtum Baden und den Königreichen Bayern und Württemberg, stand im Krieg mit Frankreich.

Ganz Hamburg war in fieberhaftem Aufruhr, der allerdings mehr jubelnder Begeisterung denn Angst glich. Der Ausbruch des Krieges stieß allenthalben auf ungeteilte Zustimmung. Emily war verwirrt, aber auch neugierig, und ihre Wissbegierde ließ sie ihre Scheu vor dem gedruckten Wort verlieren. Konzentriert buchstabierte sie sich jeden Morgen durch das *Hamburger Abendblatt* und bestürmte Heinrich jeden Abend mit neuen Fragen zum Krieg. Das Ausmaß dieses Krieges, in den Hunderttausende von Soldaten geschickt wurden, und der Einsatz von Unmengen an Kriegsmaterial von höchster technischer Perfektion, faszinierte Emily ebenso, wie es sie abschreckte. Wie unbedeutend, nachgerade harmlos und primitiv erschienen ihr im Vergleich dazu die Kriege in Afrika, jene Kämpfe, die ihr Vater einst im Oman ausgefochten hatte! Selbst der Zwist zwischen Majid und Barghash seinerzeit, die Bombardierung der Plantage von Marseille, der Beschuss der Stadt von Sansibar und die drohende Vernichtung durch das Kriegsschiff der Briten erschienen ihr im Rückblick beinahe lächerlich.

Ihr imponierte die flammende Treue der Deutschen zu dieser Sache. *Patriotismus* war das Schlagwort jener Tage; etwas, das man auf Sansibar nicht kannte, wo jeder nur den größtmöglichen Vorteil für sich selbst im Auge hatte. Ebenso war sie davon beeindruckt, dass die Soldaten sich aus allen Schichten des Volkes zusammensetzten, gleich, ob arm oder reich, gleich, ob jüdischen oder christlichen Glaubens. Was ihr äußerst gerecht erschien, was sie aber gedanklich mit dem Christentum nicht vereinbaren konnte.

Es ist unfasslich, dass die Bekenner der friedfertigen und Nächstenliebe predigenden Lehre Jesu sich gegenseitig zu überbieten suchen, wer die tödlichste und am meisten Leben vernichtende Waffe erfinden kann. »Fortschritt« nennen sie dies hier. Doch diese Kunst des Krieges, die als Fortschritt bezeichnet wird, kann man doch nicht anders als satanisch nennen.

Trotzdem war Emily in diesem Sommer in Hamburg beinahe glücklich. Der Krieg berührte ihr Leben nicht weiter. Zwar wurde ein Trupp Soldaten in ihrem Haus einquartiert wie bei so vielen anderen Hamburger Familien in diesen Tagen. Doch Emily und Heinrich brachten den Trupp rasch in einem Gasthof unter, weil sich für solcherlei Gäste das Haus dann doch als zu beengt erwies. Vor allem aber wegen der kleinen Kinder, die anfingen zu schreien und zu weinen, sobald sie einen Mann in Uniform erblickten.

Emily gewann an Selbstvertrauen. Zwischen Köchin Lene und ihr stand es schon lange nicht zum Besten, seit Emily sie zufällig dabei erwischt hatte, wie sie den Kaffee für Gäste durch einen alten Strumpf filterte. Emily war außer sich gewesen, hatte den nassen Stoffklumpen voller Kaffeesatz augenblicklich ins Herdfeuer geworfen, und Lenes Protest, der Strumpf sei doch aber gewaschen, war ungehört verhallt. Voller Misstrauen, was womöglich noch alles hinter ihrem Rücken vor sich ging, verlangte Emily das Haushaltsbuch zu sehen. Sie las und rechnete und rechnete noch einmal nach und begriff, wie viel Geld jeden Monat in den Taschen der Dienstboten verschwand, anstatt wie vorgesehen samt und sonders in den Töpfen und Schränken der Ruetes zu landen. Ohne viel Federlesens entließ sie die gesamte Dienerschaft, hieß Heinrich eine Annonce aufgeben und wählte die vorstelligen Bewerberinnen nach eigenem Gutdünken aus. Ihr Stolz auf diese Leistung hielt lange vor, schenkte ihr neue Tatkraft und Zuversicht.

Zum ersten Mal in den drei Jahren, die Emily nun hier war, hatte sie das Gefühl, sie könnte hier heimisch werden. Sie fror nicht mehr so sehr, begann auf Deutsch zu denken und zu träumen, vermochte die Eigenarten der hiesigen Menschen besser zu nehmen und gewöhnte sich sogar an das Essen.

Und mit ihrem Heimweh nach Sansibar versuchte sie zu leben, so gut es ging.

So bestand in diesem Sommer ihre größte Sorge darin, dass das Stillen Rosas – ein lang gehegter Wunsch und von ihrem modern eingestellten Hausarzt Dr. Gernhardt als das Beste für Mutter und Kind empfohlen – nach gut drei Monaten nicht mehr so recht klappen wollte. Schweren Herzens entschied sich Emily abzustillen, worauf ihr Körper mit einem leichten Fieber und mit Mattigkeit antwortete. Das Schwerste war bereits überstanden, dennoch hatte Emily sich an diesem Nachmittag mit in ein Tuch gepackten Eiswürfeln auf der Stirn auf ihrem Bett ausgestreckt, noch angekleidet, *nur für ein Stündchen.*

»Hallo, Bibi«, flüsterte es von der Tür her.

Emily öffnete die Lider und schickte ein müdes Lächeln zu ihrem Mann hinüber. »Heinrich. Ist es schon vier Uhr?« Sie schickte sich an aufzustehen, aber Heinrich, der sich auf der Bettkante niedergelassen hatte, drückte sie zurück in die Kissen.

»Bleib ruhig noch liegen.« Er küsste sie auf die Wange. »Wie geht es dir?«

»Viel besser. Nur ein wenig heiß ist mir noch.«

»Sag bloß, du hast dich bereits so an das hiesige Klima gewöhnt, dass dir der Hamburger Sommer inzwischen zu warm ist«, gab Heinrich mit leisem Lachen zurück.

Emily lächelte und versetzte ihm einen leichten Knuff. »Mach dich ruhig lustig über mich!«

Heinrichs Bart zuckte erheitert, doch er klang ernst, als er sagte: »Das würde ich nie tun, Bibi Salmé.« Er küsste sie noch einmal. »Höchstens ein bisschen …«

Emily gluckste in sich hinein.

»Anna hat unten aufgetragen. Magst du mit hinunterkommen, oder soll ich dir etwas heraufbringen lassen?«

Sie schüttelte den Kopf. »Ich habe keinen Hunger.«

»Würde es dir etwas ausmachen, wenn ich nachher noch Vater besuche?«

Hermann Ruete kränkelte seit längerer Zeit, befand sich deshalb auch bereits seit zwei Jahren im vorzeitigen Ruhestand. Derzeit ging es ihm wieder etwas schlechter, weshalb er sich in das Sommerhäuschen der Ruetes vor den Toren Hamburgs zurückgezogen hatte, wo er sich in Stille und reiner Luft von seiner Gattin pflegen ließ.

»Nein, nicht im Geringsten. Bestell ihm bitte liebe Grüße von mir.«

»Mach ich. Ich bin um neun Uhr zurück.«

Liebevoll streichelte er ihre glühenden Wangen. Emily hörte ihn hinausgehen und die Tür behutsam hinter sich schließen. Wie aus weiter Ferne vernahm sie seine Stimme, dann Saids kollerndes Lachen. Der laue Wind des Sommertages, der die Blätter der Bäume mit papiergleichem Rascheln gegeneinanderrieb und die Vorhänge vor dem geöffneten Fenster bauschte, lullte sie ein, ließ sie in einen Dämmerzustand sinken, aus dem sie rasch in einen tiefen Schlaf hinüberglitt.

Heinrich rannte den Bahnsteig entlang.

Er war spät dran. Johanna hatte ihm eine Tasse Kaffee nach der anderen aufgenötigt, und sein Vater, froh um die Ablenkung, die der Besuch seines ältesten Sohnes an sein einsames Krankenlager gebracht hatte, hatte stundenlang alte Geschichten aus Heinrichs und seiner eigenen Kindheit zum Besten gegeben und war dabei vom Hundertsten ins Tausendste gekommen. Nur mit Mühe hatte Heinrich sich losmachen können, und nun musste er sich sputen, um die Pferdebahn noch zu erreichen. Nicht die letzte, die an diesem Juliabend in Richtung Uhlenhorst fahren würde, aber Heinrich mochte keine Unpünktlichkeit. Auch nicht im Privaten, und schon gar nicht, wo er doch wusste, wie schnell Emily in Sorge geriet, wenn er sich verspätete.

Der von zwei massigen Pferden gezogene Wagen rollte gerade unter Hufgeklapper in flottem Tempo auf den Schienen heran, an deren Rand zahlreiche Menschen darauf warteten einzusteigen, zumeist Ausflügler, die das schöne Wetter aus der Stadt herausgelockt hatte und die nun wieder zurückwollten, ehe es dunkelte. Mit einem Blick sah Heinrich, dass die Pferdebahn schon gut besetzt war, sowohl hinter den Fenstern des Coupés als auch oben auf dem überdachten Deck des Wagens. Alle Wartenden würden kaum Platz darin finden; ein Gutteil von ihnen müsste wohl oder übel auf den nächsten Wagen warten. Ein junger Bursche am anderen Ende des Perrons nahm am Gleis entlang Anlauf und sprang auf die heranfahrende Bahn auf, hangelte sich vom Trittbrett zum Einstieg hinauf und verschwand im Coupé. Ein winziger Augenblick des Zauderns bei Heinrich, eine Spur von Scham für eine solche Unhöflichkeit, die zu begehen er im Begriff war, dann beschleunigte er seinen Schritt, hetzte an der Menschenmenge vorbei und war mit einem Satz auf dem Trittbrett des Wagens.

Er hatte sich verschätzt.

Heinrich kam auf dem schmalen Trittbrett nicht richtig auf und verlor das Gleichgewicht. Suchte Halt an den Griffen, verfehlte sie, ruderte mit den Armen und fiel. Atmete auf, als er spürte, dass sein Hosenbein irgendwo festhing, seinen Sturz aufhielt. Der Stoff riss, und Heinrich schlug hart mit Rücken und Hinterkopf auf. Er hörte gellende Schreie, das Kreischen der Bremsen.

Zu spät, viel zu spät. Mit einem grausamen Knirschen rollte ein Eisenrad über ihn hinweg, schnitt durch die Haut, zerquetschte Fleisch und zermalmte Knochen. Schmerz, flammender, lodernder Schmerz, unerträglich. *Ich lebe noch.*

Erleichterung, als die Bahn zum Stillstand kam, barmherzige Hände ihm aufhalfen. Er konnte stehen und sich gestützt bis zur nächsten Droschkenstation schleppen, um nach einem Arzt zu schicken.

Ich lebe noch.

Emily wurde aus tiefem Schlaf geweckt, als Friederike, das Kindermädchen, mit ihren beiden größeren Schützlingen an das Bett trat.

»Wünscht eurer Frau Mama eine gute Nacht«, sagte sie zu den Kindern.

Das Gutenachtsagen war ein wichtiges Ritual im Hause Ruete. Die zweieinhalbjährige Tony, schon im Nachthemdchen, zog sich über die Bettkante hinauf und gab Emily ein schmatzendes Küsschen. »Nacht, Mama!«

»Gute Nacht, mein Liebes.« Emily drückte ihre Tochter an sich, bevor sie sich aufsetzte und Friederike ihr Said übergab, den sie ebenfalls herzte. »Gute Nacht, mein kleiner Prinz.«

»*Natt*«, machte Said. Schon heftig gähnend, winkte er ihr vom Arm Friederikes aus noch einmal zu, indem er mit dem Ärmchen wedelte.

Obwohl es erst acht Uhr war, läutete Emily nach Anna, damit diese ihr beim Auskleiden half. Zwar hatte sie fast den ganzen Nachmittag geschlafen; trotzdem war sie noch immer müde, fühlte sich wieder leicht fiebrig. Im Nachthemd schlüpfte sie zurück ins Bett und wartete auf Heinrich.

Bis die Uhren im Haus die neunte Stunde schlugen, blieb

Emily noch liegen. Allmählich jedoch begann sie unruhig zu werden, horchte in den Sommerabend hinaus, der erfüllt war vom Tuten der Dampfer draußen auf der Alster.

Vielleicht ist er mit der Bahn bis in die Stadt hineingefahren und nimmt von dort eines der Schiffe hier herüber …

Es wurde zehn, es wurde elf. Ein Zittern kroch in Emily empor, ließ sich nicht unterdrücken. Sie sprang aus dem Bett und wanderte unruhig durchs Haus.

»Sie sorgen sich um den gnädigen Herrn, nicht wahr?«, fragte Friederike mitfühlend, der sie im Korridor begegnete. »Seien Sie ganz beruhigt, Frau Ruete. Bestimmt ist etwas ganz Harmloses dazwischengekommen.« Sie klang jedoch nicht wirklich überzeugt. Die Pünktlichkeit und die Zuverlässigkeit Heinrichs waren sprichwörtlich bei jedem, der ihn kannte. Emily konnte nur nicken und setzte ihren Weg durch das Haus fort, bis sie wieder in ihrem Schlafgemach angelangt war und sich unter der Decke verkroch. Sie umschlang Heinrichs Kissen und vergrub das Gesicht darin, sog tief den Geruch ihres Mannes ein, der noch im Stoff hing.

Bitte, lieber Gott, mach, dass ihm nichts geschehen ist.

Es war Mitternacht. Emily fror erbärmlich, und ihr Kopf glühte. Das durch die Aufregung gestiegene Fieber ließ sie wild phantasieren, was Heinrich zugestoßen sein könnte, und sie brauchte ihre ganze Kraft, um all die entsetzlichen Bilder zurückzudrängen und ihnen keinen Raum zu geben.

Endlich läutete unten die Hausglocke, ganz leise nur, so als würde besonders behutsam daran gezogen. Grenzenlose Erleichterung überflutete Emily.

Endlich. Er ist zu Hause. Er hat wohl den Schlüssel vergessen oder verloren.

Langsam beruhigte sich ihr rasender Herzschlag, entkrampften sich ihre Muskeln, und sie schmiegte sich erschöpft, aber glücklich in die Kissen.

Doch Heinrich kam nicht.

Emily stand auf und trat aus dem Zimmer. »Heinrich?«, rief sie hinab, halblaut, um die Kinder nicht zu wecken. Lauschte nach unten, und als eine Antwort ausblieb, beugte sie sich über das Treppengeländer. »Heinrich?! Bist du da?« Sie schrie auf, fuhr herum, als jemand sie leicht am Arm berührte. »Anna! Hast du mich erschreckt!« Der Ausdruck im Gesicht ihres Dienstmädchens ließ Emily aschfahl werden. Als Anna sie am Handgelenk packte, zuckte sie zusammen. »Wo ist der gnädige Herr? Anna – wo ist mein Mann?!«

Als Anna nichts erwiderte, sie nur aus großen Augen anstarrte und schluckte, riss Emily sich los und rannte die Treppe hinunter, geradewegs in die Arme Friederikes und in die Arme von Martha, der Köchin.

»Bitte, Frau Ruete, beruhigen Sie sich«, redete Friederike auf sie ein. »Ihr Mann hatte einen Unfall, er ist im Krankenhaus.«

Emily rang nach Atem, dann gaben ihre Knie nach, und ihr wurde schwarz vor Augen.

48

»Frau Ruete! Frau Ruete – hören Sie mich?!«

Emilys Lider flatterten, öffneten sich widerstrebend. Verschwommen zuerst, dann zunehmend klarer nahm sie den Mann wahr, der vor ihr auf der Treppe kniete und ihr die Wange tätschelte. Das kantige Gesicht mit dem buschigen Bart kam ihr bekannt vor, wenn sie es auch zunächst nicht einzuordnen vermochte.

»Gott sei Dank, Sie sind wieder bei uns, Frau Ruete«, sagte er, als Friederike und Martha, die sie in ihrem ohnmächtigen Fall aufgefangen hatten, ihr nun halfen, sich aufzusetzen. »Seien Sie guten Mutes, Frau Ruete. Ihr Mann lebt; er hat mich zu Ihnen geschickt, damit ich Ihnen die Nachricht von seinem Unfall überbringe.«

»Wo ist er?«, brachte Emily mühsam hervor, die deutschen Worte plötzlich wieder gänzlich ungewohnt und fremd in ihrem Mund. »Kann ich zu ihm?«

»Erkennen Sie mich nicht wieder?«, kam seine Gegenfrage. »Ich bin's, Dr. Helmuth Rilling, der Hausarzt Ihrer Nachbarn.«

»Ja natürlich«, murmelte Emily. »Was ist passiert?«

Dr. Rilling, der durch einen glücklichen Zufall der Arzt gewesen war, den man herbeigeholt hatte, zögerte, erklärte Emily dann aber doch möglichst ruhig und sachlich den

Unfallhergang, wie Zeugen ihm diesen geschildert hatten, während er Heinrich Erste Hilfe leistete. Wie schwerwiegend Heinrichs Verletzungen waren, dazu äußerte er sich nicht; er beschränkte sich darauf, ihr zu versichern, dass Heinrich im Krankenhaus in den besten Händen sei.

»Ich muss zu ihm«, erklärte Emily und rappelte sich auf.

»Das geht nicht, Frau Ruete. Es ist mitten in der Nacht, kein Krankenhaus lässt um diese Zeit Besucher ein. Morgen früh können Sie Ihren Mann sehen. Nicht eher.«

»Entweder«, sagte Emily ruhig, aber mit entschlossener Bestimmtheit, »entweder bringen Sie mich mit Ihrem Wagen ins Krankenhaus, oder ich mache mich zu Fuß auf den Weg. Und wenn die Leute dort tatsächlich so hartherzig sind und mich nicht zu meinem Mann lassen, so bleibe ich die ganze Nacht draußen vor der Tür sitzen. Nur hier, hier bleibe ich nicht. Nicht heute Nacht.«

Dr. Rilling sah sie lange an. Schließlich nickte er. »Also schön. Ich bringe Sie hin.«

Hektische Betriebsamkeit brach aus, als Anna ihr half, sich hastig anzukleiden, und als sie mit Friederike, die sie nicht allein fahren lassen wollte, und Dr. Rilling aufbrach. Die Fahrt kam ihr endlos vor, obwohl sie kaum eine halbe Stunde dauerte – eine wahre Höllenfahrt, in der sie durch die nachtstillen Straßen Hamburgs rumpelten.

An der Seite des Arztes gelangten sie zwar durch die Pforte, doch der Beamte der Krankenhausverwaltung, den sie um Besuchserlaubnis ersuchten, wollte sie zunächst fortschicken. Erst auf Emilys unter Tränen vorgebrachte Bitten hin begab er sich zu einem der Chirurgen, der nach langem Hin und Her seine Zustimmung gab.

Dennoch ließ man sie warten; erst gegen Morgen und auch nur für eine Viertelstunde durfte Emily das Krankenzimmer betreten.

Auf Zehenspitzen, sich die Tränen wegwischend, die ihr unablässig die Wangen hinabbrannten, schlich sie in den abgedunkelten Raum hinein.

»Bibi? Bist du das?« Seine Stimme klang erschreckend flach, wie abgeschürft.

»Ja, Heinrich.« Ihre Stimme flackerte, als sie sich an sein Bett setzte und seine linke Hand nahm. Die rechte war unter der Bettdecke verborgen, und Emily ahnte, dass der Arm schwer verletzt sein musste. Viel sehen konnte sie nicht; die schwache Beleuchtung ließ kaum mehr als Schemen erkennen.

»Bibi – *roho jangu*. Mein Atem, meine Seele. So spät kommst du noch … Bitte, wein doch nicht.«

»Ich versuch's. – Hast du große Schmerzen?«

Sein Atem kam stoßweise.

»Ja.«

»Wo?«

»In – in der Brust.«

»Oh Heinrich«, brach es aus ihr heraus. »Wie konnte das nur passieren?«

Er gab ein trockenes, gequältes Auflachen von sich. »Das weiß Gott allein.«

Die Viertelstunde verging viel zu schnell. Viel zu bald kam eine Schwester herein und bat Emily mit sanftem Nachdruck, jetzt zu gehen. Sachte küsste Emily Heinrich auf die Stirn.

»Bis morgen. Gute Nacht, Heinrich.«

»*Ya kuonana* – auf bald«, flüsterte er.

»*Ya kuonana*«, erwiderte Emily mit wehem Herzen.

Ausgelaugt und am Ende ihrer Kräfte, wurde Emily wieder nach Hause gebracht, doch an Schlaf war nicht zu denken. In ein dickes wollenes Umschlagtuch gehüllt, saß Emily die restlichen Nachtstunden auf dem Balkon ihres Hauses und starrte in den Himmel. Betrachtete die Sterne, die ihr hier ungleich ferner und bleicher erschienen als über Sansibar. Als diese nach und nach verblassten und der Himmel verblaute und sich lichtete, ging sie in das Zimmer ihrer Kinder, betrachtete den friedlichen Schlaf von Tony, Said und Rosa, die noch nichts von dem Unheil ahnten, das über ihre bislang sorglose Kindheit hereingebrochen war.

Emily kniete sich hin, legte den Kopf auf die Kante von Rosas Wiege und weinte lautlos.

Erst im unbarmherzigen Licht des neuen Tages, wurden Heinrichs schwere Verletzungen offenbar. Im Gesicht und am Kopf, im Brustkorb und an den Gliedmaßen, durch deren Verbände noch immer Blut sickerte.

»Guten Morgen, Bibi«, begrüßte er sie und versuchte, seiner Stimme einen munteren Klang zu geben, streckte seine unverletzte Hand nach ihr aus. »Bist du hier, um mich zu einem Spaziergang abzuholen?«, fragte er in neckendem Tonfall.

Emily lächelte und ließ sich auf der Bettkante nieder. »Wir können gern zusammen einen Fluchtplan aushecken, wie wir von Ärzten, Schwestern und dem Mann an der Pforte ungesehen hier hinaus und nach Hause kommen.«

Sein Mund zuckte. »So wie du damals von Sansibar geflohen bist?«

Emily hielt seinen Blick fest. Lange. »Ja«, flüsterte sie. »So wie damals.«

»Weißt du noch«, sagte er leise, »wie wir uns begegnet sind – du auf dem Dach deines Hauses, ich am Fenster des meinen?«

»Nichts«, erwiderte Emily zärtlich und fuhr mit den Fingern über die Stellen in seinem Gesicht, die nicht zerschunden oder abgeschürft waren, »nichts von alldem werde ich je vergessen.«

Emilys Sorgen und Ängste wirkten einmal mehr unbegründet. Heinrich machte den Eindruck, als sei er auf dem Weg der Besserung. Als sei sein Unfall nur ein tüchtiger Schrecken ohne allzu schwerwiegende Folgen gewesen, und er tat so, als habe er sich nur einige Gelenke verstaucht und ein paar Prellungen und Kratzer abbekommen. Mit Geduld und guter Pflege würde er wieder auf die Beine kommen, das schien gewiss. Sie erinnerten sich an ihre vergangene Zeit auf Sansibar und schmiedeten Pläne für ihre Rückkehr dorthin, während Emily mit ihrem Fächer, den sie aus ihrer Heimat nach Hamburg mitgebracht hatte, die Fliegen verscheuchte, die an diesem heißen Sommertag im Krankenzimmer herumsurrten. Und es war fast ein bisschen so, als säßen sie auf der Veranda von Kisimbani beisammen und all das Schwere, das hinter ihnen lag, wäre nie geschehen.

Am Nachmittag jedoch begann Heinrich zu fiebern und zu phantasieren.

Emily bangte. Schöpfte Hoffnung, als er zu Bewusstsein kam und danach verlangte, aufzustehen und etwas zu essen. Bangte erneut, als das Fieber ihn wieder in seine Klauen bekam.

Emily litt. Litt mit ihm und auch mit sich selbst.

Stunde um Stunde. Einen Tag und noch einen.

Als Heinrichs Kräfte sichtbar schwanden und er gänzlich in einem Zustand tiefer Bewusstlosigkeit versank, benötigte Emily keinen Arzt, um zu wissen, wie es um ihren Mann stand. Dennoch kam spätabends der Hausarzt der Ruetes, Dr. Gernhardt, in das Haus an der Schönen Aussicht, um Emily mitzuteilen, dass er mit den Ärzten des Krankenhauses gesprochen habe, und ihr schonend die Nachricht überbrachte, dass es keine Hoffnung mehr gab.

Obwohl Emily es schon den ganzen Tag über geahnt hatte,

traf die Endgültigkeit dieser Aussage sie doch mit unerträglicher Wucht. Wie betäubt saß sie stundenlang so da, wie Dr. Gernhardt sie verlassen hatte. Betete im Stillen abwechselnd um Rettung wider jede Wahrscheinlichkeit oder darum, dass Heinrich schnell von seinem Leiden erlöst werde.

Als sie am Morgen darauf ins Krankenhaus kam, erschrak sie über die Veränderung, die über Nacht mit Heinrich vor sich gegangen war. Seine Züge waren eingefallen, spitz und hager, er selbst geschrumpft, halb wieder Kind, halb vor der Zeit vergreist.

Es war das Antlitz des Todes, in das Emily blickte. Das sie nicht zum ersten Mal sah, aber das sie mit unsagbarem Grauen erfüllte.

»*U hali gani*, wie geht es dir, Bibi?«

Ihr Kopf, den sie in den Händen vergraben hatte, fuhr hoch.

»Heinrich.« Ein Aufblitzen der Hoffnung durchzuckte sie, dass er wieder zu sich gekommen war. Vielleicht würde ein Wunder geschehen, eine gütige Macht ihn ins Leben zurückkehren lassen. »Wie geht es dir? Verlangt es dich nach irgendetwas? Hast du Durst?«

»Kir-schen«, flüsterte er. »Gibt es … frische … Kirschen? Hier?«

»Ich frage gleich danach.«

Dankbar für diese Regung, drückte sie seine unverletzte Hand und rannte hinaus, scheuchte gleich zwei Krankenschwestern auf einmal auf, ihr welche zu besorgen. Doch als beide mit betretenem Gesicht zurückkehrten und ihr berichteten, dass es im Krankenhaus bedauerlicherweise keine gebe, Frau Ruete müsse wohl welche in der Stadt besorgen lassen, hatte Heinrich bereits wieder das Bewusstsein verloren.

Den ganzen Nachmittag saß Emily bei ihm, betupfte seine glühende Stirn mit Kölnisch Wasser aus ihrer Handtasche. Und als sein Gesicht kühl wurde, fast so kalt wie seine Hand, lauschte sie seinem Atem, der flacher wurde, zeitweise stockte, immer unregelmäßiger ging.

Bis es still wurde im Krankenzimmer. Still und kalt.

Eine der Schwestern schlich herein, warf einen Blick auf Heinrich und legte Emily eine Hand auf die Schulter.

»Es ist vorbei, Frau Ruete. Mein Beileid.«

49

Emily verstand nicht, weshalb sie nicht bei Heinrichs Leichnam Wache halten durfte, bis der Tag der Beisetzung gekommen war. Und auch nicht, warum am Tag des Begräbnisses der Sarg mit vernageltem Deckel ins Haus gestellt wurde, damit Freunde, Familie und Verwandte Abschied nahmen, ohne dass sie Heinrich noch einmal sehen konnten.

Ihr war unbegreiflich, warum niemand auch nur einen Zoll breit von dem eingefahrenen Weg dessen, was sich gehörte, abweichen wollte, um Emilys Wunsch nach einer eigenen Form des Abschiednehmens zu erfüllen. Die Bräuche und Zeremonien, die man zu diesem traurigen Anlass hier in Hamburg pflegte, erschienen Emily kalt und herzlos. So kühl und grau wie der Augusttag, als sie Heinrich zu Grabe trug; so abweisend wie das nüchterne Ritual am Rande des Erdlochs, in dem Heinrichs Asche schließlich zur letzten Ruhe gebettet wurde.

Ohne Heinrich kam ihr das Haus leer vor und verlassen. In den Schränken lagen noch seine Hemden, hingen seine Anzüge; die Garderobe war voll von seinen Mänteln und Hüten. Das ganze Haus atmete Heinrichs Gegenwart, obschon es ihn nicht mehr gab auf dieser Welt. Manchmal rief Emily geistesabwesend nach ihm oder suchte ihn, häufig in seinem Raucherzimmer, wo er sich immer eine Zigarre genehmigt hatte. Oder sie sprang auf, weil sie gehört zu haben meinte, wie er die Eingangstür hinter sich schloss. Wenn sie sich in den Räumen aufhielt, glaubte Emily zu ersticken; sie lebte fast nur noch auf dem Balkon oder im Garten und ging nur ins Haus, wenn sie weinen musste.

Es erschien ihr ungerecht, dass die Welt dort draußen sich einfach weiterdrehte, während ihre eigene kleine Welt in Trümmern lag. Wie konnte die Sonne weiterhin jeden Morgen aufgehen und die Sterne sie des Nachts ablösen? Wie konnten die Blätter an den Bäumen weiter im Wind rauschen und die Blumen ständig neue Knospen hervorbringen? Sie fürchtete den gnadenlosen Tag, der sie ihren Verlust mit jedem Atemzug würde spüren lassen, und hatte Angst vor der Nacht, die sie mit Träumen quälte, in denen Heinrich durch die Tür trat, sie anlachte und erklärte, sein Unfall, sein Tod seien ein großer Irrtum gewesen, er sei gesund und munter. Nur um am nächsten Morgen wie zerschlagen zu erwachen und festzustellen, dass es nur ein Traum gewesen war. In einem Bett, das ohne ihn kalt war und leer.

Wie ein Geist wanderte Emily rastlos umher, suchte Antworten auf unausgesprochene Fragen, doch sie fand keine. Sie verlangte nach Halt und nach Trost, doch sie bekam weder das eine noch das andere. Ein Teil von ihr war mit Heinrich gestorben, und ihre Seele trug Trauer. Die Trauer hüllte sie ein in dickes graues Tuch, das die Sinne abstumpfte und keine andere Regung zuließ außer dem Schmerz. Selbst ihre Kinder waren ihr fremd geworden.

Sie ertrug es nicht, dass Tony und Said beständig fragten, wann ihr Papa denn wiederkäme, und weinend nach ihm riefen; dass Rosa, die spürte, wie sehr ihr Zuhause aus den Fugen geraten war, und die den inneren Aufruhr der Menschen um sich herum wahrnahm, plötzlich weinerlich wurde. Sie ertrug die plötzliche Anhänglichkeit nicht, mit der sich ihre Kinder an ihre Hand oder an ihren Rockzipfel klammerten, und überließ sie mehr und mehr Friederike.

Ich wünschte, ich hätte sie nie geboren, dachte Emily ein ums andere Mal. *Ich wünschte, ich wäre tot. Ich wünschte, ich würde an Heinrichs Seite im Grab liegen.*

Es war an einem solchen Abend, an einem Abend aus Blei und Asche, dass sie sich auf Zehenspitzen am Kinderzimmer vorbeischlich, hinauf in ihr Schlafzimmer. In der Hoffnung, die Kinder würden sie nicht hören und nicht nach ihr rufen. Doch sie selbst hörte sehr wohl, wie Said leise weinte und unaufhörlich »Papa. Papa. Papa« wimmerte. Emily wollte sich schon die Ohren zuhalten, als sie das Geräusch von bloßen Füßchen wahrnahm, die über den Boden tapsten.

»Nich'«, sagte Tonys feines Stimmchen. »Nich' weinen. Nich' Papa rufen. Sonst muss die Mama wieder so arg weinen.«

Emily presste die Hand auf den Mund, um nicht aufzuschluchzen. Geräuschlos trat sie näher und spähte um den Türrahmen herum.

Said saß auf dem Boden, seine Eisenbahn aus Holz achtlos neben sich umgekippt, die dunklen Augen voller Tränen. Und Tony kniete vor ihm, wischte ihrem Bruder über die nassen Wangen, bevor sie ihn tröstend in ihre rundlichen Arme schloss.

Ein hoher, dünner Klagelaut entfuhr Emily. Sie ließ sich mit dem Rücken gegen die Wand fallen und in die Hocke sinken, wobei ihre weiten Röcke sich zu einer Wolke um sie herum aufbauschten und dann in sich zusammensanken. Weinend vergrub sie das Gesicht in den Händen.

Was bin ich nur für eine Mutter! Meine Tochter ist noch nicht einmal drei Jahre alt und muss meinen Sohn mit seinen noch nicht einmal zwei Jahren trösten, weil ich nicht in der Lage bin, für sie da zu sein. So kann es doch nicht weitergehen.

Sie schrak auf, als etwas an ihren Röcken zupfte und dann auf ihre Beine zu klettern begann. Verzerrt hinter ihrem Tränenschleier sah sie Tony, die unnachgiebig ihre Nähe suchte und ihrer Mutter nun in kindlich-unbeholfenen Bewegungen mit einem Taschentuch die Tränen zu trocknen begann.

»Nich' weinen, Mama«, befahl sie energisch. »Wird doch alles wieder gut!«

»Ach, Tony«, schluchzte Emily auf und zog ihre kleine Tochter in die Arme. »Ich wüsste nicht, wie! Ich weiß nicht, wie ich jetzt weiterleben – was aus uns werden soll.«

Sie sah auf, als sie einen Stupser erhielt. Es war Said, der ebenfalls angelaufen gekommen war und wie ein bockiges Zicklein seine Stirn gegen Emilys Schulter schubste. Unwillkürlich hoben sich Emilys Mundwinkel, und sie schloss auch ihren Sohn in ihre Umarmung mit ein. Es tat wohl, diese beiden warmen Kinderkörper zu spüren, die aus ihr und Heinrich hervorgegangen waren. Es war nicht der Trost, den sie brauchte – aber es war gleichwohl einer.

Es muss weitergehen. Irgendwie. Das bin ich den dreien schuldig. Meinen Kindern.

Heinrichs Kindern vor allem.

50

»Natürlich würden wir dich gern nach Kräften unterstützen«, begann Johanna Ruete und warf einen besorgten Blick zu ihrem Gatten hinüber. »Aber mit drei Kindern ... Wir haben doch selbst nur so wenig Platz. Und durch Hermanns Leiden ...« Sie brach ab und zupfte fürsorglich die Wolldecke zurecht, die ungeachtet des warmen Spätsommertages über den Beinen von Heinrichs Vater lag.

Hermann Ruete sah in der Tat schlecht aus. Der vorzeitige Tod seines ältesten Sohnes hatte für den gesundheitlich angegriffenen Mann einen herben Schlag bedeutet. Emily hatte ihn nie weinen sehen, und doch schien ihr Schwiegervater ernsthaft zu trauern. Man sah es an den neuen Furchen und Falten in seinem länglichen Gesicht, die sich fast über Nacht eingegraben hatten, und daran, dass er mit einem Mal kleiner wirkte, weil er sich nicht mehr so gerade hielt wie früher, so als trüge er eine zu schwere Last auf seinen Schultern. Und manchmal dachte Emily, sie habe einen abwesenden, traumverlorenen Glanz in seinen Augen entdeckt, als wenn er gerade Heinrich vor sich sähe.

»Oh nein, daran hatte ich keineswegs gedacht«, beeilte sich Emily zu erwidern. Stumm leistete sie Abbitte für diese kleine Lüge und senkte verlegen den Blick auf ihre Teetasse.

Denn genau darauf hatte sie gehofft: bei Heinrichs Eltern, den Großeltern seiner Kinder, Aufnahme zu finden, nachdem sich herausgestellt hatte, dass Emily sich das schöne Haus an der Außenalster nicht mehr lange würde leisten können.

Heinrichs Tod war für sie der bislang schwerste Schicksalsschlag in ihrem an Unglück und Todesfällen nicht gerade armen Leben gewesen. Doch diesem Tod waren weitere Hiobsbotschaften gefolgt – kleinere, im Vergleich zum Verlust ihres Mannes geradezu lächerliche –, und doch fühlte Emily sich an der Schwelle zu ihrem vierten Herbst hier in Hamburg, als triebe sie unaufhaltsam auf einen Abgrund zu.

Heinrichs böse Vorahnungen, was das Geschäftsgebaren von Herrn Rehhoff auf Sansibar anbetraf, hatten sich leider bewahrheitet: Was an Gewinn zwischen Frühjahr 1869 und Heinrichs Tod im August 1870 erzielt worden war, war zu weit mehr als der Hälfte in den Taschen von Rehhoff und von Schriever gelandet, nicht in der mit dem Namen Ruete beschrifteten Schatulle. Viel war es anscheinend ohnehin nicht gewesen, was in den letzten Monaten an Geldern geflossen war. Der hanseatische Handel auf Sansibar lag durch den noch immer andauernden Krieg des Norddeutschen Bundes gegen Frankreich zunehmend brach. Auch der Ertrag von Emilys drei Plantagen aus dem entsprechenden Zeitraum war von den beiden unredlichen Geschäftsleuten in die eigene Kasse abgeschöpft worden. Und als sei dies nicht genug, war bei der Durchsicht der geschäftlichen Aufstellungen ans Tageslicht gekommen, dass Heinrich beträchtliche Summen aus ihrer beider Vermögen in die Geschäfte auf Sansibar transferiert hatte, die nun ebenfalls in dunklen Kanälen versickert waren.

Emily war froh, dass Heinrich nicht mehr hatte miterleben müssen, dass er sich in seinem einstigen Schulfreund Rehhoff so sehr getäuscht hatte. Darüber hinaus war dieser auch noch der Sohn eines Pastors, was in Emilys Augen die Schwere seiner Schuld noch vergrößerte, wie sie sich in letzter Zeit oft kopfschüttelnd und mit hochgezogenen Augenbrauen gedacht hatte.

Doch alles Jammern half nichts, es änderte vor allem nichts daran, dass Emily nur eine kleine Summe Geldes blieb, mit der sie für sich und ihre Kinder sorgen konnte, plus dem durch den Krieg ebenfalls nicht sonderlich üppigen Ertrag aus Aktien, in die Heinrich investiert hatte. Zumal sie trotz der Tatsache, dass sie die Witwe eines Hamburger Bürgers war, keine Bürgerrechte besaß und der Senat der Hansestadt ihr auch weiterhin als Ausländerin die Möglichkeit verweigerte, den entsprechenden Eid abzulegen, sie somit keinerlei Anspruch auf eine Witwenpension erheben konnte.

»Ich bin schon auf Wohnungssuche«, erklärte sie nun gespielt zuversichtlich und setzte ihre Untertasse ab. »Ein paar passende Objekte habe ich bereits in Aussicht.«

Die nächste Lüge. Ihren Wunsch, ein Häuschen anzumieten, das einen Garten besaß, in dem die Kinder spielen konnten, hatte Emily sich bei Durchsicht der Annoncen rasch aus dem Kopf schlagen müssen. Mit ihrem sehr beschränkten Budget war so etwas unbezahlbar, und auch von der Alster würden sie Abschied nehmen müssen. Eine Mietwohnung läge vielleicht gerade noch im Rahmen des Möglichen, und ihr war jetzt schon ganz flau, wenn sie daran dachte, dass sie nahezu alle Dienstboten würde entlassen müssen. Vor allem um Anna tat es ihr leid, da sie diese doch sehr lieb gewonnen hatte. Mit etwas Glück würde Friederike vielleicht mitkommen wollen, obwohl Emily ihr nicht mehr ganz so viel würde zahlen können.

»Gib dabei bitte keinen Schilling mehr aus als nötig«, sagte Hermann eindringlich. »Ich will nicht, dass meine Enkelkinder um ihr Erbe gebracht werden!«

Mit seinen Worten trieb ihr Schwiegervater den Stachel

tiefer ins Fleisch, den Emily kurz nach Heinrichs Tod abbekommen hatte. Das schmale Erbe, das Heinrich hinterlassen
hatte, fiel zu einem Drittel an Emily, zu zwei Dritteln an die
Kinder. Allerdings oblag es nicht Emily als seiner Witwe, darüber zu verfügen. Laut den Gesetzen der Stadt Hamburg
wurde eine Witwe unter Vormundschaft gestellt; größere
Ausgaben, die Verträge, die sie künftig für sich oder ihre Kinder abzuschließen gedachte, bedurften der Zustimmung dieser
beiden sogenannten »Assistenten«. Der eine saß ihr im Salon
just in Gestalt ihres Schwiegervaters gegenüber; der andere war ursprünglich kein Geringerer gewesen als der Mann,
der sie und ihre Kinder um so viel Geld gebracht hatte: Herr
Rehhoff. Emily war wutschnaubend beim Senat der Stadt vorstellig geworden, hatte ihre Beschwerde mit Dokumenten zu
Rehhoffs Veruntreuungen untermauert, und schließlich war
Johann Ruete, mit bald dreiundzwanzig schon längst mündig,
zum zweiten Vormund bestimmt worden.

»Ich kann mit Geld umgehen, lieber Hermann«, versuchte
Emily ihren Schwiegervater zu beschwichtigen und erklärte
nicht ohne Stolz: »Auf Sansibar habe ich drei große Plantagen
selbständig geführt, die Erträge gesteigert und die Ausgaben
gesenkt.«

»Das mag wohl sein.« Hermann Ruete sah sie aus zusammengekniffenen Augen an. »Aber wir sind hier in Hamburg
und nicht in Afrika. Und hier«, er beugte sich leicht vor und
tippte energisch mit dem Finger auf den Tisch, »hier geht es
anders zu! Unsere Verhältnisse sind ungleich komplizierter als
bei dir zu Hause. Hier pflegt man kein orientalisches Lotter-
leben! Hier muss man auf dem Quivive sein!«

Es war das erste Mal, dass Hermann Ruete auf ihre Herkunft und auf die Verhältnisse in ihrer Heimat anspielte. Und
die Art, wie er das tat, herablassend, fast schon gehässig, traf
Emily tief. Davon, dass Hermann Ruete sich einmal geäußert

hatte, Emily sei wider Erwarten eine tüchtige Hausfrau geworden und ihm eine so liebenswürdige Schwiegertochter, wie er sie sich nur wünschen konnte, war nichts mehr zu spüren.

Eine Kränkung, die sie sich nicht anmerken lassen wollte. Sie schob ihr Kinn mit dem leichten Grübchen ein Stückchen vor.

»Heinrich war mehr als zufrieden damit, wie ich das Haushaltsgeld verwaltet und das entsprechende Buch dazu geführt habe.«

»Da hat er auch noch gelebt und für ein regelmäßiges Einkommen gesorgt«, widersprach Hermann Ruete knurrend und ließ sich in seinen Sessel zurückfallen. »Die Zeiten sind ja nun vorbei, nech?«

»Zur Not kannst du ja auch noch deinen Schmuck verkaufen«, warf Johanna ein. »Heinrich – Gott hab ihn selig – hat einmal erzählt, dass ihr damals viel davon nach Europa retten konntet. Er ist doch bestimmt eine Menge wert!«

Fassungslos sah Emily die Stiefmutter ihres verstorbenen Mannes an. Als sie in deren blauen Augen keinerlei Arglist oder Neid entdecken konnte, begriff sie, dass Johanna einfach nur eine nach hamburgischen Maßstäben praktisch denkende Frau war, die nicht wissen konnte, was all das Geschmeide für Emily bedeutete. Eine Prinzessin von Sansibar war nichts ohne ihren Schmuck, der Zeichen ihres Standes und ihrer Herkunft war. »*Willst du eine Prinzessin sein oder ein Bettelmädchen? Hast du keinen Stolz?*«, hatte ihr Vater sie einmal vor bald zwanzig Jahren gescholten; eine Lektion, die Emily nie vergessen hatte. Emily schwieg und führte ihre Tasse wieder zum Mund, nahm gedankenvoll noch einen Schluck.

Was verbindet mich bloß mit diesen Leuten, an deren Tisch ich gerade sitze?

Nichts. Außer dass Hermanns Sohn mir das größte Glück auf Erden war. Und sein Blut in den Adern meiner Kinder fließt.

Emily atmete auf, als sie endlich das Haus der Ruetes verließ und auf der Straße stand. Sie schlüpfte in ihre Handschuhe, die schwarz waren wie ihr Trauerkleid, und wanderte ziellos und in ihre Gedanken versunken durch die Neustadt.

Ihr Blick fiel auf den Kirchturm von Sankt Michaelis mit seinem roten Backsteinsockel und dem Aufbau, der grau und grün verwittert war. Es hieß, für die Seeleute der Stadt sei der *Michel* ein Sinnbild für ihre Heimat, weil er angeblich das Letzte war, was man auf dem Deck eines auslaufenden Schiffes von Hamburg sah, und das Erste, was einem bei der Heimkehr ins Auge fiel.

Das Heimweh nach Sansibar plagte Emily seit Heinrichs Tod umso heftiger. Als könnte nur Sansibar die Lücke ausfüllen, die der Verlust ihres Mannes in ihr gerissen hatte.

Ich muss nach Hause, dachte Emily. *Ich muss zurück. Zurück nach Sansibar. Hier gehöre ich nicht hin. Nicht ohne Heinrich.*

Sie beschleunigte ihre Schritte, bis sie beinahe rannte. An diesem und den folgenden Abenden entwarf sie einen Brief an Majid, in dem sie ihm ihr Herz ausschüttete, ihm in Erinnerung rief, wie eng die Bande zwischen ihnen einst gewesen und dass sie nie aus bösem Willen heraus gegen ihn oder gegen die Sitten und Bräuche ihres Landes gehandelt habe, und in dem sie ihn schließlich flehentlich bat, sie in Begleitung ihrer drei Kinder zurückkehren zu lassen. Und so schwer es ihr auch fiel: Sie bat ihn auch um etwas Geld.

Womöglich erreichte dieser Brief Majid sogar noch rechtzeitig; beantworten konnte er ihn jedoch nicht mehr. Sein Leib, von mehr als dreißig Jahren des Leidens an der Fallsucht zerrüttet und ausgelaugt, versagte ihm am 7. Oktober den Dienst. Nur zwei Monate nach dem Tod seines ihm so verhassten deutschen Schwagers starb auch Emilys Lieblingsbruder.

Barghash, der sich solange hatte gedulden müssen, bekam

von der Vorsehung endlich das, was ihm seiner Meinung nach von Anfang an, seit dem Tod ihres Vaters, gebührt hatte: Er wurde der neue Sultan von Sansibar.

Es war Zeit, offene Rechnungen aus alten Tagen zu begleichen.

Auch die mit Sayyida Salima, die sich nun Emily Ruete nannte, der Schwester, die einst nicht nur ihn, sondern auch ihren Glauben verraten hatte.

51

Es war ein grauer Herbst in diesem Jahr für Emily, dem ein grausamer kalter Winter folgte.

Einsam war sie, denn der Graben zwischen ihr und den Ruetes wurde immer tiefer. Nur zu Geburtstagen und den Festtagen sahen sie sich noch; ein einsilbiges Beisammensein bei Kaffee und Kuchen, an dem Hermann und Johanna sich ganz ihren Enkeln widmeten, während Emily stumm am Rande saß. Aus gesundheitlichen Gründen hatte Hermann das Amt als ihr Vormund niedergelegt, und sein Sohn Johann, der sich aufgrund seiner jungen Jahre dieser Aufgabe nicht gewachsen fühlte, tat es ihm gleich. Dr. Gernhardt wurde zu deren Nachfolger bestellt, in seiner Eigenschaft als Freund der Familie, einer der wenigen, die Emily geblieben waren.

Die Einladungen, die zu Heinrichs Lebzeiten so zahlreich ins Haus geflattert waren, wurden weniger, blieben schließlich ganz aus. Der Zauber der aufsehenerregenden Exotin, der fremdländischen Prinzessin war verflogen. Emily Ruete war nur mehr eine ganz gewöhnliche Witwe mit drei kleinen Kindern, die um ihr Überleben kämpfte. Wie so viele andere Witwen auch in dieser großen Stadt.

Emily hätte es sich auch gar nicht leisten können, Gegeneinladungen auszusprechen. Unzählige Stunden vergingen mit der Wohnungssuche und damit, ihre Ausgaben durchzurechnen und mit dem abzugleichen, was sie an Geld besaß. Dr. Gernhardt hatte die Vormundschaft zwar bereitwillig übernommen, überließ Emilys finanzielle Angelegenheiten aber dem zweiten Vormund, einem Anwalt namens Krämer, weil er als Arzt in diesen Dingen nicht bewandert war. Dieser schien sich zwar sorgfältig um die Wertpapiere zu kümmern, ließ Emily jedoch darüber im Unklaren, wie viel Geld ihr daraus denn tatsächlich zur Verfügung stand.

Farbe in diesen knochenbleichen Winter brachte die Ankunft eines Handelsschiffes aus Sansibar, dessen Matrosen die Straßen Hamburgs so lange nach *Bibi Salmé* absuchten, bis sie sich eines frostigen Tages vor ihrer Haustür einfanden. An diesem Abend verwandelte sich das hanseatische Haus an der Schönen Aussicht in ein sansibarisches, wo man im Schneidersitz auf dem Boden saß, aß und trank und lachte und auf Suaheli von den alten Zeiten erzählte.

In der Zeit, in der die *Ilmedjidi* im Hafen vor Anker lag, bis die Ladung gelöscht war und neue Waren geladen waren, bekam Emily fast täglich Besuch aus ihrer alten Heimat, der ihr das Herz wärmte und ihr die Seele nährte.

»Bibi Salmé, wie kannst du nur in einem so kalten, unfreundlichen Land leben?«

»Bibi, komm doch zurück nach Sansibar; alle Leute fragen dort nach dir!«

Worte, die ihr Balsam waren und Folter zugleich.

»*Si sasa, si sasa* – noch nicht, noch nicht«, lautete ein ums andere Mal ihre Antwort.

»Aber wann denn, Bibi, wann?«

»Wenn meine Kinder etwas größer sind«, wich sie dann immer aus.

Es war der Blick auf Tony, auf Said und Rosa, die ganz berauscht waren von der Fröhlichkeit und von der überschwänglichen Herzlichkeit, mit der die Matrosen aus dem

405

fremden Land das Haus erfüllten, der Emilys Herzenswunsch, nach Sansibar zurückzukehren, ins Wanken brachte. Konnte sie ihren Kindern zumuten, dort aufzuwachsen? Wäre es nicht vielmehr Heinrichs Wunsch gewesen, sie als Christen in Deutschland großzuziehen?

Sie wusste es nicht; der Fall, dass Heinrich so früh von ihnen ging, war nie in Betracht gezogen worden. Er war eingetreten, ohne dass Heinrich sich je geäußert hatte, wie er sich die Zukunft ihrer gemeinsamen Kinder vorstellte. Mit Heinrich an ihrer Seite wären die drei auch auf Sansibar mehr deutsche denn arabische Kinder gewesen; allein mit Emily würde in der fremdländischen Umgebung ihr arabisch-muslimisches Erbe überwiegen. Dafür war Emily zu wenig Christin. Zu wenig deutsch.

Wäre dir das denn recht, Heinrich? Sie von hier fortzubringen? Ich würde dich so gern fragen … Es gibt so vieles, was ich dich noch fragen und was ich dir sagen wollte … Du fehlst uns, Heinrich. Den Kindern und mir.

Und Briefe von der fernen Insel trafen ein: von Chole, die ihren alten Groll gegen die Schwester abgelegt hatte, und von Metle, und durch die Hand eines Schreibers beschworen sie Emily, nach Sansibar zurückzukehren, wo sie doch hingehörte. Aber selbst wenn Barghash ihr erlauben würde, wieder in seinem Reich zu leben – Emily hätte nicht einmal die Kosten für die Schiffspassage aufbringen können.

»Wo soll ich denn all das Geld hernehmen?«, murmelte sie oft über den Zahlen, die ihr bedrohlich vorkamen.

Zum ersten Mal in ihrem Leben litt Emily materielle Not, gar Hunger. Sie plünderte sogar die Sparbüchsen ihrer Kinder, damit sie ihnen etwas Nahrhafteres vorsetzen lassen konnte als Suppenfleisch, während sie selbst sich mit Schwarzbrot und Milch begnügte. Ein Einkommen hätte sie gebraucht, doch nichts und niemand hatte Emily je darauf vorbereitet, arbeiten zu gehen. Ihre Näherei taugte allenfalls für den Hausgebrauch, und auch sonst besaß sie keinerlei Fertigkeiten, mit denen sich etwas verdienen ließ. Ihre Annonce, mit der sie *fachkundigen Unterricht der arabischen Sprache* anbot, riss ein großes Loch in ihr monatliches Budget, ohne dass sich darauf auch nur ein einziger Schüler meldete.

Im Frühjahr waren alle entbehrlichen Möbel verkauft, das Personal mit Ausnahme der treuen Friederike entlassen, und Emily zog mit ihren Kindern um. Nach Altona, das ein Städtchen für sich war, hübsch anzusehen und heimelig, mit vielen Bäumen und Grünflächen und auch nicht allzu weit von der Elbe entfernt, die Emily so liebte. Die Tränen von Tony und von Said um die beiden Hunde, die sie in die Mietwohnung in der Blücherstraße nicht mitnehmen durften, und um die Ziege, für die es keinen Garten mehr gab, trockneten schnell. Mit der Anpassungsfähigkeit jungen Lebens sprangen sie an ihrem neuen Wohnort umher, als hätten sie nie einen anderen gekannt.

Nicht so Emily. Altona gefiel ihr zwar, und mit Helga hatte sie ein tüchtiges Mädchen gefunden, das aus wenigen und billigen Zutaten sättigende und durchaus genießbare Mahlzeiten zubereiten konnte und das die Wohnung tadellos in Ordnung hielt. Doch Emily litt an pochenden Kopfschmerzen, an Herzrasen und Übelkeit bis zum Erbrechen. Manchmal hatte sie so große Angst um ihre Kinder, dass sie mitten in der Nacht alle drei in ihr Bett packte, die Zimmertür von innen verriegelte und Tony, Said und Rosa die ganze Nacht im Arm hielt, damit ihnen kein Unheil geschah und sie nicht im Schlaf das Atmen vergaßen.

»Die Nerven, meine liebe Frau Ruete«, erklärte Dr. Gernhardt, nachdem er sie gründlich untersucht hatte. »Und Ihre Augen lassen nach.« Als er Emilys entsetzten Gesichtsausdruck sah, lachte er. »Ja, das kann auch schon in Ihrem Alter vorkommen. Lassen Sie sich eine Sehhilfe machen, das wird gewiss auch Ihre Kopfschmerzen lindern. Ansonsten empfehle ich Ihnen Bewegung und nochmals Bewegung. Gehen Sie an die frische Luft. Vielleicht suchen Sie sich zudem eine sinnvolle Aufgabe, damit Sie nicht nur zu Hause sitzen und grübeln.«

Um sich Augengläser anfertigen zu lassen, musste Emily nun doch eine goldene, mit Edelsteinen besetzte Schnalle an einen Juwelier verkaufen. Sie erhielt dafür einen wesentlich geringeren Betrag als erhofft, denn es wurde nur der Materialwert berechnet, nicht aber die kunstfertige Arbeit, die in dieses Schmuckstück geflossen war, deren orientalischer Stil in Hamburg ohnehin keinen Käufer finden würde. Doch was nach dem Erwerb eines Kneifers übrig blieb, reichte noch, um zweimal in der Woche von ihrer Wohnung durch die Stadt zu marschieren und in der Nähe des Thalia-Theaters bei einem pensionierten Lehrer Unterricht im Schreiben der deutschen Sprache zu nehmen. Wie Adnan sie einst heimlich in der vergessenen Bibliothek von Beit il Tani die arabische Schrift gelehrt hatte, so brachte dieser Lehrer ihr bei, sich schriftlich im Deutschen auszudrücken.

Sosehr Emily aber auch rechnete und sparte – es reichte hinten und vorne nicht. Chole und Metle hatten in ihren Briefen die traurige Nachricht übermittelt, dass etliche ihrer gemeinsamen Halbgeschwister inzwischen verstorben waren. Darunter auch Jamshid und Hamdan, denen Emily einst so nahegestanden und mit denen sie in ihrer Kinderzeit so fröhliche Jahre und so herrliche Tage auf Bububu verlebt hatte. Emily verbrachte einige Tage in Trauer und in stillem Gedenken um die immer lustigen, immer zu Scherzen und Streichen aufgelegten Brüder. Erst als Chole in ihrem nachfolgenden Brief beiläufig erwähnte, dass sie aus dem Erbe einer unverheirateten, kinderlosen Schwester ein hübsches Häuschen nebst Land geerbt hatte, zeichnete sich für Emily ein Silberstreif am Horizont ab.

Aufgrund des Familienklatsches, mit dem Chole und Metle sie nun regelmäßig versorgten, machte sich Emily eine Aufstellung der verstorbenen Geschwister, bei denen sie sich erbberechtigt glaubte, schätzte anhand ihrer Erinnerung an Häuser, Grundbesitz, kostbaren Schmuck und Bargeld ab, was ihr als Hinterbliebener laut sansibarischem Gesetz wohl zustand. Die aufaddierte Summe raubte ihr den Atem: Sie ging in die Tausende.

Da Barghash zwei vorsichtig formulierte, von schwesterlicher Zuneigung durchdrungene Briefe, in denen Emily ihn um Vergebung und Versöhnung bat, mit Schweigen quittiert hatte, trug sie noch einmal Schmuck zum Juwelier und kaufte sich im März 1872 ein Zugbillett nach Berlin.

Denn so wie man auf Sansibar mit seinem Anliegen zum Sultan ging, so wie Heinrich sich mit dem Wunsch, nach Sansibar zurückzukehren, an Konsul und Kanzler gewandt hatte, wollte Emily sich Hilfe von oberster Stelle holen.

Zu Beginn des vergangenen Jahres hatte Paris nach langer Belagerung und heftigem Beschuss kapituliert, und noch ehe der Friedensvertrag aufgesetzt war, hatten sich die deutschen Staaten des Südens mit dem Norddeutschen Bund zum Deutschen Reich vereinigt. Ein gewaltiges Reich war es, das sich von Ostpreußen bis an den Rhein und vom hohen Norden Schleswig-Holsteins bis ins tiefste Bayern erstreckte. König Wilhelm I. von Preußen war zum deutschen Kaiser gekrönt worden, Bismarck war Reichskanzler, und in der Wilhelmstraße 76 zu Berlin hatte das Auswärtige Amt seinen Sitz, bei dem Emily mit ihrer Aufstellung in der Hand um Unterstützung bei der Durchsetzung ihrer Erbansprüche ersuchte, und sie bat auch den deutschen Konsul in Sansibar schriftlich um Hilfe, der wiederum vom Auswärtigen Amt angehalten wurde, Sultan Barghash das Anliegen seiner Schwester zu übermitteln.

Dies wurde vom Sultan abschlägig beschieden – Sayyida Salima habe ihr väterliches wie ihr mütterliches Erbteil bereits angetreten; alle weiteren Erbansprüche aus Familienbesitz habe sie mit ihrem Übertritt zum Christentum verloren. Auch davon, dass ihr noch immer drei Plantagen gehörten, wollte der neue Sultan nichts wissen.

Eine Antwort, die für Emily einer Ohrfeige gleichkam, die sie letztlich aber nur noch mehr anstachelte, weiterhin auf dem zu beharren, was sie für ihr gutes Recht hielt.

Zunächst gab es allerdings naheliegendere Dinge zu regeln. Das Leben in Hamburg erwies sich auf die Dauer einfach als zu teuer. Was Emily an Geld zur Verfügung stand, reichte nicht für Miete und für Kohlen, für die Löhne von Helga und Friederike; für Brot und Milch und Eier, für Kleidung und Schuhe für die Kinder, die wuchsen wie Unkraut im Frühling. Emily mochte gar nicht erst daran denken, wie es werden sollte, wenn Tony, Said und Rosa alt genug sein würden, um in die Schule zu gehen, wenn sie Schulgeld brauchten, Bücher und Kreide und Schiefertafeln. Wovon sollte sie das bezahlen?

In der Provinz ließ es sich billiger leben, hieß es. Einfacher zwar und in mancher Hinsicht beschränkter, aber auch für einen kleinen Geldbeutel erschwinglich. Darmstadt sollte ein besonders angenehmer Ort sein, hatte Emily gehört. Hauptstadt des Großherzogtums Hessen, florierte nach dem Ende des Krieges hier die Wirtschaft, ohne dass die Preise dabei in die Höhe schnellten. Gesegnet mit mildem Klima und eingebettet in eine liebliche Landschaft, versprach Darmstadt ein angenehmes Leben. Und nachdem Emily bereits die Fahrt nach Berlin und zurück gemeistert hatte, bestieg sie um sechs Uhr morgens den Zug, der sie in den Süden Deutschlands brachte.

Anderntags stand sie früh auf und fragte die Wirtin der kleinen Pension nach den Preisen für Butter und Fleisch aus. Diese hörte ihr nur mit halbem Ohr zu, wollte vielmehr wissen, was sie nach Darmstadt geführt habe und wie sie bisher so gelebt habe. Zwar äußerte die Wirtin in dem lockeren Singsang der hiesigen Mundart Mitgefühl für Emilys Witwenstand, aber die Art, wie diese sie unverhohlen musterte, verunsicherte Emily, sodass sie, als sie schließlich auf die Straße trat, erst einmal prüfend in die nächste Fensterscheibe blickte, ob sie auch vollständig angekleidet und unter ihrem Hütchen ordentlich frisiert war.

Die Zeitung mit den Wohnungsannoncen in der Hand, fragte sie sich zu der ersten Adresse durch, stieg die Stufen empor und wartete einige Augenblicke vor der Tür, bis sich ihr Herzschlag beruhigt hatte und sie im Geiste noch einmal ihre zurechtgelegten Sätze durchgegangen war, ehe sie schließlich läutete.

»Ja?« Eine nicht mehr ganz junge Frau öffnete, wischte sich die Hände an der fleckigen Schürze ab und sah Emily misstrauisch an.

»Guten Tag«, begrüßte Emily sie freundlich, bestrebt, einen guten Eindruck zu machen, und den dumpfen Geruch nach gekochtem Kohl ignorierend, der zu ihr herüberwaberte. »Ich komme wegen der Wohnung.«

Das Misstrauen im Blick der Frau vertiefte sich. »Eiwokommesedennheer?«

Emily blinzelte verwirrt. Sie brauchte einige Augenblicke, um aus dem weichen Brei des Dialektes die Bedeutung dieser Frage freizulegen.

»Aus Hamburg«, antwortete sie mit einem Lächeln, von dem sie hoffte, dass es möglichst entwaffnend wirkte. »Ich bin gestern am späten Abend eingetroffen.«

»Naaa«, machte die Frau unwirsch, bemühte sich aber um

411

eine deutlichere Aussprache. »Wo stamme Se eischendlisch heer?« Emily spürte förmlich, wie die blassen Augen ihres Gegenübers sich in ihrem Gesicht festsaugten. »Doch ned etwa aus Affriga?«

Noch ehe Emily sich überlegt hatte, ob es von Vorteil oder eher von Nachteil sein mochte, wenn sie ihre Herkunft von Sansibar angab, blaffte die Frau: »Mer vermiete ned an Neescher!«

Und schlug ihr die Tür vor der Nase zu.

Das nächste Haus war nicht nur besser gepflegt, die Sprache des Ehepaars, das ihr öffnete, verständlicher, auch der Empfang war viel freundlicher. Emily wurde sogar in die gute Stube gebeten und bekam einen Kaffee vorgesetzt. Und aufgrund der ersten Erfahrung antwortete sie sogleich, als die Frage nach ihrer Herkunft aufkam: »Aus Hamburg. Aber ursprünglich aus Südamerika, aus Valparaíso.«

»Sind Sie verheiratet?«, fragte die Vermieterin.

»Ich bin Witwe«, antwortete Emily mit aufrichtiger Trauer in der Stimme.

»Haben Sie Kinder?«, wollte ihr Ehemann wissen.

»Drei«, gab Emily zur Auskunft, und als sie den entsetzten Blick sah, den die beiden tauschten, beeilte sie sich hinzuzufügen: »Es sind ganz entzückende und brave Kinder, keine lärmenden Rabauken.«

»Haben Sie denn Bekannte oder Verwandte hier in Darmstadt?«, erkundigte sich die Frau des Hauses weiter.

»N-nein«, stammelte Emily, plötzlich auf der Hut.

»Ja, meine liebe Frau … äh … Dings«, brummte der Hausherr und schaufelte Zucker in seine Tasse. »Wie stellen Sie sich das denn vor? So ganz ohne Empfehlung? An wen sollen wir uns denn halten, wenn Sie uns die Miete schuldig bleiben?«

»Aber ich habe nicht vor, Ihnen die Miete schuldig zu bleiben!« Emily war richtiggehend erschüttert. »Wenn Sie wollen, kann ich sie Ihnen für den ersten Monat schon im Voraus geben!«

Die Vermieterin fühlte sich sichtlich unbehaglich und nestelte an ihrer Halskette. »Sie müssen uns auch verstehen – ich meine, so ganz ohne Sicherheiten ... eine fremde Familie im Haus ...«

Emily bekam die Wohnung nicht. Auch nicht die nächste und die übernächste. Stets spielten sich die Vorstellungsgespräche nach demselben oder zumindest ähnlichen Muster ab. Emily konnte keine Empfehlungen vor Ort vorweisen, und als Witwe mit drei Kindern schien sie ebenfalls keine erwünschte Mieterin zu sein. Vor allem die ständigen Erkundigungen nach ihrer Herkunft, in der unausgesprochen Misstrauen wegen ihres dunklen Teints und dem schwarzen Haar mitschwang, machten ihr zu schaffen. Als sie im nächsten Mietshaus wieder danach gefragt wurde, lag es ihr auf der Zunge, patzig zu erwidern: *Natürlich vom Mond, was dachten Sie denn?!*

Müde und mit schmerzenden Füßen langte sie abends in der Pension an und brach gleich in der Frühe wieder gen Hamburg auf.

Den Kopf gegen das kalte Glas der Scheibe gelehnt, ihre kleine Reisetasche auf dem Schoß, ruckelte Emily auf der harten Holzbank der dritten Klasse durch Deutschland, zurück in den Norden. Entmutigt und wütend, ein wenig beschämt, dass sie so schnell aufgegeben hatte, und vor allem ohne eine Aussicht, wie es nun für sie weitergehen sollte, starrte sie in die vorüberzuckelnde Landschaft hinaus, die so einladend und so lieblich wirkte. So gar nicht wie die Menschen, denen sie gestern begegnet war.

Sind die Deutschen alle so? Voller Misstrauen gegen jeden, der kein Vollblutdeutscher ist?

Vielleicht war es ein Fingerzeig des Schicksals, dass sie sich in diesem Augenblick an eine Dame erinnerte, der sie einmal auf einer Hamburger Gesellschaft begegnet war und die durch ihr offenes Wesen und ihre ungekünstelte Art bei Emily einen angenehmen Eindruck hinterlassen hatte. Die Baronin von Tettau stammte aus Dresden und hatte die Stadt als schön und liebenswert beschrieben. Und noch an etwas anderes dachte Emily während dieser Zugfahrt. Als sie zum wiederholten Male im Hamburger Senat vorgesprochen hatte, um mit allen möglichen Einwänden eine Aufhebung der Vormundschaft zu erwirken, hatte man ihr hochnäsig zur Antwort gegeben: »Gesetz ist Gesetz, gnädige Frau. Und wenn Ihnen die Gesetze dieser Stadt nicht passen, suchen Sie sich doch einen Ort, wo Ihnen diese besser behagen.«

Ob Dresden dieser Ort war?

Die Baronin antwortete herzlich auf Emilys Brief – natürlich erinnere sie sich an die liebe Frau Ruete! – und gab bereitwillig und äußerst ausführlich Auskunft auf Emilys Fragen, was das Leben in Dresden betraf. Und lud sie in einem ihrer nächsten Briefe gar ein, sie dort zu besuchen, die Stadt anzusehen und zusammen mit ihr Wohnungen zu besichtigen. Als Stadt der Musik und der Kunst wurde Dresden schwärmerisch »das Florenz des Nordens« genannt, wegen der dominierenden Kuppel der Frauenkirche, den barocken Schnörkeln und Ornamenten, den Farben von weichem Weiß und Terrakotta. Emily war nie in Florenz gewesen, aber sie fand durchaus, dass ihre geliebte Elbe, die die Stadt durchfloss, die sanften Hügel, in die sie eingebettet lag, Dresden eine südliche Note verliehen. Hier lag etwas Heiteres, Beschwingtes in der Luft, und sie mochte den Zungenschlag der Menschen, der weich war und drollig klang.

Obwohl in Dresden gerade nicht die günstigste Zeit war, um eine neue Bleibe zu finden, und Emily auch hier mit scheelen

Blicken gemustert wurde, half ihr die Anwesenheit der Baronin. Gemeinsam besichtigten sie eine sehr schöne Wohnung, groß, hell und freundlich – eigentlich *zu* groß, allein für Emily und die Kinder, und vor allem zu teuer. Wenn sie allerdings zwei der Zimmer untervermieten könnte, würde es womöglich gehen … Dass die Vermieterin eine gebürtige Hamburgerin war, erschien ihr wie ein weiterer Wink des Schicksals, und so war der Umzug nach Dresden eine beschlossene Sache.

Voll neuer Zuversicht fuhr Emily zurück nach Hamburg, um ihre Sachen zu packen.

Hamburg machte ihr noch ein Abschiedsgeschenk: Am 1. Mai 1872 durfte Emily den Bürgereid ablegen und war somit nicht nur offiziell in Hamburg anerkannt, sondern auch Bürgerin des Deutschen Kaiserreiches. Emily vermutete, dass das Auswärtige Amt in Berlin den Senat dahingehend angewiesen hatte, quasi als Entschädigung dafür, dass Emilys Anliegen, an das Erbe ihrer toten Geschwister zu kommen, ihren Grundbesitz wieder für sich zu beanspruchen, bei Sultan Barghash weiterhin auf taube Ohren stieß.

Emily kehrte Hamburg nicht ungern den Rücken. Dieser Stadt, von der sie einst auf Sansibar solch schwärmerische Träume gehegt hatte und die nun, fünf Jahre nachdem sie sie zum ersten Mal betreten hatte, gepflastert war mit den Scherben ihrer zerbrochenen Träume und getränkt von all den Tränen, die sie hier geweint hatte. Nichts hielt sie mehr in Hamburg.

Allein der Abschied von Heinrichs Grab fiel ihr schwer.

Doch was bedeutete schon ein Grab, wenn sie Heinrich weiterhin in ihrem Herzen trug? Die Erinnerung an Heinrich und an die Liebe zu ihm nahm sie mit.

Mit nach Dresden und an all die anderen Orte, an die ihr Lebensweg sie noch führen sollte.

Viertes Buch

Frau Ruete
oder
Die Prinzessin von Sansibar

1873 – 1892

Nomadenjahre

Wenn zwei Elefanten kämpfen, ist es das Gras,
das darunter leidet.

SPRICHWORT AUS SANSIBAR

52

Es ist ein Gemeinplatz, dass die Jahre umso schneller vergehen, je älter man wird. Zumindest bis man den Herbst seines Lebens erreicht hat. Bis die Energie, die einen lange Zeit vorwärtsgetrieben hat, nachlässt und die Tage und Wochen wieder lang werden wie zuletzt als Kind.

Emily Ruete jedoch stand noch im Sommer ihres Lebens, und tatsächlich waren die Jahre, seit sie Hamburg verlassen hatte, nur so dahingejagt.

In Dresden hatte sie freundliche Aufnahme gefunden, was vor allem der Baronin von Tettau zu verdanken war, die Emily Ruete, *eine Prinzessin von Sansibar*, in den Kreis ihrer Freunde und Bekannten einführte. Von Emilys abenteuerlicher und dramatischer Lebensgeschichte zutiefst berührt, war die Baronin davon überzeugt, dass Emily ein großes Unrecht geschah, wenn ihr die Rückkehr in die Heimat weiterhin verwehrt bliebe und man ihr ihr Erbe nicht zugestand. Resolut, wie die Baronin von Natur aus war und dazu noch mit diplomatischem Geschick gesegnet, verschaffte sie Emily die Möglichkeit, Verbindungen bis in die allerhöchsten Kreise zu knüpfen: bis zum Khediven von Ägypten und dem deutschen Botschafter in Alexandria; und über zwei Hofdamen der deutschen Kronprinzessin Victoria, Schwiegertochter des deutschen Kaisers, gar bis zu deren Mutter, der großen englischen Königin Victoria. Allesamt Frauen mit einem großen Herzen, erklärten sie sich mit Emily solidarisch und unterstützten die *Sache Ruete* nach Kräften.

Doch vergeblich. Denn sowohl in Großbritannien als auch im Deutschen Reich waren gekrönte Häupter und Regierungsgewalt zwei verschiedene Dinge. Und in der Regierung saßen ausschließlich Männer, die ihre eigene Sicht auf die beharrlichen Gesuche einer Emily Ruete hatten.

Vor allem die britische Regierung hatte ihre eigenen Pläne mit Sansibar. War Barghash zu Majids Lebzeiten noch gegen die Engländer eingestellt gewesen, folgte er als Sultan der Familientradition und genoss den militärischen Schutz der Großmacht. Nachdem es ihm mit britischer Unterstützung gelungen war, einen Einfall der ägyptischen Armee auf sansibarisches Gebiet an der ostafrikanischen Küste zurückzuschlagen, nahm er nur zu gern eine Einladung nach London an. Über Kronprinzessin Viktoria erfuhr auch Emily davon, packte in Windeseile ihren Koffer und reiste ebenfalls in die Metropole an der Themse. In der Hoffnung, Barghash würde ihr ein Gespräch unter vier Augen nicht verwehren, stünde sie erst leibhaftig vor ihm.

Barghash lehnte es jedoch ab, sie zu sehen. Und es schien ihn auch nicht zu kümmern, dass ihn die deshalb erboste Königin Victoria beim Rennen in Ascot hochmütig ignorierte. Sein Hass auf die abtrünnige Schwester war ungebrochen, und deshalb tat die Regierung alles, um ein Zusammentreffen zwischen Bruder und Schwester zu verhindern. Sultan Barghash musste mit viel Fingerspitzengefühl behandelt werden; eine Begegnung der zerstrittenen Geschwister würde gewiss hitzig verlaufen, was einem reibungslosen Ablauf des Staatsbesuches entgegenstünde. Ein hochrangiger Diplomat bot Emily gar eine finanzielle Absicherung für ihre Kinder an, wenn sie davon absah, Barghash aufzusuchen. Vor allem sollte Barghash nicht glauben, Großbritannien unterstütze Emilys Forderungen. Denn London richtete ganz eigene an den Sultan von Sansibar: die endgültige Aufhebung des Sklavenhandels. Barghash stimmte zu, und beide Seiten waren zufrieden.

Nur Emily ging leer aus. Enttäuscht war sie nach Dresden zurückgekehrt und erhielt dort Monate später die Nachricht, dass das Angebot der Regierung, sie mit Geld zu unterstützen, das sie in London in ihrer Not angenommen hatte, hinfällig war. Als deutsche Staatsbürgerin sei die Regierung des Kaiserreichs für sie zuständig – nicht Großbritannien.

Die Chance, Barghash gegenüberzutreten, war vertan – um Geld, das sich als Narrengold herausgestellt hatte.

Von der Regierung Großbritanniens hatte sie keine Hilfe zu erwarten, das hatte sie verstanden. Da nutzten ihr auch Verbindungen zur englischen Krone nichts.

So stolz war sie anfangs darauf gewesen, sich in solch illustren Kreisen zu bewegen, und doch fühlte sie sich dort nicht wohl. Dieser Prunk, die steife Etikette hatten weder etwas mit der Welt zu tun, in der sie – obschon eine Prinzessin von Geburt – aufgewachsen war, noch damit, wie sie bislang ihr Leben verbracht hatte. Ihrem Empfinden nach passte sie nicht in diese feine Welt der Adligen und zog sich mehr und mehr daraus zurück.

Mit ihrer Witwenpension, die sie als Bürgerin des Deutschen Reiches nun erhielt, und dem bisschen, was die Spekulationen ihres Hamburger Vormunds Krämer mit den Wertpapieren noch übrig gelassen hatten, brachte sie sich und ihre Kinder mehr schlecht als recht durch. Eigenständig immerhin, denn das Gericht in Dresden hatte entschieden, dass Frau

Ruete keines Vormunds bedurfte, weder für sich selbst noch um ihre Kinder großzuziehen.

Es waren vor allem die Kinder, die die Jahre wie im Flug vergehen ließen. Sie wuchsen zu eigenen kleinen Persönlichkeiten heran, mit eigenen Kümmernissen und Freuden. Tony, die Vernünftige, Besonnene; Said, dessen Halsstarrigkeit in eine grüblerische Ernsthaftigkeit überging, und die immer fröhliche, überschwängliche Rosa, die Emily aufmunterte, wenn sie unter der Last von Not und Sorgen wankte. Darin war sie ganz wie ihr Vater, an den sie keine Erinnerung besaß, und nannte ihre Mutter manchmal scherzhaft »mein Kind«.

Emily stand Todesängste aus, als Said an Diphtherie erkrankte und in seiner Krisis schon ganz steif in seinem Bettchen lag, sodass Emily glaubte, sie werde noch ein Kind verlieren; als die beiden Mädchen Scharlach hatten und Emily Said für einige Zeit bei Nachbarn unterbringen musste, damit er sich nicht auch noch ansteckte. Ihre eigenen Leiden, hervorgerufen von all den Ängsten, die sie plagten, verbarg sie vor ihren Kindern, so gut es ging.

Ihre Kinder waren auch der Grund, weshalb sie nach fünf Jahren ihre Zelte in Dresden abbrachen und im Frühjahr 1879 nach Rudolstadt an der Saale umzogen. Obwohl Emily ihnen selbst Lesen und Schreiben beigebracht hatte, war es höchste Zeit, dass sie zur Schule gingen, und in dem beschaulichen thüringischen Städtchen, von dichten Wäldern umgeben, konnte sie sich das auch leisten.

Emilys Name, der in Deutschland bei Weitem kein unbekannter war und der sogar schon den Weg in Zeitungsartikel gefunden hatte, hatte sich offenbar sogar bis nach Rudolstadt herumgesprochen, denn die drei hatten kaum ein paar

Tage die Schule besucht, als sie eines Nachmittags über die Schwelle stürmten, atemlos und mit vor Aufregung roten Wangen.

»Stimmt das«, quietschte Tony, »stimmt es, was die anderen Kinder sagen? Dass du eine echte Prinzessin bist? Aus einem fernen Land?«

Und während Said seine Mutter nur mit offenem Mund anstarrte, als sähe er sie zum ersten Mal, rief Rosa aus: »Erzähl doch, Mama, erzähl!«

Emily schwieg einen Augenblick, verlegen und unbeholfen. Dann holte sie sich einen Stuhl heran und zog die Kinder an sich.

»Ja, das stimmt. Ich bin die Tochter eines Sultans von Sansibar, und auf Sansibar wurde ich geboren. In Beit il Mtoni, dem ältesten Palast auf der Insel. Und dort habe ich bis zu meinem siebten Lebensjahr auch gelebt …«

Die Augen ihrer Kinder glänzten, als erzählte sie ihnen ein besonders schönes Märchen. Sie bestürmten ihre Mutter mit Tausenden von Fragen und konnten nicht genug davon bekommen, von ihr zu erfahren, wie sie denn gelebt hatte auf Sansibar, wie viele Geschwister sie hatte, wie ihr Vater gewesen war und ihre Mutter. Sie lauschten gebannt, wenn Emily ihnen schilderte, was man auf Sansibar trug und was man aß, wie gefeiert wurde und wie die Häuser aussahen.

Es war in Rudolstadt, dass Emily das Schreiben für sich entdeckte. Zögerlich zuerst, ihre Notizen als Gedächtnisstütze benutzend, was sie ihren Kindern schon alles über Sansibar erzählt hatte und was ihr erst einfiel, wenn sie schon selig schlafend im Bett lagen. Es tat wohl, sich spätabends im Schein einer Lampe in ihrer Vorstellung wieder an die Orte ihrer Kindheit zu begeben und in Worte zu fassen, was sie vor

424

ihrem inneren Auge sah, an welche Gedanken und Gefühlen sie sich erinnerte.

… *Orangenbäume, so hoch wie die größten Kirschbäume hier, blühten dicht an dicht die Badehäuser entlang. In ihren Ästen haben wir als kleine Kinder aus Furcht vor unserer gestrengen Lehrerin oft Schutz und Zuflucht gesucht … Der schönste Platz in Beit il Mtoni war die dicht am Meer gelegene* bendjle, *auf der mein Vater nachdenklich und gesenkten Hauptes stundenlang auf und ab zu gehen pflegte … Seit dem Tod meiner Mutter hatte ich nur selten eine meiner Plantagen besucht, umso mehr gefiel mir nun die Stille auf dem Land nach dem ruhelosen Treiben in der Stadt …*

Bald verfasste Emily weitere Aufzeichnungen, in denen sie festhielt, was sie seit ihrer Ankunft in Hamburg erlebt hatte. Was im vorletzten Jahr geschehen war und was im letzten. Kleine und große Begebenheiten, Kümmernisse und glückliche Momente. Sie schrieb sie als Briefe an eine Freundin auf Sansibar.

Wie oft hast Du mich gebeten, teure Freundin, ich sollte Dir doch ausführlich von meinen Erlebnissen im Norden berichten …

Briefe, die mehr und mehr die Gestalt einer Erzählung annahmen. Einmal stellte sie sich Metle als Empfängerin vor, einmal Zamzam, einmal Chole, die in jenem Jahr verstorben war, in dem Emily nach London reiste; vergiftet, wie man munkelte.

… *wenn ich dies bislang nicht zu Deiner vollkommenen Zufriedenheit getan habe, so lag dies allein daran, dass ich mich davor fürchtete, das Erlebte im Geiste noch einmal in allen Einzelheiten durchzumachen …*

Es war eine Erleichterung, sich einer anderen Seele anzuvertrauen, auch wenn es nur eine Seele war, die sie sich vorstellte.

In Briefen, die sie nie abschickte.

In Rudolstadt war es auch, dass ein fescher Adliger der Witwe Ruete mit allem gebotenen Anstand den Hof machte. Eine gute Partie, wie man so schön sagte, doch Emily schlug seinen Antrag aus. Nach Heinrich würde kein Mann mehr ihr Herz erobern können, das hatte sie schon vor einiger Zeit begriffen. Sie wollte kein Geld heiraten, sie wollte ihr eigenes Geld, das Geld, das Barghash ihr vorenthielt. Emily hatte keinen Zweifel daran, dass es ihr rechtmäßig zustand, und in diesen Gedanken verbiss sie sich mehr und mehr, wie ein Tiger in seine Beute. Sie merkte nicht, wie sich die ersten verkniffenen Linien in ihrem Gesicht abzeichneten und dass sie mit ihrem Eifer manchmal über das Ziel hinausschoss.

Denn wenn sie erbberechtigt war, hatte sie dann nicht auch das Recht, nach Sansibar zurückzukehren? Für immer?

Ein Gedanke, der zu verführerisch war, um ihm nicht zu verfallen. Um nicht davon besessen zu sein.

Der Korb, den sie ihrem Verehrer gab, das gewiss gut gemeinte Drängen der Baronin von Tettau, sie solle doch mehr unter Leute gehen, sie könne sich doch nicht nur zu Hause vergraben, das tue ihr nicht gut, bewogen Emily schließlich, aus Rudolstadt fortzugehen. Ein Muster ihres Lebens, das sich in diesen Jahren herauszubilden begann. Wenn es ihr irgendwo zu eng wurde, wenn sie sich bedrängt fühlte, packte sie ihre Koffer, nahm ihre Kinder bei der Hand und floh. In eine neue Stadt, in eine neue Wohnung, in der Hoffnung, das neu aufgeschlagene Kapitel ihres Lebensbuchs möge ihr endlich Glück bringen.

Emily wurde eine Getriebene, rastlos, ruhelos. Auf der Suche nach einem Ort, an dem sie wieder Wurzeln schlagen könnte. Der ihr Heimat sein könnte.

Berlin hieß dieses Mal ihr Ziel. Wenn es irgendwo die Möglichkeit gab, den Lebensunterhalt für die Kinder und sich zu verdienen – dann doch in der Großstadt Berlin.

In Berlin wäre sie vor allem den Menschen am nächsten, deren Macht weit über Deutschland hinausreichte. Eine Macht, die Emily für sich zu gewinnen suchte.

Damit sie ihr zu ihrem Recht verhelfe.

53

Berlin, 1883

Es war eine aufregende Zeit, die Deutschland in diesen Jahren erlebte. Der Fortschritt marschierte in Siebenmeilenstiefeln voran, bereitete den Boden für elektrisches Licht, für das Telephon und für den Phonographen. Die Krinoline verschwand, die Röcke wurden schmaler und auch ein kleines bisschen kürzer. Mit der Gründung des Reiches waren die Zollschranken zwischen den einzelnen Staaten gefallen, und der Handel innerhalb der Reichsgrenzen blühte. Der gewonnene Krieg gegen Frankreich hatte die Menschen des Landes in Hochstimmung versetzt, und sie investierten in neue Wirtschaftszweige und Geschäftsgründungen. Über Nacht zu Reichtum zu kommen schien kein bloßer Traum mehr zu sein, sondern eine ganz greifbare Möglichkeit.

Der Höhenflug hielt indes nicht lange an. Deutschland geriet in eine Krise, die auch Emily zu spüren bekam: Die Schüler, denen sie Arabisch in Wort und Schrift beibrachte, wurden weniger, und sie musste viel Zeit und Kraft aufwenden, um von denen, die ihr geblieben waren, das fällige Honorar einzutreiben.

Mehr denn je hoffte sie auf Geld aus Sansibar und auf eine Reise dorthin.

An Seine Hoheit, den edlen Gebieter, den großmächtigen Bruder Barghash ibn Sa'id ibn Sultan

Möge Allah Dich bewahren und Dich uns auf Lebenszeit als Kostbarkeit erhalten, so Allah will. Er ist der Allmächtige, der Edle, und Seinen Dienern ist er gnädig und barmherzig.

Friede sei mit Dir, mein Bruder. Ich bitte erst Allah, dann Dich, Dein Antlitz nicht von mir abzuwenden, ehe Du meinen Brief gelesen und seinen Inhalt zur Kenntnis genommen hast.

Wisse, mein Bruder, dass Du nicht denken sollst, ich sei nicht geachtet und stünde nicht in hohem Ansehen in Europa, da jeder in Europa mich achtet und schätzt. Mich und meine Kinder, auf solch besondere Art, dass der Herrscher von Deutschland und seine ganze Familie uns gute Ratgeber sind. Ich war manches Mal dort, um sie zu besuchen, und der Herrscher selbst hat meinen Sohn eine hohe Schule besuchen lassen, auf dass er in Bälde ein Offizier sein wird wie alle Herrscher in Europa. So sind die Bräuche der Könige hier. Was meine beiden Töchter betrifft, Thawka und Ghuza: Es geht ihnen gut, sie sind gesund. Uns fehlt nichts auf der Welt – außer, Dich zu sehen.

Ich möchte auch, dass Du verstehst, mein Bruder, dass alle Engländer nur Deine Macht beschneiden wollen und in Deinem Reich zu herrschen trachten. Sie können nicht warten, bis die Zeit gekommen ist, um Dir Sansibar zu entreißen und was sich auf der Insel befindet. So wie sie jüngst Ägypten und seine Schutzgebiete durch ihre zahlreichen und machtvollen Schachzüge an sich gerissen haben. Du lebst auf Sansibar und kannst die Dinge nicht verstehen, die in Europa vor sich gehen. Zu jener Zeit, als ich noch lange nicht ihre Sprache und ihre Geheimnisse verstand, war ich nicht in der Lage, ihre Angelegenheiten zu durchschauen. Aber nun, da ich sowohl Deutsch als auch Englisch so gut spreche wie Arabisch, habe ich ebenfalls die meisten ihrer Kunstgriffe und Eigenschaften angenommen.

Deshalb konnte ich nicht auch nur eine Stunde warten, als Du in der Stadt London warst, sondern verließ sofort meine Kinder und reiste dorthin. Mein einziger Gedanke war, Dir eine Freude zu machen. Als ich dort ankam und dafür keinen geringen Betrag meiner bescheidenen Mittel aufgewendet habe, eilten die britischen Amtsträger herbei, um mir mittels ihrer arglistigen Schachzüge den Weg zu Dir abzuschneiden. Weil sie fürchteten, dass ich mich mit Dir, sollte ich Dich erreichen und sollten wir Frieden miteinander schließen, über die Dinge Deines Landes beriete, sodass Du und Dein ganzes Reich daraus einen Nutzen zögen, aber ebendies wollten sie wohl verhindern. Diese Angelegenheit ist allen Menschen in Europa wohlbekannt.

Falls Du mir und meinen drei Kindern Deine Gunst zu erweisen wünschst, so gib uns die Erlaubnis, zu Dir zu kommen. Was meine Kinder betrifft, sind sie sehr wohl geraten, jeder liebt und mag sie, und sie lernen viele Dinge. Wir können Dir raten und mit Dir alle Angelegenheiten besprechen, die Dir am Herzen liegen. Besser als alle Fremden, die allein danach streben, sich an Deinem Geld und an Deinen Schätzen zu bereichern.

Ich wünsche bei Allah, dass Du vergibst, was in der Vergangenheit geschehen ist, weil Du nur zu gut weißt, dass keiner auf dieser Welt vollkommen und ohne Fehler ist außer dem Erhabenen selbst. Du hättest uns nicht derart barsch behandeln müssen all die Jahre. Erinnere Dich auch daran, wie der Tod unter uns umgeht. In ein paar Jahren wird keines der Kinder unseres Vaters noch auf dieser vergänglichen Welt weilen.

Da ich mittlerweile verwitwet bin, ist keiner bei mir außer Allah und meinen drei Kindern. In den dreizehn Jahren, seit mein Gemahl starb, verspürte ich nie den Wunsch, wieder zu heiraten. Ich vertraue auf Allah und auf Dich, mein Bruder, und ich glaube nicht, dass Du noch Groll gegen mich zu hegen vermagst, nachdem Du meine Kinder gesehen hast, die Dich in Gedanken lieben und achten.

Ich richte auch meinen Wunsch an Allah, dann an Dich, dass Du die Ausführungen, die ich Dir hier betreffs der Engländer gemacht habe, vertraulich behandelst.

Die Photographien, die Dich mit diesem Brief erreichen werden, sind Photographien von mir und meinem Sohn Said, und falls Du auch eine Photographie meiner beiden Töchter wünschst, so würde ich sie Dir auf ein Zeichen von Dir hin auf der Stelle zusenden. Was meine Adresse anbelangt, so schreibe ich sie Dir in deutscher Sprache auf ein Stück Papier. Tag und Nacht sehne ich mich nach Deiner geschätzten Antwort. O Allah, Allah, oh mein Bruder, und nochmals, Allah, Allah, verhärte nicht länger Dein Herz gegen mich. Das Unglück und das Elend, die mich auf dieser Welt befielen, lasten schwer auf mir. So Du mir vergibst, wird es dem Herrn der Welten gefallen. Allah spricht: »Auf uns unsere Taten, auf euch die euren.«

Zugeneigte Grüße an Dich, wahrhaftig und ehrlich, Deine Schwester Salmé bint Sa'id ibn Sultan, die Dir aufrichtigen Rat gibt, die sich danach sehnt, Dich zu sehen, die demütig ist vor ihrem Herrn. Mein Sohn Said und seine Schwestern lassen Dich ebenfalls grüßen. Sehr viele Grüße.

Postscriptum

Mein Bruder, als ich diesen Brief noch einmal durchlas, kam mir der Einfall, die Tochter der englischen Königin, Prinzessin Victoria, aufzusuchen. Sie sagte mir, sie wolle selbst einen Brief an Dich mittels der englischen Regierung senden. Sie bittet Dich, uns mit Frieden und Liebe zu beehren. Ich bitte Allah, dass Du ihr das nicht abschlagen und Dir selbst Schande machen wirst in den Augen der Menschen in ganz Europa, da dies in der Tat eine große Schande für Dich wäre.

Ich bete zu Allah, dass Er Dein Herz uns gegenüber erweichen möge.

Grüße von Deiner Schwester Salmé bint Sa'id, die Dich liebt und die Allah gehorcht.

Emilys Hand zitterte, als sie die Feder weglegte. Die Reinschrift nach einem guten Dutzend verschiedener Entwürfe: Alles hatte sie in diese Zeilen gelegt. Sie hatte ihrem Bruder gezeigt, dass sie eine geachtete Persönlichkeit war, damit er ihr mit Respekt begegnete und sie nicht als Bittstellerin empfand. Die Namen bedeutender Menschen eingeflochten. An sein Mitgefühl appelliert und ihn um Vergebung gebeten. Ihre Kinder erwähnt, wie es sich auf Sansibar gehörte, und ihm schließlich zu verstehen gegeben, dass er nicht nur großzügig handelte, ließe er sie zurückkehren, sondern auch ein greifbarer Nutzen für ihn daraus entstünde. Sie hatte blumige arabische Wendungen gebraucht und Allah angerufen wie eine gute Mohammedanerin, damit er sah, dass sie ihre Herkunft nicht verleugnete.

Alles hatte sie in die Waagschale geworfen; alles, wovon sie hoffte, es möge Barghash dazu bewegen, ihr endlich die Hand zu reichen. Sie nach Sansibar zurückkehren zu lassen.

Sie nahm den Kneifer und legte ihn neben den kostbaren Brief, stand auf und trat ans Fenster. Gedankenverloren blickte sie auf die Straße hinunter, wo zwischen den beiden Baumreihen zahlreiche Droschken und Kutschen über das Pflaster rumpelten. Die Wohnung in der Potsdamerstraße war ihre zweite hier in Berlin, und sie hatten sie erst vor Kurzem bezogen. Zwar nur im uneleganten dritten Stock, dafür aber war sie gut geschnitten und in zentraler Lage. Emily gefiel das Leben in der pulsierenden Großstadt, denn der Lärm erinnerte sie ein bisschen an Sansibar, und in der Anonymität der Großstadt fiel sie weniger auf. Auch wenn der Name Emily Ruete kein unbekannter war.

»Mama.« Emily schrak auf. Sie hatte Tony nicht hereinkommen hören, hatte ihre Tochter erst bemerkt, als diese sie am Arm berührte und sie ansprach. Das runde Gesicht der Fünfzehnjährigen verzog sich zu einem Lächeln. »Warst du gerade wieder auf Sansibar?«

Emily nickte, fast beschämt, und wies dann hinter sich zum Esstisch, auf dem ihre Schreibunterlagen ausgebreitet waren. »Ich habe endlich den Brief an Barghash fertig.«

Tonys hohe Stirn legte sich in Falten. »Meinst du wirklich, er wird dir dieses Mal antworten?«

»Versuchen muss sie es. Nicht wahr, Mama?«, mischte sich Rosa ein, die gerade über die Schwelle hüpfte und sich an Mutter und Schwester schmiegte.

Wann sind die beiden nur so groß geworden?, wunderte sich Emily beim Anblick ihrer Töchter, die schon richtige junge Damen waren. Besonders Tony, die von Rudolstadt aus nach Schloss Steinhöfel in Brandenburg gefahren war, um einige Zeit bei einer Adelsfamilie zu leben und dort in gesellschaftlicher Etikette unterwiesen zu werden und Privatunterricht zu erhalten. Emily war die Trennung entsetzlich schwergefallen, doch Tony schien ihr neues Leben dort sehr genossen zu haben, klang in ihren Briefen nie unglücklich und war sichtlich aufgeblüht und vor allem gereift nach Berlin nachgekommen.

»Aber wenn du dann nach Sansibar fährst«, schnatterte Rosa munter weiter, »dann nimmst du uns doch mit, oder? Uns alle drei?«

Said fehlte in ihrer Mitte. Auf Anregung der Baronin hatte Emily an den Kaiser geschrieben und die Erlaubnis eingeholt, ihren Sohn eine militärische Laufbahn einschlagen zu lassen. Anfangs hatte sie gezögert, ihn in die Kadettenanstalt zu Bensberg bei Köln zu geben; der zurückliegende Krieg hatte eine gewisse Abneigung gegen das Soldatentum hinterlassen in ihr, und sie fürchtete, Said sei dem Drill dort nicht gewachsen, kränklich, wie er zuweilen war. Doch in einer solchen Institution würde er eine hervorragende Schulbildung erhalten, die Emily nichts kostete, er würde Verbindungen knüpfen, die ihm später von großem Nutzen sein konnten, und so hatte sie zugestimmt. Um ihm die erste Zeit dort zu erleichtern,

433

waren seine Mutter und seine Schwestern mitgefahren, hatten ein Jahr in einem billigen Hotel in Köln gelebt, um den Sohn und Bruder so oft wie möglich sehen zu können. Said hatte es in der Tat nicht leicht gehabt mit seiner dunklen Hautfarbe, seinem ungewöhnlichen Vornamen und dem Nachnamen, der verriet, dass er der Sohn der Prinzessin von Sansibar war, über die manchmal in der Presse geschrieben wurde. Mittlerweile jedoch hatte er sich dort offenbar gut eingelebt, und Emily konnte nur hoffen, dass das auch so blieb.

Habe ich das Richtige getan, Heinrich? Wärst du damit einverstanden gewesen?

»Ja, Rosa.« Emily neigte den Kopf und küsste ihre jüngste Tochter auf die Wange, danach Tony. »Dann kommt ihr mit. Alle drei.«

Tonys Argwohn sollte sich als berechtigt erweisen: Barghash blieb seiner Schwester einmal mehr eine Antwort schuldig. Wie zum Trotz reichte er den Brief gegen ihren Wunsch an den neuen britischen Konsul Dr. John Kirk weiter und betrachtete die Angelegenheit damit als erledigt.

54

Berlin, Mai 1885

Die Uhr tickte gemächlich in die Stille der späten Abendstunden hinein. Ein gediegenes Geräusch, ganz wie es dem gediegenen Raum angemessen war, mit seinen schweren Möbeln aus dunklem, schimmerndem Holz und den gerahmten Gemälden an den Wänden. Behaglich beinahe, und doch arbeitete hier kein Geringerer als der mächtigste Mann des Kaiserreiches.

Reichskanzler Otto von Bismarck warf immer wieder einen Blick auf die Briefe und Memoranden, die seinen Schreibtisch bedeckten, und fuhr dabei nachdenklich mit dem Fingerknöchel über seinen dicken weißen Schnurrbart.

Vergangenen Juni hatte er einen Brief von Emily Ruete erhalten, in dem sie ihn ehrfurchtsvoll um eine Audienz bat und darum, die Ansprüche einer *deutschen Untertanin* gegen den Sultan von Sansibar zu unterstützen.

Für Bismarck war der Fall Ruete nicht neu. Schon ihr verstorbener Ehemann hatte sich an ihn, damals noch Kanzler des Norddeutschen Bundes, gewandt, damit er ihm auf Sansibar zu seinem Recht verhelfe, und auch den Kampf der Witwe um Heimkehr und Erbe hatte er mitverfolgt. Wie sie ihre Eingaben nach und nach, über Jahre hinweg, beharrlich an alle hochgestellten und einflussreichen Persönlichkeiten im In- und Ausland gerichtet hatte und selbst den Deutschen Kaiser dabei nicht außen vor ließ. Der Reichskanzler wusste nicht so recht, ob er das Verhalten dieser Frau anmaßend finden sollte oder ob es ihm Respekt abnötigte. Damit befand er sich in genau demselben Zwiespalt wie Öffentlichkeit und Presse. Dennoch war er stets bereit gewesen, behutsam und in einem beschränkten diplomatischen Rahmen ihr Anliegen vertreten zu lassen, schon allein aus Gründen der Menschlichkeit. Bislang war dieses Anliegen allein ein privates gewesen; mittlerweile jedoch hatte Bismarck anders darüber zu denken begonnen.

Sieht mein Bruder, hatte sie ihm geschrieben, *dass Deutschland, das Vaterland meiner Kinder, sich unser annimmt, so wäre es nicht allein möglich, meine Erbansprüche noch geltend zu machen; ich könnte bei meiner jetzigen Kenntnis der europäischen Verhältnisse meinen deutschen Landsleuten auch gewiss von manchem Nutzen sein.*

Eine Formulierung, die ihm im Gedächtnis geblieben war und deretwegen er die Akte Ruete heute zum wiederholten Mal auf seinem Schreibtisch liegen hatte. In der Tat war ihm der Gedanke gekommen, dass Emily Ruete für das Deutsche Reich von Nutzen sein könnte.

Nicht nur das Deutsche Reich, sondern ganz Europa befand sich in einer wirtschaftlichen Krise. Während die Industrialisierung weiter voranschritt, immer schneller und immer mehr Waren produzierte, schrumpften die Märkte, auf denen diese sich absetzen ließen. Neue Märkte mussten erschlossen werden, und der einzige Kontinent, der noch nicht zum Abnehmer europäischer Produkte geworden war, war Afrika. Die Expeditionen der vergangenen zwei Jahrzehnte, von Livingstone und Stanley, Burton und Speke, hatten Afrika im Namen der Wissenschaft inzwischen nicht nur fast vollständig erforscht und kartographiert. Es hatte sich auch gezeigt, dass im Boden des Schwarzen Kontinentes ungeahnte Schätze ruhten. Rohstoffe waren hier leicht verfügbar, die Arbeitskräfte billig zu haben, und vor allem versprach Afrika ein einziger gigantischer Absatzmarkt für europäische Waren zu werden. Und zusammen mit den Segnungen des technischen Fortschritts, mit den Waren aus europäischen Fabriken, Manufakturen und Werkstätten ließen sich auch die Segnungen der Zivilisation und des christlichen Glaubens vorzüglich nach Afrika exportieren. So konnte man nicht nur großen Profit machen, sondern sich auch in der Gewissheit sonnen, ein gutes Werk zu verrichten.

Großbritannien hatte schon längst den Anfang gemacht und unlängst auch Ägypten besetzt, Frankreich zog mit Tunesien nach; Italien fasste in Eritrea Fuß, und selbst das kleine Belgien begehrte eine Kolonie in Afrika. Der Wettlauf um Afrika war eröffnet. Daher war es nur eine Frage der Zeit gewesen, bis auch im Deutschen Reich Stimmen laut wurden, ebenfalls afrikanische Gebiete in Besitz zu nehmen, um nicht den Anschluss an die anderen Nationen zu verlieren.

Ein Drängen, das bei Bismarck zunächst auf taube Ohren gestoßen war. Er war kein Freund der Kolonialisierung, er hielt es für wichtiger, die Macht in Europa zu festigen und auszudehnen. Doch er sah ein, dass die Wirtschaft des Deutschen Reiches Kolonien brauchte, und einem Aufschwung wollte er keine Steine in den Weg legen. Landstriche im Westen und Südwesten des Kontinentes wurden unter deutsche Schutzherrschaft gestellt, und die Deutsch-Ostafrikanische Gesellschaft erwarb von einer Handvoll Stammeshäuptlingen Gebiete an der Ostküste.

Womit Sansibar ins Blickfeld der deutschen Kolonialbestrebungen geriet. Im Vergleich zu früheren Jahren hatte das deutsche Interesse am Handel mit Sansibar etwas nachgelassen. Dennoch blieb Sansibar das Tor zum Osten Afrikas.

Die Insel war nicht nur ein idealer Stützpunkt, um weiter ins Innere des Kontinentes vorzudringen; von Sansibar aus führten alte und gut eingeführte Handelsstraßen nach Afrika und wieder zurück. Je weiter sich die Kolonialmächte in Afrika ausbreiteten, desto mehr würde Sansibar daraus seinen Nutzen ziehen und desto größer würde auch die Bedeutung dieser Insel. Nicht allein deshalb nutzte Bismarck den Rücktritt des bisherigen Konsuls aus gesundheitlichen Gründen, um den Afrika-Forscher Gerhard Rohlfs zum Generalkonsul zu ernennen. Aus der hanseatischen Vertretung, die neben ihren konsularischen Aufgaben hauptsächlich eine Handelsvertretung gewesen war – und zwar für die Firma O'Swald mit deren ganz eigenen Interessen –, wurde ein offizielles Amt des Deutschen Reichs. Woraus sich die Notwendigkeit ergab, mit dem Sultan von Sansibar einen neuen Handelsvertrag abzuschließen, der den bald dreißig Jahre alten Vertrag mit den Hansestädten ersetzen sollte.

Der leicht reizbare Barghash indes hatte sich wenig begeistert gezeigt über die deutsche Inbesitznahme von Gebieten, die so dicht an seinen eigenen lagen. Sowohl an das Deutsche Reich wie an Großbritannien hatte er heftigen Protest gerichtet, eigene Besitzansprüche auf diese Territorien geltend gemacht und sogar Truppen dorthin entsandt. Zu Kriegshandlungen war es zwar noch nicht gekommen, aber Bismarck ahnte, dass dies womöglich nur eine Frage der Zeit sein würde. Unruhe lag in der Luft, und es war angeraten, auf alles vorbereitet zu sein.

Frau Ruete selbst hatte im vergangenen Jahr in einem Brief an Kaiser Wilhelm I. die Bitte geäußert, unter dem Schutz der deutschen Flagge – und zwar mit einem Kriegsschiff – in Sansibar ihre Ansprüche geltend zu machen.

»Soll sie haben, soll sie haben«, murmelte der Reichskanzler vor sich hin. »Und nicht nur *ein* Schiff.«

Für ihn war die baldige Reise Emily Ruetes nach Sansibar beschlossene Sache.

General von Caprivi, der Oberbefehlshaber der Marine, war zwar nicht sonderlich erbaut, Schiffe seiner Flotte für einen solchen Zweck abzustellen. Was denn geschehen solle, wenn keine Versöhnung der Geschwister zustande käme? Was, wenn, wie er schrieb, *er die Dame zurückweist, Gewalt anwendet gegen sie oder sie tötet?*

»Dann«, murmelte Bismarck vor sich hin, »dann haben wir einen Grund, Barghash anzugreifen.« Und führte sein Selbstgespräch nach einer kleinen Pause fort: »Ihretwegen werden wir keine Reichsinteressen aufs Spiel setzen. Auch nicht für ihre schönen Augen. Wenn uns der Sultan aber zu einem Eingreifen zwingt, dann mag sie uns durchaus ein nützliches Argument sein, um einen Angriff zu rechtfertigen.«

55

Es war eine Reise, die größter Geheimhaltung
unterlag.

Zwar hatte Bismarck sich vorab erkundigt, ob
es von britischer Seite aus Einwände gegen die Flotten-
demonstration der kaiserlichen Marine vor der Küste Sansibars gebe, mit denen das Deutsche Reich seine Position im
Streit um die Gebiete in Ostafrika zu verdeutlichen gedachte.
Doch da Großbritannien im zu Ägypten gehörenden Sudan
gerade mit dem Mahdi-Aufstand zu tun hatte und sich
der lange schwelende Grenzkonflikt in Afghanistan durch
einen Vormarsch der russischen Armee obendrein zu einer
Krise verschärft hatte, die jeden Tag Krieg bedeuten konnte,
bestand kein Interesse daran, sich auch noch mit Deutschland um Sansibar zu streiten. Zumal die Bedeutung Sansibars für die englische Krone im Vergleich zu früheren Tagen
stark nachgelassen hatte. Sultan Barghash hatte den Briten
sein Reich aus praktischen Erwägungen als Protektorat angeboten. Uneingeschränkter militärischer Schutz für Sansibar
im Tausch gegen gewisse Zugeständnisse des Sultans, ohne
dabei die Eigenständigkeit ganz aufzugeben – ein lohnendes
Ziel für Barghash. Das London jedoch ausschlug: Die britische Vorherrschaft in Ostafrika sei derart stark, dass sie auf
Sansibar nicht angewiesen seien.

Dass Frau Ruete und deren Kinder an Bord eines dieser Schiffe sein würden, hatte Bismarck tunlichst verschwiegen; er wollte vermeiden, dass die Gerüchte, das Deutsche Reich beabsichtige, Emilys Sohn als Thronfolger Barghashs einzusetzen, um so indirekt die Kontrolle über die Insel zu erlangen, neue Nahrung erhielten. Gerüchte, denen Frau Ruete selbst vor einiger Zeit in einem Brief an eine deutsche Zeitung widersprochen hatte und die sich dennoch hartnäckig hielten. Zudem sollte der Sultan selbst erst möglichst spät von der Ankunft der deutschen Flotte und ihrer geheimen Fracht erfahren.

»Mama, schau doch! Schau dir nur all die Häuser an! Hier sieht es ganz anders aus als bei uns!«

Rosas Stimme überschlug sich beinahe vor Begeisterung, als sie im Hafen von Triest warteten, um an Bord des Passagierschiffs zu gehen. In der vordersten Reihe standen hohe schmucklose Bauten unter roten Dachpfannen, hinter denen sich ein Gassengewirr erahnen ließ. Den Hügel hinauf zogen sich kleinere, südländisch anmutende Häuser in warmen Farben, zwischen denen einzelne Zypressen standen.

Said hingegen war ganz gebannt von all den Schiffen vor ihnen am Kai. Kleine und große Segelschiffe; abgenutzte Lastkähne mit unter Planen verborgener Ladung; ein Schaufelraddampfer namens *Milano*. Und Tony wachte mit strengem Blick über das Gepäck.

»Mama?« Rosa legte den Arm um Emilys Taille. »Sag bloß, du freust dich nicht. Wir fahren nach Sansibar, Mama! Endlich!« Als ihre Mutter keine Regung zeigte, schlich sich Enttäuschung in Rosas Stimme. »Freust du dich denn gar nicht? Das ist es doch, wonach du dich all die Jahre gesehnt hast …«

»Doch, Liebes«, erwiderte Emily und drückte ihre Tochter an sich, die mit fünfzehn nun schon fast so groß war wie sie.

»Natürlich freue ich mich. Ich bin nur erschöpft von der langen Fahrt.«

Was durchaus der Wahrheit entsprach. Emily hatte Bismarck zugesichert, dass sie jederzeit abfahrbereit sei. Die Tage und Wochen, in denen die Familie buchstäblich auf gepackten Koffern saß, in denen Emily sich an den Gedanken klammerte, Sansibar tatsächlich bald wiederzusehen, und in denen sie doch ständig fürchtete, einmal mehr enttäuscht zu werden und ihre Koffer wieder auspacken zu müssen, hatten gezehrt an ihr. Ebenso wie die Aufregung, als unverhofft der Bote bei ihnen vor der Tür stand und ihnen mündlich die Nachricht überbrachte, dass sie am 1. Juli aufbrechen sollten. Emilys Herz blieb für einen Augenblick lang stehen, dann begann es wild zu schlagen. Und die zweitägige Fahrt mit der Eisenbahn von Berlin über Breslau bis nach Wien, wo sie in den Zug umgestiegen waren, der sie nach Triest gebracht hatte, hatte ebenfalls ihren Tribut an Kraft von Emily gefordert.

Die Wahrheit war, dass Emily Angst hatte. Angst vor der Begegnung mit Barghash und ebenso Angst, dass es auch dieses Mal zu keiner Begegnung kommen würde. Weil er ihr nach all den Jahren einfach nicht verzeihen konnte, dass sie sich nach der fehlgeschlagenen Thronrevolte mit Majid ausgesöhnt, Heinrich geheiratet und ihm zuliebe dessen Glauben angenommen hatte. Angst, ob sie auf Sansibar freundlich empfangen würde oder gleich wieder mit Schimpf und Schande davongejagt. Choles und Metles Briefe und die von Zamzam, die ersteren gefolgt waren, sowie das, was sie von den Matrosen der *Ilmedjidi* damals erfahren hatte, gaben eigentlich Anlass zur Hoffnung. Doch sie hatte nicht vergessen, wie erzürnt man auf Sansibar über ihre Liebe zu Heinrich und über ihre Flucht gewesen war.

Rosa, die – wie so oft – die unausgesprochenen Sorgen ihrer Mutter erriet, küsste sie sanft auf die Wange.

»Mach dir keine Sorgen. Es wird schon alles gut werden, *mein Kind*.«

Erst auf dem Mittelmeer begann Emily sich zu entspannen. Sie genoss die Sonne an Deck, die hier bereits so viel wärmer war als in Deutschland, und sah lächelnd ihren Kindern zu, die sich an die Reling drängten und sich über jeden neuen Küstenstreifen, jede Insel und jeden Fels freuen konnten wie über ein kostbares Geschenk. Wie ein Schwamm sogen sie alles an Neuem, an Fremdem auf.

In umgekehrter Richtung sind wir einst diese Route gefahren, weißt du noch, Heinrich? So glücklich waren wir. Glücklich, frei zu sein und endlich zusammen. Alles Schwere, alles Leid und alle Angst schienen wir hinter uns gelassen zu haben. Warum nur war uns kein besseres Los vergönnt? Hatten wir uns wahrhaftig so schwer versündigt? Gegen Gott, gegen Allah und gegen die Menschen?

Die Sonne, die immer mehr an Kraft gewann, das weite Blau des Meeres ließen die Last auf Emilys Seele dahinschmelzen, je weiter sie nach Süden fuhren. Als sie am Morgen des 5. Juli Korfu anliefen, blieben ihnen einige Stunden, bevor das Schiff am Nachmittag wieder ablegte. In einer offenen Kutsche fuhren sie über die Insel, am Fuß der trutzigen Festung entlang, durch Felsen und blühende Sträucher, an blendend weißen Häusern vorbei, gegen die das Meer in einem Blau wie Lapislazuli abstach. Emily badete in all dieser Schönheit, in den kräftigen Farben und Kontrasten, bestaunte an der Seite ihrer Kinder auf der Weiterfahrt die kahle, karstige Küste Ithakas, während Said aus Homers *Odyssee* Verse deklamierte, die er in der Kadettenschule hatte auswendig lernen müssen.

Doch es war in Alexandria, dass Emily zum ersten Mal wieder so etwas wie Heimatgefühl verspürte. Die Palmen vor allem und die Tamarisken mit ihrem Silberlaub; die Kuppeln und Minarette der Moscheen. All die orientalischen Häuser in ihrer mehrstöckigen Würfelform mit kleinen Fensteröffnungen, an denen Kamele vorbeitrotteten und turmhoch beladene zweirädrige Eselskarren vorbeibollerten. Männer in der *galabija*, dem langärmligen, knöchellangen Hemd, und mit um den Kopf gewundenen Tüchern; verschleierte Frauen, deren Augen vor Lebensfreude sprühten und mit dem vielsagenden Ausdruck darin ganze Romane erzählen konnten.

Umso beklemmender empfand es Emily, die Wunden zu sehen, die der Kampf der Besatzer gegen die Bevölkerung in der Stadt geschlagen hatte. Das Bombardement der Engländer hatte Ruinen hinterlassen, zerklüfteten Stein und Einschusslöcher in den Wänden. Mehr als einmal schnappte Emily abfällige oder zornerfüllte Bemerkungen über die Engländer auf, die sie den Menschen hier nicht verdenken konnte.

Da das Hotel, in dem sie zwei Nächte logierten, wenig einladend zu nennen war, heruntergekommen und schmutzig, wie es war, und dabei heillos überteuert, streiften Emily und ihre Kinder stundenlang durch die Stadt, vor allem durch das arabische Viertel mit seinen Läden und Ständen.

»Oh, Mama, kann ich so einen bekommen?« Rosa zupfte ihre Mutter am Ärmel und wies mit der anderen Hand auf den Schmuck, der auf bunten Tüchern auf der Erde ausgebreitet lag. Ein gehämmerter Armreif aus Silber hatte es ihr angetan.

»Ich will auch was!«, rief Tony sogleich aus und deutete auf ein Paar Ohrringe, durchbrochene Mondsicheln aus Silber, die aussahen, als wären sie aus Spitze, und an denen unzählige Silberperlen baumelten. Said verdrehte nur die Augen und richtete sein Augenmerk auf einen Eselskarren, der mit einer waghalsig aufgestapelten Pyramide aus Blumenkohlköpfen vorüberholperte.

»Aaaaah, die jungen Damen beweisen erlesenen Geschmack«,

rief der Silberhändler im glatt polierten Arabisch Ägyptens aus und zeigte ein breites Grinsen. Rasch stellte er sein Glas mit *karkadeh*, dem purpurroten Malventee, ab, griff eilfertig in das Sammelsurium aus Geschmeide und hielt Rosa den begehrten Armreif hin. Sehnsüchtig blickte diese ihre Mutter an. »Bitte, Mama!«

Emily zögerte. Zwar hatten sie von der Regierung für die Kosten, die während der Reise anfallen würden, ein nicht gerade geringes Budget erhalten. Sie wusste jedoch nicht, was sie noch an Geld brauchen würden in nächster Zeit, und sie war es außerdem gewohnt, an unnützen Ausgaben zu sparen. Doch den bettelnden Blicken Rosas und Tonys vermochte sie nicht lange standzuhalten.

»Na gut. – *Sabah al-cher*, guten Morgen«, grüßte sie den Händler, dessen Grinsen daraufhin noch breiter wurde.

»*Sabah innur*«, kam es hocherfreut von ihm, und er setzte sogleich zu einem geschäftstüchtigen Wortschwall an. »Aller-feinstes Silber, die Damen«, pries er den Armreif an und rieb mit dem Daumen darüber, griff dann zu den Ohrgehängen, die Tony ins Auge gefallen waren, und verfuhr mit diesen ebenso. »Aus der Werkstatt meiner Familie. Allerbeste Arbeit! Solch kunstfertige Stücke bekommt Ihr nur bei mir! Wenn Ihr beides nehmt, mache ich Euch einen besonders guten Preis!«

Um Emilys Mundwinkel zuckte es. Wahrlich, sie war wie-der in dem Teil der Welt, in dem sie aufgewachsen war! Sie nannte ihr Gebot, der Händler das seine, und so ging es hin und her, bis sie sich einig waren und Geld und Schmuck den Besitzer wechselten. Als Emilys Töchter sich voller Seligkeit an ihre Mutter schmiegten, verzückt ihre Schätze betrachte-ten und verglichen, verneigte sich der Händler im Sitzen vor Emily. »Wo habt Ihr unsere Sprache so vorzüglich gelernt? Ihr müsst lange in Bagdad gelebt haben …«

Emily verneinte mit einem Lächeln und verabschiedete

sich. Ein Lächeln, das ihr schon beim nächsten Schritt gefror. Es hatte ihr einen Stich versetzt, dass der Händler sie offenbar für eine Europäerin gehalten hatte, die einige Jahre im Orient zugebracht hatte.

Selbst hier, in der arabischen Welt, wurde sie inzwischen als Fremde betrachtet. Als hätten die Jahre in Deutschland einen Teil ihrer Herkunft abgeschliffen.

Und damit einen Teil ihres Seins.

56

 Die Hitze flirrte an Deck, auf den Schornsteinen und Aufbauten der *Adler*, des kleinen Versorgungsdampfers der Kaiserlichen Marine, der Emily und ihre Kinder in Port Said aufgenommen hatte. Seit fünf Tagen schon lagen sie im Hafen von Aden vor Anker und hatten noch immer nicht den Befehl zur Weiterfahrt gen Sansibar erhalten. Nirgendwo an Bord war ein kühles oder wenigstens erträgliches Fleckchen zu finden, schon gar nicht in den engen Kabinen, die die geheimen zivilen Passagiere bezogen hatten.

Emily stand trotzdem an der Reling in der prallen Sonne, mit der Hand ihre Augen beschattend, und betrachtete versonnen den Hafen, der sich sehr verändert hatte, seit sie zuletzt hier gewesen war. Alles, was damals noch provisorisch gewirkt hatte, war neu gestaltet worden. Die hastig zusammengenieteten, windschiefen und rostigen Wellblechdächer zum Schutz gegen die gleißende Sonne waren schönen Kupferdächern auf soliden Streben gewichen. Der Kai hatte einen neuen, glatteren Belag erhalten, und dahinter reihte sich ein hübsches Hotel an das andere. Und viel mehr Schiffe lagen hier vor Anker als früher; vor allem viel mehr Dampfer – Segler zählte Emily nur wenige. Was gleich geblieben war, war das Getümmel im Hafen. Es wimmelte von Menschen, die durcheinanderschrien, kreuz und quer ihrer Wege gingen, Schiffe beluden und entluden und Reisende mit Ponykarren oder Pferdewagen in Richtung der Stadt davonkutschierten.

Der Hafen von Aden hatte sich in der Tat sehr verändert in den vergangenen Jahren.

Ihre Augen wanderten hinauf zu der schartigen schwarzen Felswand unter dem Himmel aus Email, die noch ganz genauso aussah, wie sie sie in Erinnerung hatte. Die sicher auch noch in einhundert Jahren so ewig wirken würde wie einst und jetzt. Jene Felswand, die ihr sicheren Schutz geboten hatte vor Majids Zorn. An deren Fuß sie auf Heinrich gewartet hatte und seine Frau geworden war. *Heinrich …*

Neun Monate hatte sie hier in Aden verbracht.

Neun Monate, um ein Kind zur Welt zu bringen …

Emily schloss die Augen unter dem Schmerz, der sich durch sie hindurchfraß wie ein wildes, unersättliches Tier.

Begeistert hatte sie festgestellt, dass das Reisen in den Orient heutzutage dank des technischen Fortschritts wesentlich schneller und bequemer vonstatten ging als damals. Statt auf einem Pferdekarren durch eine glühende Wüstenlandschaft gen Suez zu schaukeln, fuhr man jetzt auf recht angenehme Weise mit der Eisenbahn nach Port Said, ein buntes und lebhaftes Städtchen mit breiten Straßen und neuen Häusern. Und der Suezkanal, der auf Emilys Hinweg kaum mehr als eine Furt in der Erde gewesen war, war heute ein viel befahrener Wasserweg, durch den sich zahlreiche große und kleine Schiffe schoben.

Wären wir damals nicht so lange in der Hitze unterwegs gewesen … Wäre die Reise kürzer gewesen und leichter – vielleicht …

Der nächste Tag brachte Erleichterung. Für Emily, weil die *Adler* endlich wieder in See stechen konnte und Aden sehr bald außer Sicht war. Eine Erleichterung bedeutete die Weiterfahrt aber auch für die Mannschaft und für Emilys Kinder, denn die größte Hitze war damit vorüber. Wolken ballten sich am Himmel zusammen, drohend und düster, ließen keinen einzigen Sonnenstrahl zur Erde durchdringen, und ein böig auffrischender Wind verschaffte angenehme Kühlung. Wenn auch das Schiff auf der aufgewühlten See unruhig tanzte.

Der aufgeräumten Stimmung an Bord tat dies keinen Abbruch. Wie jeden Morgen saßen Emily und die Kinder an Deck, um gemeinsam mit den Offizieren das Frühstück einzunehmen.

»Famoser Junge, den Sie da haben«, wandte sich Leutnant von Dombrowski, der das Schiff befehligte, an sie. Emilys Blick wanderte zu Said, der sich gerade von einem Offiziersanwärter, der kaum älter sein konnte als er selbst, die Grundbegriffe der Navigation erklären ließ. Seine dunklen Augen waren in konzentriertem Ernst zusammengekniffen, während er immer wieder verstehend nickte, Zwischenfragen einwarf und mit seinen schlanken Fingern Punkte und Linien auf dem Tisch vor sich bezeichnete. Anders als Tony hatte er noch nie zur Pummeligkeit geneigt, doch jetzt, mit sechzehn, begannen seine Züge ihre kindliche Weichheit zu verlieren, und sein arabisches Erbe, vor allem das seines Großvaters, trat deutlicher hervor. Doch wenn er lachte, war er ganz Heinrich; ein Anblick, der Emily das Herz erwärmte und doch auch immer einen Moment der Pein bedeutete.

»Ihr … *Felix*«, fuhr er mit überdeutlicher Betonung fort und zwinkerte Emily zu. »Verehrte *Frau von Köhler*.« Er verneigte sich leicht in ihre Richtung.

Emily schlug verlegen die Augen nieder. Noch immer war ihr nicht wohl dabei, dass sie unter falschem Namen reisten. Dass sie vorgab, eine Spanierin zu sein, die einen Deutschen geheiratet hatte und sich auf dem Weg nach Colombo befand. Doch das war eine der Bedingungen, die ihr vor der Abreise gestellt worden waren – die Bedingung, unter der sie ihre Kinder mitnehmen durfte. Ein wenig verunsichert fühlte sie sich auch durch den Leutnant. Groß und breitschultrig, blond und mit einem verschmitzten Glanz in den Augen, besaß er nicht wenig Ähnlichkeit mit Heinrich – auch diese Löwenaura, die durch seinen buschigen Backenbart noch betont wurde.

»Wie lange werden wir noch unterwegs sein?«, erkundigte sie sich.

Der Leutnant machte ein nachdenkliches Gesicht. »Etwa noch acht Tage.« Ein heftiger Windstoß erfasste Emilys Serviette, doch ehe er diese davontragen konnte, hatte Dombrowski sie schon ergriffen und reichte sie Emily mit einer galanten Geste zurück. »Wir geraten in den Südwest-Monsun«, erklärte er. »Aber seien Sie unbesorgt: Die *Adler* ist sturmerprobt!«

Wie auf Geheiß krängte das Schiff gefährlich. Eine hohe Welle warf sich bordwärts über die Reling, klatschte auf das Deck und durchnässte sie alle. Die nächste Welle rollte bereits heran, und kaum einen Wimpernschlag später peitschte von Böen vorangetriebener Regen über das Schiff.

»Alle Mann unter Deck, sofort!«, bellte der Leutnant und sah zu, dass Emily, die wie eine Glucke ihre Küken ihre Kinder um sich zu scharen suchte, als Erste in den Bauch des heftig schaukelnden Schiffes hinabstolperte.

In einem Winkel ihrer Kabine klammerten sie sich aneinander, Rosa an Emily, Tony an Said, während die *Adler* wie ein Spielzeug in der Faust eines tobenden Jungen hin und her geschüttelt wurde. Immer wieder musste sich eines der Mädchen losmachen, grünlich im Gesicht und die Hand vor den Mund gepresst, um sich in einen Eimer oder in die Waschschüssel zu übergeben. Auch Emily wurde von entsetzlicher Übelkeit geplagt. Nur Said schien die Schaukelei keinerlei Beschwerden zu verursachen.

Als von überall her Wasser eindrang, bekamen sie es mit der Angst zu tun. Es tropfte von der Decke, rann die Wände herab, und mit jedem Schlingern des Dampfers schwappten Wasserzungen unter der Türschwelle hindurch.

Bitte, lieber Gott – Allah … Verschone uns!, betete Emily im Stillen und presste die Mädchen und den Burschen so fest an sich, wie sie nur konnte. *Verschone meine Kinder! Lass uns nicht untergehen – nicht jetzt, nicht so dicht vor Sansibar. Lass mich wenigstens noch einmal meine Heimat sehen, ehe du mich zu dir holst.*

Die Offiziere beruhigten sie zwar, unter Deck seien sie in Sicherheit, es gäbe keinerlei Grund zur Besorgnis, aber es fühlte sich kein bisschen danach an. Auch nicht, als der Sturm ein wenig nachließ. Das Wasser war überall, unaufhörlich drang es durch die verschlossenen Luken und Bullaugen herein; nicht einmal die über das Deck gespannte Persenning konnte ihm Einhalt gebieten. Es durchtränkte Koffer und Schubladen und alles, was darin war, sodass sie nichts Trockenes mehr am Leibe hatten. Des Nachts schliefen sie bei den Offizieren im Salon unter aufgespannten Regenschirmen, von denen das Wasser auf Decken und Matratzen heruntertroff.

Nur allmählich besserte sich das Wetter, sodass die Persenning entfernt werden konnte und nur noch wenig Wasser an Deck stand. Leutnant von Dombrowski hatte ihnen ein Zelt auf einem der Aufbauten aufstellen lassen, in dem sie zumindest ein paar trockene Stunden am Tag verbringen konnten. Und weil Emilys Pantoffeln vom Salzwasser aufgequollen und unbrauchbar geworden waren, lieh er ihr seine eigenen.

Von einer Stunde zur nächsten lösten sich die Wolken auf, und die Sonne brannte von einem betörend blauen Himmel. So heiß war es, dass die an Deck ausgebreiteten Kleidungsstücke im Handumdrehen wieder getrocknet waren. Selbst das tiefgoldene Licht, das den baldigen Sonnenuntergang ankündigte, war noch warm.

»Frau von Köhler!«

Emily, die gerade Saids Hemden wieder zusammenfaltete, drehte sich um und strich sich mit dem Handgelenk eine lose Strähne aus der Stirn. Leutnant von Dombrowski stand am Bug des Schiffes und winkte sie zu sich heran. »Kommen Sie, ich will Ihnen etwas zeigen!«

Neugierig trat Emily zu ihm an die Reling. Er zeigte auf eine kleine Erhebung im Wasser, hell umsäumt und tiefgrün bekrönt. »Sehen Sie das? Das ist Pemba!«

Pemba. Die kleine Insel, die zu Sansibar gehörte. Auf der sie nie gewesen war, die sie nur einmal als kleines Mädchen aus der Ferne gesehen hatte. Als sie am Strand war, mit Majid. Als keiner von beiden ahnen konnte, dass sie sich eines Tages derart entzweien würden.

»Erreichen wir heute noch Sansibar?«, fragte Emily, und das Herz schlug ihr bis zum Hals.

Der Leutnant nickte. »In etwa drei Stunden. Bis dahin wird es allerdings bereits dunkel sein, und die Einfahrt zum Hafen ist da wegen der Sandbänke zu gefährlich. Wir werden aber vor der Nordspitze ankern, und morgen früh haben Sie dann den ersten Blick auf die Insel.«

Unbeweglich stand Emily an der Reling und schaute zu, wie sich die Insel immer näher schob. Bis die Dämmerung diesen Anblick unter ihrem schwarzgrauen Tuch verhüllte.

»Mama! Mama!« – »Mama, wach auf!« – »Mama, aufstehen! Wir sind vor Sansibar!«

Schlaftrunken fuhr Emily hoch, als ihre drei Kinder, noch im Nachthemd, gleichzeitig riefen und sie schüttelten, sie aus ihrer Koje holten und halb an Deck führten, halb schoben. Wenigstens konnte Emily sich noch schnell einen Morgenrock überziehen.

Es war noch früh, das Licht eine Mischung aus Gold und Blau, von einem lauen Wind durchzogen, der sich in Emilys

Nachthemd und Morgenrock fing, mit ihrem offenen Haar spielte, in dem die ersten Silberfäden aufglänzten.

In ungläubiger Abwehr schüttelte sie leicht den Kopf, starrte aus großen Augen auf den hellen Strand, der von lichtblauen Wellen überspült war. Mangrovenriesen beugten sich über die Wasserlinie, und über ihren ausladenden Kronen nickten die Palmwedel auf ihren rauen Stämmen.

Das war Sansibar, wie sie sich erinnerte. Wie sie es all die Zeit in ihrem Herzen getragen hatte.

Sie spürte, wie ihre Kinder plötzlich still wurden, sich an sie schmiegten, als wüssten sie, wie bedeutsam dieser Augenblick war.

Tränen stiegen ihr in die Augen, und sie fuhr herum, stieg hastig wieder hinab und rannte in ihre Kabine, wo sie sich niederwarf und mit der Stirn den Boden berührte.

»Danke, o Allah«, flüsterte sie, und ihre Worte waren kaum zu verstehen unter ihren Schluchzern. »Hab tausend Dank!«

Die versunkene Welt

Die Erinnerung ist das einzige Paradies,
aus dem wir nicht vertrieben werden können.

JEAN PAUL

57

 Sansibar, Anfang August 1885

»Was gibt es Neues von unserem geheimnisvollen Schiff?«

Dr. John Kirk, seit über einem Jahrzehnt Generalkonsul Großbritanniens auf Sansibar, war beunruhigt. Über die baldige Ankunft eines deutschen Geschwaders als Druckmittel auf den Sultan war er unterrichtet, doch das kleine Dampfschiff unter deutscher Beflaggung, das seit vier Tagen immer wieder vor dem Hafen auftauchte, tagsüber in gebührender Entfernung zur Küste den Anker auswarf, dann wartete, bis es dunkel war und es Leuchtsignale aussenden konnte, bevor es sich bis zum nächsten Morgen wieder davonmachte, gab ihm Rätsel auf.

»Sie haben mich nicht draufgelassen«, erwiderte der sansibarische Junge, den er gegen ein paar Rupien auf einem Fischerboot als Kundschafter ausgeschickt hatte, auf Suaheli und fügte ein zackig englisches »*Sir!*« hinzu, ehe er in seiner Muttersprache fortfuhr: »Aber ich hab gesehen, dass sich drei Frauen auf dem Schiff verstecken, *Sir!* Ich hab ihre Röcke gesehen.« Ein breites Grinsen auf seinem braunen Gesicht entblößte ein Paar weißer, ungewöhnlich großer Schneidezähne im Oberkiefer. »Ich hab ihre Füße gesehen!«

Kirk schob den Unterkiefer vor und kraulte sich nachdenklich den struppigen lohfarbenen Bart, über den sich seine Gattin Helen seit ihrer Heirat vor siebzehn Jahren beklagte, er kratze wie eine Scheuerbürste – was ihn weder dazu hatte bewegen können, ihn abzunehmen, noch einen Hinderungsgrund dargestellt hatte, zusammen einen Sohn und fünf Töchter in die Welt zu setzen.

Was ihm der Junge berichtete, deckte sich mit dem, was auch Fischer und Matrosen an Bord sansibarischer und afrikanischer Boote und Segler beobachtet hatten: Drei Frauen befanden sich an Bord der *Adler* – eine Mutter, etwa Anfang vierzig, von dunkler Hautfarbe und mit schwarzem Haar, ihre beiden Töchter und ein Bursche, der zwar aussah wie ein Araber, aber europäische Kleidung trug und durchaus auch Spanier sein konnte, vermutlich der Sohn und Bruder. Diese Beschreibung, zusammen mit dem Umstand, dass besonders die Mutter sich fast immer, wenn sich ein anderes Schiff näherte, hinter einem Sonnensegel oder hinter den Aufbauten verbarg, ließen bei Dr. Kirk einen ungeheuren Verdacht aufkeimen.

In seiner Eigenschaft als Generalkonsul mit all den dazugehörigen Aufgaben und gesellschaftlichen Verpflichtungen ständig überarbeitet, hatte er mit der Zeit schon fast ganz vergessen, dass er vor bald zwanzig Jahren ein Kriegsschiff zur Verfügung gestellt hatte, um einer Schwester des damaligen Sultans Majid zur Flucht von der Insel zu verhelfen. Mrs Seward hatte ihn damals um Hilfe ersucht – Mrs Seward, die auch dafür gesorgt hatte, dass die ledige Helen Cooke kurz darauf ein Schiff betrat, das sie nach Sansibar brachte, um Kirks Frau zu werden. Vergangenen Oktober waren die Sewards nach Großbritannien zurückgekehrt, um Dr. Sewards wohlverdienten Ruhestand nach bald dreißig Jahren in der Fremde zu genießen. Mrs Sewards blaue Augen und ihre überaus charmant vorgebrachte Bitte waren nicht der einzige Grund gewesen, weshalb Kirk bereitwillig die Rolle des Fluchthelfers übernommen hatte. Es war vor allem die Überzeugung gewesen, damit Leben zu retten, die unverdienterweise mit dem Tod bedroht gewesen waren, die letztlich den Ausschlag für sein Handeln gegeben hatte. Ein Einsatz christlicher Nächstenliebe von aus seiner Sicht nicht einmal besonderer Tragweite, für den er nie Dank erwartet und an den er kaum mehr einen Gedanken verschwendet hatte.

Bis er Sultan Barghash vor fast genau zehn Jahren nach London begleitete. Kirk hatte erstaunt, ja geradezu befremdet festgestellt, in welcher Aufregung sich sowohl die englische Regierung als auch das deutsche Auswärtige Amt befanden, als sei eine mögliche Begegnung zwischen Bruder und Schwester eine Angelegenheit von internationaler Bedeutung. Die Deutschen waren durchaus dafür, die Briten unbedingt dagegen, und Kirk stand als Vertreter Großbritanniens sowie als Vertrauter des Sultans und damit als Ansprechpartner für deutsche Anliegen genau zwischen den Fronten. Der an Fanatismus grenzende Hass des Sultans auf seine Schwester war ihm ebenso ein Rätsel wie der Zorn der Königsfamilie auf den orientalischen Herrscher, wie die hektischen Bemühungen der britischen Regierung, eine solche Begegnung zu verhindern, und ebenso wie die Einmischung des Kaiserreichs.

Erst die Jahre, die auf diesen Besuch folgten, die Nachrichten über den *Fall Ruete*, die in seinem Konsulat eintrafen, der Brief, den Emily Ruete vor zwei Jahren an ihren Bruder schrieb und den Barghash ihm übergab, ließen ihn allmählich ahnen, dass Emily Ruete zur Schachfigur im Wettlauf Deutschlands und Englands um Afrika zu werden drohte. Durchaus aus eigenem Verschulden, wie Kirk verärgert feststellte. Es missfiel ihm, wie hartnäckig sie an hochgestellte Persönlichkeiten zwischen Berlin, London und Cairo herangetreten war, um ihr Anliegen vorzubringen. Wie sie sich Barghash angedient und versucht hatte, ihn gegen Großbritannien einzunehmen, zu ihrem eigenen Vorteil. Hoffärtig fand er dieses Verhalten, anmaßend ihr Beharren auf Geld, das sie für sich beanspruchte, und verbohrt obendrein. Statt sich mit dem Los zu bescheiden, das das Leben ihr zugedacht hatte – das Leben, das sie mit ihrem Verhältnis zu einem Deutschen selbst gewählt hatte –, brachte sie die Beziehungen zwischen dem Sultan und den Europäern in Gefahr.

Sollte sich an Bord dieses deutschen Dampfers, der sich derart merkwürdig verhielt, tatsächlich *Bibi Salmé* befinden, könnte dies einiges verändern auf Sansibar. Kirk traute den Deutschen nicht über den Weg, und er traute ihnen allerhand zu – sogar, dass sie den Sohn von Emily Ruete als Marionetten-Sultan einsetzen wollten.

»Pass auf«, wandte er sich an den Jungen, der bereits begonnen hatte, ungeduldig über das lange Schweigen des Konsuls, von einem Bein auf das andere zu treten. »Du bekommst noch einmal so viel Geld von mir, wenn du Folgendes tust …«

58

»Wann kann ich endlich an Land?«

Emily umklammerte die Reling der *Adler* so fest, dass ihre Sehnen und Muskeln zum Zerreißen gespannt waren.

»Wir müssen auf den restlichen Flottenverband warten, Frau von Köhler. So lautet der Befehl«, gab Leutnant von Dombrowski ihr zur Antwort, nickte ihr knapp, aber nicht unfreundlich zu und begab sich unter Deck.

Dieselbe Antwort, seit Tagen schon, auf die Frage, die Emily unablässig stellte, seit sie zum ersten Mal wieder einen Blick auf ihre Heimat geworfen hatte. Vier Tage kreuzten sie nun schon in den Gewässern vor Sansibar, hielten tagsüber Ausschau nach dem Geschwader der Kaiserlichen Marine, das von seinem Stützpunkt an der Westküste Afrikas aus eintreffen sollte, und schickten des Nachts fragende Leuchtspuren in die Finsternis über dem Ozean. Bislang ohne die erhoffte Erwiderung.

Emilys anfänglich überwältigendes Glücksgefühl war unter der Sonnenglut an Deck dahingeschmolzen, hatte sich in der bedrückenden Enge des Dampfers, der ursprünglich für den Transport von Schafen von Bremerhaven nach Hull oder London gebaut und in aller Eile für sie als Passagiere hergerichtet worden war, der sich jedoch nicht dafür eignete, dass man längere Zeit darauf lebte, zu einem harten, quälenden Knäuel in ihrer Magengrube zusammengeballt.

Grausam war es, Sansibar nur aus der Ferne sehen zu dürfen. Die körperlichen Leiden, die Emily in Deutschland geplagt hatten, die steifen Gelenke und die Kopfschmerzen, ihr flatterndes Herz und der unruhige Magen, waren verschwunden. Sie vergaß, dass ihr Leib Spuren trug von bald einundvierzig Lebensjahren, von Schwangerschaften und Geburten. Dass Leid und Not und viel zu viele Tränen daran genagt, ihn ausgewaschen oder plumper gemacht hatten, so wie das Meer der Küste über die Jahre kaum merklich eine neue Gestalt gibt, mit jedem Anrollen, mal sacht, mal voll heftigen Zorns. Emily fühlte sich keinen Tag älter als zwanzig. In ihr vibrierte eine Kraft, die sie längst erstorben geglaubt hatte und die in der erzwungenen Bewegungslosigkeit auf dem kleinen Schiff wehtat in den Muskeln und in den Knochen. Ein ziehender, bittersüßer Schmerz voller Lust und Sehnen. Sie wollte barfuß durch den Sand rennen, auf dem Rücken eines Pferdes durch die Wälder und Plantagen der Insel galoppieren, mit großen Schritten durch die Stadt streifen. Sie wollte Sansibar nicht nur sehen, seine Geräusche nicht nur aus der Ferne hören – sie wollte es riechen, schmecken, fühlen, mit allen Sinnen in sich aufnehmen. Wieder ein Teil davon sein.

Emily konnte den Blick nicht von der Insel lösen. Sog gierig jedes noch so kleine Detail in sich auf, verglich, was sie sah, mit den Bildern, die sie all die Jahre in ihrem Inneren mit sich getragen hatte.

Das Antlitz Sansibars hatte sich verändert, von Natur und von Menschenhand. Ein Orkan, der vor dreizehn Jahren in blindwütigem Toben seine Klauen in die Insel geschlagen hatte, der nachfolgende Wiederaufbau. Majids Gleichgültigkeit und Barghashs Faszination für die Lebensweise der Europäer, die ihn dazu bewog, keine Kosten zu scheuen, um an technischem Fortschritt und feiner westlicher Lebensart mit fremdländischen Herrschern mithalten zu können.

Das alte Zollhaus, das dem Wüten des Tropensturms eine leichte Beute gewesen war, hatte man durch ein neues, viel größeres und eleganteres ersetzt. Was gewiss auch nötig war, denn Emily hatte den Eindruck, dass weit mehr Getümmel im Hafen herrschte als in früheren Zeiten. Mehr Menschen belebten den Kai, luden Kisten und Säcke um, und an den Anlegestellen wimmelte es von Segelschiffen und Dampfern, von *dhaus* und Fischerbooten.

Beit il Watoro suchte sie vergeblich, das Haus, das Majid mit seiner Mündigkeit erhalten hatte und in das Emily und ihre Mutter mit eingezogen waren. Zusammen mit dem angrenzenden Wirtschaftsgebäude hatte Barghash es niederreißen lassen, um auf der Fläche einen hässlichen Kasten zu errichten: eine Fabrik, in der Eis hergestellt wurde, um Getränke und Speisen nach westlichem Vorbild zu kühlen. Beit il Hukm, der Palast der Frauen, stand noch unverändert, und Beit il Sahil hatte einen neuen Anstrich und einen Anbau erhalten, einen luftigen Pavillon zur Seeseite hin. Und an der Stelle, wo in Emilys Jugend ein halb verfallener, längst unbewohnter Palast stand, hatte Barghash sich einen neuen errichten lassen, ganz nach seinem Geschmack: Beit il Ajaib – das *Haus der Wunder*, das höchste Haus im Hafen. Korallenstein und Mangrovenholz, Beton und Stahl verbanden sich zu einem Koloss von drei ungeheuer hohen Stockwerken, an deren Außenseite hohe säulengestützte Veranden entlangliefen. Überdachte Gänge verbanden hoch über der Straße den Palast mit Beit il Sahil, damit Barghashs Frauen ungesehen von der Öffentlichkeit ein und aus gehen konnten. Davor reckte sich ein neuer Leuchtturm in den Himmel, den die Offiziere der *Adler* wegen der Lichtkränze spaßhaft »des Sultans Weihnachtsbaum« nannten.

Die Offiziere erzählten Emily auch, weshalb der Palast »Haus der Wunder« genannt wurde. Wie der Leuchtturm war auch der Palast innen und außen elektrisch beleuchtet. Die Böden waren aus Marmor, die Wände silberverziert – Materialien, die der Sultan aus Europa hatte kommen lassen. Teure Hölzer waren im Inneren verwendet worden, und das Eingangstor war deshalb so breit, weil Barghash mit einem Elefanten hindurchreiten wollte. Was Emily für ein Märchen hielt. Von alters her erzählte man sich auf Sansibar, die geschnitzten Eingangsportale auf der Insel seien deshalb so stark und so massiv geschaffen, damit sie selbst dem Ansturm eines solchen Tieres standhalten könnten, obwohl sie in all den Jahren auf der Insel nie auch nur einen einzigen der Dickhäuter zu Gesicht bekommen hatte; erst in Hamburg, in einer Vorstellung des Circus Renz. Einen Aufzug gab es in Beit il Ajaib und, wie es hieß, gar eine telephonische Verbindung zum britischen Konsulat. Barghash hatte die Eisenbahn nach Sansibar geholt, die allein zu seinem Gebrauch seine Paläste in der Stadt mit einem ebenfalls von ihm neu gebauten Palast im Inneren der Insel verband.

All den Prunk, die neuesten Errungenschaften, die gewiss Unsummen verschlungen hatten, jeden Tag vor Augen zu haben, das schmeckte schal auf Emilys Zunge, vor allem wenn sie daran dachte, wie sie seit fünfzehn Jahren sparte und knauserte, wo es nur ging; wie sie ihrem Honorar für den erteilten Unterricht nachgelaufen war und nach und nach Stücke ihres Geschmeides verkauft hatte. Vor allem, wie sie ihren Stolz hatte herunterschlucken müssen, um vor hochwohlgeborenen Persönlichkeiten zuzugeben, wie wenig Geld sie zur Verfügung hatte, und darum zu bitten, dass man ihr zu ihrem Erbe verhelfe.

»Fischerkahn steuerbord voraus«, drang der Ruf eines der Offiziere in ihre Gedanken, unmittelbar gefolgt von einem auffordernden: »Frau von Köhler!«

Emily wusste, was sie zu tun hatte. Wie immer, wenn sich ein Boot näherte, musste sie, die *geheime Ladung*, wie sie unter den Offizieren bezeichnet wurde, sich verstecken. Ein fast kindlicher Trotz zeichnete sich auf ihrem Gesicht ab, spiegelte sich in ihrer Haltung wider, und dennoch stieg sie in das Unterdeck hinab. Sie wusste, dass ihr nichts anderes übrig blieb, als dieser Aufforderung nachzukommen, so demütigend es ihr auch erschien.

»*Shikamoo, shikamoo* – guten Tag, guten Tag!«, rief der Junge und steuerte sein kleines Boot dicht an die *Adler*. »Orangen, frische Orangen«, setzte er in holprigem Englisch hinzu und hielt lockend mit der Hand eine der orangegoldenen Früchte hoch.

»Ganz frisch«, pries der Junge seine Ware weiter an und deutete in die Körbe neben sich, die prallvoll waren mit Orangen. »Frisch vom Baum, heute Morgen gepflückt!«

»Herr Leutnant?« Fragend wandte sich einer der Offiziere an von Dombrowski.

Mit Blicken versicherte dieser sich, dass seine Passagiere nirgendwo zu sehen waren, und nickte schließlich.

»Geht in Ordnung, aber lassen Sie sich einen guten Preis machen!«

Der Junge verknotete das Tauende, das hinabgelassen wurde, nacheinander um die Körbe, die die Offiziere leer wieder ins Boot warfen, wo er sie geschickt auffing. Als die vereinbarten Münzen zu ihm hinunterprasselten, kam es keck von dem kleinen Obsthändler: »Mein Herr lässt die *Bibi Salmé* herzlich grüßen!«

Die offensichtliche Enttarnung Frau Ruetes bewog Leutnant von Dombrowski, in aller Eile abzulegen und erneut an der Nordspitze der Insel Zuflucht zu suchen. Am nächsten Tag traf das Geschwader der Kaiserlichen Marine endlich im Hafen von Sansibar ein, und vier Tage später stieß die *Adler* dazu. Doch obwohl Kommodore Paschen, der befehlshabende Offizier auf dem Flaggschiff des Flottenverbandes, Emily zuvorkommend begegnete, durfte sie nach wie vor nicht an Land gehen. Die Politik hatte Vorrang vor den Privatangelegenheiten einer Frau Ruete. Erst wenn man auf anderem Wege bei Sultan Barghash nichts erreichen sollte, würde auf Bismarcks Trumpfkarte zurückgegriffen werden.

Emily begann zu ahnen, dass diese Reise nach Sansibar nicht das war, was sie gedacht hatte. Man hatte sie nicht aus Nächstenliebe hierhergebracht und auch nicht deswegen, weil man eingesehen hatte, dass es ihr gutes Recht war.

Sondern weil Emily Ruete die Rolle der schwächsten Figur in einer Partie Schach zugedacht worden war. Scheiterten alle anderen Strategien, konnte ein Bauer nützlich sein; bedurfte man seiner nicht mehr, konnte er ohne große Verluste einfach geopfert werden.

59

»Herzlichen Glückwunsch zum Geburtstag, Mama!«
Tony umschlang Emily fest und küsste sie.

»Alles Gute fürs neue Lebensjahr, *mein Kind*«,
rief Rosa, drängelte sich zwischen Mutter und Schwester und
gab Emily ebenfalls einen Kuss.

»Glückwunsch, Mama!« Said beließ es bei einer kurzen
Umarmung.

»Danke, ihr Lieben!« Emily strich ihren Kindern übers
Gesicht, übers Haar, über die Schulter, in einer Mischung aus
echter Freude und fahriger, nachgerade zorniger Unruhe.

Es war der 30. August, ihr einundvierzigster Geburtstag.
Vielleicht die zauberhafteste Sitte, die Emily in Europa kennengelernt hatte: dass man an dem Tag, an dem man geboren
worden war, beglückwünscht, gefeiert und beschenkt wurde.
Doch seit jenem Jahr, als Heinrich starb, im selben Monat, in
den ihr Geburtstag fiel, war ihr wohl noch nie so wenig zum
Feiern zumute gewesen wie heute.

Seit achtundzwanzig Tagen kreuzte die *Adler* in sansibarischen Gewässern, und seit anderthalb Monaten hatten sie
keinen festen Boden mehr unter den Füßen gehabt. Emily war
es leid, ihre Tage und Nächte auf einem winzigen Dampfer
zuzubringen, ihre Heimat schon im Blick und ihr doch keinen
Schritt näher gekommen. Wie ein Tier in einem Käfig kam

sie sich vor, und noch mehr dauerten sie ihre Kinder. Deren junge Glieder barsten nachgerade vor unterdrückter Energie, vor erzwungener Bewegungslosigkeit auf viel zu engem Raum, und ihr reger, nach Eindrücken und neuen Erfahrungen gierender Geist erstickte in Langeweile. Fast jeden Tag begannen sie ohne erkennbaren Grund Händel untereinander, den Emily nur mit Mühe und viel geduldigem Zureden zu schlichten vermochte.

Heute jedoch schien zwischen den Geschwistern alles eitel Sonnenschein zu sein.

»Wir haben eine Überraschung für dich«, raunte Rosa ihr zu und tauschte verschwörerische Blicke mit Schwester und Bruder. »Komm mit uns an Deck!«

Oben angekommen, erwartete die gesamte Besatzung der *Adler* unter Leutnant von Dombrowski sie in strammem Salut.

Auch Kommodore Paschen war zugegen, dem bei seiner Ankunft auf Sansibar die Aufgabe zugefallen war, Sultan Barghash ein formelles Dokument zu überbringen, das dem Wunsch des Deutschen Kaisers nach freundschaftlichen Beziehungen zum Sultan Ausdruck verlieh und den Abschluss gewisser Verträge zu diesem Zweck in Aussicht stellte. Im Gegenzug jedoch müsse der Sultan seinen Protest gegen die Verträge, die mit den Sultanen der von der Deutsch-Ostafrikanischen Gesellschaft erworbenen Gebiete geschlossen worden waren, zurückziehen und seine dorthin entsandten Truppen abkommandieren. Vierundzwanzig Stunden gedachte Paschen auf die Antwort Barghashs zu warten, und als diese ausblieb, ließ er die insgesamt sieben Kriegsschiffe in Gefechtsposition bringen, genau gegenüber dem Palast des Sultans und dessen Familie, und die Geschütze ausfahren. Dr. Kirk, von Sultan Barghash in beinahe hysterisch zu nennender Aufregung um Hilfe gebeten, riet ihm nach der Lektüre des kaiserlichen Briefes, auf die Bedingungen einzugehen, gegen die er als britischer Konsul keinerlei Einwände vorzubringen hatte. Was Barghash auch unverzüglich tat. Bismarcks Strategie war aufgegangen.

Seine Kopfbedeckung unter den Arm geklemmt, trat Admiral Knorr vor und salutierte energisch.

»Im Namen des gesamten Geschwaders entbiete ich Ihnen meine besten Wünsche zu Ihrem Ehrentag, verehrte Frau Ruete.«

Admiral Knorr sah ganz so aus, wie sein Name verhieß: bärtig und verwittert wie ein echter Seemann – so jedenfalls tuschelten Emilys Kinder kichernd hinter seinem Rücken. Emily selbst fand, dass das Gesicht des Admirals, dessen einstmals gewiss ohnehin schon scharfe Konturen die Jahre auf See noch mehr gegerbt hatten, von Güte kündete, und in seinen wasserblauen Augen, halb unter struppigen Augenbrauen verborgen, vermochte sie nichts anderes zu lesen als Freundlichkeit.

Entgegen Emilys Befürchtung war ihr Anliegen Barghash doch noch vorgebracht worden, erst von Paschen, dann von Admiral Knorr, der an Bord der *Bismarck* nach Sansibar nachgekommen war. Eine Woche ließ Barghash sich Zeit, ehe er sich in bedauerndem Tonfall entschuldigen ließ, dass er auf diese Briefe keine Antwort geben könne: … *weil sie uns viele Jahre zuvor mit jemandem verließ, der Uns nicht ebenbürtig ist*, hieß es in der kurzen, von seinem Sekretär unterzeichneten Notiz.

»Danke, Herr Admiral«, erklärte Emily mit einer leichten Neigung des Kopfes.

»Ich möchte Sie einladen, heute an Bord meines Schiffes mein Gast zu sein. Eigens für Sie haben wir ein Schwein geschlachtet.«

Emily biss sich auf die Lippen. Ihre Augenbrauen zuckten,

zogen sich für einen Moment über der Nasenwurzel zusammen. Sie wusste nicht, ob sie belustigt oder erbost sein sollte, und entschied sich schließlich für Ersteres.

Doch der Admiral hatte noch etwas in petto – die von ihren Kindern, die eingeweiht worden waren, angekündigte Überraschung. In Ermangelung konkreter Befehle aus Berlin, wie mit Frau Ruete weiter zu verfahren sei, hatte er eigenmächtig eine Entscheidung getroffen: Emily Ruete sollte auf Sansibar mit dem gebührenden Respekt gegenüber einer deutschen Staatsangehörigen behandelt werden.

»Ferner möchte ich Ihnen mitteilen«, verkündete er, »dass es Ihnen ab dem morgigen Tage freisteht, in meiner Begleitung oder in der eines meiner Offiziere an Land zu gehen, wann immer es Ihnen beliebt.«

60

Vielleicht kam es Emily nur so vor, dass die Stadt von Sansibar für einen Augenblick den Atem anhielt, als Admiral Knorr ihr die Hand reichte, um ihr aus dem Boot zu helfen, das sie von der *Adler* herübergebracht hatte. Vielleicht war es aber auch sie selbst, die vergaß, Atem zu holen, als sie zum ersten Mal wieder einen Fuß auf heimatlichen Boden setzte.

Still war es in jedem Fall, erstaunlich still. Nachgerade unheimlich, obwohl unzählige Menschen auf dem Kai standen und die bronzefarbenen Gesichter von Arabern sich ihr zuwandten, die tiefbraunen bis blauschwarzen von Männern und Frauen mit afrikanischem Blut, das verwaschene Messinggelb indischer Züge. Augen, die ihr erstaunt oder neugierig entgegenblickten, dann aufglänzten, schließlich strahlten. Menschen in weißen, dunkelblauen und mattroten Gewändern, in den farbenfrohen, bunt gemusterten *kanga*-Tüchern, die näher und immer näher rückten, als müssten sie sich vergewissern, dass der Augenschein sie nicht trog. Dann ein Raunen, wie ein tiefes Einatmen, das von Mund zu Mund ging, ein Flüstern und Tuscheln, das sich durch die Menge fortpflanzte.

»*Bibi Salmé. Wahrlich, sie ist es. Unsere Bibi Salmé ist zurück.*«

Emily spürte Rosas selbst durch die Handschuhe hindurch

vor Aufregung feuchte Finger, die sich in die ihren schoben. Sie spürte, wie Tony sich ängstlich in ihren anderen Arm einhängte, als sich die Menschen um sie zusammendrängten, von Admiral Knorr und einem weiteren Offizier auf Armeslänge von ihr ferngehalten, während Said sichtlich beeindruckt hinter ihnen herschritt.

»Wie geht es Euch, Bibi Salmé? Geht es Euch gut?«

»Werdet Ihr bleiben, Bibi Salmé?«

Rufe drangen an ihr Ohr, während sie vom Kai in die erste Gasse einbogen. Menschen, überall Menschen, in all den Farben und unterschiedlichen Gesichtszügen der Insel. Und als Emily den Kopf in den Nacken legte und hinaufsah, entdeckte sie auch dort überall neugierige Menschen. Die Fensterläden standen einen Spaltbreit auf, und dahinter blitzten die von Maske und *schele* frei gelassenen Augen arabischer Frauen. Ein, zwei besonders Mutige wagten es, ihr zuzunicken oder gar zu winken.

Es war wie in einem Traum. Die Erfüllung ihrer größten Sehnsucht, zu überwältigend, um einen klaren Gedanken zu fassen.

Immer mehr Menschen säumten ihren Weg durch die Stadt.

»Allah sei mit Euch und schenke Euch und Euren Kindern gute Gesundheit!«

»Allah zum Gruße, Bibi!«

»Siehst du, siehst du – das ist die Bibi, die lange Jahre in der Fremde gelebt hat und nun wieder zu Hause ist!«

Mütter setzten sich ihre kleinen Kinder auf die Schultern, damit die über die Köpfe der Menge vor ihnen hinweg eine gute Sicht auf *Bibi Salmé* haben konnten. *Bibi Salmé*, deren aufregendes Leben wie ein Märchen erzählt wurde auf Sansibar. Diener drängten sich an Emily heran, entboten ihr schüchterne Grüße und zogen unter ihrem Käppchen auf dem kahlgeschorenen Haupt verstohlen zusammengefaltete Zettel hervor, die sie ihr in aller Heimlichkeit zusteckten: Nachrichten von alten Freunden und entfernten Verwandten der Sultansfamilie, die hofften, Emily würde sie besuchen, möglichst ohne dass der Sultan davon erfuhr. Manchmal war eine der massiven Haustüren mit ihrem Schnitzwerk und den zu Ornamenten angeordneten Messingnägeln nur angelehnt, und durch den Spalt glaubte sie Bewegungen zu erspähen, Geflüster zu hören. Als wartete man in diesen Häusern nur darauf, dass sie anklopfte, damit man sie einlassen und ihr Kaffee und Gebäck anbieten konnte.

Es war seltsam, wieder hier zu sein. Hocherhobenen Hauptes und mit bloßem Gesicht durch die Straßen und Gassen zu gehen, die sie früher nur verschleiert und in der Nacht hatte betreten dürfen. Nun ging sie einher in ihrem schmal geschnittenen, an der Taille eng geschnürten Kleid, das zu Heinrichs Gedenken noch immer schwarz war, einen kleinen Hut mit breiter Krempe zum Schutz gegen die Sonne auf dem hochgesteckten Haar.

Ihre äußere Erscheinung stand in scharfem Kontrast zu ihrer Umgebung, noch betont durch die fortwährende Anwesenheit eines bewaffneten Offiziers.

Sie empfand sich als Widerspruch. Als Fremdkörper in den Gassen ihres früheren Lebens.

Es war eine seltsame Art der Heimkehr.

Jeden Abend, bevor es dunkel wurde, mussten Emily und die Kinder auf Anordnung des Admirals an Bord der *Adler* zurück, um dort die Nacht zu verbringen. Nur am Tag durfte Emily auf die Insel übersetzen, um dort in den Straßen und Gassen umherzustreifen, die ihr vertraut waren und doch nicht mehr dieselben wie damals.

»Zeig uns doch das Haus, in dem du früher gewohnt hast«, bat Tony an einem dieser Tage.

»Au ja«, jubelte Rosa. »Das Haus, von dem du uns erzählt hast. Wo du Vater kennengelernt hast!«

Emily zögerte. Diesen Teil der Stadt hatte sie bislang auf ihren Wanderungen gemieden. Sie fürchtete, was sie heute dort vorfinden mochte, und noch mehr fürchtete sie die Erinnerungen an Heinrich.

»Bitte, Mama«, schloss sich Said dem Wunsch seiner Schwestern an. »Ich möchte es auch sehen!«

»Ein andermal vielleicht«, versuchte Emily sie zu vertrösten. Doch ihre Kinder blieben hartnäckig, bis Emily schließlich nachgab.

Sie kannte den Weg im Schlaf, noch immer, auch wenn sie an jeder Ecke zweifelte, ob ihr Instinkt sie nicht doch trog. Schließlich blieb sie in einer Gasse stehen und blickte sich verwundert um.

»Hier müsste es sein«, murmelte sie vor sich hin und suchte die Fassaden der Häuser mit den Augen ab. »Zumindest dieser Teil hier«, ihr Zeigefinger überstrich die unteren Stockwerke, wo fortwährend hellhäutige blonde Männer in hellem Anzug und sansibarische Bedienstete heraustraten oder hineingingen und sie mit verhaltenem Interesse musterten.

»Das oberste Geschoss gab es damals nicht.« Bedrückt sah Emily, dass die Dachterrasse, auf der sie so viele Nächte verbracht hatte – erst einsame, unglückliche; später köstliche, herzensselige in Heinrichs Gegenwart –, überbaut worden war. Als sei das Schicksal bestrebt gewesen, das auszulöschen, was sich damals ereignet und was solch ungeahnte Folgen nach sich gezogen hatte. Spuren ihres Lebens, fortgewaschen von der Zeit.

»Und da drüben«, ihre Stimme zitterte ebenso wie ihre Hand, als sie auf das Nachbarhaus wies, »seht ihr dieses Fenster? Dort stand euer Vater, als ich ihm das erste Mal begegnet bin. Später saß er dann oft dort oben, auf dem Dach.«

473

Masalkheri, jirani – Guten Abend, Nachbarin, hörte sie Heinrichs Stimme aus weiter Ferne.

Wehmut und Trauer erfüllten Emily, begleitet von einem Gefühl des Unwirklichen.

Ist das alles wahrhaftig so geschehen damals?

Sie erinnerte sich an jede Einzelheit, an jeden Klang, jeden Duft, jeden Blick. Und doch kam es ihr vor, als erinnerte sie sich an einen lang zurückliegenden Traum. Das Leben, das sie mit Heinrich in Hamburg geführt hatte, schien wirklicher gewesen zu sein, greifbarer und echter.

Ihre Kinder, die spürten, wie aufgewühlt sie war, verhielten sich still, warfen ihrer Mutter besorgte und bewegte Seitenblicke zu, legten abwechselnd die Arme um sie, während sie die Gasse wieder zurückgingen.

Nur aus den Augenwinkeln bemerkte Emily das Schild, das ihr altes Wohnhaus als Sitz der Firma Hansing & Co. auswies, für die Heinrich damals tätig gewesen war.

»Pst! Bibi Salmé!«

Ein Flüstern schreckte sie auf, kaum dass sie in die nächste Gasse eingebogen waren, die weiter in die Stadt hineinführte. Es kam von einem verhutzelten Männlein mit einem Gesicht wie eine getrocknete Feige, das den Kopf aus dem leicht geöffneten Flügel eines Eingangsportals herausstreckte. Das breite Grinsen, das sich auf seiner Miene ausbreitete, entblößte ein schadhaftes Gebiss.

»Erkennt Ihr mich nicht mehr, Bibi? Ich bin's – Salim!«

»Salim, gewiss«, rief Emily freudig aus, als sie sich an ihren früheren Hausdiener erinnerte, und trat näher. »Wie geht es dir? Seit wann arbeitest du hier bei …« Sie sah an dem Haus hinauf. Das Gesicht der Hausherrin, ihrer früheren Nachbarin, stand ihr lebhaft vor Augen, doch der Name wollte ihr nicht mehr einfallen. Diejenige, die sie damals gewarnt hatte vor dem Klatsch, der über sie und Heinrich in der Stadt umging, die sie ermahnt hatte, Vorsicht walten zu lassen, damit sie nicht eines Tages Grund zur Reue hätte.

Reue? Nein. Glück, unermessliches Glück. Auch Kummer und Leid – das ja. Aber keine Reue. Nicht einen einzigen Augenblick.

»… bei Zahira, jaja«, bestätigte Salim mit eifrigem Nicken. »Seit Ihr damals fortgegangen seid, Bibi. Meine Herrin«, er senkte die Stimme, »meine Herrin hat Euch kommen sehen und lässt fragen, ob Ihr nicht auf einen Kaffee hereinkommen wollt. Ihr und Eure Kinder.«

»Uns wurde soeben eine Einladung überbracht«, wandte sich Emily auf Deutsch an den jungen Offizier, der ihnen heute als Begleitschutz zur Seite gestellt worden war und der sich derart unauffällig im Hintergrund hielt, dass sie seine Anwesenheit zeitweise beinahe vergessen hatte. »Und ich würde sie gerne annehmen.«

Das Gesicht des Offiziers färbte sich tiefrot, als er angestrengt nachdachte, ob es ihm zustand, Frau Ruete diesen Besuch zu verbieten oder ihn zu gestatten. Hatte er doch den ausdrücklichen Befehl erhalten, weder sie noch ihre Kinder je aus den Augen zu lassen. Er wusste aber auch, dass ihm als deutscher Soldat wie als Mann der Zutritt zu den Frauengemächern des Hauses verwehrt bleiben würde.

»Gut«, entschied er schließlich. »Eine Stunde. Ich warte hier so lange.«

An Salim vorbei traten sie über die Schwelle, und Emily hielt ihre Kinder an, die Schuhe auszuziehen und in die bereitstehenden Gästepantoffeln zu schlüpfen, bevor Salim sie die Stufen hinaufgeleitete.

»Salima!« Mit ausgebreiteten Armen kam ihnen Zahira, mittlerweile von beträchtlicher Leibesfülle, entgegengewatschelt. »Ist das zu glauben – nach all den Jahren, Allah sei gepriesen! – Sind das deine Kinder? Hübsche Kinder hat

Allah dir geschenkt!« Erstaunlich gelassen ließen es die drei über sich ergehen, dass Zahira sie tätschelte und sie begeistert in die Wangen kniff.

»Nehmt doch Platz, nehmt doch Platz!«, rief ihre Gastgeberin aus und wies auf die verschiedenartigen Stühle, die offensichtlich herbeigeholt worden waren, damit die Besucher aus Europa ihrer Sitte gemäß bequem sitzen konnten. Emily und ihre Töchter in den schmalen Röcken und den Korsetts zeigten sich auch dankbar dafür.

»So viel erzählt man sich hier über dich«, begann Zahira, als Kaffee und Gebäck serviert worden waren. »Aber aus deinem Munde selbst will ich alles hören. So sprich, wie ist es dir ergangen in der Fremde?«

Emily beschrieb das Leben in Hamburg und in Berlin und in der Provinz. Nur am Rande erwähnte sie, dass sie Witwe war, worauf Zahira ihr tröstend die Hand drückte. Von menschlichen Enttäuschungen und materieller Not erzählte sie nichts. Lieber gab sie lustige Anekdoten zum Besten: wie sie sich mit der fremden Sprache abgemüht und welche Missverständnisse ihre mangelnden Kenntnisse anfangs hervorgerufen hatten.

»Erzähl mir nun von dir«, schloss sie ihre eigenen Schilderungen. »Wie geht es dir?«

»Prächtig, prächtig«, antwortete Zahira. »Sechs Kinder hab ich geboren, und ich bin schon Großmutter von achten!« Ihr Blick fiel auf Said. »Dein Sohn sieht aus wie ein wahrer Prinz. Als könnte er eines Tages ein guter Herrscher sein.«

Said tat so, als bemerkte er nicht, dass er zum Gegenstand des Gesprächs wurde, und konzentrierte sich ganz auf die Tasse in seiner Hand.

Said als Sultan über Sansibar? Emily musterte ihren Sohn nachdenklich. Solange es Gerüchte gewesen waren, über die man in den Zeitungen schrieb, schien ein solcher Gedanke keine Bedeutung zu haben, nicht schwerer zu wiegen als

Druckerschwärze auf Papier. Hier auf Sansibar jedoch hielt man offenbar diese Möglichkeit durchaus für vorstellbar. Während seine Schwestern stets ihre Begeisterung kundtaten über all das Exotische, Aufregende, das sie hier zu Gesicht bekamen, über die Aufmerksamkeit, die ihrer Mutter zuteil wurde, wirkte Said zunehmend in sich gekehrt. Emily hatte den Eindruck, dass er sehr viel nachgrübelte über das, was er hier jeden Tag sah, und nicht zuletzt über seine Herkunft. Aber Said in der Nachfolge seines Großvaters, von Majid und Barghash – das konnte sich Emily für ihren Sohn nicht vorstellen. Durch sie lag ein Teil seiner Wurzeln zwar hier im Orient, sein arabisches Erbe stand ihm buchstäblich ins Gesicht geschrieben. Trotzdem war Said ein durch und durch europäischer Junge.

»Sansibar bräuchte einen guten Herrscher, weißt du«, fuhr Zahira fort, sah sich hastig um, als witterte sie heimliche Lauscher in den Winkeln des Raumes, und senkte ihre Stimme zu einem Raunen. »Barghash ist wie ein kleines Kind – voller Zorn und Hass, wenn es nicht nach seinem Willen geht. Er hat so gar nichts von der Güte Eures Vaters oder von der Milde deines Bruders. Nicht einmal seiner eigenen Familie gegenüber! Man erzählt sich, er habe eure Schwester Chole vergiften lassen, weil sie ihm nicht gehorsam war. Und Khaduj schickte er auf eine Pilgerfahrt nach Mekka, von der sie nie wieder zurückkehrte.«

Wäre es nicht so erschütternd gewesen, hätte es Emily zum Lachen gereizt ob dieser grausamen Ironie des Schicksals. Ausgerechnet Khaduj, die einst zu ihrer Hüterin bestellt gewesen war, bis Emily zur Strafe für ihre Verfehlungen ebendiese Reise auf Nimmerwiedersehen antreten sollte, und die ihr dann doch zur Flucht verholfen hatte. Es war ihr kein Trost zu hören, dass Majid Khaduj nicht wie befürchtet für Emilys Flucht mit dem Tode bestraft hatte und dass ihr vielleicht noch einige gute Jahre vergönnt gewesen waren, ehe Barghash sie zu dieser Schicksalsfahrt verurteilte.

Fassungslos vernahm Emily, dass Barghash einen ihrer jüngsten Brüder eingekerkert und in Ketten hatte legen lassen, weil er befürchtete, Anhänger von Khalifa, der ihm in der Thronfolge am nächsten stand, suchten eine Revolte gegen ihn anzuzetteln – so wie er es einst gegen Majid getan hatte. Und eine Nebenfrau Barghashs, eine schöne Tscherkessin, die den Gruß eines portugiesischen Matrosen vom Fenster aus erwidert hatte, wie es die Höflichkeit auf Sansibar von jeher gebot, war auf Befehl des Sultans hin ausgepeitscht worden und daran gestorben.

Zunehmend beschlich Emily ein Gefühl der Befremdung, während Zahira eine Untat Barghashs nach der anderen aufzählte. Obwohl Geschichten von brutalen Grundherren und despotischen Herrschern Teil ihrer Kindheit und Jugend gewesen waren und sie selbst eine Rolle in Barghashs gescheiterter Revolte gespielt hatte, muteten sie diese Schilderungen merkwürdig an. Wie aus den orientalischen Märchen, die sie manchmal, wenn das Heimweh gar zu sehr an ihr nagte, zur Hand genommen hatte; Märchen von listigen Wesiren und von klugen Kalifen, von unbarmherzigen Sultanen und von schönen Sklavinnen. Sie hatte solche und ähnliche Dinge selbst erlebt, und doch waren sie nicht mehr Teil ihrer Wirklichkeit. So schön es war, Zahira wiederzusehen – insgeheim atmete Emily auf, als es Zeit war aufzubrechen.

Während Tony und Rosa sich darin ergingen, ihre Eindrücke von dem arabischen Haus, von dessen Einrichtung und Ausstattung, von den gekosteten Süßigkeiten auszutauschen, und Said zwischendurch seine eigenen Kommentare dazu abgab, wanderte Emily schweigend durch die Straßen. Nickte nur geistesabwesend, als der junge Offizier, der sichtlich erleichtert wirkte, dass sie wohlbehalten zurück war, sie inständig bat, um Himmels willen dem Admiral nicht zu verraten, dass er sie für eine Stunde allein gelassen hatte.

Emily sah, dass viele Häuser auf Sansibar neu gebaut oder frisch gestrichen waren. Sie sah aber auch Gebäude, aus deren Fassaden Sonne, Wind und Regen Löcher herausgenagt hatten wie eine Maus aus einem Stück Käse, und Häuser, die vermutlich beim nächsten Zuschlagen einer Tür in sich zusammenstürzen würden. Trümmerhaufen und Ruinen bemerkte sie, an denen die Menschen achtlos vorbeigingen, ohne dass sich jemand darum kümmerte, den Schutt abzutragen. Gräser und hoch aufschießendes Kraut wucherten zwischen den Steinbrocken. Bäume ragten daraus hervor, sprengten mit ihren Wurzeln Pflastersteine und die Fundamente der Häuser. Mit schwarzgrauem Schimmelpilz überzogene Essensreste lagen herum und gärten unter stechendem Geruch. Verbeulte Blechdosen rosteten vor sich hin, und in stinkenden Pfützen verwesten Tierkadaver.

Hat es hier schon immer so ausgesehen?

Emily wusste, dass dem so war, sie erinnerte sich dunkel daran. Aber damals hatte Sansibar auch noch keinen Sultan gehabt, der in Bombay in den Vierteln der Engländer gelebt, der Paris und London bereist hatte. Der zwar danach trachtete, zu leben und zu residieren wie Könige und Kaiser, sich Prunkbauten errichten ließ und nicht genug davon bekommen konnte, sich mit Silber und Gold und Porzellan zu umgeben, sich aber keinen Deut darum scherte, wie es außerhalb seiner Palastmauern aussehen mochte.

Zu ihrer eigenen Überraschung störte sich Emily an dem Zustand der Stadt, der erbärmlich war im Vergleich zu Hamburg oder Berlin, Städte, die ungleich sauberer, ordentlicher und vor allem gesünder wirkten.

Bin ich tatsächlich schon so deutsch geworden?

61

Ihren Bruder sah Emily nur aus der Ferne, jeden Abend, wenn sie von ihren Spaziergängen durch die Stadt zurückkehrte, um wieder an Bord der *Adler* gebracht zu werden.

Denn jeden Abend, bei Sonnenuntergang, trat Sultan Barghash auf den Balkon seines Palastes, um sich seinen Untertanen zu zeigen und von ihnen bejubelt zu werden. Salutschüsse aus den Geschützen vor dem Palast kündigten sein Erscheinen an, und nachdem das Echo des letzten Donners verhallt war, erschien der Sultan an der Balustrade, um andächtig der eigens für ihn nach europäischem Vorbild komponierten Nationalhymne zu lauschen, die die Musikkapelle unten spielte: eine disharmonische Mischung aus afrikanischen Klängen und den indischen Weisen, die Barghash in Bombay kennengelernt und von dort mitgebracht hatte, untermalt von militärischen Fanfarenstößen und zwischendurch akzentuiert von einem kräftigen Tusch. Und an jedem Freitag, dem muslimischen Feiertag, fanden vor dem Palast zwei Paraden der *askaris* statt, der Soldaten des Sultans, bei denen diese unter den Augen des Sultans in strammer Haltung und akkurater Formation zu aus Europa importierten Militärmärschen auf und ab schritten.

Barghash sah aus, wie Emily ihn im Gedächtnis behalten

hatte, mit seiner dunklen Hautfarbe, der fleischigen Nase und den vollen, aufgeworfenen Lippen, dem Erbe seiner abessinischen Mutter. Seinen schwarzen Bart im dunklen Gesicht trug er kürzer als früher, und so verschwenderisch sein Lebensstil war, so schlicht kleidete er sich: in ein einfaches weißes Gewand, darüber die schwarze Oberkleidung, die dezent mit goldenen Borten besetzt war, und mit einem weißen Turban. Ein Diamantring am kleinen Finger, der auffunkelte, wenn er die Hand zum majestätisch-huldvollen Gruß hob, stellte seinen einzigen Schmuck dar. Seine Schritte, wenn er herauskam, um sich seinem Volk zu zeigen, und seine Bewegungen waren kraftvoll und doch anmutig. Keine Spur davon, dass er an der Elephantiasis leiden sollte, wie man hörte, jener durch Parasiten hervorgerufenen Krankheit, die zu einer fortwährenden Entzündung führt und in deren Verlauf manche Körperteile groteske Formen und Ausmaße annehmen. Auch von der Schwindsucht, die ihn befallen haben sollte, war nichts zu bemerken.

Jeden Abend, wenn Emily dort unten stand, war sie überzeugt, Barghash müsste sie bemerken, so deutlich, wie sie sich von der sansibarischen Menge abhob in ihrem europäischen schwarzen Trauerkleid, begleitet von ihren Kindern und einem der Offiziere in Uniform, der dafür sorgte, dass ihnen im Gedränge niemand zu nah kam. Manchmal glaubte sie tatsächlich, er blicke geradewegs in ihre Richtung. Sie wusste, dass man sie von den Fenstern des Palastes aus erkennen konnte. Wann immer sie an Beit il Hukm vorbeikam, waren die Fenstersimse des Frauenpalastes voll schwarz verhüllter Gestalten, die ihr mit Gesten einen Gruß entboten.

Und ihr entgingen nicht die ausdruckslos dreinblickenden Inder, die sich auf den Straßen unter die Sansibaris mischten und jede ihrer Bewegungen mit scharfen Blicken überwachten.

Sehnsüchtig hoffte Emily auf ein Zeichen ihres Bruders. Auf eine Regung in seinen Zügen. Auf eine Geste. Vielleicht auf eine Nachricht. Schließlich waren sie doch Bruder und Schwester, vom selben Manne gezeugt, wenn auch von unterschiedlichen Müttern geboren; zwei Geschwister von einstmals so vielen, von denen nur noch so wenige am Leben waren.

Doch nichts dergleichen geschah. Dafür wurde Emily jeden Abend von einem Pulk von Sansibaris begleitet, die davon überzeugt waren, ihre *Bibi Salmé* besteige jetzt wieder den deutschen Dampfer, um in ihre neue Heimat zurückzukehren, und die es sich nicht nehmen lassen wollten, sich von ihr zu verabschieden.

»Kwa heri, Bibi! Kwa heri«, riefen sie ihr zu. »Auf Wiedersehen, Bibi, auf Wiedersehen!« So laut, dass es gewiss bis in die Gemächer des Sultans hinaufdrang. Besonders übermütige Jungen sprangen links und rechts von dem Boot ins Wasser, das Emily und ihre Kinder zur *Adler* hinüberbrachte, schwammen den ganzen Weg bis zum Dampfer nebenher, lachten und prusteten zwischen ihren Rufen: *»Kwa heri! Kwa heri!«*

Kwa heri – zwei Worte, die in ihrem wehmütigen Tonfall Emily ins Herz schnitten, jeden Abend aufs Neue. Und jeden Abend war es, als müsse sie Sansibar erneut endgültig verlassen. Ungeachtet dessen, dass ihr versichert worden war, sie dürfe noch mindestens einige Tage bleiben.

Doch nicht allein deshalb beschloss Emily, sich an Land einzuquartieren, eine nach reiflichem Nachdenken getroffene Entscheidung, über die sie Admiral Knorr gegen Ende des Monats in Kenntnis setzte.

»Ausgeschlossen, Frau Ruete! Das kommt nicht infrage!« Es war das erste Mal, dass Emily den Admiral derart aufgebracht erlebte.

»Ich danke Ihnen und der Besatzung der *Adler* sehr für Ihre

Gastfreundschaft«, erwiderte Emily ungerührt. »Sie haben allesamt Ihr Möglichstes getan, um uns den Aufenthalt an Bord so angenehm zu gestalten, wie die Umstände es zuließen. Aber Sie werden zweifellos verstehen, dass meine Kinder und ich uns nach all den langen Wochen in schaukelnden Kojen nach einem richtigen Bett sehnen. Das französische Hotel, das wir uns ausgesucht haben, erscheint uns äußerst komfortabel.«

»Dem mag wohl so sein, Frau Ruete«, gab der Admiral zurück. »Aber Sie scheinen nicht zu verstehen, dass Sie sich nicht als gewöhnliche Reisende hier auf Sansibar aufhalten. Der britische Konsul Kirk ist sehr ungehalten über Ihre Spaziergänge in der Stadt und über Ihre allabendliche Gegenwart bei der Darbietung der Nationalhymne.« Tatsächlich hatte Emilys Enttarnung die Telegraphenleitung zwischen London, wo man sich über diesen Schachzug Bismarcks empörte, und Berlin, das zu beschwichtigen suchte, zum Glühen gebracht.

»Er befürchtet, der Sultan wird sehr bald ungehalten sein über Ihre derart sichtbare Anwesenheit auf der Insel und das dann sowohl die Engländer als auch die Deutschen vor Ort spüren lassen. Wenn es nach Kirk ginge, hätten Sie die Insel schon längst wieder verlassen, und der deutsche Konsul teilt diese Auffassung durchaus.«

»Ich kann jetzt nicht gehen«, rief Emily aus, von der plötzlichen Angst gepackt, gegen ihren Willen und vorzeitig weggeschickt zu werden. »Nicht mit leeren Händen! Nicht jetzt, da Sie mit Ihren Schiffen hier sind. Eine bessere Möglichkeit, meine Ansprüche bei meinem Bruder geltend zu machen, werde ich wohl nie wieder haben!«

»Verehrte Frau Ruete«, fuhr der Admiral fort. »Ich verwende mich gerne persönlich für Sie und für Ihr Anliegen beim Sultan, in meiner Eigenschaft als Admiral wie als Vertreter des Deutschen Reiches. Aber bitte bleiben Sie weiter an Bord.

Nur hier kann ich für Ihre Sicherheit und für die Ihrer Kinder garantieren.« Seine hohe Stirn legte sich in Falten. »Sie denken doch wohl nicht daran, selbst bei Sultan Barghash vorzusprechen?«

Rasch schlug Emily die Augen nieder. Unruhig verschränkte sie die Finger in ihrem Schoß und löste sie wieder. Ihre Stimme klang leise, fast ein wenig unsicher, als sie sagte: »Selbst wenn dem so wäre – wäre das nicht allein meine Angelegenheit?«

»Nein, Frau Ruete. Das wäre es nicht. Selbst wenn wir die politischen Interessen Deutschlands außer Acht lassen, die Sie womöglich aufs Spiel setzen, wenn Sie den Sultan erzürnen. Sie gefährden auch sich selbst und Ihre Kinder.«

Barghash ist mein Bruder, er würde doch nie …, wollte sie schon ansetzen, als ihr Zahiras Schauergeschichten in den Sinn kamen, und sie blieb stumm.

»Sie wollen mir doch nicht weismachen, Sie hätten nicht bemerkt, dass der Sultan Sie bei jedem Ihrer Schritte beobachten lässt!«

Emily presste die Lippen aufeinander, bis sie nur mehr eine schmale Linie bildeten. Natürlich hatte sie die Inder wahrgenommen, die ihnen auf ihrem Weg durch die Stadt folgten: Barghashs Spione. Die nicht einmal davor zurückschreckten, sich als Verkäufer von irgendwelchem billigen Tand auszugeben, um unter dieser Tarnung an Bord der *Adler* zu gelangen, wie der Leutnant ihr berichtet hatte.

»Und sagen Sie nicht«, fuhr er gedämpfter fort, »Ihnen ist nicht zugetragen worden, dass der Sultan die Leute, die Ihnen freundlich begegnen, festnehmen und auspeitschen lässt.«

Emily schluckte und schüttelte den Kopf, ließ ihn schließlich sinken wie ein gescholtenes Schulmädchen. »Das … das wusste ich nicht.«

In ihrem Kopf begann es zu hämmern.

Das ist doch alles nicht wahr … Das kann doch alles unmöglich wahr sein. Ist das wirklich noch das Sansibar, nach dem ich mich all die Jahre gesehnt habe? Was ist das für eine Welt, in der solche Dinge möglich sind?

»Lassen Sie sich vom einfachen Volk nicht täuschen, Frau Ruete«, drang die Stimme des Admirals behutsam zu ihr. »Wer auf der Insel etwas zu sagen hat, dem sind Sie hier nicht willkommen. Verlassen Sie mutwillig den Schutz, den unser Flottenverband Ihnen bietet, lehne ich jede weitere Verantwortung für Ihre Sicherheit und die Ihrer Kinder ab.«

Emily straffte sich wieder und erhob sich würdevoll. »Ich weiß auf mich und meine Kinder Acht zu geben. Schließlich bin ich hier geboren und aufgewachsen. Sansibar ist meine Heimat.«

Der Admiral schüttelte den Kopf und stand ebenfalls auf. »Ich bedaure, Ihnen das so sagen zu müssen, Frau Ruete, aber Sie irren sich. Sansibar *war* Ihre Heimat. Vor vielen Jahren.«

62

»Und du willst da wirklich einfach so hingehen?« Tonys Miene drückte äußerste Skepsis aus. Sie bemühte sich, mit ihrer Mutter Schritt zu halten, die, von einem Schwung gepackt, den ihre Kinder schon sehr lange nicht mehr bei ihr erlebt hatten, aus dem Hotel trat und dann in großen Schritten vorwärtsstürmte.

»Das siehst du doch«, gab Rosa frech an Emilys Stelle zurück.

»So war es Brauch, als mein Vater noch Sultan war«, erwiderte Emily voll grimmiger Entschlossenheit, den hoch aufragenden Palast von Beit il Ajaib fest im Blick. »Jeder, der ein Anliegen vorzubringen hatte, durfte ohne große Formalitäten bei ihm vorsprechen.« Sie verschwieg ihre Befürchtung, dass auch dies eine Sitte sein mochte, mit der Barghash gebrochen hatte.

Als sie vor dem gewaltigen Tor angelangt waren, das Barghash für den Durchritt auf einem Elefanten geplant hatte, zauderte Emily einen winzigen Augenblick lang, dann schritt sie mit ihren Kindern auf die Torwachen zu, die ihnen zwar nicht grimmig, aber durchaus aufmerksam entgegensahen.

»*As-salamu aleikum*«, grüßte Emily sie, in einer Mischung aus herablassender Freundlichkeit und hoheitlichem Stolz, ihr Kinn herausfordernd in die Luft gereckt. »Emily Ruete, geborene Sayyida Salima bint Sa'id, verlangt Sultan Sayyid Barghash bin Sa'id zu sehen. In meiner Eigenschaft als Bürgerin des Deutschen Reiches sowie als seine Schwester erbitte ich eine Audienz für mich und meine Kinder, des hochwohlgeborenen Sultans Neffe und seine Nichten.«

»*Wa-aleikum as-salam*«, gab einer der Torhüter zurück, sichtlich verlegen. Schließlich verneigte er sich kurz und bat sie um einen Moment Geduld, ehe er hinter dem Tor verschwand.

Geraume Zeit warteten sie in der Gluthitze vor dem Palast – *wie Bittsteller*, dachte Emily voller Ingrimm und behielt die restlichen Torwachen im Blick. Verstohlen tupften sich Tony und Rosa mit ihren Taschentüchern die Schweißperlen von der Stirn; selbst ihre leichten Sommerkleider waren noch zu warm für die Septemberhitze Sansibars, und die Hüte und Sonnenschirme vermochten nie genug Schatten zu spenden.

Endlich öffnete sich das Tor; der Wächter hielt es gerade so weit auf, dass sie nacheinander hindurchgehen konnten. »So tretet doch ein …« Er zögerte. »Sayyida Salima.«

Mit einem hallenden Donnerschlag fiel der Torflügel hinter ihnen ins Schloss.

Auf der anderen Seite erwartete sie ein Leibdiener des Sultans, der nicht minder verlegen dreinblickte als der Torwärter zuvor.

»*As-salamu aleikum*, Sayyida Salima«, verkündete er mit einer Verbeugung. »Mir wurde gesagt, Ihr seid gekommen, um den hochwohlgeborenen Sultan Sayyid Barghash bin Sa'id zu sprechen.«

»*Wa-aleikum as-salam*«, erwiderte Emily. »So ist es. Sag ihm, seine Schwester, die er so lange Jahre nicht gesehen hat, ist hier, um ihm seinen Neffen und seine Nichten vorzustellen.«

»Sehr wohl, Sayyida«, sagte der Diener mit einer weiteren Verbeugung und eilte davon.

Staunend betrachteten die Kinder den riesigen, mit glatt polierten Steinen ausgelegten Innenhof mit den drei umlaufenden Galerien. Gespenstisch leer und still war es hier – kein Vergleich zu dem Lärm, dem Gedränge und der geschäftigen Betriebsamkeit, die Emily aus den Palästen ihrer Kindheit her kannte.

Als hätte er ihn nicht bauen lassen, um darin zu leben, sondern nur, um der Welt zu zeigen, wie reich und wie mächtig er ist. Damit jeder, der ihn aufsucht, sich klein und demütig fühlt und bewundernd zu ihm aufschaut.

Mit nostalgischer Melancholie dachte Emily an die *bendjle* von Mtoni, den großen hölzernen Balkon zur Seeseite hin, auf dem ihr Vater seine Audienzen abgehalten hatte. Jeder, der zu ihm gekommen war und ihn sprechen wollte, hatte zuerst einen Kaffee oder *sherbet* vorgesetzt bekommen, selbst ein einfacher Bauer oder ein abgerissener Hungerleider.

Eine Ehre, die Barghash zumindest uns nicht erweisen will.

Mtoni – das Haus, in dem sie geboren worden war und wo sie ihre ersten Jahre verbracht hatte. In Emily stieg unvermittelt eine nagende Sehnsucht auf, es noch einmal zu sehen. Solange ihr noch Zeit dazu blieb.

»Das ist doch wie im Märchen hier«, entfuhr es Tony, die an der Seite ihres Bruders ein paar Schritte umhergegangen war, um sich alles genau zu besehen. All die durchbrochenen Balustraden aus Stein, die aussahen wie aus weißer Klöppelspitze, das üppige Schnitzwerk an den Türen, die schönen Holztreppen mit ihren gedrechselten Pfosten, auf die man durch geschwungene Fensterbogen einen Blick erhielt, und die gewaltigen, gleichwohl filigranen Laternen mit ihren bunten Glasscheiben, die bei Dunkelheit gewiss ein zauberhaftes Licht verströmten.

»Allerdings«, pflichtete Said ihr bei. »Der Palast trägt seinen Namen zu Recht. Das *ist* ein Haus der Wunder.«

»Mama«, flüsterte Rosa heiser und zupfte ihre Mutter am Ärmel, wies dann mit dem Kinn auf eine der Galerien im zweiten Stock, genau gegenüber von der Stelle, wo sie standen.

Eine Tür hatte sich dort ein Stück weit aufgeschoben, und unter vorsichtigen Blicken nach allen Seiten huschten drei schwarz verschleierte Frauen über die Galerie an das Geländer und sahen zu ihnen herab, winkten schließlich eifrig. Emily hatte schon die Hand erhoben, als das weit entfernte Zuschlagen einer anderen Tür die Frauen auffahren und in Windeseile wieder hinter der Tür verschwinden ließ, aus der sie soeben getreten waren.

Über die Galerie im Erdgeschoss näherte sich der Leibdiener, der sie empfangen hatte, den Blick auf den Boden geheftet und mit hochrotem Kopf.

»Ich bitte alleruntertänigst um Verzeihung, Sayyida Salima«, erklärte er, als er zu ihr getreten war, und verbeugte sich tief, ohne sie anzusehen. »Aber der hochwohlgeborene Sultan Sayyid Barghash bin Sa'id lässt sich entschuldigen. Er kann Euch nicht empfangen.« Er verbeugte sich wieder und ging sogleich wieder davon. Emily brauchte ein, zwei Herzschläge, um sich zu fangen.

»Warte!«, rief sie und eilte ihm hinterher. Der Diener blieb stehen und wandte sich um. »Was hat er gesagt?«

»Ich bitte Euch, Sayyida …« Der Diener wand sich wie ein Wurm. »Belasst es bei dieser Antwort.«

»Was hat er gesagt?!«

Ihr Gegenüber schien Höllenqualen zu leiden. »Der hochwohlgeborene Sultan Sayyid Barghash bin Sa'id wählte die Worte: *Ich habe keine Schwester, sie ist vor vielen Jahren gestorben.*«

Emily spürte, wie ihr das Blut aus dem Gesicht wich.

»Hab dennoch Dank für deine Mühe«, entgegnete sie gepresst.

»Gehabt Euch wohl, Sayyida Salima. Allah sei mit Euch«, verabschiedete sich der Diener unter einer tiefen Verbeugung und entfernte sich hastig.

»Was ist, Mama?« – »Was hat er gesagt?« – »Du bist ja ganz blass, *mein Kind!*«

»Nichts«, kam es tonlos von Emily. »Nichts hat er gesagt. Nur, dass er uns nicht sehen will«, antwortete sie beiläufig und drehte sich auf dem Absatz um.

Als sie von innen an das Tor hämmerte, es sich öffnete und sie mit ihren Kindern über die Schwelle trat, hinaus in das gleißende Sonnenlicht, ließ Emily auch alle Hoffnung hinter sich, dass es eines Tages doch noch zu einer Versöhnung mit ihrem Bruder kommen würde.

Und so wie sie für ihn gestorben war, löste auch Emily an diesem Tag jegliche Familienbande zu ihm. Sayyid Barghash bin Sa'id war für sie von Stund an nur mehr der Sultan von Sansibar. Der in Prunk und Glanz lebte und ihr das Erbe vorenthielt, das ihr zustand und das er ihr über kurz oder lang würde auszahlen müssen.

Das war er ihr schuldig. Jetzt mehr denn je.

63

Wie versteinert stand Emily am Strand vor Mtoni. Oder vielmehr an der Stelle, an der sich der Lieblingspalast ihres Vaters, ihr Geburtshaus, einst befunden hatte. Und starrte auf das, was davon übrig geblieben war.

Während ihre Kinder, die sich sonst so sehr bemühten, sich zu benehmen wie Erwachsene, jauchzend durch den Sand hüpften und umeinander herumtollten, ging ihre Mutter mit gerafften Röcken langsam über den Strand, an dem sie als kleines Mädchen selbst unzählige Male herumgetobt hatte. Weg von dem Boot, das sie gegen ein kleines Entgelt von der Stadt hierhergebracht hatte.

Traurig schritt sie um die tief im Sand vergrabenen Stützpfeiler der *bendjle* herum, die nur noch eine gute Handbreit herausragten und die zerfasert und zersplittert waren, nachdem wohl Sturmwind und Flutwellen den Balkon zerschmettert und die Trümmer schließlich mit sich fortgetragen hatten. Denn so sehr Salima auch Ausschau hielt, sich bückte und mit den Fingern den Sand durchkämmte: Nirgendwo fand sie ein Stück Holz, das noch die farbenprächtige Bemalung aufwies, die sie als Kind so bewundert hatte. Sie warf einen Blick über die Schulter, hinaus aufs Meer.

Hier hat Vater immer gestanden und mit seinem Fernrohr nach

Afrika hinübergeschaut. Hier war er immer zu finden, und hier haben wir als Kinder von ihm die französischen Bonbons bekommen, die ich über alles liebte.

Sie blinzelte die Tränen weg, die ihr hinter den Augäpfeln brannten, schüttelte den Schauder ab, der ihr über den Rücken lief, und ging weiter. Vorbei an dem Flügel des Hauses, den der alte Sultan einst für sich in Anspruch genommen hatte – eine leergefegte Ruine, die aus toten Augenhöhlen auf das Meer hinausglotzte. Emily wanderte um die Mauerreste herum, die aussahen wie ausgekratzt. Nichts befand sich darin, außer dem in sich zusammengebrochenen Wrack der Treppe, die sie immer im Laufschritt genommen hatte, bis sie außer Atem oben angelangt war.

Wie übermütige Füllen jagten ihre Kinder über den Hof von Mtoni, über die große Freifläche in der Mitte der Anlage, und ein kleines, wehmütiges Lächeln spielte um Emilys Mundwinkel.

Ganz genau wie Metle, Ralub und ich damals. Genauso wild und ungestüm wie wir, wenn wir vor Schelte und vor dem Rohrstock davonliefen.

Metle war im vergangenen Jahr gestorben, hatten die Briefe aus Sansibar vermeldet, und Ralub, der sein Leben lang immer genau das tat, was seine Schwester vorgemacht hatte, war ihr nur wenige Monate später gefolgt.

Ein unzertrennliches Dreigestirn. Von dem nur ich übrig geblieben bin.

Auf dem Hof gab es keine Tiere mehr – keine Gazellen, keine Enten oder Flamingos, keine angriffslustigen Strauße. Nur noch schwarz-weiß gefiederte Raben, die erst im letzten Augenblick vor den herantrampelnden Halbwüchsigen aufflogen, um sich dann doch wieder in der Nähe auf dem Boden niederzulassen. In dem stacheligen harten Gesträuch, das beinahe die gesamte Fläche überwucherte.

Die Stallungen gab es nicht mehr, und auch von den anderen leicht gebauten Lagerhäusern war nichts mehr zu sehen. Überall standen eingekerbte und verwitterte Mauerreste, lagen Steinbrocken umher, die geborstenen Überbleibsel von dem Holz, das früher in Mtoni verbaut worden war. Emily wanderte um verdorrte Baumstrünke herum, stieg über umgestürzte Stämme hinweg, bis sie gewahr wurde, wo sie sich genau befand.

Die Orangenbäume ... Das waren die Orangenbäume, in denen wir uns immer vor unserer strengen Lehrerin versteckt haben. Kein einziger steht mehr. Kein einziger.

Die Badehäuser, die immer belebt, immer voller Stimmen und Gelächter gewesen waren, hüllten sich in Schweigen. Gerippe nur noch, ohne Dach, ohne Fensterrahmen und ohne Türen, die Mauern angefressen vom Zahn der Zeit. Emilys Knie gaben nach, und sie ließ sich auf einen der umgekippten Baumstämme sinken, vergrub das Gesicht in den Händen und weinte.

Beweinte all die Toten. All die Jahre, die vergangen und ihr wie Wasser durch die Finger geronnen waren. Betrauerte die Vergänglichkeit alles Seins, der auch sie unterworfen war und die sie mit jedem Jahr deutlicher spürte. Beklagte all die jugendliche Kraft und Zuversicht, die sie einmal besessen hatte, und das kleine Mädchen, das sie einmal gewesen war. Das jeden neuen Tag überglücklich begrüßt hatte, behütet und geborgen in ihrer kleinen Welt. Das von der Fremde geträumt und in seiner Unschuld noch nicht gewusst hatte, was das Leben für sie bereithalten würde. Ein kleines Mädchen, von dem Emily nicht glauben konnte, dass sie es einst wahrhaftig gewesen war.

»Mama, was hast du?« Tony war als Erste bei ihr, hockte sich neben sie und schloss sie tröstend in die Arme.

»So schlimm?« Rosa ging vor ihr in die Knie und sah ihr erschrocken ins Gesicht.

»Nimm meins«, sagte Said mitfühlend und hielt ihr sein Taschentuch hin, als Emily fahrig nach dem ihren zu suchen begann.

»Danke.« Emily schnäuzte sich und wischte sich mit der Hand über die nassen Wangen. »Es ist nur – nur so traurig. Nichts steht mehr von Mtoni. Es ist alles … untergegangen.«

Wie meine Kindheit. Wie meine Jugend. Wie alles, wovon ich geträumt, was ich mir erhofft hatte.

»Dort steht noch ein großes Gebäude«, widersprach Said und zeigte mit ausgestrecktem Arm hinüber.

»Das … Das ist das Haupthaus«, schniefte Emily und tupfte sich mit dem Tuch die Nase. »Dort befand sich die Küche, und nebenan lag der Flügel, in dem oben die Frauengemächer untergebracht waren. Wo ich geboren worden bin und wo ich gelebt habe.«

»Zeigst du's uns? Zeigst du uns, wo dein Zimmer war?«

Emily nickte und ließ sich von ihren Kindern aufhelfen. Einen Arm um jede Tochter gelegt, Said neben ihnen einherschlendernd, überquerten sie den Hof, traten unter einem nackten Türsturz ein.

»Dort hinten lebten Metle und Ralub mit ihrer Mutter«, flüsterte Emily in der Halle. »Sie war gelähmt, deshalb wohnten sie im unteren Stockwerk. Sonst waren dort nur Lagerräume. Es roch immer muffig und feucht hier, und als Kind habe ich mich immer ein bisschen gefürchtet.«

Keine Metle mehr. Kein Ralub.

»Und da oben«, sie deutete die Treppe hinauf, die von grünen Schlingpflanzen fast vollständig erstickt wurde, »da oben waren die Gemächer meiner Mutter und der anderen Frauen meines Vaters. Und da habe ich auch geschlafen.«

»Gehen wir hinauf?« Fragend sah Said sie an, eine Hand schon am Treppengeländer.

»Besser nicht.« Emily lächelte. »Als ich klein war, ist hier schon einmal das Treppengeländer eingestürzt. Holz wird in der Luft Sansibars sehr schnell morsch. Wer weiß, wie baufällig das Haus im oberen Stockwerk inzwischen ist.«

»Ich kann mir das gar nicht vorstellen«, sagte Tony, den Arm um die Taille ihrer Mutter geschlungen. »Ein Mann und so viele Frauen. Das muss doch ein fürchterliches Durcheinander gewesen sein!«

Emily lachte leise. »Damals nahm ich das als selbstverständlich hin, eine Mutter zu haben und viele Stiefmütter. Ich kannte es ja nicht anders.«

»Trotzdem«, mischte sich Rosa ein. »Hättest du Vater teilen wollen? Mit einer oder gar hundert anderen Frauen?«

»Niemals!«, protestierte Emily sogleich, worauf alle in Lachen ausbrachen, und es war das erste Mal, dass Emily an Heinrich dachte, ohne dass es ihr die Kehle zuschnürte.

Das hohe Gras raschelte unter ihren Füßen, als sie langsam zurück zum Strand gingen.

»Seht mal, da.«

Auf Rosas Flüstern hin richteten sich alle Augen auf einen zerknitterten, altersgebeugten Greis, knorrig wie die Luftwurzeln der Mangroven, der im Mtoni stand, Wasser aus dem Flüsschen schöpfte und sich wusch.

»Er bereitet sich auf das Gebet vor«, erklärte Emily ihren Kindern leise. »Eines der fünf täglichen Gebete, die Pflicht sind im Islam.«

Wie ich ihn darum beneide, geborgen in seinem Glauben zu sein.

Als sie näher kamen, bemerkte Emily an den tastenden Bewegungen des Mannes, dass er blind sein musste. Seit sie hier auf Sansibar war, hatte sie es meist ihrem Gegenüber überlassen zu grüßen. In diesem Falle jedoch wäre es unhöflich gewesen, den alten Mann nicht zu grüßen, auch wenn es wiederum den Sitten widersprach, dass sie als Christin ihn bei dieser heiligen Handlung störte. Dessen ungeachtet trat sie zu ihm hin.

»Ich wünsche Euch einen guten Abend, Väterchen.«

Der Greis horchte auf, hob sein zerfurchtes Gesicht mit den milchigen Augäpfeln an und streckte die Hand nach Emily aus, die ihm verwundert ihre Rechte gab. Worauf er diese an den Mund führte und schließlich an sein Gesicht drückte. Verlegen blickte Emily ihre Kinder an, die nicht wussten, ob sie sich das Lachen verbeißen oder ob sie ihre Mutter vor dieser Zudringlichkeit beschützen sollten.

»So ist sie also zurückgekommen«, ließ sich der alte Mann schließlich mit krächzender Stimme vernehmen. »Die kleine Salima bint Sa'id.«

»Ihr kennt mich?« Emily war verblüfft.

»Natürlich«, erwiderte der Blinde mit einem Nicken. »Ich habe Euch als kleines Mädchen oft auf den Knien geschaukelt. Sofern Ihr nicht gleich wieder davongesprungen seid. Stillsitzen konntet Ihr nämlich nie für lange Zeit.«

Emily lachte. »Das ist wohl wahr! Verzeiht jedoch, ich erinnere mich nicht an Euch.«

Der Greis winkte ab. »Damals wart Ihr wahrhaftig noch sehr klein. Musiker am Hof Eures Vaters war ich einst. Bis ich mein Augenlicht verlor. Seither rufe ich die Menschen von Mtoni zum Gebet. Die kleine Salima«, fügte er schmunzelnd hinzu, »die ist wie das Meer, hab ich immer gesagt. Keinen Tag gleich und doch immer dieselbe, überall und nirgends zu Hause. Allah beschütze und behüte Euch!«

»Allah sei auch mit Euch«, bedankte sich Emily.

Überall und nirgends zu Hause. Welch weise Worte.

Als sie zum Strand hinuntergingen, fiel Emilys Blick auf die Ruine, die einst die Gemächer ihres Vaters beherbergt hatte. Auf eine Nische, in der er zu beten pflegte. Ein Stück abgesprengtes Steinfries lag darin. Emily hob es auf, strich zärtlich mit den Fingerkuppen darüber und steckte es ein, bückte sich im Weitergehen, um ein paar Grashalme und Blätter abzuzupfen, bevor sie mit ihren Kindern wieder in das Boot stieg, das sie zurück in die Stadt brachte.

Zwei Tage später traf aus Berlin ein Telegramm ein: Emily Ruete solle Sansibar unverzüglich verlassen. Alle erbitterten Argumente, alles Bitten und Flehen half nichts. Als Bürgerin des Kaiserreichs war sie verpflichtet, dieser Anweisung Folge zu leisten. Emily musste packen und den Dampfer zurück nach Deutschland nehmen.

Wie eine Statue stand sie an der Reling, klammerte sich mit Blicken an die Küste Sansibars, die sich viel zu schnell entfernte, immer kleiner wurde, schließlich hinter dem Horizont verschwand.

Kwa heri, Sansibar, auf Wiedersehen. Ich komme wieder. Ich muss noch einmal wiederkommen.

Ich muss ganz einfach.

Heimatlos

Ein Leben, das den Tod erwartet, ist kein Leben.

SPRICHWORT AUS SANSIBAR

64

Sansibar, 14. Mai 1888

Rosa trat zu ihrer Mutter an die Reling, deren Blicke gebannt der sonnenbeschienenen Küste folgten, die an ihnen vorüberzog: Die dichten Palmenwälder und die meerbespülten hellen Sandstrände; die kleinen Buchten, in denen Fischerboote auf dem Trockenen lagen und schwarz-weiße Vogelschwärme sich sammelten.

»Dieses Mal geht bestimmt alles gut aus«, sagte Rosa behutsam.

Emily schwieg. Ihr Mund spannte sich an, und ein halb spöttischer, halb bitterer Zug zeigte sich in ihren Zügen. Die Linien, die das Leben ihr ins Gesicht geritzt hatte und zu denen kaum merklich immer neue hinzukamen, vertieften sich. So wie die Silberfäden in ihrem dunklen Haar immer mehr wurden. Dreiundvierzig war Emily jetzt und erneut aufgebrochen, um ihre alte Heimat zu besuchen.

So schwer ihr der überstürzte, von der deutschen Regierung erzwungene Aufbruch von der Insel zweieinhalb Jahre zuvor auch gefallen war, hatte sie doch auf das Versprechen vertraut, das man ihr damals gegeben hatte: Man würde sich weiterhin bemühen, ihr zu ihrem Erbe zu verhelfen. Sultan Barghash hatte zwar schließlich doch eine kleine Summe von fünfhundert englischen Pfund an Admiral Knorr überbringen lassen – *ein Taschengeld*, wie Emily seither oft dachte –, doch sie hatte sich geweigert, das Geld anzunehmen. Abspeisen ließ sie sich nicht; nicht, wenn Barghash, für alle Welt sichtbar, genug besaß, um ihr ihr rechtmäßiges Erbe auszuzahlen, und es hatte sie tief getroffen, nach ihrer Rückkehr nach Deutschland in den Zeitungen lesen zu müssen, sie sei als reiche Frau aus Sansibar zurückgekehrt.

Freundlicherweise hatte Kaiser Wilhelm I. ihr Geld aus der Staatskasse bewilligt, doch dieser Betrag würde selbst bei sparsamer Lebensweise nicht länger als zwei Jahre vorhalten. Dabei ging es ihnen finanziell derzeit gar nicht so schlecht. Das Buch, das Emily über ihre Kindheit und Jugend geschrieben hatte, verkaufte sich sehr gut. *Memoiren einer arabischen Prinzessin* hieß es, und es war aus den Notizen entstanden, die sie in Rudolstadt verfasst hatte, sowie aus ihren Aufzeichnungen, die sie auf der Rückreise von Sansibar niedergeschrieben hatte. Sogar ins Französische und Englische war es übersetzt worden. Mit seinen Schilderungen vom Leben in einer fremden, exotischen Welt, dem Bericht über Emilys Erlebnisse und Empfindungen während ihrer Reise nach Sansibar traf es den Nerv dieser Zeit, die bestimmt war vom Kolonialfieber.

Rosa, die wie Tony und Said stolz war auf ihre berühmte Mutter, fand es bedrückend, dass diese sich so wenig über den Erfolg zu freuen schien. Aber jetzt, mit achtzehn, glaubte Rosa zu verstehen, dass ihre Mutter von einer unbezwingbaren Angst getrieben wurde, der Angst, wovon sie morgen die Miete, ihre Kleidung und das Essen bezahlen sollte. Selbst wenn sie für einige Zeit genug Geld besaß, plagte sie die Sorge um das Morgen.

Und noch etwas glaubte Rosa, die Emily im Aussehen immer ähnlicher wurde, über ihre Mutter verstanden zu haben, und sie fragte sanft: »Es geht dir nicht um das Erbe allein, nicht wahr?«

Ohne den Blick vom Ufer abzuwenden, schüttelte Emily den Kopf.

»Nein. Ich will mich wieder aufgenommen wissen. Ich will wissen, wo ich hingehöre.«

Zu uns, lag es Rosa auf der Zunge. Aber sie hatte schon vor einiger Zeit begriffen, dass der Verlust der Heimat in der Seele eine Leere hinterließ, die auch die eigenen Kinder nicht zu füllen vermochten.

Emily schien sich mit den Gegebenheiten abgefunden zu haben und hatte ihr altes Leben in Berlin wieder aufgenommen, ohne sich anmerken zu lassen, wie sie sich fühlte. Bis im Frühjahr die Nachricht sie erreichte, dass Barghash gestorben war. An der Elephantiasis, hieß es. Manche sagten, an der Schwindsucht, just nach seiner Rückkehr von einer Reise in den Oman, beinahe wie einst sein Vater und durch eine seltsame Fügung des Schicksals im gleichen Monat wie der deutsche Kaiser Wilhelm I.

Sansibar hatte einen neuen Sultan: Emilys Bruder Khalifa, der von Barghash auf Druck der Familie zwar aus dem Verlies geholt, aber auf einer entlegenen Plantage unter Arrest gestellt worden war. Und Deutschland hatte einen neuen Kaiser, und sowohl das Deutsche Reich als auch Großbritannien waren durch neue Konsuln auf Sansibar vertreten. Für Emily Ruete waren die Karten neu gemischt worden.

Rosa sah ihrer Mutter an, wie bang ihr zumute war, auch wenn immer wieder sehnsüchtige Vorfreude in ihren Augen aufschimmerte. Denn dieses Mal reisten sie nicht nur ohne den Schutz der Kaiserlichen Marine, sondern ohne Billigung und gegen den Rat der deutschen Regierung. Ohne Said, der kurz vor dem Ende seiner Ausbildung in der Kadettenanstalt und vor dem Eintritt in die Armee stand und von oberster

Stelle keine Erlaubnis erhalten hatte, seine Mutter zu begleiten. Und ohne Tony, die es vorzog, in dieser Zeit bei ihrer Großmutter zu bleiben, die seit Hermanns Tod vor acht Jahren bei einem ihrer Söhne lebte und die sie ohnehin so selten sah. Sie runzelten zwar die Stirn und schüttelten den Kopf über die seltsamen Anwandlungen von Heinrichs Witwe, aber sie verloren nie ein böses Wort über sie. Ebenso wenig, wie Emily je schlecht über sie sprach.

»Wir schaffen das schon, Mama«, sagte Rosa nun und legte tröstend den Arm um ihre Mutter, die ihr ein dankbares Lächeln schenkte.

Dieses Mal gab es keinen großen Empfang für *Bibi Salmé*, und Emily wollte auch keinen. Sie warteten an Bord des Schiffes, bis es dunkel war, um möglichst ungesehen ihr Quartier im Gästetrakt des deutschen Hospitals zu beziehen.

Wo Emily sich einmal mehr daranmachte, Briefe zu schreiben, mit denen sie ihr Recht einforderte. Briefe an ihren Bruder, Sultan Khalifa, und an den deutschen Generalkonsul Michahelles, Briefe, die unbeantwortet blieben oder abschlägig beschieden wurden.

Die Saat der Bitterkeit, die Hamburg in ihr angelegt hatte und die die mächtigen Herren in Berlin, London und im Palast zu Sansibar über Jahre hinweg hatten aufkeimen lassen, würde im üppig-heißen Klima der Tropeninsel ins Kraut zu schießen beginnen und schon bald giftige Blüten treiben.

65

Sansibar, Ende Juni 1888

»… warum kann sie es nicht auf sich beruhen lassen? Sie rückt nicht nur sich, sondern uns Deutsche allesamt in ein schlechtes Licht …«

»… Habgier vermutlich. Haben Sie ihr Buch gelesen? Absurd! Als könnte eine Ausländerin ohne entsprechende Schulbildung etwas von unserer Politik in Ostafrika verstehen!«

»Konsul Michahelles hat schon recht gehandelt, sie wieder wegzuschicken. Die deutschen Interessen bezüglich der Küstengebiete zählen gewiss mehr als …«

»… macht uns unmöglich. Am Ende werden alle Europäer noch der Insel verwiesen – ihretwegen!«

Das Stimmengewirr im Speiseraum des deutschen Hospitals brach ab, als Emily und Rosa eintraten. Einen Augenblick lang war es vollkommen still, bevor alle Augenpaare sich wieder auf die Mahlzeit senkten. Ehe wieder das leise Klirren von Silberbesteck gegen Porzellan ertönte und die Gespräche wiederaufgenommen wurden. Leiser diesmal und von unverfänglicherem Inhalt.

Ein Seitenblick auf ihre Mutter genügte, und Rosa wusste, dass dieser kein einziges der gehässigen Worte entgangen war, ehe ihr Erscheinen einen unvermittelten Themenwechsel zur Folge gehabt hatte. Sie sah es an der Art, wie ein Ruck durch Emily hindurchging, als diese sich zu ihrer vollen Größe aufrichtete. Wie sie ihr Kinn mit der Andeutung eines Grübchens vorschob und verächtlich die Mundwinkel nach unten zog, und es tat Rosa in der Seele weh.

Ohne ein Wort, mit einem stummen, knappen Kopfnicken ließ Emily sich an der Gästetafel nieder, und Rosa murmelte einen kurzen Gruß, als sie es ihr gleichtat.

Für ihr Buch hatte Emily Ruete nicht nur Lob eingeheimst, sondern sich auch Feinde gemacht. Dass es *pikant geschrieben* sei, war noch eine der harmlosesten Bemerkungen. Es waren nicht allein Passagen über die Herrschaft von Sultan Barghash, zu dem man gute Kontakte pflegte, die Unmut hervorgerufen hatten, sondern auch Emilys Sicht auf die deutschen Kolonialbestrebungen und ihre kaum verhohlene Kritik an dem Verhalten sowohl der britischen als auch der deutschen Regierung ihr gegenüber. Dass sich in diesem Buch nicht nur ein Kapitel über die Sklaverei auf Sansibar fand, das mitnichten eine flammende Streitschrift gegen diese Praxis darstellte, sondern auch eines, in dem sie der in Europa vorherrschenden Meinung widersprach und betonte, die Frauen des Orients besäßen sehr wohl gewisse Rechte und – zumindest was das Eigentum betraf – sogar mehr als manche ihrer europäischen Schwestern, machte es nicht besser. Dass Emily auf Anraten ihres Verlegers für die weiteren Auflagen zwar manches davon gestrichen, vieles aber starrsinnig beibehalten hatte, wurde ihr ebenfalls angekreidet.

Aus dem bedauernswerten Opfer einer unmenschlichen fremden Gesellschaftsordnung, das Glück gehabt hatte, nach Deutschland kommen zu dürfen, war aus dem Blickwinkel der Öffentlichkeit ein zänkisches, engstirniges Weib geworden, das offenbar nicht zu schätzen wusste, wie gut sie es hatte.

Doch noch nie hatte Emily die Ablehnung ihrer Person so deutlich zu spüren bekommen wie hier, in der deutschen Gemeinschaft auf Sansibar.

Es war beim Hauptgang, als zwei aus Hamburg stammende Damen ein paar flüsternde Worte wechselten, während eine andere sich in einem Vortrag an die gesamte Tischrunde erging, wie unverschämt hoch doch die Preise auf Sansibar seien, schließlich könnten die Einheimischen froh sein, wenn sie als Deutsche Geld in deren Kassen brächten, dass ihr der Geduldsfaden riss. Es klirrte, als sie Messer und Gabel auf den Teller fallen ließ, und alle Augen richteten sich erschrocken auf sie.

»Die Deutschen auf Sansibar sind doch mit Abstand die dümmsten Menschen, die mir je begegnet sind«, rief sie mit zornfunkelnden Augen aus. »Jeder noch so kleine indische Kaufmann ist eine angenehmere Gesellschaft als alle Deutschen zusammengenommen! – Komm, Rosa«, wandte sie sich an ihre Tochter, während sie den Stuhl zurückschob, und mit hochrotem Gesicht folgte das Mädchen ihr aus dem Speiseraum, der in fassungsloser Stille erstarrt war.

Die Leiterin des Hospitals, fast so, als hätte sie auf der Lauer gelegen und nur auf diese Gelegenheit gewartet, tauchte aus einem Türrahmen auf, kaum dass Emily und Rosa in den Korridor eingebogen waren.

»Verzeihen Sie, Frau Ruete«, sprach Fräulein Reutsch sie an, in einer Mischung aus beschämter Bescheidenheit und süffisanter Genugtuung. »Hätten Sie wohl einen Augenblick Zeit?«

»Natürlich, Fräulein Reutsch«, entgegnete Emily kurz, aber nicht unfreundlich. »Worum geht es?«

»Nun, die Sache ist die …«, begann die Leiterin zögerlich und spielte mit der kleinen Uhr, die sie an einer langen Silberkette um den Hals trug. »Ich habe den Eindruck gewonnen, Sie scheinen sich hier in unserem gastfreundlichen Hause nicht so recht wohlzufühlen. All Ihre Beschwerden über den Zustand der Räumlichkeiten … und auch Ihr Verhalten gegenüber den anderen Gästen … Sehen Sie, wir verstehen uns als einen Ort der Gemeinschaft, als einen Platz, an dem sich die Deutschen hier in der Fremde heimisch fühlen können. Und Sie …«

»Mit anderen Worten«, gab Emily hart zurück, »Sie bitten mich zu gehen.«

»Nun, wenn Sie es so ausdrücken möchten …« Fräulein Reutsch atmete tief durch. »Das wäre für alle Beteiligten gewiss die beste Lösung, finden Sie nicht?«

Keine vierundzwanzig Stunden später zogen Emily und ihre Tochter um, in ein Häuschen mitten in der Stadt. Als hätten die Sansibaris nur darauf gewartet, dass ihre *Bibi Salmé* wieder in ihrer Mitte wohnte, eilten sie herbei, sodass die kleinen Räume ständig belebt waren von Vettern und Basen, von alten Freunden und früheren Dienern, die ihre einstige Herrin in guter Erinnerung behalten hatten.

»Du bleibst doch nun hier, nicht wahr?«

»Komm, Salmé, werd doch wieder eine von uns! Du gehörst doch zu uns!«

»Geh nicht zurück zu den Fremden – bleib hier, bleib bei deiner Familie! Bei uns wird's dir wohlergehen!«

»Von den Deutschen hast du nichts mehr zu erwarten. Halte dich an uns, wir kümmern uns um dich!«

Rosa genoss es, das Haus jeden Tag voll mit Besuch zu haben, der durcheinanderschwatzte und lachte. Sie freute sich daran, wie ihre Mutter sichtlich auflebte. Wie ihre Bewegungen wieder Schwung bekamen, wie ihre Augen leuchteten und sie mehr lächelte als früher. Wenn sich manchmal auch ein

gequälter Zug in ihre Miene schlich – immer dann, wenn sie
sich zu sehr bedrängt fühlte, sich wieder dauerhaft auf Sansibar niederzulassen.

Was, wenn sie tatsächlich einfach hierbliebe? Hier, auf
Sansibar – für immer?

66

Aufmerksam betrachtete der Generalkonsul Großbritanniens auf Sansibar, Colonel Euan-Smith, seine Besucherin. Aufrecht saß sie ihm auf der anderen Seite seines Schreibtisches gegenüber, steif beinahe. Nur ihre Finger, die unruhig über den Stapel Briefe wanderten, den sie auf dem Schoß hielt, verriet ihren inneren Aufruhr.

»Nun, Mrs Ruete«, mit einem Ausatmen lehnte sich der Generalkonsul in seinem Stuhl zurück, »ich fürchte, dass ich nicht allzu viel für Sie tun kann. Für Sie als deutsche Staatsangehörige ist das deutsche Konsulat zuständig.« Wie in Abwehr stützte er die Handflächen gegen die Tischkante.

»Dort war ich bereits«, sagte sie hastig. »Aber dort wollte man mir nicht helfen.«

Was den britischen Generalkonsul nicht weiter verwunderte. Es war kein Geheimnis, dass man in Berlin den mit Sultan Barghash geschlossenen Vertrag über dessen Anerkennung der ostafrikanischen Gebiete überdachte. Bei den damaligen Verhandlungen war ein schmaler Küstenstreifen im Besitz des Sultanats verblieben, genau jener Bereich, der den neuen deutschen Gebieten im Osten Afrikas einen uneingeschränkten Zugang zum Meer geboten hätte, und ebendiesen Zugang suchte das Deutsche Reich nun zu bekommen. Dafür war es hilfreich, sich mit Sultan Khalifa gut zu stellen, und es war wenig nützlich, ihn womöglich gegen sich aufzubringen, indem man sich einmal mehr in eine Sache einmischte, die im Grunde eine reine Familienangelegenheit war. Zumal sich Frau Ruete derart gegen die Deutschen auf Sansibar eingenommen gezeigt hatte.

»Sehen Sie«, begann Emily Ruete erneut, »ich bin hier, um Sie um die Unterstützung zu bitten, die mir mein eigenes Land verweigert. Ich erhebe keinerlei Ansprüche gegen meinen Bruder Sultan Khalifa – ich setze allein auf seine Großzügigkeit. Ich erhoffe mir nichts weiter, als mich mit meiner Familie zu versöhnen und bei ihnen zu bleiben.«

Unwillkürlich hielt sie die Briefe fester. Es war ihr unendlich schwergefallen, den britischen Generalkonsul aufzusuchen. Doch obwohl sie vor so vielen Jahren beschlossen hatte, von Großbritannien keinerlei Hilfe mehr zu erwarten, war sie nun bereit, nach jedem Strohhalm zu greifen.

»Ist Ihnen bewusst, was Sie da sagen?« Die Hände gefaltet, stützte Euan-Smith die Ellenbogen auf den Tisch und sah sie eindringlich an. »Vor Jahren haben Sie dieses Land verlassen, in Deutschland ein vollkommen anderes Leben geführt. Wären Sie wirklich bereit, alles rückgängig zu machen? Wieder in einen *Harem* zu gehen?«

Emily zuckte zusammen, und für einen Augenblick glaubte der Konsul ein gefährliches Aufblitzen in ihren Augen gesehen zu haben.

»Das nicht, nein«, gab sie würdevoll zurück. »Ich möchte einfach nur wieder hier leben, das ist alles. So, wie ich es für richtig halte.« Sie zögerte und setzte dann hinzu: »Freunde haben mir geraten …« Emily räusperte sich und begann erneut, ihre Worte mit Bedacht wählend: »Besäße ich die britische Staatsangehörigkeit, könnte ich jedoch auf Ihre Hilfe zählen, nicht wahr?«

Der Generalkonsul lachte und klatschte in die Hände.

»Meine liebe Mrs Ruete! Sie können doch nicht Ihre Staatsangehörigkeit wechseln, wie es Ihnen gerade zupasskommt.« Unvermittelt ernst fuhr er fort: »Selbst wenn dies eine Möglichkeit darstellte, ließe sich das nicht so einfach bewerkstelligen.«

Sein Gegenüber nickte verstehend. Eine leichte Röte war in ihre Wangen gestiegen.

»Warum wenden Sie sich nicht direkt an Ihren Bruder?«, schlug er begütigend vor.

»Das habe ich getan«, erwiderte sie unerwartet heftig. Noch einmal hatte sie sich nach Beit il Ajaib begeben, noch einmal musste sie sich abfertigen lassen, Sultan Khalifa befinde sich leider auf einer seiner *shambas*. Immerhin hatte sie einen Brief an ihn hinterlassen dürfen – den er jedoch nie beantwortet hatte. »Sehen Sie, so viele Briefe habe ich geschrieben!« Sie hielt den Stapel hoch, ihre Hand zitterte. »An ihn gerichtet. Doch niemand, niemand will sie ihm geben! Ich bekomme sie nur immer wieder zurück!«

Das erstaunte den Generalkonsul nicht. Sultan Khalifa wusste, dass die Deutschen auf Sansibar nicht gut auf seine Schwester zu sprechen waren, die sich ihnen gegenüber anmaßend und ungeschickt verhalten hatte. Und mit den Deutschen wollte er es sich keinesfalls verderben, dafür hing künftig zu viel von ihnen ab.

Als sie sich anschickte, ihm die Briefe zu reichen, wehrte Euan-Smith ab und erhob sich.

»Es tut mir leid, Mrs Ruete, ich fürchte, ich kann Ihnen auch nicht weiterhelfen. Ihre Angelegenheit fällt in keinster Weise in mein Aufgabengebiet als Generalkonsul der Britischen Krone.« Er schwieg einen Augenblick, sah zu, wie seine Besucherin ebenfalls aufstand und die Briefe mit einer fahrigen Bewegung wieder in ihre Handtasche zu stopfen versuchte. »Sollte der Sultan mich von sich aus auf Sie ansprechen, so würde ich ihm empfehlen, Ihnen einen gewissen Unterhalt zuzugestehen. Unter der Voraussetzung, dass Sie Sansibar verlassen.«

Sie hielt mitten in ihrer Tätigkeit inne und sah ihn verblüfft an.

»Ihre Anwesenheit auf der Insel wird auf Dauer zu einem Ärgernis für alle Seiten, Mrs Ruete. Dessen müssen Sie sich bewusst sein.«

67

 Das Jahr, in dem Emily noch einmal Sansibar bereiste, war das Jahr, das später als *Dreikaiserjahr* in die Annalen der Geschichtsbücher Eingang finden sollte. Nur neunundneunzig Tage war Friedrich III. deutscher Kaiser gewesen, dann starb er, und Kaiserin Viktoria war Witwe geworden wie Emily Ruete.

Weil Kaiser Wilhelm I. seinerzeit durchaus ein offenes Ohr für die Belange der Bürgerwitwe Ruete gehabt hatte, verfasste Emily einen Brief an den neuen Kaiser Wilhelm II.

Sansibar, 2. Juli 1888
   Allergnädigster Kaiser und Herr,
   allmächtiger Kaiser und König!
Eure Majestät möge allergnädigst einer Frau, die sich einige Zeit fern von Deutschland aufhielt, die aber dort viele Jahre lang ihre Heimat gefunden hatte, gestatten, mit größter Treue ihrem zutiefst empfundenen Beileid für den unersetzlichen Verlust Ausdruck zu verleihen, der dieses Jahr das ganze deutsche Volk und vor allem Eure Majestät ereilt hat.

Möge der allmächtige Gott Eurer Majestät eine gesegnete Herrschaft und ein langes Leben gewähren, wie es Seiner Majestät Kaiser Wilhelm I., Eurer Majestät unvergesslichem Großvater in seligem Gedenken, vergönnt war.

Eure Majestät, seit Mitte Mai dieses Jahres befinde ich mich auf Sansibar, meiner Heimatinsel, in der Hoffnung, eine Versöhnung mit meinen Verwandten einerseits zu erwirken, und andererseits mein mir zustehendes Eigentum zurückzuerlangen, indem ich auf die Vorsehung und auf die moralische Unterstützung vertraute, die ich von Seiner Hoheit, dem Kanzler des Deutschen Reiches, erbat.

Unmittelbar nach meiner Ankunft hier richtete ich eine äußerst freundliche Bitte an den deutschen Generalkonsul, dass er die Güte besitzen möge, einen Brief an meinen Bruder Khalifa zu übersenden. Am nächsten Tag ließ mir der Generalkonsul selbigen Brief zurückbringen mit der Bemerkung, es gebe keinen offiziellen Grund, dem Sultan den Brief zu übergeben. Kurz darauf erfuhr ich von anderer Seite, dass der Generalkonsul Anweisung des Auswärtigen Amtes erhielt, nichts für mich und meine Sache zu tun. Mir ist in keinster Weise bewusst, aus welchem Grund ich seitens des Deutschen Reiches eine solche Maßnahme auf mich gezogen habe, die so außerordentlich schädlich für mich und für meine Zukunft ist.

Eure Majestät! Seit einundzwanzig Jahren bin ich nun Christin, war mit einem Deutschen verheiratet. Daher bin ich eine deutsche Untertanin und habe als solche das Recht, um Unterstützung durch den deutschen Stellvertreter zu bitten.

Muss ich nun sehen, wie die Prophezeiung meiner Verwandten vor so vielen Jahren wahr wird, nach der meine Mitgläubigen, die Christen, mich im Stich lassen sollten? Meine Verwandten, die mir freundlich zugeneigt sind, beginnen nun zu frohlocken und tun alles, um mich und meine Kinder zu meinem früheren Glauben zurückzubringen. Aber da ich einmal die Wahrheit des christlichen Glaubens erkannt habe, ist es mir unmöglich, diesen Glauben wieder aufzugeben.

Diejenigen, die aus mir wieder eine muslimische Frau machen wollen, würden dies gewiss nicht so nachdrücklich wagen, hätten sie gesehen, dass es die Christen gut mit uns meinen und uns unter-

stützen. Aber sie alle fühlen, dass ich auf mich allein gestellt bin, dass ich keinerlei Hilfe aus meiner neuen Heimat erhalte.

Ich wende mich an Eure Majestät nicht nur in Eurer Eigenschaft als deutscher Kaiser, sondern hauptsächlich, weil Er ein gläubiger Christ ist, der die unbeschränkte Macht besitzt, seine Untertanen überall uneingeschränkt zu beschützen und zu unterstützen, vor allem in einem Lande, in dem die Christenheit nicht in großem Ansehen steht.

Daher flehe ich Eure Majestät an, die großzügige Güte, die ich über Jahre von Eurer Majestät Großvater seligen Angedenkens genoss, für mich und meine Kinder allergnädigst beizubehalten und zu geruhen, den gegenwärtigen Stellvertreter des Deutschen Reiches anzuweisen, in meinem Namen mit dem Sultan zu sprechen.

Auf Gott und auf Eurer Majestät erhabene Großmütigkeit vertrauend, verbleibe ich Eurer Majestät demütigste Dienerin.

Emily Ruete, geborene Prinzessin von Oman und Sansibar

Doch Kaiser Wilhelm II. war nicht wie sein Großvater. Er dachte ebenso wenig daran, diesen Brief zu beantworten, wie Bismarck denjenigen, den Emily ihm wenige Tage später schrieb. Die Empfehlung von Kaiser und Kanzler lautete, nichts mehr zugunsten Frau Ruetes zu unternehmen, solange sie sich auf Sansibar aufhielt.

Die Akte Emily Ruete wurde ein für alle Mal geschlossen.

68

»Zamzam. Endlich. Nach so vielen Jahren.«

Emily schloss die nur wenig ältere Halbschwester unter Tränen in die Arme, spürte mit einem wehen Gefühl im Herzen, wie zerbrechlich deren Leib geworden war. Wie zusammengeschrumpft, die Knochen unter der dünnen Haut zart wie die eines Vogels. Als hätten die Jahre ihr wesentlich mehr zugesetzt.

»Salima, mein Mädchen.« Zamzam weinte, löste sich aus der Umarmung und fuhr Emily mit beiden Händen über das Gesicht. »So gern hätte ich dich gesehen, als du schon einmal auf Sansibar warst. Doch mein Gemahl – Allah sei seiner Seele gnädig – ließ es nicht zu. Einen Schreiber mit einem Brief an dich beauftragen konnt' ich immer nur heimlich.« Ihr Blick fiel auf Rosa. »Ist das deine Tochter?«

»Meine Jüngste. Ich habe noch eine Tochter und einen Sohn.«

In einer ähnlichen Geste wie bei ihrer Mutter umschloss Zamzam Rosas Gesicht mit den Händen, um sie genau zu betrachten. »So hübsch ist sie! Ganz genau wie du früher sieht sie aus! Mir waren Kinder ja leider nicht vergönnt …«

Die drei Frauen ließen sich in einem schattigen Winkel des Innenhofs nieder, bekamen Kaffee und *sherbet* vorgesetzt, und Zamzam deutete auffordernd auf den Teller mit zuckrigem Mandelgebäck.

»Wie lange mag das nun wohl her sein, Salima?«

Emily überlegte und rechnete nach. »Mehr als zwanzig Jahre. Vor über zwanzig Jahren hast du mir geholfen, Bububu zu finden und zu bekommen.«

»Ach ja«, seufzte Zamzam und lächelte breit. »Daran erinnere ich mich noch gut. Zu schade, dass du es nicht behalten konntest.«

Emily schluckte, blinzelte eine Träne weg.

Wie ich so vieles nicht behalten konnte. Nicht behalten durfte.

»Du bist in aller Munde, weißt du das, Salima?«

»Ich habe so einiges gehört«, gab Emily zurück, einen sarkastischen Unterton in der Stimme.

Zamzam atmete hörbar aus. Sie schien zu zögern. »Du darfst es Khalifa nicht übel nehmen, dass er nichts von sich hören lässt. Er ist ein unsicherer Herrscher, der unter dem Einfluss mächtiger Ratgeber steht, genau wie unser Bruder Majid einst, und Ali, der mächtigste von Khalifas Beratern, ist ein zweiter Barghash. Ebenso herrschsüchtig und ungerecht.« Sie beugte sich herüber und nahm Emilys Hand. »Khalifa hört auf all die Leute, die sagen, dass die Deutschen dich nicht mehr achten. Dass du aus deinem Land hinausgejagt wurdest und deshalb keiner deiner Landsleute hier mehr etwas mit dir zu tun haben will.«

Emily spülte den sauren Geschmack in ihrem Mund mit einem Schluck starken süßen Kaffees hinunter.

»Er wird seine Meinung ändern, wenn du erst einmal einige Zeit hier bist. Wenn er sieht, dass alle bösen Gerüchte über dich Lüge sind. Bleib hier, Salima! Wenn du bleibst, vermache ich dir alles, was ich habe. Und du weißt, das ist nicht wenig! Kehre zu Allah zurück, und du bekommst alles – die Häuser, das Land, alles an Geld und den Schmuck. Kannst hier sorgenfrei leben. Hier, wo du geboren bist.«

War es nicht das, was Emily sich all die Jahre ersehnt hatte? Die Aussicht, wieder auf Sansibar zu leben? Noch dazu im Kreis ihrer Verwandten, ohne Geldsorgen?

»Bitte bleib, Salima. Hier gehörst du hin. Nach Sansibar. Kehre zu unserem Glauben zurück, und alles, was war, wird vergessen sein.«

Will ich das denn – dass alles vergessen ist? Alles, was war?

»Ich muss darüber nachdenken, Zamzam.«

Emily nahm sich Zeit. Mehr als drei Monate lang.

Sie schrieb an Tony und an Said, bat ihre daheimgebliebenen Kinder um Rat, sprach mit Rosa darüber.

Zeigte ihrer Tochter Beit il Tani, das Haus, in dem sie sich das Schreiben beigebracht hatte und in dem ihre Mutter gestorben war und das inzwischen dem Verfall preisgegeben war. Feierte noch einmal einen Geburtstag auf Sansibar. Fuhr mit Rosa ins Innere der Insel, damit sie die *shambas* sah, deren Nelkenbäume die ganze Insel in ihren warm-würzigen Duft hüllten. Bei Kisimbani hielten sie nur kurz an; Emily ertrug den Gedanken nicht, dass das Land, auf dem sie mit Heinrich so glücklich gewesen war, längst einen anderen Besitzer hatte.

Nach Deutschland wollte sie nicht zurück, das stand fest. Zu tief saß die Enttäuschung, die dieses Land ihr bereitet hatte, dieses Land, in das sie einst voller Hoffnung und voller Zuversicht aufgebrochen war. Doch es hatte sie geprägt, das spürte Emily, wenn sie mit weit offenen Sinnen über die Insel ging. Das war nicht mehr das Sansibar, das sie einst gekannt hatte. So wie sie nicht mehr Salima war und auch nicht Bibi Salmé.

Ich kann nicht einfach wieder zurück. Ich kann nicht einfach wieder schele *und Maske überstreifen und so tun, als sei nichts gewesen. Einmal im Leben seinen Glauben abzulegen und einen neuen anzunehmen ist mehr als genug. Ein Glaube ist nichts, was man wechselt wie ein Kleidungsstück, das einem nicht mehr richtig passt. Und ich passe hier nicht mehr hin. Ich bin eine andere als damals, als ich fortging.*

Es war vor allem auch der Gedanke an ihre Kinder, der sie beschäftigte. Wie würde es für sie sein, ihre Mutter auf Sansibar zu wissen, in einer Welt, die eine so ganz andere war als die, in der sie aufgewachsen waren? Und kämen sie mit – wie fänden sie sich hier zurecht, in europäischen Sitten und Gebräuchen erzogen, wie sie waren?

Sie sollen nicht Fremde sein müssen so wie ich. Nie zwischen zwei Welten leben. Das wenigstens will ich ihnen ersparen.

Die Stunde des Abschieds war gekommen. Und dieses Mal wusste sie, dass es ein Abschied für immer sein würde.

Emily schlüpfte aus ihren Schuhen, raffte ihre Röcke und watete in das nächtliche Meer hinaus. Sanft umspülte es ihre Füße, die sie weit getragen hatten, um die halbe Welt, und das mehr als einmal. Viel hatte sie gesehen und noch mehr erlebt. Schönes und Schreckliches, sie hatte Freud und Leid bis zur Neige ausgekostet. Sie legte den Kopf in den Nacken und sah hinauf zu den Sternen. Eines war gewiss: Nirgendwo waren die Sterne berückender als hier, über Sansibar.

Den Kindern steht Deutschland noch immer offen. Anders ist es mit mir. Ich habe keine Heimat mehr auf dieser Erde. Sansibar ist nicht mehr, was es einst war. Alles liegt hinter mir.

Einige Zeit stand sie so da, die Zehen tief im Sand vergraben. Als könnte sie hier Wurzeln schlagen. Und doch wusste sie, dass es vergeblich war. Sie hatte schon lange keine Wurzeln mehr.

Wer ohne Wurzeln ist, findet keinen Halt, treibt umher wie ein Stück Holz, das von den Meereswogen herumgeschaukelt wird. Emily würde sich treiben lassen wie ein solches Stück Holz, sich niederlassen, wo es ihr gerade gefiel. Denn wer ohne Wurzeln ist, der ist auch frei zu gehen, wohin es ihm gefällt.

So wie Emily.

Sie drehte sich um und wanderte zurück an den Strand, ohne sich noch einmal umzuschauen.

Leb wohl, Sansibar.

69

Beirut, 1892

Emily ging ans Fenster, entriegelte die Läden und öffnete sie weit.

Unter ihr breitete sich die Stadt aus: würfelförmige Häuser in mattem Weiß und in hellem Gelb und Ocker, viele davon mit flachen Dächern, aber auch solche mit Walmdächern aus roten Ziegeln. Beinah jedes Haus nannte ein Gärtchen sein Eigen, und Zedern drängten sich an die Fassaden.

Dahinter erstreckte sich das Mittelmeer, leuchtend in Grün und Blau und Türkis. Schiffe strebten dem Hafen zu; Schiffe wie das, das Emily heute hergebracht hatte.

Sie hob den Blick noch höher, hin zu den lang gezogenen staubfarbenen Berghängen am Horizont. Auf denen im Winter sogar Schnee liegen würde.

Ein Gesang hob an, gedehnt an- und abschwellend, lockend und beschwörend: der Ruf des Muezzins von den Minaretten der Stadt, der zum Mittagsgebet mahnte.

Emily sog tief die Luft ein, die klar war und rein, mit einem Hauch von Salz und Stein und Holz.

Jaffa, die kleine Hafenstadt in Palästina, war ihre erste Station gewesen nach ihrem endgültigen Abschied von Sansibar. Ohne Umwege; um ihre Möbel und die anderen Sachen in

Berlin würde sie sich später kümmern. Auf Jaffa war ihre Wahl gefallen, weil sie wollte, dass ihre Töchter nicht ganz die Verbindung zu ihrem deutschen Erbe verloren. Und ein starkes deutsches Element gab es dort zweifellos, neben einem armenischen, französischen und englischen. Doch genauso stark war diese Stadt orientalisch geprägt; mit ihren engen Straßen, auf denen es geschäftig zuging, mit der Bauweise der Häuser und den bunten Märkten ähnelte es Sansibar verblüffend.

Doch gerade das Deutsche an Jaffa war es, das sie schnell wieder die Flucht ergreifen ließ. Weil Tony, die eigentlich keine Lust gehabt hatte, so weit fortzuziehen, mit den Umzugsvorbereitungen säumte, hatten Emilys neue Nachbarn zu fragen begonnen, wo denn ihre Möbel blieben – und überhaupt, wo sie denn herstamme? Es war diese verhasste Frage, die Emily veranlasste, sofort wieder zu packen, kaum dass Tony mitsamt den wichtigsten Dingen eingetroffen war.

Jerusalem hieß ihr nächstes Ziel, acht Stunden mit der Kutsche von Jaffa entfernt. In der uralten heiligen Stadt hoffte Emily, mit ihren Töchtern sesshaft zu werden, und doch war es ihr nicht gelungen. Vielleicht war Jerusalem für sie zu groß gewesen, zu überwältigend; zu wild die Mischung aus Christen, Muslimen, Juden. Vielleicht hatte ihr dort auch etwas gefehlt. Jedenfalls wurde Emily von der altbekannten Rastlosigkeit erfasst, die nach einem Ortswechsel verlangte.

Und nun also Beirut.

»Gefällt's dir hier, Mama?« Tony war zu ihr getreten und schmiegte sich an sie, ließ schließlich das Kinn auf der Schulter ihrer Mutter ruhen.

»Ja, Mama, was meinst du? Bleiben wir hier?« Rosa drückte sich ebenfalls an sie. »Vielleicht kann sich Said ja bald hierher versetzen lassen, dann sind wir alle wieder zusammen.«

Emily ließ ihren Blick noch einmal über die Stadt schweifen und horchte in sich hinein.

Jeder Ort ist gut genug für mich. Ich suche nichts anderes als Ruhe und Frieden.

Die Stimmen der Muezzin waren verklungen. Nun begannen in der Stadt Kirchenglocken zu läuten, und ein Lächeln umspielte Emilys Lippen.

Ein bisschen etwas von meinen beiden Welten.

Dass Khalifa, der Sultan von Sansibar, vor zwei Jahren gestorben war, hatte sie nur am Rande wahrgenommen. Ebenso, dass Reichskanzler Bismarck zurückgetreten war und Großbritannien und das Deutsche Reich lange um einzelne Gebiete in Afrika verhandelt hatten. Und dass sie sich schließlich einigen konnten. Und während die Insel Helgoland wieder deutscher Besitz wurde, erhielt die Britische Krone Sansibar als Protektorat.

Emily kümmerte das nicht mehr; ihr Sansibar war lange zuvor untergegangen.

Mit fast achtundvierzig war Emily noch zu jung, um auf den Tod zu warten. Wenn sie auch keine große Ansprüche mehr an das Leben hatte.

Beirut war ein guter Ort zum Leben. Eine freundliche, eine lebendige Stadt. Voll von Menschen, die ohne Wurzeln waren wie sie, die hier angespült wurden und geblieben waren. Ein guter Platz, um zu lesen, zu schreiben und zu unterrichten. Und vielleicht doch noch eine richtige Christin zu werden.

Die Fragen ihrer Töchter noch im Ohr, nickte sie schließlich.

Beirut würde nie eine Heimat sein für sie. Aber ein Ort, an dem sie vielleicht endlich zur Ruhe kommen könnte.

Zumindest einige Zeit lang.

Ankunft

Jena, März 1924

Fern der Heimat steh ich hier,
fern von jenen, die ich lieb',
jene, die am nächsten mir,
von meinem Blut und meinem Schlag.
Wie schwach ich bin,
dass ich mich sorg und um sie bang',
wo Allah doch ewig über sie wacht.
Warum dann diese Furcht!
Solang wir leben,
mögen wir uns wiederseh'n; sollt' das nicht sein:
Wer noch am Leben,
den Toten gänzlich Fremder ist.

ABU-L-'ATAHIYA

Drückende Stille lag über dem Haus. Die schwere Stille der Trauer um einen geliebten Menschen.

»Was muss sie gelitten haben.« Rosas Stimme war dick von all den Tränen, die sie seit gestern geweint hatte. Das feuchte, zerknüllte Taschentuch in der Hand, wies sie auf die beschriebenen Bogen, die ausgebreitet vor ihr lagen: die Aufzeichnungen ihrer Mutter, die ihre Erlebnisse und Erfahrungen festhielten, all ihre Gedanken und Gefühle in der Fremde, die Zeit von ihrer Reise durchs Rote Meer an Heinrichs Seite bis zu ihrem Umzug von Dresden nach Berlin umspannend. Briefe, an eine unbestimmte Freundin in der alten Heimat Sansibar gerichtet, und doch mehr eine Erzählung, beinah ein Tagebuch. Von deren Existenz ihre Kinder nichts geahnt hatten, bis zum heutigen Nachmittag, und deren bewegende Lektüre ihnen noch mehr Tränen entlockt hatte.

»Vaters Tod muss für sie eine Katastrophe gewesen sein«, sagte Tony. »Als hätte sie mit ihm ihren sicheren Anker verloren.«

Nachdenklich griff sie zu dem Stapel alter Photographien, der sich unter den Sachen ihrer Mutter befunden hatte. Emily in einem dunklen Kleid mit weiten Röcken auf einem Stuhl sitzend, die Hände locker im Schoß gefaltet, den Blick wehmütig in die Ferne gerichtet. Heinrich im Anzug, die Linke auf eine Balustrade im Studio des Photographen gestützt, die halb von einem bodenlangen Vorhang verdeckt wurde. Emily in sansibarischer Tracht, mal sitzend, mal stehend, mal im Portrait.

»Schaut mal, wie erschrocken sie auf manchen Bildern dreinschaut.« Ein zärtliches, flatteriges Lächeln huschte über Tonys Lippen, als sie den steifen Karton umdrehte. »Da muss sie gerade ein knappes Jahr hier in Deutschland gewesen sein.«

»Hier – du und Tony.« Rosa hielt ihrem Bruder eine Photographie hin, auf der Emily und Heinrich dasaßen, Emily mit einem zerbrechlich wirkenden Jungen auf dem Knie, Heinrich mit einer pausbäckigen Tony auf dem Schoß.

Said, der vom Senat der Stadt Hamburg die Erlaubnis erhalten hatte, den Familiennamen seines Großvaters dem seines Vaters hinzuzufügen, und der dafür seinen Taufnamen ablegte und sich nach seinem Vater nun Rudolph Said-Ruete nannte, schmunzelte.

»Kennt ihr den hier?« Er hob das Bildnis eines Mannes gut sichtbar für seine Schwestern hoch. »Das ist die Uniform eines englischen Kapitäns.«

Einen Augenblick schwiegen sie alle drei, und jeder wusste, was der andere dachte: *Das muss der Kapitän sein, auf dessen Schiff sie von Sansibar floh.*

Fast zwölf Jahre hatte Emily Ruete in Beirut gelebt, allein, nachdem ihre Töchter eine nach der anderen nach Deutschland zurückgegangen waren. Doch bei jeder Hochzeit war sie gekommen und bei jeder Taufe ihrer sechs Enkelkinder. Auf Wunsch der Kinder war sie rechtzeitig vor Kriegsbeginn nach Europa zurückgekehrt. Lebte erst bei Rosa in Bromberg nahe Danzig, wo deren Mann, ein Offizier, stationiert war. Tony, die einen Kolonialbeamten geheiratet hatte, war nach ihrem Aufenthalt auf den Marshall-Inseln nach Hamburg gezogen, und Emily lebte abwechselnd bei ihr und bei Rosa, die mit Mann und Kindern nach Jena gezogen war, hierher, in dieses Haus, in dem Emily nun ihre letzten Tage verbracht hatte.

Sie besuchte Rudolph in Cairo und in Luzern. Rudolph, der seinen Abschied vom Militär genommen hatte und erst als Generalinspektor der Eisenbahn in Ostägypten tätig gewesen war, dann in beratender Eigenschaft bei verschiedenen Banken in der Schweiz und in London. Erst letztes Jahr hatte Emily sich mit ihm nahe Lindau am Bodensee getroffen, um sich ein paar Tage zu erholen. Und Berlin, immer wieder Berlin, die Stadt, die für ihre umtriebigen Kinder oft eine Zwischenstation darstellte.

Emily Ruete hatte ein bewegtes Leben geführt, von dem die Gegenstände, die ihre Kinder unter ihren Habseligkeiten gefunden hatten, Zeugnis ablegten: Ein *hurs*, ein *Wächter*, ein Buch mit ausgewählten Versen des Koran im Miniaturformat, verborgen in einer Kapsel aus ziseliertem Gold mit einem eingelassenen Saphir in der Mitte. Ein Konzertprogramm aus dem Aden des Jahres 1867, auf Seide gedruckt, dessen Begleitbrief adressiert war an *Her Royal Highness the Princess of Zanzibar*. Ein Stein, Bruchstück eines Frieses, an dem graugrüne Krümel hafteten, vielleicht die Überreste von Gräsern und Blättern.

Schließlich ein handgenähtes Säckchen aus verblichenem, rotem Stoff, dessen bunte orientalische Stickerei sich schon aufzulösen begann. Rudolph zog es an der Kordel auf, spähte hinein und machte ein überraschtes Gesicht – das Gesicht, das seinem Großvater, dem Sultan, so sehr ähnelte. Er schüttete etwas vom Inhalt in seine Handfläche und zeigte es seinen Schwestern. »Sand.«

»Sie muss ihn mitgebracht haben«, flüsterte Rosa. »Aus Sansibar. So alt, wie das Säckchen aussieht. Damals, als sie die Insel verließ, um Vater zu heiraten.«

»Ich glaube, sie hatte es immer bei sich«, ließ sich Tony vernehmen, hörbar erschüttert. »Ich meine, es ein paarmal in ihrer Handtasche gesehen zu haben.«

Stumm starrten alle drei auf das Stückchen Heimat, das ihre Mutter fast sechzig Jahre lang bei sich getragen hatte, wohin sie auch ging.

»Ich finde, wir sollten es ihr mit in die Urne geben«, schlug Rudolph schließlich vor und füllte den Sand sorgsam zurück, damit auch kein Körnchen davon verloren ging.

Tony sah ihren Bruder an. Lange stand es nicht zum Besten zwischen ihnen. Tonys Mann hatte Rudolph als *Vaterlandsverräter* bezeichnet, als dieser am Tag vor der Kriegserklärung in die Schweiz ging, und dass er durch Rudolphs Heirat mit der Tochter einer jüdischen Familie verschwägert war, hatte er ihm nie verziehen. Erst seit der Trennung von ihrem Mann näherten sich Tony und Rudolph einander langsam wieder an. Sie lächelte. »Ja, das sollten wir tun.«

Beide wandten sich Rosa zu, die nur nicken konnte, weil ihr erneut Tränen über das Gesicht liefen.

Vorsichtig zog Rudolph die Kordel wieder zu und legte das Säckchen vor ihnen auf den Tisch.

Sie gaben es in die Urne, in der Emily Ruetes Asche ihre letzte Ruhe fand. In Hamburg, auf dem Friedhof von Ohlsdorf.

Neben Heinrich.

Nachwort

Der ist in tiefster Seele treu,
Wer die Heimat liebt wie Du.

Dieses Zitat von Theodor Fontane, in dessen Nachbarschaft Emily Ruete während ihrer Jahre in Berlin für einige Zeit lebte, dem sie aber offenbar nie begegnet ist, ist auf ihrer Grabplatte auf dem Hamburger Friedhof Ohlsdorf zu lesen. Unter ihrem deutschen Namen und ihren Lebensdaten – und unter einem arabischen Siegel, das bedeutet: *Salmé, Prinzessin von Oman und Sansibar.*

Ein Grabstein, der in seiner Gestaltung das Leben der Person widerspiegelt, deren Asche darunter bestattet ist.

Ein Leben, wie man es nicht abenteuerlicher, dramatischer und tragischer hätte erdichten können: ein Leben zwischen zwei Welten, zwischen Orient und Okzident, Islam und Christentum, verbunden mit einem Stück deutscher und britischer Kolonialgeschichte. Und nicht zuletzt ein Leben, das bestimmt war von einer großen Liebe, die alle Grenzen überwand und sogar den Tod überdauerte.

Um dieses Leben in einem Roman zu erzählen, war es notwendig, manches zu raffen und im Gegenzug die Schwerpunkte herauszuarbeiten, die mir besonders wichtig erschienen. Vor allem die politischen Hintergründe und der Verlauf der deutschen und britischen Kolonialinteressen an Sansibar und Afrika bedurften starker Straffung; ich habe mich bemüht, diese komplexen Zusammenhänge so weit wie möglich zu vereinfachen, ohne sie dadurch verzerrt wiederzugeben. Für eine ausführliche Darstellung derselben verweise ich auf das 2003 erschienene Buch »Sansibar und die Deutschen: Ein besonderes Verhältnis« von Heinz Schneppen.

Neben Recherchematerial aus den verschiedensten Bereichen bildete Emily Ruetes eigener schriftlicher Nachlass die Grundlage für diesen Roman: Ihre Memoiren »Leben im Sultanspalast« sind unter einem anderen Titel erstmals 1886 erschienen und wurden 1989 von Annegret Nippa neu herausgegeben. Die zweite persönliche Quelle sind erst lange nach Emilys Tod veröffentlichte Erinnerungen an ihre ersten Jahre in Deutschland, die unter dem Titel »Briefe nach der Heimat« 1999 von Heinz Schneppen herausgegeben und um Vor- und Nachwort ergänzt wurden.

Da ihre Erinnerungen an die Zeit in Hamburg nicht immer chronologisch abgefasst sind, habe ich mir erlaubt, manche Eindrücke, Erlebnisse und Gedanken aus dieser Zeit so zu sortieren und zueinander in Beziehung zu setzen, wie es mir logisch und sinnvoll erschien. Von ihr selbst in diesen Aufzeichnungen durch die Verwendung von Initialen verfremdete oder einfach ausgelassene Namen habe ich zu rekonstruieren versucht; sofern mir dies nicht möglich war – wie beispielsweise bei Emilys Deutschlehrerin –, habe ich fiktive Namen verwendet. Da die Namen ihrer Geschwister sowohl in einer arabischen wie auch einer Suaheli-Variante existieren, habe ich im Einzelfall nach Gutdünken entschieden, welche der beiden Formen ich im Roman verwende.

Die Lücken in Emilys Aufzeichnungen wie etwa ihre Zeit in Aden oder ihr Verhältnis zu Heinrichs Familie habe ich durch weitere Recherchen, durch eigene Schlussfolgerungen und schließlich durch meine Vorstellungskraft zu schließen versucht. Wie ich auch versucht habe, Widersprüchen zwischen ihren eigenen Erinnerungen und anderen zeitgenössischen Quellen Rechnung zu tragen – vor dem Hintergrund, dass persönliche Erinnerungen nie falsch sind, oftmals aber eine ganz eigene Wahrheit besitzen.

Die beiden Briefe im Roman und die Auszüge aus den in Rudolstadt entstandenen Aufzeichnungen basieren auf den entsprechenden Schriftzeugnissen aus Emily Ruetes Feder, wie auch viele der Gedanken, die sie im Roman hegt, auf Niederschriften von ihr beruhen. Die einleitenden Zitate der einzelnen Buchteile sind von mir ins Deutsche übertragen worden, wobei mir viel daran gelegen war, möglichst nah am ursprünglichen Wortlaut zu bleiben.

Im alten Palast von Beit il Sahil auf Sansibar befindet sich heute das Palastmuseum, in dem ein Raum ganz *Prinzessin Salmé* gewidmet ist. Und unweit ihres Grabes, im »Garten der Frauen« zu Ohlsdorf, hat sie 2007 einen Gedenkstein bekommen. Er soll »ein Zeichen für die Chancengleichheit … von Zuwanderinnen und Zuwanderern setzen«, wie dort zu lesen ist.

Je länger ich an diesem Buch schrieb, desto stärker empfand ich diese Geschichte, die hauptsächlich in der zweiten Hälfte des 19. Jahrhunderts spielt, als eine sehr moderne, zeitgemäße. Die Erlebnisse, Gedanken und Gefühle Emily Ruetes, der Orientalin, die nach Europa kam, der Muslima, die zur Christin wurde, besitzen gerade in unseren Tagen eine verblüffende Aktualität.

Mein Dank gilt AK, E. L. und Laila für das Verständnis und die Geduld, die sie in den Monaten der Arbeit an diesem Roman mit mir hatten; dafür, dass sie nie müde wurden, mit mir über Emily zu diskutieren, und mir in diesen Gesprächen manch wertvollen Gedanken bescherten. Carina – *partner in crime, always!* – dafür, dass sie diesen Weg mit Emily und mir von Anfang bis Ende, durch alle Höhen und Tiefen, gegangen ist. Und Jörg, meinem Fels in der Brandung, danke ich, dass er nicht nur dieses verrückte Leben mit mir teilt, sondern mit mir auch buchstäblich auf Emilys Pfaden gewandelt ist.

Anke, Melli, Min und Rita ein Dankeschön dafür, dass ihr Interesse an Emilys Leben und ihre Vorfreude auf das Buch mir in mühseligen Momenten Stärkung waren, und meinem Vater, Jutta und Jupp für den familiären Rückhalt in der Zeit, in der dieser Roman entstand.

Bei Ann-Kathrin Schwarz, Monika Hofko und Franziska Beyer bedanke ich mich für die großartige – und ebenfalls sehr geduldige! – Betreuung von Manuskript und fertigem Buch. Und natürlich bei Mariam und Thomas M. Montasser, die immer mit unerschütterlicher Zuversicht und einem Lächeln zu löschen verstehen, wenn's bei mir wieder irgendwo brennt.

Special thanks von mir an die Büchereulen – ich hoffe, euer Warten auf das Buch hat sich gelohnt!

Einen Roman zu schreiben, der auf einer wahren Geschichte beruht, stellt eine besondere Herausforderung dar und war für mich mit einer großen Verantwortung verbunden: nichts zu verfälschen, nichts zu beschönigen, Emily nahezukommen, ohne ihr zu nahe zu treten.

Als ich vergangenen Sommer nicht nur in ihren Fußstapfen durch Hamburg gegangen bin, sondern auch an ihrem Grab stand, habe ich ihr das versprochen.

Ich hoffe, dass ich dieses Versprechen mit diesem Buch gehalten habe.

Inshallah – so Gott will.

Nicole C. Vosseler
Konstanz, im Januar 2010

Personenverzeichnis

(in alphabetischer Reihenfolge; fiktive Personen oder fiktive Namen sind kursiv gesetzt)

Abd il Wahab – Halbbruder Salimas

Abd'ul Aziz – Halbbruder Salimas, Anhänger Barghashs

Adnan – fiktiver Name eines Schreibers in Diensten des Sultans; Salimas heimlicher Lehrer

Azza bint Sayf – erste Hauptfrau von Salimas Vater

Bismarck, Otto von – Kanzler des Norddeutschen Bundes, später Kanzler des Deutschen Reiches

Barghash – Halbbruder Salimas; Verschwörer gegen Majid

Caprivi, Leo von – Oberbefehlshaber der Marine des Deutschen Kaiserreichs

Chole – Halbschwester Salimas; Mitverschwörerin gegen Majid

Djilfidan – Nebenfrau des Sultans, Salimas Mutter

Dombrowski, Leutnant von – Befehlshaber der *Adler*

Evans, Mrs – fiktiver Name der englischen Gesellschafterin
Emilys

Farshu – Tochter von Khalid und damit Salimas Nichte,
Halbschwester von Shambu'a

Goodfellow, G. R. – Stellvertreter des britischen Residenten
in Aden

Hamdan – Halbbruder Salimas, Gefährte in der
Jugendzeit

Hassan bin Ali – früherer Verwalter auf Kisimbani

Humayd – entfernter Verwandter der Sultansfamilie;
Gemahl Zamzams

Jamshid – Halbbruder Salimas, Gefährte in der Jugendzeit

Khaduj – Schwester Majids, Halbschwester Salimas

Khalid – Halbbruder Salimas, Vater von Shambu'a und
Farshu, Besitzer Marseilles

Khalifa – Halbbruder Salimas, späterer Sultan von Sansibar

Kirk, Dr. John – britischer Konsulatsarzt; später Konsul und
Generalkonsul

Knorr, Eduard – Admiral (eigtl. Konteradmiral, dritthöchster
Admiralsrang) und Befehlshaber des Ostasiengeschwaders
der Kaiserlichen Marine

Macías, Bonaventura – ehemaliger Sklavenhändler auf
Sansibar, später wohnhaft in Aden

Macías, Teresa – Gattin von Bonaventura Macías

Majid – Halbbruder Salimas, steht ihr von allen
Geschwistern am nächsten

Meje – Schwester von Barghash, Halbschwester Salimas

Merewether, W. L. – britischer Resident in Aden

Metle – Schwester Ralubs, Halbschwester Salimas und deren Spielgefährtin in der Kindheit

Michahelles, Gustav – 1888 deutscher Generalkonsul auf Sansibar

Murjan – Verwalter Kisimbanis

Paschen, Karl – Kommodore und Befehlshaber des afrikanischen Geschwaders der Kaiserlichen Marine

Pasley, Malcolm – Kapitän der britischen Marine

Ralub – Bruder Metles, Halbbruder Salimas und deren Spielgefährte in der Kindheit

Rosa – Taufnamen: Rosalie Ghuza; Emilys Tochter

Ruete, Andreas – Halbbruder von Heinrich Ruete

Ruete, Heinrich – deutscher Kaufmann auf Sansibar; Emilys Mann

Ruete, Heinrich junior – Emilys Sohn

Ruete, Hermann – Vater von Heinrich Ruete

Ruete, Johann – Halbbruder von Heinrich Ruete

Ruete, Johanna – Mutter von Andreas und Johann, Stiefmutter Heinrichs

Sadaf – fiktiver Name für die verbürgte Schwester Saras und Vertraute Djilfidans

Said – später: Rudolph Said-Ruete; Emilys Sohn

Salim – Hausdiener Salimas

Sara – Mutter von Majid und Khaduj, Vertraute Djilfidans

Sayyid Sa'id bin Sultan – Salimas Vater, der Sultan

Semmeling, Helene – fiktiver Name der Deutschlehrerin in Hamburg

Seward, Emily – Gattin des stellvertretenden britischen Konsulatsarztes G. E. Seward

Seward, George Edwin – stellvertretender britischer Konsulatsarzt

Sharifa – Halbschwester Salimas

Shambu'a – Tochter von Khalid und damit Salimas Nichte, Halbschwester von Farshu

Sulayman bin Ali – Minister Majids

Tettau, Baronin von – zeitweilige Freundin Emilys

Thuwaini – Halbbruder Salimas im Oman; später Sultan von Muscat und Oman

Tony – Taufnamen: Antonie Thawka; Emilys Tochter

Witt, John – Agent des Handelshauses O'Swald auf Sansibar und bis 1868 hanseatischer Konsul

Zahira – Salimas fiktive Nachbarin in der Steinstadt von Sansibar

Zamzam – Schwester von Zayana, Halbschwester Salimas, Vertraute Djilfidans

Zayana – Schwester von Zamzam, Halbschwester Salimas, beste Freundin Djilfidans

Britische Konsuln auf Sansibar
(in chronologischer Reihenfolge)

Atkins Hamerton – 1840-1857

Christopher Palmer Rigby – 1858-1860

Lewis Pelly – 1861-1862

Robert Lambert Playfair – 1862-1865

Henry Adrian Churchill – 1865-1870

John Kirk – 1870-1886; ab 1873 als Generalkonsul

Claude Maxwell Macdonald – 1887-1888

Charles Bean Euan-Smith – 1888-1891

Von Afrika nach Paris und London: eine abenteuerliche Reise, eine tragische Liebesgeschichte, ein wahrer historischer Kern

Judith Knigge
DIE SONNE VON SANNAR
Roman
608 Seiten
ISBN 978-3-404-16889-7

Im Jahr 1825 machen sich ägyptische Jäger auf, im Auftrag des Vizekönigs Muhammad Ali Pascha zwei Giraffenkinder einzufangen. Diese sollen als Geschenk an den französischen und englischen Königshof verschickt werden. Zwei junge Sklavinnen, die Schwestern Najah und Zahina, begleiten die Tiere auf ihrer abenteuerlichen Reise. Doch in dem fernen Europa verläuft ihr Schicksal ganz anders als erhofft, und ihre zarten Träume vom Glück scheinen sich keineswegs zu erfüllen …

Bastei Lübbe

Große Geschichte und große Gefühle in der Karibik:
hochdramatisch, spannend, farbenprächtig

Sarah Lark
DIE INSEL DER ROTEN
MANGROVEN
Roman
672 Seiten
ISBN 978-3-404-16976-4

Jamaika, 1753: Deirdre, die Tochter der Engländerin Nora Fortnam und des Sklaven Akwasi, lebt behütet auf der Plantage ihrer Mutter und ihres Stiefvaters. Die jungen Männer der Insel umschwärmen sie trotz ihrer anrüchigen Herkunft. Doch Deirdre zeigt kein Interesse, bis der junge Arzt Victor Dufresne um ihre Hand anhält. Nach einer prunkvollen Hochzeitsfeier schiffen sich Victor und Deirdre ein nach Saint-Domingue auf der Insel Hispaniola. Und was dort geschehen wird, soll alles verändern ... Fesselnder Roman vor historischem Hintergrund. Bewegende Geschichte in grandioser Landschaft von der internationalen Bestsellerautorin Sarah Lark.

Bastei Lübbe